KB105190

재밌어서 끝까지 읽는

박종수

삼국지1

三國志

재밌어서 끝까지 읽는
박종수
삼국지1
三國志

초판 1쇄 인쇄 ┃ 2020년 4월 27일
초판 1쇄 발행 ┃ 2020년 5월 8일

원저 ┃ 나관중
평역 ┃ 박종수
대 표 ┃ 김남석
펴낸이 ┃ 김정옥

발행처 ┃ 우리책
주 소 ┃ 06342 서울시 강남구 양재대로 55길 37, 302
전 화 ┃ (02)2236-5982
팩시밀리 ┃ (02)2232-5982
등록번호 ┃ 제2-36119호

ISBN ┃ 979-11-90175-04-3

이 책의 국립중앙도서관 출판시 도서목록(CIP)은 e-CIP홈페이지(http://www.nl.go.kr/ecip)에서
이용하실 수 있습니다. (CIP제어번호 : CIP2020007941)

재밌어서 끝까지 읽는

박종수

삼국지 1

三國志

나관중 원저 | 박종수 평역

우리책

진격, 돌격!
때로는 후퇴하는 인생의 지혜를 '삼국지'에서

가천대학교 재직 중일 때, 한 공공기관의 특강 요청을 받았습니다.

무슨 내용으로 강의할까 망설이다가 『삼국지』를 택했지요.

『삼국지』에는 우리 인생의 모든 것이 들어 있으니, 그 내용 중 '관우 5관 돌파'만 발췌해 보자, 이렇게 마음먹고 현대적 의미와 교훈을 담아 무려 두 시간 동안 열강했습니다. 그랬더니 의외로 반응이 무척 좋았습니다. '글로 써볼까?' 하는 마음이 들더군요.

그래서 강의 내용을 다시 20편으로 요약하여 친구들 단체 카톡방에 올려 보았습니다. 그런데 글을 올리자마자 예상 외로 반응이 뜨거웠습니다. '이 글 정말 네가 썼냐?, 정말 재미있다, 제발 중간에 끝내지 말고 끝까지 연재해라' 등등 많은 분들의 호응은 물론 격려 전화까지 받았습니다. 저도 그 정도일 줄은 몰랐지요.

'강의하기도 바쁜데 이런 글을 꼭 써야 하나?'

며칠을 망설이다가 결심했고, 마음먹고 글을 쓰기 시작했습니다.

매일 새벽 5시, 골방에서 엄지손가락으로 한 자 한 자 또각또각 눌러 쓴 글이 바로 『재밌어서 끝까지 읽는 박종수 삼국지』입니다.

무려 1년간 하루도 거르지 않고 스마트폰으로 글을 써 올렸는데, 완성하고 보니 A4 용지로 1,500페이지가 넘는 방대한 양의 글이 됐습니다. 이제 이 글을 모아 두 권의 책으로 출판합니다.

소설의 내용은 원작을 왜곡하지 않았고, 다만 그 표현 방식을 과감하게 현대의 코믹한 용어로 바꾸어 더 쉽고 재미있게 접근했습니다. 어떤 사람은 『재밌어서 끝까지 읽는 박종수 삼국지』는 중독성이 있어서 한번 읽기 시작하면 눈을 떼지 못한다고도 합니다. 너무 재미있는 나머지 미국, 중국, 일본, 베트남 등 외국에 나가 있는 친지들에게까지 퍼 나른 사람들도 많습니다.

모쪼록 바쁜 현대인들에게 『재밌어서 끝까지 읽는 박종수 삼국지』가 재미와 삶의 지혜를 드릴 수 있다면 저 또한 한없이 기쁠 뿐입니다.

이 소설을 통해 때로는 지혜가, 때로는 책략이 필요한 우리의 인생을 보다 멋지게, 그리고 풍요롭게 누리시길 바랍니다.

2020년 4월 봉화산 기슭에서

박종수

차 례

『삼국지』 이전의 이야기

　『삼국지(三國志)』를 시작하기 전에 중국 역사를 잠깐 살펴볼까 합니다. 기원전 221년, 진시황(秦始皇)은 중국을 통일하였습니다. 진시황이 통일하기 전에 중국은 7개의 국가로 나뉘어져 있었죠. 즉, 진(秦)·한(韓)·조(趙)·위(魏)·초(楚)·연(燕)·제(齊), 7개 국가였죠. 진시황은 한·조·위·초·연·제를 차례로 무너뜨리고 중국을 통일합니다. 만약 진시황이 중국을 하나의 거대한 제국으로 통일하지 않았다면 중국 역시 유럽처럼 여러 나라로 나뉜 채로 발전해 왔겠지요?

　진시황은 기원전 259년, 진나라 왕자 자초(子楚)의 아들로 태어났습니다. 진시황을 알아보기 전에 자초 출생부터 살펴보죠. 자초는 이웃의 강대국 조나라에 인질로 잡혀가 있었죠. 하루 일과가 먹고, 자고, 싸고 하는 일 외에는 아무것도 없었습니다.

　"오늘도 하루해가 저무는구나. 아! 내 고향 진나라가 그립다. 언제나 돌아갈 수 있을까?"

　이렇게 무료하게 생활하는 자초에게 인생의 전환점이 발생합니다. 그건, 진나라 장사치 여불위(呂不韋)를 만나게 되는 거죠. 여불위가 장사하러 조나라에 갔다가 우연히 자초를 만나보고는 이렇게 소리칩니다.

　"특이한 상품이다. 저 물건 사놓으면 큰 이익을 보겠구나!"

　이렇게 판단한 후 자초에게 엄청난 재물을 슬쩍 쥐어줍니다.

"자초, 이 재물을 고관대작들에게 마구 뿌리시오. 그래서 인기를 끌도록 하시오."

"인질 주제에 인기는 끌어서 뭐합니까?"

"공께서 진나라에 귀국할 사유가 있을 때 고관대작들의 반대가 없어야 합니다."

"여불위 선생, 잘 알겠습니다."

"그리고 자초님께선 밤이면 밤마다 외로우실 터이니 미녀를 한 명 바치겠나이다."

이렇게 자기가 아끼던 애첩 조희(趙姬)를 자초에게 줍니다.

조희는 자초를 모시라는 말을 듣더니 깜짝 놀랍니다.

"어머! 이거 명백한 스와핑 아니야? 날더러 자초를 모시라니? 그런데 자초 품에 안기기도 전에 왜 자꾸 헛구역질이 나지? 우웩, 우웩! 신맛 나는 과일이 자꾸 땡기네……?"

졸지에 자초의 품에 안긴 지도 얼마 안 되었는데 조희가 애를 낳죠. 건강한 사내아이가 태어났는데, 그 애가 영정(嬴政), 즉 후일의 진시황입니다.

여하튼 이런 조치를 취한 후 돈 많은 장사치 여불위는 진나라로 돌아갑니다. 진나라에 가서는 왕위 계승이 유력한 안국군(安國君)을 만납니다. 그러고는 엄청난 돈을 주고 자초를 양자로 삼으라고 꼬드기지요.

"안국군, 요즘 정치자금이 많이 필요하지요? 내 현금으로 천금을 지원해 줄 테니 펑펑 물 쓰듯 쓰세요. 고급 관리들에게 많은 돈을 쥐어주면 나중에 왕위 계승 문제가 나왔을 때 돕는 사람이 많을 겁니다. 그 대신 조나라에 있는 불쌍한 자초를 양자로 삼으세요."

이 공작이 성공하여 자초는 안국군의 양자가 됩니다.

결과적으로 여불위의 투자는 멋지게 성공했지요. 안국군이 진나라 왕위에 올라 효문왕(孝文王)이 됩니다. 그러나 효문왕은 왕위에 오른 지 불과 사흘 만에 죽습니다. 왕이 죽자 그 양자인 자초가 조나라에서 돌아와 왕위를 계승하지요. 그가 바로 진시황의 아버지 장양왕(莊襄王)입니다.

한편, 여불위는 진나라 최고 실권자가 되고 어마어마한 재산을 모읍니다.

"장사란 바로 이렇게 하는 거야!"

여불위는 사는 게 너무 재밌어서 매일 희희낙락 즐겁기만 합니다.

3년 후, 장양왕이 죽자 영정이 왕위에 오르지요. 그가 바로 장차 천하를 통일할 진시황입니다. 자초(장양왕)가 죽자 조희는 자연스럽게 여불위에게 다시 돌아왔습니다. 애첩 조희는 태후(太后)의 신분입니다. 왜냐면 아들 영정이 왕이 됐으니까요. 그런데 여불위가 정력이 조금 부족하여 애첩 조희, 아니 태후를 감당하지 못합니다.

"이 영감탱이가 비아그라 먹고도 고작 이렇게밖에 힘을 못 써? 네가 여불위야 토불이야. 힘쓰는 게 토끼만도 못해!"

힘이 달린 여불위는 밤마다 태후가 무서워서 그녀에게 남자 한 사람을 바칩니다. 그가 바로 어마어마한 양물(陽物)을 가진 정력의 사나이 숭상부 추밀행정특보비서관인 가짜 환관 노애(嫪毐)입니다. 노애를 만나고부터 태후는 얼굴이 화사하게 피어나고 크게 만족하죠. 그리고 밤마다 태후전에서는 야릇한 교성이 울려 퍼집니다.

"하악~, 하악~!"

노애는 대물 하나로 막대한 권세를 누립니다. 13세에 왕이 된 영정은 처음엔 아무것도 몰랐으나 10년 후, 스물셋의 젊은 왕은 자기 어머니의 불미스러운 애정행각을 알게 됩니다. 그리고 대로합니다.

"창피하고 불미스러운 일이다. 노애를 참수하고, 내 어머니는 유폐시켜라."

영정은 자기 어머니의 내연남, 그 물건 큰 노애를 산시성 셴양 배소에서 참수시킵니다. 노애는 죽으면서 다음과 같이 독백하죠.

"아, 나는 큰 물건 때문에 굶어 죽지는 않았지만, 결국 맞아 죽는구나!"

진시황은 어머니 태후를 '옹'이라는 고을에 유폐시킵니다. 그리고 이 사건에 대한 책임을 물어 국상의 벼슬까지 오른 여불위까지 숙청하죠. 1년 뒤, 여불위는 자살합니다. 여불위가 죽으면서 이런 말을 남기죠. "헛되고 헛되니 모든 것이 헛되도다."

이렇게 되어 진나라는 영정, 즉 진시황의 천하가 됩니다.

진시황의 천하통일

진나라 왕위에 오른 영정은 이웃나라를 하나씩 하나씩 쳐서 정복해 나가기 시작합니다. 먼저 한(韓)나라를 멸망시키고(BC 230년) 다음 조·위·초를 무너뜨리죠. 진나라 공세에 위기를 느낀 연나라는 진왕 영정에 대한 암살 계획을 세웁니다. 연나라 세자 단은 '형가(荊軻)'라는 검객을 발탁하죠.

"형가, 그대의 칼 솜씨는 천하제일이라 들었다. 진나라에 가서 진왕 영정을 암살하라. 그 방법만이 우리 연나라의 멸망을 막을 수 있다."

"예, 세자 저하! 제가 그 임무를 반드시 수행하겠습니다. 그러나 진왕에게 접근하기 위해서는 꼭 필요한 물건이 두 가지가 있습니다."

"필요한 물건? 그것이 무엇인가?"

"예, 바로 진나라에서 반역을 꾀하다 이곳으로 망명 온 번오기(樊於期) 장군의 목입니다. 그리고 하나는 독항(督亢)의 지도가 필요합니다."

"번오기의 목? 그는 우리나라에 망명 온 자인데, 그를 죽이는 것은 포로 협정 위반 아닌가?"

"번오기의 목을 가져가야 진왕 영정이 의심하지 않을 것입니다. 그리고 독항의 지도 속에 칼을 감추고 가서 진왕이 지도를 받는 순간 칼을 빼어 그를 베겠습니다."

"지도를 주는 것은 어렵지 않다. 그러나 번오기를 죽일 수는 없다. 그는 스스로 우리나라에 망명 온 의인이기 때문이다."

그러나 이런 소식을 전해 들은 번오기는 형가를 찾아와 목을 주겠다고 합니다.

"내 목을 진왕에게 가져가시오. 그리고 꼭 암살 계획을 성공시키시오."

형가는 스스로 목을 그은 번오기의 목과 독항의 지도를 들고 진왕을 찾아갑니다. 진나라로 건너가기 전, 형가는 역수(易水)라는 강가에서 이런 노래를 부르죠. 이것이 유명한 〈역수가(易水歌)〉입니다.

풍소소혜역수한(風蕭蕭兮易水寒)

장사일거혜불복환(壯士一去兮不復還)

탐호혈혜입교궁(探虎穴兮入蛟宮)

앙천호기혜성백홍(仰天呼氣兮成白虹)

바람은 쓸쓸하고 역수 강물은 차구나

대장부 한번 떠나면 다시 돌아오지 않으리

호랑이 굴을 더듬어서 이무기의 궁으로 들어가노라

하늘을 우러러 기운을 마시니 하얀 무지개가 드리웠네.

진나라 왕 영정은 연나라 사신 형가가 번오기의 머리를 가져왔다는 말을 듣고 대단히 기뻐하며 즉시 함양궁(咸陽宮)으로 불러들였죠.

"연나라에서 번오기의 머리를 잘라 왔다고? 10년 앓던 이가 빠지는 기분이구나. 머리를 가지고 들어오라 일러라."

"전하! 저는 평소 전하를 존경하는 형가라 하옵니다. 먼저 소금에 절인 번오기의 목을 바치겠사옵니다."

"그래, 어디 보자. 번오기가 틀림없구나. 이놈이 감히 나를 여불위의 아들이라고 허위 사실을 유포하고 반란을 주도한 놈이다. 진나라의 깨끗한 혈통을 이어 받은 나를 여 씨의 자식이라고 모독한 행위는 도저히 용서할 수 없다. 이놈이 나를 몰아내고 내 동생 장안군을 임금으로 앉히려고 반란을 일으켰지만 곧 나에게 진압당했지. 장안군은 잡아 죽였지만 이놈이 잡히지 않고 연나라로 도망쳐 화가 머리끝까지 났는데…, 다행히 이놈을 죽였구나. 잘했다. 너에게 큰 상을 내리마."

"전하, 그리고 여기 독항의 지도도 가져왔습니다."

독항의 지도란, 연나라 독항 지방의 지도입니다. 하북성 탁현 동남쪽의 비옥한 땅인데, 진왕 영정이 늘 탐내던 땅입니다.

형가는 지도 속에 독을 바른 비수를 숨겨 뒀는데, 그 비수를 빼어 영정을 찌르려던 참이죠. 그런데 실수로 두루마리가 펼쳐지면서 그 속에 감춰 두었던 비수가 땅바닥에 떨어진 것입니다.

"이…이게 뭐냐? 비수가 아니냐? 이놈이 자객이구나!"

비수를 본 진나라 왕은 놀라서 소리를 지르며 도망치기 시작합니다. 형가는 급히 비수를 들고 달려들었지요.

"서라, 영정! 거기 서라!"

"못 선다. 너 같으면 서겠냐?"

진왕은 형가를 피해 궁정 안의 구리 기둥을 뺑뺑 돌기 시작합니다. 형가는 필사적으로 뒤를 쫓았죠. 영정은 쫓기고 형가는 비수를 들고 쫓는데, 이때 영정의 주치의가 보약을 받쳐 들고 들어오다 이 광경을 목격하였습니다. 주치의는 뜨거운 약탕기를 형가의 얼굴에 던졌습니다.

"앗 뜨거! 이게 뭐냐?"

이때 영정이 보검을 꺼내어 형가의 왼쪽 다리를 내리쳤죠.

"이놈! 술래잡기는 여기까지다."

그때 왕의 호위무사들이 우르르 달려들었습니다.

"전하가 위험하다!"

호위무사들은 형가를 난도질했습니다.

"큰일 날 뻔했구나. 어의(御醫), 고맙다. 네가 던진 뜨거운 약탕기 때문에 내가 살았다."

결국 형가의 암살은 실패로 돌아가고, 크게 노한 영정은 연나라를 공격합니다. 기원전 222년, 결국 연나라는 멸망하죠.

그 다음해(AD 221년), 마지막 남은 제나라를 멸망시켜 영정은 천하를 통일합니다. 천하를 통일한 그는 스스로를 '황제'라 칭합니다. 진나라의 첫 황제, 즉 진시황이 된 거죠. 진시황은 사람됨이 몹시 잔인하고 냉혹했다고 합니다. 호랑이 같은 폭군이었죠. 진시황은 먼저 북방 민족의 침입을 막기 위해 만리장성(萬里長城)을 쌓습니다. 그리고 봉건제(封建制)를 폐지하고 군현제(郡縣制)를 실시하는 혁명적 조치를 취합니다.

진시황은 세계사에서 전례가 없을 정도로 강력한 중앙집권제를 실시합니다. 이 조치에 봉건제를 이상적인 정치 형태로 보는 유학자들 사이에서 강한 반발이 나타납니다. 이에 화가 난 진시황은 반발하는 유학자들을 구덩이에 파묻어 죽이고 책을 불태워 버립니다. 이 사건이 진시황 최대의 악행으로 거론되는 '분서갱유(焚書坑儒)'입니다.

진시황은 애써 천하를 통일해 놓고도 겨우 50세의 나이로 객사합니다. 진시황이 죽자마자 곧바로 제국이 무너지고 천하가 다시 큰 전쟁에 휩싸이게 됩니다. 진시황은 늘 군사들과 신하들을 거느리고 순행을 다녔는데 기원전 210년 9월, 다섯 번째로 천하를 순행하는 길에 나섰다가 사구(沙丘)에서 병을 얻어 죽고 맙니다.

진시황은 죽기 전에 북방에 가 있던 큰아들 태자 부소(扶蘇)에게 황위를 물려준다고 유언했으나, 환관 조고와 승상 이사가 음모를 꾸며 다른 황자인 호해(胡亥)를 내세우고는 황태자 부소에게는 자결하라는 가짜 조서를 보냅니다. 부소는 자결하고, 진나라 제1의 명장 몽염(蒙恬) 장군도 죽습니다. 나머지 부소를 지지했던 공신들은 조고와 이사가 보낸 자객들에게 살해당합니다.

순행 도중 진시황은 죽었으므로 시신이 함양(咸陽)으로 돌아오는 길에 심하게 썩어 냄새가 나자, 절인 생선을 실은 마차를 대동해 은폐했다고 합니다. 천하를 통일한 영웅이며 중국 첫 황제의 어이없는 죽음이죠.

진시황이 죽고 호해가 2대 황제가 되었으나 그는 머리가 상당히 부족한 사람으로, 국가는 환관인 조고가 쥐락펴락하다가 제국 자체가 4년 만에 어이없이 망해 버립니다.

진시황이 죽고 나서 세상은 급변합니다. 진시황 영정에게 망해 제후국이 된 한·조·위·초·연·제, 6개의 국가가 일제히 반역을 일으킵니다.

"진나라에게 망한 옛 조국을 다시 재건하자. 초나라 백성들이여, 칼을 들고 일어나라!"

"한나라 백성들도 칼과 무기를 들고 일어나라!"

"연나라도, 제나라도, 너도나도!"

이렇게 중국은 다시 분열되면서 전 국토에서 피비린내 나는 전쟁이 시작되지요. 대표적 전쟁이 바로 '초한전쟁(楚漢戰爭)'입니다.

초한전쟁의 시작

초나라 항우(項羽)와 한나라 유방(劉邦), 두 사람이 천하의 패권을 두고 다투게 됩니다. 유방은 패현(沛県) 사람인데, '정장(亭長)'이라는 낮은 벼슬을 하고 있었죠. 말이 벼슬이지 실제로는 패현 바닥을 휘젓고 다니는 건달이라고 봐야 합니다.

"아, 저기 유계(劉季, 유방의 어릴 적 이름) 형님이 뜨셨다. 형님! 오늘도 한잔하셔야죠?"

"암~! 얘들아, 오늘은 내가 외상으로 멋지게 쓱 그을 테니 한잔씩 마시자."

유방을 따르는 사람들은 소하(蕭何)·번쾌(樊噲)·노관(盧綰)·주발(周勃)·하후영(夏侯嬰)·조참(曹參) 등이죠. 시대가 어수선해지자 유방은 자기를 따르는 부하들을 중심으로 패현에서 군사를 일으킵니다.

한편, 항우(項羽)도 초나라를 다시 일으켜 세우겠다며 숙부 항량(項梁)과 함께 군사를 일으킵니다. 항우에게 모사 범증(范增)이 지략을 제시합니다.

"항 장군, 인심을 얻으려면 대의명분이 있어야 합니다. 초나라 왕의 후손 웅심(雄心)이 있으니 그를 모셔다가 초나라 왕으로 추대하세요."

범증의 지략대로 항우는 웅심을 찾아내어 왕으로 추대합니다. 그리고 황제에 버금가는 왕이란 뜻으로 '의제(義帝)'라고 부릅니다.

"웅심, 그대는 망해버린 우리 초나라 왕손이니 당신이 초나라 왕이 되어 주시오."

"항우, 고맙소. 그럼 내가 초나라 왕위에 오르겠소."

이렇게 왕이 된 의제 웅심은 항우와 유방에게 서로 경쟁할 것을 제안합니다.

"항우 그리고 유방, 두 사람이 각각 진나라 수도 함양으로 진격하시오. 먼저 들어간 사람이 관중의 왕(關中王)이 되시오."

항우와 유방은 각각 길을 나누어 진격합니다. 유방은 남쪽 길을 택하여 출발하고, 항우는 북쪽 길을 택하여 출발하죠. 항우는 가는 곳곳마다 힘으로 밀어붙여 성을 점령하는 반면, 유방은 가는 곳곳마다 머리를 써서 항복을 받아내 무혈로 함양에 먼저 입성하죠.

진나라 왕 자영(子嬰)은 유방 앞에 무릎을 꿇고 항복합니다. 진시황이 세운 제국 진나라가 망하는 순간이죠. 유방은 진나라의 재물에 일절 손대지 않습니다. 그리고 진나라 법을 모두 폐지하고는 '약법삼장(約法三章)'을 발표합니다.

첫째, 사람들을 죽인 자는 사형에 처한다.

둘째, 다른 사람을 때려 상해를 입힌 자는 죗값을 받는다.

셋째, 남의 물건을 도적질한 자도 죗값을 받는다.

이 세 가지를 제외한 다른 진나라 때 만든 악랄한 법률과 금령은 다 철폐하여 인심을 얻습니다.

뒤늦게 함양에 도착한 항우의 분노는 하늘을 찌릅니다.

"저 패현의 촌놈 유방이 감히 나보다 빨리 관중에 입성하다니? 내 저놈을 죽이고야 말겠다!"

항우의 군사는 40만, 유방의 군사는 겨우 10만. 위기를 느낀 유방은 무릎걸음으로 벌벌 기어가서 항우 앞에 사죄합니다.

"항 장군, 내가 잘못했소. 내가 먼저 입성하였지만 장군께 모든 것을 바치려고 어떤 재물도 손대지 않았소. 믿어 주시오."

"그래요? 그렇다면 오늘 밤 홍문에서 연회를 베풀 테니 와서 한잔하시오. 그때 봅시다."

"예, 장군. 잘 알겠소."

유방이 홍문연(鴻門宴)에 참가하겠다고 하자 항우의 모사 범증이 쾌재를 부릅니다.

'잘됐다! 오늘 밤 홍문의 잔치에서 유방을 죽이자.'

이렇게 무시무시한 유방 암살 계획을 세웁니다. 연회가 시작되자 범증은 항우의 사촌동생 항장(項莊)을 불러 칼춤을 추게 합니다.

"네가 칼춤을 추다 적당한 기회에 유방을 베어 버려라. 절대 실수하면 안 된다."

연회가 시작되고 항장이 춤을 추다가 유방을 베려 하는데, 항우의 숙부 항백(項伯)이 이때 칼을 들고 나서죠.

"칼춤은 짝이 있어야 제맛이지."

항백의 방해로 유방의 암살 계획은 실패로 돌아갑니다.

"검무를 멈춰라."

항우는 유방을 죽일 마음이 순간 사라졌습니다. 다급해진 범증은 유방에게 술을 먹여 취하게 만든 후 다시 암살하려 합니다. 이를 눈치챈 장량(張良)이 유방의 심복 번쾌(樊噲)를 부릅니다. 번쾌가 들어와 항우에게 부복한 후 말합니다.

"장군! 평소 저는 장군을 무지무지하게 존경해왔습니다. 저에게 술을 한잔 내려 주시죠."

항우가 번쾌에게 술을 따라주라고 명하자, 번쾌는 큰 양동이에 술을 따라 벌컥벌컥 마십니다.

그러고는 돼지 뒷다리를 들고 통째로 썹어 먹기 시작하죠.

우두둑 우두둑!

번쾌가 돼지 뒷다리를 맛있게 뜯으니, 항우가 맞장구를 치며 좋아합니다.

"저놈 남자답구나. 한잔 더 마셔라."

이렇게 번쾌가 항우의 관심을 돌리는 사이 유방은 슬쩍 자리를 피해 도망칩니다.

"여보게, 여기 측간이 어디인가? 내가 쉬가 급하네."

"예, 저기 모퉁이를 돌면 측간이 있습니다."

"고맙네. 어~, 취한다!"

유방은 술에 취한 척 비틀비틀 측간 쪽을 향해 걷다가 갑자기 도망치기 시작합니다.

"걸음아 날 살려라. 이럇! 어서 이곳을 벗어나자, 이럇! 이놈의 말, 왜 이리 느림보냐. 날 좀 살려다오. 이랴, 이럇!"

유방이 도망친 걸 뒤늦게 안 범증은 발을 구르며 절규합니다.

"큰일 났다! 유방이 도망치다니…, 앞으로 유방에게 보복을 당할 것이다."

나중에 범증의 이 예언은 적중하죠. 이것이 바로 초한전쟁에서 유명한 홍문연, 즉 홍문의 잔치입니다.

유방이 도망친 걸 확인한 항우는 자기가 왕으로 세운 의제를 시해합니다.

"저런 허수아비 왕이 무슨 필요가 있나? 영포(英布)야, 의제를 죽여라."

"옙. 장군! 알겠습니다."

항우의 명을 받아 영포는 의제 회왕(懷王)을 죽입니다. 그러나 이 사건은 훗날, 거의 모든 제후들이 항우에게 등을 돌리는 명분이 됩니다. 의제를 죽인 항우는 스스로 초나라 왕위에 오르죠. 그러고는 자기가 '초패왕(楚覇王)'이라 선포합니다.

"내가 바로 초나라 왕 항우다. 나는 그냥 비리비리한 왕이 아니고 왕중의 왕, 즉 패왕이다. 알겠느냐?"

"예, 축하합니다. 이제 초패왕께서 우리들에게도 옛 나라를 재건토록 허락해 주십시오."

"알겠다. 너희들도 옛 나라를 다시 일으켜 세워라. 너희들의 공로와 충성심에 따라 각 지역을 분봉하겠다. 유방, 너를 한왕(漢王)으로 임명하니 저기 구석진 불모의 땅 서촉(西蜀)을 다스려라."

"뭐라고요? 서촉은 산세가 험하고 길이 없어 사람 살기가 어려운데 그런 곳을 다스리라니요? 이거 해도 너무하는 거 아닙니까?"

항우가 실시한 분봉으로 유방은 많은 불만을 갖게 됩니다. 하지만 훗날을 기약하며 유방은 눈물을 뚝뚝 흘리며 서촉으로 들어갑니다.

"인제 가면 언제 오나! 원통해서 못 살겠네, 흑흑흑……."

그러나 장자방(張子房)은 슬피 우는 유방을 달랩니다.

"한왕, 뚝! 뚝 그치시오. 어린애처럼 울지 말고 오히려 춤을 추시오."

"뭐라꼬? 장자방, 제정신이오? 내 꼴을 보고도 춤을 추라니?"

"유방 씨, 아…아니 한왕 전하! 우리가 서촉으로 가면 세 가지 이익이 있습니다."

"공짜로 줘도 안 가질 땅을 다스리는데 세 가지 이익이라니요? 그게 뭡니까?"

"한왕, 제가 설명 드리죠. 첫째, 우리가 서쪽으로 들어가면 항우가 우릴 더 이상 주시하지 않을 것입니다. 즉, 항우의 레이다에서 벗어나는 것이죠. 둘째, 조용한 서쪽에서 비밀리에 군사들을 기를 수 있지요. 대군을 양성해도 소문이 안 난다니까요. 셋째, 서쪽으로 일단 들어가면 군사들이 탈영하지 못하니 다시 중원을 치고 나올 때는 군사들이 빨리 고향으로 돌아가고 싶어서 용감히 싸울 것입니다. 그러니 웃으세요. 치~즈~!"

유방과 군사들이 서쪽으로 들어가는 길은 잔도(棧道)뿐이었습니다. 잔도란, 깎아지른 절벽에 나무를 얼기설기 엮어 만든 엉성한 구름다리 모양의 길이죠. 군사들이 벌벌 떨며 잔도를 힘겹게 건너고 있습니다. 전군이 무사히 잔도를 건너자 뒤따라오던 장자방이 잔도에 불을 질러 태워 버립니다.

"불이야! 파이어, 파이어! 잔도가 탄다, 큰일이다!"

"오매오매! 우리는 인제 어떻게 고향으로 돌아간다냐? 우린 서쪽 땅에서 꼼짝없이 죽게 되었구나."

"엉~엉~엉엉!"

군사들의 울음소리가 여기저기서 들렸지요.

아무튼 항우의 심기에 거슬려 쫓겨나 서쪽에 정착한 유방은 열심히 군사를 모으고 군량미를 비축합니다. 그리고 이름 없는 무명 소졸 한신(韓信)을 대장군으로 발탁합니다. 한신은 항우 밑에서 창을 들고 항우의 막사를 지키던 '집극랑(執戟郎)'이라는 졸병이었죠. 출신이 미천하다 하여 그의 재능을 무시한 항우가 싫어서 유방 사람이 되었지요. 한신은 젊어서는 빨래해서 먹고사는 아낙에게서 밥을 빌어먹고 살았고, 저잣거리에서 깡패가 겁을 주자 살기 위해 그 가랑이 밑으로 기어들어간 적도 있습니다. 그래서 모든 사람들이 그를 우습게 보았죠. 겁쟁이 한신, 쫄다구 한신! 이것이 한신의 대명사인데, 유방이 그를 한눈에 알아보고 대뜸 대장군에 임명한 거죠. 소하·번쾌·노관·주발·하후영·조참 등 유방의 심복들은 난리가 났지요.

"뭐? 뭐라고? 한신이 대장군이 됐어?"

"미쳤군, 미쳤어. 우리 유방 형님이 아주 맛이 갔어. 미쳐도 곱게 미쳐야지."

"우린 한신에게 절대 복종 못 해! 형님께 따지러 가자!"

그러든 말든 유방은 한신에게 군권을 일임합니다. 한신은 사실 병법에 통달한 명장 중 명장으로, 유방이 천하를 통일하는 데 일등 공신이 됩니다.

한편 항우는 서쪽의 불타 버린 잔도 쪽에 경계병을 배치하고 늘 유방의 동태를 감시합니다. 그러던 어느 날 감시병이 숨 가쁘게 뛰어와 보고합니다.

"초패왕 전하, 유방이 갑자기 잔도를 복구하기 위해 공사를 시작했습니다. 공사 책임자는 번쾌인데, 빨리 공사를 진행하라며 병졸들을 닦달하고 있습니다."

"뭐라고? 유방이 잔도를 다시 복구해? 그쪽으로 군사를 보내 경계 태세를 강화하고, 조금이라도 군사들의 움직임이 있으면 즉시 공격해서 모조리 몰살시켜라."

"옙, 대왕! 그러나 저 잔도를 모두 복구시키려면 아마 2,3년은 족히 소요될 것입니다. 염려 마십시오.”

그러나 잔도를 복구하는 척한 것은 유방의 작전이었죠. 사실은 잔도를 통하지 않고도 중원으로 나가는 비밀 통로가 있었던 것입니다. 즉, 진창(陳倉)이라는 옛길이죠. 유방과 한신은 60여 만 대군을 몰고 나와 갑자기 관중 일대를 공격합니다.

“유방이 쳐들어왔다고? 그놈들이 하늘에서 뚝 떨어졌느냐, 아니면 땅에서 솟아났느냐? 그 많은 군사들이 도대체 어디에서 나타났단 말이냐?”

항우가 당황하고 있는 사이 한신은 관중을 공격하기 시작합니다. 이때부터 본격적인 초나라와 한나라의 전쟁이 시작됩니다.

잔도를 복구하는 척하며 비밀 통로를 통해 군사를 몰고 나온 한신의 기습 공격은 크게 성공합니다. 이에 사기가 오른 유방은 항우의 본거지인 팽성을 공격하기로 합니다. 그러나 지략가인 장량은 팽성 공격을 반대하죠.

“전하, 지금 팽성을 공격하는 건 시기상조입니다. 주변의 작은 성들을 먼저 점령해야 합니다.”

그러나 사기 오른 유방은 장자방의 말을 듣지 않죠. 유방은 60여 만 대군으로 마침내 팽성을 공격해 함락시킵니다.

기고만장해진 유방은 매일 연회를 열고, 군사들의 군기는 점점 무너집니다. 절치부심하며 이를 갈던 항우는 수수강변에 진을 치고 한나라를 공격합니다.

“팽성을 빼앗지 못하면 우린 돌아갈 곳도 없고, 먹을 식량도 없다. 먹기 위해 싸우자!”

결사적으로 공격해 들어오는 초나라군에게 한나라 군사들은 추풍낙엽 그 자체죠. 대패한 유방은 힘겹게 도망치다가 겨우 형양성(衡陽城)으로 피신합니다.

이때부터 유방은 항우와의 싸움에서 내리 패전을 거듭합니다. 아! 불쌍한 유방, 얼핏 보아 유방은 항우의 적수가 못 되는 듯합니다. 유방은 마침내 광무산(光霧山)으로 피신하고, 항우는 광무산을 포위합니다.

"유방! 넌 이제 독 안에 든 쥐다. 빨리 항복하라."

"전하! 항우의 대군이 광무산을 포위했습니다. 우린 장기 농성전으로 나가야 합니다."

"좋다. 이곳에서 더 밀려나면 갈 곳이 없다. 다행히 우린 소하(蕭何)가 서측에서 꾸준히 식량을 보내고 있지만 항우의 군영엔 식량이 부족하다."

광무산을 포위한 항우 진영은 유방의 예측대로 비축해 둔 식량이 바닥나기 시작했습니다. 조급해진 초나라는 포로인 유방의 아버지를 이용하기로 합니다.

"초패왕, 유방을 단숨에 항복시킬 방법이 한 가지 있습니다. 우리가 포로로 잡고 있는 유방의 아버지 유태공(劉太公)을 끓는 물에 삶아 죽인다고 위협하십시오. 그러면 효성 지극한 유방이 항복할 것입니다."

항우는 이 사실을 한나라 진영에 전달했고, 유방은 대성통곡합니다.

"장자방, 내 아버지를 삶아 죽인다고 합니다. 어찌하면 좋겠소?"

"전하, 내일 항우를 보거든 제가 일러 준 대로 말씀하십시오."

장자방은 유방에게 계책을 일러 줍니다.

이튿날, 예상대로 항우가 유방을 보고는 호령을 합니다.

"패현의 유계야! 여기 네 애비가 있다. 저 끓는 물에 삶아 죽이기 전에 항복해라."

그러자 유방이 껄껄 웃으며 대답합니다.

"항우! 너와 나는 의형제를 맺었으니 내 아버님이 바로 너의 아버지가 아니냐? 그런데 네가 아버지를 죽이는 불효를 범하려느냐? 어서 삶아 보아라. 잘 삶아지거든 내게도 국물 한 그릇 보내다오."

유방은 크게 웃더니 마음대로 하라는 식으로 그냥 영내로 들어가 버립니다.

"이런 불효막심한 놈 유방! 네가 그러고도 효자 소릴 듣다니, 뭔가 잘못돼도 한참 잘못됐다. 유태공을 죽이지 마라. 나 항우가 이런 쪼잔한 인간으로 소문나는 건 싫다."

결국 전쟁이 장기화되고 항우 진영에 군량이 부족해지자 이 약점을 간파한 유방이 항우에게 평화협정을 제의합니다.

홍구를 기준으로 동쪽은 초의 항우가 다스리고, 서쪽은 한의 유방이 다스린다.

두 사람 모두 합의문을 인정하고 협정을 체결하죠. 항우는 광무산의 포위망을 풀고 군대를 철수시키기 시작합니다.

그런데 이때 장자방이 또 계책을 일러 줍니다.

"한왕 전하, 지금 바로 항우의 뒤통수를 치십시오. 철수하는 항우의 군사 후미를 기습 공격해야 합니다."

"좋소! 멍청한 항우가 후퇴하고 있소. 적이 후퇴하면 우리는 추격한다는 병법에 따릅시다."

"전군 진격! 항우의 군대를 기습해라. 죽여라!"

"와아~!"

"초패왕 전하, 큰일 났습니다! 유방이 갑자기 공격해 들어오고 있습니다.”

“뭐? 방금 평화협정을 맺었는데 잉크도 마르기 전에 약속을 깬단 말이냐?”

“원래 유방이 비겁한 놈인 거 몰랐습니까?”

“난 그럴 줄은 정말 몰랐다!”

항우는 발악하며 맞섰으나 유방의 기습을 당해 내지 못하고 해하(海河)까지 밀려 도주합니다. 설상가상으로 전쟁을 관망 중이던 한신이 유방과 합류하고, 주변의 팽월(彭越)과 영포가 또 유방과 합류합니다.

“후퇴, 후퇴! 아~, 분하다. 세상에 믿을 놈 하나 없다더니······.”

계속 동남쪽으로 후퇴하던 항우의 군대는 해하에 이르러 한군에게 완전히 포위됩니다. 장량은 목청 좋은 군사들을 뽑아 초나라의 노래를 부르게 합니다.

“사방에서 초나라 노래가 들리는구나(四面楚歌).”

초나라 노래를 듣던 항우의 부하들은 사기가 저하되어 유방에게 투항하기 시작합니다.

“난 딱딱하고 무서운 항우보다 부드럽고 포근한 유방이 더 좋더라.”

“잘 왔어. 부드러운 것이 강한 걸 이기는 법이지!”

사면초가의 상황에서 대부분의 병력을 잃은 항우는 눈물을 흘리며 노래를 부릅니다.

역발산기개세(力拔山兮氣蓋世)

시불리혜추불서(時不利兮騅不逝)

추불서혜가나하(騅不逝兮可奈何)

우혜우혜나약하(虞兮虞兮奈若何)

힘은 산을 뽑고 기개는 세상을 뒤덮는데

때가 불리하니 추(騅)도 나아가지 않네.

추가 나아가지 않으면 어쩌란 말인가.

우(虞)야, 우야, 너를 장차 어쩌란 말인가.

항우의 이 시가 바로 〈패왕별희(覇王別姬)〉입니다. 우미인은 패배를 직감하고 항우 앞에서 자결하고 맙니다. 초패왕 항우와 우미인이 이별하는 이 노래는 2200년이 지난 지금도 중국인들의 마음속에 애달프게 자리 잡고 있습니다.

'전쟁의 신'이라고 불리는 항우, 사랑하는 우희(虞姬)를 잃고 최악의 궁지에 몰렸습니다. 항우는 다시 이를 악물고 극소수의 병력만 거느린 채 장강(長江)으로 도주합니다. 그러나 대세는 이미 기울었습니다. 항우는 오강(烏江)의 나루터에서 스스로 자결합니다. 이때가 기원전 202년 정월, 이로써 유방이 천하를 통일하고 마침내 제위에 올라 한나라 왕조를 세우니, 그가 바로 고조(高祖)입니다. 후일 한고조는 천하를 얻은 비결을 다음과 같이 말했죠.

"나는 장량처럼 천리 밖의 상황을 예측하여 교묘한 책략을 쓸 줄 모른다. 소하처럼 행정을 잘 살피고 군량을 제때 보급할 줄도 모른다. 병사들을 이끌고 싸움에서 이기는 일은 한신을 따를 수 없다. 하지만 나는 이 세 사람을 제대로 쓸 줄 알았다. 반면 항우는 범증 한 사람조차 제대로 쓰지 못했다. 이것이 내가 천하를 얻고, 항우는 얻지 못한 이유다."

이렇게 고조 유방이 피땀으로 세운 거대한 제국 한나라입니다. 그러나 거목도 세월이 가면 고목으로 변하듯 거대한 제국 한나라도 400년의 세월이 흐르자 점차 망할 징조가 나타나기 시작합니다.

영제(靈帝)는 서기 168년 13세의 어린 나이에 한나라 12대 황제의 지위에 오릅니다. 당숙인 환제(桓帝)가 아들을 낳지 못하고 죽자 그 뒤를 이어 황제가 된 것이죠. 아무것도 모르는 꼬마가 황제가 되자 얼씨구절씨구 춤을 추는 건 환관(宦官)들입니다. 환관이란, 거시기가 없는 족속들이죠. 환관 열 사람이 힘을 합쳐 황제의 눈과 귀를 가리고 국정을 떡 주무르듯 주무르기 시작하죠. 이들이 이른바 '십상시(十常侍)'입니다. 십상시들이 국정을 입맛대로 처리하자 곳곳에서 반란이 일어나는데, '황건적(黃巾賊)의 난'이 그 대표적 사례죠.

후한 시대에 황건적의 난을 일으킨 주범이 바로 장각(張角)이라는 사람입니다. 나라가 어지럽고 십상시들이 판을 치자 태평도(太平道)의 교주 장각은 '한왕조 타도'를 목표로 군사를 일으킵니다. 농민들까지 합세하여 그들은 머리에 누런 수건을 두르고 다녔으므로 '황건적'이라 불렀습니다.

"우리는 천공장군(天公將軍) 장각님을 하늘님으로 모신다. 저 썩은 한나라를 무너뜨리고 새 나라 새 국가를 세우자!"

"세우자! 세우자! 세우자!"

이렇게 일어선 황건적들은 온 국가를 휘저으며 노략질을 하기 시작합니다. 이른바 거대한 도적 떼가 출현한 것입니다.

도원에서 맺은 결의

후한 시대에 이르러 나라가 어수선할 때 서기 161년, 유주 탁현 누상촌(樓桑村)에서 유비(劉備)가 태어납니다. 유비의 자는 현덕(玄德)입니다. 유비는 한나라 황제의 종친이지만 어려서 아버지를 잃고 홀어머니와 가난하게 살았습니다. 유비는 누상촌에서 돗자리를 짜서 시장에 내다 팔아 겨우 입에 풀칠하며 살았죠.

유비의 어머니는 늘 유비에게 타이릅니다.

"넌 한나라 중산정왕(中山靖王) 유승(劉勝)의 후손임을 잊어서는 안된다. 가난해도 황제의 피가 흐르니 늘 몸가짐을 단정히 하고 학문에 힘써라."

"예, 어머니. 늘 명심하겠습니다."

유비는 늘 호방하고 의협심이 강한 청년으로 성장하였습니다. 어린 시절엔 노식(盧植) 선생에게서 글공부를 했죠. 함께 동문수학한 사람이 공손찬(公孫瓚)입니다.

글공부를 마친 유비는 고향인 누상촌에서 가슴에 큰 뜻을 품고 기회가 오기를 기다립니다. 마을에선 누구나 유비를 존경합니다. 어딘지 몸전체에서 풍기는 위엄과 포스로 사람들을 압도하기 때문이죠.

하루는 유비가 어머니에게 드리기 위해 차를 사서 품에 안고 새로 생긴 푸줏간 앞을 지나가는데, 크게 싸우는 소리가 들립니다. 유비가 호기

심에 가까이 다가가서 보니 푸줏간 주인은 누상촌에서 처음 보는 사람입니다. 눈은 고리눈이며 수염은 호랑이 수염으로, 덩치가 산만한 사람입니다. 그 사람을 누상촌 토박이 불량배 양생(梁甥)의 수하 졸개 스무 명이 둘러싸고 시비를 걸고 있었죠.

양생은 누상촌에서 이름난 건달로, 힘이 엄청난 괴력의 소유자입니다. 그가 한번 주먹을 내지르면 담벼락도 무너진다는 전설적인 힘을 가진 사람입니다. 그러나 천성이 포악하고 성질이 사나워 약한 사람만 보면 괴롭히는 게 그의 일과입니다. 누상촌 상인 치고 그에게 돈을 뜯기지 않은 사람이 없었죠. 그래서 사람들은 그가 나타나면 모두 슬금슬금 피해 달아나기 바쁩니다.

"야! 덩치~, 넌 누구냐? 어디서 굴러먹다 왔는지 모르겠지만 이곳에 와서 장사를 하려면 이 어르신께 신고를 해야지."

그러나 그 고리눈 사내는 아무 대꾸 없이 돼지고기를 썰고 있습니다.

"야~, 이거 봐라. 돼지가 돼지를 잡는구나. 이런 걸 동족상잔(同族相殘)이라고 하지. 네가 잡은 돼지가 너보다는 잘생겼겠다?"

그래도 고리눈이 대꾸가 없자, 이번엔 머리를 툭툭 치며 인심 쓰듯 말합니다.

"이 자식이 덩치만 컸지 겁은 많은 놈이구나. 오늘부터 매달 은자 100냥씩만 바치면 이곳에서 장사를 하도록 허락해 주겠다."

그러자 참고 있던 고리눈이 하던 일을 멈추고 꾸역꾸역 말합니다.

"어르신, 저는 연나라에서 온 장비(張飛)라고 합니다. 사정이 있어 이곳까지 흘러와 먹고살기 위해 돼지를 잡아 팔고 있습니다요. 특별히 잘못한 일이 없으니 그만 용서하시지요."

"어? 이놈이 벙어리는 아니구나. 말은 할 줄 아네. 대답이 없어 날 개

무시하는 줄 알았지. 이곳 누상촌에서 가장 맛있는 술안주가 뭔 줄 아느냐? 바로 내 발바닥이지. 특별히 너에게는 공짜로 맛보게 해 줄 테니 한 번 핥아라!"

"어르신, 전 사람을 다치게 하고 싶지 않습니다. 제가 나중에 좋은 술을 대접해 올릴 테니 오늘은 이만 돌아가시죠."

"뭐? 돌아가라고? 이거 웃기는 놈이구나. 요즘 힘쓴 지 오래라서 온몸이 근질거리는데 아주 잘됐다. 오늘 몸 좀 풀어볼까? 너처럼 꼬박꼬박 말대답하던 놈들이 죽게 얻어맞은 후에야 내 발바닥을 쪽쪽 빨지. 하하!"

양생이 고리눈의 멱살을 잡더니 뺨을 한 대 갈기는데, 때리는 손이 장비의 뺨에 닿기도 전에 양생의 손을 탁 붙잡은 장비가 주먹뺨을 날리니 '퍽' 소리와 함께 '우두둑' 소리가 나더니 양생의 입에서 옥수수 알갱이가 쏟아져 나옵니다.

"으~으~, 내 이빨!"

장비가 이빨이 뭉개진 양생을 다시 번쩍 들어 메다꽂으니 "쿵" 소리와 함께 땅바닥에 나뒹굴며 부들부들 떨더니 대자로 뻗어버립니다.

"두목이 쓰러졌다. 저 고리눈을 죽여라!"

스무 명의 졸개들이 덤벼드는데, 장비가 몸을 이리저리 비틀면서 주먹과 발로 치고받으니 눈·코·머리통·어깨·팔다리 등이 부러진 졸개들이 모두 땅바닥에 나뒹굴기 시작합니다.

"무서운 놈이다, 튀자! 두목이 뇌진탕으로 죽은 것 같으니 빨리 관가에 신고하자."

"아니야, 아직 입에 게거품 물고 부들부들 떠는 걸로 봐서 죽지는 않은 거 같아."

사람이 죽었다는 신고를 받고는 관청에서 군졸들이 달려와 포승줄로 장비를 꽁꽁 묶어 현령에게 데려갔습니다.

　이 광경을 목격한 유비는 '대단한 역사다. 저 힘과 무술을 당할 자가 없겠구나. 내가 저 사람을 구해 주자.' 이렇게 생각하고 다음 날 숙부인 유원기(劉元起)에게서 많은 재물을 빌려 현령 공손찬을 찾아갑니다. 공손찬은 유비보다 훨씬 나이는 많지만 노식 선생에게서 동문수학하던 사이입니다.

　"백규(伯珪, 공손찬의 자) 형, 유비가 인사드립니다."

　"오, 현덕! 자네가 웬일인가?"

　"실은 어제 양생과 싸운 장비라는 사람을 구명하러 왔습니다."

　"자네가 왜 장비라는 사람을 구명하려 하나?"

　"어제의 싸움을 제가 처음부터 끝까지 목격하였습니다. 타지에서 들어와 푸줏간을 개업한 장비에게 양생이 먼저 시비를 걸었습니다. 양생은 이 누상촌에서 약한 사람을 괴롭히는 불량배임을 현령께서도 잘 아실 겁니다. 성질이 포악한 양생을 모두 두려워하죠. 그런데 양생이 장비의 상대가 못 되었습니다. 단 한 주먹에 이가 몽땅 부러지고, 딱 한 번 들어 메다꽂았는데 땅바닥에 널브러져 뻗은 것입니다. 다행히 죽지는 않았다고 하니 제가 찾아가서 재물로 배상해 주고 빼오려고 합니다."

　"현덕, 자네 의협심이 대단하구만. 폭력사건에는 상대방과 합의가 중요하니 합의문을 받아 오게. 그럼 저자를 석방해 주겠네."

　공손찬의 말을 듣고 유비는 양생을 찾아갔습니다.

　"양 두령, 어제 싸움이 있었다지요? 어디 다치신 데는 없는지요?"

　"으~으~, 내 이가 몽땅 빠지고 갈비뼈 다섯 대가 부러졌소. 이젠 창피해서 이 바닥에서 왈짜노릇도 못 하겠소. 상처가 아물면 멀리 떠날까

하오."

유비는 중상을 입은 양생에게 충분한 재물을 주어 합의한 후 장비를 석방시켰습니다.

"감사합니다. 전 장비이며, 자는 익덕(翼德)입니다."

"뭘 그깟 일을 가지고, 허허!"

"제 부모님은 연나라의 벼슬아치였습니다. 그런데 억울한 누명을 쓰고 죽었고, 저는 저잣거리의 불량배로 자랐습니다. 그런데 관리들이 저를 무시하고 못살게 굴기에 관리 몇 놈을 안 죽을 만큼 두들겨 패고 도망쳤습니다. 막상 고향을 떠나고 보니 막막하더군요. 그래서 여기저기를 떠돌다 이곳까지 온 겁니다. 호구지책으로 돼지를 잡아 팔려고 했는데, 장사 시작도 전에 또 사람을 두들겨 패서 옥살이를 할 뻔했습니다. 저는 사실 어려서부터 장팔사모(丈八蛇矛)라는 창을 만들어 하루도 쉬지 않고 무술을 연마했습니다. 그래서 싸움이라면 누구도 겁나지 않습니다. 이제부터 형님으로 모시겠습니다. 허락해 주십시오, 형님!"

"하하! 그러시게. 아우, 고생 많았네. 이제는 푸줏간 문을 닫고 이곳에서 말 장사를 해 보게. 내가 도와주겠네."

"감사합니다, 형님."

"이곳의 말 거래는 장세평(張世平)이 모두 장악하고 있네. 장세평이 독점하고 있는 말 거래에 자네가 끼어든다면 그도 환영할 것이네."

이렇게 유비와 인연을 맺은 장비는 누상촌에서 말 장사를 시작했습니다.

그러던 어느 날 장세평의 하인이 유비에게 뛰어왔습니다.

"헉헉! 현덕 어르신, 지금 장비가 장팔사모를 들고 싸우러 갔습니다."

"뭐라고? 장비가 싸우러 나가? 주먹으로도 일당백인 장비가 장팔사모를 들고 나갔다면 상대도 보통 사람이 아닐 것이다. 누구라고 하더냐?"

"상대가 누군지는 모르지만 소쌍(蘇雙)이 보낸 사람이랍니다."

"소쌍이라! 그는 장세평이 독점하고 있는 말 시장에 새롭게 뛰어든 사람이 아닌가? 싸우는 곳이 어디냐?"

"성 밖 토묘(土墓) 뒤의 벌판에서 싸운답니다."

"장비가 무기를 들고 나갔다면 상대방도 보통 인물은 아닐 것이다. 어서 가 보자."

유비가 급히 달려 토묘 뒤 벌판에 도착해 보니 벌써 우렁찬 기합 소리와 함께 두 사람의 결투가 시작되었습니다.

"야합! 받아라, 장팔사모!"

"여헙! 받아라, 청룡언월도(靑龍偃月刀)!"

두 사람이 휘두르는 무기가 부딪힐 때마다 마른하늘에 번개가 치듯 섬광이 번쩍였습니다.

'저 무사는 보통사람이 아니다. 장비가 호랑이라면 저 사람은 용이다. 마치 호랑이와 용이 싸우는 것 같구나.'

유비가 청룡언월도를 휘두르는 무사를 살펴보니 얼굴은 무른 대추처럼 붉은빛이 나며 긴 수염을 휘날리는데, 덩치가 산만한 장비보다도 오히려 키가 1척은 더 커 보입니다. 그가 휘두르는 무기를 보니 길이가 거의 10척은 되고, 무게는 80근에 가까울 것 같습니다. 그 무기를 새끼줄 돌리듯 빙글빙글 돌리며 공격해 대니, 장비도 이마에서 땀을 뻘뻘 흘리며 찌르고 베고 휘두르며 공격을 합니다.

두 거인이 맞붙어 100여 합을 싸워도 승부가 날 것 같지 않자, 유비는 이쯤에서 싸움을 말렸습니다.

"멈추시오. 두 분 호걸은 그만 싸움을 멈추시오!"

거친 숨을 몰아쉬며 장비와 긴 수염의 무사가 한 발씩 물러나서 숨고르기를 합니다.

"헉! 헉! 형님이 웬일이십니까?"

"헉! 헉! 댁은 누구신데 싸움에 끼어드시오?"

"장사, 저는 현덕 유비라고 합니다. 저 장비의 형 되는 사람입니다. 싸움을 멈추시고 우리 셋이서 술이나 한잔하러 갑시다."

"싸우다가 갑자기 술을 마시다니요?"

"에이! 우리 형님이 말씀하시는데 그냥 따르지 뭘 구시렁대시오!"

"자, 내가 화해주를 살 테니 좋은 말 할 때 갑시다. 자, 셋이서 한잔해 봅시다!"

"공짜 술이라면 나도 좋소!"

세 사람은 가까운 주막에 가서 폭탄주를 마시며 서로 통성명합니다.

"저는 유비라고 합니다. 이곳 유주(幽州) 탁군(涿郡, 현 허베이성, 즉 하북성) 누상촌에서 태어났습니다. 자는 현덕이고, 황실 중산정왕의 후손입니다. 나이는 올해 22세이며, 15세 때부터 노식 선생에게 사사하여 현재의 현령인 공손찬과 교의를 맺었습니다."

"아! 유현덕께서는 황실의 종친이군요. 저는 관우(關羽)이며, 자는 운장(雲長)입니다. 하동군 해현(河東郡 解縣, 현재의 산시성)에서 태어났고, 나이는 25세입니다. 제 고향은 소금이 특산품인데, 제가 그 소금 밀매에 관여했다가 소금장수 한 사람을 때려죽이고 이곳까지 흘러들어오게 되었습니다. 이곳에서 소쌍이란 사람을 만나 신세를 지게 되었습니다. 그가 누상촌까지 발을 넓혀서 말 장사를 하고 싶은데, 장세평의 수하 장비라는 사람이 무서워 감히 끼어들지 못한다고 하더군요. 그래서 어떤 사람인지 호기심이 발동하여 제가 싸움을 걸어본 것입니다. 여지껏 제 청룡언월도를 단 3합도 넘긴 자가 없었는데, 저 아우는 100합을 넘기고도 끄떡없으니 참으로 대단한 무사라 생각합니다.”

“과찬이십니다. 저는 장비이며 자는 익덕입니다. 나이는 21세이며 연나라 탁군에서 태어났고, 이곳 누상촌에 흘러들어 와서 유비 형님과 인연을 맺고 말 장사를 하고 있습니다. 운장과 겨뤄 보니 과연 천하제일 의 무사라는 생각이 듭니다. 우리가 말 장사 때문에 싸운다는 건 창피하 고 쩨쩨한 일입니다. 더 큰 천하대세를 논해 봅시다.”

폭탄주가 몇 잔씩 돌자 유비가 천하대세를 설파합니다.

“지금의 황제를 십상시들이 둘러싸고 국정을 농단하고 있습니다. 나 라가 어지럽자 장각이라는 자가 나타나 황건적이라는 도적 떼를 이끌고 노략질을 하고 있습니다. 우리가 힘을 합쳐서 이 도적 떼를 소탕하고 기 울어가는 황실을 바로잡아 봅시다.”

유비가 천하대세를 장황하게 설파하자, 듣고 있던 관우가 흥분했습 니다.

“그렇습니다. 우리가 이곳에서 말 장사나 하면서 세월을 보낼 수는 없습니다. 유비님의 의견대로 천하명분을 위하여 활동해야 합니다. 유 형, 우리 세 사람이 의형제를 맺읍시다. 그리고 유 형 의견대로 황건적 을 소탕하고 기울어가는 한나라 황실을 재건하는 게 어떻겠습니까?”

“좋습니다. 마음 맞는 세 사람만 있으면 천하통일도 가능하지요. 장 비, 너는 어떻게 생각하느냐?”

“좋습니다. 당장 의형제를 맺자고요.”

“그럼 이 관우가 우리 삼형제의 서열을 정하겠습니다. 먼저 유비님은 저보다는 세 살 연하이긴 하지만 황족이며 황실의 종친입니다. 귀한 신 분이니 제일 큰형님이 되어 주십시오. 그리고 장비는 가장 나이가 어리니 막내가 되고, 저는 자동으로 둘째가 되는군요."

"좋습니다. 제가 운장보다는 세 살 연하지만 나이는 숫자에 불과합니다. 제가 맏형 노릇을 하겠습니다. 장비, 네 의견은?"

"두 분 다 형님으로 모시겠습니다, 충성!"

이때 장비가 폭탄주를 한 잔 더 들이키더니 제안을 합니다.

"형님들! 우리 집 뒤뜰에 복숭아밭이 있는데 지금 복사꽃이 만발했소. 내일 복숭아밭에 모여 하늘과 땅에 제사 드리고, 우리 세 사람이 함께 형제의 의를 맺도록 합시다. 세 사람이 일심동체가 되어 협력하기를 다짐한 뒤에야 비로소 큰일을 도모할 수 있을 것이외다."

다음 날, 도원에서 소와 돼지를 잡아 제례를 갖춘 후, 세 사람은 무릎 꿇고 절을 하며 천지신명께 맹세하며 결의를 맺습니다.

"천지신명께 맹세합니다(次日 於桃園中備下烏牛白馬祭禮等項 三人焚香再拜而說誓曰). 유비, 관우, 장비 세 사람은 비록 성씨는 다르지만 형제의 의를 맺기로 하였습니다(念劉備, 關羽, 張飛 雖然異姓 既結爲兄弟). 한마음 한뜻으로 협력해서 곤란하거나 위험에 빠진 경우에는 서로 돕고 부축하며(則同心協力 救困扶危), 위로는 나라에 보답하고 아래로는 백성을 편안하게 하도록 하소서(上報國家 下安黎庶). 한날한시에 태어나지는 않았지만 오직 한날한시에 죽기를 바라나이다(不求同年同月同日生 只願同年同月同日死). 하늘에 계시는 천지신명께서는 이 마음을 굽어 살피시어(皇天後土 實鑒此心) 의리를 배반하거나 은혜를 잊는 일이 생긴다면, 하늘과 사람이 함께 그자를 죽여 주소서(背義忘恩 天人共戮)."

"아멘…, 타불……."

맹세를 마치고 차례로 절하며 유비가 제일 큰형님, 관우는 둘째, 장비는 막내가 되었습니다. 이것이 그 유명한 '도원결의(桃園結義)'입니다.

도원결의를 맺고 의형제가 된 유, 관, 장 삼형제는 황건적을 토벌하기 위해 의병을 일으켰습니다. 그러자 마을의 젊은 사람들이 대거 몰려들기 시작합니다.

"탁현의 유비가 황건적을 치기 위해 의병을 모집한다네. 우리도 동참하세!"

"유비는 가난하여 돗자리를 팔아 생계를 유지한다던데, 군사들을 먹일 돈이 있을까?"

"걱정 말게. 유비가 의병을 일으켰단 말을 듣고 장세평과 소쌍이 많은 자금과 여러 마리의 말을 지원해 줬다네."

탁현에서 놀던 건달들을 싹쓸이하듯 모아 보니 500여 명의 의병이 조직되었습니다. 사기가 하늘을 찌를 듯한 유비 일행은 누상촌을 떠나 유주에서 처음 황건적과 마주쳤습니다. 이때 황건적은 장각의 심복 부하 정원지(程遠志)가 이끌고 있었습니다. 정원지는 유비의 군졸들을 보더니 어이없어합니다.

"아니 갑옷 대신 거적을 두르고 뛰어다니는 저 거지 떼들은 뭐냐? 관군도 우리를 보면 혼비백산 달아나는데, 하룻강아지 범 무서운 줄 모르는구나. 우헤헤!"

정원지가 껄껄거리며 웃고 있는데, 관운장이 청룡언월도를 치켜들고 뛰쳐나옵니다.

"저기 뛰어나오는 수염 긴 졸개는 누구냐? 수염을 잘라주겠다. 긴 수염, 거기 서라! 네가 도대체 겁이 없구나. 말에서 내려 항복하면 죽이지는 않겠……."

정원지의 말이 채 끝나기도 전에 관우의 청룡언월도가 그의 목을 향해 내리칩니다.

쉬익!

휘익!

순간 정원지의 목이 허공으로 멋지게 날아갑니다.

"이놈, 싸움은 말로 하는 게 아니다!"

이 광경을 목격한 황건적은 혼비백산 뿔뿔이 도주하기 시작합니다.

"무서운 장수다. 정원지 두령이 죽었다. 저렇게 빠른 장수는 처음 봤다. 후퇴하라!"

"황건적이 겁먹고 도망친다. 돌격!"

"와~아~!"

기세 오른 의병들은 첫 전투에서 대승을 거두었습니다.

"수고들 많았다. 다음은 청주(靑州)로 이동하자."

청주는 수만 명의 황건적에게 둘러싸여 곧 성이 함락될 위기에 처해 있습니다. 청주태수(靑州太守) 공경(龔景)은 장렬한 죽음을 결심하고 있는데, 갑자기 도적 떼의 등 뒤에서 한 떼의 군마가 나타나더니 황건적을 뭉개기 시작합니다.

"원군이 왔다. 우리도 나가 싸우자!"

위기에 몰려 있던 태수 공경이 성문을 열고 나와 유비군과 합세하여 황건적을 물리쳤습니다.

"유 장군, 고맙소. 내 이 은혜는 평생 잊지 않겠소."

이렇게 곳곳에서 관군과 의용군이 합세하여 황건적을 무찌르니 도적들은 점차 세력이 줄어들어 반란이 거의 진압되었습니다. 황건적의 두목 장각과 장량이 관군에게 잡혀 죽자 황건적의 난도 거의 평정되었습니다. 난이 평정되고 유비에게도 작은 벼슬이 내려졌습니다.

"유비를 안희현(安喜縣) 현령(懸令)에 임명한다."

의병을 이끌고 도적을 소탕한 공로를 높이사 내려준 벼슬이었죠.

"아니 형님, 겨우 현령이라니요? 공로로 보아서 대장군에 임명되셔야죠."

"장비야, 그런 말 말아라. 비록 작은 고을의 군수에 불과하지만 나에게 내려진 첫 벼슬이니 감사히 생각하고 열심히 해 보자."

유비는 비록 작은 고을이지만 열성을 다해 주민들을 섬기고 정사를 펼쳤지요.

"우리 고을에 명관이 오셨다. 현령께서 우리 주민들과 소통이 잘 되고 선정을 베푸시니 이젠 살 만하구나."

부역과 세금을 줄여 주고 백성들에게 해를 끼치지 않는 유비를 주민 모두가 고맙게 생각하며 진심으로 섬깁니다.

어느 날, 중앙에서 현령의 업무를 감찰한다는 구실로 독우(督郵)가 거들먹거리며 내려왔습니다. 독우란, 지방 현령이 풍속과 법률을 위반하는 사항이 있는지를 감찰하는 벼슬아치를 말합니다.

독우는 현령 유비를 보더니 대뜸 시비를 걸어옵니다.

"요즘 현령이 공무는 내팽개치고 밤낮으로 여자들을 끼고 술만 마신다는 여론이 있어서 왔소이다."

"제가 술을 좋아한다고요? 무슨 그런 터무니없는 말씀을 하십니까? 저는 술을 입에도 대지 않고 공무에 파묻혀 자정을 넘겨 겨우 눈을 붙이는데, 언제 여자를 만나겠습니까?"

"어허! 현령의 얼굴을 보니 기생오라비 같은 상판대기라서 여자 꽤나 따르겠는데, 무슨 거짓말을 하시오?"

공무를 감찰하러 내려온 독우는 처음부터 현령 유비에게 시비조로 어깃장을 놓기 시작하더니 마당에서 놀고 있는 죄 없는 강아지를 발로 차버립니다.

펙!

"깨갱깨갱!"

"저리 비켜라. 재수 없다. 현령이 관청에서 이따위 강아지나 기르고 있으니 개판이란 소리를 듣지."

"아니 나으리, 왜 충견에게 화풀이를 하시는지요? 반려견 학대죄로 고발하기 전에 사과하시지요?"

"듣기 싫소. 우선 지난달 처리한 공문이나 살펴봅시다. 모두 가져오시오."

현리들이 죽간(竹簡)에 쓰인 공문서를 가지고 나와 독우가 앉아 있는 탁자 앞에 쌓기 시작합니다. 독우가 얼굴을 찡그리고 죽간 몇 개를 들어 살펴보더니, 갑자기 탁자를 발로 걷어찹니다.

"누가 공문서를 이따위로 처리했느냐?"

"나으리, 공문을 읽어 보지도 않고 잘못되었다니요? 우리 안희현 현령께서는 모든 민원을 꼼꼼하게 챙겨 주민들로부터 '명관 중 명관'이라는 칭송이 자자한 분입니다."

"시방 몰라서 물어? 이놈들아, 공문 밑에 뭔가를 첨부해야 할 게 아녀!"

"나으리, 무얼 첨부해야 합니까?"

"아직도 모르겠느냐? 너희 현령 유비라는 자는 탐관오리 중 탐관오리다. 그렇게 부정한 돈을 먹었으면 좀 나누어 먹어야지 현령 혼자 독식한단 말이냐? 떡값을 넉넉히 챙겨 오너라. 이 멍청한 놈들아!"

그러자 이때까지 참고 듣고만 있던 장비가 슬며시 끼어듭니다.

"독우 나으리, 저 현리들이 눈치가 없고 멍청해서 송구합니다. 저를 따라오시죠. 제가 거마비(車馬費)를 좀 넉넉히 챙겨드리겠습니다."

"음…, 눈이 큰 거 보니 눈치가 있군. 그래 큰 것으로 한 장 가져와!"

"예, 이 뒤편에 재물 창고가 있는데 제법 많은 재물이 있습니다. 따라 오시지요."

그러자 유비가 걱정스러운 얼굴로 장비를 슬쩍 불러 묻습니다.

"장비야, 중앙에서 감찰 나오신 어른이니 함부로 대해서는 안 된다."

"예 형님, 아무 걱정 마십시오. 때려도 될 일을 어찌 좋은 말로 하겠습니까?"

"뭐라고? 막내야 무슨 말이냐?"

"아차! 제가 가방끈이 짧아서 말을 실수했네요. 좋은 말로 해도 될 일을 왜 때리겠습니까? 아무 걱정 마십시오."

장비는 유비를 안심시키고는 독우를 향해 말합니다.

"자! 독우 나으리, 제가 떡값을 넉넉히 챙겨 드리겠습니다."

"어흠, …내가 뭐 떡값을 달라는 건 아니오. 그냥 오고가는 정만 느끼자는 것이지."

독우가 장비 뒤를 따라 버드나무 우거진 곳에 다다르자 뭔가 낌새가 이상한지 묻습니다.

"아니 이런 곳에 재물 창고가 있단 말이냐?"

그러자 장비가 갑자기 독우의 멱살을 잡고 번쩍 들어 올립니다.

"그래 이놈아, 여기에 온갖 금은보화가 가득 있으니 양껏 가져가거라."

그러더니 독우를 버드나무에 묶기 시작합니다.

"네 이놈, 중앙에서 감찰 나온 나를 함부로 묶다니, 네가 진정 죽고 싶으냐?"

"독우인지 감찰인지 몰라도 내가 오늘 네 버릇을 고쳐 주마."

대갈일성을 마친 장비가 버드나무 가지를 꺾더니 독우에게 매질을 시작합니다.

퍽! 퍽! 철썩! 철썩!

"아이코, 아이코! 이놈이 사람 죽이네. 사람 살려!"

장비가 매질을 계속하자 독우가 비명을 지르며 바짓가랑이 사이로 오줌을 줄줄 싸기 시작합니다.

"아이코! 장비님, 잘못했습니다. 다 위에서 시킨 일입니다. 한 번만 눈감아 주시오."

"시끄럽다! 너 같은 놈은 죽을 때까지 맞아야 한다."

장비는 독우를 사정없이 갈깁니다. 유비와 관우가 뭔가 이상한 낌새를 채고 달려와 보니, 100여 대 가량의 매를 맞은 독우가 축 늘어져 있습니다.

"장비야, 그만해라."

"앞으로 100대는 더 맞아야 합니다."

"허허! 그러고 보니 속은 후련하구나. 이까짓 현령 벼슬 안 하면 그만이지."

유비는 현령 인수(印綬)를 벗어 독우의 목에 걸어줍니다.

"독우는 잘 들어라. 나는 벼슬을 버리고 고향으로 돌아갈 테니 그대로 보고하라."

그러자 장비가 씩씩거리며 말을 퍼붓습니다.

"이놈! 똑바로 들어라. 오늘 큰형님이 말리지 않았다면 넌 내 손에 맞아 죽었을 것이다. 이제 목숨은 살려 줄 테니 가거라. 가서 조금치라도 헛소리를 지껄이면 그땐 장팔사모로 네 목을 따 버릴 테니 명심해라!"

"예, 살려 주셔서 감사합니다. 저도 개과천선(改過遷善)하여 새 사람이 되겠습니다."

결국 유비는 독우의 목에 인수를 걸어둔 채 아우들과 함께 누상촌으로 돌아갑니다.

십상시와 하진의 등장

서기 168년, 영제는 어린 나이에 황제가 되어 전혀 통치 능력이 없음은 이미 설명 드렸죠? 거시기가 없는 환관 열 사람이 똘똘 뭉쳐 황제를 농락하기 시작합니다. 이들을 '십상시(十常侍)'라고 하죠.

"폐하, 머리 아픈 정치에는 신경 쓰지 마시고 저희에게 맡겨 주십시오. 이쁜 궁녀들과 미팅만 하면 됩니다."

"히히히! 그럼 거시기 없는 아부지들만 믿고 전 걸 그룹들과 오락이나 하겠습니다."

쯧쯧, 거시기 없는 환관들에게 황제가 '아부지'라고 부르다니, 이미 나라의 망조가 보이기 시작한 것이죠.

십상시는 영제가 정치에서 멀어지도록 주색에 빠지게끔 만드는 데 성공합니다.

"폐하, 요즘은 와인이 대세입니다. 쭈~욱 한잔 빠시면 하진(何進)의 여동생이 폐하를 모실 것입니다."

"얼굴은 어느 정도요?"

"폐하, 언제 제가 실망시킨 적 있습니까? 말씀해 보세요."

"나도 진정 좋아하는 캐릭터가 있질 않소. 아무튼 빨리 데려와 보시오."

십상시들은 하진의 여동생을 황제에게 바치자, 황제는 이 여자에게 단번에 빠지고 맙니다.

"아부지, 정말 이~쁘네요. 이뻐~이뻐~, 히히히!"

그날부터 황제는 밤낮을 가리지 않고 하진의 여동생과 주색잡기에 빠져듭니다. 하진은 원래 소를 잡는 백정이었는데, 특히 소 껍데기 벗기는 달인입니다. 여동생이 황제의 총애를 받아 귀인의 자리에 오르자 벼슬을 달라고 애교를 부립니다.

"폐하 오빠~, 제 오라비가 칼을 잘 씁니다."

"어~엉? 하귀인(河貴人)의 오래비가 칼잡이요? 그럼 별을 달아줘야지."

"감싸!"

"여봐라, 칼을 잘 쓰는 하진을 장군으로 임명하라. 당장 별 두 개를 붙여 사단장으로 내보내라."

"예? 폐하, 칼도 쓰임새가 다릅니다. 하진이 쓰는 칼은 소 잡는 칼입니다."

"어허, 그놈 참 말이 많구나. 아무 칼이나 잘 쓰면 장군감이지 무슨 잔말이여?"

"예, 폐하! 분부 받들겠나이다."

소 잡는 칼을 잘 쓰는 하진이 하루아침에 장군이 되었죠.

"듣거라! 나만큼 칼 잘 쓰는 자가 있으면 앞으로 나와 봐라. 앞으로 군기가 문란한 자는 소 잡던 칼로 껍데기를 확 벗겨 버리겠다."

"장군, 이젠 장군이 되셨으니 품위 있고 어려운 말을 쓰셔야죠. 그런 입에 담지 못할 무서운 말을 하다니요?"

"부관, 내가 소 껍데기 벗기는 일 말고는 할 줄 아는 게 없잖은가. 이해하게, 히히히!"

"예, 장군. 저도 돼지 잡다 출세했습니다요."

"그렇다면 도긴개긴이구나. 잘 해 보자. 하하!"

나라가 이 지경이 되자 사방에서 도적들의 반란이 일어나기 시작합니다. 그 대표적인 도적이 바로 장각이 이끄는 황건적입니다. 그들은 머리에 누런 수건을 쓰고 다녔기 때문에 황건적이라 불렸죠. 황건적의 난이 정점 심해지자 황제는 하진을 대장군에 임명합니다.

"네가 소 잡을 때 쓰던 칼을 가져와라. 그리고 전 군사는 나를 따르라. 저 황건적의 무리를 잡아 껍데기를 확 벗겨 버리자. 전군 돌격!"

"와아!"

이렇게 하진이 황건적과 싸우고 있을 무렵, 그 여동생 하귀인에게도 변화가 찾아오죠. 하귀인의 미모가 아무리 뛰어나도 세월 앞에서는 어쩔 수 없는 법. 하귀인은 아들 유변(劉辯)를 낳은 후 황후의 자리에 올랐습니다. 그러나 점차 거칠어지는 피부와 늘어나는 주름 때문에 늘 걱정입니다.

"보톡스 아줌마는 왜 이렇게 늦는 거냐?"

짜증내는 황후의 재촉에 시녀들이 쩔쩔매며 답합니다.

"황후마마, 보톡스 아줌마가 방금 궁궐 문을 통과하였습니다."

하지만 영제도 점차 늙어가는 황후가 싫증이 나기 시작했죠.

"십상시 아부지들, 더 젊고 싱싱한 애들은 없소? 하 황후가 늙으니 잔소리만 늘고 잠자리에 흥이 나지 않소이다."

"폐하, 젊고 아름다운 여인이 있다마다요! 왕미인(王美人)이 있습죠."

"왕미인? 으음! 미인 중에서도 왕이라 이거지? 당장 데려오지 못하고 뭘 하는 게냐!"

그날부터 황제의 사랑은 왕미인에게로 옮겨 가고 말았습니다. 왕미인 역시 떡두꺼비 같은 아들을 떠억 낳은 거죠. 왕미인이 아들 유협(劉協)을 낳자, 하 황후는 뭔가 불안을 느낍니다.

'조논을 제거해야 내가 산다.'

하 황후는 계략을 꾸미고자 왕미인을 부릅니다.

"어서 오시게 왕미인. 우린 서로 방망이 동서 아닌가?"

"여부가 있습니까? 우리가 사이좋게 지내야 황실이 평안하지요."

"그래서 하는 말인데, 자네 요즘 화장품은 무얼 쓰나?"

"화장품이라니요? 밤마다 폐하의 은총을 받다 보니 혈이 돌아서 얼굴색이 이리 밝습니다. 호호!"

"폐하께선 아직도 정력이 넘치나 보오, 대낮에는 내 침실에 드나드시니. 그러다가 다리가 풀릴까 걱정이라오. 하하!"

"그럴 리가요? 태후전에 드나든단 소문은 못 들었습니다. 호호!"

"하하! 그렇소. 사실은 내가 여자로서 샘나서 하는 소리라우. 그러니 신경 쓰지 말고 자~자, 차나 한잔씩 하세."

왕미인은 헤벌쩍 입이 벌어져 기분이 좋습니다.

"단숨에 쭈~욱, 쭈욱~."

왕미인은 하 황후가 따라준 차를 기분이 째져서 단숨에 들이킵니다.

"카아, 맛 좋다!"

하지만 곧이어 왕미인은 피를 토하며 쓰러집니다.

"황후! 이럴 수가? 차에 독을 타다니······!"

"흥! 미인박명이란 말 못 들었느냐? 어린 논이 어디서 까불어!"

왕미인이 죽자, 그 아들 협을 할머니인 동태후(董太后)가 필사적으로 보호합니다.

"내 쉐키, 저 악독한 황후년이 언제 손쓸지 모른다. 내가 보호해야지."

이럴 즈음, 황후의 오라비 하진의 힘이 점점 커지자 불안을 느낀 십상시들이 하진 제거 음모를 꾸밉니다.

"자고로 외척의 힘이 커지면 우리 십상시가 위험해진다. 황자 협을 황태자로 세우고, 하진을 제거하자."

건석(蹇碩)이라는 십상시가 주도적으로 일을 꾸미죠. 하지만 하진이 미리 눈치채고 궁궐에 절대 들어가지 않습니다. 그런데 주색에 곯아 있던 황제 영제가 갑자기 서기 189년에 세상을 떠납니다. 하진은 불안해서 어쩔 줄을 모릅니다.

"황제께서 붕어(崩御)하셨다. 어쩌면 좋겠냐?"

"군사를 몰아 궁궐로 치고 들어가야 합니다. 먼저 십상시들을 모조리 쳐 죽이고, 빨리 황태자 변을 황제로 올리십시오."

하진의 경호실장 원소(袁紹)가 의견을 제시합니다.

"역시 경호실장은 군사혁명을 좋아해. 가자!"

하진은 군사 5천 명을 몰아 궁궐에 들어간 후 재빨리 조카 변을 황제의 자리에 올립니다. 이때 변의 나이 17세, 그가 바로 한나라 '소제(少帝)'입니다.

전광석화 같은 하진의 조치에 당황한 십상시들은 재빨리 하진 제거 계획을 세웠던 건석을 찾아내어 목을 베어 버립니다.

"하진 대장군! 여기 불손한 고자 건석의 목을 가져왔습니다. 참 못생겼습니다."

"죽으면 다 그리 보이지요, 어흠!"

"그런가요? 아무튼 우리 구상시들은 모두 하 장군을 지지하며 존경하고 있습니다."

이때 원소가 하진에게 건의합니다.

"장군, 이 기회에 저 고자들을 모조리 쏵쏵! 기회를 놓치면 오히려 장군이 당하게 됩니다."

그러나 본래 신분이 미천한 하진이 머리가 좋을 리 없지요.

"원소, 조금만 더 두고 봅시다. 내 조카 변이 황제가 됐는데, 거시기도 없는 제깟 놈들이 무슨 힘을 쓰겠소. 하하!"

이 말을 들은 원소가 개탄합니다.

'머저리 하진! 평생 소가죽이나 벗기면서 살 놈을 대장군 시켜 줬더니 멍청하게끔……. 곧 죽게 될 것이다.'

무식한 하진은 경호실장 말은 듣지 않고 세상을 다 가진 것처럼 기고만장합니다.

"모두들 들어라! 이제 십상시 시대는 가고, 백정의 시대가 왔다. 아… 아니…아니, 하진의 시대가 왔다. 모든 신하들과 백성들은 나를 믿고 따르라. 삐딱한 신하나 백성이 있으면 그냥 껍데기를 확 벗겨 버리겠다. 알겠느냐?"

대장군이 백정이었다는 말에 모두 벌벌 떨고는 아무 소리도 못 합니다. 겨우 죽음을 면한 십상시들은 하진 앞에 바짝 엎드립니다.

"거시기도 없는 것들이 까불기는…, 모두 눈 내리깔고 찌그러져 있어라."

"예, 하진 나리. 저흰 오로지 하진 장군의 명령에 복종하겠습니다."

이렇게 대답한 후 저희들끼리 모여 의논합니다.

"끄응, 우리가 발탁한 하진이 너무 커버렸다. 어찌하면 좋을꼬?"

환관들을 처치하지 않자 원소가 다시 십상시를 제거해야 한다고 주장합니다.

"거참! 아무 쓸모도 없는 놈들을 왜 그리 죽이자고 그러는 게냐?"

"다 대장군을 위한 일이니 알아서 들었으면 하오. 그리도 모르오!"

원소의 설득에 결국 하진도 십상시를 제거할 마음이 생깁니다.

'그래! 저 고자들을 아예 없애버리자. 나라를 농단한 비선실세들, 모두 죽여 적폐 청산하겠다.'

그런 하진의 움직임을 눈치챈 십상시들은 대책을 논의합니다.

"우리가 거시기 없이 산다고 깔보지 말라. 우리를 살릴 사람은 현재로는 태후마마뿐이다."

환관 아홉 사람은 하 태후를 찾아가 울고불고 매달립니다.

"세상에서 제일 예쁜 태후마마께 문안인사 드립니다."

"내가 세상에서 제일 예뻐? 하여튼 십상시 오빠들의 높은 안목은 못 말린다니까, 호호호."

"저희가 섹시한 태후마마를 스카우트했음을 잊지 마십시오."

"아암! 그건 내가 잘 알지."

"그런데 대장군이 저희를 죽이려고 합니다."

"나, 빽도 권력도 있다우. 아무 걱정 말게. 쓸모없는 그대들을 죽인들 무슨 영화가 있다고, 쯧쯧!"

"역시 태후마마는 멋쟁이!"

하 태후는 오빠를 부릅니다.

"오빠, 머리 다쳤수? 우리를 이렇게 만들어 준 게 누구예요? 십상시들 아닙니까. 그런데 오빠는 은혜를 원수로 갚으려고 해요?"

"잘 알겠습니다. 자꾸 경호실장이 꼬드겨서……."

결국 환관들을 죽이려던 계획은 태후의 만류 때문에 실패로 돌아갔죠. 이때다 싶어 환관들의 반격이 시작됩니다.

"태후마마, 우리가 장군을 뵈옵고 싹싹 빌며 화해를 청해보겠습니다.

저희가 부르면 오지 않을 것이니 태후께서 하 장군을 장락궁(長樂宮)으로 불러 주시지요."

"모름지기 화해가 최고요. 그리들 하시오."

황태후가 하진을 장락궁으로 부르자 원소가 만류합니다.

"장군, 이건 십상시들의 음모가 틀림없습니다."

"에이구, 천하의 병권이 내게 있는데 고자들이 감히 대들겠소? 그놈들이 까불면 그냥 껍데기를 화악 벗겨 버리면 되오. 또, 내 누이동생 황후의 명인데 어찌 내가 거절하겠소? 내 금방 다녀올 테니 걱정 붙들어 매시오."

하진은 원소의 만류에도 불구하고 장락궁으로 들어갑니다. 호위병도 없이 거들먹거리며 하진이 들어서자 사방의 문이 닫히며 십상시들이 그를 둘러쌉니다.

"하진, 넌 은혜를 모르는 백정이다. 우리가 네 누이를 발탁하여 이렇게까지 키워 줬건만 이젠 우리를 죽이려 하다니……. 이 좋은 세상, 죽긴 왜 죽어! 어림 반 푼어치도 없는 소리다."

"이놈들이 대장군에게 감히 무슨 소리를 하는 거냐? 네놈들 껍데기를 그냥 확 벗겨 버리겠다!"

하진이 말을 마치기도 전에 칼과 도끼를 든 도부수(刀斧手) 500여 명이 쏟아져 나오더니 난도질을 시작합니다.

"아악! 이 백정보다 못한 놈들!"

하진은 500명의 도부수들이 휘두르는 칼과 도끼에 뼈와 살이 부서져 죽고 말았습니다.

원소는 성 밖에서 기다리다 지쳐 크게 소리를 질러 봅니다.

"대장군, 그만 나오시오! 어찌 이리 늦습니까?"

그러자 성 위에서 단규(段珪)라는 환관이 나오더니 하진의 머리를 획 던집니다.

"옛다! 가져가거라. 원소 이놈아, 하진이 반역을 꾀하다 죽었다. 너희도 썩 물러가거라!"

하진의 잘린 목을 보자 원소의 분노가 극에 달했습니다.

"군사들은 들어라. 모두 성문을 깨트리고 진입하라. 저 십상시들을 모조리 죽여라. 아니다, 수염 없는 것들은 모두 죽여라!"

"와~아, 돌격! 앞으로 가!"

성난 원소의 부하들이 성 안으로 진입하여 환관들을 모조리 살육합니다.

"턱을 만져서 수염 없는 놈들은 모조리 죽여라!"

"저…저, 저는 고자가 아닙니다. 어제 면도를 해서 수염이 없습니다."

"시끄럽다! 수염이 없으니 그냥 죽어라."

성난 병사들은 고자들뿐 아니라 수염 없는 벼슬아치들은 모조리 도륙을 냈습니다.

"어머머멋! 저는 여자예요."

"저…저희들은 거시기는 없지만 고자가 아닙니다."

"그럼 뭐냐?"

"저희는 트랜스젠더예요."

"트랜스젠더라니? 이름을 말해 봐라."

"저는 아리수."

"저는 허리수."

"저는 하리주예요."

"트랜스젠더? 이건 죽여야 하나 살려야 하나? 참 헷갈리네?"

"살려 주자고요!"

이로써 오랜 세월 국정을 농단하던 십상시들과 그 일가족 2천여 명은 모두 끔찍한 살육을 당하고 막을 내렸습니다.

원소의 부하들이 환관들을 닥치는 대로 죽이자 장양과 단규는 황제 변과 황제의 동생 협을 데리고 궁궐을 벗어나 도망을 칩니다.

"폐하, 폐하! 쿠데타가 일어났습니다. 어서 도망쳐야 합니다."

"알겠소. 내 동생 유협이도 데려갑시다. 빨리 도망칩시다."

그런데 황제 일행이 피비린내 나는 궁을 벗어나 한참 도망치는데, 뒤에서 원소가 이끄는 병사들이 추적해 옵니다. 이에 겁을 먹은 장양은, '잡히면 사지가 찢겨 죽는다. 차라리 투신하자.' 이렇게 마음먹고 강에 뛰어들어 죽고, 단규는 군사들에게 잡혀 칼에 맞아 죽습니다. 어린 황제와 그 동생 협은 숲속에 바짝 엎드려 숨어 있다가 군사들이 모두 가 버리자 서로 손을 잡고 숲을 헤매기 시작합니다.

"아우야, 나도 배고프다. 어디 가서 밥 좀 얻어 와라."

"나도 배고픕니다. 자칫하면 죽게 되니 좀 참으세요."

만승(萬乘)의 귀한 몸들이라 배고픔과 추위를 참기란 더 힘들죠. 차라리 일반 백성으로 태어났더라면 좋았을 것을…, 한탄하고 후회하며 숲속을 헤맵니다.

권력을 장악한 동탁

　대장군 하진은 장락궁에서 암살되기 직전에 변방에 주둔하고 있는
각지의 장군들에게 군마를 이끌고 낙양으로 오도록 명령한 바 있습니
다. 그 명령에 따라 서량자사(西凉刺史) 동탁(董卓)은 군사들을 인솔하고
낙양으로 올라오고 있는 중입니다. 동탁 일행이 소평진이라는 나루터
에 도착했는데, 두 소년이 손을 잡고 무언가에 쫓기는 듯 도망칩니다.
　"전군 정지! 저 소년들을 잡아 와라."
　동탁의 명을 받은 수하 졸개들이 두 소년을 붙들어 왔습니다.
　"너흰 웬 꼬마들?"
　그러자 아홉 살 가량의 꼬마가 카랑카랑 목소리를 높여 호령합니다.
　"네 이놈, 너는 누구냐? 이분은 황제 폐하시다. 빨리 무릎을 꿇어라."
　"화…황제 폐하? 어디 자세히 보자. 횃불을 밝혀라!"
　불을 밝히고 자세히 살펴보니 용포를 입은 황제가 틀림없습니다.
　"황제 폐하! 이게 도대체 어인 일이십니까?"
　황제를 알아본 동탁이 부복하자 수하 군졸들도 모두 무릎을 꿇습니
다. 동탁이 좀 더 자세히 살펴보니 황제는 어리바리하여 벌벌 떨며 서
있고, 오히려 어린 동생이 동탁을 노려보며 큰소리칩니다.
　"나는 황제 폐하의 동생 유협이다. 우린 배가 고프니 우선 먹을 것을
내와라."

"협 황자시군요. 소장은 서량자사 동탁이옵니다. 여기 음식과 따뜻한 외투가 있습니다. 이제부터 소장이 폐하를 모실 테니 아무 걱정 마십시오."

이렇게 되어 천자와 그 동생 협은 동탁에게 구출되어 다시 낙양으로 향합니다.

"폐하를 내가 구했다. 천자가 내 손안에 있다. 하진이 통솔하던 군대는 내가 모두 장악한다."

궁궐을 장악한 동탁은 그날부터 한나라 최고의 실권자로 부상합니다. 군부를 완전히 장악한 동탁은 엉뚱한 발상을 하게 되죠.

"모사 이유(李儒)를 불러와라."

이유가 들어오자 넌지시 발상을 얘기합니다.

"이유야, 황제를 갈아치워야겠어. 현 황제는 어리바리하니 똑똑한 협을 황제로 세우자."

"승상, 굿~굿! 아이디어입니다. 아주 잘 생각하셨습니다. 소제를 폐위시킵시다."

이튿날, 동탁은 궁궐의 모든 대신들을 불러 모았습니다.

"모두 들으시오. 지금의 황제는 우둔하고 덕이 없소. 황제감이 못 되니 진류왕(陳留王) 유협을 황제로 세웁시다."

모든 대신들이 끽소리도 못 하고 듣고만 있는데, 누군가 일어서더니 소리칩니다.

"뚱땡이는 개소리하지 마라. 뭘 잘못 처먹었는지 모르지만 신하 주제에 황제를 폐위해?"

이 말을 듣던 동탁이 발끈하여 받아칩니다.

"어떤 놈이냐? 감히 내 의견에 반대하다니!"

"형주자사(荊州刺史) 정원(丁原)이다. 내 말이 틀렸냐? 헛소리 집어치워라!"

이때, 동탁이 칼을 들어 정원을 베려고 하자 정원의 등 뒤에 9척의 무시무시한 장수가 눈을 부릅뜨고 노려봅니다.

"누가 우리 아부지에게 겁 주냐? 동탁인지 통닭인지 죽고 싶으면 덤벼 봐라."

"어…어…어, 아니오…아니오. 이 동탁이 농담 한번 했소이다."

정원의 호위무사에게 겁을 먹은 동탁이 슬그머니 꼬리를 내립니다.

"자, 오늘 회의를 마칩니다. 모두 해산하시오."

그러고는 이유를 불러 묻습니다.

"정원의 호위무사는 누구냐? 그렇게 무섭게 생긴 장수는 처음 봤다."

"그자는 여포(呂布)입니다. 정원의 양자인데 키가 9척으로, 방천화극(方天畵戟)을 잘 써서 싸움에서 한 번도 패한 적이 없답니다."

"그자를 우리 편으로 끌어올 수 있겠느냐?"

"여포는 머리가 둔하고 욕심이 많은 자라서 아끼시는 적토마(赤兎馬)를 준다고 꼬드기고 금은보화를 주면 정원을 죽이고 이쪽으로 올 것입니다."

"좋다! 적토마뿐만 아니라 마누라라도 달라면 줄 수 있다. 그러니 무슨 수를 써서라도 데려와라."

"알겠습니다. 제가 여포를 포섭해 데려오겠습니다."

며칠 후, 여포와 죽마지우(竹馬之友)인 이숙(李肅)이라는 사람이 여포를 찾아왔습니다.

"여포, 그동안 잘 지냈나?"

"아이고 이숙, 자네가 웬일인가?"

"웅, 고향 친구인 자네에게 좋은 말을 한 필 선물하려고 왔네."

"나에게 선물을? 왜 갑자기 선물을 한다는 건가?"

"아 이 사람아, 자네는 큰일을 할 사람 아닌가? 나중에 크게 출세하면 나도 좀 도와주게. 이 말은 온몸이 붉어서 이름이 적토마라네."

말을 타고 넓은 들판을 한 바퀴 돌아본 여포가 가쁜 숨을 몰아쉬며 입에 침이 마르도록 칭찬합니다.

"정말 훌륭하군. 덩치와 뛰는 속도가 보통 말의 두 배야."

"이 말은 하루에 천 리를 뛴다네. 사람과 비교하자면 항우장사라고 봐야지."

"정말 이 좋은 말을 나에게 주는 건가?"

"당연하지. 그리고 여기 약간의 돈을 가져왔네."

"돈이라니?"

"큰일을 하려면 정치자금이 필요할 것 아닌가."

"현금이겠지?"

"당근이지. 저 사과상자에 5만 원권으로 5억을 담아 왔네."

"5…5억을? 이건 정치자금법 위반 아닌가?"

"아 소심하긴. 자네 같은 영웅에게 5억 정도는 껌 값에 불과하네."

"이숙, 이런 큰돈을 누가 보냈는가?"

"그렇지, 그렇게 직방으로 나와야지. 이건 내가 모시고 있는 동탁 장군이 자네를 큰 인물로 알고는 보내는 선물이네."

"부담스럽군!"

"그러니깐, 자넨 너무 자신의 가치를 높일 줄 모르네. 자넨 형주자사 밑에서 최저임금만 받고 일하는 게 억울하지 않은가?"

"그러고 보니 부당한 대우를 받는 것 같기도 하네. 하지만 그분은 내가 양아버지로 삼았기 때문에 의리상 참고 있는 거라네."

"이 사람아, 의리가 밥 먹여 주나! 우리 동탁 장군을 섬기게. 그러면 높은 벼슬과 깔려 죽을 만큼 재물을 주겠다고 하네."

"그게 사실인가?"

"당연히 사실이지. 지금 당장 들어가서 의붓아버지 정원을 베어 버리게. 그리고 오늘부터 동탁을 아버지로 섬기게."

"알겠네. 잠시만 기다리게."

여포는 방천화극을 들더니 정원의 집무실로 들어갔습니다.

"봉선(奉先, 여포의 자)아, 잠자지 않고 이 밤중에 웬일이냐?"

"히히, 제가 아부지 손 좀 보려고 왔사옵니다."

"뭐라고? 너 미쳤느냐?"

"예, 적토마에 미치고 돈에 미쳤소. 잔말 말고 내 방천화극을 받으시오, 야합!"

"으윽! 머리 검은 동물(사람)은 거두지 말랬는데…, 맞는 말이구먼!"

여포를 아들처럼 돌봐주던 정원도 재물에 눈이 먼 인간의 배신 앞에 속수무책 당하고 말았습니다.

이튿날, 여포는 동탁을 찾아갑니다.

"동탁 아부지, 제가 가짜 아버지 정원의 목을 가져왔습니다."

"현명한 내 양아치야…, 아니고 양아들아, 잘 했다 잘 했어! 오늘부터 적토마는 네 것이다."

"아부지, 빠트린 게 있을 텐데요?"

"아하! 내가 요즘 건망증이 좀 있다. 금은보화를 몽땅 줄 테니 마음껏 써라."

서로 이해타산이 맞아떨어진 두 부자는 서로 얼싸안고 울고불고 지랄 발광을 합니다.

"그런데 아들아, 나도 가짜 아버진데 언젠가 네가 나도 죽이지 않을까?"

"아이고! 아부지, 당연하죠. 제가 머리 자르기 검법을 공연히 익혔겠습니까? 아…아차! 아니…아니죠. 천부당만부당하신 말씀! 맘 푹 놓고 저를 믿으십시오."

"알겠다. 아들아, 너만 믿는다."

여포를 얻은 동탁은 이제 세상에서 무서울 게 없습니다. 동탁이 안하무인으로 설치기 시작하자 원소가 떠나 버립니다.

"에잇! 바보 같은 동탁. 어쩌다 저런 무지막지한 놈을 불러들였을꼬. 빨리 우리 원씨의 본거지 기주(冀州)로 가자!"

원소까지 떠나 버리자 이젠 완전히 동탁의 세상이 되고 말았죠.

"만조백관(滿朝百官)은 모두 집결하라. 지금부터 내 명을 거역하는 자는 즉결 처분한다."

동탁은 만조백관들을 둘러보며 일장연설을 합니다.

"존경하고 사랑하는 만조백관 여러분! 지금의 황제는 덕이 없고 멍청하여 황제의 자격이 없습니다. 그래서 소제를 폐위하고 황자 유협을 새 황제로 옹립할까 합니다. 이에 모두 이의 없으시겠죠?"

"야! 이 뚱땡이 돼지 같은 놈아, 이의 있다. 네가 뭔데 황제를 함부로 폐위한단 말이냐? 너 뒈질래?"

'정관(丁管)'이라는 신하가 일어서더니 소리치며 신발을 벗어 동탁에게 던집니다.

"어쭈구리! 이놈 봐라. 이게 겁도 없이 누구에게 덤벼!"

동탁의 뒤에 시립하고 서 있던 여포가 칼을 뽑더니 정관의 목을 단칼에 베어 버립니다.

"짜샤! 너처럼 대세를 읽을 줄 모르는 놈은 죽어야 해."

나머지 신하들은 쥐 죽은 듯 조용합니다.

"그놈, 원래가 마음에 안 들었어! 그리고 쪼다 황제, 너 이리 내려와 무릎 꿇어라."

동탁은 소제를 끌어내리고 유협을 용상에 앉힙니다.

"만조백관은 새로운 천자에게 절을 올리시오."

동탁이 선언합니다.

"만세, 만세, 만만세! 황제 폐하 만만세!"

모든 신하들이 유협에게 절을 올립니다. 이 유협이 한나라 마지막 황제가 될 헌제(獻帝)입니다.

동탁은 폐위된 소제와 그 어미 하 태후를 질질 끌고 가 영안궁(永安宮)에 유폐시켜 버리죠. 하 태후는 끌려가면서 통곡합니다.

'아, 내가 오빠 하진을 죽게 만들었다. 십상시에게 속아서 오빠를 장락궁으로 불러들인 게 내 실수다. 그런데 오빠는 왜 저런 무지한 동탁을 낙양으로 불러들였을꼬? 분하다!'

결국 하 태후가 독살한 왕미인의 아들 유협이 황제의 자리에 오르고, 자기와 아들 소제는 유폐되는 신세가 되었습니다. 그러나 유폐도 잠깐, 며칠 후 동탁이 보낸 모사 이유가 찾아옵니다.

"태후마마, 아, 아니지? 하씨 아줌마, 존경하는 동탁 장군께서 향기로운 술을 한잔 보냈소이다. 근심 걱정 잊으시고 한잔 쭈욱 드시지요."

"이유, 네 이놈! 그 술은 독배가 아니냐? 영안궁에 유폐하는 것도 모자라 나를 죽이려고 하다니, 천벌을 받을 것이다 이놈!"

"이 아줌마가 말이 많구만, 한잔 마시라면 곱게 마실 것이지!"

이유는 발악하는 하 태후를 죽입니다. 이렇게 소제와 하 태후를 제거한 동탁은 그날부터 폭정을 펴기 시작합니다.

여포는 명실공히 애비가 셋이 되었습니다. 자신을 낳아 준 친아버지, 적토마에 눈이 멀어 죽인 형주자사 정원, 그리고 최근 부자의 연을 맺은 동탁이지요. 황제를 갈아치워 죽인 후 동탁의 횡포는 극에 달하였습니다. 무소불위, 하늘 아래 무서울 게 없습니다.

"너 예쁘구나. 이리 와라."

"어머머멋! 손대지 마세요. 저는 황제의 여자예요."

"황제의 여자? 그럼 궁녀구나. 오늘부터 모든 궁녀들은 다 내 것이다."

동탁은 아무 궁녀나 눈에 띄는 대로 끌어다 욕정을 불살랐습니다.

"장군, 오늘은 어디에서 주무시겠습니까?"

"오늘은 용상에 누워 자겠다."

"용상은 황제 폐하의 집무실인데, 그곳에서 주무신다고요?"

"오냐, 오늘부터 잠은 용상에서 자겠다."

궁궐의 안하무인 동탁은 성질도 포악해서 마주치지 않으려고 모두 숨어 다닙니다. 동탁은 조정의 대신들이 조금이라도 눈에 거슬리면 발과 주먹으로 개 패듯 팼습니다.

"넌 무슨 벼슬을 하는 누구냐?"

"예, 저는 궁궐의 살림을 맡아보는 관리 책임자입니다."

"널 보니 이유 없이 기분이 나쁘구나. 좀 맞아 봐라."

픽! 픽!

궁궐의 대신들은 하인 취급을 하고, 일반 백성들은 버러지 취급을 했습니다.

한번은 동탁이 군사를 이끌고 어느 마을 앞을 지나가는데, 마을 사람들이 나와서 봄꽃놀이를 즐기고 있었습니다. 심사가 뒤틀린 동탁은 군사들에게 명령했습니다.

"여봐라, 저놈들이 필시 도적 떼다. 모두 몰살해라."

곧바로 군사들이 달려가 무고한 백성들을 마구 학살하기 시작합니다. 평화로운 마을이 갑자기 아비규환(阿鼻叫喚)으로 변했습니다. 양민들을 모조리 학살한 동탁은 마을까지 모두 불태워 버렸습니다.

"허~어, 잘 탄다! 버러지 같은 백성들을 모두 죽이고 나니 속이 시원하구나."

이렇게 동탁의 횡포가 날이 갈수록 심해지자 백성들의 원성이 하늘을 찌릅니다. 하루는 사도 왕윤(王允)이라는 사람이 가깝게 지내는 친구 몇 사람을 집으로 초대했습니다. 벼슬하는 친구들이 모이자 왕윤이 슬피 흐느껴 울기 시작합니다.

"아니, 오늘 사도의 생일잔치라고 해서 왔는데, 이 기쁜 날 어찌 울고 계시오?"

"사실 오늘 내 생일이 아니오. 저 무지막지한 동탁을 어찌 제거할지 의견을 듣고자 여러분을 초청한 것이오."

그 말을 듣자 초청받은 손님들이 모두 울음을 터트립니다.

"불쌍한 천자 폐하!"

모두 슬피 우는데, 누군가가 큰 소리로 웃어 댑니다. 깜짝 놀라 쳐다보니 교위 벼슬을 하는 조조(曹操)라는 사람입니다.

"아니 맹덕(孟德, 조조의 자)이 엄숙한 자리에서 어찌 웃음을 웃나? 분위기가 영 썰렁하잖아!"

"아닙니다. 그까짓 동탁을 죽이면 될 텐데 실천은 못 하고 술상머리에 주저앉아 우는 모습들이 측은해서 웃은 겁니다. 왕윤 대인, 저에게 칠성검(七星劍)을 빌려 주십시오. 일곱 개의 보석이 박힌 그 칼로 동탁을 찔러 죽이고 오겠습니다."

평소 동탁에게 신임을 얻어 그의 침실까지 자유롭게 출입이 가능한 조조가 품속에 칠성검을 숨기고 동탁이 있는 승상부에 들어갔습니다. 조조가 승상부에 들어가 보니, 경호를 담당하는 여포가 말을 끌고 외출해 동탁 혼자만 등을 돌린 채 누워 있습니다. 이에 조조가 급히 칠성검을 꺼내 동탁을 찌르려 합니다. 그런데 거울을 통해, 칼을 뽑아 든 조조의 모습을 발견한 동탁이 놀라 묻습니다.

"조조야, 지금 무얼 하고 있느냐?"

이에 깜짝 놀란 조조가 황망 중에도 얼른 꾀를 내어 곧바로 칼을 받쳐 들고 꿇어앉았죠. 얼굴 가득히 미소를 지으며 말했습니다.

"헤헤헤! 승상, 이 칼이 워낙 귀한 보검이라 승상께 바치려고 가져온 것입니다."

"보검을 내게 선물한다고? 이리 다오. 한번 보자. 음, 보검은 보검이 군."

동탁이 칠성검을 살펴보고 있는데, 때맞춰 여포가 말을 끌고 들어옵니다.

"봉선아, 조조가 보검을 내게 선물했으니 그 말을 답례품으로 주어라."

"예, 아버님."

말을 끌고 돌아온 여포에게 동탁은 조조를 칭찬하며 상으로 말 한 필을 내렸지요.

"아주 훌륭한 말이군요. 한번 타 볼까요?"

"오냐 오냐, 네게 선물한 말이니 타 보거라."

조조는 등에선 식은땀이 흐르지만 일부러 침착하게 천천히 말을 타고 뚜벅뚜벅 승상부를 나섭니다. 그리고 문을 나서자마자 바람처럼 도망치기 시작하죠.

"이랴! 살았다. 빨리 이곳을 벗어나자. 이랴, 이랴! 말아 날 살려라."

조조가 말을 시승하러 나간 후 오랜 시간이 흘러도 돌아오지 않자, 동탁과 여포가 조조의 행동에 대해 의심을 하기 시작합니다.

"이상하다? 조조 저놈의 행동이 아무래도 수상해."

"아버님, 아무래도 속은 거 같은데요?"

이때 동탁의 모사 이유가 들어옵니다.

"승상, 방금 조조가 황급히 나가던데 무슨 일인지요?"

"음, 조조가 이 칼을 선물하더구나. 그래서 답례로 말을 줬더니 타고 나가서 돌아오지 않는구나."

"승상께서 속았습니다. 조조는 승상을 암살하려다 실패한 것입니다."

"뭣이? 빨리 비상경계를 하달하고 전국에 공개 수배하여 조조를 검거하라."

조조가 중모현(中牟顯)을 통과하는데, 미리 매복해 있던 군졸들이 튀어나옵니다.

"조조, 서라! 너를 긴급 체포한다."

"영장은 있나?"

"긴급 체포라서 없다."

"네 진술은 법정에서 불리하게 작용할 수 있다. 따라서 묵비권을 행사할 수 있고, 변호인을 선임할 수 있다."

포승줄에 꽁꽁 묶인 조조는 하늘을 우러러 탄식합니다.

'아, 여기에서 조조의 운명이 끝나는가! 분하다. 동탁에게 연행되면 사지가 찢겨 죽을 텐데 두렵구나. 남자가 태어나서 큰 뜻을 펼쳐 보지도 못하고 비참하게 죽다니. 이제는 어떻게 해야 하나……..'

조조는 무릎을 꿇고 앉아 간절히 기도를 시작합니다.

"주여, 주여! 긍휼히 여겨 주시옵소서. 불쌍히 여겨 주시옵소서. 제가 주색잡기에 빠졌던 지난 과거를 모두 회개하옵니다. 이제 제가 죽게 되었사오니 제 목숨을 구해 주시옵소서. 제 기도에 응답해 주실 줄 믿사오며 간절히 기도드리옵니다. 아멘."

하나님께서 조조의 기도를 들어주셨는지, 지성이면 감천인지, 아무튼 한밤중인데도 옥졸이 들어오더니 포승줄을 풀어 줍니다.

"조조, 나를 따라오시오. 현령께서 데려오라 하셨소."

옥졸을 따라 들어가니 현령이 기다리고 있습니다.

"맹덕, 어서 오시오. 나는 중모현의 현령 진궁(陳宮)이라 하오. 자는 공대(公臺)요. 그대는 동탁을 암살하려다 실패하고 쫓기다 하필 나에게 붙잡혔소."

"현령, 빨리 나를 죽이시오."

"아니오, 맹덕. 그대는 생긴 것은 간사하나 의인이요. 지금 동탁은 황제를 핍박하고 백성을 괴롭히는 역적이오. 우리 힘을 합하여 동탁을 제거합시다."

"진궁, 진심이요?"

"그렇소. 지금 당장 둘이서 도망합시다. 그리고 군사를 모아 동탁을 칩시다."

조조와, 현령 진궁은 야반도주를 시작했습니다.

"진궁, 초군 쪽으로 도망합시다. 그곳엔 내 아버지의 친구 여백사(呂

伯奢)가 계십니다. 우리를 도와주실 겁니다."

칠흑 같은 어둠을 뚫고 쉬지 않고 말을 달려 다음 날 여백사의 집에 도착하였습니다.

"저 조조입니다. 먼 길을 가다 날이 저물어 큰아버지께 하루 신세를 지려고 왔습니다."

"조조야, 어서 오너라. 피곤할 테니 따뜻한 방에서 쉬고 있어라. 읍에 나가서 좋은 술을 사오겠다."

"예, 감사합니다. 그럼 하룻밤 묵어가겠습니다."

조조와 진궁이 여장을 풀고 잠시 휴식을 취하는데, 밖에서 두런거리는 소리가 들립니다.

"묶어서 잡을까, 아니면 그냥 잡을까?"

숫돌에 칼 가는 소리가 들립니다.

사악~삭!

"진궁, 큰일 났소! 여백사의 하인들이 우릴 잡으려는 것 같소. 잡히기 전에 우리가 선수를 칩시다."

"좋소! 하나, 둘, 셋에 뛰어나가 모조리 베어 버립시다."

두 사람은 방문을 박차고 뛰어나가 닥치는 대로 베기 시작합니다.

"야합! 비겁한 놈들아, 칼을 받아라!"

정신없이 베다 보니 여백사의 가족과 하인들을 모두 해치웠습니다.

"모두 여덟 명을 베었소. 빨리 도망칩시다."

조조와 진궁이 뒤뜰에서 말을 타려고 보니 돼지 한 마리가 줄에 묶여 있습니다.

"진궁, 우리가 큰 실수를 했소. 저 사람들이 우릴 해치려는 게 아니었소."

"하인들이 돼지를 잡고 있었군요."

"큰일 났소. 빨리 도망칩시다."

두 사람이 황급히 말을 몰고 도망치는데 여백사가 술을 사서 나귀에 싣고 오고 있습니다.

"조조야, 어딜 가느냐? 지금 돼지를 잡고, 술을 사오는데 먹고 가야지."

"아, 예! 저희가 갑자기 급한 일이 생겨서 빨리 떠나야 합니다."

"그래, 서운하구나. 배가 무척 고플 텐데……."

조조와 진궁이 황급히 달아납니다. 그런데 갑자기 조조가 말 머리를 돌리더니 여백사의 뒤를 쫓아가 목을 베어 버립니다.

"야합!"

"으윽! 조조야, 왜? 왜?"

여백사는 영문도 모르고 죽고 말았죠. 이 광경을 보고 진궁이 기겁을 합니다.

"조조! 이게 뭐하는 짓인가? 왜 죄 없는 여백사를 죽이는가?"

조조가 천연덕스럽게 대답합니다.

"내가 천하 사람을 모두 버릴지언정 천하 사람들이 나를 버리도록 하지 않겠다(영교아부천하인(寧敎我負天下人), 휴교천하인부아(休敎天下人負我))!"

"조조, 무슨 말이냐?"

"우리 손에 가족들이 죽은 사실을 알면 여백사가 관가에 고발해 우리를 추적할 것이오. 그래서 미리 손쓴 것이지."

"조조, 그대는 이리의 마음을 가진 자로다."

진궁은 조조를 베어 버리려다 그렇게 하면 그 역시 의롭지 못한 일임을 깨닫고는 마침내 조조를 버리고 떠납니다. 절이 싫으면 중이 떠나는 이치죠.

조조의 젊은 시절, 관상쟁이 허자장(許子將)은 조조를 보고 이렇게 평하였습니다. "그대는 치세의 능신이요, 난세엔 간웅이다(治世之能臣 亂世之姦雄)." 즉, 평온한 세상에서는 유능한 신하이나 어지러운 세상에서는 간사한 영웅이라는 말이죠. 조조는 이런 말을 듣고 화를 내기는커녕 껄껄 웃었다고 합니다.

진궁과 헤어진 조조는 고향으로 돌아와 아버지 조숭(曹嵩)의 재물을 풀어 군사와 인재를 모아서 힘을 기릅니다.

앞서 이야기했듯이 영제 때부터 정치를 농단한 십상시들을 일거에 소탕한 사람이 원소입니다. 하진이 십상시의 계략에 빠져 장락궁에서 암살당하자 군사들을 이끌고 궁궐로 난입해 환관과 그 일족 등 2천여 명을 싹 쓸어버리죠. 그런데 동탁을 낙양으로 불러들인 건 하진이었죠. 그건 하진의 큰 실수였습니다. 동탁은 낙양으로 올라오는 도중 궁궐에서 도망치는 황제인 소제를 발견하여 궁궐에 입성합니다. 그리고는 황제를 등에 업고 권력을 장악하더니 안하무인으로 행동하기 시작합니다. 이런 동탁을 보고 원소의 속이 편할 리 없지요.

'이런 제기랄! 고자들은 내가 쓸어냈는데, 재미는 저 뚱땡이가 다 보는구나.'

그래서 원소는 동탁과 크게 다투고 낙양을 떠납니다. 원씨의 본거지인 기주에 정착하여 군마를 조련하며 힘을 기르죠.

제후들의 동탁 토벌 계획

서기 190년, 원소는 하북(河北)에서 조조와 함께 동탁과 싸울 토벌군을 모집합니다. 원소가 동탁 토벌의 격문을 보내자 각 지방의 제후들이 구름 떼처럼 모여듭니다.

나 원소와 조조는 천하에 고하노라.

동탁은 하늘과 땅을 속이고 감히 천자를 시해하였다.

또, 죄 없는 백성들을 잔혹하게 죽이니 그 죄는 실로 태양을 가리고도 남을 만하다.

그래서 우린 의병을 일으켜 저 무지한 동탁을 베어 없애고자 한다.

바라건대 모든 제후들은 의로운 군사를 일으켜 역적을 함께 토벌하자.

우리의 힘으로 위태로운 왕실과 백성들을 아울러 구하자.

제후(諸侯)들이여, 일어서라!

이 격문을 보고 열일곱 갈래에서 제후들이 속속 모여듭니다. 이때 유비는 평원군에서 군수노릇을 하다가 이 격문을 보고 관우, 장비와 함께 제후들의 연합군에 합류합니다. 유비는 당시에는 아직 제후의 반열에는 들지 못하고 공손찬의 휘하 부장으로 참가한 거죠.

열일곱 명의 제후들이 모이자 조조가 의견을 말합니다.

"우리 열일곱 명을 통제할 대표가 필요한데, 여기 계시는 원소를 맹주(盟主)로 삼음이 어떻습니까?"

"좋소, 찬성이오."

맹주란, 17명의 제후 중 가장 우두머리란 뜻이죠. 원소는 초라한 유비를 보고는 무시하기 시작합니다.

"댁은 뉘시오?"

"예, 저는 안희현령을 역임하고 현재는 평원군수로 근무하는 유비 현덕이라 합니다."

"평원군수? 깡촌에서 왔구려. 군사는 몇이나 데려왔소?"

"500명을 데려왔습니다."

"겨우 500이요? 저기 수염 길고 키 큰 사람과 수염 거칠고 눈 큰 사람의 직위는 뭐요?"

"예, 한 사람은 마궁수(馬弓手)이며 또 한사람은 보궁수(步弓手)입니다."

"마궁수, 보궁수…, 쫄따구들이구먼. 저 뒤 열에 가서 조용히 서 있으시오."

"맹주님, 알겠습니다. 조용히 눈 깔고 있겠습니다."

그런데 이 대화를 듣고 있던 장비가 한마디 합니다.

"형님! 저 원소인지 원수인지 하는 놈, 싸가지가 바가지군요. 형님이 맹주를 하셔야지 저런 등신 같은 놈이 맹주를 하다니, 말이 안 되죠. 제가 장팔사모로 목을 따 버릴까요?"

"아서라 장비야. 조용히 해라."

그러나 이들을 눈여겨보는 사람이 있었으니, 그는 바로 조조입니다.

'저 유비는 영웅이 될 사람이다. 관우, 장비 두 사람은 일당백의 무사들이다.'

이렇게 연합군이 분주히 움직일 때, 스스로 대권을 잡은 동탁은 나날이 술과 여자에 파묻혀 살고 있지요.

"어제 마신 술이 아직도 안 깨는구나, 끄~윽. 그런데 너는 누구냐?"

"예, 저는 궁녀인데 어제 승상께 잡혀 와서 지금까지 있습니다. 흑흑!"

"어젯밤 일은 난 모른다. 미투 그런 거 하면 안 된다. 재수 없으니 빨리 꺼져라!"

이때 모사 이유가 뛰어들어 급한 보고를 합니다.

"승상! 큰일 났습니다. 원소와 조조가 각 지방의 제후들을 모아 승상을 토벌하겠답니다."

"뭐? 나를 토벌해? 내가 무슨 빨치산이냐 토벌하게. 어서 장수들을 소집해라."

동탁은 연합군이 자기를 치러 왔다는 보고를 받고는 깜짝 놀라 여러 장수들을 부릅니다.

"장수들은 들어라. 원소가 이끄는 연합군이 대거 출정하여 낙양으로 오고 있다. 이 연합군이 사수관(氾水關)을 넘지 못하게 막아야 한다. 여포야! 그놈들이 건방지게도 이 동탁을 토벌하겠다고 하는데 어찌하면 좋겠느냐?"

"걱정 붙들어 매십시오. 저 연합군인지 뭔지 몰라도 제 눈에는 모두 지푸라기로 만든 허수아비에 지나지 않습니다."

이때 여포의 등 뒤에서 누군가 크게 소리칩니다.

"닭 잡는 데 소 잡는 칼을 쓸 필요 없지요(割鷄焉用牛刀). 제가 가서 제후들의 목을 모조리 잘라 오겠습니다."

동탁이 큰소리치는 사람을 바라보니 키가 9척에다 곰의 허리, 표범의 얼굴을 가진 고릴라 같은 장수입니다.

"오~, 화웅(華雄)! 너로구나. 좋다 네가 군사 5만을 이끌고 사수관으로 나가서 적들을 막아라."

"알겠습니다. 저만 믿고 따르십시오."

"따르라니? 듣고 보니 말따구가 좀 그렇다?"

"아, 승상께서는 마음 편히 먹고 계시라는 좋은 말입니다."

"그럴 테지…, 감히 네놈이 날 무시하진 못할 터. 마음 넓은 내가 용서하마. 하하!"

화웅이 사수관으로 나오자 포신(鮑信)이란 장수가 아우 포충(鮑忠)을 부릅니다.

"아우야! 첫 전공은 우리가 세우자. 네가 나가서 화웅을 베고 적을 무찔러라."

"옙! 형님, 알겠습니다."

포충이 공을 세울 욕심에 군사를 몰고 선봉에 서서 화웅을 막으려 나옵니다. 평소 일당백을 자랑하던 포충도 막상 화웅과 맞닥뜨리자 겁을 먹고 당황합니다.

"어…어? 저 화웅이란 놈 포스가 장난 아닌데?"

포충이 화웅을 보자 겁을 먹고 도주하려 합니다.

"선봉장이 겁부터 먹어야 쓰나?"

화웅의 칼이 번쩍이자 포충은 비명 한마디 못 지르고 목이 날아갑니다. 포신의 욕심에 애꿎은 동생만 죽고 말았죠. 포충이 죽자 장사태수(長沙太守) 손견(孫堅)이 군마를 이끌고 화웅을 공격합니다.

"고릴라가 동물원에서 재롱이나 부리지 전쟁터에는 뭣 하러 나왔느냐?"

손견이 화웅과 수십 합을 싸우다 차츰 밀리기 시작합니다.

"주공! 이놈은 제가 상대하겠습니다."

손견의 부하 장수 조무(祖茂)가 화웅을 가로막습니다.

범 같은 장수로 알려진 조무지만 화웅과 10여 합을 겨루다 그가 내려친 대도에 맞아 말 아래 굴러떨어집니다. 화웅은 조무의 목을 베어 의기양양하게 돌아가고, 손견은 조무를 잃은 슬픔에 대성통곡합니다.

"조무, 조무! 용맹스런 그대가 이 어인 일인가? 그대가 나 대신 죽었구나. 슬프도다."

포충에 이어 조무까지 전사했다는 보고를 받고 원소가 발을 구릅니다.

"우리 연합군 중에 저놈 하나를 당할 장수가 없단 말이냐?"

이튿날 화웅이 다시 철기군(鐵騎軍)을 거느리고 싸움을 걸어오자, 이번엔 원술의 부하 유섭(兪涉)이 나섭니다.

"소장이 저 고릴라의 목을 베어 오겠습니다."

"유섭, 장하다! 화웅의 목을 얻어 와라."

그러나 유섭이 나가 화웅과 단 3합을 싸운 끝에 목이 달아납니다. 이번엔 반봉(潘鳳)이 나섭니다.

"나 쌍도끼의 달인 반봉이 한번 싸워 보겠소."

큰 도끼를 들고 늠름하게 출전하는 반봉을 보고 모두 마음 놓습니다.

"이젠 화웅을 저 도끼로 반분하여 오겠지."

그런데 잠시 후 또 보고가 들어옵니다.

"반봉 장군이 반봉(半封)으로 나눠지고 말았소."

나가는 장수마다 모두 목이 달아나자 원소가 발을 구르며 노발대발합니다.

"장수 안량(顔良)과 문추(文醜) 한 사람만 있었어도 저 화웅을 쉽게 물리칠 텐데 아쉽다! 또 누가 나가서 화웅과 싸울 장수는 없는가?"

"······."

모든 장수들이 기가 죽고 화웅에게 겁을 먹어 감히 싸울 엄두를 내지 못합니다. 그런데 이때, 뒤 열에 서 있던 한 장수가 큰 소리로 외칩니다.

"소장이 한번 나가 보겠소."

소리 나는 곳을 바라보니 키는 9척이요, 수염이 길고 얼굴색이 무른 대춧빛 같고, 누에 눈썹에 봉의 눈을 가진 장수가 서 있습니다.

"그대는 직책이 뭔가?"

"예, 유비 현덕을 모시고 있는 마궁수(馬弓手) 운장 관우입니다."

"마궁수? 이놈! 전장이 애들 장난하는 곳인 줄 아느냐? 어디 쫄따구 마궁수 따위가 나선단 말이냐?"

이때 관우의 범상치 않은 모습을 알아본 조조가 끼어듭니다.

"맹주! 싸움은 벼슬로 하는 게 아니오. 이 사람을 내보냅시다."

이 말에 원소가 짜증을 내며 동의합니다.

"에잇, 알아서들 하시오. 그렇지 않아도 적장 화웅의 기세가 하늘을 찌를 듯한데, 저 쫄따구가 나가서 또 목을 허비하면 우리 군사들 사기는 어쩌란 말이요?"

"맹주는 화를 가라앉히시오. 그리고 마궁수는 여기 따끈한 술이 있으니 한잔 마시고 출전하시오."

"술은 다녀와서 마시겠소. 그 자리에 두시오."

마궁수 관우가 말을 타고 나가자 원소는 다음 출전할 장수를 물색하고 있습니다. 이때, '쿵' 하고 뭔가가 날아와 원소의 발아래 떨어집니다.

"이…이게 뭐이다냐? 누가 전쟁터에서 볼링 연습을 하는 거냐?"

"맹주, 이건 화웅 목입니다."

"뭐라고? 화웅이 마궁수의 목을 베어 우리에게 돌려줬단 말이냐?"

"아닙니다. 바로 그토록 갖고 싶어 하신 화웅의 목입니다."

"화…화웅의 목? 맙소사! 정말 화웅의 목이구나."

이때 마궁수 관우가 터벅터벅 들어오더니 조조가 따라놓은 술을 마십니다.

"카~아! 술이 아직 식지 않았구나. 맹주께서도 한잔해 보시겠소?"

"아…아니오. 참으로 대단한 장수요. 겉모습만 보고 판단해서 미안하오. 존함이 어떻게 되시는지? 다시 한 번 말씀해 주시죠."

"전 유비 현덕의 아우 관우입니다. 자는 운장이지요."

"관 장군, 고맙소."

선봉장 화웅이 전사하자 사기가 오른 연합군들이 동탁의 군을 대파합니다.

"역적 동탁의 잔졸들을 모두 죽여라. 사수관을 넘어 낙양까지 들이치자. 돌격!"

"와아!"

싸움에서 대패하여 사수관이 곧 함락 직전이라는 보고를 받은 동탁은 얼굴이 사색이 되어 다시 장수들을 소집합니다.

"자칫하면 사수관이 무너진다. 이각(李郭), 곽사(郭汜)! 너희 두 사람에게 군사 5만을 줄 테니 사수관을 사수(死守)해라. 나는 15만을 이끌고 호로관(虎牢關)으로 가겠다. 여포, 너는 나를 따라와라. 군사 3만을 줄테니 선봉에서 적을 막아라."

드디어 여포가 선봉에서 3만의 군사로 싸움을 걸어오자 연합군 측에서는 방열이 나갑니다. 하지만 기세 좋게 나간 방열은 여포의 기합 소리 한 번에 목이 달아납니다.

"이런 젠장헐! 1합도 싸워 보지 못하고 죽을 걸 왜 나갔니?"

조조의 군사들은 수군거리며 전의를 상실합니다. 그 여세를 몰아 여포가 방천화극을 춤추며 연합군을 덮칩니다.

"후퇴~, 작전상 후퇴!"

여포에게 짓밟힌 연합군은 대패하여 달아나고, 여포는 전리품을 챙겨 돌아갑니다.

"아버님, 제가 연합군의 선봉을 싹 쓸어버리고 왔습니다."

"역시 사람 중엔 여포요, 말 중엔 적토마로구나!"

동탁의 벌어진 입이 다물어지지 않습니다.

가뜩이나 연합군 측에서는 기가 죽어 있는데, 다음 날 여포가 또 군사를 몰고 싸움을 걸어옵니다.

"여포다! 여포의 방천화극을 막아낼 장수는 없는가?"

이때 누군가 목순(穆順)의 등을 떠밉니다.

"여기 천하명장 목순이 있소이다."

"어…? 어…어 참! 밀지 말래두…….."

"목순! 목순!"

장수 체면에 안 나갈 수도 없고, 등 떠밀려 할 수 없이 목순이 나가자 여포가 그 야차 같은 얼굴로 빙긋이 웃습니다.

"좀 센 놈은 없냐?"

"게임은 해 봐야 아는 법!"

"듣던 중 반가운 소리네. 야합!"

여포가 기합을 넣으면서 방천화극을 휘두르자 휘익 목이 허공으로 날아가 땅바닥에 떨어집니다.

"자, 다음 장수 나와라!"

"여기 북해태수(北海太守) 공융(孔融)의 부장 무안국(武安國)이 있다. 나와 한판 겨뤄 보자."

무안국이 나가 10여 합을 싸웠으나 차츰 밀리기 시작합니다.

"저러다가는 무안국까지 죽겠소. 우리 제후들이 한꺼번에 뛰어나갑시다."

여덟 제후들이 팔방에서 공격하자 여포가 힘이 부치는지 슬쩍 물러갑니다.

"비겁하게 여덟 명이 대들기냐? 내일 다시 보자."

이튿날, 여포가 또 싸움을 걸어오자 북평태수(北平太守) 공손찬이 뛰어나갑니다.

"여기 북평태수 공손찬이 있다. 여포는 내 칼을 받아라!"

공손찬과 여포가 20여 합을 싸웠지만 시간이 갈수록 공손찬이 점점 밀리기 시작합니다.

'수많은 장수를 상대해 봤지만 저 여포같이 센 놈은 처음이다.'

공손찬이 도저히 여포를 이기지 못하고 등을 보이며 달아나자 천리마 적토마를 탄 여포가 등뒤에 바짝 추격해 옵니다.

"공손찬! 내 방천화극을 받아라."

막 여포가 공손찬을 찌르려는 순간, 난데없이 한 장수가 뛰어듭니다.

"이 애비 셋인 후레자식아, 장팔사모를 받아라!"

갑자기 뛰어든 장비가 여포의 방천화극을 내리칩니다.

쩽그렁!

"고리눈…, 너는 또 뭐냐?"

"이 어르신은 연인(燕人) 장비다. 너처럼 애비가 셋인 후레자식은 내가 죽여 주마."

"애비가 셋? 이놈이 못 하는 소리가 없구나. 내 아버지는 동탁 승상한 분뿐이다."

"미련한 놈, 나한테도 아버지라고 부르면 목숨은 살려 주마."

"이 고리눈이 싸가지가 제로구나. 한번 붙어보자."

호랑이 수염 장비와 성난 여포가 싸움을 시작합니다.

"으라차차…받아라, 장팔사모!"

"으라차차…받아라, 방천화극!"

"아싸라비야 콜롬비야!"

"아싸라비야 라투비야!"

"앗싸, 가오리!"

"앗싸, 고등어!"

여포와 장비, 세기의 대결은 300합이 넘도록 승부가 나질 않습니다.

헉…헉…헉…헉…'송!'

헉…헉…헉…헉…'방!'

헉…헉…헉…헉…'창!'

그런데 300합이 넘어가자 여포가 탄 적토마는 아직도 힘이 펄펄한데, 장비가 탄 보통 마는 지치기 시작합니다.

"힘 좀 써 봐라! 펄펄 나는 적토마를 봐라. 넌 자존심도 없냐?"

"남 탓 좀 하지 마소! 나도 뼈대 있는 명마요. 당신 몸무게가 150킬로그램에 육박하니 난들 배겨나겠소? 다이어트나 좀 하시오, 히히힝!"

장비가 탄 말이 뒤처지자 이를 지켜보던 관우가 청룡언월도를 휘두르며 가세합니다.

"후레자식아! 여기 운장 관우가 왔다. 내 청룡도를 받아라."

"비겁하게 둘이 덤비냐?"

"여포! 내가 가세한 건 내 아우가 탄 말 때문이다. 네 말은 천리마지만 장비의 말은 보통 말이다. 넌 적토마가 아니었으면 진즉 장비에게 죽었어!"

이때 유비도 쌍검을 빼어 들고 가세합니다.

"성씨 셋을 가진 후레자식아, 여기 현덕 유비도 있다!"

이것이 『삼국지』에서 유명한 '유·관·장 삼형제와 여포의 싸움'입니다. 『삼국지』를 자세히 읽어 보면 관우와 장비는 어떤 맞짱에서도 패한 적이 없습니다. 다만 유일하게 여포와의 싸움에서 한 번 비기는 거죠. 관우가 번개처럼 청룡도를 내리치면, 장비가 유성처럼 사모로 찔러 오고, 관우·장비가 빠지면 유비가 쌍검으로 현란하게 내리치고. 이 숨막히는 싸움에 여러 제후들은 손에 땀을 쥐며 바라봅니다. 그러고는 감탄을 금치 못합니다.

"대단한 솜씨들이다! 저 삼형제를 촌뜨기들로 얕봤는데, 알고 보니 대단한 영웅들이구나."

세 사람의 공격을 당하지 못하고 여포가 달아납니다.

'헉헉헉……! 오늘은 지쳤다. 치사한 놈들, 다음에 보자.'

달아나는 여포를 세 사람이 말을 박차 뒤쫓고, 그걸 본 연합군들은 힘이 나서 함성을 지르며 뒤쫓으니, 여포의 군사들은 크게 패하여 호로관으로 밀려들어갑니다.

믿고 있던 여포마저 패하고 쫓겨 오자 동탁은 안절부절합니다.

"이러다가 원소가 이끄는 연합군의 손에 잡혀 죽는 게 아니냐? 어떻게 해야 좋을지 의견들을 말해 보아라."

모두 꿀 먹은 벙어리가 되어 침묵을 지키는데, 모사 이유가 일어나서 계책을 올립니다.

"상국, 제가 연합군의 힘을 빼서 흩어버릴 좋은 계책이 있습니다. 지금의 수도 낙양(洛陽)을 버리고 장안(長安)으로 천도하는 것입니다."

"그 이유(理由)가 무엇이냐 이유(李儒)?"

"예, 지금 각 지방의 제후들이 모여 천자에 대한 의리 때문에 상국(相國)을 토벌하겠다며 연합군을 조직하였으나 그 내면을 살펴보면 천자에 대한 의리는 개뿔 같은 소리고, 실제는 다 자기 욕심에 모인 자들입니다. 그런데 우리가 장안으로 천도하면 제후들의 힘이 뿔뿔이 분산될 것입니다. 또한 이곳 낙양은 상국의 고향과는 먼 곳이어서 민심이 상국을 따르지 않습니다. 수도를 상국의 고향에 가까운 장안으로 천도한다면, 천하의 민심이 훨씬 더 가까이 다가올 것입니다. 천문학자들의 말을 들으면 이제 낙양은 그 운이 다했다 합니다. 상국께서 제후들의 목표인 낙양을 버리면 목표를 잃은 제후들은 맹수들이 싸우듯 저희들끼리 치열하게 다투다 흩어질 것입니다."

"이유, 굿모닝 아이디어다. 좋은 생각이야. 나도 이 낙양엔 정이 떨어진 지 오래됐어. 낙양 놈들이 나에게 정을 주지 않거든. 내가 지나가면 내 뒤에서 가래침을 뱉는 놈도 있었어. 내일이라도 당장에 수도를 옮기자."

그러자 다른 신하들이 우려를 나타냅니다.

"상국, 천도는 신중히 결정하셔야 합니다. 대국민 여론조사를 해 보고, 또 국회의 동의도 얻어야 되는 거 아닙니까? 여론조사 결과 천도를 지지하는 지지층이 많다고 가정해도 장안에 궁궐을 신축하고 도시 기반 시설을 다 갖추려면 적어도 10년 이상은 걸릴 겁니다."

"시끄럽다. 그런 강아지 풀 뜯어 먹는 소리 하지 말라. 도시 기반 시설이고 뭐고 필요 없다. 당장 천도한다. 천도하기 이전에 낙양의 부호들 재물을 모두 뺏고 다 죽여라. 그놈들을 모두 원소와 한 패거리로 몰아라. 또 능묘를 파헤쳐 부장품을 모두 꺼내라. 죽은 송장들에게 귀중품이 뭐가 필요하겠느냐. 그리고 이 궁궐을 포함하여 낙양에 불을 질러라."

"상국! 그건 안 됩니다. 왜 죄 없는 부호들을 죽이고 재물을 약탈하며, 양민들의 집에 불을 지릅니까? 그건 로마 폭군 네로나 할 짓입니다. 절대 안 됩니다."

"어? 저놈도 알고 보니 원소와 한패였구나. 여포야, 당장 죽여라."

"예, 아버님!"

여포가 방천화극으로 반대하는 신하를 베어 버리자 모두 쥐 죽은 듯 조용해집니다.

"조~용~히~해!"

드디어 무지막지한 동탁의 약탈과 방화가 시작되면서 장안으로 천도가 시작됩니다. 낙양을 초토화시키고 장안으로 천도하는 길은 지옥을 방불케 합니다. 낙양의 부호들을 모조리 죽이고 재물을 약탈한 동탁은 궁궐을 포함하여 모든 민가에 불을 지릅니다.

"허어, 잘 탄다. 속이 시원하다. 여봐라, 행렬 뒤에 처지는 무지렁이들은 모두 죽여라!"

"엡, 상국!"

낙양으로 천도하는 행렬에 조금이라도 뒤처지는 사람은 가차 없이 죽였습니다. 천도 행렬은 아비규환입니다. 아무 영문도 모르는 천자는 수레에 실려 가며 망연자실하고 앉아 있다가 군인들이 백성들을 칼로 마구 베자 기겁을 합니다.

"저…저…죄 없는 백성들은 왜 죽이는 것이냐? 죽이지 말라. 그들은 모두 내 백성들이다."

황제가 기겁하며 명을 내리지만 군졸들은 히죽거리며 아랑곳하지 않습니다.

"폐하! 상국의 명입니다. 신경 쓰지 마십시오."

이렇게 대답하고는 뒤처진 노약자와 어린아이, 그리고 부녀자들을 마구 살육합니다.

"동작 느린 인간들은 쓸모가 없으니 모두 죽이라는 상국의 명이다. 저기 저 할망구와 영감탱이도 뒤처졌다. 쫓아가서 베어 버려라."

"옙! 장군님."

군졸이 뒤처진 노부부를 따라가 인정사정없이 베어 버립니다.

이윽고 천자를 포함한 모든 벼슬아치와 백성들이 모두 떠나 버리자 싸울 상대를 잃어버린 동맹군은 닭 쫓던 개 지붕 쳐다보는 꼴이 되고 말았습니다.

'우린 앞으로 어떻게 해야 하나? 이럴 땐 계산이 빨라야 한다.'

각 제후들은 앞으로 자신들이 어떻게 해야 할지 계산하느라 눈치 보며 머뭇거리고만 있습니다. 이유의 예측대로 장안으로의 천도 계책은 칼 한 번 휘두르지 않고 동맹군을 무력화시킨 것이죠. 이때 조조가 나서서 열변을 토합니다.

"뭘 주저하고 있는 것이요? 서로 눈치만 볼 게 아니라 빨리 동탁을 추적해야죠. 맹주! 뭘 하고 있습니까? 빨리 명을 내리시오."

그러나 원소 역시 딴 계산을 하며 우물거립니다.

"조…좀 더 생각해봅시다."

그러자 조조가 발끈하며 결단을 내립니다.

"좋습니다! 모든 제후들이 우물거리니 나 혼자라도 동탁을 추적하겠소."

결기에 찬 조조가 홀로 군사를 몰아 추적에 나섭니다. 이를 알아차린 이유가 동탁에게 다음 작전을 제시합니다.

"상국, 제후들 중 우릴 추격하는 자가 있을 겁니다. 추격에 대비하여 골짜기에 군사를 매복시키십시오."

"맞는 말이다. 내가 적의 추격에 대비해 작전 지시를 하겠다. 서영(徐榮), 너는 정병 3만을 이끌고 왔던 길을 되돌아가서 형양성(衡陽城) 밖 산기슭에 매복하라. 적이 지나가더라도 공격해서는 안 된다. 또 우리 군사들과 추격병이 전투를 하더라도 공격해서는 안 된다. 매복하고 기다리고 있으면 추격병들이 우리 매복군에게 공격당하여 도주할 것이다. 그때 너는 도주하는 연합군 측 추격병을 한 놈도 살려 보내지 말고 전멸시켜라."

"옙, 승상!"

"이각, 곽사! 너희는 정병 5만을 이끌고 되돌아가서 골짜기에 매복하라. 추격병이 오더라도 공격하지 말고 지나쳐 보내라. 여포, 너는 정병 3만을 이끌고 되돌아가서 추격하는 연합군의 군사와 정면으로 싸워라. 연합군의 추격병과 조우되면 일직선으로 밀고 들어가 모두 쓸어버려라. 그리고 이각, 곽사! 너희는 매복해 있다가 여포 군사와 연합군의 군사가 맞짱이 시작되면 적의 후미를 좌우에서 공격하라. 3면에서 정병 10만 명이 포위, 공격하면 추격 부대는 괴멸될 것이다."

"상국! 알겠습니다. 군사를 이끌고 되돌아 나가겠습니다."

동탁이 무자비한 사람이긴 하지만, 그 역시 전장에서 잔뼈가 굵은 사람이라 작전 지시에는 빈틈이 없었죠.

여포가 정병 3만을 이끌고 왔던 길을 되돌아 돌진하는데, 과연 조조의 군사들이 뒤쫓아왔습니다. 여포가 일직선으로 조조의 군사 중심부를 공격합니다.

"조조! 어딜 그리 바쁘게 가느냐? 내가 여기에서 너를 기다렸다."

"오, 이제 보니 애비 셋 가진 후레자식이구나. 이 역적의 자식 놈아, 천자와 백성들을 끌고 어디로 가느냐?"

"어? 조조, 이놈 너도 환관의 자식이 아니냐? 네 할애비는 거시기도 없는 환관인데, 네놈은 어디서 태어났는지 궁금하구나."

이 말을 듣고 있던 조조의 심복 하후돈(夏候惇)이 창을 들고 뛰어나가 여포에게 달려듭니다.

"여포! 내 창을 받아봐라, 야~합!"

"하후돈, 겨우 그 정도냐? 내 방천화극을 받아라, 여협!"

하후돈과 여포가 어우러져 한참 싸우는데, 조조의 등 뒤 좌우에서 함성이 들리며 군사들이 쏟아져 나옵니다. 바로 이각과 곽사가 이끄는 매복하고 있던 군사들이죠.

"속았다!"

조조의 군사들은 세 군데에서 공격해 들어오는 동탁의 군사를 당하지 못하고 후퇴합니다. 조조의 군마가 여포와 이각, 그리고 곽사의 군에 쫓겨 정신없이 도망하다가 형양산 기슭에 도달했습니다.

"여기에서 잠깐 멈춰라. 군마를 재정비한다."

조조가 형양산 기슭에서 한숨을 돌리고 밥을 짓기 위해 아궁이를 세우기 시작합니다.

"쫓기면서 군사를 절반이나 잃었구나. 우리만 추격에 나섰지 원소를 비롯한 나머지 제후들은 코빼기도 안 비치는구나. 비겁한 놈들!"

조조 군사들이 밥을 짓기 위해 막 불을 피우는데 "와아~" 하는 함성이 들리며 매복하고 있던 서영의 군사들이 쏟아져 나옵니다.

"기습이다! 밥솥을 버리고 다시 후퇴한다."

"밥 먹을 땐 개도 안 건드린다는데, 이거 배가 고파서 도망갈 힘도 없구나."

조조와 군사들이 죽을힘을 다해 도망치는데, '피~잉~' 화살 한 대가 날아와 조조의 어깻죽지를 꿰뚫었습니다.

"아~악!"

활을 맞은 조조가 낙마하자 하후연·하후돈 형제가 조조를 부축하고 도주합니다.

"주공! 정신 차리세요. 조금만 더 가면 강이 나옵니다. 그 강만 건너면 무사할 겁니다."

"내가 공연히 호기를 부리다 군사만 잃고 패배하고 말았구나. 비겁한 원소, 비겁한 제후들! 나만 볼 장 다 봤다!"

한편, 손견은 조조가 동탁을 쫓건 말건 관심을 두지 않고 폐허가 된 옛 수도 낙양으로 들어갑니다.

"무리하게 동탁을 추격할 필요 없다. 궁궐의 잔불을 꺼라. 우린 여기에서 머물자."

날이 어두워지자 손견이 달을 바라보고 앉아 있는데, 부하 장수 한 사람이 우물에서 뭔가를 건져서 가져옵니다.

"주공! 여기 이상한 물건이 있습니다. 우물에 웬 궁녀의 시체가 있기에 건져 올렸더니 이걸 품에 안고 있었습니다."

"풀어보아라."

부하가 보자기를 풀어보니 옥새(玉璽)인 듯싶은 큰 도장이 나왔지요. 여기에 이런 글이 새겨져 있습니다.

수명어천(受命於天)

기수영창(旣壽永昌)

명을 하늘로부터 받았으니

오래 가고 길이 번창하리라.

"주공, 이건 한고조 유방 때부터 사용하던 전국옥새(傳國玉璽)가 틀림없습니다. 이 옥새가 주공의 손에 들어온 것은 장차 큰일을 하라는 하늘의 계시입니다. 똥파리들이 들끓기 전에 빨리 강동으로 돌아갑시다. 가서 따로 큰일을 도모하셔야죠."

"정보, 네 말이 맞다. 이 옥새를 가지고 빨리 여기를 떠나자. 이것을 목격한 군사들의 입단속을 잘 해라. 비밀이 새 나가면 안 된다."

그러나 이런 때를 대비해 원소는 손견의 진영에도 세작(細作)들을 심어 놓았습니다. 원소와 고향이 같은 세작 하나가 슬쩍 빠져나가 원소에게 일러바쳤죠.

손견은 다음 날 맹주인 원소에게 작별 인사를 하러 갔습니다.

"맹주, 고향인 강동을 비워둔 지 오래라서 그만 가봐야겠소이다."

"손견, 그대가 갑자기 돌아가겠다고요? 양심이 불량하군요."

"내가 양심이 불량하다고요? 난 태어나 살면서 아직까지 한 번도 거짓말을 해 본 적이 없소."

"그 거짓말을 나더러 믿으라고?"

"못 믿겠으면 어쩔 텐가?"

손견이 칼을 뽑아 들자 원소의 맹장 안량과 문추도 칼을 뽑습니다.

"손견! 한번 해 볼까요?"

그러자 손견의 심복 정보, 황개, 한당도 칼을 뽑습니다.

"좋지~, 한판 붙어보자고!"

자칫하면 동탁을 치기 전에 아군끼리 싸울 것 같아 여러 제후들이 싸움을 말립니다.

"옥새를 우리 눈으로 확인하지 못했으니 그의 말을 믿고 손견을 보내줍시다."

이때 손견은 제후들 앞에서 이런 맹세를 합니다.

"내가 만약 옥새를 숨기고도 없다고 거짓말을 한다면 날아드는 돌과 화살에 맞아 죽을 것이다."

그런데 사실 옥새가 없다는 말은 손견의 거짓말이지요. 이 맹세가 후일 들어맞을까요? 너무 강한 부정은 긍정을 뜻한다고 하더군요. 원소는 씩씩거리며 분을 참지 못합니다. 심증은 가나 물증이 없으니 어쩔 수 없이 손견을 떠나보냅니다.

손견이 강동으로 떠나자 원소는 급히 형주자사(荊州刺史) 유표(劉表)에게 밀서를 보냅니다.

양심 불량한 손견이 전국옥새를 훔쳐 달아났소.

손견이 강동으로 가려면 반드시 그대의 땅 형주를 통과해야 하니,

그대가 복병하고 있다가 손견을 죽이시오.

이때 동탁을 타도하기 위해 모였던 제후들은 서로 갈등을 나타내고 반목하더니 하나둘 낙양을 떠나 자기들의 본거지로 돌아갑니다.

"저 원소는 사람이 옹졸하고 쩨쩨하여 리더의 덕목을 못 갖춘 사람이다. 돌아가자."

조조, 공손찬, 원술 등 제후들이 모두 떠나자 유비도 관우, 장비와 함께 자기의 근거지인 평원으로 돌아갑니다.

　　때마침 손견이 옥새를 감추고 형주를 지나가는데, 원소로부터 밀명을 받은 형주자사 유표가 손견을 기습합니다.

　　"양심 불량한 손견은 게 섰거라! 네가 전국옥새를 훔친 걸 다 알고 있다. 옥새를 내놔라."

　　"유표! 다 늙은 노인네가 노망이 났구나. 요양병원에 갈 나이에 어디에서 함부로 망발이냐?"

　　그러자 유표의 부하 괴월(蒯越)이 칼을 들고 뛰어나옵니다.

　　"양심 불량한 손견은 내 칼을 받아라."

　　"이놈 괴월! 너 따위 무명소졸이 어디서 함부로 설치느냐?"

　　손견의 곁에 있던 황개가 뛰어나가더니 쇠 채찍을 휘두릅니다.

　　쨍그렁!

　　쇠 채찍이 괴월의 갑옷을 치자, 괴월은 비명을 지르며 혼비백산하여 도주합니다.

　　"형주의 약졸들을 모조리 쓸어버리자!"

　　손견이 군사들을 몰아 유표군을 공격하니 대열이 무너지며 도주하죠.

　　"역시 손견은 강동의 호랑이이다. 그를 얕본 게 잘못이다. 모두 퇴각하라!"

　　도주하는 유표의 군사를 바라보던 손견이 명령합니다.

　　"그만 추격해라. 빨리 강동으로 돌아가자!"

　　유표는 공연히 손견을 건드렸다가 옥새도 빼앗지 못하고 감정만 상하게 만들었습니다.

원소와 공손찬의 격돌

다음은 공손찬에 대해 살펴볼까요?

공손찬은 유비와 함께 노식 선생 밑에서 동문수학하던 사람입니다. 유비보다는 약 10년 정도 연상이죠. 이 공손찬은 북방 야만족을 미친 듯이 때려잡는 북방의 터프가이입니다. 중국인들은 한족이 아닌 다른 민족을 모두 야만족 또는 오랑캐 취급을 했었죠. 북방 민족들이 가장 두려워하는 사람이 바로 공손찬입니다.

하북의 맹주 공손찬! 북쪽의 국경 끝자락에서 기마와 궁술에 뛰어난 병사들을 호령하며 야만족을 모조리 소탕하니, 공손찬은 이민족들에게 공포의 대상이었죠. 그중 공손찬에게 가장 크게 공포를 느낀 사람이 있습니다. 바로 기주를 지배하고 있는 한복(韓馥)입니다. 한복은 원소에게 식량을 상납하며 비굴하게 저자세 외교를 펼치죠.

원소 형, 나는 공손찬이 무서워요. 그러니 원소 형이 나 좀 도와줘.

그러자 원소가 내심 쾌재를 부릅니다.

'이거 봐라? 한복이 공손찬에게 완전히 쫄았구나. 머리만 잘 쓰면 한복에게서 기주를 쉽게 뺏을 수 있겠는데……'

그렇게 생각한 원소가 공손찬에게 편지를 보냅니다.

찬(瓚) 씨!

그대와 내가 저 기주를 빼앗아 반땅합시다.

공손하게 내 말만 들으면 기주 땅 절반이 당신 거요.

찬 씨가 기주를 먼저 기습 공격하시오.

그럼 나도 반대 방향에서 기주를 공격하겠소.

공손찬은 원소의 편지를 받아보고 고개를 끄덕입니다.

"좋은 생각인데? 그럼 기주를 우리가 선제공격해 볼까나? 그러면 원소는 반대 방향에서 공격하겠지. 한복이 항복하면 기주를 반으로 나누면 되고. 참 땅 따먹기 쉽네."

공손찬은 군사를 일으켜 기주를 침공합니다.

"군사들은 들어라. 북방의 오랑캐 한복이 동탁과 결탁했다~카더라. 모조리 토벌하자! 돌격!"

한복의 입장에선 혹 떼려다 오히려 혹을 붙인 격이죠. 원소는 재빨리 밀사를 보내 공손찬이 쳐들어간다고 한복에게 알려 줬죠. 이게 바로 '병 주고 약 주는 전법'입니다.

공손찬의 공격을 받은 한복은 기겁하여 원소에게 매달립니다.

"원소 형님, 전 형님만 믿습니다. 빨리 와서 도와주세요. 공손찬이 너무 무서워요."

이때 한복의 부하 경무(耿武)가 대경실색하여 반론을 제기합니다.

"주공, 어찌하려고 원소처럼 무서운 호랑이를 불러들이십니까? 우리 힘으로 공손찬을 막아야지 원소에게 의탁하다니요? 원소를 불러들이면 우린 먹히고 맙니다."

그러자 한복이 화를 벌컥 내며 경무 왼쪽 옆구리를 걷어찹니다.

"이 자슥아, 니는 무슨 귀신 나락 까먹는 소리를 하냐? 공손찬은 하북을 주름잡는 일진(一陣)인데 우리 실력으로 어떻게 막는단 말이냐?"

옆구리를 걷어차인 경무가 울면서 개탄을 하죠.

'아이고, 우리 기주도 끝장이다. 곧 원소에게 먹히겠구나.'

눈치 빠른 기주의 신하들은 대거 봇짐을 싸들고 야반도주합니다. 이때 원소는 군사를 몰고 당당히 기주에 입성합니다.

"어이, 한복 동생! 아무 걱정 말게. 형이 왔네."

"아이고, 원소 형! 이젠 형만 믿을게요."

"그런데 동상, 이리 가까이 와 보게."

원소는 한복을 부르더니 다짜고짜 그의 왼쪽 옆구리를 발로 걷어찹니다.

"아이코! 형님, 갑자기 왜 이러십니까?"

"이 바보 같은 놈아, 나라의 국방을 이웃에 맡기면 되니 안 되니?"

"안 됩니다."

"그러니깐 오늘부터 기주는 내가 다스린다. 그리고 넌 한복(韓服)보다는 죄수복이 훨씬 잘 어울린다. 감옥으로 가거라."

한복은 졸지에 옥에 갇히게 되어 기가 막혀서 한숨만 쉬고 있는데, 새벽녘에 경무가 옥문을 부수고 들어옵니다.

"주공! 빨리 도망치십시오. 제가 옥졸들을 모조리 죽였습니다. 늦으면 주공은 원소에게 처형당합니다."

한복은 진류태수 장익에게 몸을 의탁하려 어둠을 헤치며 쉬지 않고 달렸습니다.

한편, 기주를 치러 내려오던 공손찬에게 급한 보고가 올라옵니다.

"뽀~보고요. 기주는 이미 원소가 점령했습니다. 한복은 원소에게 돼지게 얻어맞고 도망쳤다 합니다."

"원소가 벌써 기주를 점령해? 스토리가 뭔가 이상하구나. 원소가 그렇게 빠르게 기주를 정복하다니? 아무튼 기주를 점령했다니 약속대로 기주를 반땅해야지."

공손찬은 동생 공손월(公孫越)을 부릅니다.

"월아, 네가 원소에게 가서 약속한 기주 땅 절반을 받아 와라."

공손월이 원소에게 달려가 약속한 반땅을 찾으러 왔다고 말합니다.

"땅? 무슨 땅 말이냐? 땅을 사려면 부동산업자에게 가 봐야지. 내가 소개시켜 주련?"

"태수님! 기주를 점령하면 우리 공손찬 형님과 기주를 반땅하자고 약속하지 않았습니까?"

"그건 또 무슨 잠자다가 봉창 두드리는 소리냐? 난 약속한 적 없다. 아마도 번지수를 잘못 찾아온 것 같구나."

"아니, 태수님이야말로 강아지 풀 뜯는 소리하시는군요. 여기 태수님이 직접 친필로 쓴 편지가 있지 않습니까?"

"편지? 그건 나와 공손찬이 협공으로 기주를 빼앗았을 때 얘기지. 공손찬은 내가 기주를 점령할 때 무얼 했지?"

"약속은 약속입니다. 왜 오리발 내밀고 그러세요?"

"공손찬은 한복과 싸운 사실이 없는데 어쩌자고 생트집이냐! 난 피곤하여 좀 쉴 테니 넌 그만 나가거라!"

원소는 길게 하품을 하더니 내실로 들어가 버립니다.

"엊그제 한 약속을 하루아침에 뒤집다니, 찬이 형님이 너를 용서치 않을 것이다."

공손월이 투덜거리며 돌아가는데, 갑자기 골짜기에 매복해 있던 한 떼의 군사들이 나타납니다.

"공손월, 스톱!"

갑자기 화살이 비 오듯 날아와 공손월 몸에 박히더니 그만 쓰러져 숨을 거둡니다. 다행히 기습을 간신히 피한 공손월의 부하 한 명이 주야로 말을 달려 공손찬에게 내달립니다.

"뽀~보고합니다. 공손월 장군이 원소의 부하에게 기습당하여 죽었습니다."

"뭐라꼬? 내 동생이 죽어?"

"원소 발이 오리발이 맞더냐? 오리발, 너는 내 손에 죽는다!"

화가 머리끝까지 오른 공손찬이 군마를 몰고 원소를 치러 갑니다.

공손찬이 치러 온다는 보고를 받고 원소도 군사를 끌고 나가죠. '반하라' 다리를 사이에 두고 원소와 공손찬의 군사들이 마주쳤습니다.

"원소, 비겁한 놈! 기주를 반땡하자는 약속을 어기고 내 동생까지 죽이다니, 용서할 수 없다."

"공손찬! 너는 공짜를 너무 좋아해서 탈이야. 넌 피 한 방울 흘리지 않고 기주 땅 절반을 먹으려 했느냐? 지나가던 개가 웃을 일이다."

"문추, 저 양심 불량한 공손찬을 베어라."

문추가 말을 박차고 뛰어나와 공손찬을 공격합니다.

문추는 안량(顔良)과 더불어 원소의 '투 에이스'로, 대단한 무공을 가진 장수입니다. 5,60합을 싸우다 공손찬이 조금씩 밀리면서 결국 등을 보이고 도주하기 시작합니다.

"공손찬, 거기 서라!"

이윽고 쫓기던 공손찬이 말에서 미끄러져 낙마하고 말았습니다.

"북방의 맹주, 터프가이! 네 목을 가져가겠다."

문추가 공손찬의 목을 막 베려고 칼을 내리치는데, 누군가 바람처럼 나타나더니 창으로 문추의 칼을 맞받아칩니다.

땡그랑!

"문추! 어림없는 소리, 내 창을 받아라."

"아직 어린놈이 감히 날 상대하겠다고 덤비다니, 개가 다 웃는다!"

"들어는 봤냐? 내가 바로 상산(常山)의 조자룡(趙子龍)이다."

"조자룡? 참 못생겼다. 헌데 싸움은 좀 하나 보지?"

"이 시대의 미남 검객 조자룡을 기억해라."

조자룡이 창을 휘두르며 달려들자 문추도 당하지 못하고 달아납니다.

'저렇게 날쌘 놈은 처음 봤다!'

문추가 달아나자 말에서 떨어진 공손찬이 일어나며 자룡에게 고마움을 표시합니다.

"소년장군, 고맙소. 그대 때문에 내가 목숨을 구했소. 우리 진영으로 함께 갑시다."

첫 싸움에서 공손찬은 패배했지만 10년을 쌓아올린 공손찬의 세력은 절대 만만치 않습니다. 공손찬은 5천 명의 철기군(鐵騎軍)을 양성했는데, 5천 명 대부분이 하얀 백마를 타고 다녀 오랑캐들은 공손찬을 '백마장사(白馬將士)'라 부르며 두려워했죠.

다음 날, 그 백마장사 철기군을 앞세운 공손찬의 군사들이 원소의 군마를 마구 유린합니다. 특히 선봉에 선 조자룡은 마치 마른풀을 베듯 장수들을 베면서 원소를 향해 돌진해 들어갑니다. 조자룡이 홀연히 나타나자 원소 주변의 궁수들이 활을 쏘려고 하였으나 이미 자룡의 창에 찔려 병사들이 쓰러지고, 원소는 허겁지겁 달아나기 시작합니다.

"원소, 거기 서라!"

조자룡이 호통을 치자 원소의 모사 전풍(田豊)이 다급히 소리칩니다.

"주공, 저 수레에 빈 관이 있으니 관속에 몸을 숨기세요."

"엉? 그럼 날더러 관속에 들어가서 시체 행세를 하란 말이냐? 대장부가 싸우다 죽을지언정 관속에 몸을 숨기고 살기를 바라겠느냐? 아~, 저기 안량이 군사를 몰고 오는구나. 안량의 군사와 힘을 합쳐 반격을 가해라."

때마침 안량이 2만 군사로 역공을 가하자 전세는 순식간에 뒤집혔죠. 원소가 다시 선봉에 서서 공손찬을 뒤쫓습니다.

"찬·찬·찬, 서라!"

"너 같으면 서겠냐?"

이렇게 4,5리를 뒤쫓다 원소가 막 공손찬을 베려 하지요. 위기일발의 순간, '쨍그렁' 소리와 함께 청룡언월도가 날아들더니 원소가 칼을 놓치고 맙니다.

"원소! 내 청룡언월도를 받아라. 나는 운장 관우다. 야합!"

"아니, 남의 집안일에 웬 놈인데 끼어드는 거냐?"

"날 기억하느냐? 과거 화웅을 단칼에 벤 관우다. 네가 연합군 맹주시절 내 벼슬이 마궁수라고 비웃던 일을 기억하느냐?"

"오매 기죽어! 운장 관우구나. 화웅을 단칼에 베어 버린 무서운 장수!"

"용케 기억하는구나. 넌 기주 땅을 빼앗아 공손찬과 반분하자고 약속하고는 이제 와선 오리발 내밀고 오히려 공손찬을 죽이려 하다니, 오늘 우리 삼형제가 너의 그 못된 오리발을 잘라 주마."

관우가 청룡언월도를 휘두르며 달려들자 원소가 재빨리 도주하기 시작합니다.

"전군, 일단 후퇴. 퇴각하라!"

"원소의 졸개들아, 여기 장비도 왔다. 내 장팔사모를 받아라!"

"여기 유비의 쌍고검도 있다!"

세 사람의 장수가 원소 군대 진영을 휩쓸기 시작하자 장졸들은 혼비백산하여 도주하기 시작합니다.

그날의 전투에서 크게 승리한 공손찬의 진영에서는 축하연이 벌어졌습니다.

"오늘 현덕 아우가 나를 구해 주지 않았다면 분명 낭패를 봤을 것이네. 그리고 오늘 위기의 순간 구해 준 관운장과 장비, 참으로 감사하오. 그대들은 대단한 장수들이요. 나도 한 사람을 소개하지요. 자, 조운(趙雲) 조자룡이요."

"조운 인사드립니다. 상산(常山) 사람으로, 자는 자룡입니다."

유비와 조자룡의 눈이 마주쳤습니다. 조자룡이 소년티를 벗지 못했지만 용맹한 장수가 틀림없었지요. 처음 보는 순간 두 사람은 서로에게 반하고 말았습니다.

'음 유현덕, 영웅의 풍모가 보인다. 내가 평생 모실 사람이다.'

'음 조자룡, 뛰어난 장수다. 내가 평생 함께하고 싶은 사람이다.'

이날 처음 만난 두 사람은 서로가 서로를 알아보고 그 후 30년을 동고동락하며 천하통일의 대업을 함께 도모합니다.

원소와 공손찬의 양쪽 군대는 그로부터 한 달 남짓 서로 노려보고 대치하고만 있었죠. 그때 장안에서 이 소식을 전해 들은 왕윤이 동탁에게 건의합니다.

"승상께서 황제의 칙서를 보내 싸움을 멈추게 하시면 동탁님의 위엄은 올라갈 것입니다."

동탁은 황제에게 조서를 받아 공손찬과 원소에게 보냅니다.

공손찬과 원소는 싸움을 멈추고 화해하라!

황제의 중재로 극적인 화해가 이루어집니다.

여기에서 잠깐 이야기의 방향을 손견에게 돌려볼까요?

손견은 서기 156년 중국 항주(항저우)에서 태어난 무장입니다. 열일곱 살 젊은 나이에 장각이 황건의 난을 일으켰을 때는 토벌군에 참여해 황건적을 물리쳤습니다. 그 공을 인정받아 손견은 장사태수로 임명되었습니다. 동탁이 권력을 잡고 횡포를 부리자 손견도 원소와 조조가 규합한 연합군에 합류했었죠. 동탁이 낙양에 불을 지르고 장안으로 퇴각하자, 손견은 낙양에 진입하여 우연히 우물에서 전국옥새를 얻은 적이 있습니다. 손견은 황제의 상징인 '전국옥새'를 얻게 되자 약간 불량한 마음이 들어 그 옥새를 갖고 슬그머니 튀려고 합니다. 그러다가 원소한테 딱 걸렸는데, 그때 손견이 발뺌하면서 맹세하죠. "내가 거짓을 말한다면 나는 날아드는 돌과 화살에 맞아 죽을 것이오." 손견은 연합군에서 빠져나와 옥새를 가지고 강동으로 돌아갑니다. 그때 원소는 형주자사 유표에게 손견을 공격하도록 꼬드기지요. 유표는 즉시 손견을 공격합니다. 손견은 '유표'의 군대에게 포위당했다가 천신만고 끝에 겨우 달아납니다. 이후 손견은 힘을 기르지요. "내 기어이 유표에게 복수하겠다. 그러려면 힘이 있어야 해." 때가 되자 유표에게 복수하기 위해 군대를 일으켜 형주를 공격합니다. "유표에게 복수도 할 겸 이번 기회에 아예 형주를 우리가 빼앗자." 손견의 군사들은 번성까지 치고 나아갔고, 유표의 부하 장수인 황조(黃祖)의 군대를 무찌릅니다. 그러던 중, 손견이 소수의 병사를 이끌고 '현산'에서 정찰을 돌고 있었는데, 갑자기 날아든 유표군의 화살에 맞아 죽고 맙니다. 결과적으로 '현산전투'에서 자신이 맹세한 대로 유표군이 굴리는 돌과 화살에 맞아 고슴도치가 되어 죽습니다. 영웅의 어이없는 죽음이지요.

전국옥새, 그게 불행을 몰고 다니는 골칫덩어리입니다. 손견에게는 아들이 두 명 있지요. 손책(孫策)과 손권(孫權)입니다. 『삼국지』는 유비의 촉·조비의 위·손권의 오나라 삼국의 싸움인데, 그 당시 손권은 아홉 살 어린아이입니다. 손책은 서기 175년에 손견의 큰아들로 태어났습니다. 이름난 맹장이었던 아버지 손견이 죽자 갈 곳 없는 손책은 원술에게 그 몸을 의탁합니다. 손책의 이야기는 다음에 이어집니다.

여포와 초선

장안으로 천도를 마친 동탁은 그 횡포가 점점 더 심해졌습니다. 대신들 중 누구든지 동탁의 눈에 거슬리면 아주 잔인하게 살해당했습니다. 황실과 조정의 요직은 동탁의 심복들로 채워졌고, 국정에 관한 모든 일은 동탁의 전횡으로 결정되었죠. 권력이 날아가는 새도 떨어뜨릴 지경에 이르자 동탁은 황제를 만날 때 칼을 차고 궁 안으로 들어갈 수 있었고, 복장과 장식이 마치 황제를 방불케 했습니다.

"저기 동탁 상국이 오네."

"쉿! 눈 깔게. 지나갈 때까지 머리 숙이고 움직이지 말게. 저 동탁, 배 튀어나온 거 보게. 몸무게가 얼마나 될까?"

"180킬로그램이라네. 저 동탁의 집엔 30년간 먹을 수 있는 양식이 비축되어 있고, 궁궐에 있던 보물을 모두 집으로 가져갔다네."

이렇게 동탁의 횡포가 하늘을 찌를 때 사도 왕윤이 퇴근길에 여포를 만났습니다.

"여 장군, 내일이 복날이군요. 안 바쁘시면 집에 와서 소주라도 한잔 하시겠소?"

"제가 아버님 경호 때문에 바쁘긴 하지만 내일은 휴일이니 잠깐 들러 한잔만 하겠습니다."

"여 장군, 고맙습니다."

이튿날, 여포가 사도 왕윤의 초청을 받아 집을 방문하였습니다.

"어서 오시오. 쐬주 한잔 올리겠습니다. 자아, 쭈욱 한잔!"

여포가 술을 한잔 받아 마시는데 문이 열리며 젊은 아가씨가 과일을 받쳐 들고 들어옵니다.

"오~, 초선(貂蟬)아! 과일을 깎아 왔구나. 여포 장군께 인사드려라."

"안녕하세요? 초선입니다."

인사를 건네는 아가씨를 보는 순간 '찌리리릿!' 그만 감전되고 맙니다.

"허…허걱!"

"아니 여포 장군, 갑자기 왜 그러신지요? 마치 벼락 맞은 사람 같습니다, 하하!"

"예…에…에 헤헤, 이…이 아가씨는 누구인지요?"

"제 딸 초선입니다. 아직 나이가 어려서 예의범절을 잘 모르지요. 초선아, 귀한 손님인데 술을 한잔 따라드려라."

"예. 장군님, 제가 한잔 올리겠습니다. 한잔 받으세요."

잔을 잡는 여포의 손이 가볍게 떨립니다. 초선이 술을 따른 후 나가자 여포가 왕윤의 손을 덥석 잡습니다.

"와~, 왕윤 사도! 아니 장인어른, 제 절을 받으십시오."

"예? 갑자기 왜 절을 하시는지?"

"저…저, 따님 초선이 정말 예쁘군요. 올해 몇 살입니까?"

"이제 겨우 열여섯 살입니다. 아직 어린아이입니다."

"꿀꺽! 열여섯 이팔청춘이군요. 오늘은 제가 술에 취했으니 내일 다시 놀러 오겠습니다."

그날부터 여포는 눈만 감으면 초선의 모습이 어른거립니다.

'초선은 분명 사람이 아니다. 하늘에서 내려온 선녀가 분명해. 그런데 요즘 내가 왜 이럴까? 잠도 안 오고, 공연히 가슴이 뛰고, 초선이 생각만 해도 얼굴이 붉어지고, 눈만 감으면 초선이 생각나고. 만나고 싶고, 보고 싶고, 하루라도 보지 못하면 안절부절 아무것도 못 하겠고, 이거 혹시 불치병 아닐까? 내일은 의사에게 진단이나 받아 봐야지.'

여포는 시간만 나면 왕윤의 집을 찾습니다.

"아니 여포 장군, 공무에 바쁘실 텐데 무슨 사유로 매일 저의 집을 방문하시는지요?"

"왕윤 사도, 나 좀 살려 주시오."

"예? 살려 달라니요? 천하무적 여포 장군을 누가 해치기라도 한답니까?"

"그게 아니요. 제가 따님 초선을 사랑합니다. 따님과 결혼하고 싶습니다."

"에이그, 미천한 제 딸보다 훨씬 좋은 혼처가 많을 텐데요."

"아니요! 댁의 따님은 하늘에서 내려온 선녀가 분명합니다. 제발 따님을 주세요, 제발!"

"하하! 그 정도로 애가 타는 줄은 몰랐습니다. 장군처럼 든든한 사람이 제 사위가 된다면 가문의 영광이지요."

"나 여포는 땡잡았다, 하하하!"

그런데 다음 날, 왕윤은 승상 동탁을 찾아갑니다.

"상국, 드릴 말씀이 있습니다."

"사도께서 웬일이시오? 말씀해 보시오."

"제 집에 100년 묵은 산삼주가 있습니다. 산삼주를 드시면 불로장생하여 100살이 넘도록 병에 걸리지 않는답니다. 상국께 꼭 대접해드리고 싶은데, 제 집에 방문해 주시죠."

"그래요? 누가 훔쳐 먹기라도 하면 안 되니까 당장 오늘 밤에 방문하겠소."

그날 밤, 상국 동탁이 왕윤의 집을 방문했습니다.

"귀하신 어른께서 누추한 제 집을 방문해 주시니 감사합니다."

동탁이 거들먹거리며 거나하게 산삼주에 취해 있는데, 방문이 열리며 아가씨 한 사람이 과일을 받쳐 들고 들어옵니다. 그 아기씨를 보던 동탁도 그만, '허걱! 찌르르르!' 감전됩니다.

"상국, 갑자기 왜 그러십니까? 갑자기 전기에 감전된 사람처럼 이상하군요."

"저 아이는 누구요?"

"예, 제 딸 초선이라 합니다. 초선아, 상국께 인사 올려라."

"상국 나으리, 초선 인사 올립니다."

"오 그래, 무지 예쁘구나! 으흐흠!"

이윽고 초선이 나가자 동탁이 왕윤의 손을 덥석 잡습니다.

"왕 사도, 예쁜 딸을 두셨군요. 저 딸을 내게 주시오."

"예? 하지만 애가 아직 어려서……."

"방년 16세인데 뭐가 어리단 말이요? 오늘 밤 당장 데려가겠소. 내 성질 급한 거 아시지요?"

"상국, 아무리 그래도 좀 거시기하네요. 애가 얼굴은 반반한데 아직 어려서… 거시기하네요!"

"거참! 거시기는 아무데나 쓰는 게 아니오. 뭣들 하느냐! 어서 초선이를 보쌈해서 가자!"

초선을 강제로 뺏다 시피 데려온 동탁은 초선을 바라보며 마치 호랑이가 먹잇감 암캐를 어르듯 을러댑니다.

"고거 예쁘구나, 예뻐! 넌 오늘부터 내 보물이다."

그날부터 상국 동탁은 출근도 하지 않고 매일 초선을 품에 안으며 그 짓에 몰두합니다.

우당탕, 우당탕!

"하~악, 하~악!"

"무…무거워요. 수…숨 막혀요. 하~악…하~악!"

"피휴…, 나도 힘들다. 좀 쉬었다 하자. 밖에 누구 있느냐?"

"예, 상국! 무슨 일이신지요?"

"너 빨리 약국에 뛰어가서 비아그라 한 통 더 사 와라. 씨알리스도 함께 사 오는데, 성능이 가장 강력한 걸로 골라 와라."

"저~상국, 비아그라는 의사 처방전을 제출해야 하는데요?"

"이놈아, 네가 먹을 거라고 하고 가져와. 내 신상 털리게 하지 말고!"

"알겠습니다, 충성!"

초선을 동탁이 데려간 다음 날, 왕윤이 얼굴 가득히 미소를 머금고는 여포를 찾아갑니다.

"여포 장군, 축하합니다. 어젯밤 상국께서 제 집에 놀러오셨다가 제 딸 초선과 여포 장군이 혼인을 맺기로 했다는 소식을 듣고 크게 기뻐하셨습니다."

"그렇지 않아도 아버지 승상께 초선을 소개시키려고 했는데, 좀 부끄 부끄! 헌데 서방이 왔는데 초선은 어디 있습니까?"

"어제 승상께서 내 며느리 될 아이니 데리고 가서 당분간 예절을 가르쳐 아들과 결혼시키겠다고 말씀하시며 수레에 태워 데려갔습니다."

여포는 집에 돌아와 입이 찢어지게 기뻐하며 동탁이 부를 때를 기다립니다. 그러나 해가 지도록 아무 연락이 없더니 이틀, 닷새, 아흐레, 열흘이 지나도 아무 소식이 없습니다. 결국 여포가 동탁의 집을 찾아가니 경비병들이 접근을 막습니다.

"왜 못 들어가게 하는 거냐? 아버지를 만나러 왔는데! 혹시 어디 편찮으신 게냐?"

"무슨 말씀을 그리 하십니까? 상국께선 며칠 전 선녀처럼 예쁜 아가씨를 모셔 와 그날부터 지금까지 두문불출입니다."

"아가씨를 모셔 와 함께 방에 계신다고?"

"예, 왕윤 사도의 따님이라는데 선녀보다 더 예쁘십니다. 상국께선 밤낮을 가리지 않고 초선을 품에 안고 계시는데, 저희들은 약국으로 거시기에 좋은 약 사러 뛰어다니는 게 하루 일과입니다."

"뭐라꼬? 왕윤의 딸과 그 짓을 한다고? 이…이런 짐승 같은 놈! 아무리 초선이 아름답기로 며느리 될 사람을 가로채다니?"

하지만 여포는 아버지 동탁이 무서워 이러지도 저러지도 못하다가 왕윤을 찾아가 하소연합니다.

"왕윤 사도, 아…아니 장인이 될 뻔한 어르신! 이럴 수가 있습니까? 제 아비 동탁이 초선을 차지하고 말았습니다. 전 이제 어떻게 삽니까? 초선 없이는 하루도 못 살겠습니다."

"아니 동탁이 초선을 아직도 장군에게 보내지 않았습니까? 그럴 리가요? 정말 배신감 느낍니다. 상국께서 초선이를 데려가 여포 장군과 혼인시킨다고 말씀하여 딸려 보냈는데, 어찌 하늘이 두렵지도 않은지요? 안 됩니다. 이건 짐승의 세계에서도 있을 수 없는 일입니다. 내 딸은 겨우 48킬로그램인데, 180킬로그램의 동탁을 어떻게 감당할지 생각만 해도 억장이 무너지는군요. 장군, 장군만이 내 딸의 진정한 배필감입니다. 비록 흠집은 있으나 그 애를 악마의 품에서 꼭 구해 장군이 데리고 사시오."

"장인어른, 잘 알겠습니다. 동탁 그자는 이제부터 내 애비가 아니고 짐승 같은 놈입니다."

여포는 가슴이 찢어지게 아팠지만, 국가 최고의 권력자 동탁과 한낱 호위대장인 자기 신세와는 비교가 되지 않았죠.

'내가 아무리 애가 타지만 두려워서 감히 대놓고 그 짐승 같은 놈한테 말을 할 수 없구나. 그러나 언젠가는 기회가 올 것이다.'

여포가 이를 갈며 기회를 엿보는데, 하루는 동탁이 급한 일로 입궐하였습니다. 여포는 재빠르게 승상부로 달려가 후원 별당에서 초선을 불러냈습니다.

"초선, 어찌된 일이오?"

"장군, 왜 이제 오셨어요? 저를 살려 주세요. 동탁 승상이 저와 장군님을 혼인시켜 주겠다고 데려오더니 그만 저에게 몹쓸 짓을 했어요. 전 눈을 뜨고 있을 때나 잘 때나 오로지 장군님 생각뿐입니다. 어서 저 짐승 같은 동탁에게서 저를 구해 주세요."

"알겠소. 나도 그대 때문에 그리워서 감전사로 죽을 지경이오."

두 사람이 후원 별당에서 부둥켜안고 울고불고 야단이 났습니다.

여포는 동탁이 승상부를 뜨기만 하면 달려와 초선을 불러냈습니다.

"내가 궁궐에 입궐했는데 호위대장인 봉선이 통 보이지 않으니 어찌된 일이냐?"

이때 모사 이유가 동탁에게 심각한 표정으로 털어놓습니다.

"승상, 아무래도 여포의 동태가 심상치 않습니다. 하인들 말에 의하면 승상께서 입궐만 하시면 승상부로 뛰어가 초선을 불러낸답니다."

"뭣이라고 했느뇨? 정말이뇨? 애비는 국가일로 눈코 뜰 새 없건만 이

런 짐승 같은 놈! 감히 애비의 여자를 탐내다니! 지금 당장 승상부로 가
보자."

동탁이 급히 말을 몰아 승상부에 와 보니 정말로 초선과 여포가 별당
에서 얼굴을 비비며 속삭이고 있습니다. 눈이 뒤집힌 동탁이 벽력같은
고함을 지릅니다.

"네 이놈 여포야! 감히 애비의 여자를 건들다니, 이 짐승 같은 놈!"

동탁이 여포를 향해 창을 던지자 깜짝 놀란 여포는 도망을 칩니다.

'이크! 들켰구나. 그런데 저 짐승 같은 놈이 누구에게 짐승이래?'

여포는 도망을 치고 동탁은 분이 안 풀려 씩씩거리며 초선을 다그칩
니다.

"승상, 흑흑흑! 소첩은 억울합니다. 저 여포라는 자가 저를 불러내더
니 온갖 음담패설로 저를 희롱하고, 심지어는 강제로 욕까지 보이려 했
습니다. 승상께서 조금만 늦게 오셨어도 전 큰일 날 뻔했어요. 싸랑해
요, 승상!"

"그랬구나. 울지 마라. 내 여포 이놈을 당장 호적에서 파내고 용서치
않겠다."

이때 곁에 있던 모사 이유가 두 사람의 대화를 듣고 있다가 사태가 심
각함을 눈치챕니다.

"승상, 여포가 초선을 좋아하는 거 같은데 초선을 여포에게 주시죠."

"뭐? 천하의 보물을 어찌 여포에게 준단 말이냐?"

"승상, 한낱 여자 때문에 천하대사를 그르치려고 그러십니까? 절영지
회(絶纓之會)를 기억하시는지요?"

"그게 무엇이더냐?"

"초나라 장왕(莊王)이 여러 장수들을 불러 술을 마셨답니다. 그런데

하필 바람이 세게 불어 방 안의 촛불이 모두 꺼졌지요. 장웅(張雄)이란 장군이 술이 취해 옆에 있던 장왕의 애첩을 부둥켜안더니, '예쁘구나. 이리 와라.' 하고 껴안고는 '쩍~' 입을 맞췄지요. 애첩이 기겁하여 장웅의 갓끈을 끊어 쥐고는 장왕에게 일러바쳤습니다. '흑흑흑, 부끄럽고 창피합니다. 어둠을 틈타 어떤 놈이 제 입술을 그만, 쪽쪽쪽 빨더군요. 내가 그 치한의 갓끈을 끊어 왔으니 어서 불을 켜고 갓끈 없는 놈을 잡아서 죽도록 패주세요.' 이 말을 듣던 장웅은 완전 쫄았죠. '큰 실수다. 왕의 애첩을 성추행했으니 난 이제 죽었구나. 술이 웬수다.' 그러자 장왕이 선언했죠. '모든 장수들은 갓끈을 끊어 멀리 던져라.' 방에 불을 켰을 때 애첩의 추행범은 드러나지 않았죠. '살았구나. 대왕께서 나를 살려주시는구나. 도량이 넓으신 분이다.' 나중에 싸움터에서 장왕이 죽게 됐을 때, 장웅이 가로막고 대신 죽습니다. '제가 과거 전하의 애첩에게 입을 맞춘 추행범입니다. 전하께서 죄를 묻지 않고 덮어 주셨으니 오늘 제 목숨을 바칩니다.' 이게 바로 절영지회(絕纓之會)입니다."

"끄…응, 그 장왕이 바보였구나. 지 애첩에게 뽀뽀했으면 갈기갈기 찢어 죽여 버려야지. 쩝!"

"천하를 잡으려는 분이 그깟 여자 하나 때문에 아들과 원수가 되려하십니까?"

"알겠다. 그동안 잘 데리고 놀았으니 내 초선을 여포에게 주겠다."

다음 날, 동탁은 초선을 부릅니다.

"초선아, 너에게 할 말이 있다. 내 너를 여포에게 보낼 테니 지금부터 여포를 모셔라."

"예? 날더러 그 짐승 같은 여포를 모시라고요? 미쳤군요. 동탁 오빠, 오빠가 미쳤어. 차라리 자결하겠어요. 내가 이 세상에서 사랑하는 사람은 딱 하나 동탁 오빠뿐인데, 이젠 저를 버리시는군요. 사내들은 다 똑같아. 엉엉엉! 전 죽어서도 동탁 오빠를 못 잊을 거예요. 오빠 이 세상에서 가장 멋진 매력덩어리예요. 듬직하고 태산보다 더 묵직한 오빠의 몸매, 비아그라와 함께 해야만 겨우 일어나는 정력, 입에서 늘 풍기는 향기 아닌 구린내, 숨을 헐떡일 때 드러나는 매력적인 누런 이빨, 코끼리처럼 대들다가 토끼처럼 나가떨어지는 절묘한 테크닉, 일을 치른 후 주무실 땐 트럼펫 소리보다 더 아름답고 터보 엔진 소리보다 훨씬 큰 코고는 소리. 전 그 음악소리를 들어야 잠이 와요. 하루 종일 오빠만 생각하고 있는데, 저를 짐승만도 못한 종놈 여포에게 보내는군요. 안녕히 계세요. 전 연못에 빠져 죽겠어요."

"아…아니다. 초선아, 초선아! 정말 넌 나를 사랑하는구나! 내가 잘못했다. 내 보물을 누구에게 주겠느냐? 절대 안 보내마."

"이거 놓으세요. 오빠 없이 사느니 전 죽겠어요!"

"초선아, 참아라! 나도 너 없인 못 산다."

이렇게 되어 동탁은 모사 이유의 충고를 무시하고 초선을 끼고 또 밤낮으로 방아를 찧어 댑니다.

어느 날 여포가 술에 만취되어 왕윤을 찾아왔습니다.

"전, 어쩌면 좋습니까? 날이 갈수록 초선이 보고 싶어지는데, 저 짐승 동탁에게 괴로움을 당하는 초선을 생각하면 잠이 오지 않습니다. 그래서 전 결심했습니다. 동탁, 그 짐승을 죽이겠습니다."

"여포 장군, 큰일 날 소리를 하는군요. 동탁은 여포 장군의 아버지인데 어떻게 죽인단 말이오?"

"아버지요? 나는 여씨고, 그놈은 동씨인데 왜 그놈이 제 아비입니까? 그리고 그놈이 저를 죽이려고 창을 던졌어요. 제가 워낙 날쎄서 피했지 보통 사람 같으면 창에 맞아 죽었을 겁니다."

"그러나 동탁의 엄중한 경호망을 뚫기도 쉽지 않을 텐데요?"

"경호는 걱정 마세요. 내가 그자의 경호실장 아닙니까? 그 짐승을 적당한 곳으로 유인할 수만 있다면 내가 방천화극으로 절단내겠소."

"장군의 결심이 그렇다면 내가 도와드리겠소. 천자에게 보고하여 동탁에게 거짓 조서를 내리도록 하겠소. 동탁이 그 조서를 믿고 입궐하면 장군께서 궁궐 문 뒤에 숨어 계시다가 동탁을 기습하시오."

"잘 알겠습니다. 이 여포, 한다면 하는 놈입니다. 두고 보십시오."

서기 192년 4월, 승상부에 천자의 사신이 도착합니다. 사신은 이숙입니다. 이숙? 여포에게 적토마와 재물을 주며 양아버지 정원을 베도록 꼬드긴 바로 그자입니다. 그런데 일이 성사된 후에도 동탁이 자기에게는 벼슬을 올려 주지도 않고 별다른 재물도 주지 않자 앙심을 품고 있습니다.

동탁은 조서를 받으라.

하늘을 대신하여 나 천자가 명하노라.

짐은 이제 병들고 지쳤다.

건강이 나빠서 나라를 다스릴 힘이 없으니

신하 중 덕망 있는 자를 택하여 선양할 생각이다.

그러나 이런 중대사를 짐이 혼자서 결정할 수 없으니

상국 동탁은 조속히 입궐하라.

덕망 높은 상국 동탁은 이를 심사숙고하라.

"이…이게 무슨 말이냐? 덕망 있는 자에게 선양한다고? 그리고 '덕망 높은 상국 동탁!' 이게 무슨 뜻이오?"

"승상, 이건 필시 천자가 승상에게 선양할 생각이 있는 거 같습니다."

"어쩐지 어젯밤 용이 내 몸을 칭칭 감고 있는 꿈을 꿨거든. 길몽이었구나."

"상국, 축하합니다. 곧 용상에 오르시겠군요."

"이 사람…, 쑥스럽게 축하는 무슨 축하, 히히히! 여봐라, 입궐 차비를 하라. 내일 궁에 들어가겠다."

이튿날 동탁은 들뜬 마음에 입궐을 서두릅니다.

"승상, 저희가 호위하겠습니다."

이각과 곽사가 꺼림칙해서 따라나섭니다.

"아니야, 오늘은 좋은 날인데 살벌하게 무장하고 갈 필요 없지. 너희들은 이곳 승상부에 남아 있어라."

동탁은 들뜬 마음으로 궁궐을 향해 달려갑니다. 동탁의 수레가 한참 가다가 우지끈 하며 바퀴가 부러져 내려앉더니 놀란 말이 길길이 날뜁니다.

"아이코! 이…이건 또 무슨 날벼락이냐?"

동탁이 놀라서 묻자, 이숙이 얼굴에 간교한 웃음을 띠며 말했죠.

"승상, 상서로운 일입니다. 이제 승상께서 구질구질한 수레바퀴를 버리고 천자가 타는 옥수레로 바꿔 타실 징조입니다."

"응, 그런가? 듣고 보니 그렇군. 역시 이숙은 현명한 사람이야."

또 한참을 가는데 갑자기 일진광풍이 불며 어둑한 안개가 하늘을 덮습니다. 그러자 이숙이 또 한 번 동탁을 치켜세웁니다.

"승상! 승상이 보위에 오르려 하시니 용이 승천하는 듯 붉은 안개가 일어나는군요."

동탁은 입이 함박만큼 벌어집니다.

"그렇군, 상서로운 일이야. 어서 길을 재촉하세."

동탁이 궁궐 앞에 다다르니 만조백관들이 도열해 기다리고 있습니다.

"승상, 어서 오십시오. 폐하께서 기다리고 계십니다."

동탁의 입이 귀에 걸리며 괜히 인사치레를 합니다.

"여러 대신들은 바쁘신데 뭐 굳이 이렇게 마중까지 나오셨소? 어흠, 어흠."

'드디어 내가 황제가 되는구나. 보위에 오르면 초선이를 황후에 앉혀야지. 그 야들야들한 내 보물.'

동탁은 이렇게 속마음을 숨기고 설레는 마음으로 막 궁궐 문 안으로 들어서는데, 왕윤이 칼을 빼들고 서 있습니다.

"아니, 장인께서 무슨 퍼포먼스를 하십니까? 칼보다는 피켓을 들고 계셔야죠."

동탁은 분위기가 좀 이상하다 싶었는데, 그때 왕윤이 소리 지릅니다.

"무사들은 나와서 저 역적을 죽여라!"

그러자 손에 칼과 도끼를 든 무사 100여 명이 우르르 뛰어나와 동탁을 에워쌉니다.

"이놈들 봐라? 내가 비록 살은 쪄서 둔하지만 나도 뛰어난 장수다. 내 칼 맛 좀 봐야 쓰겠느냐?"

무사들이 동탁을 찌르지만 옷 속에 갑옷을 겹쳐 입고 있어 전혀 상하지 않습니다.

"니들 이 동탁을 우습게 봤어!"

동탁이 칼을 빼어 들고 저항하며 한편으론 여포를 부릅니다.

"봉선아, 봉선아! 어디 있느냐?"

그러자 방천화극을 든 여포가 뛰어나옵니다.

"예, 아버님! 여포, 여기 있습니다. 부르셨습니까?"

"오, 내 아들 여포야. 여기 칼과 도끼를 든 졸개들을 모두 쓸어버려라. 모두 버러지 같은 놈들이다."

"옙! 아버님. 천자의 명을 받아 제가 아버님의 목을 베겠습니다."

"이놈아, 아직 즉위식도 안 했는데 천자는 무슨 천자냐? 그리고 아버님의 목을 베다니? 저 왕윤과 졸개들의 목을 베야지……."

"동탁, 이 짐승! 여포의 방천화극을 받아라."

여포가 동탁의 목을 찌르자 동탁은 아직도 상황 파악을 못 하고 아들을 부릅니다.

"보…봉선아, 봉선아!"

"야합!"

여포의 기합 소리와 함께 동탁의 목에서 피가 솟구치며 머리가 하늘 높이 날아갑니다.

"만세, 만세! 역적 동탁이 죽었다. 저 짐승을 저잣거리로 끌어내라. 그리고 모사 이유를 잡아 와라."

잠시 후 동탁이 죽었단 말을 들은 백성들이 모두 뛰어나왔습니다.

"저게 역적 동탁이다. 어마어마하게 뚱뚱하구나. 저놈 배꼽에 심지를 꽂아라."

누군가 동탁의 배꼽에 심지를 꽂고 불을 붙였습니다. 그리고 모사 이유가 무사들의 손에 끌려 나왔습니다.

"저놈이 하 태후를 때려죽인 놈이다. 똑같이 죽이자."

백성들이 너도나도 몰려들어 이유를 짓밟기 시작합니다.

"이놈이 살아나면 또 어떤 해코지를 할지 모른다. 아예 가루로 만들어 죽이자."

성난 백성들은 이유의 몸이 가루가 될 때까지 짓밟았습니다.

백성들이 돌아간 후에도 배꼽에 붙은 동탁의 촛불은 보름 동안이나 꺼지지 않고 타올랐습니다.

동탁의 제거는 왕윤의 치밀한 계획에 의한 미인계였습니다. 초선은 왕윤의 수양딸입니다. 어려서 부모를 잃고 유리걸식하던 아이를 왕윤이 데려와 친딸처럼 키운 것이지요. 왕윤이 역적 동탁을 제거하기 위한 계획을 털어놓자 초선이 쾌히 승낙하죠.

"오갈 곳 없는 저를 지금까지 돌봐 주신 은혜를 갚겠습니다."

초선이 대답하자 왕윤은 여포를 초대하죠. 그리고 여포가 초선에게 한눈에 반하자 일부러 동탁을 불러 초선을 그에게 바칩니다. 질투에 눈이 먼 여포가 드디어 양아버지 동탁을 죽입니다. 왕윤의 미인계에 의한 이간질이 성공했고, 동탁은 제거되었습니다.

이각과 곽사의 난

이각과 곽사는 동탁의 심복들입니다. 동탁이 황제의 조서를 받고 입궐하자 두 사람은 한가롭게 잡담을 나누고 있습니다.

"곽사, 자네 공관엔 공관병들이 몇 명이나 근무하나?"

"응, 세 명이 근무하는데 내 마누라가 관리를 아주 잘 하고 있네."

"그래? 곽사 자넨 처복이 많은 사람이야. 얼굴도 미인이지만 살림도 아주 잘하지 않나? 어떻게 그런 미인을 얻게 되었는지 궁금하군."

"이각, 자넨 별걸 다 궁금해하는군. 내 마누라는 여고시절에 일진으로 이름을 날리던 '짱'이었다네. 껌을 딱딱 씹으며 다리를 건들거리면 동급생 여학생들이 그 앞에서 오금을 못 폈지. 그 일진 짱을 내가 별장으로 납치한 거야."

"허걱, 여고생을 납치? 그…그래서 어떻게 되었나?"

"히히히…, 결국 임신을 하게 되어 애를 낳았지. 그 덕택에 마누라는 여고 졸업도 못 하고 퇴학을 당했다네."

"곽사, 자네는 고교시절부터 능력이 있었군."

이렇게 한가히 잡담을 하고 있는데, 전령의 급한 보고가 들어옵니다.

"뽀~보고요. 동탁 승상이 여포의 방천화극에 맞아 죽었습니다."

"뭐…뭐라고?"

"이각, 우리 주군이 왕윤의 계략에 넘어가 죽었다 하오. 성난 백성들

117

이 주군의 배꼽에 불을 붙여 지금도 타고 있다 하오. 어쩌면 좋겠소?"

"곽사, 빨리 왕윤에게 사람을 보내 투항합시다. 주군을 잃은 마당에 그 방법만이 살길이오."

"알겠소. 장제(蔣濟)를 보내서 투항의사를 밝힙시다."

이각과 곽사의 특명을 받은 장제가 백기를 들고 왕윤에게 가서 투항의사를 밝힙니다.

"뭐라고? 이각과 곽사가 투항하겠다고? 안 된다. 그놈들은 절대 용서할 수 없다. 동탁에 버금갈 정도로 나쁜 짓을 도맡아한 놈들이다. 그놈들 스스로 자결하라 일러라."

이때 곁에서 듣고 있던 마일제(馬日磾)가 기겁하며 말립니다.

"왕 사도, 왕 사도! 왜 그런 정신 나간 소리를 하시오? 동탁이 한때는 황제 자리를 넘본 도적이었으나 아직도 곳곳에 동탁 잔당들이 널려 있지 않소? 그놈들 군사력이 만만치 않습니다. 그런데 고맙게도 그들 스스로 투항하여 충성을 하겠다는데, 막을 이유까지는 없습니다."

그러자 왕윤이 화를 벌컥 냅니다.

"이각과 곽사를 살려 둔다면 누가 우리에게 적폐청산이 이루어졌다고 박수를 보내겠소? 그들은 죽여야 마땅하오."

"왕 사도, 그렇지 않습니다. 그들 수하엔 아직 10만의 군사가 있습니다. 그들의 투항을 받아들여 그 군사력으로 이웃의 제후들을 제압한다면 나라가 평화로워질 것입니다."

"듣기 싫소. 이각과 곽사는 못 믿을 사람들이오. 그들이 투항하는 척하고 군사를 몰고 와 창을 거꾸로 잡고 덤비면 어떻게 할 것이오? 그들은 반드시 죽여야 하오."

왕윤의 고집에 마일제가 크게 개탄합니다.

'아~아~, 저런 머저리 같은 왕윤. 탁상머리에 앉아 책만 읽던 사람이 세상물정을 알겠나? 이래서 현장 감각이 없는 문관들은 탈이라니까. 앞으로 큰일이 발생할 텐데 쯧쯧.'

한편, 자기들을 죽이기로 방침을 정했다는 장제의 보고를 받은 이각과 곽사가 발끈합니다.

"뭐라고? 우리를 죽이겠다고? 왕윤! 그 늙은이가 하늘 높은 줄 모르는구나. 쥐도 막다른 골목에선 고양이에게 덤비는 법, 하물며 우리에겐 아직 10만 명의 군사가 있다. 곽사, 어떻소? 우리가 먼저 장안을 공격합시다."

"좋습니다. 당장 군사를 몰아 장안을 뒤엎고 왕윤을 죽입시다."

드디어 이각과 곽사는 10만의 군사를 몰고 장안성을 포위합니다.

"왕윤 사도! 큰일 났소. 이각, 곽사가 10만 군사를 이끌고 장안성을 포위하였소. 어떻게 하시겠소?"

"여포, …여포를 불러라. 우리에겐 일당백의 여포가 있지 않나?"

잠시 후 여포가 불려 왔습니다.

"여포, 내 사위! 그래 초선을 되찾은 기분은 어떤가?"

"예, 장인! 중고품(?)이라 쪼까 거시기하지만 그런 대로 좋습니다."

"다행이군. 지금 이각과 곽사가 10만 군사로 궁궐을 포위했네. 난 자네만 믿네. 나가서 놈들을 물리치게."

"예, 장인어른! 저만 믿으십시오. 그런데 우리 군사는 몇 명이나 됩니까?"

"우린 군사가 없네. 여기저기서 다 모으면 2만 명 정도는 될 거야."

"2만 명 대 10만 명이라…, 우선 쪽수에서 딸리는군요. 그래봐야 그놈들은 쥐새끼들이죠. 아무튼 한번 싸워 보겠습니다."

"이숙, 나와 싸우러 나가세."

여포는 이숙과 함께 이각과 곽사의 반란군을 진압하러 나갑니다.

"이숙, 자네가 선봉으로 나가 적을 물리치고 큰 공을 세우게. 그래야 벼슬이 올라가지."

"알겠네. 내가 선봉에서 한번 싸워 보겠네."

이숙이 선봉장으로 나가자 적진에선 우보가 뛰어나옵니다. 우보는 동탁의 사위입니다.

"이숙! 이 나쁜 놈. 네가 거짓 조서로 내 장인 동탁을 죽인 걸 알고 있다. 넌 오늘 내 손에 죽었어. 각오해라!"

분노에 차서 칼을 휘두르는 우보와 10여 합을 겨루다 이숙이 도망칩니다. 선봉장 이숙이 쫓겨 들어오자 여포가 화를 벌컥 냅니다.

"이 못난 놈아, 선봉 장수가 겨우 10합도 못 넘기고 도망치다니!"

그러더니 이숙의 목을 베어 버립니다.

아! 비운의 이숙. 이숙은 여포와 한 고향, 한 마을에서 태어난 죽마고우죠. 동탁의 사주를 받고 여포에게 적토마를 끌고 가 선물하며 의붓아버지 정원을 죽이도록 꼬드긴 것도 이숙이며, 그 동탁을 또 배신하여 천자의 거짓 조서로 동탁을 유인하여 죽게 만든 사람도 바로 이숙입니다. 그 이숙이, 절친한 친구 여포에게 어이없는 죽음을 당한 거죠. 나중에 사람들은 이숙의 죽음을 이렇게 말했죠. "의리 없이 간에 붙었다 쓸개에 붙었다 하는 놈의 최후는 비참하군."

이숙의 목을 벤 여포는 스스로 군사를 몰고 싸우러 나갑니다.

"여기 천하의 맹장 여포가 왔다. 이각과 곽사는 빨리 나와 내 방천화극을 받아라!"

여포가 선봉에 서자, 이각과 곽사가 작전을 세웁니다.

"여포는 천하무적이라 그와 정면으로 싸워서는 안 된다. 그러나 저들의 군사력은 고작 2만도 되지 않고, 여포 외에는 별다른 장수도 없다. 그러니 이각, 자네가 먼저 싸우는 척하다 무조건 도망치게. 그럼 여포가 화가 나서 추격하겠지. 그 틈에 내가 적군의 후미를 공격하겠네. 여포는 다시 후미의 군사를 구하러 달려올 테고, 그때는 이각 자네가 다시 반대편 후미를 공격하고, 이걸 반복하면 아무리 천하의 여포라도 당해 내지 못할 걸세. 그 틈을 타서 장제와 번조, 자네들은 성 안으로 난입하게. 지키는 군사가 없으니 성 안은 텅 비어 있네. 성 안에 들어가서는 마구 약탈을 하게. 반항하는 자는 모조리 죽이고, 민가에는 불을 지르게."

"알겠습니다. 저희가 장안을 초토화시키겠습니다."

곽사의 작전대로 이각이 여포와 몇 번 싸우는 시늉을 하더니 도주합니다.

"이각, 서라! 비겁한 놈."

여포가 정신없이 이각을 쫓는데 전령이 허겁지겁 뛰어와서 숨 가쁘게 보고합니다.

"장군! 장군, 큰일 났습니다. 곽사가 대군을 이끌고 우리 군사의 후미를 공격 중입니다."

"뭐라고? 곽사, 그 쥐새끼가?"

여포는 급히 말을 달려 후미로 가 곽사를 공격합니다. 그랬더니 곽사는 제대로 싸워 보지도 않고 또 도주합니다.

"곽사! 거기 서라."

여포가 정신없이 곽사를 쫓는데, 또 전령이 뛰어와서 숨 가쁜 보고를 합니다.

"장군! 이각이 다시 우리 군사 선두를 공격합니다."

"뭐라고? 우리 군사 선두 쪽에서 공격을 한다고?"

미련한 여포는 그때마다 선두 쪽으로 뛰다가 다시 후미로 뛰었지요. 그렇게 뛰다 보니 아무리 기운 센 여포래도 그만 지치고 말았죠.

"헉…헉…헉, 미련한 주인을 만나 나도 지칠 대로 지쳤구나. 이젠 도저히 싸울 기운이 없구나, 히히힝."

천하의 적토마도 이렇게 지쳐 갔습니다.

여포가 가쁜 숨을 몰아쉬는데, 또 전령이 뛰어옵니다.

"장군! 정말로 큰일 났습니다. 장제와 번조가 이끄는 군사들이 성 안으로 진입했습니다. 지금 성 안은 아비규환입니다. 장제와 번조의 부하들이 재물을 약탈하며 불을 지르고, 사람들을 닥치는 대로 도륙내고 있습니다."

"뭐, 뭐라고? 당했구나. 군사를 돌려라. 장안으로 들어가 천자를 지켜야 한다."

여포가 급한 마음에 군사를 몰아 장안으로 향하자, 이각과 곽사가 그 기회를 놓칠 리가 없죠.

"여포가 도망친다. 장안으로 들어가지 못하도록 맹공을 퍼부어라!"

이각과 곽사가 군사를 모아 여포의 군사를 집중 공격하자, 여포는 군사의 태반을 잃고 장안성 진입을 포기합니다.

"도저히 장안성 진입은 불가능하다. 청쇄문(靑瑣門)으로 가자."

여포는 장안성을 단념하고 왕윤이 지키고 있는 청쇄문으로 도주합니다.

"장인어른, 이각과 곽사를 이기지 못했습니다. 빨리 도망칩시다."

그러자 왕윤이 여포를 내려다보면서 말합니다.

"나는 구차하게 도망치지 않겠다. 자네도 이리 올라와서 나와 함께 이각과 곽사를 막아 내자. 빨리 올라오게."

"장인어른! 혼자 잘 해 보슈. 의리가 밥 먹여 줍디까? 나는 갑니다. 중고품(?) 초선은 데리고 갈게요."

여포는 이렇게 소리치고는 적토마를 타고 바람처럼 도주하기 시작합니다.

"이랴 이랴! 우선 살고 보자. 애초에 저런 무지랭이 영감탱이와 함께 일을 도모한 게 실수야."

여포마저 도망쳐 버리자 이각과 곽사는 성으로 진입하여 마구잡이로 노략질을 시작합니다.

"얼씬거리는 놈들은 다 죽여라. 그리고 황제를 빨리 찾아라."

황제는 궁 안에서 벌벌 떨고 있었죠.

"승냥이를 피했더니 두 마리의 늑대가 나타났구나. 이젠 어쩌면 좋을꼬?"

"폐하, 일단 나가서 이각과 곽사를 만나십시오. 저들이 원하는 것이 뭐냐고 물어보고 일단 요구를 들어주십시오."

"알겠소."

황제는 부들부들 떨면서 이각과 곽사 앞에 나타났습니다.

"그대들이 원하는 게 무엇이오? 다 들어줄 테니 무고한 백성들을 해치지 마시오."

"황제 폐하, 나타나셨군요. 저희들이 무슨 욕심이 있겠습니까? 우선 저희의 벼슬을 높여 주시죠. 그리고 궁 안의 보물을 싹쓸이해야겠소이다."

"알겠소. 무슨 벼슬이든 골라잡으시오."

"중요한 게 있소이다. 저 청쇄문에 쥐새끼처럼 숨어 있는 왕윤을 데려오시오."

천자를 구하려던 왕윤은 이각과 곽사 앞에 끌려 나왔습니다.

"왕윤, 이 늙은이! 우리가 투항한다고 했을 때 받아줬어야지. 투항을 거절하더니 우리를 죽이겠다고? 너부터 죽어 봐라."

왕윤은 이각과 곽사의 투항을 거부하며 고집을 피우다 처참하게 죽고 말았죠.

왕윤을 죽인 후 모든 권력은 다시 이각과 곽사에게로 넘어갔습니다. 이각과 곽사의 투항을 받아들이라고 충고했던 마일제가 마음속으로 크게 개탄합니다.

'에구, 왕윤! 바보 같은 사람아, 탁상공론만 내세우더니 일을 그르치고 말았구나. 이젠 또 어찌해야 저 이각과 곽사를 제거할꼬?'

조조의 서주성 침공

이렇게 이각과 곽사가 조정을 장악하고 포악한 짓을 할 때, 우리의 주인공 유비는 무얼 하고 있을까요? 원소가 공손찬에게 기주를 '반땡'하자고 사기 친 후 혼자서 꿀꺽한 사건은 기억하시죠? 분노에 찬 공손찬이 원소를 공격했지만 오히려 패하여 죽을 뻔했을 때, 위기에서 그를 구해준 사람이 유비입니다. 공손찬은 유비에게 군사 5천 명을 주고 '고당현(高唐縣)'이라는 벌판에 주둔시켰죠.

"현덕 아우, 언제 저 불량한 원소가 쳐들어올지 모르니 자네가 아예 전진 배치하여 원소를 막아 주게."

"찬 형님, 그렇게 하시죠."

유비는 묵묵히 고당현 벌판에 영채를 짓고 주둔합니다. 그러던 어느 날 관우와 장비 아우들을 불렀죠.

"관우·장비야, 오늘은 폭탄주 한잔씩 하자. 장비 네가 폭탄주 한잔 말아라."

"예, 형님. 잔은 냉면 그릇으로 하겠습니다. 과음은 몸에 해로우니 딱 다섯 잔씩만 듭시다. 그런데 형님, 우리가 집 지키는 개도 아니고 언제까지 이런 허허벌판에서 공손찬을 지키고 있어야 합니까?"

"바로 그것 때문에 너희를 부른 것이다. 이제 우리도 이곳을 떠날 때가 되었다. 이곳에서 군사를 빌려 서주(徐州)로 가자."

"서주에 무슨 일이 있습니까?"

"그렇다. 조조가 서주를 침공하여 무고한 양민을 학살하였다. 우리가 서주자사 도겸(陶謙)을 도와야 한다."

"조조가 왜 서주를 침공했죠?"

"조조의 아버지 조숭(曹嵩)이 제 아들 조조를 찾아 길을 떠났단다. 식솔이 40명이고 금은보화 재물이 수레로 100대였다는 거야. 조숭이 서주를 지나가게 되었는데, 서주자사 도겸이 조조에게 점수를 딸 요량으로 조숭을 극진히 대접했지. 이튿날 길 떠나는 조숭을 호위해 준다며 장개(張闓)라는 부하 장수에게 호위를 맡긴 거야. 그런데 장개 이 사람은 황건적의 도적 출신이야. 황건적으로 활동하다가 도겸에게 투항한 장수인데, 도둑놈이 그 버릇을 고칠 수 있나? 호위 도중 비가 내려 군사들은 추위에 떨고 있는데, 조숭과 그 가족들이 따뜻한 음식을 만들어 자기들끼리만 먹은 거지. 추위와 배고픔에 떨던 장개가 화가 나서 의견을 냈지. '우린 비를 피할 처마도 없이 추위와 배고픔에 떨고 있는데, 조숭 저놈은 저희 식구들끼리 따뜻한 음식을 만들어 먹는구나. 그러나 우린 원래가 황건적 아니냐? 저놈 조숭에게 재물이 100수레가 있으니 이걸 뺏어 달아나자.', '좋습니다. 대찬성이오.' 그렇게 의견 통일이 된 장개와 그 부하들이 심야에 기습하여 조숭과 그 가족 40명을 모조리 죽인 거야. 그러고는 조숭의 재물을 훔쳐 도망쳐 버렸지. 도겸 입장에서는 조조에게 잘 보여 점수 따려다가 큰 실수를 하게 된 거지. 조조는 머리를 풀고 사흘 밤, 사흘 낮을 통곡했다네? 아비의 죽음을 슬퍼한 거지. 그러고는 아비의 원수를 갚는다는 구실로 무려 30만 대군을 이끌고 서주를 침공한 거야. 조조가 부하들에게 명령하기를, '서주에 살아 있는 것은 모두 죽여라. 사람은 물론이고 개, 돼지까지 모두 죽여라.' 이때부터 조조 군사들의 끔찍한 살육이 자행됐지(서기 193년의 서주 1차 침공). 여세를 몰아 조조는 30만의 군대를 이끌고 서주를 공격하여 10개 성을 함락시켰어. 팽성에서 도겸을 놓친 조조는 민간인 1만 명 이상을 살육했지. 도겸은 도망치고, 조조는 비어 있는 팽성을 공격했어. 팽성에서 도망쳐 나온 난민들을 무차별 공격하여 죄 없는 민간인 10만 명을 죽였다네. 죽은 백성들의 시체로 인해 사수(泗水) 강물이 막힐 지경이었지. 조조의 악랄한 군사들은 민가의 닭과 개를 잡아먹고, 집을 허물어 촌락들을 폐허로 만들고는 연주로 철수했다네. 서주는 아주 쑥대밭이 된 거야. 그러나 문제는 또 조조가 서주를 2차로 침공할 준비를 하고 있다는 거지. 그래서 도겸이 전령을 보내 내게 도움을 요청했어."

유비의 설명을 듣던 관우와 장비가 마시던 술잔을 집어던지며 일어섭니다.

"형님! 당장 서주로 갑시다. 죄 없는 백성을 10만 명이나 죽인 조조를 용서할 수 없습니다."

"그렇다. 당장 우리가 서주로 달려가서 위기에 처한 도겸을 도와주자."

이튿날, 유비는 공손찬에게 가서 공손하게 인사를 올립니다.

"찬이 형, 지금 조조가 서주를 침공하여 죄 없는 양민 10만 명을 죽였답니다. 조조가 일시 물러가기는 했지만 또 2차 침공할 기미가 보인다하니, 제가 군사를 몰고 가서 도겸을 돕겠습니다. 군사 1만 명만 빌려 주시지요."

"비 아우, 조조와 자네는 원수진 일도 없는데 군이 도겸을 도우려 하는가?"

"형님, 사람이 불의를 보면 참지 못하는 법이죠. 제가 꼭 나서야겠습니다.”

“알겠네. 군사 1만 명은 너무 많으니 2천 명만 빌려 주겠네.”

“고맙습니다. 그 대신 조자룡도 함께 빌려 주십시오.”

“조자룡? 음, 알겠네. 데려가게.”

이렇게 되어 유비는 군사 2천과 조자룡을 빌려 도겸을 도우러 서주로 출발합니다.

서기 194년 봄, 조조의 제2차 서주 침공이 시작되었습니다.

“태수님! 조조가 또 군사를 이끌고 쳐들어왔습니다. 어쩌면 좋습니까?”

“쿨럭쿨럭! 으…으…, 유비의 구원병은 아직 도착하지 않았느냐?”

“태수님, 유비가 군사 6천 명을 이끌고 외각에 진을 쳤습니다.”

“쿨럭쿨럭, 정말 유비가 왔단 말이냐? 이젠 살았구나.”

유비는 공손찬에게서 군사 2천을 빌리고, 청주자사 전해에게서 4천을 빌려 도합 6천 명을 이끌고 조조의 군사 오른편에 진을 쳤습니다. 이때 침략군 조조는 낭야 일대를 약탈하면서 무고한 양민들을 닥치는 대로 학살하고, 길에 있는 모든 유적지를 파괴하고 있었습니다. (당시에는 주목받지 못했지만 당시 제갈공명은 일곱 살의 어린 나이였는데, 그의 부모도 조조의 군사들에게 무참하게 살해되었죠. 이 사실을 기억하면 후일 공명이 출사표를 내고 위나라를 집요하게 공격하는 심리를 이해할 것입니다).

기고만장하여 무자비한 약탈을 자행하던 조조가 동쪽에 유비의 군사들이 진을 치자 긴장하기 시작합니다.

“유비가 6천 명의 군사를 이끌고 도겸을 지원하러 왔다고? 유비 일행이 서주성 안으로 들어가지 못하게 철저히 봉쇄하라.”

“옙, 장군님!”

이때 유비는 군사의 대오를 정비하고 야심차게 작전 지시를 내렸습니다.

"장병들은 들어라. 지금부터 저 두터운 조조의 철갑군을 뚫고 성 안으로 진입한다. 장비가 선봉에서 길을 뚫어라. 관우가 우측에서, 자룡이 좌측에서 장비를 지원하라. 나는 후미에서 밀고 들어가겠다."

"옛썰! 이 장비가 선봉에서 치고 나가겠습니다. 걸리적거리는 놈들은 이 장팔사모로 모조리 요절을 내겠습니다."

장비를 선봉으로 6천 명의 군졸들이 일제히 진격을 시작합니다.

"전군, 돌격!"

"와~아!"

"성곽 정문까지 쉬지 말고 밀어붙여라."

"와~아~!"

이때 조조의 장수들이 장비 앞을 가로막습니다.

"고리눈, 거기 서라. 여기서 한 발도 더 나아갈 수 없다."

"넌 뭐냐? 내 앞을 가로막는 자는 모두 이렇게 된다."

장비가 장팔사모를 휘두르자 조조의 장수들이 바람에 휘날리는 낙엽처럼 날아갑니다.

"이것이 바로 장비의 머리 자르기 검법이다."

댕강 댕강 댕강!

댕강 댕강 댕강!

"고리눈 거기 서라!"

조조의 맹장 우금(于禁)이 장비를 가로막았습니다.

"넌 또 뭐하는 놈이냐?"

벽력같이 소리치며 장비가 휘두르는 장팔사모를 우금은 단 3합도 견디지 못하고 도주합니다.

'나도 이름난 맹장인데, 저 장비에겐 도저히 못 당하겠구나. 부끄럽지만 살고 봐야지. 36계 줄행랑이다!'

장비가 물살을 가르듯 선두에서 치고 나가자 우편에선 관우가, 좌편에선 자룡이 또 물살을 가르고 나갑니다.

유비, 서주성의 태수가 되다

이 싸움을 성 위에서 내려다보던 도겸이 감탄합니다.

"저 장수들은 부처님을 호위하는 사천왕보다도 더 무서운 장수들이구나. 빨리 성문을 열어라. 쿨럭쿨럭, 쿨럭….."

유비 일행이 조조군의 포위망을 가볍게 뚫고 서주성 안으로 들어가자 도겸이 반색을 하며 반깁니다.

"쿨럭쿨럭…쿨럭! 현덕, 어서 오시오. 실로 천군만마를 얻은 기분이오."

"태수님, 아무 걱정 마십시오. 조조는 제가 물리쳐 드리겠습니다."

"고맙소, 고마워. 쿨럭쿨럭, 쿨럭~! 얘들아, 빨리 연회를 준비해라. 현덕을 모셔야겠다."

유비가 도착하자 도겸이 불편한 몸으로 접대에 나섭니다.

"현덕, 전쟁 중이라서 간단히 차렸소. 한잔씩 하시오. 쿨럭쿨럭쿨럭……."

도겸은 몇 번 기침을 하더니 여러 사람들 앞에서 폭탄선언을 합니다.

"모두 들으시오. 나는 지금 병이 깊어 오래 살지 못하오. 나에겐 아들이 있지만 이 서주를 이끌어나갈 인물이 못 되오. 그래서 서주성의 성주 자리를 유비에게 넘겨주겠소."

"예에? 성주 자리를 유비에게 넘겨준다고요?"

도겸의 선언에 모두 놀라 서로 얼굴만 쳐다봅니다.

"그렇소. 유비 현덕은 황실의 종친이요. 또 덕이 있고 인품이 뛰어나니, 현덕만이 위기에서 서주를 구할 수 있소."

이때 유비가 황망히 나섭니다.

"태수님, 그런 말씀은 관두지 마시지……. 제가 인품이 뛰어난 것은 맞지만 그래도 어떻게 서주를 갑자기 맡기십니까? 전 사양하겠습니다. 꿀꺽꿀꺽……."

그러자 옆에서 듣고 있던 장비가 옆구리를 쿡 찌르며 눈치를 줍니다.

"형님, 사양하다니요? 지금 제정신이오?"

"쉿! 장비야, 조용히 해라. 표정 관리 해야지. 어흠…, 도겸 태수님! 전 아직 덕이 부족하여 성주를 맡기엔 벅차니 우선 저 조조부터 물리친 후 다시 거론합시다."

"그렇군. 우선 조조부터 물리쳐야지. 좋은 방법이 있소? 쿨럭쿨럭쿨럭."

"예, 방법이 있습니다. 제가 우선 조조에게 편지를 쓰겠습니다. 제 편지를 읽으면 조조도 물러갈 것입니다."

"편지 한 장으로 과연 조조가 물러갈까요? 여하튼 시도는 해 보시죠. 쿨럭쿨럭쿨럭!"

유비는 조조에게 편지를 보냅니다.

"뭐? 유비가 나에게 편지를 보냈다고? 항복하겠다는 뜻인가? 가져와서 읽어 보아라."

존경하는 조조 씨!

약한 서주를 침공하다니 이 무슨 행패요?

당장 군대를 거두고 돌아가시오.

그대의 아버지가 돌아가신 사건은 참으로 유감이오.

허나 그 사건은 장개라는 도둑 출신 장수가 재물이 탐나서 저지른 사건이지 도겸의 잘못이 아니오. 무고한 양민들을 죽이고, 그만큼 보복 조치를 했으면 속도 풀렸을 것이오.

당장 군대를 돌려 철수하시오. 만약 철수하지 않으면 그대와 장졸들은 살아서 고향 땅을 밟지 못할 것이오.

― 유비 현덕 배상

이 편지를 읽던 조조가 손을 부들부들 떨었지요.

"이…이런, 버르장머리 없이 누구에게 이따위 협박을 하는 거냐? 용서치 못하겠다. 전군, 전투 준비! 유비부터 요절을 내겠다."

화가 머리끝까지 오른 조조가 펄펄 뛰는데, 전령이 급하게 뛰어옵니다.

"뽀~보고요. 여포가 급습하여 연주를 뺏겼습니다. 여포는 그 여세를 몰아 복양(濮陽)을 치고 있습니다."

"뭐…뭐라고? 여포에게 연주를 뺏겼다고? 큰일이다. 연주를 뺏겼으니 우린 어디로 간단 말이냐? 빨리 군대를 돌리자. 전군 회군한다. 연주로 돌아가자!"

"장군, 가실 때 가시더라도 유비에게 답장이나 주고 가시죠."

"알겠다. 내 답장을 쓰지."

유비 씨 알겠소.

그대의 충고를 받아들여 서주에서 철수하겠소.

이 답장을 받아본 도겸이 기뻐서 펄펄 뜁니다.

"유비, 유비! 정말로 조조가 물러갔소. 유비 편지 한 장에 조조가 물러가는 기적이 일어났소. 대단하오, 대단해! 쿨럭쿨럭쿨럭. 이젠 약속대로 서주를 맡아주시오. 내 인수인계를 해 드리겠소."

"태수님, 아…아닙니다. 꿀꺽꿀꺽!"

이때 관우와 장비가 슬쩍 유비의 옆구리를 찌릅니다.

"형님! 사양하지 말고 받으셔야죠."

"쉿! 아우들아, 이걸 덜컥 받으면 안 된다. 표정 관리 후 때를 기다려야 한다. 아직 때가 아니다. 기다려라."

잠시 후 유비가 말을 이어 갑니다.

"태수님, 태수님이 이렇게 건강하게 살아 계신데 제가 서주를 맡을 순 없지요. 그래서 이 서주성 외곽에 있는 소패성(小沛城)에 우선 머물겠습니다."

"알겠소. 그댄 참으로 현인이구려. 그럼 우선 소패성에 머무시오. 쿨럭쿨럭쿨럭."

"예, 감사합니다."

그 시각, 서주에서 군사를 돌린 조조는 신속히 연주를 향해 달려가죠. 조조가 도착하자, 연주를 지키던 조인(曹仁)과 조홍(曹洪)이 후줄근한 모습으로 기다리고 있습니다.

"인아 그리고 홍아, 너희는 맹장 중 맹장이 아니더냐? 그런데 그 석두 같은 여포에게 성을 뺏겼단 말이냐?"

"형님, 여포는 석두지만 진궁이라는 전략가가 여포를 보좌하고 있습니다."

"진궁? 그랬구나. 진궁이 여포와 힘을 합할 줄 몰랐다. 진궁, 그자는 중모현령이었다. 내가 동탁에게 쫓길 때 진궁에게 잡혔는데, 그는 벼슬을 버리고 나와 함께 도망쳤지. 그러나 길을 가다 내가 여백사를 죽이자 나를 버리고 떠난 사람이다. 연주는 이미 여포의 손에 넘어갔으니 우린 복양으로 가서 그곳을 지키자. 그다음 다시 연주를 탈환해야 한다."

한편 서주자사 도겸은 병이 깊어 거의 임종을 맞게 되었습니다.

"쿨럭쿨럭쿨럭, 유…유비를 불러와라."

소패성에 있던 유비가 도겸의 병세가 위급하다는 말을 듣고 서주성으로 달려왔습니다.

"성주님, 정신 차리십시오. 유비가 왔습니다."

"오! 현덕, 어서 오시오. 나는 이제 천수를 다 누렸으니 요단강을 건너갑니다. 내가 죽으면 조조가 다시 쳐들어올 것이요. 이젠 서주성을 지킬 사람은 현덕 그대뿐이오. 서주성의 태수가 되어 주시오."

"아…아, 능력 없는 제가 어찌 감히 이런 중책을 맡겠습니까…만……."

이때 장비가 유비의 왼쪽 옆구리를 쿡 쑤십니다.

"형님, 줄 때 받으시오. 너무 사양 말고……."

관우도 덩달아 유비의 오른쪽 옆구리를 쿡 쑤십니다.

"형님, 긴말 마시고 빨리 받으시오."

"어…엉? 그래……. 알겠습니다. 비록 제가 능력은 없지만 서주를 맡아 잘 다스리고, 잘 지켜드리겠습니다."

"고맙네. 그럼 나는 이만 가네. 쿨럭쿨럭쿨럭, 꼴까닥!"

이렇게 되어 유비는 힘들이지 않고 서주라는 기름지고 풍요한 땅을 차지하게 되었습니다. 서주는 수백 리의 땅에 물산이 풍부하고 인구도 100만 명이 넘는 요지 중 요지입니다. 유비는 서주자사가 되자 개혁과

혁신을 단행하여 백성들로부터 칭송이 자자해지죠. 누상촌에서 태어나 돗자리를 짜서 팔던 가난한 청년 유비가 드디어 한 지방의 제후로 등장하는 순간입니다.

유비가 태수가 되자 도겸의 심복이던 미방(糜芳)과 미축(糜竺)이 찾아왔습니다.

"태수님, 오늘 제가 태수님을 집으로 초청하겠습니다. 잔치를 베풀 테니 함께 가시죠."

"알겠습니다. 가시죠."

미방과 미축 형제는 당시 서주에서 제일가는 부호입니다. 유비가 도착하자 온갖 산해진미와 좋은 술이 나오고, 잔치의 흥이 최고조에 올랐습니다. 이때 어떤 아가씨가 쟁반에 술을 받쳐 들고 들어오는데, 유비가 아가씨를 바라보더니 '찌르르르…, 허…허걱! 꿀꺽꿀꺽.' 사람인지 선녀인지 분간을 못 할 지경이 됩니다. 미축이 웃으며 소개를 합니다.

"태수님, 못난 제 여동생입니다. 태수님이 아직 미혼이시니 마음에 드신다면 제 여동생과 혼인을 맺으시지요. 방년 18세이며, 정숙한 규수입니다."

"호…혼인을? 좋다마다요. 그…그런데 한 가지 곤란한 일이 있소이다."

"무슨 일입니까?"

"제가 처음 안희현 현령을 지냈는데, 그때 부용이라는 처녀를 알게 됐습니다. 그때 저는 부용 아가씨와 사랑에 빠지게 되었습니다. 물론 잠잘 때는 서로 손만 잡고 잤지만요……. 부용 아가씨는 혼인을 빨리 맺자고 졸라 댔지만 전 그때 혼인할 처지가 못 되었죠. '낭자, 아직은 때가 아니오. 내가 더 큰 곳에서 기반을 잡은 후 그때 결혼합시다.' 이렇게 약속한 적이 있습니다. 그런데 그 부용 아가씨가 엊그제 짐을 싸들고 저를 찾아왔습니다. 이젠 어엿한 서주성의 성주가 되었으니 혼인식을 올리자는 겁니다."

그 말을 듣고 미축이 난감한 표정을 짓습니다. 그러나 미축의 여동생이 나섭니다.

"에이구 태수님, 무얼 고민하십니까? 지금은 일부다처제가 보편적인 고대사회 아닙니까? 합동결혼식을 하면 되지요. 그 부용 아가씨는 몇 살입니까?"

"감소저(부용 아가씨)는 25세입니다."

"잘됐군요. 저는 나이가 아직 18세이니 제가 한참 동생이네요. 제가 부용 아가씨를 형님으로 모시겠습니다."

듣고 있던 유비의 입이 다물어지지 않습니다.

"저…정말입니까?"

이렇게 되어 유비는 두 사람의 신부와 결혼식을 올리게 되었죠.

두 신부는 합동결혼식장에서 우의를 다집니다.

"부용 아가씨, 아니 성님, 잘 부탁드립니다."

"동생, 우리 유비님 잘 모시고 친하게 지내세."

부용 아가씨가 감 부인(甘夫人), 미축의 여동생이 미 부인(糜夫人)입니다. 두 사람은 무척 사이가 좋았답니다. 유비에겐 그야말로 여복이 차고 넘친 거죠.

한편, 연주성을 빼앗긴 조조에게도 유비의 소식이 전해졌죠.

"주공, 좋은 소식과 나쁜 소식이 있습니다. 뭐부터 들려드릴까요?"

"나쁜 소식부터 듣자."

"도겸이 서주성을 유비에게 물려줬답니다."

"유비가 공짜로 서주를 삼켰다고? 아이고 배야, 아이고 배야."

"아니 갑자기 왜 배를 움켜쥐고 그러십니까?"

"유비가 피 한 방울 흘리지 않고 서주를 삼켰다니 도저히 배가 아파 못 견디겠다. 그럼 다음 좋은 소식은 뭐냐?"

"유비가 장가를 갔는데 마누라가 두 명이랍니다."

"뭐? 마누라가 둘? 그게 어째서 나에게는 좋은 소식이냐?"

"장군님도 참! 몰라서 묻습니까? 마누라 하나 감당하기도 힘든데 두 사람을 어찌 감당합니까? 이제 유비는 행복 끝 고생 시작입니다."

"글쎄, 듣고 보니 좋은 소식 같기도 하고 더 나쁜 소식 같기도 하고……. 그런데 배는 왜 점점 더 아파지냐? 진통제 가져와라. 아이고 배야, 아이고 배야……. 아무튼 지금 시급한 것은 유비가 아니다. 여포를 몰아내고 연주성부터 탈환하는 게 급선무다. 우선 안전하게 영채부터 세우자."

조조가 복양 근처에 영채를 내리고 있는데, 한편 여포는 힘들여 빼앗은 연주성을 부하 장수 설란(薛蘭)과 이봉(李封)에게 맡깁니다.

"설란·이봉, 너희 두 사람이 1만 명의 군사로 연주성을 지켜라. 나는 복양으로 가서 조조를 격파하겠다."

그러자 모사 진궁이 대경실색합니다.

"장군, 그건 또 무슨 멍청한 소리요? 설란같이 역량이 부족한 장수는 연주를 지켜 내지 못합니다."

"진궁, 걱정 마시오. 내가 복양에서 직접 조조를 때려잡을 텐데 뭘 그리 걱정하시오? 아무 염려 마시오."

여포는 연주성을 떠나 복양성으로 들어갔습니다. 조조는 군사를 몰고 나와 복양성을 공격합니다. 밀고 밀리는 치열한 전투, 전쟁이 백중세

를 이루자 여포의 모사 진궁이 전략을 세워 조조를 복양성 안으로 유인
하기로 했습니다.

"여포 장군, 복양성에 전(田) 씨라는 부호가 있는데, 그자를 꼬드겨 조
조에게 거짓 투항서를 보내도록 합시다."

"전(全) 씨는 전 재산이 29만 원뿐인데 부호라고 볼 수 있나요?"

"그 전(全) 씨가 아니고 진짜 돈이 많은 전(田) 씨가 따로 있습니다."

"알겠소. 작전대로 해 봅시다."

진궁은 전 씨를 불러 거짓 투항서를 조조에게 보내도록 합니다.

조조 장군!

여포는 성질이 포악하여 백성들의 원망이 자자합니다.

어제 여포가 군사들을 이끌고 여양으로 이동했습니다.

오늘 밤 야습하세요.

제가 슬쩍 성문을 열어드리겠습니다.

이 편지를 받아본 조조가 속임수에 넘어갑니다.

"오늘 밤 복양성을 친다. 내부에서 호응하는 자가 있어 성문을 열어
줄 것이다."

그러자 부하 장수들이 우려를 나타냅니다.

"속임수가 있을지 모르니 주공께서는 진입하지 마세요. 저희 장수들
이 먼저 입성해 보겠습니다."

"아니야, 지휘관이 앞장서야 사기가 오르지, 내가 앞장선다. 전군 돌
격! 복양성 안으로 진입한다."

"와~아!"

조조가 군사를 몰아 물밀듯이 들어갔지만 군사는커녕 어리친 강아지 새끼 한 마리 보이지 않습니다.

"뭔가 이상하다? 빨리 이곳을 빠져나가자."

그때 사방에서 함성이 들리며 불화살이 날아듭니다.

"조조가 걸려들었다. 한 놈도 살려 보내지 마라!"

사방에서 불길이 치솟자 조조 군사들은 아비규환이 되어 도망치기 바쁩니다. 조조도 북문 쪽으로 정신없이 도망치는데, 주변엔 호위하는 장수 한 명도 보이지 않습니다.

'큰일이구나.'

반은 정신이 나간 조조가 북문 쪽을 향해 뛰는데, 불길 사이에서 말을 탄 장수 하나가 뛰어옵니다. 조조가 바라보니 여포입니다. 조조는 얼굴을 가리고 슬쩍 여포 앞을 지나치는데, 갑자기 여포가 방천화극으로 조조의 머리를 툭툭 칩니다.

"어이 쫄따구, 조조는 어디 있냐?"

여포는 조조를 자기편 졸병으로 착각한 것이지요.

'예수님, 부처님, 마호메트님, 천지신명님, 남묘호랑개교님, 살려 주세요. 앞으론 정말 착하게 살겠습니다.'

등에 식은땀이 흐르는 조조는 침착하게 마음속으로 기도하고 엉뚱한 곳을 가리킵니다.

"저 누런 말 탄 저놈이 조조입니다. 아주 흉악하고 나쁜 놈입니다."

여포가 그쪽을 바라보더니, 누런 말을 향해 달려갑니다.

"조조 이놈! 게 섰거라. 넌 오늘 죽었어!"

"아멘, 타불! 살았습니다. 감사합니다."

여포한테 죽지는 않았지만 주변 건물이 무너져 내리는 바람에 조조

는 손과 팔뚝 그리고 수염과 머리카락까지 태우고는 간신히 복양성을
빠져나왔습니다.

조조는 참모 장수들을 불러 작전을 지시합니다.

"너흰 내가 온몸에 화상을 입어 분신타살(焚身他殺)되었다고 통곡하
여라. 그리고 장사를 지내라. 그럼 여포 그놈이 틀림없이 이곳을 기습
하러 올 것이다. 우린 적당한 곳에 매복하고 기다리다 놈들을 전멸시키
자."

조조가 죽었다는 거짓 정보가 여포에게 보고됩니다.

"어젯밤 조조가 복양성을 야습하다가 무너지는 건물더미에 깔려 화
상을 입었는데, 오늘 아침 죽었답니다."

"조조가 죽었어? 잘 죽었구나. 빨리 군사를 몰아 조조의 잔당들을 쓸
어버리자."

여포가 급히 군사들을 동원해 조조의 영채를 향해 내달립니다.

"조조 그놈이 팔다리와 몸뚱이에 불이 붙어 죽었다고 한다. 나머지
잔당들을 모조리 도륙내자. 진격!"

"와~아!"

여포가 신바람이 나서 조조의 진영을 향해 달려가는데, 마릉이라는
계곡을 지나게 되었죠.

"자, 조금만 더 가면 조조의 영채다. 기운을 내자."

여포의 군사들이 마릉 골짜기에 들어서자 어디에서 "쿵!" 하는 방포
소리가 들리더니 조조의 군사들이 여기저기에서 쏟아져 나옵니다.

"여포! 나 여기에 있다. 이 미련한 놈아, 어젯밤 네가 투구를 툭툭 건
드리며 조조가 어디 있냐고 물었던 사람이 바로 나다. 그런 안목을 가지
고 무슨 전쟁을 하겠느냐? 오늘 모두 염라대왕 앞으로 보내 주마. 여포

군사를 모두 죽여라. 공격!"

조조의 기습에 여포는 크게 패했지요. 대부분의 병사를 잃고 겨우겨우 복양성으로 도주하였습니다.

여포를 물리친 조조는 즉시 군사를 돌려 연주성을 칩니다.

"여포는 피해가 커서 당분간 복양성에서 나오지 못할 것이다. 지금부터는 우리의 본거지인 연주성을 탈환하자. 연주를 지키는 설란과 이봉은 매일 술이나 마시고 주색에 빠져 있다 하니 성을 뺏는 건 시간문제다. 전군 돌격!"

조조의 예측대로 연주성에선 밤새 마신 술이 덜 깬 설란이 해가 중천에 뜬 후 부스스 일어납니다.

"전령은 어찌 세숫물을 떠놓지 않았나? 꿀물을 한 그릇 다오."

이때 부관이 허겁지겁 뛰어들어옵니다.

"장군, 정신 차리십시오. 큰일 났습니다! 북쪽에서 한 떼의 군마가 새까맣게 몰려오고 있습니다."

"뭐? 군마가 몰려와? 누가 내 허락도 없이 군사훈련을 하느냐?"

"장군, 군사훈련이 아니고 조조가 이끄는 적군들입니다. 벌써 성 밖 30리 가까이 접근해 왔습니다."

"뭐? 조조가 쳐들어온다고? 이봉은 어디 갔느냐?"

"이봉 장군은 유곽에서 여자들과 술을 마시고 아직 영내에 들어오지 않았습니다."

"뭐라고? 성의 경비 책임을 맡은 자가 술을 마셔? 그것도 유곽에서 여자들과? 이런 군기 빠진 놈 같으니, 당장 불러와라!"

"옙, 장군!"

"그리고 전 군사들은 빨리 전투 준비해라. 내 갑옷과 투구 그리고 군화를 빨리 가져와라.”

“예, 장군. 투구와 군화가 여기 있습니다.”

“아니, 투구와 군화에서 웬 술 냄새가 이리 진동하느냐?”

“장군, 기억나지 않습니까? 어젯밤 부장들을 불러 투구와 군화에 술을 따라 주지 않았습니까? 부장들도 모두 술이 덜 깨 아직 자고 있습니다.”

이때 유곽에서 여자를 끼고 자던 이봉은 조조가 쳐들어왔다는 말에 황급히 일어나 영내로 뛰어갑니다. 이봉이 화대도 주지 않고 가 버리자 수청 들었던 아가씨가 뒤에서 욕을 퍼붓습니다.

“저 나쁜 놈이 오늘도 화대를 안 주고 가는구나. 싸우다가 칵 뒈져라, 퉤!”

급히 들어온 이봉에게 설란이 화를 벌컥 냅니다.

“이봉! 전쟁 중에 술은 웬 술이요? 정신 차리시오.”

“아니 설란 장군, 어제 투구에 술을 따라 주며 분위기 잡은 게 누군데 그런 말씀을 하십니까?”

“자, 이봉! 도긴개긴이니 그대가 빨리 선봉에 서서 조조 군사를 막아 내시오. 조조를 막지 못하면 우린 여포에게 죽은 목숨이요.”

“예? 꼭 제가 나가야 합니까? 전 지금도 술이 덜 깨서 정신이 없는데요?”

“이봉! 정신 차리시오. 죽고 싶소?”

“알겠소이다. 조조 군사들쯤이야 초개처럼 흩어버리고 오겠소.”

이봉이 성문을 열고 나옵니다.

“조조! 이봉이 여기 있다. 네가 감히 연주성을 넘보다니, 누구든지 나와서 내 칼을 받아라.”

조조가 이봉을 한참 바라보다가 핀잔을 줍니다.

"이봉인지 삼봉인지 모르겠지만 전쟁하는 장수가 왜 그렇게 혀 꼬부라진 소리를 하느냐? 해장술 한잔 더 따라 주랴?"

"듣기 싫다. 술은 몸에 해롭다. 빨리 선봉장이나 내보내라."

"주공, 이 허저가 나서보겠습니다."

괴력의 사나이 허저가 칼을 빼어 들고 나섭니다. 허저가 말을 타고 달려 나가자 이봉이 방천화극(方天畵戟)을 들고 달려듭니다.

"이름 없는 졸개야, 방천화극 들어는 봤나? 우리 주군 여포 장군과 방천화극으로는 쌍벽을 이루는 나다."

"그놈 입만 살았구나."

술이 덜 깬 상태로 싸우러 나온 선봉장 이봉은 무시무시한 괴력의 사나이 허저가 휘두르는 칼에 몸뚱이가 두 개의 봉우리로 갈라지고 말았죠. 허저가 이봉을 내려다보며 한마디 합니다.

"이놈! 음주운전도 엄히 처벌받거늘 하물며 음주전투가 무사할 줄 알았더냐? 휴우, 술 냄새!"

"자아, 여세를 몰아 연주성을 치고 들어가자. 성 안으로 진군하라!"

"와~아!"

"설란 장군, 조조의 군사가 물밀듯이 들어옵니다. 빨리 대비하셔야 합니다."

"큰일 났구나. 각 부장들은 죽기를 각오하고 막아라."

부장들을 전진 배치한 후 설란은 혼자서 후문 쪽으로 도주하기 시작합니다.

"죽기는 싫다. 살아남으려면 도망치는 수밖에 없다."

총지휘관인 설란은 갑옷과 투구조차 제대로 갖추지 못하고 도주하는데, 조조의 부하 장수 전위(典韋)가 추격해 옵니다.

"설란! 섰거라. 장수가 혼자 살겠다고 도주하다니, 비겁한 놈! 칼을 받아라."

바로 등 뒤에서 전위의 칼날이 번쩍합니다.

연주성을 회복한 조조는 며칠 간 휴식 후 다시 여세를 몰아 복양성의 여포를 쳤습니다. 조조에게 대패한 여포는 바닷가까지 쫓겨 달아났죠.

"진궁, 다 뺏겼소. 이젠 어디로 가야 할까요?"

"원소에게 투항하면 어떻겠소?"

"좋습니다. 먼저 기주로 사람을 보내 원소에게 투항하겠다고 의사 표시를 해 봅시다."

여포의 사자가 원소에게 가서 투항 의사를 밝히자, 원소가 크게 기뻐하며 대답합니다.

"당연히 받아 줘야지. 지금 당장 기주로 오라고 전해라. 단, 기주는 땅은 넓지만 여포처럼 키 큰 사람을 받아 줄 마땅한 장소가 없으니 몸뚱이는 바닷가에서 푹 쉬고 머리만 오시도록 전해라."

원소의 말을 전해 들은 진궁이 실망하여 차선책을 제안합니다.

"원소에게 가기는 틀렸습니다. 서주성을 유비가 다스린다고 합니다. 유비는 후덕한 사람이니 그에게 의탁하러 갑시다."

여포는 진궁의 의견대로 서주성 유비를 찾아갔습니다. 그러나 여포의 투항을 미축이 반대합니다.

"태수님, 여포는 섬기는 사람마다 모두 죽였습니다. 그 아비 정원, 그리고 동탁을 죽였죠. 그를 받아 주면 안 됩니다. 그는 성질이 포악하고 배신을 떡 먹듯 하는 사람입니다."

그런데 유비는 미축의 의견을 받아들이지 않습니다.

"미축, 처지가 곤궁하여 나를 찾아오는데 어찌 모른 체할 수 있겠소? 일단 받아 줍시다."

유비는 성 밖까지 마중 나가 여포를 맞아들였습니다.

"여포 장군, 잘 오셨습니다. 제가 임시로 서주성을 맡고 있지만 저는 능력이 부족합니다. 장군께서 서주성의 성주를 맡아 주시죠."

유비가 서주성 인장을 꺼내 여포에게 건네주려 하자 웬 떡인가 싶어 여포의 입이 방긋 벌어집니다.

"예? 갑자기 서주성을 맡기시니 좀 당황스럽지만 제가 다스려 보도록 하겠습니다."

여포가 슬그머니 인장을 받으려 하는데, 유비 뒤에서 시종일관 못마땅하게 지켜보던 장비가 드디어 분통을 터트립니다.

"이 애비 셋인 후레자식아, 네가 뭔데 서주성의 태수가 된단 말이냐? 넌 오늘 내 손에 죽었다. 오늘 너하고 300합만 싸워 보자. 덤벼라, 이 후레자식아!"

장비가 장팔사모를 빼어 들고 눈을 부라리며 덤벼들자 깜짝 놀란 유비가 황급히 제지합니다.

"어허, 셋째야! 손님에게 왜 이러느냐?"

"형님, 저런 놈은 손님이 아니에요. 제 애비란 애비는 모두 제 손으로 목을 딴 후레자식입니다. 또 친한 고향 친구 이숙의 머리까지 베어 버린 나쁜 놈입니다. 제가 오늘 300합으로도 승부가 나지 않으면 전 『삼국지』에서 빠지겠습니다. 빨리 덤벼라! 후레자식……."

그러자 진궁이 황급히 장비를 말립니다.

"장 장군 참으십시오. 여포 장군이 얼떨결에 인장을 받으려 한 것뿐입니다. 저희는 이 서주성 변두리에 있는 소패성으로 가겠습니다. 그곳에서 머물도록 허락해 주십시오."

그러자 유비가 다시 나서서 극진하게 대우합니다.

"알겠습니다. 소패성은 처음 저희가 머물던 곳입니다. 일단 여포 장군과 진궁도 그곳에 머물도록 하십시오. 소패에 계시다가 서주성을 다스릴 마음이 생기면 언제든지 오십시오. 제가 인장을 드리겠습니다."

그 말을 듣던 장비의 고리눈이 두 배로 커지며 숨을 씩씩 몰아쉬자 여포가 황급히 손을 저으며 사양합니다.

"아…아닙니다. 소패성을 빌려 주시는 것만으로도 감사할 따름입니다."

여포와 진궁은 황망하게 소패성으로 떠났죠.

다음은 장안에서 천자를 농락하고 있는 이각과 곽사는 어떻게 지내고 있는지 살펴보겠습니다.

이각은 대사마(大司馬)에 스스로 오르고, 곽사는 대장군(大將軍)이 되어 있었죠. 대사마는 국방장관에 해당하는 벼슬이며, 대장군은 장군 중 최상위의 장군입니다. 명실공히 두 사람이 군부를 완전히 장악한 것입니다. 이 두 사람은 천자도 안중에 두지 않고 제멋대로 날뛰어 댑니다. 그러자 하루는 천자가 태위(太尉) 양표(楊彪)를 불러 울면서 의논합니다. 태위란 군사 업무를 담당하는 재상인데, 실권은 없는 명예직입니다.

"홀쩍홀쩍, 승냥이를 피하려다 두 마리의 늑대를 만났으니 저놈들을 제거할 방법이 없겠소?"

"폐하, 울지 마십시오. 방법이 있습니다. 두 마리의 늑대를 서로 싸우게 하는 것이지요. 저놈들이 배운 게 없고 근본이 없는 놈들이니 그 여편네(부인)들이 현명할 리 없지요. 제게 맡겨 두십시오."

다음 날 양표의 부인이 곽사의 처를 찾아갔습니다.

"사모님, 안녕하세요? 저 양표 태위의 처예요."

"어머머 부인, 어서 오세요. 이런 누추한 곳을 방문해 주시다니 감사해요."

"원 별말씀을, 사모님을 뵙게 되어 영광입니다. 그런데 사모님 피부가 왜 이리 고와요? 꼭 20대 처녀 같아요."

"에이그, 20대 처녀라니요? 호호호, 너무 과찬이네요. 허긴 밖에 나가면 미스인 줄 알고 따라오는 남자도 있다니까요."

"어머! 정말 남자들은 예쁜 여자들을 너무 귀찮게 해요. 사모님이 남자들에게 그렇게 인기가 좋으니 곽 장군님도 여자들에게 인기 짱이죠. 정말 두 분 천생연분이에요."

"무슨 말이죠? 우리 신랑이 여자들에게 인기가 좋다니요?"

"어머 참~, 곽 장군님이 어디 아무 여자나 좋아하시나요? 이각 사모님이나 되니까 친하게 지내시는 거죠."

"이각 여편네와 우리 신랑이 친해요?"

"어머머, 곽 장군님이야 점잖은 분이라서 이각 사모님을 별로 좋아하지 않는데, 그쪽 사모님이 그렇게 장군님을 좋아한대요. 아차! 나 이런 말 하면 안 되는데……."

"괜찮아요. 내가 비밀 지켜줄 테니 아는 대로 다 말해 봐요."

"아이, 말하면 안 되는데……. 이각 사모님이 러브호텔에 먼저 가서 곽 장군님을 불러 댄대요. 조금만 늦게 가도 야단이 난대요. 그러나 호텔에 들어갔다고 무슨 별일이야 있겠어요?"

"으~으~으~, 그…그래서요?"

"아…아니에요. 점잖은 곽 장군님이 무슨 나쁜 짓을 하겠어요?"

"우리 신랑 곽 장군이 점잖아요? 거 모르시는 말씀하시네. 그 인간이 여고 3학년 때 나를 납치해서 별장으로 끌고 간 인간이에요. 그래서 난 고등학교도 졸업 못 하고 애를 낳았잖아요. 평생 고생하며 살다가 요즘 약간 살기 편해지니 이 인간이 또 바람을 피우는군."

"어머머~ 사모님, 설마 이상한 짓이야 하겠어요? 친구 부인이니까 정담이나 나누겠죠."

"그 인간 요즘도 비아그라 안 먹고도 세 시간씩 하는 사람이에요. 어쩐지 요즘 외박이 잦고 집에 들어와도 피곤하다고 그냥 엎어져 자더라니까. 뭐? 국사(國事)에 바쁘다나? 알고 보니 정사(情事)에 바쁘구만. 이 인간 들어오면 나한테 죽었어!"

"아이 사모님, 제가 너무 쓸데없는 말을 한 거 같아요. 전 이만 가 볼게요."

"예, 안녕히 가세요. 그리고 정보가 입수되면 바로바로 저에게 알려주셔야 해요. 비밀은 절대 지킬게요."

"예, 사모님. 안녕히 계세요."

그날 밤, 곽사가 퇴근해 집에 들어오자 아내는 혼자 생각해봅니다.

'저 인간 머리채를 지금 낚아채? 아니면 얼굴을 할퀴어? 아니야, 그건 모두 하책 중 하책이야. 기회를 봐서 더 크게 골탕을 먹여야 해.'

며칠 후, 곽사가 외출을 합니다.

"부인, 이각 집에 잔치가 있어서 다녀오겠소."

"여보, 가지 마세요. 요즘 이각이 뭔지 당신에게 불만이 있는 거 같대요. 누군가 엿들었는데 '곽사 그놈을 꼭 내 손으로 죽이고 말겠다.' 그런 말을 하더래요. 오늘 잔치에 갔는데, 만일 술에다 독이라도 타면 어쩌려고 그래요?"

"뭐? 이각이? 그놈이 설마 나를 몰아내고 혼자 권력을 독점하려고?

음! 조심은 해야겠군. 알겠소. 오늘은 가지 않겠소."

시간이 지나도 곽사가 오지 않자 이각은 술과 안주를 하인에게 보내왔죠. 곽사의 처는 술에 얼른 쥐약을 넣었죠.

"여보, 이각이 술을 보냈는데 바로 마시지 말고 우리 집 누렁이에게 먼저 먹여 봅시다."

누렁이를 끌어다 술을 따라 주자, 누렁이가 술을 홀짝홀짝 마시더니 갑자기 나뒹굴기 시작합니다.

"깨갱깨갱! 아이고 배야. 세상 믿을 놈 하나도 없다더니 이렇게 나를 잡는구나. 깨갱깨갱! 부글부글!"

누렁이는 게거품을 흘리더니 죽고 말았습니다.

"이…이런, 이각! 이 나쁜 놈, 네가 나를 제거하고 혼자서 권력을 독점하려고? 어림 반 푼어치도 없는 소리, 어디 두고 보자. 부장! 어디 있나? 군사들을 집합시켜라. 이각의 집을 급습한다."

"옙! 알겠습니다."

"전원 집합! 군사들은 집합하라. 이각 대사마를 치러 간다."

그러나 곽사의 진영에도 이각이 심어 놓은 첩자가 있습니다.

"뭐? 이각은 국방장관인데 그를 쳐? 자칫하면 큰일 난다. 빨리 가서 알려 드려라."

드디어 이각과 곽사가 양평의 이간계(離間計)에 넘어가 전쟁을 시작합니다.

"뭐라고? 곽사가 나를 치러 온다고? 그놈이 미쳤구나. 나를 제거하고 혼자서 권력을 독점하겠다고? 어림도 없는 소리. 여봐라! 군사들을 모아라. 곽사의 기습에 대비해야 한다."

이각과 곽사 모두 군 통솔의 실질적 권력자들이므로 그 수하에 수만 명의 군졸들이 있습니다.

두 사람의 군졸들이 장안성 한복판에서 시가전을 벌이게 되었습니다.

"곽사가 아무 이유 없이 기습해 왔다. 모두 죽여라!"

"와~아!"

"이각, 저놈이 나를 독살하려 했다. 한 놈도 살려 두지 마라!"

이렇게 시작된 싸움은 며칠 동안 계속되었습니다.

이때 이각의 조카 이섬(李暹)이 재빨리 궁궐로 들어가 황제와 황후를 납치해 왔습니다.

"폐하, 이곳 궁궐은 위험합니다. 가장 안전한 장소인 이각 대사마의 진영으로 옮기시지요."

"벌~벌~벌~벌, 내가 무슨 힘이 있소? 순순히 따라갈 테니 해치지나 마시오."

이섬이 황제를 모셔 오자 이각은 황제 일행을 옛날 동탁이 쓰던 미오성(郿塢城)에 감금했죠. 이각이 황제를 데려가자 곽사는 궁에 남아 있는 벼슬아치들을 모조리 잡아다 자기 진영에 가두었습니다. 이각은 황제의 신병을 확보하고, 곽사는 신하들의 신병을 확보한 셈이죠.

곽사가 다시 이각에게 싸움을 걸어오자 기세가 등등한 이각이 곽사를 나무랍니다.

"곽사, 여기 황제가 계신다. 빨리 와서 항복하지 않으면 너는 대역 죄인이 된다."

"이각, 웃기지 마라. 솔직히 너나 나나 원래가 대역 죄인들이다."

이렇게 이각과 곽사의 지루한 시가전은 50일을 이어갔습니다. 두 사람의 싸움으로 가장 고통 받는 것은 백성들입니다. 걸핏하면 재물을 약탈해 가고, 불을 지르고……. 사정이 이렇게 악화되자 섬서에 주둔하고 있던 장제(蔣濟)라는 장수가 수만 명의 군사를 이끌고 이각과 곽사를 화해시키러 왔습니다.

"이각, 그대는 먼저 미오성에 연금시킨 황제 폐하를 석방하시오. 석방하지 않으면 곽사와 힘을 합쳐 당신을 공격하겠소. 다음 곽사, 그대는 연금하고 있는 60명의 신하를 모두 석방하시오. 석방하지 않으면 이각과 함께 당신을 공격하겠소."

"알겠소. 내 황제를 석방하리라."

"알겠소. 내 신하들을 석방하리라."

이각은 할 수 없이 황제를 석방하였고, 곽사는 할 수 없이 신하들을 석방하였습니다. 풀려난 황제는 신하들을 모두 데리고 옛날 수도 낙양으로 돌아가기로 했습니다.

"가자, 낙양으로! 조상 대대로 사직이 보존된 옛 수도 낙양, 동탁이 그곳에 불을 지르고 이곳 장안으로 천도하였지만 나는 한시도 낙양을 잊은 적이 없다. 모두 옛 수도 낙양으로 출발한다. 가자, 낙양으로!"

황제와 남아 있는 신하들은 장안을 떠나 다시 낙양으로 되돌아갑니다. 황제는 낙양으로 가는 도중 장인 동승을 만나게 됩니다. 동승은 황제의 부인 동귀비의 친정아버지죠. 황제는 장인을 보자 그동안 쌓인 설움이 한꺼번에 쏟아져 나왔죠.

"엉엉엉! 장인어른, 그동안 무섭고 춥고 배고팠습니다. 이제 장인어른을 보니 마음이 놓이는군요."

"폐하, 이제는 아무 걱정 마십시오. 신이 맹세코 이각과 곽사의 목을 베어 천하 안정시키겠습니다."

황제가 이각과 곽사의 영향력을 벗어나 낙양으로 가 버리자, 위기의식을 느낀 이각과 곽사가 다시 손을 잡습니다. 두 사람은 낙양으로 치고 들어가 황제를 죽이고 천하를 둘로 나누어 갖자고 모의합니다.

이각과 곽사는 군사를 둘로 나누어 양쪽에서 황제를 추격하기 시작합니다.

"지금부터 황제를 추격한다. 추격 도중 민가가 보이면 마구 약탈해라. 식량과 물건, 무엇이든 있는 대로 모두 뺏어라. 반항하는 자들은 죽여도 좋다."

필사적으로 도망친 황제는 천신만고 끝에 낙양에 입성했습니다. 그러나 궁궐은 모두 불에 타고, 길거리엔 무성한 잡초만 우거져 있죠.

"이건 궁궐이 아니라 드라큘라 별장이구나. 우선 벽돌을 치우고 지붕이라도 얹어 보자."

태위 양표가 황제에게 건의합니다.

"폐하, 이각과 곽사가 곧 들이닥칠 텐데, 그들을 막으려면 조조를 불러들여야 합니다. 조조는 강한 군대와 수많은 맹장들을 데리고 있고, 또 가까운 산동에 있으므로 그가 달려오면 황실을 보호할 수 있습니다."

"옳은 말씀이오. 빨리 조조를 불러오시오."

조조는 황제가 부른다는 조서를 받자 기뻐서 즉시 준비를 서둘렀죠.

"기회가 왔다. 낙양으로 가자. 가서 황제를 구해야 한다."

황제는 이각과 곽사의 추격병이 들이닥칠까 봐 벌벌 떨고 있는데, 조조가 먼저 나타나죠. 정예병 5만과 하후돈, 허저, 전위 등 맹장 10명 그리고 대대급 철마기병을 이끌고 헌제 앞에 와서 무릎을 꿇습니다.

"폐하, 신 조조가 폐하를 보호하러 왔습니다. 이젠 아무 걱정 마십시오. 우선 음식을 가져왔으니 배불리 드십시오."

"조 장군, 참으로 고맙소. 조 장군이야말로 충신이며 의인이요. 이제야 짐은 마음이 놓이오."

그때 전령의 급한 보고가 들어오죠.

"뿌~보고요…, 지금 이각과 곽사의 추격병이 흙먼지 일으키며 가까이 오고 있습니다. 빨리 방어해야 합니다."

"조 장군 들으셨소? 이각과 곽사가 가까이 왔다 하오."

"폐하, 지금부터 소장이 그들을 비로 쓸듯 깨끗하게 쓸어내겠습니다. 하후돈, 그리고 조홍은 군사를 둘로 나누어 선봉에서 공격하라. 허저와 전위는 후면에서 보병을 이끌고 뒤를 받쳐 공격하라. 전군 공격 개시!"

"와~아~!"

조조의 정예병이 공격을 개시하자 먼 길을 추적해 온 이각과 곽사의 군이 무너지기 시작합니다.

"저건 어디서 나타난 군대냐? 낙양에 군대가 주둔하고 있었단 말이냐?"

"우리 군사들이 추풍낙엽 떨어지듯 사그러들고 있습니다. 후미의 군사들은 싸워 보지도 않고 도주하고 있습니다."

"이놈들아, 도주하지 마라. 적군을 막아라!"

조조의 철갑기마병이 맹공을 퍼붓자 이각과 곽사의 군대는 사방으로 뿔뿔이 도망치거나 칼에 맞아 죽어 대패하고 말았죠.

"저길 보게, 내 조카 이섬의 목이 날아갔네. 저 장수가 누군지 이섬의 목을 가지고 가는군."

이섬을 벤 장수는 허저입니다. 허저는 이섬의 동생 이별의 목도 함께 베어 두 개를 말안장에 채우고 진으로 돌아갑니다.

"곽사, 우리라도 살아야지. 빨리 도망치세."

"이각, 어서 나를 따라오게. 이랴, 이럇! 더 빨리 달려라. 잡히면 죽는다."

"제기랄, 천하를 손에 쥐었다고 생각했는데, 졸지에 도망자 신세가되었구나."

정치적 식견이라고는 전무한 이각과 곽사는 다시 장안으로 돌아갔습니다. 그러나 황제가 없는 장안에서 더 이상 두 사람을 대사마나 대장군으로 인정해 주는 사람이 없습니다.

"단애를 불러와라."

이각은 심복 단애를 불렀습니다.

"단애, 이제 우린 군사들도 모두 잃고 황제라는 구심점도 없으니 앞으로 어떻게 하면 좋겠나?"

"곽사 대장군 밑에 오습(伍習)이라는 장수가 있습니다. 이들과 힘을합쳐 산으로 들어가 산채라도 하나 잡는 게 어떻습니까?"

"결국 산적이 되는 것이군. 우선 그렇게라도 하세."

이각과 곽사는 식솔들을 데리고 산속으로 들어가 도적으로 전락했죠. 곽사의 마누라가 가장 불만이 많습니다.

"여봇! 오늘도 이각 마누라 그년과 만나고 오는 거예요?"

"무슨 말이야? 내가 이각 마누라를 왜 만나?"

"흥! 누가 모를 줄 알고?"

어느 날, 단애와 오습이 숲 우거진 나무 그늘 아래 마주 앉았습니다.

"오습, 우리가 졸지에 도적이 되다니……. 이게 사람 사는 세상인가?내가 모시던 이각 대사마도 지금 보니 영웅은커녕 술주정뱅이에 지나지않아."

"단애, 자네 생각도 그런가? 난 곽사 대장군을 모셨지만 요즘 보면 대장군의 기개는 전혀 없고 매일 마누라와 싸우는 필부에 지나지 않아."

"오습, 우리가 살 수 있는 방법이 한 가지 있네. 잘 듣게. 내가 이각의 목을 벨 테니 자네가 곽사의 목을 베게. 그리고 이각과 곽사의 식솔들을 모조리 잡아 묶어 황제에게 투항하세. 그러면 자네와 나는 큰 상을 받고 벼슬도 받을 수 있네. 그 길만이 우리가 살길이야."

"단애, 좋은 생각이야. 나도 진즉 그런 생각을 갖고 있었네."

며칠 후 칠흑같이 어두운 밤, 이각이 자고 있는 산채에는 단애와 그 부하들이, 곽사가 자고 있는 산채에는 오습과 그 부하들이 소리 없이 스며들었습니다.

"누…누구냐?"

"대사마, 용서하십시오. 단애가 장군의 목을 얻으러 왔습니다."

"이…이놈이 배신을 하다니……."

쉬익!

픽!

"으윽……!"

또 한편, 곽사의 산채에서도…….

"누…누구냐?"

"대장군, 오습입니다. 장군의 목을 가져가니 용서하십시오."

"이…이놈이 감히 나에게……."

쉬익!

픽!

"으윽……!"

이때가 건안 3년, 서기로는 198년의 일입니다. 당시의 실권은 조조가 쥐고 있습니다.

"뭐라고? 단애가 이각의 목을 베고 그 식솔들 200명을 호송해 왔다고? 어서 들라 해라."

"장군, 그뿐 아니라 오습은 곽사의 목을 베고 그 식솔들을 호송해 왔습니다."

"잘됐구나. 이로써 이각과 곽사의 난은 평정되었구나. 이각과 곽사의 식솔들을 모조리 참수하라. 그리고 그 수급은 성루에 효시하여 백성들이 보도록 하여라. 이번에 공을 세운 단애와 오습은 각각 안남 장군에 봉하도록 천자께 상소문을 올려라."

이각과 곽사의 난은 서기 198년, 두 사람이 죽음으로써 그 막을 내리게 되었습니다.

조조의 유비 제거 계획

황제의 입장에서는 두 마리의 늑대를 쫓아내기 위해 조조를 불러들였습니다. 그런데 조조의 입성을 보고 양봉과 한섬이 다음과 같이 개탄하죠.

"두 마리 늑대를 몰아내기 위해 결국 호랑이를 불러들였구나. 저 조조는 지략도 있고, 정치적 식견도 뛰어난 사람이다. 앞으로의 일이 참으로 걱정이다."

정말 조조는 황제가 감당 못 할 호랑이일까요?

조조는 황제를 뵙고 아룁니다.

"폐하, 이곳 낙양은 불타 무너지고 황폐하여 보수가 불가능합니다. 그러나 허창(許昌)은 물자가 풍부하고 돈과 양식도 풍족한 곳입니다. 감히 청하건데, 허창으로 천도하시지요."

헌제는 감히 조조의 건의에 따르지 않을 수 없었죠. 이젠 여러 신하들도 조조의 위세가 두려워 이의를 달지 못합니다. 조조의 건의에 따라 수도를 허창으로 옮기고, 명칭을 '허도(許都)'로 변경했습니다. 천도를 끝낸 조조는 유비를 제거할 묘책을 짜내기 시작합니다.

"유비를 제거해야 한다. 누가 좋은 의견이 없는가?"

이때 모사 순욱(荀彧)이 나서죠.

"제게 좋은 방법이 있습니다. 순욱이 유비를 제거할 묘책을 말씀드리겠습니다. 지금 서주에는 두 마리의 호랑이가 있습니다. 서주성의 유비와 소패성의 여포가 모두 호랑이이지요. 이 호랑이 두 마리를 서로 싸움 붙이는 겁니다. 지금 유비는 서주성의 태수가 되었으나 아직 천자의 정식 조서를 받지 못했습니다. 따라서 유비에게 조서를 내려 서주목(徐州牧)으로 임명하시고, 비밀리에 편지 한 통을 더 주어 여포를 죽이라 하십시오. 일이 성사되면 우린 힘들이지 않고 역적 여포를 제거하는 것이고, 일이 실패하면 화가 난 여포가 유비를 죽일 것입니다."

"순욱, 굿 아이디어다. 역시 자넨 나의 장자방이야. 당장 실천하자."

며칠 후, 유비에게 천자의 조서가 내려옵니다.

천자가 하늘의 뜻을 받아 명하노라.

유비를 서주목에 임명한다.

백성을 잘 보살피고 다스리라.

유비는 꿇어앉아 조서를 받들죠. 그런데 사신이 슬쩍 편지 한 통을 유비에게 건네줍니다. 유비가 몰래 펼쳐보니, "서주목 유비는 여포를 제거하라." 이렇게 쓰여 있습니다. 유비는 황제의 편지를 보고 직감하기를, '이것은 황제의 뜻이 아니다. 조조의 장난이 분명하다.' 이렇게 판단하고 관우, 장비에게만 이 사실을 알려 줍니다.

다음 날, 여포가 유비의 정식 임명을 축하하러 왔지요.

"현덕, 서주의 정식 태수로 임명되심을 축하합니다."

"봉선, 감사합니다."

이렇게 화기애애한 분위기에서 인사를 나누고 있는데, 유비의 뒤에 서 있던 장비가 여포를 보자마자 대뜸 장팔사모를 빼어 들고 호령합니다.

"여포! 이 후레자식, 잘 만났다. 넌 무조건 내 손에 죽어라."

장비가 덤벼드니 유비가 기겁하여 말립니다.

"셋째야, 이게 무슨 짓이냐? 무기를 거두지 못할까?"

여포도 크게 놀라며 묻습니다.

"익덕은 왜 나를 죽이려 하나?"

"이유를 알려 주마. 조조가 밀명을 내렸다. 너는 인간 말종이니 너를 잡아 죽이라고 했다. 빨리 죽어라."

그러자 유비가 화를 벌컥 냈습니다.

"셋째 이놈, 무례하다. 썩 물러가라!"

"예…, 형님이 물러가라면 물러가겠습니다."

장비는 분이 안 풀리는지 씩씩거리며 물러갔지요.

유비는 비밀 편지를 보여 주며 여포에게 사과합니다.

"이건 우리 두 사람이 서로 싸우기를 바라는 조조의 수작이오. 여 장군은 걱정 마시오. 난 이런 의리 없는 일은 하지 않소."

여포는 유비에게 절을 올리며 감사의 뜻을 표하고, 두 사람은 늦은 시간까지 폭탄주를 마시고 헤어졌죠.

사신이 조조에게 이 사실을 보고하자 조조가 아쉬운 한숨을 쉬며 개탄합니다.

"호랑이 두 마리의 싸움을 붙이지 못했구나. 실패다!"

그러자 순욱이 웃으며 넌지시 다른 묘안을 내놓습니다.

"계책 하나가 실패했다고 염려하실 것 없습니다. 제게 다른 계책이 또 있습니다."

"무슨 계책인가?"

"이번엔 호랑이를 몰아 이리를 잡아먹게 하는 계책입니다. 원술(袁

術)에게 은밀히 사람을 보내 거짓말을 하십시오. '유비가 황제에게 밀서를 보냈소. 원술을 토벌할 테니 허락해 달라고 하더이다.' 이런 내용으로 원술을 자극시키는 겁니다. 원술은 화가 나서 유비를 공격하겠죠? 이때 유비에게는 정식으로 천자의 조서를 내리십시오. '천자가 하늘의 뜻을 받아 명하노라. 유비는 즉시 군대를 동원하여 원술을 토벌하라.' 이런 내용이죠. 유비는 천자의 명령대로 원술을 공격할 테니 두 사람은 필히 싸우게 되어 있습니다."

"순욱, 진짜 굿 아이디어다. 빨리 실천하자."

한편, 유비는 천자의 조서를 받더니 원술을 토벌할 준비를 합니다.

"아니 형님, 이것도 조조의 장난이 뻔한데 이번엔 왜 진짜 출동하십니까?"

"지난번 여포를 죽이라는 건 일반 편지였지만, 원술을 치라는 이번 지시는 정식 조서다. 조서를 어기면 황제에게 불복하는 역적이 된다. 조조의 장난이더라도 황명이니 따르지 않을 수 없다."

"그럼 누가 서주성을 지키죠? 제가 남아서 지키겠습니다."

"장비, 네가 지킨다고? 넌 안 된다."

"형님, 제가 서주성을 지키면 안 될 이유가 뭐죠?"

"네가 서주성을 지키면 안 될 이유 세 가지가 있다. 첫째 넌 술만 마시면 사졸들을 때리고, 둘째 넌 일을 너무 경솔히 처리하며, 셋째 넌 남의 충고를 듣지 않기 때문이다."

"형님, 그따위 근심은 하지도 마시오. 내가 형님이 돌아오실 때까지 술은 쳐다보지도 않겠소. 아무 염려 말고 다녀오십시오."

유비는 약간 미덥지는 못하지만 장비에게 서주성의 수비를 맡기고 3만 명의 군사를 거느리고 원술을 치러 남양으로 나아갔습니다.

원술은 크게 화가 났습니다.

"유비 그놈이 나와 무슨 원한이 있기에 천자에게 상소까지 올려 나를 치러 온단 말이냐? 내 이 촌놈을 용서하지 않겠다. 촌에서 돗자리 장사나 하던 놈이 느닷없이 태수 자리에 올라 가소롭기 짝이 없어 일부러 손 좀 한번 봐주려고 했는데, 기회가 왔구나. 이번에 아주 혼을 내주자."

원술은 상장군 기령(紀靈)에게 10만 대군을 내주어 유비와 맞섰습니다. 기령은 50근짜리 삼첨도(三尖刀)라는 끝이 세 갈래로 갈라진 큰 창을 빼어 들고 큰 소리로 유비를 꾸짖죠.

"유비 이 촌놈아, 어찌 우리 땅을 침범하느냐?"

"네 이놈! 나는 천자의 황명을 받고 왔다. 황명에 대들 셈이냐?"

"웃기지 말고 삼첨도를 받아봐라!"

기령이 말을 박차고 유비에게 대들자, 곁에 있던 관우가 청룡언월도를 빼어 들고 뛰어나갑니다.

"야! 이 허우대만 멀쩡한 놈아, 그게 농사짓는 쇠스랑이지 무기냐? 헛소리 말고 내 청룡언월도를 받아라!"

두 사람은 30합을 주고받더니, 기령이 등을 보이고 도망치기 시작합니다.

"저렇게 센 놈은 처음 본다. 저 언월도는 내 삼첨도보다도 크고 무섭구나. 도망치는 게 상책이다."

선봉장이 도망치자 군사들 전열이 무너지며 너도나도 도망치기 시작합니다. 유비가 승세를 타고 군사를 몰아 기령의 군사들을 베어 넘어뜨리니, 기령은 대패하여 회음 하구까지 도망쳐 수비만 할 뿐 나와서 싸우려 하지 않습니다.

이렇게 유비와 관우 등이 열심히 싸우고 있을 때, 서주성을 지키는 장비는 어떻게 생활하는지 살펴볼까요?

"유비 형님은 내가 술을 마시고 실수할까 봐 염려하시니 오늘부터 금주다."

"여봐라, 필경사를 불러와라."

장비는 필경사를 불러 지시합니다.

"자넨 '금주(禁酒)'라는 두 글자를 크게 써 오게."

"얼마나 크게 쓸까요?"

"음, 국회의원들이 건물에 현수막 거는 거 봤지? 그만큼 크게 만들게."

"옙! 알겠습니다."

첫날부터 장비는 매일 새벽 4시에 기상하여 감독 순찰을 합니다.

"이상하다? 저 장군님은 술에 취해 해가 중천에 뜰 때까지 주무시던 분인데, 요즘은 새벽 네 시에 일어나 돌아다니다니……."

장비는 순찰 중 사졸들을 만나면 등을 토닥이며 위로도 해주고, 특별한 애로사항은 없는지 묻기도 합니다.

"옙! 이등병 아무개 장군님께 불려 왔습니다."

"그래, 무슨 애로사항은 없나?"

"없습니다!"

"그래, 수고한다. 내가 건빵 한 봉지 줄 테니 출출할 때 먹어라."

"옙! 장군님, 감사합니다."

장비는 오전 7시부터 참모회의를 열어 여러 부장들의 의견을 귀담아듣고 필요한 지시를 내립니다.

"사병들을 항상 배불리 먹이고, 고참들이 신병들에게 얼차려나 구타, 기합 등을 주는 사례가 없도록 감독 잘 하시오."

"옙! 장군님, 명심하겠습니다."

장비는 그렇게 모범적인 장수의 면목을 보이던 어느 날 장수들을 소집합니다.

"오늘은 오후 다섯 시에 금주실천결의대회를 하겠소. 모든 장수들은 빠짐없이 회의실로 집합하시오."

"옙! 알겠습니다, 장군님."

그날 오후 5시, '금주'라고 쓴 거대한 현수막을 내걸었습니다.

짝짝짝짝! 온 장수들이 박수를 치며 기뻐합니다.

"여러분! 군인이 본분을 잊고 과도한 음주를 해서는 안 됩니다. 우린 늘 절제된 생활습관으로 술을 멀리합시다."

"알겠습니다, 장군님!"

"자, 그럼 오늘은 금주실천결의대회를 하는 기념으로 축배를 들겠습니다."

"아니 장군님, 축배도 술 마시는 거 아닙니까?"

"당연하지. 뭐니 뭐니 해도 행사는 축배를 들어야 해. 전령은 술을 가져와라."

장비는 아랑곳하지 않고 술 대령을 명합니다.

"자, 과도한 음주는 건강을 해친다. 그래서 오늘은 철모로 딱 한 잔씩이다. 우선 시범으로 내가 먼저 마시겠다. 벌컥벌컥, 카아~! 술맛 좋다!"

간만의 술맛이 꿀맛이라, 장비는 장수들에게 술을 권했습니다.

"내가 철모에 한 잔씩만 부어 줄 테니 마시도록 하여라. 너희가 한 잔을 마실 때마다 나도 한 잔씩 마시겠다. 공평하지? 김 장군, 한잔하게."

"옙, 장군님! 잘 마시겠습니다, 벌컥벌컥! 자, 장군님도 한 잔 더 하시죠."

"좋지, 가득 따르게. 벌컥벌컥. 카아~! 술맛 좋다."

"다음 박 장군, 자네도 한잔하게."

"옙! 벌컥벌컥."

"좋군……. 이제 30명째 마지막 순서군. 자네도 한잔하게. 자네 이름이 뭐였지?"

"전 조표(曹豹)입니다. 장군님, 저는 태어날 때부터 술은 냄새도 맡지 못합니다."

"음~ 못난 소리…, 무조건 한잔해라. 명령이다."

"저, 정말로 술은 못 합니다. 마시면 전 죽습니다."

"그럼 마시고 죽어라."

"장군, 한번 봐주십시오. 정말 못 마십니다."

"이놈이 항명을 하는구나. 채찍을 가져와라. 채찍으로 100대 맞을래, 아님 술 한잔할래?"

"맞기도 싫고, 마시기도 싫습니다. 제 사위의 체면을 봐서 한번 봐주십시오."

"네 사위가 누구냐?"

"소패성에 있는 여포가 제 사위입니다."

"엉? 여포의 처는 중고품(?) 초선인데, 네가 장인이라니?"

"제 딸은 여포의 세 번째 첩입니다."

"오~라, 그럼 네놈이 여포를 믿고 나에게 대드는구나. 그럼 100대만 맞아 봐라."

술에 취한 장비는 장수 조표에게 매질을 시작합니다.

철썩철썩, 딱! 딱!

"아이고, 그만 때리십시오. 아아~악! 아퍼!"

"이놈이 금주실천결의대회의 취지를 모르는 놈이다. 매를 흠씬 맞아야 해."

장비가 술에 만취하여 조표에게 50대가량 매질을 했을 때 주변 장수들이 만류합니다.

"장군님, 이제 그만 때리시지요."

여러 장수들이 비틀거리는 장비를 부축하여 침실에 겨우 눕히자 코를 골고 자기 시작합니다. 한편, 매를 맞은 조표는 침실로 돌아와 이를 갈기 시작합니다.

"장비, 이 미친놈! 여러 장수들 앞에서 매질을 하다니…, 내가 이 무슨 수치란 말인가! 용서하지 않겠다."

조표는 뭔가를 골똘히 생각하다가 여포에게 편지를 씁니다. 그리고 심복 부하를 불러 전합니다.

"넌 이 편지를 급히 여포에게 전해라."

"옙! 알겠습니다."

컴컴한 밤중에 느닷없이 장인의 편지를 받은 여포가 황급히 진궁을 부릅니다.

"진궁, 진궁! 이 편지를 한번 읽어 보시오."

"무슨 편지인데 밤중에 급히 보냈을까요? 우선 읽어 보죠."

봉선!

지금 유비는 회남(淮南)으로 떠나 부재중이네.

장비가 서주를 지키는데, 오늘 하루 종일 부하들에게 술을 먹이고 자기는 30잔을 마시더니 대취하여 내게 무려 100대의 매질을 했네.

지금 장비를 비롯한 모든 장수들이 술에 만취되어 정신없이 자고 있네. 이 틈에 군사를 이끌고 와서 서주를 취하게.

내가 서문을 열어두겠네.

하늘이 주신 절호의 기회를 놓치지 말게.

편지를 읽어 본 진궁이 한창 뭔가를 생각하더니 여포를 다그치기 시작합니다.

"장군! 빨리 군사를 이끌고 가서 서주성을 점령하세요. 놓치면 후회합니다."

"알겠소. 행운은 잠잘 때도 오는군요."

여포는 즉시 500기마병을 이끌고 먼저 떠나고, 진궁과 고순이 나머지 군사를 정비하여 뒤를 따랐습니다.

소패와 서주성은 50리 길, 여포는 열려 있는 서문을 통해 함성을 지르며 쳐들어갔죠.

"서주를 점령하라, 돌격!"

"와~아!"

이때 장비는 술에 떡이 되어 코를 골며 자고 있습니다.

"장군, 장군! 크…큰일 났습니다. 적군의 야습입니다!"

"쩝쩝…뭐? 야식을 가져왔다고? 나중에 먹겠다. 쩝쩝, 드르렁드르렁…….."

"장군! 적의 기습입니다. 빨리 피하세요."

장비는 꿈쩍도 하지 않았죠.

"얘들아, 안 되겠다. 장군을 부축해라. 빨리 이곳을 빠져나가야 한다."

수십 명의 기마병들이 장비를 에워싸고 동문으로 빠져나왔습니다.

"장군, 장군! 정신 차리라니까요."

"엉? 이게 웬일이냐? 내가 왜 여기에 있는 거냐?"

"여포가 야습을 했습니다. 지금 우린 서주성을 여포에게 빼앗겼습니다."

"허걱! 크…큰일이구나. 이제 어쩌면 좋으냐?"

"장군! 저기 여포의 추격병이 오고 있습니다. 빨리 피하셔야 합니다."

"장비! 거기 서라. 오늘 내가 너를 꼭 죽이고 말겠다."

"저 맨 앞에서 달려드는 적장은 누구냐?"

"아까 장군에게 매질을 당한 조표입니다. 저놈이 사위 여포를 불러들인 것입니다."

"이놈! 용서치 않겠다."

그제야 정신을 차린 장비가 장팔사모를 비켜들고 말에 박차를 가해 뛰어나갑니다.

"조표 이놈!"

조표가 장비와 몇 번 창을 부딪치다 도주하기 시작합니다.

"서라! 너를 절대 놓치지 않겠다."

장비는 끝까지 조표의 뒤를 쫓아가 등을 찔렀습니다. 조표는 장팔사모에 맞아 논두렁에 떨어져 죽었죠.

장비는 패잔병 몇 명을 겨우 수습하여 유비를 찾아 회남으로 떠납니다.

"흑흑, 서주성을 잃었으니 무슨 면목으로 형님을 뵌단 말이냐? 서주성엔 두 분 형수님, 감 부인·미 부인이 남아 있는데 무사하실까?"

장비는 겨우 수십 기의 병사를 이끌고 유비를 찾아가 울음을 터트립니다.

"형님, 제가 실수로 서주성을 빼앗겼소. 벌하여 주시오."

이 말을 듣고 관우가 화를 벌컥 냅니다.

"그게 무슨 소리냐? 그럼 두 분 형수님들은 어찌 되었느냐?"

"모두 성 안에 갇혀 계시오."

관우가 발을 동동 구르며 장비를 책망합니다.

"이놈아, 형수님들이 해코지라도 당하면 어쩔 셈이냐?"

그 말을 듣던 장비가 칼을 뽑더니 자기 목을 그으려 합니다.

"형님, 차라리 제가 자결하겠습니다."

유비가 장비를 껴안고 칼을 빼앗더니 큰 소리로 나무랍니다.

"경솔한 짓 말아라, 장비야. 설마 여포가 내 가족을 해치겠느냐? 여포를 믿고 지켜보자."

유비의 예측대로 서주성을 점령한 여포는 군사 100명을 풀어 유비의 집을 에워싸고, 누구든 허락 없이는 들어가지 못하도록 조치합니다. 무식한 여포지만, 그도 무사로서 그 정도의 양심은 있었던 거지요.

장비가 술에 취해 여포에게 서주성을 빼앗겼단 말을 들은 원술은 박장대소를 합니다.

"잘됐다. 속이 다 시원하구나. 이젠 유비가 갈 곳도 없구나. 이번 기회에 그 촌놈을 아주 죽여 주자."

원술은 여포에게 사신을 급파합니다.

여포 장군!

내가 유비와 정면에서 싸울 테니 그대는 유비의 뒤통수를 치시오.

협공이 성공하면 내가 그대에게 말 500필과 금 1만 냥을 드리겠소.

"허걱! 원술의 제의가 파격적인데? 그럼 내가 유비의 뒤통수를 한번 쳐볼까?"

그러나 이 소식을 들은 유비가 군사들을 빼어 광릉으로 미리 도망합니다.

"소나기는 피하는 게 상수다. 협공을 받으면 군사를 다 잃게 된다."

여포가 유비 뒤통수를 치려다 헛발질에 그치자 진궁이 여포를 설득합니다.

"차라리 유비를 불러들이시오. 소패성을 내주며 주둔시키면 우리가 어려울 때 유비의 도움도 받을 수 있소."

유비는 소패성으로 돌아오라는 여포의 제의를 받아들입니다.

"갈 곳도 없는데 그곳에라도 가자."

결국 집주인 유비는 소패에서 셋방살이로 전락하고, 셋방살이 하던 여포는 서주성에서 집주인 행세를 하게 되었죠.

"이런 결과가 모두 장비의 술 탓이다. 장비야, 화나는데 한잔 더 마셔라. 술로 속이라도 달래야지."

"예, 맨정신으로는 잠이 안 오니 딱 한 잔만 마시겠소. 벌컥벌컥, 카~ 아! 술맛 쓰다."

그럼 여기에서 다시 손견 아들 손책의 근황을 잠시 살펴볼까요? 손책은 서기 175년 손견의 큰아들로 태어났습니다. 아버지 손견이 죽자 갈 곳 없는 손책은 원술에게 몸을 의탁하고 있습니다.

"책아, 세상에 공짜로 주는 밥은 없는 거 알지? 지금부터 한 달간의 여유를 줄 테니 여기에서 200리 떨어진 남양성 육강(陸康) 태수를 공격해라."

"예, 주공. 지시대로 하겠습니다."

열흘 후, 원술이 손책을 보자 나무랍니다.

"책아, 남양성 육강 태수를 공격하라고 지시했건만 아직도 출발하지 않았느냐?"

"주공, 지시를 받은 바로 그 날, 밤낮을 가리지 않고 남양까지 달려가서 3일 후 성을 점령하고 태수 육강의 목을 베어 왔습니다. 여기 육강 태수의 목이 있습니다."

"책아, 넌 정말 대단한 용장이구나. 수고하였다."

이런 일이 몇 번 반복되자 드디어 손책은 원술의 품을 벗어나기로 결심합니다.

'나를 경계하는 원술 밑에서 더 이상 있어 봐야 얻을 게 없다. 이곳을 빨리 벗어나자.'

이렇게 마음먹은 손책이 이튿날 보자기에 뭔가를 싸들고 원술에게 가죠.

"주공, 강동에 제 외삼촌이 계시는데 지금 유요(劉繇)라는 사람에게 공격을 당하고 있다 합니다. 제게 군사 3천 명만 빌려 주시면 유요를 물리치고 돌아오겠습니다."

"음~ 책아, 그건 곤란하다. 내가 너에게 빌려 줄 군사가 없구나."

"주공, 공짜로 빌려 달라는 게 아니고 여기 전국옥새가 있습니다. 이 전국옥새를 맡길 테니 군사를 빌려 주십시오."

"전국옥새? 음~, 정말 옥새가 네게 있단 말이냐?"

"예, 여기 있습니다."

"어디 보자. 정말 전국옥새구나. 이걸 나에게 맡기겠다고? 그럼 당연히 군사를 빌려 주지. 3천 명을 데리고 다녀오너라."

"예. 그리고 장수로는 정보, 황개, 한당을 함께 주십시오."

"정보, 황개, 한당은 원래 네 아버지의 심복들이 아니더냐? 좋다! 모두 데리고 갔다 오너라."

이렇게 되어 손책은 전국옥새를 원술에게 줘버리고 호랑이 굴을 빠져나가 강동으로 돌아갑니다.

손책이 떠나자 원술은 다시 소패성의 유비를 공격할 준비를 합니다.

"그 귀 큰 도적놈 유비가 잔잔한 호수에 돌을 던졌다. 조용히 살고 있는 나에게 도전하다가 제 근거지인 서주성까지 여포에게 빼앗기고 이전 소패성에 볼품없이 쭈그리고 있으니, 이번 기회에 소패성을 공격하여 아주 뿌리를 뽑자."

"주공! 유비를 치는 것은 쉬우나 여포가 가만히 보고만 있지 않을 것입니다. 그러니 먼저 여포에게 많은 재물을 보내 동맹을 맺고, 유비를 돕지 말라고 하십시오."

"좋은 의견이다. 여포는 재물 욕심이 많으니 말 500필, 금 2만 냥을 보내 주자. 그리고 유비를 공격할 때 끼어들지 말라는 약속을 받아 오라."

예상대로 여포는 재물을 받더니, "유비가 죽든 살든 난 구경만 하겠소. 세상에서 싸움 구경과 불구경이 제일 재미있지. 원술과 유비, 두 사람이 맞짱을 한번 떠보시오." 이렇게 말하고는 팔짱을 낀 채 구경만 합니다.

원술의 부하 기령이 군사 10만을 이끌고 소패성을 치러 내려왔습니다. "아닌 밤중에 홍두깨"라고, 유비는 뜻밖에 봉변을 당한 셈이죠.

"원술의 부하 기령이 갑자기 쳐들어왔다. 어떻게 대비해야겠느냐?"

모사 손건(孫乾)이 대답합니다.

"우린 군사도, 식량도 모두 부족합니다. 여포에게 도움을 청하는 수밖에 없습니다."

"좋다. 이웃사촌이라는 말도 있으니 일단 여포에게 도움을 청해 보자."

봉선!

원술이 갑자기 10만의 군사로 나를 치려 하오.

내가 만약 무너지면 원술은 다음 차례로 봉선을 공격할 것이오.

입술이 없으면 이가 시린 법(脣亡齒寒),

우리 서로 힘을 합쳐 원술의 공격을 막아 냅시다.

나를 돕는 것이 봉선 자신을 돕는 것임을 명심하시오.

이 편지를 받아본 여포가 모사 진궁을 불러 의견을 묻죠.

"유비의 말이 맞습니다. 원술은 유비가 무너지면 바로 장군께 칼을 들이밀 것입니다."

"그렇긴 한데, 내가 원술에게서 재물을 받고 유비를 돕지 않는다고 약속을 했소. 그러니 이러지도 저러지도 못하겠구려."

"봉선, 약속 뒤집기의 달인이 장군 아니시오? 세 살 먹은 애들도 다 알고 있는데 원술의 재물은 꿀꺽 삼켰으니 유비를 도우시오."

"섭섭한 말씀, 내가 폭력성은 있어도 사기꾼은 아니오. 원술에게 사기를 치고 싶지는 않소."

여포가 한참 안절부절못하더니 곧 무릎을 치며 묘수라도 생긴 듯 말합니다.

"좋은 수가 있소. 아예 원술과 유비가 싸우지 못하도록 말려 봅시다. 진궁, 그대는 군사 3만을 끌고 가 유비와 합세하시오. 쪽수가 많아야 기령이 얕보지 않을 거요. 나는 별도로 군사 3만을 인솔하여 유비와 기령이 대치하고 있는 중간 지점으로 나가겠소."

이튿날, 여포가 두 진지 한가운데로 나가더니 유비와 기령을 부릅니다.

"유비와 기령을 불러와라."

곧 유비와 기령이 여포의 막사에 도착하니, 여포가 부드러운 목소리로 말을 꺼냅니다.

"나는 둘 가운데 어느 편도 들 수 없소. 지금 두 진영은 화해를 하시오. 화해를 하라는 건 하늘의 뜻이오."

기령이 먼저 벌컥 화를 냅니다.

"난 유비의 목을 얻으러 왔지 화해하러 온 게 아니오."

그러자 유비 뒤에 서 있던 장비도 덩달아 화를 냅니다.

"저놈이 말 한번 잘하는구나. 내 눈에는 한낱 구더기 새끼로밖에 안 보인다. 지금 당장 싸워 보자."

장비가 장팔사모로 당장 기령을 내리칠 듯 소리치자, 기령도 지지 않고 소리치죠.

"이 고리눈아! 누가 겁낼 줄 아느냐? 당장 한번 붙어보자."

기령이 칼을 뽑더니 장비를 내리치려 합니다. 이때 여포가 곁의 탁자를 내리치더니 소리를 지릅니다.

"여봐라! 당장 내 방천화극을 가져와라."

여포의 고함에 장비와 기령, 두 사람 모두 주춤합니다.

"내가 싸움을 말리는 것은 하늘의 뜻이다. 모두 나를 따라 막사 밖으로 나오시오."

그러더니 여포는 부하에게 방천화극을 주면서 명령하죠.

"150보를 걸어가서 그곳에 창을 세우라."

그러고는 두 장수에게 말합니다.

"잘 보시오. 내가 여기에서 활을 쏘아 저 창끝에 달려 있는 수실을 맞추면 원술과 유비 두 사람이 화해하라는 하늘의 뜻이오. 그러나 내가 만약 못 맞추면 두 사람은 피터지게 싸워 보시오."

지켜보는 모든 사람들이 침을 꼴깍 삼키더니 마음속으로 비웃습니다.

'뚱딴지같은 소리. 아무리 활 솜씨가 좋기로서니 어떻게 저 멀리 있는 수실을 맞추나?'

모두 이렇게 생각하는 중에 여포가 활시위를 당겨 활을 쏩니다. 모두 초조한 마음으로 바라보는데, 씨잉~ 날아간 화살이 정확히 창끝의 수실에 명중합니다.

"와~아, 명중이다!"

"과연 대단한 솜씨다!"

모두가 감탄하자 여포가 활을 내동댕이치면서 기세등등해 말합니다.

"모두 보았소? 싸움을 그만두라는 것이 하늘의 뜻이오. 다들 군사를 거두어 돌아가시오."

기령도 정신을 차리지 못하고 말을 더듬거렸습니다.

"아…알겠소. 돌아가겠소."

원술과 유비의 싸움은 그렇게 간신히 위기를 넘겼습니다.

기령이 10만 대군을 끌고 가서 싸워 보지도 않고 돌아오자, 원술은 화가 머리끝까지 나서 기령을 질책하죠.

"이 바보야! 싸워서 소패성을 뺏으라 했더니 그냥 돌아왔단 말이냐? 넌 오늘부터 밥도 먹지 말고 나가 죽어라."

원술이 손에 잡히는 대로 집기를 집어던지자, 기령이 식은땀만 뻘뻘 흘립니다.

"주공, 그때는 분위기가 이상하게 돌아가서 그만 저도 모르게 화해하고 말았습니다."

"닥쳐라 이 바보야! 여포 그 사기꾼, 내 재물만 떼먹다니 아깝다. 내 말과 재물을 돌리도~~."

원술의 군대가 물러간 후 일시적으로 평화가 찾아왔는데 그 평화도 잠시뿐, 이번에는 엉뚱한 사고가 발생합니다.

여포가 나른한 오후 한가롭게 졸고 앉아 있는데, 부하 장수 한 사람이 다급하게 뛰어왔습니다.

"장군, 장군! 큰일 났습니다. 장군님 지시로 말 300마리를 사서 몰고 오다가 패현(沛縣)에서 강도 떼를 만나 말을 모두 빼앗겼습니다."

"뭐? 강도에게 말을 뺏겼다고? 그걸 말이라고 하느냐? 강도질이라면 우리도 프로에 가까운 솜씨인데, 우리 물건을 뺏어 간 날강도들이 있단 말이냐?"

"그렇습니다. 강도들은 모두 얼굴에 두건을 썼는데, 그 강도의 우두머리가 어디서 본 듯한 사람입니다."

"우두머리? 어떻게 생겼더냐?"

"키가 8척으로 덩치가 산만한데, 복면 밖으로 보이는 눈은 커다란 고리눈이며, 무엇보다 목소리가 돼지 멱따는 소리였습니다."

"그 우두머리가 뭐라고 하면서 말을 뺏어 가더냐?"

"'이 말은 애비 셋 가진 후레자식 여포의 말이다. 우리가 몽땅 가져가자.' 이러더니 뺏기지 않으려고 덤벼드는 저희 부하들을 발길과 주먹으로 사정없이 내질렀습니다. 저희 부하들은 온몸이 성한 곳 한 군데도 없습니다."

"말을 듣고 보니 그 강도는 장비가 틀림없구나. 군사들을 모아라. 내이놈들을 용서치 않겠다."

여포가 씩씩거리며 군사를 몰고 소패성으로 달려가 소리소리 칩니다.

"야~, 이 귀 큰 도적놈 유비야! 이젠 할 일 없어서 도둑질까지 하느냐? 빨리 내 말 300필을 내놔라."

"포 형, 뭘 잘못 잡수셨소? 왜 갑자기 군사를 몰고 와 소리를 지르시오?"

"몰라서 묻느냐? 네 뒤에 서 있는 장비가 내 말 300필을 강탈해 갔다. 내 너희들 본업이 도둑질인 줄 미처 몰랐구나. 빨리 말을 내놔라."

그러자 장비가 갑자기 장팔사모를 비껴들고 뛰어나갑니다.

"그래, 내가 말을 빼앗았다. 여포 후레자식, 네가 어쩔래?"

"이 눈 똥그란 도둑놈이 적반하장이로구나. 오늘 아예 끝장을 내주마."

두 사람은 씩씩거리며 어울려 100여 합을 싸웠으나 승부가 나지 않죠.

"징을 쳐서 장비를 불러들여라."

댕~댕~댕~!

"여포, 잠시만 기다려라. 유비 형님께서 부르시니 금방 다녀오겠다."

유비가 장비를 불러 책망합니다.

"장비야, 정말로 네가 여포의 말을 훔친 거냐?"

"형님, 훔치다니요? 여포의 부하들이 말을 몰고 가다가 저를 보더니 말을 버리고 모두 달아났습니다. 저는 그냥 버려진 말을 끌고 온 것뿐입니다. 말은 지금 모두 사원에 맡겨 두었습니다."

"큰일이다. 여포가 화를 낼 만도 하구나."

유비가 즉시 여포에게 사람을 보내 사정을 설명하고 빼앗은 말을 돌려주겠다고 제안합니다. 그러자 진궁이 반대하고 나섭니다.

"장군, 안 됩니다. 유비의 화해를 받아 주지 마세요."

"진궁, 유비가 사과하는데 이쯤에서 화해하는 게 좋지 않겠소?"

"안 됩니다. 이번 기회에 유비를 죽이지 않으면 먼 훗날 반드시 후회할 것입니다."

"알겠소. 이번 기회에 아주 끝장을 내야지."

여포는 총력을 다 해 거칠게 소패성을 공격해 들어갑니다.

"저 귀 큰 도적놈을 반드시 죽여라. 그리고 손버릇 나쁜 고리눈 장비
도 죽여라!"

여포의 공격이 상상 외로 거세지자 소패성은 풍전등화의 위기를 맞
습니다.

"아! 애당초 갈 곳 없는 여포를 소패성에 받아준 게 내 실수다. 여포는
의리가 없고 섬기던 주인 배신하기를 떡 먹듯 하는 사람인데…, 내가 판
단을 잘못했구나. 아우들아, 포위망을 뚫고 달아나자. 누가 포위망을 뚫
겠느냐?"

"제가 뚫겠습니다. 다 저 때문에 생긴 일입니다. 죄송합니다."

장비가 대열의 앞에 섭니다. 그리고 관우에게 뒤를 맡긴 유비는 가운
데서 가족들을 보호하며 탈출을 감행합니다.

"내 앞을 가로막지 마라! 나 화나면 헐크보다 더 무서운 장비다."

여포의 부하 송헌(松軒)이 가로막았지만, '야합!' 장비의 기합 소리에
송헌은 말에서 굴러떨어져 엉금엉금 기어서 도망합니다. 또 위속(魏續)
이 가로막았지만 '야합!' 장비의 기합 소리에 부리나케 도주합니다. 여
포가 멀리서 이 광경을 바라보다가 명령합니다.

"쫓지 마라. 도망치게 내버려 둬라."

소패성을 점령한 여포는 의기양양하게 입성합니다. 소패성마저 빼앗
긴 유비는 갈 곳이 없습니다.

"아~, 이젠 어디로 가야 하나? 또다시 떠돌이 신세가 되었구나."

"주공, 허도에 있는 조조를 찾아가시죠."

"조조를 찾아가? 조조가 나를 반겨 줄까? 손건, 자네가 먼저 조조에게 가서 그 의중을 타진해 보게".

"예, 주공. 알겠습니다."

손건이 조조를 만나 자초지종을 설명하자 조조는 손건을 내보내고 모사 순욱을 부릅니다.

"순욱, 유비가 물에 빠진 생쥐 꼴을 하고 우리에게 왔다. 어떻게 하면 좋겠나?"

"유비는 영웅입니다. 지금 죽이지 않으면 후회할 것입니다. 죽이십시오."

"알겠네."

조조는 다음 모사 곽가를 불러 같은 질문을 합니다.

"유비를 죽여서는 안 됩니다. 지금 유비를 죽이면 천하의 재사들이 주공을 찾아오지 않을 것입니다. 그를 포용하십시오."

그러자 조조가 곽가의 말에 수긍합니다.

"그대의 말이 바로 내 생각이야."

조조는 유비를 예주목에 천거하는 표를 올립니다. 그 말을 듣던 모사 정욱도 기겁하지요.

"주공, 유비는 결코 주공 아래에 있을 사람이 아닙니다. 일찌감치 죽여야 합니다."

그러나 조조는 고개를 저으며 단호하게 말합니다.

"바야흐로 지금은 영웅을 기용할 때네. 죽여서는 안 돼."

조조는 오히려 유비에게 곡식 1만 석을 맡겨 두며 격려까지 합니다.

"현덕, 용기를 내게. 지금 다시 군마를 정비하여 소패성으로 가게. 그곳에서 나와 힘을 합쳐 여포를 치세."

조조와 추씨 부인의 불륜

조조가 군사를 일으켜 여포 정벌을 떠나려 하는데, 전령이 급히 뛰어와 보고합니다.

"뽀~ 보고요. 장수(張繡)가 반란을 일으켰습니다."

"뭐? 장수가 반란을 일으켜? 장수가 누구냐?"

"장수는 동탁의 부하였던 장제(張濟)의 조카입니다. 장제가 죽으면서 완성을 조카인 장수에게 물려줬는데, 그 장수가 군사를 일으켜 이곳 대궐로 쳐들어오겠다는 겁니다."

"건방진 놈이구나. 내가 가서 진압하겠다."

조조가 군사를 몰고 완성을 포위하자, 장수는 바싹 얼고 말았죠.

"우린 조조의 적수가 못 된다. 일찍 항복하자."

장수는 싸워 보지도 않고 조조에게 항복합니다.

"음, 그놈 생각보다는 겁이 많구나. 완성엔 무혈입성이다."

조조가 완성에 들어가서 술판을 벌입니다.

"카아! 술맛이 좋구나. 술 좋고 안주 좋고, 그런데 한 가지 빠진 게 있구나."

"뭐가 빠졌는지 말씀해 주십시오."

"이 성 안에는 여자가 없느냐? 술 따르는 기녀도 없으니 흥이 나지 않는구나."

조조의 조카 조안민(曹安民)이 조조의 뜻을 알아차리죠.

"숙부님, 제가 절세미인을 봤습니다. 관사와 동떨어진 내실에서 슬쩍 봤는데, 미모가 보통이 아닙니다. 그러나 상당히 지체 높은 여인인 듯 보였습니다."

"음, 지체 높은 미인이라? 이거 영 구미가 당기는데? 안민아, 네가 가서 모셔 와라."

"예, 숙부님. 알겠습니다."

잠시 후 부인이 조조 앞으로 잡혀 오는데, 여자라면 사족을 못 쓰는 조조가 보니 입맛 썩 당기는 미인이었죠.

"예쁘구나. 부인은 뉘시오? 난 이 성을 점령한 조조라고 하오."

"장군님, 저는 장수의 숙모인 추 부인(秋婦人)입니다. 죽은 장제의 아내죠."

"장제의 아내? 장제는 이미 죽었으니 부인도 따지고 보면 돌싱이구려."

"맞습니다. 돌싱입니다. 부디 너그럽게 봐 주시기 바랍니다."

"일단 이리 와서 한잔 따라 보시오."

"예, 장군님."

"자, 부인도 한잔 받으시오."

"전 원래 술을 못 합니다만 장군께서 주신다면 마셔야지요."

두 사람은 술잔을 주거니 받거니 하더니 대취했죠.

"자 부인, 오늘 밤은 나와 함께 지냅시다. 내 날이 밝으면 부인을 도성으로 데리고 가겠소."

"장군님, 감사합니다."

이날 밤, 조조와 추씨 부인은 장막 안에서 상당히 시끄러운 밤을 보냈죠.

"장군님, 너무 좋습니다. 왜 제가 장군님 같은 분을 이제야 만나게 되었는지……."

"추 부인, 나도 너무 좋소. 우린 속궁합이 꽤 잘 맞는구려."

그날부터 조조는 해가 떠도 정무는 돌보지 않고 추씨 부인과 매일매일 향락을 즐겼죠. 그런데 이 소식이 장수의 귀에 들어가고 말았습니다.

"내 숙모님이 조조와 매일 밤 그 짓(?)을 한다고? 부끄럽구나. 가문의 수치야. 내 저 파렴치한 조조에게 반드시 복수하겠다."

장수는 모사 가후(賈詡)와 조조를 제거할 계책을 꾸밉니다.

조조에게는 전위라는 경호실장이 있습니다. 그는 쌍철극(雙鐵戟)이라는 무기를 쓰는데, 무서운 장수입니다. 장수는 완성 최고의 무사 호거아(胡車兒)를 불러 전위를 제거할 방법을 묻습니다.

"호거아! 자넨 500근을 등에 지고도 700리를 걷는 사람 아닌가? 전위를 못 이기겠는가?"

"예…, 솔직히 전위의 쌍철극은 저도 좀 부담스럽습니다. 그러나 전위는 술에 약하답니다. 기회를 만들어 주시면 제가 술을 먹여보겠습니다."

"알겠네. 그럼 작전을 짜서 머리를 써야지."

하루는 조조가 쉬고 있는데 장수가 찾아왔습니다.

"장군님, 장군님 덕택에 완성 백성들은 평화를 누리고 있습니다. 다만 한 가지……."

"한 가지, 뭔가? 애로사항이 있으면 말을 하게."

"예, 치안을 유지해야 하는데 백성들이 제 통제에 잘 따르지 않습니다. 그래서 기존 군사들을 무장시켜 치안 유지에 나서 볼까 합니다."

"거 좋은 생각이네. 치안 질서를 어지럽히는 일을 방치하면 안 되지."

평소 의심 많은 조조지만, 이때는 추 부인에게 정신이 빠져 있어 적군의 무장을 쉽게 허락합니다.

"그리고 장군님의 군대가 이곳에 주둔한 지 오래됐는데 단합대회 한 번 하지 못했군요. 조만간 날을 잡아 위문공연 겸 단합대회를 하도록 하시지요."

"장수, 좋은 생각이야. 이번 기회에 군사들 사기도 높이고 영양 보충도 시켜야지. 내일 밤 회식을 갖도록 하세."

"예! 장군님, 감사합니다."

다음 날 조조가 이끄는 점령군과 완성의 토박이 장수들이 단합대회를 시작하였습니다.

"자~자, 다음은 조 장군님께서 건배사를 하시겠습니다. 술잔을 높이 들어주시죠."

"여러 장수들, 오늘 분위기가 매우 좋습니다. 오늘의 건배사는 사우디 아우디입니다. 사우디(사나이 우정은 디질 때까지)! 아우디(아낙네들 우정도 디질 때까지)!"

분위기가 한창 무르익자 호거아가 조조의 경호실장 전위에게 다가갑니다.

"전 장군님, 분위기 좋은 날 한잔만 하시죠."

"난 경호 중엔 술 안 마시오. 그리고 나는 원래 술은 못 하오."

그러자 술에 취한 조조가 혀 꼬부라진 소리로 이렇게 명했다.

"전위! 뭘 그리 사양하나? 오늘은 자네도 한 잔만 하게."

"예, 승상의 명이라면 딱 한 잔만 하겠습니다."

전위는 호거아가 따라 주는 술을 벌컥벌컥 들이키더니 술주정을 시작합니다.

"아! 술맛 쓰다. 야, 이놈들아! 나 전위다 전위! 누구든지 한판 자신 있으면 나와 봐. 내가 모조리 상대해 주겠다."

평소 술 못하는 전위가 한잔 마시더니 몸을 가누지 못하고 주정을 부리기 시작합니다.

"저런저런…, 전위가 술에 취했구나. 누가 침상에 데려다 눕혀라."

"예!"

호거아가 비틀거리는 전위를 부축해 침실로 갑니다.

"자넨…, 호거아라고 했나? 힘 좀 쓰겠군. 유단잔가?"

"예. 유단자지만…, 장군님 실력엔 발끝도 못 미치지요."

"음…, 이 사람이 알긴 아는군."

전위가 술을 이기지 못하고 쓰러져 잠이 들자 호거아가 재빨리 전위의 쌍철극을 빼들고 밖으로 나옵니다.

"됐다. 천하의 전위라도 쌍철극 없이는 힘을 쓰지 못할 것이다."

한편, 술에 취한 조조는 호위병들의 부축을 받으며 비틀비틀 침실로 향했죠.

"추, 추 부인이 나를 기다린다. 어서 가야 해……."

"오늘따라 과음하셨군요. 제가 따뜻한 꿀물 한잔 올리겠습니다."

"오, 부인! 그대는 언제 보아도 아름답소."

횡설수설하던 조조는 깊은 잠에 빠지고 추씨 부인은 슬그머니 어디론가 사라집니다.

잠시 후, 갑자기 주변이 소란해지며 병사들이 급히 뛰기 시작합니다.

"불이야, 불! 불이야!"

"엉? 불이라니? 그렇게 불조심하라고 몇 번이나 타일렀건만……. 근데, 추…추 부인은 어디 계시오? 이거 좀 이상하다? 여봐라, 밖에 누구 없느냐? 이게 갑자기 웬 소란이냐?"

"장군님! 장군님! 큰일 났습니다. 장수가 군사들을 동원하여 이리로 몰려오고 있습니다."

"뭐라고? 장수 그놈이? 아차! 무장을 허락한 내가 실수였구나. 전위! 전위는 어디 있느냐? 경호실장 전위를 빨리 찾아라. 그리고 너희들은 빨리 밀려드는 군사들을 막아라!"

전위는 그때까지도 술에 취해 곯아떨어져 있었죠. 그러다가 간신히 정신을 차립니다.

"응? 이건 또 갑자기 웬 북소리, 징소리냐? 내 쌍철극, 쌍철극은 어디 갔나? 장군님, 조 장군님! 어디 계십니까?"

전위가 갑옷도 걸치지 못하고 비틀거리며 맨몸으로 뛰어나가 조조의 영채 앞 출입구에 버티고 섰습니다.

"누구든지 덤벼라. 이곳엔 한 발자국도 들어가지 못한다."

전위가 문을 가로막고 서자 수백 명의 군사들이 긴 창을 꼬나들고 영채 안으로 진입하기 위해 벌 떼처럼 달려듭니다. 한 조각 갑옷도 걸치지 않은 전위는 병사의 칼을 빼앗아 닥치는 대로 병사들을 베기 시작합니다. 수십 군데를 창에 찔린 전위를 향해 병사들이 활을 쏩니다.

"저 장군은 사람이 아니다. 금강야차(金剛夜叉)보다 훨씬 더 무서운 장수다. 접근하지 말고 활을 쏘아라."

전위는 소나기처럼 쏟아지는 활을 맞고도 영채 앞에 버티고 서 있습니다.

"장군…, 죽었습니다. 전위가 활을 수십 발 맞고도 쓰러지지 않고 버티고 서서 죽었습니다."

"무서운 장수다!"

이때 조조는 전위가 앞문을 막아 주어 뒷문을 이용하여 도주합니다.

"조조 살려라, 조조 살려!"

조조가 한참 도망하는데 추격병이 바짝 뒤쫓습니다.

"호색한 조조를 죽여라. 색마 조조를 죽여라!"

도주하고 있는 조조의 말 궁둥이에 화살이 날아와 박히면서 조조는 말에서 굴러떨어집니다.

"조조 호색한, 잘 가라!"

막 군사들이 조조를 베려는데 누군가 튀어나와 군사들을 가로막습니다. 바로 조조의 큰아들 조앙(曹昂)이었죠.

"이놈들, 여기 조앙이 있다. 내 아버님께 손대지 마라! 아버님, 이곳은 제가 맡겠습니다. 빨리 제 말을 타고 도망하세요."

"아들아, 고맙다."

조조는 장남 조앙의 말을 타고 도주하는데, 등 뒤에서 아들의 비명 소리가 들립니다.

"조앙 이놈! 네가 호색한 애비를 대신해 죽어라."

"아아아악!"

"조앙을 죽였다. 그 애비 조조를 쫓아라!"

'내 아들 앙아! 네가 애비 대신 죽었구나. 이 애비가 여색에 빠져서 너를 죽게 만들었구나. 용서해라…….'

조조는 색을 탐하다 큰아들 조앙을 잃고 조카들마저 잃었으며, 무엇보다 충성스러운 호위대장 전위까지 잃게 되었죠.

조조가 허도로 돌아오자 그 마누라인 정씨가 가만히 있을 리 없죠. 고대사회가 가부장제이긴 하나 여자의 질투란 지금이나 옛날이나 같다고 봐야죠.

"이 썩을 영감탱이야 부끄럽지도 않냐? 그 추 부인이 그렇게 좋으면 그곳에서 살지 이곳엔 뭣 하러 왔냐? 네 목숨만 중하고 내 아들 앙이 목숨은 하찮더냐? 내 아들 앙이를 살려 내라!"

"부…부인, 좀 조용, 조용히 얘기하시오. 내 체면도 생각하셔야지."

"체면 좋아한다, 빨리 내 아들 앙이를 살려 내라!"

정 부인이 통곡하며 대들자 천하의 조조도 난감하기 이를 데 없죠.

"부인, 부인! 그만하시오. 제발 내 체면을 봐주시오."

"흥! 더러운 영감탱이 나는 친정으로 갈 테니 온갖 여자들 데려다 밤낮으로 그 짓(?)이나 하고 잘 먹고 잘 살아라."

정씨 부인은 조조를 버리고 친정으로 가 버립니다. 조조가 처갓집까지 쫓아가 빌었지만 정 부인은 베틀에 앉아 조조의 얼굴도 쳐다보지 않습니다.

"저 썩을 영감탱이가 나가면 문지방에 소금을 뿌려라."

조조도 어쩔 수 없이 부인만 남겨 두고 허도로 돌아왔죠. 정씨 부인은 조조가 죽을 때까지 23년 동안 단 한 번도 그와 대면하지 않았습니다.

조조는 첩인 변씨 부인을 본부인으로 삼습니다. 정씨 부인이 떠난 이후 13명의 첩을 거느렸습니다. 이 중 7~8명의 여자가 남의 부인이었죠. 주로 전쟁에서 이겨 적장의 부인을 자기 첩으로 삼은 것입니다.

스스로 황제에 오른 원술

원술, 자는 공로(公路)입니다. 지금의 하남성, 당시의 여남에서 태어났죠. 종형인 원소(袁紹)와 더불어 명문거족입니다. 요즘 원술은 배부르고 등 따뜻하여 팔자가 쭉 늘어진 대표적인 사람입니다. 다스리고 있는 회남(淮南, 중국 안후이성 북부 화이허강 남안에 있는 광물이 많이 생산되는 지방) 땅은 넓고 곡식이 풍부했죠. 사는 게 편해지자 슬슬 헛된 욕심이 부풀어 오르기 시작합니다.

'음, 옥새가 내 손에 있지. 이건 내가 황제에 오르라는 하늘의 뜻이야. 세상에 나만큼 완벽하게 갖춘 사람이 어디 있나? 얼굴 잘생겼지, 인품 훌륭하지, 교양 풍부하지, 재물도 많이 있지. 이제 슬슬 황제의 자리에 올라 볼까? 저 쪼다 유협도 황제 노릇을 하고 있는데, 나 정도 잘난 사람이 황제를 못 할 까닭도 없지.'

원술은 수하의 신하들을 모아 회의를 열고 일장 연설을 합니다.

"과거 한고조 유방께서는 패현의 건달이었지만 천하를 통일하고 황제가 되셨다. 그러나 이젠 한고조가 세운 나라는 400년이 지나면서 그 기운이 쇠하고 운수가 다했다. 나의 집안은 4대에 걸쳐 삼공을 지낸 명문 중 명문이다. 이제 내가 스스로 황제에 오르려 하는데, 너희는 어떻게 생각하느냐?"

주부 엽상이 대답하죠.

"안 됩니다. 주공은 아직 황제의 그릇이 아닙니다. 만약 주공께서 황제가 되신다면 주변 제후들이 벌 떼처럼 일어나 주공을 공격할 것입니다. 특히 천자를 모시고 있는 조조가 가만히 있지 않을 것입니다."

"엽상! 말 다했느냐? 어느 제후가 감히 나를 건드린단 말이냐? 내가 황제에 등극하면 모든 제후들이 조공을 들고 와 내게 머리를 조아릴 것이다. 엽상, 넌 특별 휴가를 보내 주마. 러시아 체르노빌에 가서 1년 동안 쉬고 와라. 오는 길엔 일본 후쿠시마에 들러서 생선도 배부르게 먹고 와라."

"주공, 체르노빌과 후쿠시마는 모두 방사능 오염지역 아닙니까? 그곳은 인간이 살 수 없습니다."

"내 황제 등극을 반대하는 넌 인간도 아니다. 그러니 빨리 짐을 싸들고 떠나라."

원술이 워낙 강경한 뜻을 비치자 다른 신하들은 아무도 이의를 제기하지 못합니다.

원술은 서기 197년, 황제로 등극하였습니다. 이 소식을 들은 조조가 대로하죠.

"원술이 황제에 등극하였다. 이건 지나가던 개가 웃을 일이다. 나라에 분명 황제가 계시거늘 원술이 황제를 칭하는 것은 대역무도한 역적이다. 이를 반드시 징벌해야 한다."

조조는 조인에게 허도를 지키라 명하고, 나머지 군사를 총동원하여 원술 토벌에 나섭니다. 기마병과 보병 17만에 식량과 군수품을 1천여 대의 수레에 싣고 만반의 준비를 끝낸 다음 손책, 유비, 여포에게 사람을 보내 원술을 치자고 전합니다.

손책이 배를 타고 서쪽에서 공격해 들어가고, 여포는 동쪽을 공격하고, 유비는 관우와 장비를 이끌고 남쪽에서 공격하고, 조조가 17만 대군으로 북쪽에서 치고 들어가니 원술은 4면에서 적을 맞아 당해 낼 재간이 없습니다.

"도망가자! 금은보화와 패물을 모두 챙겨라. 난 도망할 테니 이풍, 악취, 양강, 진기! 너희 네 사람이 10만의 군사로 적을 막아라."

원술은 혼자 살겠다고 창고에 보관 중이던 금은보화 재물을 모두 챙겨 회수를 건너 도망합니다.

'황제라는 자가 혼자 살겠다고 도망치는구나. 그러기에 애당초 황제를 칭하지 말았어야지. 저 급한 와중에도 이쁜 궁녀들은 모두 데려가는구나.'

이때 조조에게도 큰 어려움이 있었으니, 그건 17만 군사들이 먹어 대는 식량입니다.

"승상, 식량이 부족하여 배급을 절반으로 줄였더니 군사들의 불평불만이 하늘을 찌릅니다. 어찌할까요?"

"내게 좋은 수습책이 있다. 보급 책임자 왕후를 불러라."

"왕후, 승상께 불려 왔습니다."

"왕후, 식량 부족으로 병사들 불평이 하늘을 찌르니 잠시 네 머리를 빌려야겠다."

"승상, 전 머리가 나빠 석두 수준입니다. 머리라면 곽가나 순욱의 머리를 빌리시죠."

"아니다. 네 머리가 꼭 필요하다. 여봐라, 왕후의 목을 베라!"

"승상, 억울합니다. 전 아무 죄도 없는데 왜 목을 벱니까?"

"그럴 이유가 있다."

왕후의 목을 베어 장대 끝에 매달고, "식량 부족은 왕후 탓이었다. 왕후가 일부러 작은되로 나누어 주는 수법으로 군량미를 훔쳤으므로 군법으로 처단한다." 이렇게 글을 써서 게시하였죠. 이로써 식량 부족으로 인한 병사들의 원망이 풀렸습니다. 그러고는 본격적으로 수춘성(壽春城) 공격에 나섰습니다.

조조는 각 장수들에게 명령을 하달하죠.

"만일 3일 이내에 성을 점령하지 못하면 모두 참하겠다."

조조는 친히 흙과 돌을 운반하여 해자(垓字)를 메우는 일을 진두지휘합니다. 성 위에서는 화살과 돌이 비 오듯 쏟아져 내렸지만 모두 목숨을 아끼지 않고 용감무쌍하게 돌진합니다. 성문 빗장이 부서지자 조조의 군대가 물밀듯이 밀고 들어가고, 원술의 병사들은 풍비박산이 나고 말죠. 군사를 지휘하던 이풍·악취·양강·진기도 모두 전사하고, 조조는 가짜 황제 원술이 지은 궁궐과 전각을 모조리 불태웁니다. 그러기에 원술은 어쩌다 황제 노릇 한번 하려다 이렇게 처참하게 무너지는지요!

"자, 이제는 회수를 건너가 원술을 뒤쫓자!"

조조가 명령하였으나 모사 순욱이 말리죠.

"숨 좀 쉽시다. 지금은 군량 조달이 어려우니 일단 허도로 돌아가서 군마와 식량을 다시 조달한 후 원술을 칩시다."

이 건의를 받아들여 조조는 군사를 거두어 허도로 돌아갑니다.

조조는 허도로 돌아와 천자에게 상소하여 여포에게 벼슬을 내립니다.

　　여포를 좌장군에 임명한다.

그러고는 유비를 소패성에 다시 받아 주도록 은근히 회유합니다.

"유비를 여포 장군이 포용하시오. 유비는 인의가 있는 사람이니 소패성을 지키도록 받아 주시오."

여포는 서주목 정도의 벼슬이 내릴 줄 알았는데 뜻밖에도 좌장군이
란 큰 벼슬이 내려지자 기뻐서 어쩔 줄 모르죠. 그 기쁨의 표현으로 유
비를 부릅니다.

"유비 아우, 이번에 내가 좌장군 벼슬을 받았네. 이젠 자네의 과거를
잊을 테니 다시 소패성으로 들어오게. 소패성에 있다가 내가 위기에 처
하면 자네와 내가 협공으로 적을 물리치세."

"예, 여포 형님! 감사합니다. 형님이 어려울 땐 제가 소패성에서 뛰어
나와 도와드리겠습니다."

말을 훔쳤다는 이유로 소패성에서 쫓겨났던 유비 일행이 다시 재입
주하게 되는 것입니다. 소패성으로 들어가면서도 장비의 입은 한 발이
나 튀어나와 있습니다.

"저 애비 셋인 후레자식이 왜 우리 형님을 아우 취급하는 거야? 때가
되면 내가 장팔사모로 요절을 내주겠다."

그러나 조조가 유비를 소패성으로 보낸 이유는 후일 유비와 손을 잡
고 여포를 치기 위한 포석이지요.

허도로 돌아온 조조는 군사를 정비한 후 수하 장수들을 불러 모아 지
시합니다.

"이번엔 여포의 서주성을 친다. 여포는 동탁을 도왔던 역적이다. 그
러나 더 중요한 이유는 지금 미리 서주성을 점령하지 못하면 우리가 원
술이나 유표 또는 원소를 칠 때마다 여포는 우리 등 뒤를 위협할 것이
다. 내가 여포에게 좌장군의 벼슬을 내린 것은 다 생각이 있어서다. 쉽
게 말하면 그의 경계심을 풀어주는 것이다. 그리고 나는 유비를 소패성
으로 다시 들여보내는 데 성공했다. 유비에게 밀서를 보냈으니 유비는

우리와 손잡고 여포를 칠 것이다. 각 장수들은 전쟁 준비를 하라. 열흘 후에 출전한다."

조조가 함께 연합하여 여포를 치자는 제안을 받은 유비는 떨떠름합니다.

'상당 기간 뒤틀렸던 사이가 겨우 회복되었는데 다시 적으로 돌려 전쟁을 해야 하다니, 어제의 친구가 오늘의 적이 되는구나.'

조조와 함께 여포를 친다는 말을 듣고 장비가 제일 기뻐합니다.

"형님, 잘 생각하셨습니다. 여포 그놈만 생각하면 잠이 오질 않았는데, 이번 기회에 아주 끝장을 냅시다. 여포, 넌 인제 죽었어!"

여포는 조조와 유비가 동맹을 맺고 자기를 토벌할 계획을 세운 줄도 모르고 매일 술과 여색에 빠져 있습니다.

"부어라, 마셔라. 무희들은 춤을 춰라."

밤낮 주색에 빠져 있는 여포를 곁에서 지켜보던 진궁이 개탄하죠.

'저런 인간을 주군으로 모시고 있어야 하나? 그렇다고 홀홀 털고 떠날 수도 없고…. 마음이 울적하구나.'

이렇게 진궁이 개탄하며 고민하고 있을 때, 유비는 조조와 호응하기 위해 소패성을 나와 진지를 구축하죠.

"소패성은 미방과 미축이 지켜라. 관우와 장비는 군사를 몰고 나가 영채를 세운다."

유비가 전쟁 준비를 하고 있는 동안 조조가 하후돈을 선봉으로 군사를 몰고 내려옵니다. 술과 여자에 절어 있던 여포는 그제서야 사태의 심각함을 알고 전투태세에 돌입합니다. 여포는 수하 장수 고순(高順)에게 명합니다.

"고순은 군사를 몰고 나가 조조의 선봉을 막으라."

"옙! 알겠습니다."

선발대로 치고 내려오는 조조의 선봉장 하후돈과 여포의 선봉장 고순이 마주쳤습니다.

"고순! 왜 너 같은 삼류급 장수가 나왔느냐? 여포를 데려와라."

"우리 좌장군 여포님께선 너 같은 조무래기를 상대할 시간이 없으시다. 나랑 한판 붙자."

맹장으로 이름난 하후돈이 고순 따위를 겁낼 리 없죠. 하후돈이 창으로 내지르자 채 5합을 넘기지 못하고 고순이 도주하기 시작합니다.

"멧돼지 같은 놈이다. 일단 피하고 보자."

고순이 도주하자 하후돈 역시 놓칠세라 추격합니다. 이때 멀리 서 있던 조성이 그 광경을 보고 활에다 살을 매깁니다.

"저 멧돼지 같은 놈에게 내 화살 맛을 보여 주겠다."

조성이 실눈을 뜨고 잔뜩 겨누었다 활을 날립니다.

"옜다, 내 활을 받아라!"

피흉!

픽!

날린 화살은 정통으로 하후돈의 왼쪽 눈에 적중했죠.

"아~악!"

하후돈이 외마디 고함을 지르며 급히 손으로 화살을 뽑았습니다. 그러나 뜻밖에도 눈알이 함께 뽑혀 나옵니다.

"내 눈, 내 눈! 아…아~아악!"

그러더니 하후돈은 큰 소리로 부르짖습니다.

"이 눈깔은 아버님의 정기요, 어머님의 피니 버릴 수가 없다!"

하후돈은 눈알을 입에 넣더니 그대로 삼켜 버립니다.

"으…으, 무…무서운 장수다! 제 눈알을 삼키다니…….."

조성이 당황하는 것도 잠시, 눈에서 피를 흘리며 번개처럼 돌진해 온 하후돈이 조성의 머리를 창으로 꿰뚫어버립니다. 그러고는 정신을 잃죠. 뒤따라오던 동생 하후연이 급히 형을 구해 본진으로 달아납니다.

고순이 하후돈을 물리치고 승전하자 여포는 창끝을 유비에게 돌립니다.

'유비, 그 귀 큰 도적놈부터 때려잡자. 유비 그놈을 믿고 소패성까지 내주었더니 조조와 손을 잡고 내 뒤통수를 치다니…, 가증스러운 놈. 특히 그 고리눈 장비를 이번엔 아주 끝장을 내주겠다. 그놈은 나만 보면 시비를 걸고 싸우려고 대드니 이번엔 깔끔하게 염라대왕 앞으로 보내주겠다.'

여포가 고리눈 장비를 향해 소리칩니다.

"고리눈! 오늘 제대로 한판 붙어보자. 여기 여포가 왔다."

"후레자식! 기다렸다. 오늘은 죽을 때까지 싸워 보자."

여포와 장비의 싸움에 양쪽 군사들이 모두 합세하여 싸웠으나 처음부터 세력의 차이가 너무 컸죠.

"여포! 일대일 맞짱으로 하자."

"시끄럽다! 바쁘다. 전군 총공격하라!"

뒤에서 받치고 있던 유비, 관우도 합세하여 치열하게 싸웠으나 절대적인 쪽수 부족으로 유비 군이 대패합니다.

소패성문 위에서 이 전투 장면을 내려다보던 미방·미축이 도주하는 유비를 맞아들이기 위해 성문을 활짝 열었는데, 유비가 입성하기도 전에 여포의 대군이 성 안으로 몰려 들어갔습니다. 당황한 유비는 혼자 살겠다고 도망합니다.

"아우들아, 일단 사방으로 흩어지자. 관우야, 장비야, 나중에 살아서 만나자."

유비는 소패성에 있는 감 부인, 미 부인 두 마누라도 버려 둔 채 숲속으로 번개처럼 도주합니다. 도망의 달인이라는 유비의 별명은 이때부터 붙은 겁니다.

소패성을 우려 뺀 여포는 먼저 유비가 거처하던 집으로 가 보았습니다. 유비 없는 집을 지키던 미 부인의 두 오빠 미방, 미축이 나와 여포에게 부복합니다.

"장군, 대장부는 남의 가족을 함부로 해치지 않는다 들었습니다. 제 누이동생을 가련하게 여겨 주십시오."

"유비는 밉지만 그 처자까지 해치고 싶지 않다. 내 경비병들을 보내 집을 지켜 줄 테니 안심해라."

여포는 유비의 가족들을 해치지 않고 돌봐 주죠.

한편, 숲에서 길을 잃은 유비는 한참을 이리저리 헤매다 모사 손건(孫乾)을 만납니다.

"주공, 무사하셨군요."

"손건, 자네도 무사했군. 그런데 여기가 어디쯤 되는 곳인가?"

"워낙 숲이 깊어 잘 모르겠습니다. 혹시 민가라도 있나 찾아보겠습니다."

유비와 손건은 밤중에 길을 잃고 헤매다 어떤 가난한 사냥꾼 부부가 살고 있는 집을 발견하고 거기에서 하룻밤을 신세지게 됩니다.

"태수님, 인사드립니다. 제 이름은 유안입니다. 태수님과는 종친이며, 늘 존경하여 왔습니다. 전 아내와 둘이서 살고 있는데, 딱하게도 흉년이 들고 대기근이 들어 대접해 드릴 음식이 없군요. 전 사냥으로 근근이 살아갑니다만, 요즘 사냥철이 아니라서 집에 잡아 둔 고기가 하나도 없습니다."

"종씨, 걱정 마시게. 사람이 한 끼 굶는다고 설마 죽기야 하겠나? 그냥 한기만 면하게 해 주면 잠만 자고 내일 떠나겠네."

유비가 허기진 배를 움켜쥐고 막 잠이 들려는데 아무것도 대접할 음식이 없던 유안이 고깃국을 끓여 옵니다.

"태수님, 차린 것은 없지만 따끈한 국이나 한 그릇 잡숫고 주무십시오."

"아니 집에 먹을 게 없다더니 이 국은 어떻게 끓여 왔나? 어디 한번 먹어 보세."

유비는 배고픈 판에 급하게 한술 뜹니다.

"정말 맛이 좋구만. 무슨 고기인데 이렇게 맛이 좋은가?"

"예, 제가 급히 밖에 나가 이리를 한 마리 잡았습니다. 이리고기입니다."

"알겠네. 고맙게 잘 먹겠네."

허기에 지친 유비와 손건은 허겁지겁 고깃국을 먹고 잠이 들었습니다.

이튿날 새벽, 잠에서 먼저 깬 유비가 손건을 깨웁니다.

"건아, 날이 밝았다. 어서 진지를 찾아 떠나자."

"예, 주공. 벌써 날이 밝았군요."

유비와 손건이 방문을 나서는데, 부엌에 뭔가 쓰러져 있습니다.

"건아, 저 부엌에 사람 같은 게 쓰러져 있구나. 무엇인지 확인해 보아라."

손건이 부엌으로 다가가 뭔가를 살펴보다 소스라치게 놀랍니다.

"주공, 사람입니다. 어젯밤에 보았던 사냥꾼 유안의 아내입니다. 그런데 옷이 벗겨져 있고, 양쪽 허벅지 살이 도려져 있군요…….”

“이럴 수가? 유안, 유안! 이리 나와 봐라. 이게 어찌 된 일이냐?”

그러자 유안이 뛰어나와 엎드려 울며 말합니다.

“태수님, 제가 태수님께 대접할 음식이 없어서 제 아내와 상의하여 제 아내를 잡았습니다. 어제 끓인 고깃국은 제 아내의 살입니다…….”

여기에서 잠깐! 『삼국지』를 읽는 현대인들은 이 장면을 결코 이해하지 못할 것입니다. 아무리 유비를 존경한다지만 제 마누라를 잡아서 고깃국을 끓여 주다니요? 이해할 수 없죠? 여기에 덧붙여 당시 고대사회 중국의 형편을 설명해 드리겠습니다.

중국의 고대사회, 당시에 인육을 먹는 것은 용인된 사회 현상이었습니다. 집주인인 유안은 유비를 존경하고 있었죠. 정말 극진히 대접하고 싶었지만 돈도 없었고, 먹을 것도 없었습니다. 그는 아내를 죽여 요리를 만들어 유비 일행에게 대접합니다. 그동안 쫄쫄 굶었던 유비가 고기를 맛있게 먹고, 도대체 무슨 고기이기에 이렇게 맛이 좋으냐고 물었습니다. 유안은 이리고기라고 대답하죠. 그러나 다음 날 아침, 유비는 부엌에서 다리의 허벅지 살이 떨어져 나간 채 죽어 있는 유안의 아내를 보게 됩니다. 유비가 유안에게 어쩐 일이냐고 물으니, “흉년이 들고 대기근이 닥쳐 귀인에게 대접할 식량이 없어 아내를 죽여 살을 대접했습니다.” 하고 말했죠. 유비는 고맙다고 인사한 후 조조를 만나 유안 이야기를 했습니다. 조조는 선뜻 돈 100냥을 주면서 “유안이란 사람은 과연 의기남아요. 돈 100냥을 줄 테니 유안에게 새 아내를 맞게 하시오.”라고 말합니다. 그런데 아무리 먹을 것이 없다고 해도 그렇지 어떻게 자기 아내를 죽여 인육을 대접할 수 있을까요? 우리로서는 상상할 수 없는 대목입니다. 또, 아내를 죽여 귀인을 대접했다는 이야기를 듣고 의인이라고 말하는 조조의 사고도 이해하기가 어렵습니다. 이 사실을 이해하기 위해서는 중국의 역사와 날씨를 이해해야만 합니다.

먼저 알아야 할 것은 중국 역사에서 황제들은 물론 승리한 장수들이 패배한 적장들을 죽여 그 인육을 먹는 것을 당연하게 여기는 문화가 있었다는 점입니다. 조조가 유안을 의기 있는 남자라고 말하는 것은 당대의 권력자들이 인육을 먹는 것에 대해 거부감이 없었다는 것을 의미합니다. 두 번째로는 중국의 빈번한 천재와 기근이 이런 문화를 만들었다고 할 수 있습니다. 『중국구황사(中國救荒史)』에는 상탕(기원전 1766년)부터 1937년까지 3천700여 년 동안 수해, 한발, 메뚜기 피해, 태풍, 지진, 대설 등의 천재가 무려 5천258차례나 기록돼 있습니다. 특히 기원전 206년부터 1936년까지 기근에 결부되는 자연재해가 2천72차례나 발생했습니다. 대기근에서 살아남기 위해 인육을 먹는 문화가 자연스럽게 만들어진 것이죠. 세 번째, 전란이 일어날 때마다 기근이 끊이지 않는 것도 식인문화에 일조했습니다. 전란에 의한 살육, 기근에 의한 아사 이외에도 서로를 죽여 마치 양이나 돼지처럼 식육으로 이용한 것입니다.

현재의 사고로 인육을 먹는다는 것은 이해될 수 없는 일입니다. 그러나 당시의 여러 문화적인 정황을 볼 때, 중국에서 식인문화는 용인된 사회 현상이었죠. 특히 대기근이나 전란 때처럼 먹을 것이 없을 때면 더욱 그렇습니다. 만리장성을 쌓을 때, 8만 명의 강족(羌族, 칭하이 성에 사는 티베트족)을 인부들의 단백질 보충을 위해 삶아 먹었다는 기록이 있습니다. 만리장성의 공사 책임자 몽염(蒙恬) 장군은 "강족의 고기가 제일 맛있다."는 말을 했었죠. 서북 지역 산악지대에 사는 강족들은 지방질이 거의 없었기 때문입니다. 아무튼 유안은 21세기 현대인의 상식으론 이해가 가지 않는 나쁜 놈입니다.

잘 처먹은 유비는 숲을 벗어나 겨우겨우 조조를 다시 만납니다.

"조 승상, 반갑습니다. 엉엉엉!"

"어허, 유현덕 울지 마시오. 천하 영웅이라 자처하는 현덕이 이까짓 일에 울어서야 될 일이오?"

이야기를 다시 여포 쪽으로 돌려보겠습니다. 소패성을 점령한 여포는 다시 서주성으로 돌아갔는데, 서주성에 진규(陳珪), 진등(陳登)이라는 부자가 있습니다. 진규가 아버지, 진등이 아들이죠. 이 두 부자는 조조가 은밀히 심어 둔 사람들인데, 여포에게 반감을 가지고 그를 망하게 하려고 작정한 사람들입니다. 아들 진등이 아버지에게 의견을 제시합니다.

"아버님, 제가 이번에 여포를 하비성(下邳城)으로 옮겨 가도록 공작을 해 보겠습니다."

"아들아, 알겠다. 여포가 서주를 버리고 하비성으로 옮긴다면 여포의 운명도 끝장날 수 있다. 철저히 공작해서 여포를 하비성으로 쫓아야 한다."

여포가 서주로 돌아오자 진등이 얼굴에 함박웃음을 지으며 그에게 진언합니다.

"장군, 수고 많으셨습니다. 그런데 이곳 서주는 지형적으로 문제가 많은 곳입니다. 우선 사방이 툭 트여 있어 동서남북 적의 공격을 받기 쉽습니다. 그러나 하비성은 천연의 요새지요. 성을 빙 둘러 연못을 판 해자가 있으니, 사방 어느 곳으로도 적들이 접근하지 못합니다. 지형지물만 잘 활용해도 100만 대군을 너끈히 막아 낼 수 있는 곳이죠. 하비성으로 곡식과 돈을 옮기시지요."

그 말을 들은 여포는 바로 결정을 합니다.

"그래, 네 말이 맞다. 곡식과 돈뿐 아니라 이쁜이들(?)은 모두 하비로 옮기도록 하자.”

곡식과 돈 그리고 가솔들까지 모두 하비성으로 옮긴 여포는 여유만만한 표정입니다.

“어, 좋다! 하비성에 귀중품을 모두 옮기고 보니 뒤가 아주 든든하구나. 만사불여튼튼이야. 술, 술을 가져와라. 한잔해야겠다.”

서주로 돌아간 여포는 방탕한 생활로 백성을 못살게 굴기 시작합니다. 밤낮으로 여자를 끼고 술을 마셔 댔죠.

“여기 고급술을 가져와라. 폭탄주는 비정규직 노동자들이나 마시는 술이다. 막걸리는 농사꾼이 마시는 술이다. 내겐 발렌타인 30년이 어울린다.”

고급 양주를 하루 10병씩 목구멍에 퍼부어 댑니다.

여포는 술에 취하면 단지 자기 마음에 들지 않는다는 이유만으로 사람 죽이기를 밥 먹듯 하였죠.

“장군님, 정신 차리십시오. 조조와 유비의 연합군이 흙먼지 말아 일으키며 서주성으로 대거 밀려오고 있습니다!”

“뭐, 뭐라고?”

여포가 술이 번쩍 깨는 듯 얼굴이 창백해졌습니다.

“빨리 군사를 정비해라. 내가 나가서 맞서 싸우겠다.”

여포가 방천화극을 들고 나와 군사 배치를 하자, 조조·유비 연합군이 물밀듯 돌진해 옵니다.

“인간 백정 여포를 죽여라!”

조조의 군사가 중앙에서, 유비·관우·장비가 좌우에서 협공해 들어옵니다.

“이런 쥐새끼 같은 놈들, 얼마든지 덤벼라. 내가 모두 상대해 주겠다!"

여포가 기세등등하게 나섰지만 군졸들의 사기는 이미 꺾여 있습니다. 관우가 베고, 장비가 찌를 때마다 태풍에 볏단이 쓰러지듯 군사들이 쓰러져 갑니다.

"여포, 애비 셋인 이 후레자식아! 오늘 다시 한 번 끝장내자."

장비가 장팔사모를 휘두르며 여포에게 덤벼듭니다.

"그래, 고리눈! 오늘 아예 끝장을 내자!"

두 호랑이가 장팔사모와 방천화극을 부딪치며 접전을 벌입니다.

"으라차차⋯송!"

"으라차차⋯방!"

날마다 술에 찌든 여포의 숨이 가빠 옵니다.

"헉헉!"

여포의 부하 장수들이 장비를 가로막고 싸우자, 진궁이 여포에게 다가옵니다.

"장군, 더 싸우면 우리가 불리합니다. 이곳 서주를 버리고 하비로 갑시다."

여포는 가쁜 숨을 몰아쉬며 응하죠.

"헉헉! 아무래도 그래야겠소."

"식량과 재물은 이미 모두 옮겨 두었으니 하비성으로 도주합시다."

"전군 후퇴! 전군, 하비성으로 퇴각한다. 장료(張遼), 나는 군사를 몰고 하비로 갈 테니 자네가 남아서 추격병을 막아 주게."

"예, 주공! 알겠습니다. 뒤는 저에게 맡기고 어서 퇴각하십시오."

여포가 도주하자 관우가 맨 선두에서 추격합니다.

"인간 백정 서라! 관우의 청룡언월도를 받아라."

이때 장료가 관우의 앞을 가로막고 나서죠.

"관 공, 나를 베지 않고는 여포를 쫓을 수 없다. 나를 죽이고 지나가라."

관우는 장료의 장수다운 태도가 마음에 들었죠.

'장료 저자는 충성스럽기로 소문난 사람이다.'

관우는 높이 들었던 청룡언월도를 서서히 내리며 말하죠.

"장료, 가시게. 여포가 도망친 마당에 자네 목숨을 가져서 무엇 하겠는가?"

관우의 아량으로 목숨을 살려 도망치는 장료가 생각하죠.

'나는 관우에게 엄청난 빚을 졌다. 내 신세가 이게 무엇인가? 그러기에 무사는 주인을 잘 만나야 하는데…….'

하비성은 과연 천연의 요새였죠. 가까스로 목숨을 건진 여포는 괴로운 마음을 술로 달랩니다.

"술, 술을 가져와라!"

"이미 많이 취하였습니다, 장군."

"내가 이까짓 술 몇 잔에 취했다고? 난 안 취했어. 술 더 가져와!"

고급 양주는 이미 동나고 말았습니다. 하루 10병씩 들이부어 대니 남아 있는 양주가 없습니다.

"그럼 소주라도 가져와라!"

여포는 성문을 굳게 닫고 성 안에 꼭꼭 숨어서 그렇게 폭음을 일삼죠. 그러던 어느 날, 우연히 거울에 비친 자기의 몰골을 보게 됩니다.

'내 몰골이 많이 상한 건 모두 이 술 때문이다.'

이렇게 생각한 여포는 부하들에게 금주령을 내립니다.

옛 속담에 "미친년이 얌전 낸다."라는 말이 있습니다. 평소 미친년이 날씨만 흐려도 벌거벗고 뛰어다니다 어느 날 갑자기 얌전을 내어 부뚜막 위에 공손히 앉아 있는 모습을 생각해 보세요. 여포가 금주령을 내리는 것은 벌거벗고 뛰어다니던 미친년이 갑자기 부뚜막 위에 공손히 앉아 얌전 내는 모습과 똑같은 이치입니다.

"내가 많이 마셔 봐서 아는데, 음주는 무조건 몸에 해롭다. 오늘부터 음주한 자는 참수한다."

여포는 강한 어조로 금주령을 내립니다.

여포가 싸울 생각을 않고 하비성 안에 틀어박혀 있자, 조조의 대군도 어떻게 손써 볼 방법이 없습니다.

"과연 하비성은 난공불락(難攻不落)의 요새구나. 저걸 깨트릴 좋은 방법이 없겠느냐?"

"제게 좋은 방법이 있습니다."

"곽가, 말해 봐라. 무슨 방법이 있느냐?"

"승상, 곧 우기가 닥쳐 많은 비가 쏟아질 것입니다. 저 하비성 둘레에 연못을 파 해자를 둘러놓았는데, 그 해자는 기수와 사수의 물이 흘러드는 것입니다. 그러니 우린 미리 기수와 사수에 둑을 쌓아 물을 가두어 둡시다. 그러다 많은 물이 고이면 둑을 터서 한꺼번에 흘려보내는 것이죠. 그러면 하비성은 단번에 물에 잠기고 말 것입니다. 그때 우리 군사들이 뗏목을 타고 성 안으로 들어가 여포를 사로잡는 것입니다."

"곽가, 굿굿 아이디어다! 오늘부터 당장 기수와 사수의 물길을 막아라."

조조의 병사들은 기수와 사수의 상류에서 은밀히 토목공사를 시작합니다. 이때 여포의 진영에서는 금주령 때문에 누구든 술을 입에 대지 않고 있지요. 그런데 공교롭게도 여포의 장수 후성(侯成)에게서 일이 벌어졌습니다. 후성의 생일날 부하들이 축하하러 집에 모여들었습니다.

"장군님, 생일 축하합니다."

"여러 장수들, 고맙소. 오늘 돼지고기를 삶고 흑산 홍어를 준비했는데, 묵은지에 싸서 먹어 봅시다."

"아, 이른바 삼합을 준비하셨군요. 감사히 먹겠습니다."

"아이고, 여기 씨암탉도 삶으셨군요. 닭다리가 입에 살살 녹습니다, 하하하하!"

"그런데 딱 한 가지 빠진 게 있군요. 글쎄요, 그게 없으니 음식 맛이 제대로 나질 않네요. 카~아! 딱 한 잔이면 되는데……."

"마누라가 담가둔 매실주가 두 말이나 되는데, 여포 장군의 금주령 때문에 마실 수가 있어야지."

"여포 장군도 술이라면 사족을 못 쓰는데, 요즘 건강관리 때문에 절제하는 거 아니요?"

"내가 술 댓 병을 들고 가 여 장군께 상납하고 허락을 받아 오겠소."

후성이 좋은 마음으로 술 다섯 병을 들고 여포를 찾아갔습니다.

"주공, 여기 홍어 삼합과 매실주 다섯 병을 가져왔습니다. 오늘은 딱 한 잔만 하시지요. 오늘 제 생일인데 주공께서 허락하시면 저도 부하들과 한 잔만 하려고 합니다."

여포는 갑자기 얼굴이 벌게지며 소리를 지르기 시작합니다.

"내가 술은 백해무익하다고 그렇게 타일렀건만 그대는 어찌하여 내 충고를 무시하는가! 여봐라, 이놈을 끌어내 당장 목을 베라!"

곁에 있던 송헌(松軒)과 위속(魏續) 두 장수가 기겁을 하여 여포를 말리죠.

"주공, 주공! 안 됩니다. 후성은 우리 장수들 중 베스트 8에 드는 사람인데 죽이다니요? 고정하시고 용서하시지요."

참고로, 여포 휘하의 8대 장수는 1. 장료 2. 장패 3. 학맹 4. 조성 5. 성렴. 6. 위속 7. 송헌 8. 후성입니다.

"좋다. 두 장수의 체면을 봐서 죽이지는 않겠지만 그 대신 100대를 맞아라."

그러고는 상의를 벗기고 채찍으로 매질을 시작합니다.

철썩, 철썩! 딱딱!

"으~으아악!"

"술이 그렇게 해롭거늘 마시려 했느냐?"

100대의 매질을 당한 후성은 등가죽이 벗겨져 피를 철철 흘립니다. 곁에서 보던 송헌과 위속이 딱한 마음으로 후성을 등에 업고 집에 돌아왔습니다. 홍어 삼합에 한잔하려고 후성을 기다리던 부하 장수들이 기겁을 합니다.

"장군, 장군! 이게 무슨 꼴입니까? 누가, 왜 이렇게 장군님께 몹쓸 짓을 했습니까?"

"모두들 물러가게. 내가 맞은 등은 전혀 아프지 않아. 허나 난 가슴이 찢어지네."

"송헌, 위속 두 분 덕분에 나는 오늘 참수는 면했소. 감사드리오. 그러나 내 가슴이 찢어지는 이유는 저런 짐승 같은 놈을 주군으로 모시고 있는 내 처지가 불쌍해서요. 여포는 제 마누라 초선과 첩들만 아끼지 우리 장수들은 발가락 사이의 때만큼도 여기지 않소."

송헌과 위속이 맞장구를 칩니다.

"우리 저런 막된 인간 밑에서 헛고생하지 말고 차라리 도망칩시다."

"아니요. 차라리 여포를 사로잡아 조조에게 바치는 게 어떻소?"

"좋소이다. 기회가 되면 저 짐승 같은 여포를 사로잡아 조조에게 투항합시다."

여포의 부하들이 이렇게 상심하고 있을 때, 본격적인 우기(雨期)가 시작됩니다. 우기가 되어 비가 어마어마하게 쏟아지기 시작하자, 진궁이 여포에게 건의합니다.

"여 장군, 비가 엄청나게 쏟아지는데 이상하게도 해자의 물이 불어나지 않습니다. 조조의 수공이 있을지 모르니 주공께서는 병사들을 모두 이끌고 높은 산 위로 올라가 진지를 구축하십시오. 저는 성 밖으로 나머지 군사들을 전진 배치하여 영채를 짓고 적의 기습에 대비하겠습니다."

그런데 알겠다고 대답한 여포가 내실로 들어가더니 한참 후에 다시 나와 뜻을 바꿉니다.

"진궁, 안 되겠소. 초선이 몸이 많이 아파 혼자 두고 떠날 수 없소. 그리고 여러 첩들도 모두 반대하오. 여자들만 남겨 두고 떠나지 말라고 울고불고 매달리는데…, 차마 혼자 떠날 수 없소."

"뭐요? 여 장군, 정신 차리시오! 지금 성이 함락될 처지에 놓였는데, 첩 타령을 하고 있소? 빨리 군사들을 고지대로 이동시키시오."

"에이 진궁, 너무 신경 쓰지 마시오. 내 적토마는 물 위를 평지처럼 달리는데, 그까짓 비를 두려워하겠소? 조조가 쳐들어와도 내가 모두 막아 낼 테니 아무 걱정 마시오."

'아이고, 큰일 났구나. 첩들 말을 듣고 군사작전을 포기하다니? 이곳 하비성이 무너질 날도 며칠 남지 않았구나. 이제 어떻게 해야 한단 말인가!'

진궁이 하늘을 우러러 탄식하지만 별다른 방법이 없습니다.

조조가 야밤에 빗소리를 듣고 앉아 있는데 호위대장 허저가 들어와 보고합니다.

"승상, 여포의 진영에서 후성이라는 장수가 은밀히 찾아왔습니다."

"여포의 부하 장수가? 음, 무장 해제시켜 이리로 데려오게."

"예, 승상."

잠시 후 허저가 후성을 데리고 들어옵니다.

"승상, 후성이라 합니다. 긴히 드릴 말씀이 있습니다."

"말하게, 후성 장군."

"저는 여포가 내린 금주령을 어겼단 이유로 채찍 100대를 맞았습니다. 저와 송헌, 위속 등은 이런 망나니 같은 사람을 더 이상 주군으로 모실 수 없다는 의견을 모았습니다. 저희가 여포를 생포하여 승상께 넘기겠습니다."

"자네들 힘으로 여포를 생포하는 게 쉽지 않을 텐데?"

"그렇지 않습니다. 우선 제가 적당한 때 여포의 방천화극을 훔쳐 적토마를 타고 나오겠습니다. 제 부하들이 성문을 열기로 했습니다. 제가 뛰어나가면 송헌과 위속을 비롯한 10여 명의 장수들이 일시에 달려들어 여포를 제압하고 포승으로 묶기로 했습니다. 그때 승상께서는 기회를 놓치지 말고 성 안으로 밀고 들어가시기 바랍니다."

"그게 속임수인지 아닌지 어떻게 알겠나?"

"송헌과 위속이 여포를 사로잡아 성 위에 묶어 놓을 것입니다."

"알겠네. 내가 만반의 준비를 하고 있다 자네가 뛰어나오면 치고 들어가겠네."

"예, 승상. 그럼 저는 이만 돌아가겠습니다."

며칠 후 비가 심하게 쏟아지던 날, 조조는 곽가에게 명령합니다.

"기수와 사수의 둑을 터라."

막아 두었던 둑을 터트리자 엄청난 물이 해자로 흘러들어가더니 순식간에 하비성 전체가 물에 잠깁니다. 이때 여포는 초선을 껴안고 누워 초선을 위로하고 있습니다.

"초선아, 어제 다려준 약을 먹고 차도가 좀 있느냐? 아직도 이마에는 열이 있구나."

이때 전령이 황급히 뛰어듭니다.

"장군, 장군! 큰일 났습니다. 갑자기 물이 불어 온 성이 물바다로 변했습니다."

"뭣이? 물난리가 났다고? 내가 막사로 나갈 테니 모든 장군들을 소집해라."

여포가 황급히 막사로 뛰어나가는데 성 밖에서 함성이 들려옵니다.

"와~아~, 인간 백정 여포를 잡아라!"

"장군, 장군! 지금 후성이 장군님의 방천화극을 훔쳐 들고 적토마를 타고 성 밖으로 나가고 있습니다."

"뭐라고? 그놈이 감히 내 방천화극을 들고 나가다니? 당장 송헌과 위속을 불러라."

잠시 후, 송헌과 위속을 비롯한 10여 명의 장수들이 들어왔습니다.

"후성이 내 적토마를 타고 나갔다. 빨리 나가서 그 미친놈을 잡아 와라."

송헌이 대답합니다.

"예, 미친놈은 잡아야지요. 모두 미친놈을 잡아라!"

"옙!"

대답과 동시에 모든 장수들이 여포에게 달려들어 팔과 머리를 비틀고 제압하더니, 포승줄로 꽁꽁 묶기 시작합니다.

"이놈들! 감히 누구에게 대드는 거냐, 놔라!"

"저놈은 괴력의 힘을 갖고 있으니 누에고치 묶듯이 밧줄로 칭칭 감도록 해라."

여러 장수들이 여포를 누에고치 묶듯 칭칭 동여 메어 성루로 올라갑니다.

조조가 바라보니 후성이 적토마를 타고 뛰어나옵니다.

"승상! 지금 성문이 열려 있습니다. 진입하십시오."

조조가 성루를 바라보니 묶여 있는 여포의 모습이 보입니다.

"전군, 성 안으로 진입하라!"

"와~아~, 돌격!"

하비성은 손쉽게 조조의 손에 떨어지고, 잠시 후 포승줄에 꽁꽁 묶인 여포가 부하들의 손에 끌려 들어옵니다. 조조의 군사들이 하비성을 점령하고 1천여 명의 포로를 사로잡았습니다. 맨 먼저 진궁이 끌려 나왔습니다. 진궁, 기억하시죠? 중모현령으로 있을 때 조조가 동탁을 암살하려다 실패하여 도주하는 걸 잡았지만 벼슬까지 버리면서 조조를 따랐죠. 그 조조가 여백사를 죽이자 진궁은 조조의 비정함에 환멸을 느끼고 조조를 버린 사람입니다. 그 진궁을 조조는 가차 없이 참수합니다.

다음 여포가 끌려옵니다.

"여포! 네 처벌은 유비의 결정에 따르겠다. 살고 싶으면 유비에게 사정해 보아라."

여포는 조조 곁에 시립해 서 있는 유비를 바라보며 구원을 청하죠.

"헤헤! 유비 동생, 지난날 내가 잘못한 것이 있거든 모두 용서해 주구려. 살려만 준다면 그대의 개가 되어 충성을 다하겠소."

그러나 유비는 뜻밖에 담담한 어조로 대답합니다.

"승상, 참수하십시오. 여포는 양아버지 정원과 동탁을 모두 죽인 사람입니다. 그리고 갈 곳 없는 저자를 소패성에 머물게 했더니 저에게서 서주성을 빼앗은 의리 없는 사람입니다. 승상께서 거두어 주시면 다음은 승상을 벨 것입니다."

그 말을 들은 여포가 발악을 하죠.

"이 귀 큰 도적놈아! 난 네 가족들을 건드리지 않고 살려 줬는데 나에게 이럴 수 있느냐?"

조조가 명합니다.

"그래도 한 무리의 우두머리였으니 시체는 손상치 않게 해라. 참수하지 말고 목을 매달아라."

세상을 시끄럽게 굴던 의리 없는 여포는 기둥에 대롱대롱 매달려 세상을 마감하였습니다.

다음, 장료가 끌려 나옵니다.

"장료는 할 말이 없느냐?"

조조가 묻자 장료는 껄껄 웃으며 대답합니다.

"빨리 죽이시오. 패장이 무슨 할 말이 있겠소."

이때 유비를 시립하고 뒤에 서 있던 관우가 나서서 간청합니다.

"승상, 장료는 우직하고 충성스런 사람입니다. 살려 주시지요."

조조는 장료의 결박을 풀어줍니다. 결국 장료는 조조에게 투항하죠. 그리고 후일 장료는 관우에게 은혜를 갚습니다.

"승상, 밖에 초선이 와서 여포의 시신을 내어 달라고 울고 있습니다."

"초선? 초선이 왔단 말이지? 여포의 시신은 내일 내어 줄 테니 오늘밤에 잠깐 보자고 전해라. 그리고 비단과 각종 패물을 한수레 실어서 초선에게 갖다 주어라. 자, 그럼 다들 수고 많았소. 난 몸이 찌뿌둥해서 사우나탕에 잠시 다녀오겠소."

조조가 나가자 순욱이 깊은 고민에 빠집니다.

'승상이 또 초선을 탐내는구나. 추 부인 때문에 그렇게 혼이 나고도 아직 정신을 못 차리셨구나.'

"허저, 허 장군! 잠시 나 좀 뵙시다."

"순욱 선생, 무슨 근심이라도 있으시오?"

"예, 허 장군. 허 장군도 아시겠지만 승상께선 적장의 유부녀라면 사족을 못 쓰는 사람입니다. 조 승상께서 오늘 밤 초선에게 수청을 요구할 거요. 그러나 초선은 요부입니다. 남자의 정신을 빼놓는 재주가 있는 여자입니다. 초선 때문에 동탁도 죽고, 여포도 죽었소. 오늘 밤 자칫하면 조 승상이 위태롭소. 초선이 여포의 복수를 하려고 할 겁니다. 어찌하면 좋겠소?"

"알겠습니다. 승상에게 제가 곤장 100대를 맞더라도 이 허저가 알아서 처리하겠습니다."

그날 밤, 조조는 초선과 마주 앉았습니다.

"초선, 여포는 이미 이세상 사람이 아니오. 그를 잊고 나에게 오시오. 내가 무슨 소원이든지 들어주겠소."

"정말 저의 모든 소원을 들어주시겠소? 그럼 제가 먼저 승상을 위해 칼춤을 한번 추겠습니다."

"좋소, 한번 춰 보시오. 설마 칼춤을 추다 나를 베려는 건 아니겠지요?"

"승상, 그럴 리가 있겠습니까? 오직 승상께 제 매력을 과시하려는 것입니다."

초선은 마음속으로 칼춤을 추다 적당한 기회를 보아 조조를 찔러 죽일 생각입니다. 그런데 조조가 초선의 그런 의도를 모를 리 없지요.

'초선은 무술을 모르는 여인이다. 칼춤으로는 나를 해치지 못한다. 나를 죽이려다 실패한 후 반항하는 저 야들야들한 것을…꿀꺽……'

초선이 칠성검을 빼어 들고 칼춤을 추기 시작합니다. 빙빙 돌며 '휘익 휘익' 한창 칼춤을 추고 있는데, '우당탕탕!' 갑자기 허저가 뛰어듭니다.

"네가 누구를 죽이려 하느냐? 야합!"

기합 소리와 함께 초선을 단칼에 베어 버립니다.

"허저, 허저! 이 멍청한 놈아, 누굴 함부로 죽이느냐?"

"승상, 큰일 날 뻔했습니다. 초선이 승상을 죽이려는 속셈입니다."

"누가 그걸 모른다더냐? 이 멍청한 놈아, 순종하는 여자보다 가시 돋친 여자가 더 흥미 있는 법, 네가 그걸 모르고 초선을 죽이다니…, 아깝다…아까워……"

"승상, 죄송합니다. 전 그런 줄도 모르고 제가 모두 멍청한 탓입니다."

"그만둬라. 이건 틀림없이 순욱의 머리에서 나온 사달이야."

"초선, 초선! 아깝다, 쩝……. 그러나저러나 기대에 부푼 내 거시기(?)를 어찌 달래야 하나? 쩝!"

여포를 무찌른 조조와 유비의 군대는 하비성을 출발하여 허창(許昌)으로 돌아갑니다. 조조는 비어 있는 서주성의 임시 태수로 차주(車冑)를 임명합니다. 그리고 유비와 함께 천자에게 전과를 보고합니다.

"폐하, 이번 여포 토벌에 공이 많은 유비를 소개합니다."

"오, 그대는 나와 같은 유씨(劉氏)군요. 이리 가까이 옥좌 앞으로 오시오. 그대의 조상은 누구신가?"

"폐하, 저는 경제 황제의 아들 유승의 후손입니다."

그 말에 황제가 깜짝 놀라 되묻지요.

"그럼 그대는 황실의 종친이란 말인가?"

"예, 폐하. 그렇습니다."

"여봐라, 비서실장은 족보를 가져오라. 요즘은 황실의 떨거지라고 사기치고 다니는 놈이 하도 많아 내 직접 확인해 봐야겠다."

족보를 살피던 비서실장이 반가운 목소리로 말합니다.

"아! 맞습니다. 여기 족보에 유비의 이름이 올라 있습니다."

"어디 보자. 오 마이 갓! 그대는 내 아저씨뻘이 되는군요. 아재! 내 절을 받으시오."

유비가 조카뻘 되는 황제와 첫 대면을 하는데, 반가운 사람과 만나는 순간의 표현은 '전라도 버전'이 어울릴 듯합니다.

황제 유협은 유비가 숙부뻘 된다는 사실을 알자 용상에서 벌떡 일어나 손뼉을 딱딱 치며 반가워합니다.

"오매오매 아재! 이것이 어쩐 일이다요? 아재를 이렇게 뜬금없이 만나부요잉."

"워따워따 조카, 허벌나게 반갑구만잉."

"그랑깨 아재, 우찌께 살다가 인자사 나타났소? 아재 아재, 우리 한번 보듬아봅시다."

"아따, 그래도 조카는 황제고 나는 쫄따군디 내가 보듬어불면 싸가지 없다고 안 하것능가?"

"옴매, 아재하고 조카하고 보듬는디 누가 뭐라 하것소? 암시랑토안체."

"그라세, 보듬아불세."

황제 유협과 우리의 주인공 촌놈 유비는 뜨겁게 포옹합니다.

"아따 황제 조카 보듬응께 기분이 얼척 없게 좋네잉."

"야~, 나도 아재비 보듬응께 겁나 좋소. 조정에 친척이 없어 무쟈게 외로왔는디 인자 아재를 만나니 참말로 좋소. 그란디 으째야쓰까잉. 아재가 벼슬이 없어서 쓰겄소? 좌장군 벼슬이나 받아부쑈."

유비는 갑자기 황제의 중요 신하가 되었죠. 그때부터 사람들은 유비를 유 황숙(劉皇叔, 황제의 아저씨)이라 부르게 됩니다. 이를 곁에서 지켜보던 조조의 눈이 샐쭉해집니다.

'저 촌놈을 내가 너무 키우는 게 아닌가? 그렇다면 저놈이 야전으로 돌아가지 못하도록 이곳에 묶어 둬야 한다.'

황제를 알현한 그날 이후 유비는 이해 못할 행동을 합니다. 숙소 뒤뜰에 채소밭을 만들더니 매일 농사일에만 몰두합니다. 관우와 장비가 투덜거리죠.

"형님, 언제까지 농사나 짓고 있을 작정이오? 황제 조카 만나더니 벌써 배가 불러 만족하시오?"

"아이고~ 동생들, 농사가 어때서? 세상 근심이 없으니 할 짓은 농사밖에 더 있느냐? 장비야, 저기 '똥장군' 짊어지고 가서 똥 좀 퍼 오너라. 잘 섞어 떠와야 한다."

"우웩! 저…전 비위가 약해서 그런 일은 못 해요."

이때 조조의 하인이 오죠.

"유 황숙을 나리 댁으로 모셔 오라는 분부가 계셨습니다."

유비가 조조의 집으로 가자 조조는 매실주를 차려 놓고 기다리고 있습니다.

"현덕, 어서 오시오. 요즘은 채소 농사만 짓고 계신다면서요?"

"소문 들으셨군요. 저는 아무래도 군사를 부리는 전쟁보다는 농사일이 적성에 맞는 듯합니다."

"에이구! 현덕, 농사 이야기는 접어두고 오늘은 영웅에 대해 논해 봅시다. 현덕은 오늘날 진정한 영웅이 누구라고 생각하시는지?"

"글쎄요. 원술이 군사도 많고 스스로 황제의 자리에 올랐으니 영웅이라 보아야지요."

"흥! 원술? 그는 황제를 자칭하는 역적이오. 내가 조만간 잡아 없앨 것이오."

"원소는 명문 귀족 출신이라 과히 영웅이라 할 만하지요."

"원소? 그는 쥐 배짱에 결단력도 없는 사람이오. 내가 과거 동탁을 장안으로 추격할 때 원소는 맹주의 자리에 있으면서도 추격을 외면한 비겁자요."

"형주의 유표는 어떻습니까?"

"유표? 그 비쩍 마른 늙은이를 어디에 써먹겠소? 요즘 비아그라 먹고도 밤일이 안 돼서 제 마누라에게 매일 밤 혼난다고 들었소."

"강동의 손책은요?"

"손책은 그 애비 손견 때문에 이름을 얻은 것뿐이오. 재벌 2세 야타족과 비슷한 놈이오."

"글쎄요, 저는 더 이상 생각나는 사람이 없습니다. 조 승상께서는 누구를 영웅으로 생각하시는지요?"

"내가 생각하는 영웅이란 가슴으론 큰 뜻을 품고 머릿속에는 뛰어난 계략이 있어야 하고, 천하를 감싸 안는 포부와 강철 같은 굳센 의지를 가진 사람이오."

"에이구 승상, 그런 사람이 세상 어디에 있겠소?"

"있소!"

"예? 누굽니까?"

"그런 영웅은 바로 현덕 그대와 나 조조 둘뿐이오."

그런데 이때 내리던 빗줄기가 점점 굵어지더니 요란한 천둥소리가 들립니다.

우르릉 쾅!

천둥이 내리치자 유비가 이상한 반응을 나타냅니다. 갑자기 얼굴이 창백해지더니 젓가락질을 하는 오른손이 미세하게 떨리기 시작합니다.

"현덕, 왜 그러시오? 어디 아픈 데라도 있소? 아니면 저 천둥소리 때문에 그러시오?"

"아닙니다. 아픈 데는 없습니다. 그리고 제가 나이가 몇인데 저까짓 천둥소리에 놀라겠습니까? 아무 걱정 마십시오."

우르릉 쾅!

또 한 번 천둥소리가 울리자 유비의 얼굴이 더 창백해지더니 온몸을 부들부들 떨기 시작합니다.

우르릉 쾅!

세 번째 천둥이 울리자 유비가 갑자기 머리를 감싸더니 식탁 밑으로 기어들어가 부들부들 떱니다.

"아니 현덕, 왜 그러시요?"

"제…제가 어려서 천둥소리에 크게 놀란 적이 있는데, 그때부터 천둥 트라우마가 생겼습니다. 부끄럽습니다."

"에이구, 그깟 일에 부끄러울 게 뭐요? 빨리 나와 술이나 한잔 더 받으시오. 그런데 왜 바지가 젖었는지요?"

"어? 그…그만, 술을 많이 마셔 바지에 실례를 했소. 이런 망신이 어딨나?"

조조가 의미심장한 미소를 지으며 생각합니다.

'이런 쯔다. 내가 사람을 잘못 봤구나. 이 사람도 영웅은 아니다.'

이때 관우와 장비가 유비를 모시러 옵니다.

"형님, 비가 많이 와서 저희가 모시러 왔습니다. 그만 가시죠."

"그…그래 어서 가자. 장비야, 네가 나를 좀 업어다오. 내가 취했는데 저 천둥소리 때문에 좀 어지럽다."

"예, 형님. 길도 미끄러운데 제 등에 업히시죠."

유비는 조조와 작별하고 장비의 등에 업혀 숙소로 돌아갑니다.

"형님, 갑자기 제 등에는 왜 업히셨는지요?"

"쉿! 조조 눈에는 내가 바보처럼 보여야 한다. 조조의 눈에 내가 영웅으로 비춰지면 그는 나를 이곳 허도에 가둬 두려 할 것이다. 그래서 일부러 천둥소리에 놀라는 척했다. 내가 농사를 짓는 척하는 것도 그런 이유다."

"형님, 지금 소문을 듣자 하니 원술이 군사들을 몰고 원소에게 투항하러 간다 합니다. 황제의 자리를 원소에게 양보한다는 거죠."

"잘됐다. 원술을 핑계로 이 장안에서 벗어나자. 내일 조조에게 가서 원술을 칠 테니 군사를 내 달라고 요구하자."

"좋은 생각입니다. 그런데 형님, 그만 내리시죠? 무겁습니다."

"내리기 싫다. 난 따뜻한 장비 네 등이 좋아."

이튿날, 유비는 조조를 만나러 승상부에 들어갔습니다.

"승상, 어제는 제가 술이 과했나 봅니다."

"유 황숙, 무슨 말씀이오? 어제 술좌석은 즐거웠소."

"승상, 그런데 원술이 전국옥새를 들고 원소에게 투항하러 간다는 소문입니다. 원술은 황제를 참칭(僭稱)한 역적인데 그대로 두어서는 안 되지요. 원술이 원소에게 가기 위해서는 반드시 서주성을 통과해야 합니다. 서주의 지형은 제가 가장 정확히 알고 있으니 정병 5만 명만 빌려 주시면 원술의 목을 베어 돌아오겠습니다."

"음, 듣고 보니 일리 있는 말이요. 그럼 5만의 군사를 내어 줄 테니 원술을 사로잡거나 목을 베어 돌아오시오."

조조는 별 의심 없이 유비의 요청을 수락했죠.

유비는 천자에게 작별인사를 하고 군사 5만을 인솔하여 서주성을 향해 출발합니다.

"관우야, 장비야, 이젠 살았다. 내가 여지껏 바보처럼 행세하니 조조가 나에 대한 경계심을 풀었다. 이제 군사 5만을 얻었다. 원술을 제거한 후 우리도 자립하도록 하자."

"예, 형님! 답답한 궁궐에 갇혀 있다가 이렇게 빠져나오니 하늘을 날 듯 기쁩니다. 어서 서주로 갑시다."

유비에게 군사를 내줬단 소식을 들은 곽가와 순욱이 조조에게 황급히 달려왔습니다.

"승상, 어쩌려고 유비에게 군사까지 주어 내보내셨습니까?"

"내가 뭘 잘못했나? 내가 보기엔 유비도 그리 큰 인물이 못 돼. 궁궐에 있으면서 하루 종일 농사나 짓더니, 며칠 전엔 천둥소리를 듣고 바지에 오줌까지 지리더군."

"승상, 그게 바로 유비의 트릭입니다. 바보 콘셉트로 승상을 방심케 하고 결정적 순간에 멀리 도망친 것입니다."

"듣고 보니 그렇군."

조조도 후회하는 마음이 듭니다.

"허저를 불러와라."

허저가 곧 조조 앞에 대령합니다.

"허저, 너에게 군사 500을 줄 테니 유비를 추격해라. 유비를 만나거든 회군하라 명하라."

"옙, 승상!"

허저는 급히 500군사를 몰고 유비를 추격했는데, 5만 군사가 질서정연하게 도열한 가운데 유비 양편에 관우, 장비가 버티고 서서 허저를 맞이합니다.

"허저, 무엇하러 허적거리며 뛰어왔소? 군사들 먹일 간식거리라도 가져왔소?"

괴력의 사나이 허저, 전쟁에서 누구에게도 패해 보지 않은 허저지만 관우, 장비 두 사람을 보고는 슬며시 꼬리를 내립니다. 깨갱!

"승상께서 유 황숙은 다시 돌아오라는 명을 내렸습니다만……."

"호오! 전장에 나선 장수는 때로는 임금의 명도 받지 않을 수 있다 하였소."

"누가 그런 소리를 했는지요?"

"손자병법에 나오는 말이요. 허 장군도 이런 중요한 병법은 적어서 외우시오."

"예, 알겠습니다. 반드시 외우겠습니다. 그리고 승상께도 고하겠습니다."

허저는 끽소리도 못하고 돌아서고 맙니다. 그리고 부하 장수들에게 한마디 하죠.

"내가 관우, 장비에게 쫀 게 아니다. 다만 우리 군사 쪽수가 훨씬 부족하니 돌아가는 거다."

부하들도 모두 수긍하죠.

"예, 장군님. 옳으신 말씀입니다. 깨갱깨갱!"

허저는 허적허적 돌아가고, 유비는 서주성에 도착하여 군사를 쉬게 한 후 원술이 지나갈 길목에 군사를 배치했습니다.

며칠 후, 원술의 선발대 기령의 군사가 유비와 마주쳤습니다.

"귀 큰 도적놈은 왜 우리의 길을 막는가? 당장 군사를 물리고 길을 터라."

관우가 봉이 눈썹을 찡긋하더니 삼각수 쓰다듬고 기령에게 호령합니다.

"기령, 다 망한 원술 밑에서 밥 빌어먹는 처지에 아직도 기운이 남아 있느냐? 어디 한번 덤벼봐라. 오랜만에 내 청룡언월도를 써보는구나. 야합! 내 청룡언월도를 받아라!"

기령도 원래는 명장 중 명장이지만 패망해가는 원술을 주공으로 모시고 몇 년간을 고생만 하다 보니 관우의 상대가 되지 못하죠. '허~억!' 하는 구슬픈 비명소리와 함께 말에서 굴러떨어집니다.

"전군, 돌격!"

기세 오른 유비의 군사들에게 장수 잃은 원술의 군사들은 크게 패했습니다.

"적이 퇴각한다. 끝까지 추격하라!"

유비의 군사들은 드디어 원술의 본채까지 밀고 들어갔습니다.

"원술, 가짜 황제 행세 그만하고 항복해라! 나는 천자의 명을 받아 역적 너를 응징하러 왔다."

"유비, 이 귀 큰 도적놈! 넌 누상촌에서 돗자리나 팔던 촌놈이 하늘 높은 줄 모르고 설치는구나. 저 귀 큰 도적놈을 잡아라!"

원술이 공격하자 유비가 몇 번 싸우는 체하다 도망하기 시작합니다.

"서라 유비! 내가 너를 잡아서 그 주둥아리를 뭉개 주마."

화가 머리끝까지 난 원술이 유비를 덮쳐 가는데, 좌측에서 고리눈을 부릅뜬 장비가 달려듭니다.

"원술, 네 주둥아리부터 뭉개 주마."

다시 우측에선 관우가 달려듭니다.

"원술, 주둥아리 빨리 내밀어라!"

도주하던 유비가 다시 방향을 바꾸어 원술을 덮칩니다.

"유턴 공격이다. 원술, 그만 항복해라!"

원술은 겨우겨우 관우와 장비의 창칼을 피해 도주하고, 군사들은 전멸하였습니다. 이제 원술에게 남은 거라곤 약간의 재물뿐인데, 패주하여 뒤따라온 부하들이 갑자기 원술의 재물을 약탈하기 시작합니다.

"황제 폐하, 폐하께선 여지껏 호의호식하고 온갖 사치를 다 누렸으니 이 패물은 우리가 가져갑니다. 부디 만수무강하세요. 폐하, 아니 원술 씨 안녕……."

"이 도적놈들아! 누구의 패물을 약탈해가는 것이냐?"

졸지에 모든 재물을 부하들에게 빼앗긴 원술이 절룩거리며 농가에 찾아 들어갔습니다.

"여봐라, 농부는 듣거라! 나는 황제다. 지금 내가 몹시 목이 마르니 꿀물 한잔만 다오."

그러자 농부는 물독에 있는 물을 모두 쏟아버립니다.

"꿀물은 없고 여기 내 핏물만 남았소."

원술이 땅에 쏟아진 물을 보더니 피를 토하며 편편하게 생긴 바위 반석(盤石) 위로 쓰러집니다.

"우~우~우~욱! 황제는 반석궁(盤石宮)에서 붕어하노라."

원술은 무려 한 말의 피를 토하고는 죽고 말았습니다. 이때가 서기 199년의 일입니다. 원술의 자는 공로입니다. 종형인 원소와 더불어 당대의 명문거족이었습니다. 요동의 공손찬과 손을 잡고 조조와는 일진일퇴의 공방전을 벌였죠. 그러다 조조에게 패하여 양주(揚州)로 근거지를 옮기고, 197년 구강에서 스스로 황제의 지위에 올랐죠. 황제가 된 후로는 사치와 향락으로 날을 지새워 백성들의 원망을 샀죠. 황제가 된 지 2년도 채 못 되어 세력이 쇠진하여 제위를 원소에게 돌려주고 의탁하려 하였으나, 유비의 방해로 뜻을 이루지 못하고 강정에서 피를 토하며 죽었습니다.

원술이 죽자 조조는 유비에게 환궁하기를 촉구하죠.

"현덕은 나에게서 빌려간 군사 5만을 데리고 조속히 장안으로 돌아오시오."

그러나 유비가 조조의 요구에 응할 리 없죠. 조조는 화가 머리끝까지 올라 유비를 죽일 계획을 세워 서주성주 차주(車冑)에게 밀서를 보냅니다.

차주는 유비를 성으로 불러들여 죽여라.

조조의 밀명을 받은 차주는 진규, 진등 부자와 상의합니다.

"조조 승상께서 유비를 제거하라는 밀명을 내리셨소. 어찌하면 좋겠소?"

먼저 진규가 의견을 제시합니다.

"크게 잔치를 열고 유비를 초대한 다음, 유비가 술에 취했을 때 제거하도록 하시지요."

"글쎄, 유비 곁에는 항상 관우, 장비가 시립하고 있어서 쉽지는 않을 것입니다. 아무튼 더 구체적인 계획을 세우도록 합시다."

그런데 진규, 진등 부자는 유비를 성주로 모시던 사람으로, 그를 늘 흠모하는 사람입니다. 차주의 계획을 유비에게 슬쩍 흘려주었죠.

"관우, 장비야! 차주가 나를 죽이려고 한다는구나. 어떻게 하면 좋겠느냐?"

"형님, 제게 좋은 생각이 있습니다. 서주성을 우리가 먼저 정복합시다. 우리 군사들의 차림새는 조조의 군사입니다. 여기에 깃발만 하나 만들면 영락없는 조조의 지원군처럼 보일 것입니다. 밤중에 성 앞에 이르러 조조가 보낸 원군이라면 차주가 문을 열어 줄 것입니다. 성문이 열리면 우리가 서주를 장악하는 거죠."

"좋은 생각이다. 관우와 장비는 군사들 틈에 끼어들고, 앞에는 믿을 만한 사람을 내세워라."

며칠 후 자정 무렵, 한 떼의 군마가 서주성 입구에 도착하였습니다.

"성주는 문을 여시오."

"누구냐? 어디에서 온 군마들이냐?"

"우리는 조 승상께서 보낸 지원군입니다."

"지금은 날이 어두워 식별이 불가능하니 내일 아침 다시 와라. 성문은 열어 줄 수 없다."

"여기 조 승상의 깃발을 보고도 모르겠소? 지금 들어가지 않으면 유비가 눈치챌 가능성이 있소."

"그럼 잠시 기다려라. 군사들은 횃불을 밝혀라. 자세히 살펴보자."

차주는 불을 밝히고 군사들을 살펴봅니다.

"음, 깃발도 틀림없고 복장도 조조의 군사들이 틀림없구나. 성문을 열어 줘라.”

서주성의 성문이 열리자 군사들이 밀고 들어가더니 갑자기 함성을 지르기 시작합니다.

“와아! 차주를 잡고 성을 장악하라.”

차주가 놀라 호령합니다.

“너흰 웬 놈들이냐? 조조가 보낸 원군이 왜 갑자기 난동을 부리는 거냐?”

“차주, 난 운장 관우다. 왜 아무 원한이 없는 내 형님을 해치려 하느냐? 내 청룡언월도를 받아봐라!”

“뭣이! 관우? 네가 용장이란 말은 들어봤지만 길고 짧은 건 대봐야 안다. 덤벼라!”

차주는 호기 있게 덤볐지만 관우의 상대가 안 되죠. 관우의 힘찬 기합 소리에 두 동강이 나고 말았습니다.

관우는 손쉽게 서주성을 점령하고, 날이 밝자 유비가 입성합니다.

“수고들 많았다. 차주는 죽었지만, 조만간 조조가 대군을 몰고 쳐들어올 것이다. 여기에 대비해야 한다.”

모사 손건이 조심스럽게 말합니다.

“서주는 사방이 트여 있어 적이 오면 막기 어려운 땅입니다. 따라서 군사를 셋으로 나누어 삼각 방어진을 구축합시다.”

“좋은 생각이다. 우리 군사를 서주·소패·하비 세 군데에 나누어 주둔시키고, 적의 침입이 있으면 세 군데에서 상호 지원토록 하자.”

조조의 침략에 대비해 유비가 트라이앵글 방어진을 구축합니다.

의사 길평의 조조 암살 계획

"미방, 미축! 그대들은 이곳 토박이이니 손건과 함께 서주를 지켜라. 다음, 관우는 하비성을 지켜라. 하비성은 천연의 요새니, …내 두 마누라 감 부인과 미 부인도 하비로 보내겠다."

"예, 형님! 두 분 형수님을 잘 모시고 하비성을 굳건히 지키겠습니다."

"장비는 나와 함께 소패성을 지키자."

"예, 형님! 그러겠습니다."

이렇게 유비가 분주하게 움직일 때, 허도에서는 조조를 암살하려다 미수에 그치는 사건이 발생합니다. 사건의 발단은 이렇습니다.

동승(董承)은 황제의 장인이며 동귀인(董貴妃)의 아버지인데, 어느 날 황제는 동승에게 조조를 제거할 것을 은밀히 명합니다.

"장인, 역적 조조를 제거해 주시오. 세상에 장인 말고는 믿을 사람이 없습니다."

"예! 폐하, 알겠습니다."

대답은 했지만 동승은 고민 고민하다 앓아눕게 되죠.

"끙끙…, 에구에구 죽겠다. 온몸에서 식은땀이 흐르고 심장이 두근거려 잠이 오지 않는구나."

이런 소식을 들은 황제가 주치의인 길평(吉平)을 보내 줍니다.

"내 장인에게 병이 들었다니 명의로 소문난 길평, 그대가 가서 치료해 주시오."

"예! 폐하, 명 받들겠습니다."

길평은 동승을 극진히 돌보죠.

"국구(國舅, 임금의 장인), 엉덩이 주사 들어갑니다."

"아이쿠, 아퍼! 주사는 예쁜 간호사가 놔야지. 어찌 의사가 직접 놓는지요?"

"요즘 간호사들이 모두 파업 중입니다."

길평의 정성스런 치료에도 동승은 일어날 생각을 않고 누워만 있습니다.

"국구, 국구의 병은 마음의 병이군요. 저에게 솔직히 털어 놓으세요. 아깐 주무시면서 역적 조조를 죽여야 한다고 잠꼬대까지 하시던데……."

"사실 내 병은 화병이요. 저 역적 조조를 제거해야 하는데…, 마땅한 방법이 없소."

"그런 고민이 있었군요. 그럼 제가 장팔사모로 조조의 목을 확 따버릴까요?"

"아니죠, 아니죠. 그건 장비가 쓰는 멘트 아닙니까? 길평께서는 의사니 다른 방법을 쓰셔야죠."

"참, 그렇군요. 제 직업이 의사니 전 약을 써서 죽여야겠군요."

"그렇죠. 장팔사모보다는 약을 써야죠. 그런데 좋은 방법이 있습니까?"

"있다마다요. 조조는 주기적으로 두통이 옵니다. 머리가 빠개질 정도로 고통을 호소하는데…, 그때마다 제가 탕약을 지어 올리지요. 그럼 조조의 두통이 사라집니다. 그러니 다음에는 조조가 약을 먹으면 더 골치 아파지는 약을 지어 주지요. 그럼 머리를 싸매고 뒹굴다 죽겠지요."

"그렇게 복잡한 약보다는 마시면 즉사하는 그런 약은 없나요?"

"있죠. 청산가리는 조금만 마셔도 즉사합니다. 그런데 지금은 고대사회라서 아직 청산가리가 발명되지 않았거든요. 하지만 청산가리를 능가하는 독약을 제가 만들어 두었으니 그걸 먹이겠습니다."

이렇게 두 사람이 소곤거리며 대화하는데…, 벽에도 귀가 있다죠? 이 대화를 동승의 젊은 하인 경동이 엿듣고 있습니다. 혈기 왕성한 젊은 하인 경동에겐 애인이 있습니다. 죽자 살자 사랑하는 '운영'이란 여자입니다. 그런데 문제는 그 애인이 바로 동승의 애첩이란 점이죠.

"자기야, 우리 이렇게 만나다가 들키면 어떡해? 둘 다 감옥 가는 거 아냐?"

"바보야 간통죄가 위헌 판결로 폐지된 게 언젠데 감옥엘 가? 이젠 우리나라도 성 개방국가야. 근데 자기는 내가 그렇게 좋아?"

"경동 씨, 난 이제 경동 씨 없인 못 살아요. 동승 그 영감, 정말 꼴도 보기 싫어!"

두 사람은 동승이 자리만 비우면 만나서 뜨거운 짓(?)을 해 대죠. 그날도 경동은 재빨리 운영의 집으로 가서 초저녁부터 떡(?)을 치기 시작합니다. 그런데…, 그날은 하필 동승이 예정 시간보다 빨리 귀가했습니다.

'조조를 없앨 방법을 찾고 나니 오늘은 기운이 나는구나. 오랜만에 무뚝뚝한 마누라보다는 야들야들한 운영에게 가 볼까? 가만…, 비아그라가 어느 주머니에 있더라?'

동승이 운영이의 방으로 슬그머니 들어가려는데 안에서 희한한 소리가 들립니다.

"하악…, 하악, 어머멋!"

동승이 귀를 기울이고 보니 낯익은 소리인 거죠.

"이거 어디서 많이 들어본 소린데?"

문을 벌컥 열고 들여다봅니다.

"오 마이 갓! 너희 지금 뭐하는 거냐?"

"나…나으리……."

"어…머…머멋……."

경동과 운영의 정사 장면을 목격한 동승의 분노는 하늘을 찔렀죠.

"여봐라, 누구 없느냐? 이 더러운 것들을 광에 가두어라. 날이 밝으면 처형하겠다."

졸지에 광에 갇힌 경동과 운영은 난감한 처지가 되었죠.

"경동 씨, 간통죄는 폐지되었다는데 우린 왜 광에 갇힌 거죠?"

"글쎄, 생각해보니 간통죄 폐지는 1800년 후 대한민국 얘기 같애. 우린 아직 중국 고대사회에 살고 있으니 내일 죽어야 될 거 같아."

"경동 씨, 그런 무책임한 소리 하지 말고 무슨 수를 써 봐요."

"그래, 우리가 이대로 죽을 수는 없지. 내가 저 지붕을 뚫고 나가서 널 구해줄 테니 우선 이 밧줄을 풀어봐."

경동과 운영은 서로의 결박을 푼 후 지붕을 뚫고 도주했습니다. 경동은 그길로 조조를 찾아갔죠. 그리고 조조에게 밀고합니다.

"승상, 동승과 의사 길평이 승상을 독살하려 합니다."

"길평이 나를 독살하겠다고? 그리고 동승이 그걸 지시했다고? 그래? 알겠다. 너흰 우선 여기에 숨어서 꼼짝 말고 있어라."

"예예, 운영과 함께만 있게 해 주시면 평생이라도 이곳에 있겠습니다. 히히히……."

조조는 경동과 운영을 깊숙이 연금해 둡니다. 두 사람은 연금되어서도 밤낮으로 그 짓(?)을 하기에 바쁩니다.

"경동 씨, 너무 좋다. 이젠 누구 눈치 볼 필요도 없고……."

"히히히, 그래 너무 좋아!"

다음 날 아침, 동승은 두 사람이 도망친 사실을 알게 됩니다.

"이것들이 도망을 쳤구나. 생각해보니 늙은 내가 주제 파악을 못 하고 젊은 여자를 첩으로 들인 게 실수야. 차라리 이 두 사람을 혼인시켜 줄까?"

동승은 하인들을 불러 이릅니다.

"경동과 운영을 찾아와라. 찾거든 두 사람을 혼사시켜 준다고 일러라."

이렇게 소란스럽게 며칠이 지났는데, 길평에게 급한 호출이 옵니다.

"지금 승상께서 두통이 재발하였소. 빨리 승상부로 오시라는 전갈이오."

"예, 알겠습니다. 즉시 승상부로 가겠습니다."

길평이 승상부에 도착하니 조조는 머리를 싸매고 누워서 끙끙 앓고 있습니다.

"아이고 머리야, 아이고 두통아……."

"승상, 조금만 참으시죠. 제가 즉시 탕제를 지어 올리겠습니다."

길평이 불을 지펴 약을 달이기 시작합니다. 그리고 슬쩍 독약을 넣었죠.

'조조, 너도 이것만 마시면 끝장이다.'

"승상, 약이 다 끓었습니다. 드시죠."

"어, 고맙군……. 약 냄새가 아주 향긋하군. 이 약은 두통을 멈추게 하는 작용만 하는가?"

"아니죠. 두통을 멈추게 할 뿐 아니라 비아그라 성분도 있어 남자의 정력에도 좋습니다."

"그렇군. 그럼 이 약은 자네가 마시게. 자네 정력에 문제가 있을 거 같네."

"예? 왜 약을 저에게 주십니까? 저는 두통도 없을 뿐 아니라 정력에도 아무 문제가 없습니다. 승상께서 그냥 쭈욱 원샷으로 드십시오."

"길평, 약에 독 넣은 사실을 모를 줄 아느냐? 네가 쭈욱 마시거라!"

'들켰구나. 이렇게 된 이상 억지로라도 약을 먹이는 수밖에!'

길평은 강제로 조조에게 약을 먹이려 했죠.

"승상, 이 좋은 약을 안 잡순다니요? 제가 먹여드리죠."

길평이 조조에게 강제로 약을 먹이려 하지만 어림도 없습니다.

"어디서 수작을 부리느냐?"

조조가 약탕기를 쳐서 깨트립니다.

"이놈을 체포해라. 그리고 동승을 잡아 와라."

잠시 후 동승이 끌려옵니다. 동승이 잡혀 오자 피바람이 불기 시작하죠. 동승과 길평, 그리고 애꿎은 가족들까지 처형당했죠.

"경동과 운영을 불러와라."

잠시 후 경동이 싱글벙글 웃으며 조조 앞에 나타났습니다.

"그래 네 덕에 내가 살았다. 소원이 있으면 말해 봐라."

"혜혜, 소인이 무슨 욕심이 있겠습니까? 그저 운영과 혼인하게 해 주십시오."

"나쁜 놈! 계집에 눈이 멀어 제 주인을 배신하다니. 여봐라, 경동을 끌어내어 목을 베라. 그리고 저 더러운 계집은 노비로 만들어 하루 18시간씩 일을 시켜라.”

“승상, 승상! 살려 주세요. 억울합니다. 저 운영과 하룻밤만 더 자면
안 될까요?”

경동은 울부짖으며 애원했지만 잠시 후 목이 잘려 동승의 목 옆에 효
시되었습니다. 이것이 의사 길평의 조조 독살 미수사건입니다.

암살을 면한 조조는 다시 30만 군사를 일으켜 유비를 치러 나갑니다.
조조가 30만 대군으로 서주를 치러 내려온다는 보고를 받은 유비는 긴
급 참모회의를 소집하죠.

“어쩌면 좋겠소?”

모사 손건이 대답합니다.

“원소와 손을 잡아야 합니다. 조조가 허도를 비우고 서주로 동진하고
있으니, 이 틈에 원소가 허도를 치면 …조조는 허도를 구하러 바로 회군
할 것입니다.”

“좋은 생각이다. 북쪽에 있는 원소가 허도를 치면 조조는 부리나케
돌아갈 것이다. 손건, 그대가 빨리 내 친서를 가지고 기주에 있는 원소
에게 가라. 원소를 만나기 전에 전풍(田豊)을 먼저 만나라. 전풍은 현명
한 모사라 반드시 손권을 움직일 것이다.”

“옙, 유 황숙! 제가 필히 원소를 움직여 보겠습니다.”

손건은 주야를 가리지 않고 말을 달려 기주로 갔습니다.

“전풍! 전풍 대인, 급히 드릴 말씀이 있습니다.”

“아니 서주의 손건이 여기까지 웬일이시오?”

“지금 조조가 허도를 비우고 30만 대군을 이끌고 서주로 향하고 있습
니다. 이때 원소께서는 기회를 놓치지 말고 허도를 쳐야 합니다. 그렇게
되면 황제도 구할 뿐 아니라 역적 조조의 근거지를 뺏을 수 있어 조조를

괴멸시키는 것도 시간문제입니다."

"손건, 좋은 말씀이오. 이건 우리 주공에게 하늘이 주신 기회요. 빨리 우리 주공께 갑시다."

전풍과 손건이 원소를 찾아가자 우거지상을 하고 앉아 있습니다.

"명공, 서주성의 손건이 인사드립니다."

"그래 무슨 일이오?"

"지금 조조가 허도를 비우고 군사를 일으켜 서주를 치러 이동하고 있습니다. 이 기회를 놓치지 말고 명공께서 빨리 허도를 치십시오."

이때 원소의 모사 전풍도 이 말에 동조하며 거듭니다.

"주공, 손건의 말이 옳습니다. 두 번 다시 올 수 없는 하늘이 주신 기회입니다. 빨리 군사를 일으켜 허도를 칩시다."

그런데 이 말을 듣는 원소의 태도가 이상합니다.

"음…음…, 꿍얼꿍얼……."

"아니 주공, 왜 그러십니까? 뭘 잘못 잡수셨는지요? 아니면 어디가 편찮으신지요?"

"내가 아픈 게 아니고 내 막내아들이 아파서 걱정이 태산이요."

"막내가 아프다니요? 며칠 전까지 멀쩡하던데요?"

"내가 아들이 다섯인데, 나는 막내가 제일 사랑스럽소. 눈에 넣어도 아프지 않을 자식인데…, 그놈이 며칠 전 포경수술을 했소. 그런데 하필 그 녀석 사타구니에 옴이 생겼지 뭐요. 옴에 올라 워낙 가려운지라 박박 긁기 시작하더니 고추까지 긁고 말았소. 그래서 그만 수술한 상처가 덧나고 말았소. 아파 죽는다고 누워 있으니 내가 그 애만 두고 전쟁터에 나갈 순 없소."

"예? 아들 포경수술 때문에 전쟁을 포기한다고요? 설마…, 농담이시죠?"

"농담 아니오. 그대는 옴이 얼마나 가려운 줄 아시오?"

"주공, 정신 차리십시오. 전 옴이 가려운지, 시원한지 잘 모릅니다. 그러나 그런 일로 하늘이 주신 기회를 놓치다니요? 아들은 죽을병이 아니니 의사에게 맡겨 두고, 빨리 출전하셔야 합니다."

"시끄럽다, 전풍! 넌 아들도 없느냐? 난 막내 곁에서 치료해야 한다."

"주공! 조조는 장수에게 기습당하여 위기일발에 몰렸을 때, 아들 조앙을 희생시키고 그 아들 말을 타고 빠져나와 살았습니다. 영웅이란 때론 아들의 목숨까지도 버릴 때가 있는 것인데, 하물며 주공께서는 아들 포경수술 때문에 천하를 버린다고요? 정신 차리세요."

"여봐라, 누구 없느냐? 전풍 저놈을 당장 끌어내라. 옥에 가둬 열흘 동안 밥도 주지 말고, 물 한 모금 주지 마라. 나쁜 놈!"

전풍이 끌려 나가면서 소리칩니다.

"원소, 용렬하고 쩨쩨한 군주! 원소, 용렬하고 쩨쩨한 군주!"

그렇게 소리 지르다 혼잣말로 개탄합니다.

"이젠 기주도 조조에게 빼앗길 날이 멀지 않았구나."

원소는 손건에게 끝내 굽히지 않고 거절합니다.

"손건, 유비에게 내 말을 전달하시오. 내가 아들 때문에 출전하지 못한다고……. 그럼 난 아들 때문에 들어가 봐야겠소. 잘 가시오. 막내야, 막내야! 애비가 간다 기다려라. 애고애고……."

원소가 내실로 들어가 버리자, 손건이 멍하니 천정만 쳐다보고 있습니다.

'저런 소인배가 군주라니! 한때는 제후들을 모아 놓고 맹주 노릇도 하지 않았던가? 영웅은커녕 쪼다로다 쪼다. 에잇, 쪼다야!'

원소, 충신 전풍의 충언을 귀담아듣지 않는군요. 오히려 그를 감옥에 가두었으니……. 그 역시 판단이 그릇되고 부하들과 소통이 되지 않는 군주네요. 한 번 기회를 놓친 원소에게 두 번, 세 번 조조를 물리칠 기회가 또 찾아올까요?

"유 황숙, 원소를 설득하는 데 실패했습니다. 그는 옹졸한 군주입니다. 아들이 아프다는 이유로 허도를 치지 않겠답니다."

손건이 원소 설득에 실패하고 돌아오자 유비는 더욱 난감해합니다.

"이렇게 된 이상 우리 힘으로 조조를 물리칠 수밖에 없다."

이때 장비가 나서죠.

"형님, 조조는 먼 길을 행군해 많이 지쳐 있을 것입니다. 이때 쉴 틈을 주지 말고 야간에 기습합시다. 제가 장팔사모로 조조 목을 따 버리겠습니다."

"좋다, 좋은 의견이다. 네가 이젠 제법 병법도 많이 익혔구나. 장비, 너와 내가 오늘 밤 군사들을 이끌고 가서 조조의 진영을 기습하자. 넌 동쪽으로 군사를 몰고 가라. 난 서쪽 길로 가겠다."

"예, 형님! 알겠습니다."

이때 조조의 군사는 소패성 가까운 곳에 도착하여 영채를 엮었습니다. 그런데 이때 바람이 심하게 불더니 대장기가 뚝 부러지고 말았죠. 조조가 깜짝 놀랍니다.

"이거 불길한 징조가 아니냐? 전쟁 시작 전에 대장기가 부러지다니……."

이때 곁에 있던 순욱이 말합니다.

"승상, 이건 나쁜 징조가 아닙니다. 이건 오늘 밤 유비 진영에서 야습이 있을 징조입니다."

"뭘로 그렇게 단정 지을 수 있나?"

"바람이 동남쪽에서 불어왔고, 부러진 기가 푸른색과 붉은색이었지요. 이건 동서 양쪽에서 기습한다는 징조입니다."

"좋다, 그러면 군사 500명만 영채에 남아서 사방에 화톳불을 피워라. 나머지 군사는 모두 영채 밖으로 나간다. 나가서 동서남북 네 군데에 매복하라. 심야에 유비의 군대가 야습하거든 횃불을 밝히고 일제히 불화살을 쏘아라."

조조가 이처럼 치밀하게 기습에 대한 대비책을 세우고 있을 때, 유비와 장비는 각각 군사를 둘로 나누어 조조의 영채를 기습합니다.

"장…장군님, 사방에 화톳불은 켜져 있으나 조용한 걸로 보아 모두 잠이 든 듯합니다. 지금 공격하시죠."

"좋다, 절호의 기회다. 전군 돌격! 영채를 기습하여 막사에 불을 질러라!"

"와아!"

장비의 군사들이 영채로 쏟아 들어가자 유비도 영채 반대편에서 후문을 부수고 들어갑니다.

"돌격! 막사에 불을 질러라."

"와아!"

"주공, 그런데 화톳불만 타고 있고 사람은 보이지 않습니다."

"그렇구나. 뭔가 이상하다! 일단 영채 밖으로 나가자."

이때 영채 밖 사방에서 함성이 들리며 화살이 날아듭니다.

"쏴라! 유비와 장비를 놓치지 마라."

장비도 놀라서 군사를 돌려 영채 밖으로 나오는데……. 동쪽에선 장료가, 서쪽에선 허저가, 남쪽에선 서황이, 북쪽에선 하후돈이 뛰어나옵니다. 이들 장수 한 사람 한 사람이 일당천의 장수들입니다. 천하무적 장비도 이 네 사람의 맹장들을 맞아 좌충우돌 장팔사모를 휘두르지만 당해 내기가 쉽지 않죠. 전세가 불리해지자 유비와 장비의 군사들이 무기를 버리고 모두 조조 진영으로 투항하기 시작합니다.

"승상, 승상! 저흰 본래 승상의 부하잖아요. 근데 왜 우리를 유비에게 빌려 줬어요? 이제 그만 승상에게 갈게요."

"웰컴 웰컴! 내 부하들아, 빨리 돌아와라. 그동안 고생들 많았다."

그렇습니다. 이들은 조조가 원술을 치라고 유비에게 빌려 준 병사들입니다. 전황이 불리하니 모두 옛 주인을 찾아 투항하는 거죠.

유비와 장비는 졸지에 모든 군사를 잃었습니다. '무졸지장(無卒之將)'이란 말이 있죠. 즉, 졸병은 하나도 없는 장수를 가리키는 말이죠. 천하무적 장비도 혼자의 힘으론 어쩔 수 없어 도주하기 시작합니다. 장비와 헤어진 유비도 적진을 겨우 뚫고 도주합니다.

유비, 서주성을 잃고 도주하다

조조에게 패한 이번의 전투로 유비는 생에 가장 큰 어려움을 겪습니다. 먼저 장비는 가까스로 포위망을 뚫고 나와 혼자서 망탕산(芒碭山)으로 도주합니다.

'유비 형님의 생사를 알 길이 없구나. 따르는 군졸 하나 없이 모두 도주하였으니, 이제 나는 어디로 가야 하나? 일단 망탕산 속으로 들어가자. 거기에서 후일을 도모해야지…….'

한편, 유비는 하후연에게 쫓겨 소패성으로 달아납니다.

'소패로 가자.'

그러나 소패에 이르러 보니 이미 성 위에는 조조의 기가 펄럭이고 있습니다. 서주성 쪽으로 말 머리를 돌렸으나 서주성 역시 조조에게 이미 빼앗긴 뒤입니다. 하비성으로 향하는 길은 조조의 군사들이 새까맣게 배치되어 지키고 있습니다.

'삼각 방어선이 모두 무너졌구나. 휴우, 장비의 병법을 믿은 내가 바보지! 난 어디로 가야 하나? 장비는 죽었을까, 살았을까? 하비성에 내 여우 같은 두 마누라가 있는데…, 어떻게 해야 하나? 거긴 내 아우 관우가 지키고 있으니…, 설마 죽지는 않겠지? 부하 장졸들을 모두 잃고 심지어 내 칼마저 잃었구나! 차라리 이 절벽에서 뛰어내려 생을 마감할까?'

유비가 절벽 끝에서 넋을 잃고 우두커니 서 있는데, 뒤에서 누군가 유비를 부릅니다.

"거기 서 계신 분이 유 황숙 아니십니까?"

"누구요? 날 잡으러 왔소?"

"아닙니다. 저는 원소의 모사 허유(許攸)라는 사람입니다. 제 부하들과 함께 유 황숙이 패배하는 과정을 지켜보았습니다. 유 황숙…, 지금 처지가 고단하실 텐데 차라리 우리 명군 원소에게 가시지요. 저희 명군 원소께서는 유 황숙을 극진히 대접하실 겁니다."

'그래, 차라리 원소에게 투항하자. 원소가 어려울 땐 언제든지 찾아오라고 했지. 그곳에서 다시 힘을 길러 후일을 도모하자!'

"알겠소. 내 원소에게 투항하겠소. 길잡이를 해 주시오."

도망의 달인 유비는 또 두 마누라만 남겨 두고 허유를 따라 기주로 떠납니다.

유비와 장비의 패전 소식은 하비성을 지키고 있는 관우에게도 전해졌습니다.

"내 형님 유비와 아우 장비가 대패했다고? 두 사람 모두 살아 있을까? 이 하비성이라도 내가 잘 지켜야 한다."

맹장 중 맹장 관우가 하비를 방어하자, 조조도 쉽게 하비성을 함락시키지 못합니다. 이때 모사 순욱이 또 작전을 제시합니다.

"승상, 하비성을 정복할 좋은 수가 있습니다. 유비에게서 투항해온 군사들은 원래 승상의 병졸들이었죠. 이들을 모두 하비성으로 다시 돌려보내는 것입니다. 관우에겐 유비를 따라 영채를 기습하다 오히려 패하여 하비까지 쫓겨 왔다고 하면 믿을 것입니다. 그런 후 성 밖에서 욕설을 하고 도발하여 관우를 성 밖으로 끌어내는 것이죠. 관우가 성 밖으로 나오면…, 거짓 투항한 우리 군사들이 재빨리 성문을 걸어 잠그는 겁니다. 그럼 관우는 오갈 데가 없는 패잔병이 되는 것이죠."

"순욱, 굿굿 아이디어다. 정말 좋은 생각이다."

며칠 후, 하비성으로 패잔병들이 몰려듭니다.

"성문을 열어 주시오. 우린 유 황숙의 군졸들입니다."

관우가 성 위에서 내려다보니 유비의 군졸들이 틀림없습니다.

"성문을 열어라. 부상당한 저 군졸들을 받아들여 치료해 주어라."

성문이 활짝 열리자 패잔병들이 절뚝거리며 들어옵니다.

"관 장군님, 엉엉엉엉! 저희는 조조의 영채를 야습하다 오히려 적에게 포위되어 거의 전멸하고 저희만 살아남았습니다."

"유 황숙과 장비 장군은 어디로 가셨는지 저희는 생사조차 모릅니다."

"고생들 많았구나. 먹을 것을 줄 테니 먹고 상처를 치료하도록 해라."

관우는 전혀 의심하지 않고 이들을 돌봐줍니다.

하비성으로 복귀한 패잔병들, 이 병졸들은 원래부터 조조의 군사들로서 유비에게 복속되었다가 다시 조조에게 투항한 자들입니다. 관우가 하비성 문을 굳게 잠그고 수비에만 치중하자 조조 군사는 성 가까이에 접근조차 어려웠습니다. 왜냐면 하비성은 해자가 있어 천연의 방어요새이기 때문입니다.

이튿날, 하후돈이 5천여 명의 군사를 끌고 와 성문 앞에 진을 칩니다. 그리고 병사들이 나와서 관우에게 욕설을 퍼붓기 시작합니다.

"관우, 이 수염 긴 촌놈아! 넌 소싯적에 그릇이나 구워 팔아먹던 놈이지? 그릇 구워 팔아서 밥이나 처먹고 살 일이지 소금장사는 뭐하러 했냐? 네가 소금을 밀매하다 사람 때려죽인 것은 삼척동자도 다 알고 있다. 그런 심보 불량한 놈이 전쟁터에는 뭐하러 나왔냐? 여기 좋은 소금이 있는데, 이건 너에게는 나누어 줄 수 없다. 왜냐면 네 목을 이 소금에 절여야 하거든!"

연일 모욕적인 욕을 퍼붓자 관우의 부하 장수들이 발끈합니다.

"장군, 더 이상 참을 수 없습니다. 성문을 열고 나가 저놈 주둥이를 뭉개고 오겠습니다."

그러나 관우는 미동도 하지 않습니다.

"안 된다. 저런 욕설은 한 귀로 듣고 한 귀로 흘려라. 저건 우리를 성 밖으로 끌어내려는 수작이다. 하후돈의 작전에 넘어가지 마라."

"알겠습니다, 장군!"

하후돈의 군사들이 온갖 욕설을 퍼부어도 아무런 반응이 없자 작전을 바꾸어 유비를 언급하며 조롱하기 시작합니다.

"욕설로는 관우를 움직이지 못한다. 다른 말로 모욕을 줘야 한다."

이튿날, 하후돈이 직접 나와 관우를 불러냅니다.

"관 장군, 무탈하십니까? 관 장군께 유비님 소식을 전해 드리러 왔습니다."

"뭐라고? 내 형님 소식이라고? 일단 들어보자."

관우가 하후돈을 내려다보며 소리칩니다.

"하후돈, 그대가 왼쪽 눈깔에 활을 맞아 그걸 뽑아 삼켰다는 말은 들었소. 그걸 삼킬 때 소금은 찍어서 삼켰소? 그냥 삼키면 비린내가 났을 텐데……. 하후돈, 여긴 바람이 많이 부는 곳이니 조심하시오. 오른쪽 눈깔에 먼지라도 들어가면 그대는 장님 아니오? 그런데 당신은 차라리 장님이 어울리겠소. 내 친구가 압구정동에서 안마시술소를 운영하는데…, 거기에서 봉사안마만 해도 밥은 먹고살 것이오."

그래도 개의치 않고 하후돈이 껄껄 웃습니다.

"안마는 당신 형 유비가 좋아하더군요. 유비는 우리 조 승상에게 투항했는데, 그 사람 좀 염체가 없더구만. 조 승상께서 상석으로 모시고 대접해 주자 요즘은 매일 먹고 마시고…, 아주 팔자가 쭉 늘어졌소. 좋은 음식에 좋은 술에…, 아주 편하게 잘 살고 계시오. 아무 걱정 마시오."

"하후돈, 거짓말 마라. 다른 건 용서해도 내 형님 모욕하는 건 용서 못한다!"

"관 장군, 제가 왜 유 황숙을 모욕합니까? 저도 그분을 존경합니다. 유 황숙께서는 관우, 장비 세 사람과 도원결의한 일을 제일 후회하고 계십니다. 특히 장비 욕을 많이 하더군요. 그 고리눈에 속아 의형제를 맺었는데 세상에서 제일 골치 아픈 놈이었다고. 약주만 드시면 조 승상 앞에서 재롱을 떨며 '저는 영원한 승상의 종입니다, 딸랑딸랑.' 하고 자꾸 아부하는데, 듣는 제 얼굴이 뜨거워지더군요."

하후돈의 이 말에 관우의 분노가 폭발합니다.

"하후돈, 네 이놈! 거기 꼼짝 마라. 반드시 그 주둥이를 뭉개 주겠다."

"성문을 열어라. 군사들은 나를 따르라. 저 하후돈의 군사들을 모조리 죽여라. 돌격!"

"와~!"

관우가 얼굴이 시뻘게져 청룡언월도를 휘두르며 뛰어나옵니다.

"하후돈, 청룡언월도를 받아라. 야합!"

"관우, 상대해 주마. 여합!"

10여 합을 싸우다 하후돈이 도주하기 시작합니다.

"전군 후퇴, 모두 퇴각하라!"

도주하는 하후돈을 관우가 필사적으로 쫓습니다.

"애꾸눈, 서라! 내 형님을 모욕한 너를 결코 용서치 않겠다. 넌 내 손에 잡히면 봉사된다."

잡힐 듯 말 듯 50여 리를 쫓다가 관우가 정신이 퍼뜩 들었습니다.

'아차, 속았다! 내가 너무 멀리 추적했구나. 빨리 하비성으로 돌아가자.'

관우가 말을 돌려 하비로 돌아갑니다.

"전군 회군한다. 추격을 멈춰라!"

관우가 성문 앞에 도달해 보니 성문 위에 조조의 깃발이 나부끼며 조조가 서 있습니다.

"관 장군, 어딜 그렇게 바쁘게 쏘다니시오? 집안 단속도 하고 다녀야지."

"이게 어떻게 된 일이냐? 성이 조조에게 넘어가다니……."

이때 거짓 투항했던 병사들이 손을 흔들며 낄낄댑니다.

"관 장군님, 어서 투항하십시오. 승상께서 기다리십니다."

'저…저놈들에게 내가 속았구나. 조조의 계략에 내가 속았어. 저곳에 두 분 형수님이 계시는데 어찌할꼬?'

관우, 조조에게 투항하다

관우가 하비성을 바라보며 망연자실하고 있는데, 서황과 허저가 뛰어나옵니다.

"운장, 서황의 쌍도끼를 받아라!"

"운장, 허저의 창을 받아라!"

관우가 두 사람의 도끼와 창을 상대로 싸우고 있는데, 도망쳤던 하후돈이 뒤돌아와 합세합니다.

"운장, 내 칼을 받아라!"

서황, 허저, 하후돈이 물러가고 다른 장수들이 번갈아가면서 공격해 들어오니, 천하의 관우도 말을 돌려 도주합니다. 한참 말을 달리던 관우는 가까운 곳에 조그만 토산(土山)을 발견하고는 위로 올라갑니다. 그러자 조조의 수만 군졸들이 토산을 에워싸고 포위합니다. 관우가 토산 꼭대기에서 하비성을 바라보니 성 곳곳에서 불길이 치솟고 있습니다.

'아아…, 두 분 형수님들은 어찌 되셨는지? 하비를 빼앗기고 형님 뵐 면목이 없구나. 여기에서 조조에게 생포되어 모욕을 당하느니 차라리 깨끗하게 자결하자.'

관우는 청룡언월도를 땅에 꽂아두고 허리에 차고 있는 장검을 뽑아들었습니다.

"무사로서 깨끗한 죽음만이 있을 뿐이다."

이때 토산 위로 한 장수가 뛰어 올라옵니다.

"운장, 운장! 잠깐만 기다리시오. 조 승상의 말을 전하러 왔소."

"그대는 장료 아닌가? 나를 베러 왔나?"

"운장, 아닐세……. 잠시 나하고 술 한 잔만 하세."

장료가 말에서 내리더니 허리에 차고 있던 호로병 술을 건네줍니다.

장료, 기억하시죠? 여포의 부하였으며, 여포가 처형당할 때 함께 처형될 뻔했으나 관우가 조조에게 사정하여 목숨을 건진 장수입니다. 그래서 장료는 조조에게 투항하였고, 오늘 관우에게 그 은혜를 갚기 위해 올라온 것입니다.

"잠시 앉게. 우리 앉아서 얘기하세. 운장, 만약 자네가 자결하면 세 가지 큰 죄를 범하게 되네."

"세 가지 죄라니?"

"첫째 그대와 유비, 장비는 도원에서 결의하면서 '한날한시에 태어나지는 않았으나, 한날한시에 죽기로 약속'했으니 그대가 죽으면 유비, 장비도 따라 죽을 것이며, 둘째 그대가 죽고 나면 유비의 두 부인인 감 부인과 미 부인이 병사들에게 욕을 당할 것이며, 셋째 그대들 삼형제는 한실을 부흥한다 하였는데 그 뜻을 이루지 못하고 필부의 용기로 죽으려 하니, 이것이 세 가지 죄일세."

술 한 모금을 마시고 듣고 있던 운장이 입을 엽니다.

"장료, 고맙네. 만약 내가 요구하는 세 가지 조건을 조조가 들어준다면 투항하겠네."

"말씀해 보시게."

"장료, 첫째 나는 조조에게 투항하는 것이 아니라 한나라 황제(천자)에게 투항하는 것이네."

당시의 한나라 천자 헌제는 성격이 우유부단하고 쥐 배짱이라서 항상 조조에게 눌려 살지만 관우는 명분을 살려 조조가 아닌 천자에게 투항하는 모양새를 갖춘 것입니다.

"둘째, 누구라도 내 두 분 형수님인 미 부인과 감 부인에겐 손끝 하나 대어서는 안 되네. 셋째, 내 형님 유비의 소식을 듣게 되면 나는 언제, 어느 때라도 형님을 찾아 떠나겠네. 이 세 가지 조건을 조 승상이 들어준다면 투항을 고려해 보겠네."

"알겠네. 내가 바로 조 승상에게 보고 드리고 답을 얻어 오겠네."

토산을 내려온 장료가 조조에게 관우의 세 가지 조건을 보고합니다.

조조는 그 말을 듣고 깊은 생각에 잠기더니 결단을 내리지요.

"첫째, 둘째 조건은 오케이 통과다. 그런데 세 번째 조건은 들어줄 수 없다. 유비 소식을 들으면 떠나겠다니? 죽 쑤어 개 주는 꼴이 아니냐? 그건 불가하다."

그러자 장료가 간곡하게 조조를 설득하기 시작합니다.

"승상, 관우가 유비를 따르는 것은 유비가 관우의 마음을 잡았기 때문입니다. 그러나 승상께서 관우에게 더 인심을 베풀어 그의 마음을 잡으신다면 관우는 승상을 떠나지 않을 것입니다."

그러자 조조는 또 잠시 고민에 빠집니다. 그러더니 결단을 하게 되죠.

"좋다. 이 세 가지 조건을 모두 수락한다. 관우를 투항시켜라."

이렇게 되어 관우는 조조에게 투항하게 됩니다.

조조는 투항한 관우와 유비의 두 부인을 데리고 허도로 돌아옵니다. 허도의 지명은 원래 허창(許昌)으로, 한나라 말기의 수도 서울입니다. 과거 한나라를 세운 고조 유방은 장안을 수도로 정했으나 그 후 낙양으로 옮겨졌고, 우여곡절 끝에 조조에 의해 허창으로 옮겨 '허도'라 명하였죠.

허도로 돌아온 조조는 관우의 마음을 얻기 위해 눈물겨운 노력을 합니다. 이른바 운장을 향한 조조의 짝사랑이 시작된 거죠. 먼저 금은보화와 값진 보물을 엄청나게 선물합니다. 그러나 운장은 그 금은보화들을 모두 봉인하여 창고에 넣어둡니다. 다음은 미녀 열 사람을 선물합니다. 경국지색에 버금가는 여자들을 보낸 거죠. 그러나 운장은 이 여인들의 손목 한 번 만져 보지 않고 모두 미 부인과 감 부인의 시녀로 보냅니다. 다음은 '한수정후(漢壽亭侯)'라는 높은 벼슬을 줍니다. 그러나 운장은 한수정후의 인장을 기둥에 걸어 두고 반응을 보이지 않죠.

연일 관우를 위해 대연(큰 잔치), 소연(작은 잔치)을 베풀자 조조의 심복 장수들은 심사가 뒤틀리기 시작합니다. 특히 하후연, 하후돈 형제를 비롯하여 채양 같은 장수들은 노골적으로 불만을 드러내죠. 그러나 조조의 일방적 짝사랑은 계속됩니다.

운장이 입고 다니는 녹포(녹색의 겉옷)는 낡고 남루했습니다. 조조는 운장의 환심을 사기 위해 금포(금실로 수놓은 겉옷)를 지어 선물합니다. 며칠 후 보니 운장은 금포 위에 녹포를 여전히 입고 다닙니다. 조조가 이상하여 그 이유를 물었지요.

"이 녹포는 유비 형님께서 선물하신 겁니다. 이 옷을 입고 다니면 형님이 곁에 계신 듯하여 차마 벗을 수 없습니다."

조조는 표정을 찡그리며 개탄합니다.

'허어, 그놈 유비가 곁에 있으면 한대 쥐어박고 싶구나.'

하루는 또 연회를 베풀어 운장을 초대했는데, 그가 지각을 합니다. 조조가 이유를 물었습니다.

"제 몸이 최홍만 씨보다 훨씬 커서 말이 힘들어하며 저렇게 비쩍 마릅니다."

"그래요? 그럼 제가 좋은 말을 선물하겠습니다."

조조는 온몸이 붉고 덩치가 어마어마한 말을 내어 줍니다. 말을 보더니 운장이 뛸 듯이 기뻐합니다.

"이 말은 여포가 타던 적토마 아닙니까?"

기뻐 어쩔 줄 모르며 조조에게 큰절을 올립니다.

"아니 운장, 그대는 내가 금은보화와 열 명의 미인과 높은 벼슬을 줘도 기뻐하는 기색이 없더니, 기껏 말 한 마리에 그렇게 기뻐하시오?"

"이 말은 하루 천리를 가는 적토마입니다. 이제 유비 형님의 소식만 들으면 말을 타고 한걸음에 뛰어갈 수 있으니 얼마나 기쁜 일입니까?"

그 대답을 듣고 조조가 또 개탄을 합니다.

'허어, 공연히 말을 줬구나. 생각 같아선 머리통이라도 한대 쥐어박고 싶지만 워낙 키가 커서 그럴 수도 없고…, 쩝!'

자, 그런데 드디어 하북의 맹주 원소가 30만 대군을 이끌고 조조를 치기 위해 허도로 쳐들어옵니다. 이때 하필 유비는 원소에게 몸을 의탁하고 있었죠. 유비는 원소에게 몸을 의탁하고 있지만 마음은 항상 불편합니다.

'내 두 아내, 감 부인과 미 부인은 어떻게 되었을까? 그리고 관우, 장비는 어디서 무얼 하고 있을까?'

유비가 그렇게 허송세월을 보내던 어느 날, 원소가 조조를 칠 계책을 묻습니다.

"유 황숙, 이제 날이 풀려 봄이 되었소. 내 막내아들 병도 깨끗이 나았고 날씨도 따뜻하니, 군사를 내어 조조를 침이 어떻겠소?"

"명공, 좋은 생각입니다. 지금이야말로 전쟁하기 딱 좋은 시기입니다. 하루속히 군사를 내어 허도로 진격하시죠."

그런데 곁에 있던 전풍이 반대합니다.

"주공, 안 됩니다. 이젠 기회를 놓쳤습니다. 지난번 조조가 서주성을 칠 때가 하늘이 주신 기회였는데 막내아들이 아파서 포기하셨죠? 이젠 늦었습니다. 군사를 일으키지 마십시요."

원소가 또 버럭 화를 냅니다.

"전풍, 넌 지난번엔 나에게 쩨쩨한 군주라고 욕을 했지? 얼마나 맞아 봐야 정신을 차리겠냐?"

"주공, 때리는 건 좋지만 전쟁은 안 됩니다."

"이놈이 말이 많은 놈이구나. 여봐라, 전풍을 옥에 가두어라. 이번엔 밥을 이틀에 한 끼씩만 줘라."

원소는 전쟁에 반대하는 전풍을 하옥시킨 후 안량(顔良)을 선봉으로 삼아 백마성(白馬城)으로 내보냈죠. 조조도 군사를 이끌고 백마로 달려 나가 원소의 군과 맞섭니다. 들판을 가득 메운 안량의 선봉군을 내려다 보던 조조는 일기당천의 장수 송헌을 내보내죠. 송헌은 여포의 부하였으나 위속과 함께 여포를 사로잡아 조조에게 넘긴 사람입니다.

송헌이 칼을 비껴들고 기세 좋게 뛰어나갑니다.

"안량, 솜씨를 한번 보여 봐라, 나 송헌이다!"

"송헌, 솜씨를 보여 주지. 야합!"

"옴마얏! 내…내 목……."

송헌은 몇 합 싸워 보지도 못하고 목이 댕강 잘려 나갑니다. 송헌이 죽자 위속이 달려 나가죠.

"내 친구 송헌의 원수를 갚겠다. 그 알량한 솜씨 내게도 보여 다오!"

그러나 위속 역시 10합을 채 겨루지 못하고 목이 달아납니다. 계속하여 내로라하는 장수들이 앞다퉈 뛰어나가지만 모두 안량에게 댕강댕강 목이 달아납니다.

"형제들이여, 저 역적 조조의 군사들을 마음껏 짓밟아라. 돌격!"

"와아~!"

안량이 조조의 군사를 마음껏 유린하며 짓밟아 놓자, 조조의 군졸들은 대패하여 도망칩니다.

조조는 작전회의에서 묻습니다.

"저 무서운 안량을 당해 낼 장수는 없는가?"

"……."

모두 기가 죽어 있는데 모사 정욱이 대답합니다.

"운장을 내보내시죠."

"운장? 좋기는 한데 그가 공을 세우면 부담 없이 내 곁을 떠날 텐데?"

"세작들이 보낸 정보에 의하면 유비가 지금 원소에게 의탁하고 있습니다. 운장이 우리 편인 걸 알면 원소는 유비를 죽일 테고, 유비가 죽으면 운장은 오갈 데가 없으니 승상 곁에 남을 겁니다."

"그거 굿 아이디어다! 당장 운장을 불러라."

운장을 불러 성벽 위에서 전쟁터를 내려다보며 조조가 말합니다.

"운장, 저 안량을 보세요. 몸에서 품어져 나오는 포스가 장난 아닙니다. 저 무시무시한 칼을 휘두르면 아까운 내 장수들 목이 댕강댕강 떨어져 나가니 어쩌면 좋습니까?"

운장이 내려다보더니 개탄을 합니다.

"허어, 저건 걸어다니는 산송장이군요."

"예에? 저 무서운 장수가 산송장이라구요?"

"예, 제가 가서 저놈에게 오동나무 코트를 한 벌 선물해 주고 오겠습니다."

"오동나무 코트라니요?"

"곧 죽을 놈이니 오동나무 관 속에 들어간다는 얘기죠."

말을 마치고 운장은 적토마에 올라타고는 마치 소풍을 가듯 느릿느릿 안량에게 다가갑니다.

온몸에 피를 뒤집어쓴 안량이 운장에게 묻습니다.

"거기 수염 긴 새우 같은 놈아, 넌 누구냐?"

"나? 어르신 이름은 운장 관우다. 그리고 수염은 새우뿐 아니라 호랑이에게도 있는 줄 모르느냐?"

"그래? 긴말 말고 칼 받아라. 야합!"

"내 청룡언월도를 받아라. 아싸라비야 콜롬비야!"

세 합을 주고받자 안량의 목이 몸뚱이에서 이탈되어 2,3미터 공중으로 솟구치더니 땅바닥에 나뒹굽니다.

"안량이 죽었다! 저 원소의 군사를 짓밟아 원수를 갚자. 형제들이여, 돌격!"

"와아!"

조조의 군사는 대승을 거두게 되지요. 조조가 기뻐 운장을 보고 감탄합니다.

"운장, 그대는 에이스 중 에이스요, 이 세상 최고의 실력자입니다."

안량이 죽었다는 보고를 받은 원소는 경악을 금치 못하고, 전투에 참가한 목격자를 다그칩니다.

"안량을 벤 장수가 도대체 누구냐?"

"지가 똑똑히 봤는디유……. 수염이 엄청 길구요, 얼굴이 벌건 장수인데 덩치가 산만했습니다. 그 장수가 '네 이놈 안량은 관우의 칼을 받아라. 아싸라비야 콜롬비야!' 하고 한 번 칼을 휘두르니 우리 장군님 목이 획 날아가던디유. 엄청 멀리 날아갔시유."

"뭐? 뭐라고? 유비 동생 관우라고? 당장 유비를 잡아 와라."

영문도 모른 체 유비가 원소 앞에 붙들려 왔습니다.

"네 이놈 귀 큰 도적놈아, 네가 관우와 짜고서 우리 군사를 공격해? 당장 저놈 목을 쳐라."

"주공! 그건 오해입니다. 조조가 주공과 저를 이간질하기 위해 운장과 닮은 사람을 내보낸 겁니다."

"뭐? 이간질? 음, 그럴지도 모르겠군. 그렇다면 처형은 잠시 미루고 이번엔 안량보다 한수 위인 문추(文醜)를 내보내겠다. 문추를 들라 해라."

문추는 키가 8척에 얼굴이 야차처럼 생긴 무서운 장수입니다. 문추가 나오자 조조는 서황(徐晃)과 장료 두 사람을 한꺼번에 내보냅니다. 어리비리 장수를 내보내면 자칫 목만 허비할 우려가 있기 때문이죠. 서황과 장료를 맞아 문추와 2대1의 역사적인 혈투가 시작됩니다. 장료는 일전에 운장을 조조에게 투항시켰던 장수이며, 서황은 쌍도끼의 달인입니다.

먼저 서황이 문추를 보자 꾸짖습니다.

"문추 이놈, 내 쌍도끼 맛을 보여 주겠다. 받아라! 으라차차…도끼로 이마 까라! 으라차차…깐 이마 또 까라!"

서황의 쌍도끼 공격을 받더니 문추가 말을 돌려 달아납니다. 장료가 급히 말을 몰아 추적하는데 문추가 갑자기 몸을 돌려 화살을 날립니다. 장료가 타고 있던 말 머리에 명중하여 장료는 땅바닥에 거꾸러지고, 서황이 뒤를 쫓아 도끼로 내리쳤으나 문추에게 도끼마저 잃고 장료를 구하여 급히 본진으로 도망합니다.

이에 사기가 오른 문추의 군사들이 다시 조조군을 짓밟습니다.

"사랑과 정의의 이름으로 전군, 진격!"

"와~~~~아!"

또다시 대패한 조조는 관우를 부릅니다.

"운장! 이번엔 안량보다 더 무서운 놈이 왔소. 우리 선봉장 장료와 서황 투 에이스가 나갔지만 문추를 이기지 못했소. 어쩌면 좋겠습니까?"

"염려 마십시오. 오늘도 제가 나가 문추의 목을 베어 오겠습니다."

조조와 원소의 군사들이 지켜보는 연진의 넓은 들판에 관우와 문추가 마주 섰습니다.

문추가 먼저 관우를 향해 호통을 칩니다.

"수염 긴 아이놈아! 네가 운장이냐?"

"그렇다, 내가 바로 운장이다. 날 보고 아이라고? 넌 어르신을 몰라보는구나."

"안량은 나와 형제 같은 친구였다. 오늘 그의 복수를 해주겠다. 목을 길게 늘이고 이리 오너라."

"문추, 제법 의리가 있구나. 안량 혼자 황천길을 가려면 외롭겠지. 네가 동행하거라. 지옥에 가거든 뜨거운 불에 데지 않게 조심하고, 무술도 더 연마하거라."

"말이 많구나, 관우! 자 간다. 받아라, 야합!"

"문추, 제법이구나. 여헙!"

기주 제일의 장수답게 문추의 칼 솜씨가 날카롭습니다.

휘익…휘익!

쨍그랑!

따그닥…따그닥… 따그닥!

쨍그랑!

쨍그랑!

운장과 몇 합을 주고받던 문추가 말 머리를 돌려 달아나기 시작합니다. 전날 장료에게 그랬듯이 등을 보이고 달아나다 갑자기 몸을 돌려 활을 쏘려 한 거지요. 하지만 문추가 한 가지 착각한 게 있으니, 운장이 탄 말은 번개보다 더 빠른 적토마 아닙니까? 문추가 막 몸을 돌리려는데, 바로 뒤에서 뭔가 스치듯 지나가며 목이 서늘해짐을 느낍니다. 그걸 바라보던 원소의 군사들이 발을 동동 구르며 애석해합니다.

"아이구야, 또 우리 장군님 목이 날아가네……."

"우~와~! 엄청 멀리도 날아가네……."

"아이구야, 저 말은 목 없는 장군님을 태우고 어디까지 뛰어간디야? 정신없이 뛰는구만……."

오호 통제라! 그날의 전투를 바라보던 한 시인이 다음과 같은 불멸의 시를 지으셨다 합니다.

〈문추의 침묵〉

님은 갔습니다.
아아, 사랑하는 문추님은 갔습니다.

청룡언월도에 깨져서 하늘나라 숲을 향하여 난
작은 길을 걸어서 차마 떨치고 갔습니다.

황금의 투구와 굳고 빛나던 활 솜씨는
차디찬 티끌이 되어서

운장의 칼끝에 날아갔습니다.

날카로운 청룡도의 추억은
문추의 운명을 거꾸로 돌려놓고
뒷걸음쳐서 사라졌습니다.

그는 우레 같은 운장의 기합에 귀먹고
꽃다운 운장의 칼날에 눈멀었습니다.

맞짱도 사람의 일이라
붙을 때에 미리 패배를 염려하고
경계하지 아니한 것은 아니지만,

머리 자르기 검법은 뜻밖의 일이 되고
잘린 머리는 허공으로 날아오릅니다.

두 장수는 만날 때에
떠날 것을 염려하는 것과 같이
떠날 때에
다시 만날 것을 믿습니다.

아아, 문추는 갔지마는
나는 문추를 보내지 아니하였습니다.

제 곡조를 못 이기는 사랑의 노래는

님의 침묵을 휩싸고 돕니다.

선봉장 문추가 죽자 사기가 오른 조조의 군졸들이 벌 떼처럼 원소의 군사들을 공격합니다.

"문추가 죽었다. 형제들이여, 공격! 공격! 저 북방의 침략자들을 마음껏 짓밟아라!"

"와~아~!"

"후퇴, 후퇴! 우리 문추 장군님이 죽었다. 빨리 도주하라."

"붕알(?) 떨어지면 내일 다시 와서 찾을 폭 잡고 도망쳐라."

"날 살려라, 날 살려라……."

그날의 전투는 원소군의 대패로 이어졌고, 안량에 이어 문추까지 잃은 원소의 분노는 하늘을 찌를 듯했습니다.

"유비 이 귀 큰 도적놈아, 오늘 네 아우 운장이 문추를 죽이는 걸 똑똑히 보지 못했느냐?"

목숨이 경각에 달린 유비가 차분한 음성으로 원소를 달래기 시작합니다.

"주공, 사슴 두 마리를 잃고 호랑이를 얻게 되었는데 왜 그리 화를 내십니까?"

"그건 또 무슨 소리냐?"

"안량, 문추는 관운장에 비하면 사슴에 불과합니다. 그러나 운장은 범이지요. 제가 편지를 한통 써서 운장에게 보내면 그는 당장 이곳으로 달려올 것입니다."

"그것이 사실이냐?"

"틀림없는 사실입니다."

"좋다. 당장 편지를 써서 관운장을 불러들여라. 우린 일단 기주로 철군한다."

원소가 일단 군사들을 하북의 수도 기주로 물리자, 조조도 소수의 경계병만 남기고 허도로 돌아갑니다.

관우는 검술에도 능했지만 평소엔 책을 많이 읽었다고 합니다. 그날도 숙소에서 홀로 『춘추』를 읽고 있는데, 친구 장료가 찾아옵니다.

"운장, 지난번 문추와의 싸움에서 고생 많았네. 오늘은 폭탄주와 함께 정담이나 나누세."

"장료! 폭탄주는 접어두고 오늘은 '소백산맥'으로 한잔하세."

"소백산맥이라니?"

"소주+백세주+산사춘+맥주를 잘 섞어 놓은 술을 소백산맥이라 하는데, 폭탄주보다 한수 위라네."

두 장수는 정담을 나누며 술을 마시다 장료가 문득 묻습니다.

"운장, 그대는 유비의 소식을 알면 정말 우리 승상 곁을 떠나겠는가?"

"당연히 떠나야지. 하지만 야반도주하듯 떠나지는 않겠네. 승상께 꼭 하직인사는 하고 떠나겠네."

"허어, 운장의 고집이 대단하군. 그럼 난 술도 취하고 하니 그만 돌아가겠네."

그렇게 무료한 날을 보내고 있는데 어느 날 손님이 찾아오고, 그 손님은 품에서 편지 한 통을 꺼내 놓습니다.

"장군, 유비님께서 보내신 서찰입니다."

"뭐…뭐라고? 내 형님이 살아 계신단 말인가?"

관우는 편지를 펼쳐 들고 읽기 시작합니다.

관우야!

그동안 얼마나 고생이 많았느냐?

서주와 하비의 전투에서 패하여 우리 삼형제는 뿔뿔이 흩어지고 서로 생사조차 모르다가 네가 조조에게 투항한 사실을 이제야 알았다.

그러나 너는 도원에서 우리 삼형제가 서로 맹세한 말을 잊지 말아라.

우린 비록 한날한시에 태어나진 않았지만 한날한시에 죽기로 결의하였다.

빨리 형의 품으로 돌아오라.

보고 싶다 관우야.

운장은 유비의 편지를 읽어 본 후 기쁨을 감추지 못하고 대성통곡을 합니다. 그날 유비의 편지를 읽고 덩치가 산만한 관운장이 대성통곡하였단 말을 듣고 현철 씨는 다음과 같은 노래를 불렀다 합니다.

〈남자의 눈물〉

이별의 밤을 새우고 바람처럼 떠나간 형님

그렇게도 정을 주며 사랑했던 형님인데

조조에게 투항한들 소용 있나요

승상에게 줬던 정은 바람인 것을

가거라 가거라 관~우야 가거라

아~, 가슴에 젖어드는 운장의 눈물

"형님…, 형님이 살아 계셨군요. 지금 당장 두 분 형수님을 모시고 하북으로 달려가겠습니다."

이튿날, 관우는 미 부인과 감 부인 두 분 형수님께 유비가 살아 계심을 알립니다.

"유비님이 살아 계셨군요."

"보고 싶어요. 빨리 찾아갑시다."

"알겠습니다. 형수님들, 당장 길 떠날 준비를 하겠습니다."

운장은 조조에게 받은 모든 물건을 포장하여 창고에 넣고, 미인 열 사람을 부릅니다.

"내 두 분 형수님을 모시느라 고생들이 많았소. 이젠 모두 조조에게 돌아가시오. 조 승상에게 가기 싫으면 집으로 돌아가도 좋소."

그러자 열 사람의 미인들이 울며 매달립니다.

"흑흑흑, 저희도 장군님을 따라갈게요. 저희를 하녀로 부려도 좋습니다."

그러나 관우는 단호하게 미인들을 돌려보냅니다.

"수천 리 머나먼 길을 아녀자의 몸으로는 따라오지 못하오."

'쩝! 저 우람한 품에 한번 안겨 보지도 못하고 돌아가는구나. 아깝다……'

미인들을 돌려보낸 관우는 한수정후 인장은 기둥에 매달아 두고, 마지막으로 조조에게 하직 인사를 하러 갑니다. 그러나 조조는 관우가 떠난다는 하인의 보고를 받고는 감기를 핑계로 만나 주지 않습니다.

"관우는 예의를 중시하는 사람이다. 내가 만나 주지 않으면 떠나지 않을 것이다."

관우는 무려 일곱 번이나 조조를 찾아갑니다. 그래도 만나지 못하자 편지 한 장을 써서 대문 앞에 붙여 두고 드디어 길을 떠납니다.

승상!

그동안 많은 은혜를 입었습니다.

그러나 제가 투항할 당시 "유비 형님 소식을 들으면 언제라도 떠나겠다."는 조건을 기억하실 겁니다.

승상! 이제 그 소식을 알았으니 저는 떠납니다.

부디 만수무강하십시오.

운장은 형수님 두 분과 하인들을 거느리고 단기필마로 천릿길 장도에 오르게 됩니다.

관우, 5관 돌파

"운장이 편지 한 통만 남기고 기어이 떠났습니다."

"관 공이 떠났다고? 아! 관우, 관우, 나를 두고 어디로 관우?"

관우가 떠났다는 말에 부하들이 술렁거리기 시작합니다.

"승상, 운장을 살려 보낸다면 후환이 될 겁니다. 저에게 철기병 3천만 주시면 제가 관우를 추격하여 그의 목을 베어 오겠습니다."

평소 관우를 가장 못마땅하게 여기던 채양이라는 장수였죠. 그런 채양을 바라보며 장료가 마음속으로 개탄합니다.

'칼 솜씨는 운장의 발끝에도 못 미치는 사람이 너무 설치는구나.'

그러나 조조는 그런 채양을 바라보며 만류합니다.

"아니다. 그는 의리를 중히 여기는 의인이다. 너희도 관 공을 본받아야 한다. 작별인사를 하지 않은 내가 잘못이다. 장료는 미리 가서 관 공에게 알려라. 내가 작별인사를 하러 간다고."

장료가 급히 말을 몰아 관우를 추격합니다.

"운장, 잠깐 거기 서게. 승상께서 자네와 작별인사를 하고 싶어 하네."

"혹시 승상께서 나를 죽이려고 쫓아오는 건 아닌가?"

"운장, 믿어 주게. 승상은 그런 분이 아니네."

100여 명의 군사를 이끌고 뒤따라오는 조조를 발견하고 운장은 파릉교(灞陵橋)라는 다리 입구에 말을 타고 막아섰습니다. 1대100의 싸움이라면 폭이 좁은 다리 입구가 유리하기 때문이죠.

"승상, 일곱 번을 찾아갔으나 뵙지 못했습니다. 그러나 약속대로 제형 유비의 소식을 알았으니 떠나려 합니다."

"관 공, 기어이 떠나겠소? 헤어지고 싶지는 않지만 내 처음 약조했으니 그대를 보내 주겠소. 여기에서 하북 기주성까지는 천릿길이오. 내가 옷을 한 벌 선물할 테니 입고 가시오."

조조는 금포(금실로 수놓은 망토) 한 벌을 내밀었습니다.

"무장으로서 말에서 내리지 못함을 양해해 주십시오. 여기 제 청룡도에 옷을 얹어주시죠."

관우는 적토마에서 내리지 않고 청룡언월도를 내밀어 칼끝으로 옷을 받아 들었죠.

그 모습을 보고 허저가 칼을 빼려 합니다.

"저런 건방진 놈!"

조조의 근위대장인 허저는 괴력의 사나이로, 싸움에는 능하나 머리가 약간 부족하여 '호치'라고 불리는 장수입니다. 호치란 '바보 호랑이'라는 뜻이죠.

"허저, 칼을 집어넣어라. 그리고 관 공을 막지 말라."

인재를 아끼는 조조는 진심으로 섭섭한 마음을 담아 관우와 작별하였습니다. 관우가 금포를 걸치고 떠나가자 모사 정욱이 묻습니다.

"승상, 관우를 정말 살려 주실 작정입니까?"

"정욱, 관우는 이 하늘 아래 오직 유비에게만 복종하는 사람이네. 내가 그를 잡아두지 못해. 그러나 내 마음은 두 마음일세. 의리를 중히 여기는 관우를 죽이고 싶지 않은 게 진실한 나의 첫째 마음이야. 그러나 그가 유비를 찾아 떠나는 데는 나도 질투심이 생기는군. 그래서 관우에게 일부러 통행증을 발급해 주지 않았네. 관우가 아무리 무술 솜씨가 뛰어나도 나의 맹장들이 지키고 있는 다섯 관문을 통과하지는 못할 것이네. 난 나의 부하들 앞에서는 의리를 지키는 관우를 용서하는 아량을 베풀었지. 허지만 결국 그는 5관문을 돌파하지 못할 것이니…, 살아서 유비에게 돌아가지는 못하네. 이것이 나의 두 번째 마음일세."

"승상의 깊은 뜻을 이제야 알겠습니다. 바람이 차가운데 그만 가시죠."

이런 조조의 뜻을 아는지 모르는지…, 두 분 형수님을 모신 관우는 첫 관문인 동령관(洞嶺關)에 도착하게 됩니다. 동령관은 공수(孔秀)라는 맹장이 지키고 있는 성입니다. 성에는 군사 500명이 배치되어 있고, 공수는 대로에 바리케이드를 치고 검문검색을 실시하고 있습니다.

"정지! 시동을 끄고 모두 하차하라. 특히 거기 두 여자는 모두 하차하여 통행증을 제시하라."

운장이 말에서 내리자 감 부인과 미 부인도 수레에서 내려 운장 뒤에 바짝 붙어 섰습니다. 공수의 검문은 계속됩니다.

"나는 허도방위사령부 공수다. 우린 지금 상부의 지시로 검문검색 중이다. 너흰 어디로 가는 사람들이냐?"

"예, 저희는 허도에서 기주로 가는 사람들입니다."

"통행증을 제시하라."

"저는 조 승상을 돕던 운장 관우입니다. 허도에서 급히 출발하느라 미처 통행증을 발급 받지 못했습니다."

"운장 관우? 이름은 들어보았지만 그대를 통과시키라는 지시는 받지 못했다. 저 여자들은 누구냐?"

"예, 두 분 모두 제 형수님들입니다."

이때 관우 뒤에 바짝 붙어 서 있던 감 부인이 운장에게 속삭입니다.

"아주버님, 폭력은 쓰지 마세요. 대화로 문제를 해결해 나가세요."

"예, 형수님. 명심하겠습니다."

이때 공수는 더욱 빈정거리며 화를 돋웁니다.

"저 여자는 미모가 꽤 쓸 만하군."

그리고 감 부인을 가리키며 또 한마디 하죠.

"이 여자는 인물이 별로군. 그러나 이 여자 둘을 여기에 남겨 둔다면 다른 사람은 통과시켜 주지."

그러자 발끈한 감 부인이 운장에게 낮게 이릅니다.

"아주버님, 저 공수라는 사람은 꼭 얼뜨기처럼 생겼군요. 저런 사람이 태수가 된 건 대표적인 인사적폐예요. 빨리 폭력을 쓰지 않고 뭐하세요? 대화는 무슨 얼어 죽을 대화예요?"

"예, 형수님! 잘 알겠습니다. 잠시 기다리십시오."

관무는 엄숙하게 공수를 향해 호령합니다.

"너는 검문검색 태도가 무척 불량하구나. 검문검색에 관해선 친절한 대한민국 경찰의 근무 태도를 본받아라. 그리고 감히 우리 두 분 형수님을 희롱하다니…, 네 이름이 무엇이냐?"

"나? 나는 이곳 동령관을 지키는 태수 공수다. 그대가 꼭 이곳을 지나가고 싶다면 저 두 여자를 인질로 내놓고 가란 뜻이다."

"난 원소의 맹장 안량, 문추를 단칼에 벤 관운장이다. 네 솜씨가 안량이나 문추보다 위냐?"

무른 대춧빛같이 붉은 관우의 얼굴이 더욱 벌겋게 변하자 공수도 뭔가 위기의식을 느끼고 급히 성곽 안으로 뛰어들어갑니다.

'안량, 문추를 벴다면 무서운 장수다. 나 혼자 힘으론 안 되겠다.'

"비상! 전원 비상! 모두 완전 무장을 하고 나와라."

공수는 자신이 거느린 500군사를 무장시켜 몰고 나오며 소리칩니다.

"이 수염 긴 건방진 놈, 여기가 어딘 줄 알고 까부느냐?"

관우가 급히 수레와 하인들을 멀리 물러나게 합니다. 싸움에 휩쓸려 다칠까 염려되어서죠.

"공수, 아직 이 관우를 모르는구나. 지금이라도 빌면 목은 베지 않겠다."

"관우 이놈! 그 수염 긴 얼굴을 몸뚱이에서 떼어 주마."

이런 경우 공수를 가리켜 "죽으려고 귀신이 씌었다."고 하죠. 공수의 말과 관우의 말이 서로 엇갈리는가 싶더니 운장의 청룡도가 번쩍 날아들고…, 공수는 두 토막 난 시체가 되어 말에서 굴러떨어집니다. 허도의 첫째 관문을 지키는 태수로서 정보에 어둡고 주민을 섬기는 자세가 불량한 공수는 그렇게 '공수래 공수거'의 인생을 마감하였습니다.

군사 500은 지휘관 공수를 한 칼에 벤 장수가 관우란 말을 듣고 앞다 퉈 도망치기 시작합니다.

"옴마야! …우리 태수님 목이 날아갔다."

"저…저 장수가 안량, 문추를 단칼에 벤 운장 관우래. 튀는 게 상책이다!"

"빨리 도망치자!"

도망치는 군사들을 바라보던 관운장이 소리칩니다.

"군사들은 동요하지 말라. 나는 무고한 생명은 해치지 않는다."

그제서야 군사들은 도망을 멈추고 일제히 무릎을 꿇고 관 공에게 절을 올립니다.

운장 일행은 동령관을 통과하여 한복이 지키는 낙양성을 향해 출발합니다. 운장이 동령관의 공수를 베고 낙양성으로 다가오고 있다는 소식은 빠르게 전달되어 태수 한복에게 전해졌죠. 여기에서 '한복(韓福)'은 기주를 원소에게 빼앗긴 전 기주자사 '한복(韓馥)'과 혼동치 마시기 바랍니다.

낙양성엔 전군 비상이 걸리고 갑자기 분주해집니다.

"자, 지금부터 대책회의를 시작하겠소. 관우가 이쪽으로 오고 있소. 그는 원소의 두 맹장 안량, 문추를 베었을 뿐 아니라 동령관의 공수를 단칼에 베어 버린 무서운 장수요. 어찌하면 좋겠소?"

이때 한복의 오른팔이며 낙양의 수석 부태수 맹탄(孟坦)이 일어서서 작전을 제시합니다.

"태수님, 걱정할 거 없습니다. 우리에겐 1천여 명의 경비병이 있지 않습니까? 제가 먼저 나가 운장과 싸우겠습니다. 그러다 패한 척하며 성 안으로 도망해 올 테니 그때 태수님께서 매복해 계시다 운장을 사로잡으십시오. 아마 조 승상께서 큰 상을 내리실 겁니다."

"맹탄, 좋은 생각이다. 네 작전대로 하자."

한복은 골짜기에 군사를 숨겨 매복하고 맹탄은 운장을 맞으러 나갑니다.

한편, 관우 일행은 낙양성을 향해 가고 있는데…, 숲에서 갑자기 10여 명의 산적들이 뛰어나와 앞을 가로막습니다.

"모두 거기 서라! 나는 황건적의 창시자 장각(張角) 어르신이다. 너희가 가진 재물과 여자들을 모두 내놔라. 재물과 여자들만 내놓으면 죽이지는 않겠다."

"너흰 누구냐? 보아하니 산적들 같은데…, 왜 이런 나쁜 짓을 하고 사느냐? 빨리 고향으로 돌아가 농사나 짓도록 해라."

"어쭈! 저 수염 긴 놈이 우리에게 훈계를 하는구나. 넌 장각 이름도 못 들어봤느냐? 난 비바람을 마음대로 부르며…, 옥황상제와 벗질하는 황건적의 두령 장각이다."

그런데 이때, 갑자기 숲속에서 관우 앞으로 한 남자가 뛰어나오더니 산적들을 가로막습니다.

"장각은 죽은 지 오래되었다. 죽은 사람의 이름을 팔고 다니는 너희는 거지 떼가 분명하구나."

"어쭈! 이건 어디에서 나타난 개뼉다구냐? 감히 황건적 두령에게 거지 떼라니? 저놈부터 손을 봐줘라."

산적들이 남자에게 우르르 달려들자 수염이 거칠게 자란 그 사나이는 산적들을 향해 번개처럼 칼을 휘두릅니다.

"너흰 사람 되기는 틀려먹은 놈들이구나. 모두 황천으로 보내 줄 테니 옥황상제와 벗질을 하든 염라대왕과 벗질을 하든 알아서 해라. 야합!"

기합 소리와 함께 번개처럼 휘두르는 칼에 산적들은 순식간에 쓰러져 나뒹굴기 시작합니다. 이 모양을 바라보던 관우는 마음속으로 감탄합니다.

'쓸 만한 칼 솜씨다. 단칼에 산적 10명을 베어 버리다니…, 꼭 장비를 보는 것 같구나.'

관우가 젊은이를 부릅니다.

"이것 보시오 젊은이, 그대의 칼 솜씨가 보통이 아니구려. 난 운장 관우라는 사람이오. 그대는 이름이 무엇이오?"

"정말로 관운장이십니까? 관 공, 제 절을 받으십시오. 저는 주창(周

倉)이라는 사람입니다. 평소 관 공의 명성을 듣고 마음속으로 흠모하고 있었습니다. 저를 종으로 써주십시오. 평생 관 공을 주인으로 모시겠습니다."

"그대 무술 솜씨가 마음에 드는데, 정말 나를 따르겠느냐?"

"예, 장군! 저는 무예를 연마한 후 마땅한 주인을 만나지 못했습니다. 오늘 관 공을 만났으니 주인으로 모시며 견마지로(犬馬之勞)를 다하여 섬기겠습니다."

그날부터 주창은 관우의 심복이 되어 평생을 그림자처럼 따르게 됩니다.

"자, 오늘 훌륭한 부하를 얻었구나. 갈 길이 바쁜데 어서 낙양으로 가자."

관우 일행이 낙양성문 앞에 이르자 맹탄이 앞을 가로막습니다.

"운장, 거기 서라. 그대의 명성은 익히 들었다. 그러나 통행증을 제시해라. 통행증이 없다면 이곳을 통과하지 못한다."

"급히 출발하느라 미처 발급 받지 못했소. 부디 우리 일행을 통과시켜 주시오."

"어림없는 소리다. 지금부터 어르신께서 수염 긴 너를 상대해 주겠다."

"허어. 나는 싸우고 싶지는 않소만, 군이 덤비겠다면 상대해 주겠소. 그러나 당신은 약해 보이니 내가 3초식을 양보하겠소. 덤벼 보시오."

"좋다. 내 칼을 받아라. 야합! 이얍! 허업!"

기합과 함께 세 번 선제공격하였으나 운장은 마상에서 몸을 비틀어 이리저리 피한 후 공격합니다.

"자, 그럼 내 청룡언월도를 받아봐라!"

몇 차례 공격하니 맹탄이 말을 돌려 달아납니다.

그러나 맹탄 역시 문추처럼 한 가지 실수를 한 게 있으니, 그건 바로 운장의 말이 바람처럼 빠른 적토마라는 사실입니다. 맹탄이 등 뒤에서 검은 그림자가 쫓아온다고 느끼는 순간, 목에서 뭔가 섬뜩한 걸 느끼죠. 그리고 목은 뒤로, 몸뚱이는 앞으로 나누어지죠. 이때 함성이 일어나며 한복이 또 앞을 가로막습니다.

"운장, 네가 감히 내 부하 장수를 베다니…, 군사들은 저놈을 놓치지 마라!"

"넌 또 누구냐? 난 통성명 중엔 사람을 베지 않는다. 이름을 끝까지 말해라. 그리고 너에게도 3초식을 양보해 주마."

"난 낙양성을 지키는 태수 한복이다. 잔말 말고 칼 받아라. 야합! 이얍! 어헙!"

"호오, 그대는 칼 솜씨가 나쁘지만 운은 더 나쁘구나."

운장이 휘두른 칼에 '한 벌의 한복(?)'이 두 벌'로 나뉘고 맙니다. 장수를 잃은 병졸들을 운장이 풀 베듯 베고 나가자 1천여 명의 장졸들은 앞다퉈 도망합니다.

관우의 5관 돌파(五關突破)를 다른 말로 '5관6참(五關六斬)'이라고도 합니다. 즉, 다섯 관문을 통과하며 여섯 장수를 베었다는 뜻이죠. 두 장수 한복과 맹탄을 벤 곳이 유일하게 낙양성입니다.

관우 일행은 여행을 계속하여 세 번째 관문인 사수관(汜水關))에 도착합니다. 사수관엔 철퇴를 잘 쓰는 변희(卞喜)라는 장수가 기다리고 있습니다. 사수관 태수 변희는 황건적 출신으로, 과거 본업은 도적이었습니다. 유성추(流星鎚)라는 철퇴의 달인으로, 조조와 맞서 씨우다 투항하여 사수관의 태수로 임명된 자입니다.

운장이 동령관을 지나 낙양성을 돌파했다는 소식을 듣고 변희는 한참 고민을 하다 한 가지 묘책을 생각해 냈지요. 사수관에는 진국사(鎭國寺)라는 절이 있습니다. 이 절에 도부수(칼과 도끼를 든 암살단) 200명을 배치한 후, 운장과 술을 마시다 변희가 신호를 하면 일제히 뛰어나와 암살하기로 계략을 세웠습니다.

"부하들아, 알겠지? 내가 술을 마시다 관우와 러브 샷을 하면 그걸 신호로 모두 작전을 개시하는 거다. 알겠나?"

"예썰!"

운장이 기수관에 도착하자 변희는 성문 밖까지 나가 얼굴에 비굴한 웃음을 머금고 허리 굽혀 영접합니다.

"관 공, 어서 오십시오. 장군님의 명성은 익히 들었습니다. 정말 존경합니다."

"태수께서 직접 영접해 주니 고맙구려."

"관 공, 이곳에 진국사라는 경치 좋은 절이 있는데 그곳에 조촐한 환영연을 마련하였습니다. 가서 한잔하시지요."

"허~어, 뭐 그렇게까지…, 여하튼 가 봅시다."

이렇게 되어 운장은 아무 의심 없이 진국사에 도착하였는데, 그곳 주지 보정 스님이 마중을 나왔습니다. 스님이 관공을 바라보며 반색을 합니다.

"장군께선 혹시 포동사람 아니십니까?"

"예, 제가 포동 출신입니다."

"소승의 고향이 포동입니다. 정말 반갑습니다."

"그렇습니까? 여기에서 고향 어르신을 뵙게 됐군요. 반갑습니다."

"장군께서 바쁘지 않으시면 제 방에서 차라도 한잔하시지요."

"그러시죠, 스님."

변희는 못마땅하였지만 운장이 혹시 눈치라도 챌까 봐 말도 못 하고 함께 보정 스님의 방에 들어갔습니다. 차를 마시는데, 변희가 잠깐 한눈을 파는 사이 보정 스님이 눈을 깜빡이더니 오른손으로 자기 목을 긋는 시늉을 합니다. 운장이 눈치를 채고 고개를 끄덕였지요.

'알겠소.'

운장의 청룡언월도를 주창이 받쳐 들고 연회장에 따라 들어와 관 공 뒤에 시립하고 섰습니다. 주창은 바로 어제 관우를 만나 충성을 맹세한 사람입니다.

"술자리인데 저 무서운 청룡언월도를 든 하인을 내보내시지요."

"칼을 손에서 놓지 않는 게 무사의 본분이요. 자아, 신경 쓰지 말고 태수께서 폭탄주나 한잔 말아보시오."

몇 잔의 술이 돌자 변희가 운장에게 제안을 합니다.

"관 공, 분위기도 좋은데 우리 러브 샷이나 한번하시지요."

"그거 좋지!"

그러더니 갑자기 운장이 오른손으로 변희의 목을 움켜쥡니다.

"캑…캑…장군, 왜 이러십니까?"

"이 쥐새끼 같은 놈. 나를 죽이려고 도부수들을 배치해? 어디 모두 덤벼 봐라."

운장이 변희를 방바닥에 집어던지자 매복하고 있던 군졸들이 함성을 지르며 뛰어나옵니다. 기세 좋게 뛰어나온 군졸들은 운장의 상대가 안 되죠. 군사들의 칼은 겨우 3~5킬로그램 남짓이지만 청룡언월도는 50킬로그램이니, 운장이 괴력으로 내리치면 방어가 안 됩니다. 거기에다 새로 가세한 주창이 종횡무진 누비며 도부수들을 베어 넘기자 뛰쳐나온 군사들이 어지럽게 쓰러집니다. 숨어 있던 군졸들이 두 장수를 당해 내지 못하자 변희가 맨 먼저 도망을 칩니다.

"변희 이놈, 거기 서라!"

운장이 뒤쫓자 진각사 마당에 내려선 변희가 유성처럼 생긴 철퇴 유성추를 꺼내 빙빙 돌리기 시작합니다.

"관우, 내 묘기를 똑똑히 보아라. 내 유성추에 맞고 살아난 사람은 없다."

왼손으로 돌리고, 윙윙!

오른손으로 돌리고, 윙윙!

"양손으로 돌리는 묘기도 있겠구나?"

"그렇다. 내 묘기의 절정은 유성추 양손돌리기다."

윙윙!

"관우, 내 유성추를 받아라!"

"고철덩어리가 꽤 거추장스럽구나. 내 청룡언월도를 받아라. 야합!"

가볍게 몸을 틀어 피한 운장이 언월도로 내리칩니다.

그런데 대웅전에서 이 싸움을 내려다보고 계시는 분이 있죠. 바로 부처님입니다. 부처님께서 두 장수의 결투 장면을 보시더니 한 말씀 하십니다.

"변희야, 기특하구나! 그런데 네 유성추 솜씨로는 관우의 상대가 안 되는구나. 고생 많았으니 내가 극락행 특급열차 티켓을 공짜로 주마. 어서 가 보아라."

변희는 부처님의 배려에 은혜를 입어 극락으로 직행하게 됩니다.

"나무 관세음보살!"

운장 일행은 여행을 계속하여 네 번째 관문인 형양관(滎陽關)에 도착합니다. 형양관은 '왕식'이라는 태수가 이들을 기다리고 있습니다. 형양관을 지키는 태수 왕식은 낙양태수 한복과 동문수학하던 친구 사이입니다.

"어린 시절 나와 가장 친했던 친구 한복이 운장에게 당했다니…, 꼭 복수하겠다. 그러나 운장은 무서운 장수다. 힘으로 제압하기보다는 꾀를 써서 죽여야 한다."

왕식 역시 계략으로 운장을 제압하기 위해 준비를 마쳤습니다.

운장이 성문에 다다르자 변희처럼 직접 입구에 나가 굽신거리며 영접을 합니다.

"관 공, 먼 길 오시느라 수고 많으셨습니다. 오늘은 피곤하실 테니 역관에 들어가 쉬고 내일 떠나시지요."

"통행증이 없어도 통과시켜 주시겠소?"

"물론입니다. 아무 걱정 마십시오."

운장은 두 분 형수님을 모시고 역관에 짐을 풀었습니다.

"형수님들, 잠시 후 이곳 태수 왕식이 음식을 보내올 것입니다. 많이 드시고 푹 쉬었다가 내일 출발하시지요."

"아주버님, 잘 알겠습니다."

운장의 실제 나이가 유비보다 많아 두 분 형수는 항상 운장을 아주버님으로 호칭하였죠.

왕식은 마음속으로 '형수와 시동생이 한 역관에 들었으니 꼴좋구나.' 생각하고는 부하 장수 호반(胡班)을 불러 지시합니다.

"음식과 좋은 술을 잔뜩 갖다 주어라. 운장이 술에 취해 잠이 들면 역관에 불을 질러 모조리 태워 죽인다. 한 사람도 살려 보내서는 안 된다, 알겠느냐?"

"예, 태수님! 잘 알겠습니다. 지시대로 하겠습니다."

호반은 호화로운 음식과 술을 잔뜩 준비하여 역관으로 실어 날랐죠.

형양관의 밤은 깊어 새벽 4시가 되었습니다. 호반은 운장이 깊은 잠에 든 줄 알고 행동을 개시합니다.

"우린 지금부터 역관을 기습한다. 역관 주변에 짚단을 쌓아 불을 질러 모두 태워 죽이고, 빠져나오는 자가 있으면 베어야 한다. 자, 행동개시!"

검은 옷을 입은 호반과 무사들이 역관으로 스며들었는데, 거기에는 믿지 못할 광경이 기다리고 있었죠. 역관 입구에 청룡언월도를 든 관운장이 두 눈을 부릅뜨고 부동자세로 지키고 서 있는 겁니다. 두 분 형수님들과 차마 한 역관에 들 수 없고, 또 무슨 일이 발생할지 몰라 입구를 막고 서 있었던 거죠.

'이…이럴 수가……. 먼 길을 여행하여 고달프기도 할 텐데 밤샘을 하며 서 있다니…!'

호반은 겁이 나기도 했지만 운장에 대한 존경심이 생겼습니다.

"장군!"

"거기 누구냐?"

"저는 왕식 태수의 부하인 호반입니다."

"호반이라? 혹시 그대 아버지의 존함이 호화(胡華)가 아니신가?"

"예, 맞습니다. 허도에 살고 계시는 호화 어른이 제 부친입니다."

"난 그대의 부친과 허도에서 교분을 쌓은 적이 있다."

"그렇군요. 이것도 큰 인연입니다. 그런데 왕식 태수께서 지금 숙소에 불을 질러 장군과 두 분 부인을 태워 죽이려고 합니다. 제가 뒷문을 열어드릴 테니 빨리 이곳을 빠져나가십시오."

"알겠네. 그리고 이 은혜 잊지 않겠네."

운장은 자고 있는 두 분 형수님과 일행들을 급히 깨워 호반이 미리 열어놓은 뒷문으로 형양성을 빠져나갑니다.

이 사실을 눈치챈 왕식이 군사들을 이끌고 추적해 옵니다.

"운장은 거기 서라! 그리고 내 칼을 받아라."

"왕식! 이 비겁한 놈. 너는 나와 원수진 일이 없거늘 어찌 나를 해치려 하느냐?"

"닥쳐라. 네 손에 죽은 한복이 나완 절친이다. 그 원수를 갚아주겠다."

"그래? 한복이 혼자 외로울 테니 길동무로 함께 보내 주마. 저승에 가서 말동무라도 하라."

제법 호기 있게 덤비는 왕식을 시퍼런 언월도로 맞받아칩니다. 왕식은 목 주변이 허전한데 주변이 갑자기 어두워집니다. 그러더니 개량 한복을 멋지게 차려 입은 낙양태수 한복이 검정 두루마기를 입은 사람과 걸어옵니다.

"아니 자넨 한복 아닌가?"

"그렇다네. 여기서 자네를 기다리고 있었네."

"옆에 서 있는 검정 두루마기를 입은 어르신은 누구인가?"

"인사드리게…, 염라학교 교장 선생님이시네."

"안녕하십니까? 저는 염라학교 교장입니다. 왕식 태수께서 한복과 절친하다는 소문을 듣고 우리 학교에 특례입학을 시켜 드리기 위해 왔습니다. 어서 가시죠."

이렇게 되어 왕식은 친구 한복과 어깨동무를 나란히 하고 염라학교로 떠났습니다.

관우 일행은 행군을 계속하여 활주관(滑州關)에 도착하였습니다. 활주관은 태수 유연(劉延)이 지키는 곳입니다. 운장 일행이 활주관에 도착하자, 태수 유연이 미리 마중을 나와 기다리고 있습니다. 유연은 과거 원소군과 싸울 때 안량에게 죽을 뻔한 적이 있는데, 그를 구해 준 사람이 운장입니다.

"유연 태수, 오랜만에 뵙습니다."

"관 공, 어서 오십시오."

"제가 급히 길을 떠나다 보니 통행증을 발급받지 못했습니다. 태수께서 과거의 정을 생각해 길을 열어 주시죠."

"관 공께서 안량, 문추를 벤 사실은 삼척동자도 다 아는데 통행증이 굳이 필요하겠습니까? 그냥 통과하셔도 됩니다. 그러나 하북으로 가기 위해선 황하를 건너야 하는데, 나루터엔 진기라는 장수가 지키고 있습니다. 그자가 순순히 장군을 통과시켜 줄지 모르겠습니다."

"통과시켜 주지 않는다면 제 스스로 길을 열고 나가야지요."

활주를 지나 강가에 도착하니, 진기가 군사들을 이끌고 길을 막아섭니다.

"장군, 유연 태수께서 통과를 허락하셨소. 길을 비켜 주시오."

"난 유연의 지시를 받지 않는다. 내가 모시는 상관은 하후돈이다. 하후돈 장군은 너를 통과시키지 말라 하셨다."

"장군이 나와 상대가 되겠소? 나는 무고한 사람을 더 이상 죽이고 싶지 않소. 배를 타게 해 주시오."

"그래? 길고 짧은 건 대봐야 알지. 야합, 내 칼을 받아라!"

진기가 불을 뿜는 듯한 기세로 말을 몰아 덤벼들었으나 기세는 기세로 그쳤고, 몸을 피하며 번개처럼 휘두른 운장의 언월도에 진기의 목은 날아갔지요. 그런데 진기가 탄 말은 주인의 목이 떨어진 줄도 모르고 몸뚱이만 싣고 황하의 모래톱을 한없이 달려가 사라졌다 합니다.

이때 등 뒤에서 함성이 들리며 한 떼의 군마가 추적해 옵니다.

"운장, 거기 서라! 나는 하후돈이다."

하후돈은 과거 여포와 전투를 벌이다 화살이 눈에 박힌 적이 있습니다. 그때 하후돈은 그 화살을 뽑아, "이것은 어머니가 주신 귀한 눈이다. 어찌 버리겠느냐?" 하면서 씹어 삼켜 버린 무서운 장수임을 기억하시죠?

"호오! 애꾸눈 잭 하후돈, 다시 만났구나. 하비성에서는 겁을 먹고 도망치더니 오늘도 또 도망칠 테냐? 네 솜씨는 안량, 문추와 비교하면 어떤가?"

"안량, 문추는 쥐새끼에 지나지 않는다. 운장, 오늘 나와 다시 한 번 겨뤄 보자. 내 부하들에게 나서지 말라고 일러두었다."

"정 그렇다면 내 청룡언월도 맛을 정식으로 보여 주겠다. 덤벼라! 자 간다, 받아라!"

두 장수는 말을 달리며 넓은 황하의 모래톱에서 수십 합을 주고받습니다. 관우의 언월도를 맞받아치며 싸우던 하후돈이 더 이상 견디지 못하고 말에서 굴러떨어집니다.

"자, 내 청룡도가 무정하다 탓하지 말고 황천길로 잘 가거라!"

운장이 하후돈의 목을 막 치려는 순간, 장료가 말을 타고 뛰어옵니다.

"멈추시오! 멈추시오! 두 분 장수는 싸움을 멈추시오. 승상께서 통행증을 발급하셨소. 모든 게 통행증을 늦게 발급한 승상의 탓이라며 누구든지 관 공의 앞을 막지 말라고 하였소."

운장은 마상에서 하후돈을 내려다보며 말합니다.

"후돈아, 너는 창 솜씨가 좋지만 운도 좋구나. 내 너를 베지 않겠다."

참고로, 하후돈은 성이 '하후'씨입니다. 하후연과 형제 장수지요.

"하후, 고맙소. 내 패배를 인정하겠소."

이렇게 되어 관우는 다섯 관문을 통과하며 여섯 장수를 베고 황하를 건넜습니다.

"형수님들, 이제 조금만 더 가면 유비님이 계시는 하북 땅입니다. 조금만 더 기운을 내시기 바랍니다."

"아주버님, 너무 고생이 많으셨습니다."

이렇게 서로를 위로하며 길을 재촉하여 조그만 산성 앞에 도착하였습니다.

"저기가 어딘가?"

"저 성은 고성(古城)이라 하는데, 며칠 전에 덩치가 산만하고 온몸이 털로 뒤덮인 괴물이 현령을 내쫓고 산성을 차지하였습니다."

"괴물이라니?"

"장비라고 하는 장수인데, 어찌나 무섭던지 사람들이 그를 괴물이라 부르고 있습니다."

"장비? 장비라면 내 아우다. 주창, 네가 빨리 가서 형 관우가 왔다고 알려라."

운장은 장비를 만날 생각에 기뻐 어쩔 줄 모르며 기다립니다. 그런데 갑자기 성문이 열리며 장비가 고리눈을 부릅뜨고 뛰어나옵니다.

"관우, 관우! 이 비겁한 놈, 내 장팔사모를 받아라!"

"장비야, 왜 그러느냐? 나 형 관우다. 나를 벌써 잊었단 말이냐?"

"닥쳐라! 너는 의리를 저버리고 조조에게 투항한 놈이다. 내가 오늘 너를 죽이고 말겠다."

장비가 고리눈을 부릅뜨며 다짜고짜 공격해 들어옵니다.

"장비야, 그건 오해다. 형님의 소식을 몰라 잠시 조조에게 몸을 의탁한 것뿐이다. 오해를 풀어라."

"닥쳐라! 거짓말 하지 마라. 그리고 네 등 뒤에 오는 저 군사들은 뭐냐? 나를 잡으러 오는 조조의 군사들이 아니냐?"

그 말에 관공이 돌아보니, 정말로 자욱한 먼지를 일으키며 채양이 한 떼의 군마를 이끌고 쳐들어오고 있습니다.

"장비야. 내가 저놈의 목을 베어 내 진심을 보여 주겠다."

"좋다. 내가 북을 칠 테니 세 번 북소리가 울릴 때까지 저놈을 죽여라."

장비는 손수 북채를 잡고 북을 치기 시작합니다.

"채양, 너는 조조 승상 곁에서 항상 나를 비웃고 못마땅해하더니 오늘은 또 무엇 때문에 나를 쫓아온 것이냐?"

"잘 알고 있구나. 네가 승상에게 후한 대접을 받는 게 항상 배가 아프고 못마땅하였다. 더구나 너는 황하 강변에서 내 조카 진기를 죽였으니, 오늘 그 복수를 해 주마."

장비가 두 번째 북을 울립니다. 관우가 청룡도를 번쩍 들었다 내리치자 기세 좋게 덤벼들던 채양이 피를 흘리며 말에서 굴러떨어집니다. 일전에 장료가 말한 대로 채양의 칼 솜씨는 운장의 발끝에도 못 미쳤죠.

"형님! 이 장비가 죽을죄를 졌습니다."

"아우야! 괜찮다."

두 형제는 얼싸안고 울음을 터트립니다.

"이제 우리 형제가 만났으니 큰형님을 찾아 빨리 떠나자."

한편, 유비는 원소에게 몸을 의탁하고 있었으나 마음은 항상 불안합니다.

'원소가 변덕이 심하여 언제 나를 해치려 들지 모른다. 관우가 내 소식을 들으면 이곳으로 올 텐데 원소는 안량과 문추를 죽인 책임을 물으려 할 것이다. '안량과 문추의 영전에 관우의 목을 베어 그 원한을 풀어 주겠다.'고 말하지 않았던가? 그러니 적당한 평계를 대고 이곳을 빠져나가자.'

다음 날, 유비는 원소 앞에 나가 부드러운 음성으로 설득하기 시작합니다.

"명공, 제가 형주로 가서 유표를 만나 보겠습니다."

"유표는 무슨 일로 만나겠다는 거요?"

"유표는 저와 종친입니다. 그러니 유표에게 명공과 군사동맹을 맺자고 청해 보겠습니다. 유표와 명공이 손잡고 조조와 대항하자고 제의하는 거죠. 유표는 틀림없이 응할 겁니다."

"그것 참 좋은 생각이요. 유표가 나와 손을 잡으면 큰 힘이 되지. 좋소, 황숙께서 유표에게 가서 군사동맹을 청해 보시오."

그러자 곁에 있던 곽도가 원소에게 직언합니다.

"주공, 유비를 보내서는 안 됩니다. 그는 한 번 떠나면 다시 돌아오지 않을 겁니다."

그러자 원소가 벌컥 화를 내며 호령합니다.

"너 따위가 뭘 안다고 그따위 소리냐? 썩 물러가라!"

곽도는 원소 앞을 물러나며 한숨으로 개탄합니다.

'두고 봐라. 유비는 돌아오지 않을 것이다.'

원소의 그늘을 빠져나온 유비는 먼저 하인을 보내 관우에게 소식을 전합니다.

"내가 지금 고성으로 갈 테니 운장더러 마중 나오라 이르게."

유비가 고성으로 온다는 소식을 듣고 관우, 장비 두 사람이 하북의 경계까지 마중 나와 있습니다.

"형님!"

"관우야, 장비야! 모두 무사하였구나."

유비, 관우, 장비 삼형제는 서로 얼싸안고 한참을 웁니다.

유비는 고성에서 감 부인, 미 부인과 재회했습니다. 사실 유비는 '도망의 달인'으로, 『삼국지』를 자세히 읽어 보면 부인들을 버리고 세 번이나 혼자 도망을 칩니다. 여포와 싸우다 서주성에 두 부인만 남겨 놓고 도망을 쳤고(두 부인은 여포에게 사로잡힘.), 두 번째는 조조와 싸우다 하비성에 남겨 두고 도망을 쳤고(두 부인은 조조에게 사로잡힘.), 세 번째는 후일 장판파의 싸움에서 부인들을 버리고 또 도주합니다.

"이 고성은 너무 좁다. 여남성으로 가자. 거기엔 유덕과 공도가 있어 우릴 반겨 줄 것이다."

그렇게 되어 다시 길을 떠납니다. 그런데 여남을 가려면 와우산(臥牛山)을 통과해야 합니다. 와우산자락 숙소에 들었는데, 숙소 주인이 유비 일행에게 충고합니다.

"손님들, 길이 멀더라도 다른 길로 돌아가십시오. 저 와우산엔 칼을 귀신 같이 잘 쓰는 사람이 산채를 점령하고 있는데, 아무도 그자를 당해 내지 못합니다."

"그래요? 그거 재미있군요. 꼭 그 산채의 두령을 보아야겠소이다."

"장비야. 운장과 내가 와우산에 다녀올 테니 너는 이곳 숙소에서 형수들을 지키고 있거라."

관우가 앞서고 유비가 뒤를 쫓아 와우산으로 말을 달립니다. 두 사람이 산을 오르자 흰 갑옷을 입고 긴 창을 든 장수가 앞을 가로막습니다.

"너흰 웬 놈들인데 겁도 없이 산에 오르느냐?"

소리치는 장수를 유비가 쳐다보더니 아주 반색을 합니다.

"너는 자룡이 아니냐?"

그 말을 듣고 장수가 말에서 뛰어내려 부복을 합니다.

"황숙? 황숙이었군요. 조자룡이 인사 올립니다."

"자룡아, 살아 있었구나. 반갑다!"

유비, 관우, 자룡 이렇게 세 사람은 다시 얼싸안고 재회의 눈물을 흘립니다.

모두 다시 만난 유비의 일행은 고성을 떠나 여남에 이르러 유벽, 공도와 힘을 합쳐 군사를 모으고 다시 힘을 기릅니다.

강동의 호랑이 손책

강동을 차지한 손책의 세력은 날로 커져 갔습니다. 손책의 아버지 손견이 불타 버린 낙양의 옛 궁궐에서 전국옥새를 주운 건 기억하시죠? 그옥새를 가지고 강동으로 돌아왔으나 형주자사 유표와의 싸움에서 온몸에 화살을 맞고 죽었습니다.

아버지에게서 강동을 물려받은 젊은 군주 손책은 친구이며 신하인주유(周瑜)와 함께 주변 땅을 차근차근 정복해 나갔죠. 건안 4년에 여강을 쳐서 빼앗고, 또 다음 해엔 예장을 집어삼켰습니다. 그리곤 천자에게표문을 올려 '대사마(大司馬)'라는 벼슬을 요구합니다. 대사마란, 요즘국방장관에 해당하며, 군권을 쥘 수 있는 벼슬입니다.

협이 형(천자를 일컬음.), 잘 계시죠?

나 손책이야.

요즘 황제 역할도 쉽지 않죠?

나 벼슬 하나 내려 줘요.

쿠울~하게 대사마 자리 내려 줘. 내 꼭 보답할게.

협이 형, 천하를 다 뒤져 봐요. 나만큼 싸움 잘하고 잘난 사람 있는지.

그럼 믿고 소식 기다릴게요.

협이 형도 늘 건강해야 돼. 빠이빠이!

이 표문을 읽어 본 조조의 심사가 편할 리 없죠.

"음, 손책! 이거 키워 놓으면 호랑이보다 더 무섭겠는데? 손책의 상소문을 감춰두고 천자께 보고하지 말라."

조조가 방해를 놓아 손책은 벼슬을 얻지 못합니다. 이 사실을 안 손책이 노발대발하죠.

"조조, 이 시건방진 놈. 환관 아들 주제에 이 손책을 뭘로 보고 까불어? 이거 먼저 손봐 줘야겠는데?"

손책이 조조를 칠 기회를 엿보고 있는데, 오군태수 허공(許公)이라는 사람이 있습니다. 조조의 심복이죠. 허공이 잔꾀를 내어 조조에게 밀서를 보냅니다.

조 승상!

손책은 무서운 놈입니다.

모두 강동의 호랑이라 부릅니다.

빨리 제거해야 해요.

그런데 승상은 어째서 그렇게 머리가 나쁘시오?

손책에게 대사마 벼슬을 준다고 하세요.

그럼 손책이 좋아할 거 아닙니까?

벼슬 받으러 궁궐로 들어오면 그때 잽싸게 죽이세요.

어때요? 저 머리 좋죠?

― 허공 올림

그런데 운 나쁘게도 허공의 밀서를 가지고 가던 심복 부하가 불심검문에 걸리고 맙니다.

"이건 무슨 편지냐? 뭐? 우리 주공 손책을 불러들여 죽인다고? 이런 나쁜 놈!"

밀서를 빼앗은 부하가 손책에게 즉시 보고하죠. 그걸 읽어 본 손책이 가만있을 리 없죠.

"당장 허공을 잡아 와라."

허공은 손책의 부하들에게 꽁꽁 묶여 잡혀 왔습니다.

"허공, 네가 나와 무슨 억한 감정이 있어서 이따위 밀서를 조조에게 보내려 했느냐? 나쁜 놈!"

"주공, 잘못했습니다. 살려 주십시오."

"날 죽이려 한 네놈이 살기를 바란다고? 여봐라, 저놈 목에 밧줄을 걸고 허공(虛空)에 매달아라."

허공(許公)은 졸지에 허공(虛空)에 대롱대롱 매달려 죽고 말았죠. 그렇게 되자 허공의 일가족도 풍비박산 나고 말았습니다.

허공을 평소 존경하던 심복 부하 셋이 있습니다. 이들은 허공이 죽자 함께 머리를 맞대고 복수를 다짐합니다.

"우리의 주군께서 허공으로 사라지고 말았다. 꼭 복수를 하자!"

이렇게 다짐하고 기회를 노립니다.

어느 날 손책이 부하 장수들과 함께 사냥을 나가게 되었습니다.

"서산에 사슴과 멧돼지가 우글우글거린다 카더라. 오늘 사슴과 멧돼지 사냥을 나가자."

고대의 무사들이 가장 즐기는 스포츠가 바로 사냥입니다. 모두들 신바람이 나서 사냥길에 나섰죠.

"저기다, 저기. 사슴이 있다!"

손책이 사슴을 쫓기 시작합니다. 정신없이 사슴을 쫓다 보니 산속 깊은 곳까지 추격해 왔는데, 사슴은 보이지 않고 갑자기 화살이 날아와 왼쪽 어깨에 꽂혔습니다.

"윽! 누구냐?"

손책이 비명을 지르며 말에서 굴러떨어지자 검은 두건을 쓴 세 사람의 자객이 나타납니다. 말에서 굴러떨어진 손책의 왼쪽 다리를 자객이 또 칼로 찌릅니다.

"으…윽!"

손책이 이를 악물고 칼을 빼어 자객을 베어 넘기자 다른 자객이 손책의 오른쪽 옆구리를 찌릅니다.

"너흰 누구냐? 무슨 원한으로 나를 죽이려 하는 것이냐?"

"손책, 우리 주군 허공의 원수를 갚는 것이다. 너도 빨리 허공 속으로 사라져라!"

둘은 이렇게 소리치며 함부로 손책을 찌르고 벱니다. 이대로 가면 손책의 목숨이 끊어질 위기의 순간, 정보가 뛰어들었습니다.

"너흰 웬 놈들이냐? 감히 주공께 활과 칼을 쓰다니!"

"장군, 빨리 저 도적들을 죽이시오!"

손책이 간신히 힘을 모아 소리치자 정보는 이들이 자객임을 알고 분노에 차 칼로 베어 넘깁니다.

"이놈들! 감히 누구를 죽이려 했느냐, 야합!"

정보가 휘두르는 칼에 나머지 두 자객도 목이 달아났습니다.

정보는 입고 있던 옷을 찢어 손책의 흐르는 피를 지혈시킨 후 급히 사람들을 불러 본진으로 옮겨 갔습니다. 정신을 잃고 쓰러진 손책을 여러 명의들이 정성을 다해 치료하기 시작했죠. 닷새 후, 손책이 깨어났습니다. 손책이 눈을 떠 보니 어머니 오태 부인이 눈이 퉁퉁 부은 채 옆에 앉아 계십니다.

"책아, 이제 깨어났구나. 제발 죽지 마라……. 네 아버지를 잃은 지 겨우 10년이다. 그때 네 나이 열여섯이었지. 그 10년 세월을 눈물을 삼 키며 너만 믿고 살았는데…, 이제 너까지 잃는다면 이 어미도 더 이상 살지 못한다."

"어머니, 죄송하고 부끄럽습니다. 어머니 홀로 남기고 싶진 않지 만…, 제 상처가 너무 심하군요. 장수들과 문무관원들을 모두 불러주세 요. 그리고 동생 손권(孫權)을 부르세요."

잠시 후 모든 장수들과 신하들이 모였습니다. 손책이 또렷한 목소리 로 유언을 남깁니다.

"천하가 어지러우나 내가 천수를 누리지 못하고 먼저 떠납니다. 난 아들이 둘이나 있지만 아직 어립니다. 그래서 내 아우 손권에게 뒤를 잇 게 하겠습니다. 여러분은 부디 내 아우를 도와 동오를 지켜 주시기 바랍 니다. 그리고 …권아……."

"예, 형님."

"강동은 아버지가 피로써 일구고 내가 땀으로 넓힌 땅이다. 이제 너 에게 물려줄 테니…, 네가 다스리고 백성들을 편안케 하여라. 어려운 일 이 있을 때…, 나라 안의 일(내정)은 장소에게 묻고…, 나라 밖의 일(외교 와 국방)은 주유에게 물어라."

손책은 여러 가지 당부를 끝내고 눈을 감으니, 이때가 서기 200년, 손 책의 나이 스물여섯……. 한참 피어날 나이에 세상을 뜨고 말았습니다. 신하들과 손권은 오열합니다. 아버지처럼 따르던 형 손책이 죽고 나자 18세의 어린 군주 손권은 형의 장례를 마치고 동오를 이끌기 시작하죠.

손권은 신하들을 불러 앞으로 해야 할 일을 논의합니다.

"지금 천하는 조조와 원소가 가장 큰 세력을 가지고 있소. 우린 누구와 손을 잡아야 하오?"

"주공, 조조와 손을 잡아야 합니다. 어정쩡한 양다리 외교를 버리고 원소와는 단호히 관계를 끊으십시오."

"나도 같은 생각이오. 조만간 조조와 원소가 격돌할 텐데…, 원소는 조조를 이기지 못할 것이오."

손권은 나이는 비록 어리지만 지도자의 자질을 충분히 갖춘 뛰어난 인재입니다. 조조에겐 저자세의 외교로 사신을 보냅니다.

존경하는 조 승상!
모든 게 부족한 제가 동오를 맡았습니다.
잘 보살펴 주십시오.
약소하지만 여기 약간의 재물을 보냅니다.

손권의 저자세에 조조는 크게 만족합니다.

"손권은 현명한 사람이다. 잘 다독여 놓아야 한다. 조만간 원소와 내가 한판 승부를 벌여야 하는데, 손권을 잘 다독여 놓는다면 내가 출병한 사이에 그가 허도를 치는 일은 없을 것이다."

조조는 손권에게 장군의 벼슬과 태수의 벼슬을 내리고, 많은 답례품을 보냅니다.

관도대전

손권이 조조에게만 사신을 보내고 자신을 외면하자 원소는 크게 화를 냅니다.

"입에서 젖비린내 가시지 않은 어린애라 세상 물정을 모르는구나. 하북의 원소를 몰라보고 저런 쪼잔한 조조 따위에게 굽신거리다니! 내 먼저 조조를 쳐서 허도를 정복한 다음 반드시 손권, 너도 손봐 주겠다."

원소가 군사를 정비하여 조조를 치려 하자 모사 전풍(田豊)이 반대합니다.

"주공, 시기상조입니다. 좀 더 군사를 조련하고 군량미를 보충한 다음, 하늘이 주시는 때를 기다려야 합니다."

그러자 원소가 벌컥 역정을 내며 고함을 칩니다.

"시끄럽다! 네가 뭘 안다고 주둥이를 함부로 놀리느냐? 전쟁을 시작도 하기 전에 군심을 어지럽게 했으니 저놈을 옥에 가두어라."

전풍이 옥에 갇히자 더 이상 전쟁을 반대하는 사람이 없습니다.

『삼국지』에서는 크고 작은 전쟁이 끊이지 않고 일어나 흥미진진한 이야기가 전개됩니다. 그중에서 대규모의 전쟁이 세 번 있습니다. 관도대전(官渡大戰), 적벽대전(赤壁大戰), 이릉대전(夷陵大戰)이 그것이죠. 이제 원소가 70만 대군을 일으켜 조조를 치기 위하여 허도로 군사를 몰아가니, 이것이 바로 '관도대전'입니다.

원소의 근거지는 하북이며, 조조의 근거지는 허도입니다. 하북에서 허도로 가기 위해서는 반드시 지나쳐야 할 곳이 '관도'라는 요충지입니다. 서기 200년, 이 관도에서 원소와 조조의 대규모 군사 충돌이 시작되는 거죠.

원소의 70만 대군이 성난 물결처럼 밀려온다는 보고를 받은 조조는 신속하게 대응에 들어갔습니다.

"군사를 모두 집결시켜라. 몇 명이나 되느냐?"

"7만 명가량 됩니다."

"우린 원소 군사의 10분의 1밖에 안 되는 데 이길 수 있을까요?"

부하들이 걱정하지만 조조는 단호히 말합니다.

"전쟁은 쪽수가 많다고 꼭 이기는 게 아니다. 장졸들의 강한 정신력과 하늘의 도움이 있으면 반드시 승리할 수 있다. 순욱은 남아서 허도를 지켜라. 나머지 장수들은 모두 나와 함께 관도로 나가자."

조조가 이끄는 군사 7만 명은 관도에서 가장 지형이 험한 '애구'에 영채를 짓고 방어에 들어갔습니다. 원소가 조조군의 영채를 바라보고는 껄껄 웃더니 명령합니다.

"조조의 영채 앞에 토산을 쌓아라. 토산 위에서 내려다보며 활을 쏘면 조조는 견디지 못하고 영채를 버리고 달아날 것이다."

군사 수가 워낙 많은지라 삽으로 흙을 파서 자루에 담은 후 쌓아 올리니, 순식간에 작은 산이 생겼죠. 열흘 만에 토산 50개가 만들어지자 그 꼭대기에 다락을 만들고, 그 다락 위에서 영채 안으로 활을 쏘아 댑니다.

"승상, 화살이 소나기처럼 하늘을 뒤덮고 날아듭니다. 우리 군사들은 방패로 몸을 가리고 땅 바닥에 납작 엎드려 있지만 무수한 사상자가 발생했습니다. 빨리 영채를 버리고 후퇴해야 합니다."

"아니다. 저 토산의 다락을 자세히 보면 약점이 보일 것이다."

"약점이라니요?"

"저 다락은 움직이지 않는 고정된 표적이다. 고정된 표적을 거대하게 큰 새총을 만들어 돌을 쏜다고 가정해 보아라."

"승상, 좋은 의견입니다. 거대한 새총이라면 발석거(發石車)를 말씀하시는군요. 당장 100대를 만들겠습니다."

발석거란, 거대한 돌멩이를 쏘아붙이는 고대사회의 대포와 같은 무기입니다.

며칠 후, 그날도 원소의 군사들이 조조의 영채를 내려다보며 활을 쏘기 시작했죠. 그런데 갑자기 굵은 박덩이만 한 돌들이 날아들더니 토산 위의 다락을 때립니다.

"이건 뭐냐? 갑자기 하늘에서 바윗돌이 날아들다니?"

다락에서 활을 쏘던 궁수들의 머리가 터지고 배가 터져 순식간에 괴멸되고 맙니다. 이 광경을 바라보던 원소가 놀란 입을 다물지 못합니다.

"토산을 포기하시고 우리도 땅굴을 팝시다."

"땅굴이라니?"

"몰래 땅굴을 판 후 야밤에 영채 안을 기습하는 거죠."

"좋다, 우린 쪽수가 많으니 한번 파 보자."

원소의 군사들은 그날부터 땅굴을 파기 시작합니다.

"제길! 우리가 두더지야 뭐야?"

그러나 조조가 곧 알아차리고 영채를 빙 둘러 참호를 파니 땅굴도 무용지물이 되고 말았죠.

"뭐야? 땅굴을 파고 나가면 적들의 참호 속에 갇히게 된다고? 큰일 날 짓이구나. 중단해라."

토산을 쌓고, 땅굴을 파고…, 이러다 보니 두세 달이 훌쩍 넘어가고 전쟁이 장기화되는군요. 전쟁이 장기전으로 가자 원소, 조조 양 진영 모두 식량이 바닥나기 시작합니다. 수만 또는 수십만 명의 병사를 동원하여 전쟁을 할 때는 식량과 보급품이 승패를 좌우합니다.

원소의 모사 중 허유라는 사람이 있습니다. 원래 조조와 어린 시절 친구지만 지금은 원소를 모시고 있습니다. 그 허유가 원소에게 작전 제의를 합니다.

"주공, 지금 전쟁이 장기화되니 조조군의 식량이 부족할 것입니다. 조조군의 식량은 허도에 남아 있는 순욱이 보급해 주고 있습니다. 그러니 우린 군사의 절반은 이곳에 남겨 두고, 절반은 빼서 허도를 급습합시다. 허도를 공격하면 조조에게 가는 식량이 끊기게 되어 큰 타격을 입을 것입니다."

"조조가 관도를 저렇게 틀어막고 있는데 어떻게 허도로 간단 말인가?"

"군사를 빼 남쪽으로 빙빙 돌면 길이 있습니다. 시간은 다소 걸리겠지만 조조에게 타격을 가하고, 허도도 손쉽게 정복할 수 있습니다."

허유는 원소로부터 크게 칭찬받을 걸로 기대하고 군사작전을 제의했는데, 원소의 반응이 뜻밖입니다.

"허유, 헛소리 좀 작작해라. 우리가 허도로 군사를 돌리다가 조조가 눈치채고 후미를 급습하면 우린 다 죽게 된다. 그리고 자네가 어떻게 조조의 식량 사정까지 잘 알고 있나? 조조와 어려서부터 친분이 있다더니, 설마 지금도 조조와 내통하는 건 아니지?"

원소로부터 뜻밖에 핀잔을 들은 허유는 낙담하게 되죠.

'내가 주인을 잘못 만났구나. 원소 밑에 있어 봐야 별 희망이 없다.'

허유는 그날 밤 야음을 틈타 조조 진영으로 투항합니다.

조조가 막 잠자리에 들었는데, 막사를 지키던 군졸이 급히 들어와 보고합니다.

"승상, 허유라는 사람이 승상을 뵙겠다고 투항해 왔습니다."

"뭐? 허유가 왔어?"

조조는 잠옷 바람으로 신발도 신지 않고 뛰어나가 허유의 손을 덥석 잡습니다.

"허유, 이게 웬일인가? 어서 오게, 어서 와. 반갑구만 반가워!"

조조의 뜻밖의 환대에 허유의 입이 귀에 걸립니다.

"조 승상, 오랜만일세. 내가 심야에 찾아와 잠자는 걸 방해하지 않았나?"

"방해라니, 그깟 잠 좀 설치면 어떤가? 자자, 추운데 어서 안으로 들어가세."

조조는 허유를 반갑게 맞이하죠.

"자, 여기 귀한 손님이 오셨으니 술을 따끈하게 데워 오고, 좋은 안주를 내와라! 자자, 앉게. 자네와 난 죽마고우 아닌가? 오늘 밤새도록 마셔보세."

"좋네. 승상과 한잔하는 것도 영광일세."

두 사람은 술잔을 주거니 받거니 하며 도도하게 흥이 올랐습니다.

"조 승상, 자네 군영의 식량 사정은 어떤가?"

"우린 식량이 풍부하여 아무 걱정이 없네. 이대로 가도 1년은 넉넉히 버틸 수 있네."

"조 승상, 거짓말 말게. 자넨 아직 나를 안 믿는군."

"허허, 사실은 한 달 치 식량밖에 없네."

"조 승상, 역시 거짓말이야."

"알겠네, 알겠어. 사실 열흘 정도 먹을 식량밖에 없네. 나도 식량 때문에 큰 고민일세."

"조 승상, 내가 이번 전쟁을 단번에 이길 수 있는 방법을 알려 주겠네."

"허유, 제발 알려 주시게. 좋은 방법이 있는가?"

"원소는 1만 대의 수레에 가득 실을 수 있는 식량을 오소(烏巢)에 쌓아 두고 있네. 거기를 지키는 장수는 순우경(淳于瓊)인데, 이 사람은 술을 몹시 좋아하는 게으른 사람이네. 만약 자네가 날랜 군사들을 보내 기습하여 식량을 불태운다면 사흘 안에 원소의 군대는 달아날 것이네."

"허유, 그게 사실인가? 후유, 난 이제 살았네. 고맙네, 고마워! 내 이 은혜는 꼭 갚겠네."

중요한 정보를 알아낸 조조는 즉시 장수들을 소집합니다.

"원소가 군량미를 오소에 숨겨 두고 있다. 나는 정병 5천 명을 이끌고 오소를 치겠다. 장료와 허저는 나를 따라 오소로 가자. 오소를 기습하는 군사들은 모두 원소의 장병들로 위장하고 마른 풀과 장작, 생선 기름 등 인화물질을 소지해라. 내가 오소로 간 걸 알면 원소는 이곳 본채를 공격할 것이다. 본채는 가후와 조홍이 지켜라. 하후돈, 하후연은 본채 밖으로 나가 왼편에 매복하고, 조인은 오른편에 매복한다. 원소가 기습해 오면 좌우에서 협공하여 적을 무찔러라."

"옙, 승상!"

이렇게 조조가 오소를 기습할 만반의 준비를 마치고 조용히 영채를 벗어나 어둠속을 헤쳐 나갑니다.

원소의 참모 중 저수(沮授)라는 모사가 있습니다. 조조의 영채를 감시하던 군사가 들어와 보고합니다.

"지금 조조의 군사들이 컴컴한 밤중에 어디론가 이동하고 있습니다. 캄캄한 밤이라 식별은 안 되지만 대략 4,5천 명은 될 듯합니다."

"조조가 밤에 움직인다면 오소에 쌓아 둔 식량을 기습할 가능성이 있다. 빨리 주공께 알리고 대책을 세워야 한다."

저수가 곰곰이 생각하더니 원소에게 면담을 요청했죠.

"주공은 주무시는가?"

"예, 초저녁에 술을 드시고 지금 주무시고 계십니다."

"빨리 깨우시게. 급히 보고 드릴 일이 있네."

술에 취해 자고 있던 원소가 귀찮다는 듯이 저수에게 묻습니다.

"무슨 일인가? 할 말이 있으면 내일 아침에 할 일이지……."

"밤중에 조조 군사들이 영채를 빠져나갔다 합니다. 식량을 보관하고 있는 오소가 불안합니다. 지금 즉시 날랜 군사들을 추가 배치하여 오소를 지켜야 합니다."

그러자 원소가 화를 벌컥 냅니다.

"무슨 잡소리를 하고 있느냐? 조조가 우리 식량 창고의 위치를 어떻게 안단 말이냐? 조조는 원래 잔꾀가 많은 사람이다. 한밤중에 군사를 움직이는 척하여 우리를 유인하려는 수작이다. 그리고 오소는 순우경이 지키고 있다. 아무 걱정 말아라."

"주공, 순우경은 믿을 만한 사람이 못 됩니다. 그는 술이 과하고 책임감이 없습니다."

"시끄럽다. 넌 지금…내가 술 한잔 마시고 자는 걸 비꼬는 거냐? 그리고 넌 네 일도 제대로 못하면서 왜 순우경을 헐뜯느냐? 여봐라, 이놈을 당장 밖으로 끌어내라!"

저수가 밖으로 끌려 나가며 탄식합니다.

'우린 오늘 밤 망하겠구나. 우리가 망하면 장차 내 시체는 어느 구석에서 뒹굴꼬?'

조조의 군사들이 오소로 가던 도중 원소의 검문 초소를 지나가게 되었죠.

"어디로 가는 군사들이냐?"

"예, 우리는 명을 받아 오소로 군량을 옮기는 중입니다."

검문병들이 횃불로 비쳐 보니 자기편 군사 복장이 틀림없습니다.

"통과하시오."

이렇게 몇 군데의 검문 초소를 통과하여 오소에 당도해 보니, 거의 새벽 4시 무렵이 됐습니다.

"공격하라!"

조조의 명령이 떨어지자 장수들과 장병들이 고함을 지르며 일제히 뛰어듭니다. 그리고 가지고 간 장작과 마른 풀에 생선 기름을 묻혀 불을 지릅니다.

"적이다! 적의 기습이다!"

놀라서 소리치는 경계병들을 풀 베듯 베어 넘기고, 허저는 순우경의 막사로 바로 뛰어들어갑니다. 순우경은 술에 취해 코를 골고 자고 있다가 고함소리에 놀라 일어났죠.

"왜 이리 소란스럽냐? 그리고 저건 웬 불길이냐? 부관…부관은 어디 있냐?"

"순우경, 부관은 없고 저승사자가 여기 있다. 무슨 일로 부르느냐?"

막사로 뛰어든 허저가 그 괴력으로 순우경을 번쩍 들어 바닥에 메어 꽂습니다.

쫘당!

"아이쿠, 허리야! 누⋯누구냐?"

"나? 난 조 승상의 호위대장 허저다. 경비 책임자가 술에 떡이 되어 자고 있으니⋯, 한심한 작자로구나."

포승줄에 묶여 온 순우경을 내려다보던 조조가 명령을 합니다.

"저놈의 코와 귀를 베어라. 그리고 말에 묶어 원소의 진영으로 돌려 보내라. 저자의 코와 귀를 베는 것은 책임 있는 장수로서 대군의 목줄기와 같은 식량 창고를 제대로 지키지 못한 응징이다. 여기 보관되어 있는 1만 대의 수레에 실을 수 있는 식량은 한 톨도 남기지 말고 모조리 불태워라."

오소에서 불길이 치솟자 놀란 원소가 장수들을 소집합니다.

"오소 쪽에서 불길이 솟고 있다. 어찌하면 좋겠느냐?"

장합(張郃)이 나서서 대답하죠.

"즉시 군사들을 오소로 보내야 합니다. 조조는 소수 병사들로 기습했을 테니, 우리가 많은 군사를 몰고 가서 조조를 사로잡아야 합니다."

이때 원소의 주변엔 일급 모사가 아무도 없었습니다. 전풍은 옥에 갇혀 있고, 허유는 조조에게 투항했고, 저수는 쫓겨났기 때문입니다. 남은 모사는 삼류급 모사 곽도(霍韜)입니다. 삼류 모사 곽도가 진언합니다.

"주공, 오소를 기습했다면 조조가 친히 출전했을 것입니다. 그렇다면 지금 즉시 조조의 본채를 기습합시다. 그러면 조조도 오소를 포기하고 본채를 구하러 달려올 테니, 그때 사로잡도록 하지요."

곽도의 말을 들은 원소가 갈팡지팡 결단을 내리지 못합니다. 한참 생각하더니 명령하지요.

"두 가지 계책을 다 쓰자. 장합과 고람은 군사 10만 명을 인솔하여 조조의 본채를 공격해라. 장기는 군사 1만 명과 오소로 달려가 식량을 지켜라."

한편, 이때 오소를 완전히 불태운 조조는 장병들을 다시 순우경의 군졸로 위장시킵니다.

"모두 순우경의 부하로 위장하고 이곳을 빠져나가자."

조조의 군사들이 오소에서 내려오자 장기의 군사들과 맞닥뜨립니다.

"너흰 어디로 가는 군사들이냐?"

"장군, 저희는 순우경의 부하들입니다. 조조의 기습을 당해 내지 못하고 지금 본채로 가고 있습니다."

"못난 놈들! 알겠다, 가 봐라. 자, 전군 오소를 향해 돌격! 조조를 사로잡아라."

장기가 오소에 진입해 보니 새까맣게 타버린 군량미와 순우경의 부하들 시체만 있을 뿐 조조의 군사들은 아무도 없습니다.

"속았다! 방금 지나친 군사들은 조조의 군사들이었다. 빨리 추격하라!"

장기가 허둥지둥 오소를 내려와 왔던 길을 되돌아가는데, 길가에 매복하고 있던 허저와 장료가 뛰어나옵니다.

"장기, 정신없이 어디를 왔다 갔다 하느냐?"

그러더니 달려들어 목을 베어 버립니다. 장수가 죽자 놀란 원소의 군졸들이 도주하는데, 조조의 군사들이 추격하여 전멸시킵니다.

한편, 10만 대군으로 조조의 본채를 습격한 장합과 고람은 더 큰 위험에 빠지죠. 영채의 문이 열리며 조홍이 군사를 몰고 정면으로 돌진해 나오는데 좌측에선 하후돈·하후연이, 우측에선 조인이 또 군사를 몰고 나와 협공합니다.

"와아!"

"원소의 군사들을 한 놈도 살려 보내지 마라."

"와…아!"

"후퇴, 후퇴! 일단 후퇴한다!"

장합과 고람이 퇴각하는데, 이번엔 조조가 길을 가로막습니다.

"장합, 모두 끝났다. 투항해라. 너희 식량은 모두 불탔다. 이제 무엇을 먹고 싸우겠느냐?"

장합과 고람은 말에서 내려 항복합니다.

"승상, 투항하겠습니다."

장합이 군사들을 이끌고 투항해버리자 남은 원소의 군사들이 술렁거리기 시작합니다.

"밥…밥을 다오. 배가 고프다."

"자넨 무얼 좀 먹었나?"

"응, 어제 쥐를 한 마리 잡아서 열 사람이 나누어 먹었네. 난 운 좋게 쥐꼬리 반 토막을 먹었네."

"쥐꼬리? 반 토막? …우웩!"

조조의 군대는 승세를 타고 원소의 군대를 맹렬히 공격했죠.

"조조군의 기습이다! 모두 무기를 들고 방어하라."

"어…어…? 일어설 힘도 없는데 무기를 어떻게 들어?"

원소의 군대는 순식간에 모래성처럼 무너집니다.

원소는 아들 원담과 함께 북쪽을 향해 황급히 도망쳤는데, 기마병 800명만이 그들을 따를 뿐입니다. 관도대전으로 무려 70만 대군을 잃은 거죠. 하북으로 쫓겨 간 원소는 2년 후에 병들어 죽었고, 조조는 원소의 잔여 세력을 소탕하여 중국 북방을 완전히 장악하죠.

이렇게 조조와 원소의 관도대전이 막바지에 이를 무렵, 유비는 여남에 터를 잡고 유벽과 공도의 도움을 받으며 군사 2만여 명 정도를 모아 조련하고 있습니다. 관도대전을 관망하던 유비가 허도를 칠 기회라고 판단하고 군사를 일으킵니다.

"자아, 지금 조조는 관도에서 전쟁 중이다. 원소와 한판 승부를 벌이고 있으니 허도는 비어 있다. 이 틈을 타 우리가 허도를 치자. 허도를 점령하여 천자를 구하고, 기울어져 가는 한실(한나라)을 바로 세우자."

조자룡이 이의를 제기하죠.

"주공, 이미 때가 늦었습니다. 관도대전 초기에 허도를 쳤다면 성공했을 텐데 지금은 전쟁이 막바지에 이르렀습니다. 자칫하면 승세를 탄 조조에게 오히려 당할 수도 있습니다."

"자룡, 모르는 소리. 지금 관도대전은 백중세라 들었다. 조조가 쉽게 이기지 못할 것이다. 지금이 허도를 치기에 가장 적당한 시기다."

확신에 찬 유비의 결심에 아무도 반론을 제기하지 못합니다.

"출발! 전군 허도로 진격한다. 허도로 들어가 황제 폐하를 구하자!"

유비가 2만 군사를 일으켜 관우, 장비, 조자룡과 함께 여남을 출발합니다. 군사들은 천자를 구한다는 정의감에 사기가 불타오르죠. 그러나 조자룡의 예상대로 이미 때는 늦었습니다. 오소를 급습하여 식량을 불태운 조조의 군사는 하늘을 찌를 기세로 원소군을 꺾었죠.

조조에게 크게 패한 원소가 겨우 800여 기를 거느리고 하북으로 도주하자, 유비가 허도를 친다는 보고가 들어옵니다.

"조금만 늦었어도 큰일 날 뻔했구나. 빨리 군사를 허도로 돌리자."

조조는 급히 5만 군사를 몰아 양산으로 달립니다.

유비 일행이 양산에 도착하여 잠시 휴식을 취하고 있는데, 전령이 보고합니다.

"뽀…보고요. 조조가 군사를 몰고 이곳으로 오고 있습니다."

"뭐? 조조가 이렇게 빨리 쫓아왔단 말이냐? 전군, 전투 준비! 조조의 군사를 막아라!"

생각보다 훨씬 빨리 추적해 온 조조의 대군을 보자 유비가 당황함을 감추지 못합니다.

조조가 마상에 높이 앉아 유비를 보고 호통을 칩니다.

"유비, 불량하구나. 이젠 네가 빈집털이로 나섰구나. 오늘 네 버릇을 고쳐 주겠다!"

"조조, 생각보다 빨리 쫓아왔구나. 이곳 양산 벌판에서 한판 승부를 가려 보자!"

조조의 군사와 유비의 군사가 격돌하였으나 유비의 2만 군사는 조조의 5만 군사를 이기지 못하고 대패했죠. 유비는 군사들을 거의 잃고 또 도주합니다.

"후퇴! 전원, 퇴각하라!"

한참 쫓기던 유비가 뒤돌아보니 더 이상 추격병이 보이지 않습니다.

"휴우, 좀 쉬자. 자, 이제 추격병이 없으니 산비탈에 진채를 내려라."

유비가 산비탈에서 한숨 돌리고 있는데, 또 나쁜 소식이 들어옵니다.

"뽀…보고요. 여남을 하후돈, 하후연에게 빼앗겼습니다. 유벽과 공도, 두 장수도 전사했습니다."

유비가 관우, 장비, 조자룡 앞에서 신세 한탄을 합니다.

"조조를 이기지 못하고 이젠 돌아갈 곳조차 없구나. 내 신세가 왜 이 모양 이 꼴인고? 아우들 보기 부끄럽구나. 자룡의 예측이 맞았어. 관도 대전을 관망하다 군사를 일으킨 시기가 너무 늦었어. 이번의 패전 원인은 적당한 때를 놓친 탓이다. 이제 나에겐 송곳 하나 꽂을 땅도 없으니 어디로 가야 한단 말이냐?"

관우와 장비, 자룡이 유비를 위로합니다.

"형님, 기운을 내십시오. 그까짓 땅이야 또 빼앗으면 되지요. 저흰 형님만 무탈하시면 됩니다."

"그래, 다들 기운을 내세. 이제 우리는 이곳에서 가까운 형주(荊州)로 가세. 형주는 내 종친인 유표가 다스리고 있으니 그곳에 몸을 의탁하세."

유비, 형주의 유표에게 몸을 의탁하다

유비 일행은 형주 유표에게 몸을 의탁합니다. 유표, 기억나시죠? 손견이 전국옥새를 주어 강동으로 돌아갈 때 유표가 기습을 했죠. 그러나 그때는 손견을 놓치고 말았습니다. 손견이 강동에서 힘을 길러 유표에게 복수하러 나왔으나 유표의 부하들이 쏜 활에 맞아 손견은 전사했죠.

손견을 죽인 용감무쌍한 유표지만, 그도 세월 앞에선 어쩌지 못하고 늙었습니다. 60을 넘긴 유표는 마누라인 채 부인이 제일 겁나는 존재입니다.

"끙…끙…마누라, 오늘은 일찍 잠이나 잡시다."

"이 영감탱이야, 그러기에 비아그라를 미리미리 챙겨 두라고 했지? 벌써 열흘째 그냥 자다니…, 오늘은 힘 좀 써봐."

"마누라, 비아그라는 의사 처방이 있어야 살 수 있는데…….. 애들 눈치가 보여서 처방전 받으러 가기 민망하오."

"쯧쯧쯧, 저 영감탱이를 어디에 쓸꼬? 내일은 보약이라도 달여 먹여야겠구만."

이 표독한 채 부인은 젊은 후처입니다. 유표의 본부인은 유기(劉琦)라는 아들을 낳고 병사했으며, 후처로 들어온 채 부인은 유종(劉琮)이라는 아들을 낳았습니다.

"유기, 저 눈엣가시 같은 놈. 저놈이 후계자가 되면 큰일이야. 잘생기고 똑똑한 내 아들 유종이 후계자감이지."

유기를 늘 경계하는 채씨 부인에겐 채모(蔡瑁)라는 오빠가 있습니다. 채모는 유표의 처남이며, 강에서 적과 싸우는 수전(水戰)에 능한 장군이죠.

유비가 형주에 의탁하러 오자 채모는 유비를 못마땅하게 여깁니다.

"채 부인, 저 유비라는 사람 일찌감치 제거해야 합니다. 유기와 유비가 손을 잡으면 후계자 선정 시 우리가 불리합니다."

"오빠, 잘 알겠으니 오빠 선에서 유비를 제거하세요. 누구든지 우리 유종이 후계자가 되는 데 걸림돌이 된다면 모두 제거하세요."

채씨 부인과 그 오빠 채모가 유비를 경계하며 제거 음모를 꾸미고 있지만, 유표는 유비를 친 동생처럼 아끼며 가까이 지내고 있습니다.

"유비 동생, 어려운 일이 있으면 언제든지 이 형에게 얘기하게. 뭐든 도와주겠네."

"예, 유표 형님. 피는 물보다 진하다고, 형님에게 몸을 의탁하고 보니 항상 마음이 편합니다. 형님도 뭐든 걱정거리가 있으면 저에게 하명해 주십시오. 힘닿는 데까지 도와 드리겠습니다."

"유비 동생, 사실 내겐 몇 가지 근심이 있네. 첫째는 내게 아들이 둘 있는데, 본처에서 난 아들이 장남 유기라네. 장남은 총명하고 리더십이 있어 내 후계자로 삼고 싶은데, 그게 내 마음대로 되질 않네. 본처와 사별 후 지금의 채 부인과 재혼하여 둘째 아들 유종을 낳았는데…, 이 아이는 아직 나이도 어리고 그리 총명한 편이 못 되네. 그런데 마누라가 후계자 얘기만 나오면 입에 게거품을 물고 유종을 세우라고 대드니……. 고민이 이만저만이 아니네. 두 번째 고민은 내가 다스리는 강하에서 장무와 진손이 반란을 일으켰네. 내가 진압하러 나가야겠지만 나이가 들다 보니 몸이 예전 같지 않네."

"형님, 무얼 그리 고민하십니까? 후계자는 당연히 장남으로 세우셔야죠. 제가 보아도 유기는 후계자감으로 손색이 없습니다. 어리고 덜떨어진 아이를 후계자로 삼아 망한 나라와 망한 집안이 많지요. 그리고 강하의 반란은 제가 관우, 장비, 조자룡을 데리고 나가 즉시 진압하겠습니다. 아무 걱정 마십시오."

"고맙네, 아우."

유비는 유표가 내어주는 군사를 몰고 강하로 출전합니다. 그런데 후계자로는 유기를 선정하라는 유비의 조언이 채 부인의 귀에 들어가고 말았죠. 유비가 유표의 후계자 문제에 끼어든 게 실수는 아닐까요?

한편, 군사를 몰고 강하로 건너간 유비는 단숨에 성을 포위합니다.

"반역자 장무와 진손은 나와라! 너흰 어째서 주군을 배신하고 반역하는 거냐?"

유비를 우습게 보고 장무가 군사를 몰고 뛰어나옵니다.

"너는 갈 곳이 없어 유표에게 빌붙은 거지 주제에 이곳엔 무엇 하러 왔느냐? 각설이 타령이나 구성지게 부르면 식은 밥이라도 나눠 주겠다."

그 말을 듣던 조자룡이 장창을 비껴들고 뛰어나갑니다.

"그래, 기왕 주려거든 뜨거운 것을 다오."

곧 창을 내지르자 장무가 뜨거운 피를 쏟으며 말에서 굴러떨어집니다. 싸우는 광경을 보고 있던 유비가 명령합니다.

"자룡, 장무가 타던 말을 끌고 와라. 말이 꽤 쓸 만하구나."

조자룡이 장무의 말을 끌고 오는데, 다시 진손이 성문을 열고 뛰어나옵니다.

"자룡, 거기 서라! 장무의 원수를 갚겠다."

진손이 자룡의 뒤를 추격해 오자 관망하던 장비가 뛰어나갑니다.

"웰컴 웰컴, 진손! 이 장비가 싸운 지 오래돼서 온몸이 근질거리는데 아주 반갑다."

진손이 장비를 향해 달려들며 호령합니다.

"고리눈, 눈을 보니 겁먹었구나. 한수 가르쳐 주마!"

진손은 호기 있게 덤볐지만 장비의 적수가 아니죠. 한 번 휘두르는 장팔사모에 진손의 몸은 두 동강이 나고 말았습니다.

"쩝! 몸도 풀리기 전에 죽다니, 너무 싱겁구나."

유비는 하루 만에 반란을 진압하고 장무가 타던 말을 끌고 형주로 돌아옵니다.

그런데 유비 일행이 강하에서 싸우고 있는 동안 채 부인은 지속적으로 유비를 헐뜯기 시작합니다.

"영감, 그 유비란 사람 귀가 크고 눈이 쪽 째진 게 꼭 도적놈처럼 보이네요. 그놈 밑엔 수염이 너저분하게 긴 장수하고 대갈통이 항아리만큼 큰 장군이 있던데, 모두 불량한 족속들이 틀림없어요. 딴맘 먹고 반란을 일으킬 도적들이니 아예 멀리 쫓아 보냅시다."

"허어, 부인! 유비 아우는 인의(仁義)를 중시하는 사람이오. 그런 비겁한 사람이 아니니 걱정 마시오."

"이 영감탱이가 마누라 말을 통 듣지 않아요. 그놈들 쌍판대기가 딱 도적놈들 쌍판대기던데, 무얼 믿고 가까이 둔단 말이에요?"

'끙, 늙어서 마누라 말 안 듣고 편할 수 있나?'

"알겠소. 내 그들을 멀리 떨어진 신야성(新野城)으로 보내겠소."

"영감, 잘 생각했어요. 오늘 저녁은 '자라탕'으로 끓였으니 팍팍 드시고 기운 좀 써보세요. 씻고(?) 기다릴게요."

"끄…응, 자라탕은 생각만 해도 속이 울렁거리오. 오늘은 좀 편히 잡시다."

반란군을 제압하고 유비 일행이 돌아오자 유표가 성 밖에까지 마중 나가 이들을 맞이합니다.

"유비 아우, 수고 많았네. 반란군 때문에 잠을 못 잤는데 이제야 맘이 놓이네."

"형님, 제가 승전한 기념으로 말 한 필을 선물하겠습니다."

유비는 장무에게서 뺏은 말을 유표에게 선물로 주었지요.

"아우, 과연 명마로군. 온몸에 잡털 하나 없이 흰색에 덩치가 산만 하니 이 말 역시 천리마로군."

유표가 선물 받은 말을 타고 들어가자 괴월(蒯越)이라는 장수가 유표를 부릅니다.

"주공, 이 말을 어디서 얻으셨나요?"

"전쟁에서 이기고 돌아온 유비에게 받은 선물이네."

"주공, 이 말을 타지 마십시오. 큰일납니다. 이런 말을 '적로(的盧)'라고 하는데, 예로부터 적로는 반드시 그 주인을 해친다고 합니다."

적로란, 이마에 흰 무늬가 있으며, 눈 밑에 눈물주머니가 있는 것이 특징입니다. 노비가 타면 객사하고, 주인이 타면 사형을 당해 흉마로 알려져 있습니다.

"그래? 말에도 관상이 있군. 말을 듣고 보니 기분이 나빠 유비에게 돌려주겠네."

유표는 유비에게 말을 돌려주면서 제안을 합니다.

"유비 아우, 반란 진압에 수고 많았네. 그런데 이 형주는 성이 비좁고,

또 자넨 딸려 있는 식구가 많으니 신야성으로 옮겨 가게. 그곳은 공기가 맑고 경치가 수려해 살기 좋은 곳이라네."

이렇게 되어 유비 일행은 신야성으로 내쫓기다 시피 옮겨 가고 말았죠.

이때 채 부인은 오라비 채모 장군을 부릅니다.

"오빠, 유비가 유기를 후계자로 세우라고 꼬드기고 있어요. 오빠 선에서 처치해 버리세요."

"채 부인, 알겠습니다. 보름 후 풍년잔치를 하려는데, 그때 유비를 초청해서 죽이겠습니다."

며칠 후, 채모가 신야로 가서 유비를 방문합니다.

"유 황숙, 편히 잘 계신지요?"

"채 장군, 어서 오시오. 내가 유표 장군께 몸을 의탁하여 마음과 몸이 편하다 보니 이 허벅다리에 살 붙는 걸 보시오. 말을 타고 산야를 누벼야 허벅다리의 살이 빠지는 법인데 이렇게 살이 찌는 건…, 무사의 본분이 아니라서 부끄럽소."

"유 황숙, 지금 형주에는 수십 년 이래 처음으로 대풍년이 들었습니다. 그래서 유 황숙을 모시고 풍악놀이를 하려는데, 참석해 주시지요."

"풍년을 즐기는 잔치라면 내 꼭 참석해야지요."

유비는 조자룡과 300 군사의 호위를 받으며 풍년잔치에 참석합니다. 유비가 양양성에 들어서자 형주에서 미리 마중 나온 관리들과 양양의 백성들이 유비를 반겨 줍니다.

"유 황숙, 어서 오십시오. 올해는 황숙 덕택에 대풍년이 왔습니다. 오늘 마음껏 드시고 즐기시기 바랍니다."

그런데 영접 나온 관리 중 이적(伊籍)이라는 사람이 있습니다.

"유 황숙, 이 말을 타지 마십시오. 이 말은 적로라는 말인데, 반드시 주인을 해친다고 합니다."

유비가 그 말을 듣고 점잖게 말합니다.

"사람의 운명은 하늘이 정하는 것인데 어찌 말 한 마리 따위에 좌우될 수 있겠습니까?"

이적은 그 말을 듣고 유비의 지혜와 용기에 감탄합니다.

'유비는 장차 큰 인물이 될 사람이다.'

유비가 자리를 잡자 유표의 두 아들이 좌우로 앉고, 조자룡이 경호를 위해 유비의 뒤에 시립하고 섰습니다.

"자, 바쁘신 중에도 이렇게 풍년잔치에 참석해 주신 내외 귀빈 여러 분께 감사 말씀 드립니다. 오늘은 날씨도 화창하고 음식도 많이 준비했으니 마음껏 먹고 마시며 즐겨 봅시다. 먼저 김덕수 선생님과 제자들의 사물놀이가 있겠습니다. 모두 박수로 맞이해 주시기 바랍니다."

흥겨운 사물놀이가 시작되자 술잔이 돌아가고 분위기가 무르익죠.

"자, 오늘은 탁주로 준비했습니다. 중국산 고량주는 너무 독하니 오늘은 한국산 막걸리로 듭시다."

"땀 흘린 농부들을 위하여!"

"위하여!"

"형주에 계시는 우리의 주군 유표를 위하여!"

"위하여!"

"이 자리에 참석하신 황실의 종친 유비를 위하여!"

"위하여!"

술이 몇 잔 돌고 분위기가 도도해지자 괴월이라는 장수가 조자룡에게 접근합니다.

"경호실장님, 분위기 좋은데 딱 한 잔만 하시죠?"

"치우시오. 난 경호 중엔 술을 마시지 않소."

"아이고, 경호실장님이 그렇게 무섭게 서 계시니 좋은 분위기가 자꾸 어색해집니다."

"술잔 치우라니까요. 난 근무 중엔 안 마신다고 했지 않소?"

그러자 유비가 끼어듭니다.

"자룡아, 오늘은 좋은 날이니 너도 한잔하거라."

"주공, 저는 괜찮습니다. 주공께서 많이 드시지요."

"허어, 마시라니까. 이곳 유표는 내 친형님 같은 분이니 믿어도 괜찮다."

괴월이 잡아끌고 유비가 권하니 자룡도 할 수 없이 따로 마련된 잔치 자리로 갑니다. 그러자 경호를 위해 따라온 300명에게도 푸짐한 술상이 돌아갔죠.

"자자, 여러분! 경호실장님도 한잔하시는데 여러분도 허리띠 풀고 맘껏 드세요."

"야! 녹두전에 도토리묵이다. 족발에 파전도 있구나!"

"닭은 프라이 반 양념 반이구나!"

"한잔 따라라, 마셔 보자!"

"부어라, 마셔라……."

이렇게 분위기가 도도해지는데, 이적이 유비 가까이 오더니 슬쩍 말을 건넵니다.

"유 황숙, 빨리 피하십시오. 채모가 황숙을 죽이려고 군사들을 사방에 철통같이 배치했습니다. 서문이 비교적 허술하니 그리로 탈출하십시오."

"이적, 고맙소. 이 은혜 후일에 꼭 갚겠소."

유비는 비틀거리며 밖으로 나갑니다.

"어, 취한다! 얘들아, 측간이 어디냐?"

"예? 무슨 말씀이신지요?"

"아, 화장실이 어디냐고 묻는 거네. 쉬가 마려워서."

"예, 저쪽 모퉁이에 있습니다."

유비가 비틀거리는 척 걷다가 말을 타고는 쏜살같이 서문 쪽으로 내달리기 시작합니다.

"유비가 도망친다, 잡아라. 놓치지 마라!"

채모가 얼굴이 붉어지며 추격이 시작됩니다.

"놓치면 참수하겠다. 유비를 죽여야 한다."

"저런 나쁜 놈들! 정말 나를 죽이려 하는구나. 이랴 이럇! 빨리 도망치자."

유비가 정신없이 도망치는데 푸른 물결이 넘실대는 강물이 가로막죠. 강 너머를 바라보니 깎아지른 듯한 절벽입니다.

'이렇게 강이 가로막고 있어서 서문에는 군사를 배치하지 않았구나. 그런데 이 강을 어떻게 건넌단 말인가? 나의 운명도 여기에서 끝나는 건가!'

유비가 망연자실하여 넘실대는 강물을 바라보는데, 뒤에서 고함이 들립니다.

"유비가 멈춰 섰다. 독 안에 든 쥐다. 묻지도 따지지도 말고 베어 버려라!"

'천하의 유비가 여기에서 죽는구나……'

하늘을 우러러 한탄하는데, 유비가 탄 적로가 갑자기 앞발을 들고 '히히…히힝!' 하더니 물에 풍덩 뛰어들어 헤엄을 쳐 건너기 시작합니다.

쏴아! 쏴아!

적로는 강을 다 건너더니, 다시 '히히히…힝!' 하고는 껑충 뛰어 절벽 꼭대기 위로 올라섰습니다.

"이럴 수가? 적로야, 적로야! 넌 주인을 해치는 말이 아니고 주인을 살리는 말이구나!"

"히히히힝!"

"난 지금 구름과 안개 속을 지나온 기분이구나. 적로야, 고맙다!"

적로 덕분에 목숨을 건진 유비가 컴컴한 산중에서 길을 잃고 해매다 불빛을 발견하고 외딴집을 찾아들었죠. 유비가 물에 빠진 생쥐처럼 후줄근한 모습으로 문을 두드리니, 조그만 동자가 문을 열어 줍니다.

"캄캄한 밤중에 뉘신지요? 여긴 사방에 CC TV가 설치되어 있으니 딴 맘 먹으면 안 됩니다."

"애야, 난 나쁜 사람이 아니다. 황실의 종친 유비라는 사람인데 밤중에 길을 잃었으니 하룻밤만 자고 가자."

"잠깐 기다려 보세요. 제가 주인님께 여쭈어 볼게요."

잠시 후 동자가 다시 나오더니 들어오라고 합니다.

"어서 오시오, 유 황숙! 말씀 많이 들었습니다. 밤중이라서 음식 준비가 어려우니 우선 뜨끈한 라면이나 한 그릇 드시오."

"예, 감사합니다. 라면 냄새가 구수하군요. 잘 먹겠습니다. 여기에 소주 한 잔만 곁들이면 좋겠습니다만……."

"그렇게 하시오. 내가 마시려고 아껴둔 소주 한 병이 있으니 반주로 드시지요."

"감사합니다. 전통 소주의 고유한 맛 빨강 뚜껑이군요. 캬아~, 소주 맛 좋다! 라면 국물에 소주 한잔 들이켜니 뱃속이 뜨끈뜨끈해지는군요.

그런데 선생님은 뉘신지?"

"난 사마휘(司馬徽)라는 사람이오. 친구들은 보통 나를 수경(水鏡) 선생이라 부른다오. 그런데 유 황숙은 자신이 40세가 넘도록 의지할 곳 없이 떠돌아다니는 이유를 아시오?"

"잘 모릅니다. 저도 열심히 노력하고 싸움터에서는 용감하게 싸웁니다만, 번번이 깨지고 쫓겨 다니는 원인을 잘 모르겠습니다."

"유 황숙에겐 관우, 장비, 조운 등 맹장들은 있지만 브레인 워커(Brain Worker)가 없기 때문이오. 즉, 머리 쓰는 지략가가 없으니 고단하게 싸움을 해도 판판히 깨져서 쫓겨 다니는 것이오."

"아닙니다. 제 수하엔 손건이나 미축 같은 지략가가 있는데요?"

"그런 사람을 가리켜 '석두급 지략가'라 하지요. 그런 돌대가리 삼류 지략가로는 천하를 도모할 수 없소."

"그렇군요. 그들은 백면서생일 뿐 천재는 아니지요. 그렇다면 어떤 사람이 천하의 기재인지 알려 주시기 바랍니다."

"와룡(臥龍) 공명(孔明)이나 봉추(鳳雛) 방통(龐統), 두 사람 중 하나만 얻어도 가히 천하를 편하게 할 것이오."

"와룡과 봉추가 누구입니까? 제가 필기도구를 안 가져왔는데 메모를 좀 해 주시죠."

그런데 수경 선생이 길게 하품을 하지 뭅니까.

"아함, 피곤하다. 애야, 여기 라면 그릇 치우고 이불 깔아라. 손님도 방으로 안내해 드리고, 불도 따끈하게 때 드려라."

유비는 더 이상 묻지 못하고 피곤한 몸이라 곧 잠이 들었죠.

이튿날 새벽, 문 밖에서 요란한 소리가 들립니다.

탕탕탕탕!

"여기 문 좀 열어 보시오. 간밤에 혹시 누가 찾아오지 않았나요?"

"저…저건, 자룡의 목소리다. 자룡아, 자룡아! 나 여기 있다."

"주공, 무사하셨군요. 어젯밤 갑자기 행방불명되시어 이렇게 군사를 몰고 찾으러 왔습니다."

"그래, 잘 찾아왔구나. 하마터면 죽을 뻔했다. 그런데 저 말이 나를 살렸다. 어서 돌아가자."

유비가 수경 선생께 인사를 드리려고 찾았으나 벌써 출타중이라서 만나지 못합니다.

"수경 선생님께서는 새벽 일찍 일어나 산행을 떠나셨습니다. 제가 대신 안부 말씀 전해 드리겠습니다."

유비는 동자에게 작별인사를 하고 다시 신야로 돌아옵니다. 유비가 유표에게 손건을 보내 풍년잔치의 암살 미수사건을 항의했으나 채 부인이 오빠인 채모를 감싸는 바람에 흐지부지 끝나고 맙니다.

하루는 유비가 말을 타고 나들이를 가는데 갈건에 베옷을 입은 남자가 유비를 물끄러미 쳐다보더니 묻습니다.

"왜 적로를 타고 다니십까?"

"말의 관상도 볼 줄 아시오? 이 말이 주인을 해친다는 얘긴 두세 사람에게 들었지만, 오히려 이 말 때문에 내가 생명을 구했소."

그러나 그 남자는 무겁게 고개를 흔들며 다시 말합니다.

"이 말은 언젠가는 꼭 주인을 해치고 말 것입니다."

"그럼 그걸 면할 방법이라도 있습니까?"

"예, 액땜하는 방법이 있지요. 선생께서 미워하는 자에게 이 말을 주십시오. 그 주인이 해코지를 당한 후 다시 타신다면 아무 일 없을 겁니다."

"나 살자고 남을 해치는 그런 비겁한 짓을 하고 싶지 않소. 이렇게 만난 것도 인연인데 가까운 선술집에서 탁배기나 한잔합시다."

"선술집보다는 '마포서서갈비'에서 갈비에 소주가 좋지 않을까요?"

"좋습니다. 요즘 '서서갈비'집엔 매운 갈비가 인기더군요."

"금방 드린 액땜 방법은 선생님의 인품을 떠보려고 해 본 말씀입니다. 저는 서서(徐庶)라는 사람입니다. 자는 원직(元直)이죠. 영천군에서 태어났으며, 무예와 학문을 익혔지만 마땅한 주군을 만나지 못해 세상을 떠돌고 있습니다."

"젊은이! 내가 보기엔 범상치 않는 인물이신데, 내 군영의 군사를 맡아주시오."

인재를 한눈에 알아본 유비는 이른바 '길거리 스카우트'로 서서를 단번에 중용합니다. 그런데 이때 공교롭게도 번성이라는 곳에서 조조의 사촌동생 조인(曹仁)이 군사 5천 명을 끌고 신야를 침범합니다.

"번성의 조인이 여광과 여상이라는 장수와 함께 5천 군사를 이끌고 이곳을 치기 위해 오고 있습니다. 어떻게 대비할까요?"

유비가 묻자 서서는 조금도 흔들림 없이 계책을 올립니다.

"번성에서 이곳으로 오기 위해서는 수곡이란 골짜기를 통과해야 합니다. 관공께선 군사 1천 명과 함께 골짜기 왼편에 매복하시고, 장비 장군께선 오른쪽에 매복하십시오. 주공께선 군사 1천 명으로 조자룡과 함께 적의 앞길을 막는다면 적은 군사로 넉넉하게 적을 물리칠 수 있을 것입니다."

유비는 서서의 계책대로 군사를 몰고 나가 여광과 여상, 두 장수의 목을 베고 완승을 거두었습니다.

"군사, 참으로 좋은 계략이었소. 이제 우리도 책사를 모시게 되어 마음 든든하군요.”

“예, 주공 감사합니다. 그러나 조인이 죽지 않고 패해 달아났으니 조만간 더 많은 군사를 몰고 올 것입니다.”

서서의 예측대로 번성까지 쫓겨 간 조인은 다시 4만 5천 명의 군사를 몰고 신야성 앞까지 출전하여 진을 쳤습니다.

“야! 이 돗자리 치기 촌놈 유비야, 내가 펼친 이 진법을 알아보겠느냐?”

조인이 진을 펼치자 유비가 서서에게 묻습니다.

“저건 무슨 진법인지요?”

서서가 성 위에서 내려다보더니 차분히 말합니다.

“저건 팔문금쇄진(八門金鎖陣)이라는 진법입니다. 춘추전국시대 손빈(孫臏)이 창안한 진법으로, ‘팔문’이란 여덟 개의 문을 말합니다. 적들은 무려 4만 5천 명으로, 그 숫자가 압도적으로 많지만 조자룡 장군이 철기병 5천 명만 이끌고 출전하면 모두 전멸시킬 수 있습니다. 저 진을 잘 보십시오. 위에서 보면 마치 달팽이처럼 보이지요? 저 진의 가운데를 ‘용(龍)의 눈’이라 부릅니다. 조 장군께서는 생문(生門)으로 치고 들어가 서쪽으로 빙빙 돌면서 용의 눈까지 들어가십시오. 핵심인 ‘용의 눈’에서 적을 마음껏 유린한 후 경문(景門)으로 뛰쳐나오십시오.”

조자룡이 서서의 책략대로 5천의 군사를 이끌고 들어가 휘젓고 다니자, 팔문금쇄진은 금새 무너지기 시작하더니 서로 밀치고 밟아 숱한 사상자를 냅니다. 이를 관망하던 유비가 관우, 장비와 함께 성문을 열고 뛰어나가 공격하니 조인은 겨우 2,3천 명의 병졸만 구하여 허도까지 도주하죠.

조인이 4만 5천의 군사를 잃고 패배하여 돌아오자, 조조가 크게 놀랍니다.

"서서가 도대체 누구인데 이렇게 대패했단 말이냐?"

정욱이 서서에 대해 설명합니다.

"그는 영천 사람으로, 자를 원직이라 합니다. 사마휘 수경 선생의 제자인데, 최근 유비를 만나 그의 군사로 기용되었습니다."

"놀라운 책략가로구나. 그를 스카우트해 올 묘안이 없겠느냐?"

"서서는 홀어머니를 모시고 있는데 대단한 효자라고 합니다. 그 어머니를 모셔다 회유하면 서서가 이곳으로 투항할 것입니다."

조조는 정욱의 계책대로 서서의 어머니를 모셔 옵니다. 졸지에 허도로 잡혀 온 서서의 어머니는 강력히 항의하죠.

"너흰 누구인데 이 늙은 할머니를 납치하는 거냐? 난 너무 늙어 밥도 짓지 못하고, 빨래도 하지 못한다."

"할머니, 아니 젊은 여사님, 사실 저희는 여사님의 아들 서서를 모시고 싶습니다. 그런데 서서가 유비라는 사기꾼에게 속아 그를 돕고 있습니다. 여사님께서 편지를 한 통 써서 아드님을 이리로 불러주시죠."

"닥쳐라! 유비라면 인의를 중시하는 황실의 종친인데 사기꾼이라니? 너희들이야말로 납치범에 사기꾼들이다. 빨리 나를 집으로 돌려보내라!"

서서의 어머니가 완강하게 나오자 정욱이 고개를 절레절레 흔들며 다른 제안을 합니다.

"승상, 차라리 서서 어머니의 가짜 편지를 만들어 그를 유인합시다."

"가짜 편지? 국립과학수사연구원에 의뢰하면 금방 들통날 텐데……."

"승상, 지금은 고대사회라서 그럴 염려는 없습니다. 제가 가짜 편지 만들기 달인을 데려오겠습니다."

이렇게 되어 정교하게 만들어진 가짜 편지가 서서에게 전달됩니다.

사랑하는 아들아!

객지에서 얼마나 고생이 많냐?

난 지금 조조 승상에게 초청되어 하루하루를 너무 행복하게 보내고 있다.

맛있는 음식과 호화 주택, 따뜻한 옷과 고급 가재도구들…….

내가 살아생전 이렇게 호강을 누릴 줄 몰랐구나.

이제 내 소원은 아들 너와 함께 여생을 보내는 것이다.

그 얼치기 같은 유비와 어울리지 말고 빨리 엄마 곁으로 오너라.

아들, 사랑한다.

이 편지를 읽은 서서는 대성통곡합니다.

"어머니, 어머니! 제가 너무 고생을 시켜 드렸군요."

서서는 퉁퉁 부은 눈으로 유비에게 작별인사를 고합니다.

"주공, 어머니께서 조조의 진영에 계십니다. 편지로 저를 부르시는데, 제가 가지 않으면 어머니가 무슨 험한 꼴을 당할지 모릅니다. 그러니 저는 하나밖에 없는 어머니를 모시기 위해 허도로 가야 합니다. 그리고 중요한 사실을 알려 드리죠. 주공께서는 며칠 전에 사마휘 수경 선생을 뵌 적이 있죠?"

"예, 내가 채모에게 쫓기다 길을 잃었는데, 그때 숲속에서 수경 선생 집을 발견하고 하룻밤 신세를 진 일이 있습니다."

"그 수경 선생님이 바로 제 스승이십니다. 수경 선생께서 어떤 의미심장한 말씀을 안 하시던가요?"

"하셨습니다. 저에게는 지략가가 없어 늘 쫓겨 다닌다며 공명 또는 방통 두 사람 중 하나만 얻어도 천하를 도모할 수 있다더군요."

"그렇습니다. 그 공명과 방통이 모두 저와 함께 동문수학한 수경 선생의 제자들입니다. 제가 공명의 거처를 알려 드릴 테니 꼭 그분을 모셔 책사로 삼으십시오."

"공명을 선생과 비교하면 재주가 어느 정도입니까?"

"저보다 열 배 이상 뛰어난 인물입니다. 지금 융중 땅 남양에서 농사를 짓고 있으니 꼭 모시기 바랍니다."

서서는 공명을 천거해 준 후 어머니를 찾아서 조조에게 갑니다. 그러나 서서의 어머니는 조조에게 속은 아들을 크게 책망하며 시름시름 앓더니 며칠 후 세상을 떠나고 말죠.

'난 조조 때문에 어머니를 잃었다. 난 앞으로 조조를 위해서는 아무런 묘책도 내지 않겠다.'

맹세대로 서서는 조조를 위해 평생 동안 단 한 번도 책략을 내지 않습니다.

삼고초려

그럼 지금부터는 서서가 천거한 제갈공명이 누구인지 알아보죠.

제갈량(諸葛亮), 자는 공명(孔明)이고 호는 와룡(臥龍)입니다. 서기 181년에 산동성 낭야군 양도현에서 제갈규(諸葛珪)의 6남매 중 둘째 아들로 태어났습니다. 당시엔 도겸(陶謙)이 통치하던 서주성입니다. 조조의 아버지가 서주를 통과하여 길을 가다가 도겸의 부하에게 피살되는 사고가 발생합니다. 조조는 사흘 밤낮 머리를 풀고 통곡한 후, 30만 대군을 이끌고 서주를 침공합니다. 서주를 정복한 조조는 아버지의 원수를 갚는다는 구실로 서주 백성들을 상대로 대학살을 감행합니다. 이 학살로 인해 제갈공명도 조조의 군사에게 부모를 잃게 됩니다. 공명이 평생 조조를 그토록 미워한 것은 바로 조조군에게 부모를 잃었기 때문입니다.

"내 고향은 산 좋고 물 맑은 살기 좋은 곳이었다. 낮엔 아이들이 뛰어놀고 밤엔 이웃과 친척들이 사랑방에 모여 이야기꽃을 피웠지. 그러나 어느 날 갑자기 조조가 일으킨 전쟁으로 우린 모든 것을 잃었다. 사랑하는 아버지, 어머니까지……."

공명은 눈물을 흘리며 숙부인 제갈현(諸葛玄)을 따라 고향을 떠나 유표가 다스리는 형주성의 남양 융중(隆中)이라는 시골에 정착하게 됩니다. 제갈량은 어려서부터 열심히 책을 읽고 학문을 닦았는데, 하나를 들으면 백 가지 이치를 깨달았다 합니다. 낮엔 밭갈이를 하고 집 주변엔 뽕나무를 심어 관리했습니다. 한가로운 때는 어머니를 그리며 무릎을 껴안은 채 웅크리고 앉아 길게 휘파람을 불었다고 기록되어 있습니다.

그렇게 세월을 보내는 제갈공명에게 어느 날 그 지방의 최고 명문가 황승언(黃承彦)이라는 사람이 찾아옵니다.

"자네가 공명인가? 자넨 학창시절 해마다 개최되는 전국 학술경기대회에서 1등을 했다는 소문은 들었네. 아직 사귀는 여자가 없다면 내 딸 월영이를 만나 보지 않겠나? 그 앤 얼굴은 쪼깨 거시기(?)하지만 자네가 그 애와 사귀어 본다면 상상 이상의 것을 얻게 될 거야."

"알겠습니다, 어르신. 저는 여자의 외모를 보지 않습니다. 사람 마음의 중심을 봅니다. 따님을 만나 보겠습니다."

이렇게 되어 공명은 월영이란 아가씨를 처음 만나게 됩니다.

"공명 오빠, 안녕하세요? 저 월영이에요."

"허…허걱! 예…, 안녕하세요? 제가 공명입니다."

"공명 오빠, 소문대로 잘생기셨네요."

"위…워…월영 씨도 소문대로 미…미인이시군요."

"어머! 공명 오빠는 여자를 보는 안목이 정말 높군요. 그런데 갑자기 말은 왜 더듬어요?"

"예…예, 제…제가 거짓말을 잘 못해서…, 아…아니 그게 아니고…….월영 씨가 너무 예뻐서요."

공명은 월영을 만나 곧 사랑에 빠지게 됩니다.

"공명 오빠, 그런데 오빠 눈엔 월영이 어디가 제일 예뻐?"

"응~, 월영의 미모를 묘사해 볼까? 태블릿 PC처럼 납작한 얼굴도 예쁘고, 새까만 피부에 노랑머리도 매력 있고, 위로 들린 들창코도 아름답

고, 웃을 때 드러나는 벌건 잇몸과 누런 이, 손이라도 벨 듯한 사각턱, 쪽
째진 눈에 두툼한 입술, 짜리몽땅한 숏 다리……. 모두 모두 다 예뻐. 매
력이 철철 넘쳐. 다 예뻐, 너무 예뻐!"

"오~~빵~, 나도 오빠가 너무 좋아!"

이렇게 공명과 황월영은 깊은 사랑 끝에 백년가약을 맺습니다. 당시
남진 씨는 이런 노래를 유행시켰죠.

〈마음이 고와야 여자지〉

새까만 얼굴색의 월영 씨 겉으론 못생긴 듯 보여도
마음이 비단같이 고와서 정말로 나는 반했네
마음이 고와야 여자지 얼굴만 예쁘다고 여자냐
한 번만 마음 주면 변치 않는 여자가 정말 여자지
사랑을 할 때는 두 눈이 먼다고 해도
월영 씨 두 눈은 샐쭉이 깜빡거리네
마음이 고와야 여자지 얼굴만 예쁘다고 여자냐
한 번만 마음 주면 변치 않는 월영 씨가 정말 여자지

소크라테스의 처 '크산티페'는 악처로 소문나 있고, 제갈공명의 처
'황월영'은 박색으로 소문나 있습니다. 그러나 못생긴 아내를 맞은 공명
은 평생 월영 한 여자만을 사랑했죠. 일부다처제가 풍습이던 당시에도
다른 여자에게 눈길 한 번 돌려본 일이 없습니다.

월영은 공명 못지않게 뛰어난 천재죠. 한번은 공명의 집에 한꺼번에
20명이 넘는 손님이 예고 없이 들이닥쳤습니다.

"여보, 손님이 많이 왔는데 국수를 좀 만들어 오시오."

공명이 아내에게 주문하니, 말이 떨어지자마자 국수를 삶아 옵니다. 공명이 의아하게 생각하여 뒤뜰로 나가 보니 월영이 여러 개의 방아를 만들었는데, 그 방아들이 한꺼번에 자동으로 작동하여 밀을 순식간에 찧어 내더랍니다. 손님이 모두 간 후 공명이 감탄하며 아내를 칭찬합니다.

"월영 씨는 정말 머리가 좋군요."

"공명 오빠, 내가 신기한 수레를 만들었는데 보여 줄까요? 내가 여자라서 집안일하기 힘들거든요. 특히 무거운 식량을 혼자 옮기기가 너무 힘들어서 이 수레를 만들었는데, 무거운 짐을 싣고 다니니 힘들지 않고 너무 좋아요."

"월영 씨, 수레가 참 독특하군요! 무거운 양곡을 싣고 혼자 힘으로 산길도 다닐 수 있겠네요. 머리 모양이 소나 말처럼 생겼으니 '목우유마(木牛流馬)'라고 부릅시다."

공명은 아내에게서 목우유마 만드는 법을 배우죠. 그리고 후일 북벌을 감행하여 위나라와 싸울 때 험준한 산악에서 군량미 운반에 유용하게 사용합니다.

공명은 평생 '백우선(白羽扇)'이라는 부채를 들고 다녔는데, 그것도 아내 월영의 권고 때문이었죠.

"당신은 기쁘면 바로 웃고 싫으면 찌푸려 표정이 금방 드러납니다. 그러니 늘 표정을 감추세요."

월영이 이렇게 충고하였기 때문이죠. 월영은 그 후에도 현명한 처세와 내조로 남편 공명을 그림자처럼 돕습니다.

공명이 이렇게 월영과 결혼하여 평화로운 나날을 보내고 있을 때, 유비는 서서를 떠나보내고 급히 관우, 장비를 부릅니다.

"아우들아, 우리에겐 브레인 워커가 없다. 작전을 세우고 전쟁을 지휘할 인물이 필요해. 우리가 운 좋게 서서라는 책략가를 만났지만 그도 어머니를 찾아 떠나고 말았다. 그러나 다행히 제갈공명이라는 분을 천거해 줬으니, 우리가 그분을 모셔 오자."

"형님, 머리라면 저도 쓸 줄 압니다. 병법서도 많이 읽었고요."

"아니 장비야, 네가 언제 병법을 배웠단 말이냐?"

"형님, 저도 학창시절에 천재라고 칭찬받던 사람입니다."

"장비야, 내가 알기로 너는 밤낮으로 학생들을 두들겨 패고 성적은 맨 꼴찌인 걸로 아는데 언제 공부를 했단 말이냐?"

"형님, 잘 모르고 계셨군요. 제가 그 시절에 공부는 무척 잘했지만 시험 볼 땐 꼭 답안지에 이름 쓰는 걸 까먹었거든요. 그래서 늘 꼴지만 한 겁니다."

"시끄럽다! 공명 선생의 소재가 파악되었으니 우리 삼형제가 빨리 모시러 가자."

"아니 형님, 융중에 사는 촌놈이라면 사람을 보내 불러오면 되지 뭐하러 모시러 갑니까?"

"장비야, 그래서는 안 된다. 우리가 몸소 가서 정중히 모셔 와야 한다."

"에이 형님, 기다리슈. 제가 가서 금방 잡아오겠습니다."

"어허, 장비야! 그런 소리 말고 빨리 떠날 채비를 하여라."

"알겠수다. 모처럼 바람도 쏘일 겸 함께 가시죠!"

이렇게 되어 유·관·장 삼형제는 '잊혀진 계절' 10월에 가을비를 맞으며 공명을 찾아 길을 떠납니다. 그러나 만나지 못하죠. 두 번째는 함박눈이 펑펑 쏟아지던 크리스마스이브에 다시 공명을 찾았지만 역시 만

나지 못합니다. 세 번째 꽃피던 봄날, 유비는 다시 공명을 찾아 남양 융중 땅을 밟습니다. 그날은 다행스럽게 공명이 집에 있습니다. 그러나 유비의 애타는 마음을 아는지 모르는지 공명은 늘어지게 낮잠을 자고 있습니다.

"아우들아, 선생님께서 주무시고 계시니 우린 밖에서 기다리자."

"아니 형님, 저런 촌놈을 기다리다니요? 형님이 오셨는데 감히…, 조금만 기다리세요. 내 당장 저놈의 방댕이를 걷어차서 끌고 나오겠습니다."

"어허 장비야, 큰일 날 소리 말고 조용히 있거라."

한나절을 기다리니 거의 해질 무렵에 공명이 일어납니다.

"아~함, 잘 잤다. 근데 밖에 누가 왔느냐?"

"유비 현덕이라는 분께서 오전부터 찾아와 기다리고 계십니다."

"큰 결례를 했구나. 어서 안으로 모셔라."

공명이 잠에서 깨어 일어나자 유비는 지극 정성으로 예의를 표한 후 간곡히 설득합니다.

"공명 선생, 이 우둔한 유비를 도와주십시오. 천하백성들은 생활고에 시달리고 있습니다. 물가는 하루가 다르게 치솟고 실업자는 넘쳐나고 있으며, 젊은이들은 취업 포기·결혼 포기·출산 포기 등 3포 세대가 늘어가더니, 이젠 아예 모든 것을 포기하는 N포 세대가 늘어나는 실정입니다. 선생께서 이 딱한 정세를 살피시고 이 유비를 도와주십시오."

그러나 이런 유비의 간곡한 말을 듣고도 공명은 세상 나가기를 거부합니다.

"유 황숙, 저는 남양에서 밭갈이나 하는 촌뜨기에 지나지 않습니다. 천성이 게으르고 무지하여 아무 도움이 되지 못합니다."

"이 난세를 구해 주실 분은 공명 선생뿐입니다. 도와주십시오."

무릎을 꿇고 눈물을 흘리며 진실로 호소하는 유비를 보고 공명도 조금씩 마음이 흔들립니다.

"유 황숙, 잘 알겠습니다. 제가 비록 재주는 없으나 이 어려운 세상을 구하도록 힘써 도와드리겠습니다."

"공명 선생, 정말 감사합니다. 그럼 저희는 지금부터 어떤 정책에 초점을 맞추어야 할까요?"

"제가 만든 지도를 봐 주십시오. 지금부터 브리핑을 시작하겠습니다. 지금 북쪽은 천자를 깔고 앉은 조조가 차지하였습니다. 천자는 조조에게 숨도 크게 쉬지 못하는 형편입니다. 자원이 풍부하고 인재들이 넘쳐나는 동남쪽은 손권이 차지하고 있습니다. 그렇다면 유 황숙께서는 어떻게 해야 될까요? 장군께서는 이곳 형주를 발판으로 서남쪽 서천을 차지해야 합니다. 그러면 세 개의 발이 '솥'을 떠받치듯 조조, 손권, 유비 세 사람이 힘의 균형을 이룰 수 있습니다. 이것을 '천하3분지계(天下三分之計)'라고 합니다. 그 후 유 황숙께서는 손권과 손을 잡고 중원을 들이쳐 조조를 굴복시키고, 다시 손권을 치면 천하를 통일할 수 있습니다."

"공명 선생! 제 눈앞이 훤해집니다. 가르침에 감사드립니다. 이제 빨리 저와 함께 신야로 가시지요."

이렇게 되어 제갈공명은 유비를 따라 세상으로 출사하게 됩니다. 이때 유비의 나이 47세, 공명의 나이 27세였죠.

유비는 삼고초려(三顧草廬) 끝에 공명을 모셔 왔으나 뜻밖의 어려움이 기다리고 있습니다.

"관우 형, 내가 첫사랑에 실패만 안 했어도 공명 같은 아들이 있수다.

그런데 우리가 이 나이에 자식 같은 공명을 군사로 모시고 복종하라니요? 큰형님 너무하시는 거 아니에요?"

"글쎄다, 저런 촌놈이 무슨 재주가 있는지는 몰라도 도저히 이해할 수 없다. 기분 나쁜데 가서 폭탄주나 한잔 걸치자."

"형님, 이왕 마실 거면 큰형님도 모시고 갑시다. 내가 오늘 형님께 따져 봐야겠어요."

유·관·장 삼형제는 조용한 술집에 마주 앉았습니다.

"주인장, 여기 삼겹살에 소주 다섯 병! 그리고 맥주 열 병만 내오시오. 그리고 맥주잔 두 개에 냉면 그릇 한 개 가져오슈."

"냉면 그릇은 왜 가져오라는 거냐?"

"저는 냉면 그릇으로 마셔야겠수. 큰형님! 공명 그 애송이가 뭐 그리 대단한 놈이라고 애지중지하십니까? 도저히 배알이 뒤틀려 못 살겠수다."

"허어, 아우야! 내가 물고기라면 공명 선생은 물이다. 물고기가 어찌 물을 떠나서 살 수 있겠느냐."

여기에서 '수어지교(水魚之交)'라는 4자 성어가 탄생하였습니다.

이렇게 관우와 장비가 유비에게 불만을 쏟아내고 있을 때, 조조는 10만 군대를 동원하여 신야를 공격할 준비를 합니다.

박망파전투

'유비…, 그 간사하고 귀 큰 도적놈. 내가 없을 때 감히 허도를 기습하더니 이제는 신야에 쥐새끼처럼 숨어서 군사를 조련하다니……. 내 그놈을 생각하면 잠을 이룰 수 없다.'

조조는 생각 끝에 하후돈을 부릅니다.

"하후돈, 그대에게 10만 군사를 내어줄 테니 신야성을 쳐라. 그리고 그 귀 큰 도적놈을 잡아오라."

"예, 승상! 잘 알겠습니다. 제가 반드시 신야성을 쳐부수고 유비를 사로잡아 오겠습니다."

조조의 명을 받은 하후돈이 10만 군사를 이끌고 박망성(博望城)까지 전진하여 진을 친 후, 장병들에게 일장 훈시를 시작합니다.

"장병들은 들어라. '주~사기'는 이미 던져졌다. 우린 신야성을 공격하여 유비를 사로잡는다."

"장군 '주사위' 아닙니까?"

"시끄럽다. 내가 '주~사기'라면 '주사기'지 무슨 잔소리냐?"

적의 침공 소식을 전해 들은 공명은 작전 구상에 들어갑니다.

'이번 전투에서 확실히 이기지 못하면 앞으로 영원히 관우, 장비의 반발을 잠재울 수 없다.'

그날부터 공명은 주야를 가리지 않고 말을 타고 어디론가 돌아다니기 시작합니다.

"군사, 어디를 그렇게 부지런히 다니십니까?"

"두고 보시면 알게 됩니다."

이때 유비도 적의 침공 소식을 듣고 먼저 아우들을 찾습니다.

"관우, 장비! 아우들아, 지금 하후돈이 10만 군사를 이끌고 박망성에 주둔했다. 곧 이곳 신야로 들이닥칠 텐데 어쩌면 좋겠느냐?"

"형님, 형님은 물고기고 공명은 물이라면서요. 그 물더러 싸워보라고 하슈. 물이 철철 넘쳐 적을 모조리 익사시키겠네요. 우리가 뭔 힘이 있겠수?"

"시끄럽다! 빨리 전투 준비나 해라."

장비가 빈정거리지만 유비는 화를 참고 공명을 부릅니다.

"공명 군사, 우린 군마가 1만 명 남짓인데, 하후돈은 무려 10만의 군대를 이끌고 쳐들어왔소. 어쩌면 좋겠소?"

"주공, 전쟁은 쪽수가 많다고 꼭 이기는 건 아닙니다. 이미 작전은 구상해 두었으니 아무 걱정 마십시오. 그럼, 일단 장군들을 부르시지요."

유비는 장군들을 소집합니다.

"관우 형, 큰형께서 부르시니 일단 가 봅시다. 그 맹꽁이 백면서생이 뭐라는지 들어나 봅시다."

장수들이 모이자 공명은 작전 지시를 합니다.

"운장, 박망성을 지나 이곳 신야로 오기 위해서는 박망파(博望坡)를 지나야 하오. 박망파 왼쪽에 산이 하나 있습니다. 그 산을 '예산'이라 하는데, 일천군마를 이끌고 예산에 매복하시오. 그러면 선봉에 선 하후돈 군사들이 그곳을 지나갈 것입니다. 그러면 공격치 말고 그냥 통과시키시오. 잠시 후 남쪽 산에서 불이 일어날 것입니다. 그때 적의 뒤를 공격하여 모조리 짓밟으시오. 장비 익덕, 박망파 오른쪽을 '안림'이라 합니다. 장 장군은 1천 군사를 이끌고 안림에 매복하시오. 잠시 후 남쪽 산에서 불이 일어나거든 군사를 전진시켜 적의 본거지인 박망성을 기습하도록 하시오. 박망성에 남아 있는 군량과 마초를 태워 없애야 합니다."

독자 여러분께서는 여기에서 '박망성'과 '박망파'라는 지명을 혼동해서는 안 됩니다.

"자룡, 조 장군이 선봉에 서시오. 조 장군은 하후돈과 맞짱을 뜨되 이기지 말고 도망치시오."

또 공명은 유비를 향해 계속 작전을 펼칩니다.

"그리고 주공, 주공께는 별도의 계책을 알려 드리겠습니다. 자, 각 장수들은 지금 즉시 하명받은 지점으로 떠나시오."

제갈공명의 존재가 못마땅한 장비는 계속 빈정거립니다.

"허어 군사양반, 이 장비야 나가서 열심히 싸우겠지만 선생께서는 무얼 하시겠수? 편하게 누워 낮잠이라도 주무시겠소? 어디 선생 말이 맞나 안 맞나 나중에 두고 봅시다."

박망성에 날이 밝자 하후돈은 군사들을 몰아 신야성으로 진격을 시작합니다.

"장병들이여, 일찍이 최영 장군께서는 '죽기로 싸우는 자 살 것이요, 살기를 원하는 자 죽을 것'이라 말씀하셨다. 우리 모두 죽기를 각오하고 싸우자!"

"장군, 그건 최영 장군이 아니고 이순신 장군 말씀인데요?"

"입 닥쳐라! 내가 '최영'이라면 '최영'인 것이다. 자, 사랑과 정의의 이름으로 전군 진군!"

때는 마침 가을이라 거센 가을바람이 불어오고 있었습니다.

"여봐라 부관, 여기가 어디냐?"

"여긴 박망파로, 왼쪽 산을 예산이라 하며 오른쪽 산을 안림이라고 합니다."

"그래? 소문엔 유비가 제갈공명이라는 군사를 특채했다던데, 그 공명인지 뭔지 하는 자도 핫바지에 불과하구나."

"장군, 무슨 말씀입니까?"

"나 같으면 이 박망파 양쪽에 군사를 매복시켰을 것이다. 그런 병법도 모르는 놈이라면 공명도 핫바지가 틀림없다. 마치 강아지를 풀어 호랑이를 잡으려는 것과 같다. 전 장병, 계속 전진!"

하후돈이 군사를 이끌고 10여 리를 더 행진하는데, 한 떼의 군마가 앞을 가로막고 섰습니다.

"애꾸눈 잭 하후돈, 거기 서라!"

"넌 누군데 감히 어르신 앞을 가로막는 거냐?"

"이름은 들어봤나? 내가 바로 이 시대의 미남 검객 조자룡이다."

"조자룡? 기생오라비처럼 매끄롬하게는 생겼구나. 칼을 쓸 줄은 아느냐?"

"하후돈, 넌 과거 황하강 모래톱에서 내 형님 관우에게 패하여 죽을 뻔했다는 얘기를 들었는데……."

"닥쳐라! 그땐 재수가 없어 잠깐 미끄러졌을 뿐이다. 잔말 말고 내 창을 받아라. 야합!"

"자룡 필살검을 받아라. 야합!"

두 장수는 어우러져 10여 합을 싸웁니다. 그러다 조자룡이 갑자기 '후읍' 하며 이상한 표정을 짓더니 말 머리를 돌려 달아나기 시작합니다.

"자룡, 왜 그런 우거지상을 짓는 거냐?"

"서…설사가……. 웅까 싸고 내일 싸우자…후읍!"

"자룡, 과민성 설사약이 여기 있다. 서라!"

하후돈의 필사적인 추적이 시작됩니다. 잡힐 듯 말 듯 그렇게 10여 리를 추격하여 박망파 남쪽 끝 갈대숲에 이릅니다.

"장군! 잠시 추적을 멈추시지요. 갈대숲이 우거져서 적이 만약 화공이라도 쓴다면 위험합니다."

"음, 그렇군! 내가 너무 멀리 쫓아왔군. 일단 군사들을 뒤로 물리자. 전군 후퇴! 빨리 이 갈대숲을 벗어나자."

하후돈군이 말 머리를 막 돌리려는데 '꽝!' 하며 징소리가 울립니다. 그러더니 갈대숲 양쪽에 매복하고 있던 한 떼의 군사들이 모습을 드러냅니다.

"하후돈, 나는 현덕 유비다. 이 갈대숲에서 너를 기다린 지 오래다. 지금부터 내가 선물하는 불화살 맛을 봐라!"

곧 갈대숲 양쪽에서 불화살이 날아들기 시작합니다.

"불이야! 불이야! 파이어, 파이어!"

"전군, 후퇴하라! 빨리 이 갈대숲을 빠져나가자."

"아 뜨거워! 밀지 마라. 질서 있게 퇴각하라."

하후돈의 군사들은 서로 뒤엉켜 밀치고 넘어지며 대혼란에 빠집니다.

때맞춰 불어오는 가을바람에 불은 엄청난 기세로 군사들을 집어삼키죠.

"앗 뜨거워! 사람 살려!"

뜨거운 불길을 헤치고 간신히 빠져나온 하후돈이 갈대숲을 돌아보니 넓은 들판은 시뻘건 불길에 휩싸이고, 부하들의 처절한 비명소리만 가득합니다.

"당했구나. 크게 당했어! 빠져나온 군사는 몇이나 되느냐?"

"4,5천 기에 불과합니다."

"박망성으로 퇴각한다. 전군 후퇴, 후퇴!"

살아남은 군졸들이 박망파를 막 벗어나려는데, 왼쪽 숲에서 '꽝' 하고 방포소리가 울리며 한 떼의 군마가 앞을 가로막습니다.

"하후돈! 오랜만이구나. 내 황하강 모래톱의 싸움에서 너를 베지 않고 살려줬는데, 오늘은 무슨 일로 이곳에 나타났느냐? 오늘 다시 내 청룡언월도의 맛을 보여 주마."

관운장이 이끄는 한 떼의 군사들이 패하여 도망치는 하후돈의 군마를 마음껏 유린하기 시작합니다.

"관운장이다! 빨리 도망쳐라. 박망성으로 돌아간다. 날 살려라, 날 살려라!"

겨우 살아남은 군사들이 앞다퉈 박망성을 향해 도망을 칩니다.

"장군, 이제 살았습니다. 저기 박망성이 보입니다."

"빨리 성 안으로 들어가자."

하후돈이 박망성 가까이에 이르자 성루 위에서 장비가 내려다보며 욕을 퍼붓습니다.

"하후돈, 네놈 눈까리가 한 개밖에 없는 건 알고 있지만 적군과 아군도 구별 못 하느냐? 큰 선물을 안겨 줄 테니 받아가라."

장비가 말을 마치자 성벽에서 화살이 비 오듯 쏟아집니다.

"아니 어떻게? 성을 장비에게 점령당했단 말이냐? 참으로 귀신같은 놈들이다. 내가 적을 너무 얕봤어……. 대패구나. 완전히 패했어! 10만 대군을 모두 잃었어. 이제 무슨 낯으로 조조 승상을 뵌단 말이냐?"

하후돈은 겨우 살아남은 수백 기의 군마를 수습하여 비틀거리며 허도로 돌아갑니다.

"공명 군사, 대승입니다. 크게 이겼어요."

여지껏 공명을 깔보며 빈정거리던 장비가 제갈공명을 껴안더니 그 따가운 탑삭부리 수염을 비벼 댑니다.

"공명 선생, 사랑하고 존경합니다. 선생은 귀신도 능가하는 사람이요."

"캑캑…, 숨 막혀! 장…장군, 알겠으니 좀 놓아주시죠."

관우도 무릎을 꿇고 넙죽 절을 올립니다.

"선생, 존경합니다."

"장군들 일어나시오. 수고들 많으셨소."

"군사의 말씀대로 하후돈의 군마가 박망파를 지나더니 남쪽에서 큰 불길이 일더군요. 그러더니 연기에 그을린 적병들이 도망쳐 나오는데, 오늘 이 관우의 청룡도가 활약을 좀 했습니다."

관우에 이어 장비도 그 고리눈을 번뜩이며 무용담에 열을 올립니다.

"저는 남쪽에서 불길이 일어나길래 박망성을 기습했지요. 비어 있는 성 정복하는 건 어린애 팔 비틀기보다 쉽더군요. 잠시 후 하후돈 군사가 쫓겨 오길래 이 장비가 화살을 좀 안겨 줬지요. 주공께서도 수고 많으셨습니다."

"군사가 별도로 일러 준 계책대로 기마병 3천을 이끌고 갈대밭을 포위하고 있다가 하후돈의 군마가 나타나자 화공을 쓴 것이 적중했습니다. 이 유비가 군사를 일으킨 이래 이렇게 크게 전투에서 이겨 본 것은 처음입니다."

"아! 저기 꽃미남 스타 조자룡도 오는군요. 자룡, 수고 많았소."

"예, 군사. 오늘 하후돈에게 제 필살기 자룡검법을 좀 보여 줬지요."

"자, 자! 오늘 대승을 거뒀으니 우리 폭탄주나 한잔씩 합시다. 오늘 이 유비가 한턱 쏘겠습니다. 그리고 장비야, 오늘은 냉면 그릇으로 마음껏 마셔도 좋다."

조조에게 쫓기는 유비

하후돈이 이끄는 10만 대군이 유비에게 대패했다는 보고를 받은 조조는 길길이 날뛰기 시작합니다. 그날 조조가 얼마나 화를 냈는지, 당시현장에 있던 모사 순욱을 통해 그 증언을 들어보겠습니다.

"승상께서는 선불 맞은 멧돼지처럼 펄펄 뛰었습니다. 처음에는 왼발로 뛰다, 다음에는 오른발로 뛰다⋯, 나중에는 모둠발로 뛰더군요. 그뛰는 높이가 무려 10미터를 넘었습니다. 그러더니 하후돈을 부르더군요."

"후돈이, 그놈을 당장 들라 하라!"

잠시 후 머리를 풀어헤치고 스스로 몸을 결박한 하후돈이 들어왔습니다.

"하후⋯승상, 죽을죄를 졌습니다. 저를 군법대로 처형해 주십시오."

"후돈아, 어쩌다가 패하게 되었느냐?"

"적을 너무 얕보았기 때문입니다. 적은 요소요소에 복병을 숨겨 두고자룡은 거짓으로 패하여 달아났습니다. 저는 계략에 빠져 정신없이 추격했지만 갈대밭에서 화공에 당했습니다. 몇몇 군사가 겨우 불길을 빠져나왔는데, 후방에서 관운장이 협공을 가했습니다. 거기에서 군사 태반을 잃고 겨우 박망성까지 도주했는데, 성은 이미 장비가 점령하고 있었습니다. 면목 없습니다. 죄를 물어 제 목을 베십시오."

"승패는 병가지상사(勝敗兵家之常事)다. 전쟁에서 이기고 지는 것은 흔히 있는 일이다. 하후돈을 풀어줘라. 그러나 유비에게 당하고 이대로 물러날 수는 없다. 내가 직접 군사를 끌고 가 그 가증스러운 유비를 짓밟아 놓겠다."

조조는 즉각 전군에 비상령을 내립니다.

"군사 50만을 동원하여 유비가 있는 신야성을 친다. 50만 대군은 10만씩 묶어 다섯 갈래 길로 진군하여 신야성을 정복하자. 신야성을 후려빼 후 성 안의 생명체는 모두 죽여라. 사람은 물론 개, 돼지, 닭일지라도 한 마리 남기지 말라."

군사를 일으킨다는 말에 공융(孔融)이라는 사람이 강력 반대 의사를 표시합니다.

"승상, 지금 물가는 치솟고 실업자는 넘쳐나며 경제는 곤두박질치는데, 전쟁을 하다니요? 제정신입니까? 명분 없는 전쟁을 당장 중단하십시오."

"명분 없는 전쟁이라니? 다시 한번 그런 소리로 전쟁을 반대하면 살려 두지 않겠소. 또 신하들 중 누구든지 전쟁에 반대하는 자는 용서하지 않겠다!"

조조가 50만 대군을 이끌고 남하하고 있다는 보고를 받은 유비는 혼비백산하여 공명을 부릅니다.

"군사, 큰일이오. 우린 군사도 많지 않은데 어찌 대비해야 좋겠소?"

"조조의 침략에 대비할 방법은 딱 한 가지 있습니다."

"조조의 대군을 방어할 방법이 있단 말이오? 그 방법이 무엇입니까?"

"우리가 의탁하고 있는 형주자사 유표는 지금 중병을 앓고 있습니다. 지금 바로 형주를 기습하여 성을 빼앗으십시오. 형주에는 풍부한 식량과 자원이 있습니다. 그 자원으로 농성전을 벌이면 1년은 버틸 수 있습니다. 지금 조조의 가장 큰 약점은 50만 대군을 먹일 군량미입니다. 장기전으로 나가면 군량미가 부족한 조조는 결국 허도로 군사를 철수하고 말 겁니다."

"허나 군사, 형주자사 유표는 나와 종친이오. …또 그는 우리가 조조에게 쫓길 때 이곳 신야성을 내준 은인입니다. 그런 은인이 중병에 들어 있는데, 어떻게 그를 기습한단 말입니까? 저는 절대 못 합니다."

"주공, 정신 차리십시오. 지금 주공이 형주를 차지하지 못하면 그 형주성을 조조에게 빼앗기고 맙니다. 마음 약한 감상적인 생각은 버리고 빨리 형주성을 취하십시오."

"저는 못 합니다. 저는 인의를 가장 중시하는 사람입니다. 제가 죽더라도 형주성을 빼앗지 못합니다."

공명은 길게 탄식합니다.

'아~아! 이 방법이 아니면 어떤 방법으로도 조조를 막을 수 없다. 조조가 형주성을 차지하면 호랑이가 날개를 다는 격인데, 어쩌면 좋단 말인가?'

"군사, 다른 방법은 없겠소?"

"차선책으로는 이 신야를 버리고 강하성으로 도망쳐야 합니다. 그러나 강하까지는 여기에서 약 350리 거리이니 조조군의 철기군에게 추격당하면 우린 몰살당할 우려가 있습니다."

"알겠습니다. 아쉽지만 이 신야성을 버리고 강하성으로 도주합시다."

유비가 신야를 떠나 강하성으로 떠난다는 소문이 퍼지자 뜻하지 않은 문제가 발생합니다.

"주공, 문제가 생겼습니다."

"미방, 무슨 문제요? 말씀하시오."

"조조가 이곳을 정복하면 살아 있는 생명체는 다 죽인다는 소문이 퍼졌습니다. 그래서 신야성의 모든 주민들이 주공을 따라 강하로 피난을 가겠답니다. 어떻게 해야 합니까?"

"큰일이군요. 이곳 주민들이 무려 18만 명이나 되는데……. 그러나 그들을 버리고 우리만 갈 수는 없지 않소? 모두 데리고 떠납시다. 공명 군사의 의견은 어떻습니까?"

"주공, 그것은 불가합니다. 주민들과 함께 이동한다면 하루 30리 길도 어렵습니다. 강하까지는 열흘도 넘게 걸어야 하는데, 조조의 철기군에게 3일이면 추적당하게 됩니다. 그렇게 되면 우린 모두 몰살당할 게 불 보듯 뻔합니다. 주공, 어제 제가 말씀드린 대로 빨리 형주성을 치십시오. 그 길만이 우리도 살고 주민들도 살리는 유일한 방법입니다."

아! 그러나 바보 같은 유비는 공명의 계책을 끝내 받아들이지 않죠.

"나는 그럴 수 없소. 인의를 지키는 것은 목숨과도 바꿀 수 없소."

무려 18만 명의 주민들을 데리고 젖과 꿀도 흐르지 않는 강하성을 찾아 떠나는 유비 일행!

제갈공명의 예상은 적중합니다. 50만 군을 다섯 갈래로 나누어 남하하던 조조는 형주성 외곽에 군사를 집결시키죠.

형주자사 유표에게는 유기, 유종 두 아들이 있습니다. 유기는 본부인 소생이나 어머니가 일찍 죽었고, 유종은 첩인 채 부인의 아들입니다. 유표는 중병을 앓고 있고, 형주성은 조조에게 먹힐 풍전등화의 위기인데도 채 부인은 권력 다툼에만 혈안이 되어 있습니다. 그 당시 유기는 외곽 변두리 강하성으로 쫓겨 나가 있습니다. 바로 유비가 신야를 버리고 피난처로 삼아 가고 있는 그곳이죠.

"오빠, 장남 유기를 이 성 안에 한 발자국도 들어오지 못하게 하세요. 그 애한테 후계자 자리가 넘어가면 큰일납니다."

"예, 채 부인. 이 오빠만 믿고 걱정 마십시오."

오빠인 채모 장군에게 단단히 이르고, 죽어가는 유표 옆에 바싹 붙어 앉아 날마다 거친 말로 졸라 댑니다.

"영감, 우리 유종에게 후계 자리를 물려주시우. 그 애가 얼마나 다부지고 똑똑합니까?"

"부인, 어찌 그리 모질게도 졸라 대시오? 유종은 이제 겨우 열일곱 살 아니요? 그 애는 조조를 막아 낼 능력이 없어요."

"이 영감탱이가 왜 말귀를 못 알아들어? 좋은 말로 할 때 유종에게 물려주라니까!"

안팎의 시련을 견디지 못한 유표는 결국 숨을 거두고, 후계는 유종이 차지합니다. 그런데 유종이 아버지에게 형주를 물려받자말자 조조의 대군이 공격을 시작하죠.

"유종은 들어라! 너희는 완전 포위됐다. 무기를 버리고 투항하라."

유종의 외삼촌이며 채 부인의 오빠 채모 장군이 유종에게 투항하라고 권고합니다.

"조카, 우리는 조조의 적수가 못 되오. 조조에게 항복하여 목숨이라도 건집시다. 항복만 하면 조카의 자리는 계속 보장해 준다고 조 승상이 약속했습니다."

채모라는 이 사람 기억나시죠? 풍년잔치를 핑계로 유비를 암살하려 했던 사람입니다.

유종은 성 밖으로 나가 조조에게 무릎을 꿇고 투항하고 맙니다. 모든 것이 공명의 예측 그대로지요.

조조는 꿇어앉은 유종에게 묻습니다.

"너는 20만의 병사와 풍부한 식량을 갖고서도 왜 바보처럼 투항하는 거냐? 참으로 한심한 놈이구나. 넌 내 수레를 타고 허도로 가거라."

"예? 허도로 가라니요? 제가 계속 형주를 다스리는 게 아닙니까?"

"계속 다스려라. 아주 영원히. 단 이곳이 아니고 허도에서 말이야."

유종은 뭔가 속았다는 느낌을 받았지만 어머니 채 부인과 함께 조조의 마차를 타고 허도로 떠납니다. 100리가량 지났는데 뒤에서 조조의 경호대장 허저가 쫓아옵니다.

"유종 자사는 거기 서시오. 조 승상께서 자사와 어머니를 다시 뵙고 싶다고 하오."

"아니 며칠 전에 뵙고 떠났는데 또 보고 싶다니요?"

"몸뚱이는 보기 싫고, 얼굴만 보고 싶어 하시는군요."

"예? 얼굴만 보고 싶다고요?"

"이럴 줄 알았으면 차라리 유기에게 후계를 물려줄 것을……."

채 부인은 뒤늦게 후회하지만 이미 늦었습니다.

유종과 어머니 채 부인은 부둥켜안고 울기 시작합니다.

"어머니, 저…전 죽기 싫어요. 무서워요. 살려 주세요!"

"허 장군님, 제…제발……. 내 아들 유종이만이라도 살려 주세요."

그러나 허저의 칼은 무정하기만 합니다.

"그만 울고 하늘에 있는 유표를 따라가시오. 야합!"

형주의 후계자 자리를 탐하던 채 부인과 아들 유종은 그렇게 허무하게 죽고 말았죠.

형주를 점령한 조조는 부하들에게 지시합니다.

"자, 이제 형주성을 취했으니 지금부터는 유비를 사냥한다. 듣자 하니 유비는 신야성을 버리고 강하로 도망하고 있다 한다. 조인 장군, 너는 철기병 5천을 이끌고 선발대로 추격해라. 내가 10만 명을 이끌고 뒤따라가겠다. 어리석은 유비는 주민 18만 명을 모두 데리고 가고 있다. 우리 철기병이 추격하면 곧 따라잡을 수 있다. 군사들과 주민들은 모두 죽여라. 조조가 싫다고 도망치는 놈들은 한 놈도 살려 둘 필요 없다. 그리고 귀 큰 도적 유비는 사로잡아라."

유비는 마치 출애굽기의 '모세'처럼 백성들 18만 명을 이끌고 신야를 탈출했지만 밤에는 '불기둥', 낮에는 '구름기둥' 등 어떤 기적도 일어나지 않았습니다. 오로지 추격하는 철기군의 무자비한 학살만이 있을 뿐입니다. 지도자 한 사람의 잘못된 판단이 애꿎은 백성들을 죽음으로 몰아넣었죠. 유비를 따라 강하성으로 가는 신야의 피난민들은 아비규환입니다.

"아부지, 엄마, 삼촌, 오빠! 날 살려라…날 살려라……."

가족을 잃은 피난민들은 이리저리 헤매며 흩어진 가족들의 이름을 애타게 부릅니다.

도망의 달인(?) 유비가 정신없이 도망하는 사이, 피난 행렬에 섞여 있던 감 부인과 미 부인의 행방이 보이지 않습니다. 공명이 길게 한숨을 쉬며 개탄합니다.

'주공께선 돌이킬 수 없는 실수를 하는구나! 형주성을 선제공격하여 우리가 차지했더라면 이런 지옥을 맛보지 않아도 됐을 텐데…, 왜 내 말을 듣지 않으셨는지……. 지금부터라도 이 사태를 수습해야 한다.'

"관 공, 관 공!"

공명이 관우를 부릅니다.

"관 공의 적토마는 하루 천리를 간다 들었소. 지금 빨리 강화성으로 가서 유기 공자(劉琦公子)에게 도움을 청하시오. 군사를 지원받아 주야를 가리지 말고 달려오시오. 그리고 유기 공자는 강하의 모든 배를 동원하여 한진 나루터로 오라고 이르시오. 시간을 맞추지 못하면 우린 모두 죽게 됩니다."

"군사, 잘 알겠습니다. 제가 없는 동안 형님을 잘 부탁합니다."

"장비, 그대는 군사 1천 명을 이끌고 장판교(長板橋) 입구에서 조조의 철기군을 막으시오. 자룡, 그대는 피난민들 틈에서 실종된 주공의 두 부인과 아들을 찾아오시오."

철기군 선발대가 피난민들의 후미를 공격하기 시작합니다. 뒤에 처진 피난민들은 대부분이 노약자나 아낙네들입니다.

"모두 죽여라! 한 놈도 남기지 마라."

백성들의 처절한 비명소리와 군인들의 함성이 뒤섞여 아비규환의 지옥을 연상케 합니다.

"감 부인, 미 부인!"

자룡이 피난민들 사이를 헤치고 두 부인을 찾습니다. 한 떼의 철기군이 자룡을 막아섰지만 자룡은 적군을 풀 베듯 베며 피난민들 속으로 뛰어듭니다.

"비켜라! 이 조자룡의 앞을 막는 자에겐 죽음뿐이다."

조자룡이 적군을 베며 헤쳐 나가는데, 그만 휘두르던 창이 '쨍그랑' 하고 부러집니다.

"자룡, 창이 부러졌구나. 이젠 황천길로 가거라."

적장이 자룡을 향해 돌진해 들어오는데, '야합!' 기합 소리와 함께 조자룡이 말 등에서 휘익 날아오르더니 적장을 걷어찹니다.

"그런 둔한 검술에 자룡이 죽겠느냐? 네 칼은 내가 잠시 빌리겠다. 하압!"

적장은 멀리 날아가고, 칼을 빼앗아 든 조자룡이 다시 말에 올라 찌르고 베며 달려 나갑니다. 자룡은 적군을 베다 칼이 부러지면 또 적군의 칼을 빼앗아 베고…, 이 광경을 본 적장들의 입에서 "조자룡, 헌 칼 쓰듯 한다!"라는 감탄사가 나왔다고 합니다. 자룡이 많은 사람을 죽이다 보니 칼이 부러져 적군의 칼을 빼앗아서 그것으로 싸우게 되고, 칼을 못쓰게 되면 또 빼앗아 싸우고, 그렇게 적군의 칼을 빼앗아 쉴 새 없이 써대는 것인데, 현대적 의미로 표현하면 '어떤 사물을 아깝게 여기지 않고, 마구 열심히 쓴다.'란 의미로 쓰이고 있습니다.

"조 장군, 조 장군!"

감 부인이 다급하게 부릅니다.

"부인 살아계셨군요. 미 부인은 어디 계십니까?"

"미 부인은 다리를 창에 찔려 우물가에 앉아 있어요."

"미 부인은 제가 가서 구해오겠습니다. 감 부인, 제가 적에게서 말을 빼앗아왔습니다. 부인께선 이 말을 타고 빨리 장판교를 건너십시오. 다리 입구를 장비가 지키고 있을 겁니다."

자룡이 우물가에 다다르니 미 부인이 피를 흘리고 앉아 있습니다.

"부인, 부인! 제 말 등에 오르십시오."

"장군, 안 됩니다. 저는 틀린 몸입니다. 저와 함께 가면 장군과 제 아들까지 모두 죽게 됩니다. 제 아들 아두(阿頭)를 꼭 지켜 주세요."

아두를 자룡에게 맡긴 미 부인은 우물로 뛰어들어 자결을 하고 맙니다. 아들을 살리기 위한 지독한 모성애죠. 자룡은 아두를 갑옷 속에 넣고 단단히 묶습니다. 그리고 다시 자룡의 처절한 혈투가 시작됩니다.

조자룡이 아두를 품에 안고 백마에 올라타자 조조의 철기군들이 몰려듭니다.

"저기 적의 장수다, 잡아라!"

조조군이 몰려오자 백마에 올라탄 자룡이 묻습니다.

"너희들은 상산(常山)의 조자룡을 아느냐? 내가 바로 상산 땅에서 태어난 조자룡이다."

자룡은 다시 말을 몰아 장판교를 향해 달려갑니다.

이 싸움을 언덕에서 내려다보던 조조가 묻습니다.

"저 장수가 누구냐?"

"자룡 조운이라 합니다."

"저것 좀 봐라. 저 장수의 무술 솜씨는 신의 경지에 이르렀구나. 마치 가벼운 새가 날아다니는 것 같아! 내가 세상에 태어나서 저렇게 날쌘 장수는 처음 본다. 진중을 팔팔팔팔 날아다니며 아까운 장수들 목만 싹싹 베어가는구나. 대단하다, 대단해! 저 장수를 사로잡을 수 있겠느냐?"

"승상, 불가합니다. 자룡의 저 칼 솜씨를 보십시오."

"알겠다. 생포가 어려우면 죽여라."

그러나 무술이 신의 경지에 오른 자룡은 겹겹이 둘러싼 적의 포위망을 뚫고 장판교에 다다릅니다.

"장비 형님, 아두를 품에 안고 자룡이 왔습니다."

"자룡, 수고했네. 이곳은 내가 지킬 테니 빨리 주공에게 가시게."

"형님, 감사합니다."

자룡이 말을 몰아 나가자 유비와 공명의 모습이 보입니다.

"주공, 주공! 자룡이 왔습니다."

"오, 자룡아! 무사했구나."

"주공, 아두를 구해왔습니다."

자룡이 품안에서 아두를 꺼내어 유비에게 건네줍니다. 아두는 그때까지 쌔근쌔근 자고 있습니다. 유비는 아두를 한참 들여다보더니 바닥에 던져 버립니다. 깜짝 놀란 자룡이 묻죠.

"주공, 왜 아이를 던지십니까?"

"이 못난 놈 때문에 하마터면 자룡 자네를 잃을 뻔하지 않았나?"

"주공, 주공!"

자룡이 뜨겁게 눈물을 흘립니다.

"제 목숨을 백 번 바쳐서라도 주공께 충성하는 마음 변치 않겠습니다."

여기에서 잠깐 아두를 살펴볼까요? 아두의 이름은 유선(劉禪)이며, 유비의 장남입니다. 유비의 뒤를 이어 촉나라 2대 황제에 오릅니다. 머리는 약간 2% 부족했지만 심성이 착하여 무려 40년간 황제의 지위에 있었죠.

한편, 10만 대군을 맞아 1천여 명의 군사로 장판교를 막아선 장비는 어떻게 되었을까요?

"자, 군사들은 잘 들어라. 너희들은 저 언덕 너머에서 나뭇가지를 꺾어 말 꼬리에 매달고 뛰어다녀라. 먼지가 자욱하게 피어오르면 조조군은 복병을 의심하고 물러날 것이다. 나 혼자 이 장판교 입구를 막겠다."

여기에서 또 잠깐 살펴보면, 장비는 보통 힘만 세고 머리가 나쁜 사람으로 알고 있는데 장비도 가끔 병법을 쓸 줄 아는 현명한 장수입니다.

유비의 뒤를 추격하던 조조는 장판교 입구에 다다릅니다. 그 장판교 입구엔 단기 필마의 장수가 버티고 서서 고함을 지릅니다.

"나는 연인(연나라 출신이란 뜻) 장비다. 누구든지 자신 있으면 이 다리를 통과해 보아라. 장팔사모 맛을 보여 주겠다!"

이때 장비의 부하들은 언덕 너머에서 나뭇가지를 꺾어 말 꼬리에 매달고 분주히 뛰어다닙니다.

"아니! 저건 무슨 시추에이션이냐? 10만 대군을 장비 혼자 가로막고 서 있다니?"

"승상, 아무래도 이상합니다. 장비 뒤쪽 언덕 너머에 흙먼지가 자욱하게 피어오릅니다. 아무래도 복병을 숨겨 둔 듯합니다."

"그렇구나. 언덕 양쪽에 복병 가능성이 있다. 좀 더 살펴보도록 하자. 일전에 관우가 이르기를 '내 아우 장비는 전장에 뛰어들면 적장의 목 베기를 주머니 속의 물건 꺼내듯 한다.'고 말하였다. 무서운 장수이니 조심해야 한다."

이때 장비가 고리눈을 부릅뜨고 엄청난 소리로 고함을 지릅니다. 이 장면을 좀 더 재미있게 '전라도 버전'으로 표현해 보죠.

바로 그때에 장판교 위로 어떤 장수가 나타나는디, 아! 키는 8척 장신에 머리통은 항아리맹키로 크고, 눈깔은 똥그랗고 큰디다가, 오매! 그놈의 수염은 호랑이맹키로 거칠게 나서 아조 험하고 무섭게 생겨불었것다. 또 오른손으로는 질디진 창을 들었는디, 하! 이것이 그 유명한 '장팔사모'였구나! 장팔사모가 뭐냐면? 고것이 장비가 갖고 다니는 창인디, 창끝이 배암맹키로 생겨 갖고 입을 쩍~ 벌리고 있는 모양이제. 그라고 창 질이가 사람 키 두 배나 된다고 했응께로 겁나 질어불제! 그 창을 들고 장비가 고함을 지르는디! "네 요놈의 자식들아, 들어라! 여가 어딘 줄 알고 쳐들어오냐 쳐들어오길……. 이런 상여르자식들아!" 우레와 같은 소리를 질러부니 그 소리가 천둥치는 소리맹키로 컸당께. 그라고 나니, 10만 조조 대군 중 9만 명이 혼이 나가불고 나자빠져불었당께! "야~~

~~아~아~아~아~아~아~아, 모두 덤비랑께! 장팔사모 맛 좀 보여 줄텡께!" 오매오매! 고함소리가 으찌께나 크고 무섭던지 조조 옆에 딱 붙어 있던 하후걸(夏侯傑)이라는 장수가 말에서 뚝 떨어져 불드만. 떨어져서 사지를 부들부들 떨고 게버큼을 뿍적뿍적 흘리더니 으째야쓰까~잉, 밥숟갈(?)을 놔불드랑께! 요까지가 전라도 버전이여!

"승상, 하후걸이 낙마하여 죽었습니다. 일단 군사를 뒤로 물리시지요."

"알겠다. 퇴각하라. 전군, 퇴각!"

조조 군사가 모두 물러가자 장비는 유비에게 돌아옵니다.

"형님, 제가 장판교를 막고 고함을 지르자 조조가 군사를 물리고 후퇴하였습니다."

"장비야, 수고했다. 네가 제법 병법에도 소질이 있구나. 이제 한숨 돌리고 좀 쉬어 가자."

"형님, 제가 장판교에 불을 질러 아예 태워버렸습니다."

장비의 말을 듣던 유비가 대경실색합니다.

"저런! 장비야, 네가 병법에 밝다는 말은 취소해야겠다. 큰 실수를 했구나."

"형님, 실수라니요?"

그때 공명이 나섭니다.

"장 장군, 제가 설명해 드리죠. 장판교에 불 지른 사실을 조조가 알면 언덕 너머에 복병이 없다는 사실도 눈치챌 것입니다. 그렇게 되면 다시 추격이 시작되겠지요."

"공명 선생 말씀을 들어보니 제가 실수를 했군요."

"주공, 쉴 시간이 없습니다. 조조가 속았다는 걸 금방 알게 될 것입니다. 빨리 한진나루터까지 가야 합니다."

잠시 후, 공명의 예측대로 조조는 장판교 너머에 복병이 없음을 눈치 채고 다시 추격을 시작합니다.

"장판교에 임시 다리를 가설하고 추격을 계속해라. 완전 무장한 철기병보다는 가볍게 차려 입은 기마병이 추격을 담당해라."

조조가 공병대를 동원하여 장판교 다리를 가설하는 동안 유비와 신야성의 백성들은 한진나루터에 도달합니다. 모두 지친 몸으로 나루터에 주저앉아 널브러져 있을 때 행군 맨 끝에서 적의 동태를 살피던 병사의 다급한 목소리가 들립니다.

"주공, 저 멀리 조조의 추격대가 보이기 시작합니다."

"아! 앞엔 시퍼런 강이 가로막고, 뒤에는 적의 기마병이니 우린 어쩌면 좋단 말이냐? 마치 이스라엘 민족을 이끌고 애굽 왕 바로에게 쫓기는 모세 신세와 같구나."

또 장비가 나서서 유비를 다그칩니다.

"형님도! 출애굽기는 읽어 봤수? 모세가 지팡이로 홍해를 가르듯 형님도 지팡이로 장강 물결을 갈라 보슈."

"자룡, 너는 군사를 이끌고 나가 조조의 기마병을 막아라. 장비, 너는 자룡이 뚫릴 것을 대비하여 그 뒤를 받쳐라."

"주공, 잘 알겠습니다. 제가 필사적으로 적을 막겠습니다. 주공께서는 그동안 이곳을 빠져나갈 방안을 강구하십시오."

"자, 군사들은 나를 따르라! 모두의 생사가 우리 손에 달려 있다."

자룡이 이끄는 특공대가 조조의 기마병을 막아섭니다.

"조인은 들어라! 나 조자룡이 여기 있다. 내가 있는 한 한 발도 더 나아가지 못한다."

"조자룡, 그 적은 군사로 우리 대군을 막겠다는 거냐? 군사들이여, 자룡이 저기 있다. 모두 죽여라!"

조조의 대군을 막아선 조자룡의 특공대가 사투를 벌이기 시작합니다.

"후퇴하지 마라. 오늘 여기에서 후회 없이 싸우다 무사로서의 생을 마감하자! 조인, 자룡의 필살기를 받아라. 아싸라비야, 콜롬비야!"

"자룡! 조인의 칼도 받아봐라. 아싸라비야, 라트비야!"

이렇게 양측 군사가 어우러져 싸우고 있는 바로 이때, 애굽 왕 바로에게 쫓기던 모세에겐 홍해가 갈라지는 기적이 있었는데…, 승상 조조에게 쫓기는 유비에게도 기적은 있었으니…, 좌측 산모퉁이에서 함성이 일어나며 한 떼의 군마가 조인의 군을 기습해 들어옵니다.

"여기 운장 관우가 왔다. 조인은 어서 목을 길게 뽑고 내 청룡언월도를 받아라!"

"운…운장 관우다! 저 많은 군사들이 도대체 어디에서 나타난 거냐? 군사들은 당황하지 마라. 우린 천하무적 조조의 병사들이다. 밀리지 마라!"

"조인, 아직도 상황 파악이 안 되느냐? 내 청룡도의 매운 맛을 봐라. 야합!"

"연인 장비도 여기 있다. 내 장팔사모를 받아라. 조조의 군사들을 모조리 쓸어버리자!"

관우의 청룡언월도와 장비의 장팔사모가 휩쓸고 지나간 곳은 마치 볏단이 비바람에 쓰러지듯 널브러지고 흩어집니다.

"장군, 장군! 이러다간 우리 군졸들이 전멸합니다. 빨리 후퇴하시죠."

"관우도 무섭지만 장비는 우리 장수들 목 베기를 마치 복숭아나무에서 열매 따듯 하는구나. 후퇴, 후퇴! 전원 퇴각하라!"

조조의 기마병은 양쪽의 협공을 이기지 못하고 퇴각합니다.

"분하다! 다 잡은 고기를 놓치는구나. 유비, 기다려라. 기회는 또 있을 것이다."

조조의 추격병이 모두 퇴각하자 유비는 감격의 목소리로 관우를 부릅니다.

"운장, 도대체 어디에서 이 많은 지원군을 데리고 온 것이냐?"

"공명 선생께서 저를 강하성 유기에게 보냈습니다. 유기는 형님께서 위태롭단 말을 듣고 즉시 군사를 내주었습니다. 저는 밤낮을 가리지 않고 달려 이곳에 도착한 것입니다."

"운장 아우가 조금만 늦었어도 큰일 날 뻔했다. 그리고 공명 선생, 선생의 모든 예측이 적중했구려."

"예, 주공. 고생이 많았습니다. 조금 기다리면 유기 공자께서 직접 배를 타고 이곳으로 올 겁니다. 이제 차분히 휴식을 취하시죠."

"주공, 주공! 저기를 보십시오. 엄청나게 많은 배가 이리로 오고 있습니다. 배 선두엔 유기의 깃발이 나부끼고 있습니다."

"숙부님, 조카 유기가 왔습니다. 지금부터는 아무 걱정 마십시오."

"유기 조카, 반갑고 고맙네!"

유비 일행은 살았다는 안도감에 가슴을 쓸어내리며 배에 나누어 탄 후, 장강의 물결을 타고 강하로 향합니다.

적벽대전의 서막

허도에 돌아온 조조는 군사를 정비합니다.

"모두들 수고 많았다. 이번 출정으로 귀 큰 도적 유비는 잡지 못했지만 대신 형주성을 빼앗았다. 사실 내가 가장 두려워하는 사람이 유비다. 우리가 신야성을 칠 때 그곳 백성들이 모두 유비를 따라 나섰고, 유비는 그들을 모두 품에 안고 강하로 도주했다. 나 같으면 그렇게 위험하고 답답한 짓은 하지 않았을 것이다. 그러나 유비는 자신들의 위험을 각오하고 백성들을 버리지 않았다. 그것이 유비의 보이지 않는 가장 큰 강점이다. 유비는 민심과 천심을 얻고 있다. 내가 유비를 가장 두려워하는 이유가 바로 그것이다. 형주의 모든 군량이 그곳에 있다. 유비는 그 식량을 바탕으로 손쉽게 10만의 군사를 모을 것이다. 유비가 힘을 기르기 전에 서둘러 동오의 손권을 치고, 다음엔 유비를 사냥해야 한다. 이번에 빼앗은 형주는 사통팔달 교통의 요충지니, 이 형주를 발판으로 천하통일을 달성하자. 오늘부터 배를 만들고 군량미를 비축한다. 우리에겐 보병, 기마병, 그리고 형주에서 투항한 수군 등 100만 명의 군사가 있다. 100만의 군사들은 무기를 들고 동정호로 집결하라. 그곳에서 적벽강을 거슬러 올라가 동오의 손권을 친다. 모두 맡은바 직분을 다하여 내 지시에 대비하라!"

"예, 승상! 잘 알겠습니다."

"다음은 채모를 불러라."

조조는 채모의 공로를 차하하고 새 임무를 명령합니다.

"채모, 너는 형주성 정복의 일등 공신이다. 그 공로로 너를 수군 대도독(해군 참모총장)으로 임명한다. 그리고 기존 형주에 있던 수군과 내가 가지고 있는 육군을 합하여 40만 명을 너에게 주겠다. 오늘부터 이들을 훈련시켜 세계 최강의 수군으로 만들어라. 너도 잘 알겠지만 우리는 물 위의 싸움엔 무척 약하다. 대부분이 북방 기마민족이기 때문이지. 그런 이유로 너에게 수군을 맡기는 것이다. 너는 '트라팔가르 해전'을 지휘한 영국의 넬슨 제독을 능가해야 한다. 먼저 전투함대 8천 척을 건조하라. 그리고 동정호에서 보병 40만 명을 집중 훈련시켜 유능한 수군으로 탈바꿈시켜라. 전함 8천 척이 완성되는 대로 전쟁을 시작한다."

"승상, 잘 알겠습니다! 제가 꼭 세계 최강의 수군을 만들겠습니다."

"배는 급히 건조할 수 있지만 유능한 해군은 하루아침에 만들 수 없음을 명심하라."

채모가 수군 대도독으로 임명되자 모사 순욱이 우려를 표명합니다.

"승상, 채모는 한 번 주인을 배신한 사람입니다. 한 번 배신한 사람이 두 번, 세 번인들 못 하겠습니까?"

"순욱, 채모의 인간 됨됨이는 내가 더 잘 알고 있다. 저 혼자 살겠다고 주인의 발뒤꿈치를 물어뜯은 놈이다. 그러나 우리의 다음 상대가 누구인가? 수전에는 귀신같은 오나라가 아닌가? 그러니 오나라와의 싸움이 끝날 때까지 채모를 이용해야 한다."

"승상, 영명하십니다."

그날부터 조조는 전투함을 건조하고 군사를 정비하여 전쟁 준비를 합니다.

조조의 백만 대군과 8천 척의 전투함은 오나라를 향해 진군을 시작합니다. 강에서는 전투함 8천 척에 나누어 탄 40만 명의 수군이 장강의 물결을 가르며 동오로 향하는데, 그 끝이 보이지 않습니다. 육지에서는 선두 취타대의 요란한 음악에 맞추어 말을 탄 1천여 명의 장수들과 10만 명의 기마병이 따르고, 기마병 뒤로는 60만 보병이 따르는데, 그 길이만도 300리에 이어졌습니다. 그리고 조조는 동오의 손권에게 선전포고문을 보냅니다.

손권은 들어라.
너는 이 조조와 싸울 것인가, 아니면 항복할 것인가?
둘 중 하나를 쿨하게 선택하라.
그리고 신속하게 답장하기 바란다.
손권아, 잘못된 선택으로 자멸하지 않기를 바라노라.
— 한나라 승상 조조

이때 손권의 나이 25세, 이 선전포고문을 받아본 젊은 군주 손권은 즉시 비상각료회의를 소집합니다.

"조조가 나에게 선전포고를 하였다. 싸우느냐, 항복하느냐 그것이 문제로다. 여러 신료들은 의견을 말하라."

먼저 오나라 최고의 지식인 장소가 일어나 의견을 말합니다.

"우린 조조의 적수가 못 됩니다. 조조는 천자를 끼고 있으며, 병력은 무려 100만 명에 달합니다. 일찍이 조조와 맞섰던 여포, 원소, 원술, 도겸 등 누구도 살아남지 못했습니다. 우린 조조에게 투항해야 합니다. 항복한다면 이 강산은 보존될 것이며, 백성들도 피를 흘리지 않을 것입니다. 항복합시다!"

"또 의견을 말해 보시오."

오나라 장수 황개(黃蓋)가 의견을 말합니다.

"싸워야 합니다. 전쟁은 쪽수가 많다고 꼭 이긴다는 보장은 없습니다. 우린 비록 조조에 비해 군사의 수는 적지만 군주와 백성들이 한마음 한뜻으로 똘똘 뭉쳐 싸운다면 적을 물리칠 수 있습니다. 항복은 안 됩니다. 싸웁시다!"

"무책임한 소리 마라. 투항해야 한다!"

"그렇게도 오금이 저리냐? 싸워야 한다!"

"투항하자!"

"싸우자!"

양쪽 진영의 의견이 팽팽하게 대립하며 문신과 무신들 간에 고함과 욕설이 오갑니다. 비상각료회의장이 난장판이 되자 보다 못한 손권이 자리를 박차고 일어섭니다.

"시끄럽다! 다들 꼴도 보기 싫으니 모두들 나가라. 썩 물러들 가거라!"

'아! 암담하구나. 무신들의 말을 듣자니 백성들 생명이 염려되고, 문신들의 말을 듣자니 내 생명이 위태롭구나. 죽느냐 사느냐 그것이 문제로다.'

군신들이 모두 나가자 노숙(魯肅)이 손권을 부릅니다.

"주공! 너무 걱정하지 마십시오. 조조를 막아 낼 방법이 있습니다."

"노숙! 방법이 있긴 있겠소?"

"지금 문신들이 백성들을 핑계로 화친을 주장하고 있으나 그 속내는 뻔합니다. 즉, 조조에게 투항하면 그들의 생명은 보장되겠지요. 잘하면 벼슬자리까지도 보장받게 될 겁니다. 그러나 주공에겐 문제가 생깁니다. 유종은 형주에서 싸워 보지도 않고 조조에게 투항했지만 조조는 그를 죽였습니다. 만약 주공께서도 조조에게 투항한다면 십중팔구는 죽이려 들 겁니다. 만에 하나 죽이지 않는다 해도 시녀 한 명에 집 한 채를 주어 평생을 그곳에 가두어 두겠지요. 3대에 걸쳐 건국한 이 나라를 조조에게 바쳐서는 안 됩니다."

"그럼 항복하지 않고 버틸 좋은 방법이라도 있소?"

"방법이 있습니다. 바로 유비와 손을 잡는 것입니다."

"유비? 황실의 종친 유비 말이요?"

"그렇습니다. 조조가 가장 두려워하는 사람이 유비입니다. 유비는 지금 강하에서 군사를 모으고 있고 관우, 장비, 조자룡 등 용장들이 버티고 있을 뿐 아니라, 천재라고 알려진 지략가 제갈공명이 있습니다. 유비와 손을 잡으면 조조를 물리칠 수 있습니다."

"좋은 생각이오. 그럼 누구를 사신으로 보내면 좋겠소?"

"제가 직접 가서 유비와 공명을 만나고 오겠습니다."

"좋습니다. 노숙 공이 강하에 가서 유비를 만나고 그의 군사력이 어느 정도인지 살피고 오시오."

이렇게 되어 노숙은 쪽배를 타고 장강을 건너 강하로 향해 갑니다.

한편, 강하에서 유비는 조조의 군사 이동을 예의 주시하고 있습니다.

"공명 선생, 지금 조조가 100만 대군을 동원하여 손권을 치려고 합니다. 손권이 무너지면 다음은 나를 공격할 것이요. 어찌 대비하면 좋겠습니까?"

"손권과 손을 잡아야지요."

"손권이 나와 동맹을 맺으려 할까요?"

"틀림없이 그쪽에서 먼저 사신을 보낼 겁니다. 그러나 우리가 먼저 아쉬움을 드러내서는 안 됩니다."

"공명 선생, 잘 알겠습니다."

말을 마치자 잠시 후 보고가 들어옵니다.

"주공, 노숙이라는 사람이 주공을 찾아왔습니다. 손권의 사신이라 합니다."

"선생의 예측이 맞았구려! 어서 노숙을 맞이합시다."

"주공, 우린 어떻게 하든지 손권과 조조가 전쟁을 하도록 불을 붙여야 합니다. 제가 노숙과의 대화에 미리 대답할 말을 일러 드리지요. 노숙은 조조가 대군을 몰고 와 오나라와 손을 잡고 유 황숙을 먼저 치자는 협상이 들어왔다고 허풍을 칠 겁니다. 그렇게 허풍을 치면 주공께서 손권에게 매달리며 도와달라고 애걸복걸할 것으로 예측하겠지요. 그러나 황숙께서는 노숙에게 어깃장을 놓으십시오. 조조와 싸울 생각은 없고 강하를 버리고 창오(蒼梧)로 도주할 생각이라면 노숙도 무척 당황할 것입니다. 노숙이 저자세로 도와달라고 사정하면 못이기는 체 승낙하고 저를 동오로 보내 주십시오."

"공명 선생, 혼자 오나라로 가면 위험하지 않겠소? 미방이나 미축을 보내고, 선생은 이곳에서 나와 함께 전쟁을 관망합시다."

"아무 걱정 마십시오. 저 혼자 가더라도 아무도 저를 해치지 못합니다. 지금 손권은 겁을 먹어 자칫하면 조조에게 항복할 수도 있습니다. 따라서 제가 가야만 조조와 손권이 싸우게 됩니다."

"손권의 군사는 15만 남짓밖에 안 된다는데 조조의 100만 대군을 막을 수 있을까요?"

"이 공명이 도운다면 손권이 이길 수 있습니다."

"공명 선생, 잘 알겠습니다."

노숙이 도착하여 유비와 마주 앉아 서로의 속마음을 감추고 탐색전을 시작합니다.

"유 황숙, 지금 조조가 대군을 몰고 와 우리와 함께 손잡고 유 황숙을 치자고 합니다. 그러나 우리 주군께서는 선뜻 조조의 뜻에 따르지 않고 망설이고 계십니다. 그러니 장차 어쩌면 좋을지 유 황숙의 고견을 듣고 싶습니다."

"노숙 선생, 제 판단은 좀 다릅니다. 지금 조조 군사는 동오에 집결하고 있습니다. 이는 나 유비가 아닌 손권을 먼저 치겠다는 뜻이겠지요. 그러나 입술이 없으면 이가 시린 법. 손권이 무너지면 조조는 그 칼끝을 저 유비에게 돌릴 겁니다. 그래서 저는 차라리 군사를 빼어 창오로 도주할까 생각 중입니다."

유비가 애걸복걸 매달릴 걸로 생각했던 노숙은 의외의 대답에 당황함을 감추지 못합니다.

"황숙, 창오로 도주라니요? 진심입니까? 유 황숙, 도주하지 마시고 차라리 우리와 군사동맹을 맺읍시다. 우리에게도 15만의 군사가 있습니다. 유 황숙과 우리 군이 힘을 합해 조조를 친다면 충분히 이길 승산도 있습니다."

"그래요? 허지만 손권이 조조의 대군과 맞서 싸울 용기가 있는지 모르겠군요."

"사실 저희 주군께서는 망설이고 계십니다. 또 군신들도 싸우자는 주전파(主戰派)와 투항하자는 화친파(和親派)로 나뉘어 크게 다투고 있습니다. 따라서 황숙께서 동맹을 맺자고 확실히 의사 표시만 해 주시면 저희 주군도 주저 없이 조조에게 대항할 것입니다."

"좋습니다. 그럼 여기 계시는 공명 선생을 보내 드릴 테니 함께 가서 손권을 만나도록 하십시오."

"유 황숙, 감사합니다. 정말 감사합니다."

이렇게 되어 노숙과 공명은 함께 배를 타고 동오의 군주 손권을 만나러 갑니다. 그런데 제갈량이 오나라에 들어서자 오의 책사들이 공명에게 시비를 걸어옵니다. 이것이 제갈량과 오의 책사들과의 설전인데, 이를 재미있는 전라도 버전으로 표현해 보죠.

먼저 강동의 최고 지식인 장소가 나섭니다. 장소는 제갈량과 인사가 끝나자 비꼬듯 말을 하죠.

"공명 선상, 유비 그 사람이 공명 선상 집을 시 번이나 찾아갔다 하드랑께. 고것이 참말이여? 그래갖고는 유비께서 나는 물괴기고 선상은 물이라고 했담시롱? 근디 유비 그 양반은 뽕떨이(뽕떨이, 낚시줄에 매다는 납덩이. 즉 수영을 전혀 못 하는 사람을 지칭함.)라고 하던디, 물괴기가 짜잔하게 수영도 못하믄 으따가 쓰까잉? 매운탕감이제. 그라고 선상이 고로케 재주가 조탐시롱 으째서 형주를 조조에게 뺏겨부렀쓰까잉? 참말로 요상허네? 그라고는 신야에서 개 쫓기듯 쫓겨서 강화까지 토꼈다든디, 그것이 뭔일이여?"

이 말을 듣던 공명이 어이가 없어 장소를 째려봅니다.

'아따 이 사람, 솔찬히 싸가지 없네. 내가 요 장소인지 장송인지 하는 사람을 콱 눌러뿌러야쓰겄구만.'

"오매오매, 장소 당신은 뭔 말을 그라고도 느자구없이 하요? 우리 유 황숙님이 형주를 뺏을라고 맘 묵었으면 아조 쉽게 뺏어부렀제. 애기들 팔 비틀기보다 더 쉽게 뺏어부렀제. 그란디 우리 유 황숙께서는 의리 인의를 중시하는 어른 아니여? 조조같이 불량한 놈들하고는 솔찬히 다르제. 아 유표가 아퍼서 곧 죽을라고 골망골망했는디, 거기다가 칼을 들이대면 쓰겄소? 아조 숭악허고 나쁜 불량배들이나 할 짓이제."

"공명 선상, 유비는 다급하다고 갑옷허고 창도 땡개불고 튀었다든디 쪼까 우새스럽구만."

"아따, 참새가 봉황의 뜻을 알 리가 없제(연작이 대붕의 뜻을 알리오?). 우리 유 황숙께서는 유표와 의리 때문에 형주를 안 뺏은 것이고, 그 난리통에도 신야 백성 18만 명을 싹 데꼬 강화로 가부렀제. 우리 유 황숙이나댕께 그런 통 큰 짓을 하제, 쪼잔한 놈들은 흉내도 못내 불제. 그런 난리 중에 창이나 들고 뛰어댕기면 쓰겄소? 우리 유 황숙께서 신야로 들어갔을 때 군사가 얼매였는지 알고는 있소? 포도시 1천 명이었소, 1천 명. 그리고 우덜은(우리들은) 성곽도 짜잔하고 병장기도 제대로 없었제. 그란디도 박망파에서 하후돈이 쳐들어옹께 싹 죽여부렀당께. 참말로 오지게 이겨부렀제. 우덜이 신야를 땡개불고 강화로 토꼈다고 당췌 부끄러운 것이 아니여. 우리가 백성들 싹 데꼬가서 살렸응께 잘한 일이제. 옛날 우리 한고조 유방 할아버지 말이여 그때 항우하고 맞짱 뜰 때마다 깨구락지 되았잖여. 그란디 결과는 으트게 되았어? 해하에서 딱 한 번 이겨서 황제가 돼부렀제. 항우는 여러 번 이겼지만 딱 한 번 얼터지고는 죽어부렀제. 우리 유 황숙도 마찬가지여. 딱 한 대목에서만 이기면 될 것이여."

"아따 공명 선상! 내가 졌소, 졌어. 그런 얘기는 나코(나중에) 합시다."

장소는 유창하면서 침착함을 잃지 않는 공명의 모습에 기가 꺾일 수밖에 없었죠.

이때 우번(虞翻)이 또 나섭니다.

"지금 조조 군사는 백만인디 으쯔게 싸울지 대책은 있소? 쪼까 들어

봅시다.”

“말이 백만이지 그것이 모다 뻥이여. 형주를 함락시켜 유표 쫄따구들을 합친 것잉께 오합지졸들여. 미리 쫄지 마랑께.”

그러자 또 보즐(步騭)이 오만하게 제갈량의 이름을 부르며 일어섰습니다.

“공명, 당신 말이여 말은 솔찬히 잘 허는디 우리 오나라하고 조조하고 쌈 붙이로 온 거 아녀? 속보인당께.”

“아따 보즐, 당신은 덩치는 산만 한 사람이 벌써 조조한테 쫄아부렀구만! 싸우기도 전에 쫄면 쓰겄소? 당신같이 겁 많고 쪼잔한 사람헌티는 대답할 가치도 없구만.”

할 말을 잃은 보즐을 대신해서 설종(薛綜)이라는 자가 이번엔 나섰습니다.

“조조는 어떤 사람이다요?”

그러자 제갈량은 즉각 대답하지요.

“한나라 역적이제. 역적도 아조 숭악한 역적이여.”

이 말을 들은 설종은 이렇게 말했습니다.

“한나라는 운이 다 되았고 조조한티 민심이 기울든디, 조조가 충신 아니여?”

“아따, 뭔 말을 그렇게 싸가지 없이 한다냐? 당신은 대그빡에 똥만 들었소? 절로 터진 입이라고 함부로 놀리면 안 된당께. 당신은 부모도 없고, 임금도 없소? 사람이라는 것은 말이여 충과 효의 근본을 구분해야제. 알아묵겄어? 조조는 조상 대대로 한나라 녹을 처먹었는디, 그 은혜를 보답하기는커녕 오히려 역모를 꾸민당께. 숭악하고 나쁜 놈이여.”

“미안허요. 내가 욕 먹어도 싸요, 싸.”

이번엔 육적(陸績)이 나섰습니다.

"공명 선상, 유비 그 양반 촌에서 돗자리하고 짚신 짜서 포도시 목구멍에 풀칠하고 살았다던디, 얼척 없는 촌뜨기 아니요? 거기에 비하면 조조는 조상들이 모다 고관대작이었다든디, 조조가 유비보다 한수 윗길 아니여?"

"오~매 육적, 자넨 왕년에 원술이 밥상머리에서 귤을 슬쩍 품에 넣었다는 그 사람이구만. '육적회귤(陸績懷橘)', 우리 유 황숙님은 당당하게 황제 아재뻘 된당께. 황제께서 얼척 없이 높은 벼슬도 내려부렀제. 그런 쪼잔한 조조에 비하면 아조아조 섭하제. 그라고 유방 한고조께서도 패현에서 건달 아니었는가? 건달이 황제 돼부렀당께. 우리 유비님이 돗자리 짜고 짚신 짜서 풀아 묵었다고 그것이 머땀시 부끄럽겠소? 육적, 당신은 대급빡이 안 돌아가고 미련해서 천하와 인생을 논할 처지가 못 되구만."

육적은 가슴이 먹먹해서 아무 말도 못했습니다.

이제 제갈량의 말에 아무도 일어서서 답하는 사람이 없게 되자 이때, 한 사람이 발을 울리며 들어옵니다. 바로 오나라 무인을 대표하는 황개입니다. 당시 황개는 주전파의 리더이기도 했죠. 황개는 좌중을 둘러보고는 꾸짖듯이 말합니다.

"제공들은 대체 무엇을 하고 있는가? 공명 선생은 당대 제일의 영웅이 아닌가? 이런 손님을 모셔 놓고 우문난제를 늘어놓으며 무용한 입을 놀려 손님을 욕보이다니, 부끄럽지 않은가? 주군의 얼굴에 먹칠을 하는 것과 무엇이 다른가!"

이에 제갈량은 황개를 바라보며 미소를 지으면서 이렇게 말합니다.

"제가 강동에서 처음 들은 제일 남자다운 이야기입니다."

황개 또한 미소를 지으며 제갈량을 향해 공손한 태도로 말하죠.

"중신들의 무례를 용서하시기 바랍니다. 저희 주공께서는 일찍부터 기다리고 계십니다. 부디 현명한 답을 주공께도 들려주시기 바랍니다."

황개의 등장으로 제갈량과 오나라 중신들의 설전은 막을 내립니다. 제갈량의 일방적 승리였죠.

공명은 손권과 마주 앉았습니다.

"공명 선생, 선생은 앉아서 천리 밖을 내다보는 지략가라는 명성은 들었습니다. 조조의 100만 대군을 맞아 어떻게 대처해야 될지 고견을 말씀해 주십시오."

"예, 방법은 두 가지가 있습니다. 하나는 목숨 걸고 싸우는 것이며, 또 하나는 항복하는 것입니다."

"그걸 모르는 사람이 누가 있겠소? 나는 싸워서 이기는 방법을 묻고 있소."

"이기는 방법을 대답해 드리겠습니다. 지금 모든 신료들은 100만 명이라는 조조군의 숫자에 겁을 먹고 있습니다. 그러나 그 수를 잘 헤아려 보면 그리 크게 걱정할 것도 없습니다. 우선 조조군의 20만 명은 지난 전투에서 부상당했거나 병든 환자들이니, 먼저 2할을 제해야 합니다. 다음으로 20만 명은 원술에게서 투항한 병사들이라서 이들은 사기도 낮고, 싸울 의욕도 부족합니다. 그래서 또 2할을 제해야 합니다. 다음 20만 명 역시 형주 유표의 부하들이 투항한 것이니, 이 역시 2할을 제하여야 합니다. 그럼 싸울 수 있는 군사는 40만 명 남짓으로 보아야지요. 그럼 동오의 군사 15만이 있고, 유비 현덕의 군사가 있으니 유비, 손권 두 사람이 손을 잡고 뭉치면 조조를 물리칠 수 있습니다. 더구나 조조는 적벽강을 사이에 두고 수전을 벌여야 하는데, 그들은 대부분이 북방의 기마민족들이라서 수전엔 몹시 서툽니다. 반면 동오의 군사들은 수전에 능숙하니 조조와 싸우면 충분히 승산이 있습니다. 그래도 전쟁을 포기하고 투항하시겠습니까?"

"공명 선생, 선생의 말을 들으니 눈앞이 훤해지는구려. 이제 자신이 생깁니다. 내 마지막으로 주유(周瑜)의 의견을 듣고 결정하리다."

"잘 알겠습니다. 부디 영명한 결정을 내려주시길 기대합니다."

주유(자는 공근)는 오나라의 일등 명장입니다. 원래 오나라는 '황건적의 난' 때 손견이 세운 나라로, 손견이 죽자 장남인 손책이 나라를 물려받습니다. 손책과 주유는 동갑내기로, 둘이서 함께 나란히 말을 달리며 양자강 일대를 평정하고, 형주성 주변의 변방을 쳐 오나라에 귀속시키는 등 큰 공을 세웠죠. 그는 무술에 뛰어날 뿐 아니라 병법에도 통달한 지략가이기도 합니다. 음악에도 소질이 있어 주유가 다루지 못한 악기가 없다 하였습니다. 그러나 주유가 진심으로 충성을 바친 군주이며 친구인 손책은 31세의 젊은 나이에 죽게 됩니다. 죽으면서 나라를 아들이 아닌 동생에게 물려주죠. 아들이 너무 어렸기 때문입니다. 그때 손권의 나이 17세, 손책은 죽으면서 동생 손권에게 유언을 남깁니다. "권아, 나라에 어려운 일이 있을 때 국내 정치문제는 장소와 의논하고, 전쟁이나 외교문제는 주유와 상의하라." 이런 형의 유언을 항상 기억하고 있던 손권은 나라가 전쟁의 위험에 직면하자 주유를 부릅니다. '파양'에서 수군들을 훈련시키던 주유는 나라가 위급하다는 소식을 듣고 밤을 새워 달려옵니다. 공명과 노숙은 주유의 문전에서 그가 오기를 기다리고 있습니다.

"공명 선생, 잠시 후 주유가 도착할 것입니다. 주유의 마음을 움직이지 못하면 우리 군주 손권의 마음도 움직일 수 없습니다."

"노숙 선생, 잘 알겠습니다."

자정 깊은 밤, 주유가 도착하자 세 사람은 대책을 논의하기 위해 마주 앉습니다. 먼저 노숙이 상황을 설명합니다.

"지금 우리 동오는 전쟁을 하자는 '주전파'와 무조건 투항하자는 '화 친파'로 나뉘어 팽팽한 의견 대립이 있습니다. 내일 각료회의에서 손권 은 주유 장군의 의견을 듣고 '투항'이냐 '전쟁'이냐를 결정할 것입니다. 주 장군의 의견은 어떠신지요?"

"어려운 상황이군요. 나 주유의 생각으로는 조조군과 맞서 싸운다는 건 아무래도 무리일 것 같군요. 저는 '화친' 쪽으로 생각이 기울고 있습 니다."

주유의 이 말을 들은 노숙이 발끈하며 화를 냅니다.

"공근(주유의 자), 정신 차리시오. 공근은 무사로서 어찌 그리 나약한 소리를 한단 말이요?"

"노숙, 전쟁은 장난으로 하는 게 아닙니다. 현실을 직시해야 합니다. 그들은 군사뿐 아니라 전함만도 8천 척이 넘습니다. 물리적으로 이기기 어렵지요."

그러자 옆에서 듣고만 있던 공명이 껄껄 웃습니다.

"공명 선생, 이렇게 심각한 때 왜 웃는 거요?"

"예, 노숙이 세상 물정을 모르고 너무 순진하여 웃은 겁니다.

양국이 화친하게 되면 노숙께선 고향으로 돌아가 후학들에게 글이라 도 가르치면 여생을 편하게 살 텐데 고생을 자초하는 게 우습지 않습니 까? 공근(주유)도 여지껏 주변 국가 정벌과 수군 훈련에 힘들었으니, 이 제 가족들과 함께 편한 생활을 하셔야죠."

"공명 선생, 그 말은 몹시 기분 나쁘군요. 이런 때 유비라면 어떻게 할까요?"

"저의 주군 유비께서는 다릅니다. 유비께서는 황실의 종친으로, 세상의 뭇 선비들이 우러러 보는 영웅입니다. 어찌 조조 따위에게 항복하겠습니까? 끝까지 맞서 싸워 기어코 조조를 굴복시키고 말 겁니다."

"공명 선생, 선생의 말은 더 참고 들을 수가 없군요. 나는 겁쟁이이고 유비만 영웅이란 말이요? 더 이상 당신과는 얘기하고 싶지 않소. 당장 이곳에서 나가시오."

"공근, 너무 화내지 마시오. 저에게는 전쟁도 하지 않고, 투항도 하지 않고 문제를 해결할 묘책이 있습니다."

"전쟁을 하지도 않고, 투항을 하지도 않고 조조를 물리칠 묘책이 정말 있단 말입니까?"

"있지요, 간단합니다. 오나라의 두 미녀를 찾아 조조에게 바치면 백만 대군은 저절로 물러날 것입니다."

"미녀를 바치다니요?"

"조조가 오를 침공하는 이유는 두 미녀를 얻기 위함입니다. 이곳 강동엔 '교공'이라는 덕망 높은 인사가 한 분 계십니다. 그 교공에게 '대교'와 '소교'라는 두 딸이 있는데, 이들을 '강동의 이교'라고 지칭합니다. 조조는 자나 깨나 그 두 딸 '이교'를 사모하고 있습니다."

"조조의 마음을 어떻게 알고 그런 말씀을 하십니까?"

"조조는 노후를 대비하여 허도에서 가장 경치 좋은 곳에 '동작대'를 지었습니다. 그 동작대는 한나라 황제의 궁궐에 비하면 조금도 손색없는 호화 건축물이죠. 그리고 조조는 늘 입버릇처럼 말하기를 '이곳 동작대에 강동의 두 미녀 대교와 소교를 데려다 함께 노닐며 생활하는 것이 나의 가장 큰 소원이다.'라고 했지요. 그러더니 그 사모하는 마음을 주

체하지 못하고 하루는 시를 지었습니다. 그 시를 제가 외어 보죠."

경치 좋은 곳을 찾아 놀고 싶구나.

동작대에 오르니 그 마음이 채워진다.

높이 세운 문 불쑥 솟아 있고

두 궁궐이 푸른 하늘에 뜬 듯하다.

높은 곳에서 황홀하게 내려다보니

서쪽에서부터 누각이 길게 이어졌구나

넓은 뜰엔 맛있는 과일이 영그는구나

이제 한 가지만 채우면 신선이 부러우랴?

동남에서 '이교'를 끌어와

아침저녁으로 함께 즐기리라.

공명이 거기까지 읊었을 때 주유가 갑자기 눈에 흰자위를 드러내고 는 입에 게거품을 물며 이를 바드득바드득 갈기 시작합니다.

"으~~아~~아~~아! 조조, 이 늙고 천한 역적놈! 내 맹세코 너를 용서치 않을 것이다."

공명이 깜짝 놀라 묻습니다.

"주 장군! 갑자기 왜 이러십니까?"

이때 곁에 있던 노숙이 공명의 옆구리를 쿡 쑤십니다.

"공명 선생, 큰 실언을 했소. 큰딸 대교는 손책의 아내고, 그 둘째 딸 소교가 바로 주유의 아내요."

"예? 정말입니까? 아이쿠 장군, 장군! 큰 결례를 했소. 이 일을 어쩌면 좋을지요?"

"모두 내 집에서 나가시오. 내가 지금 머리끝까지 화가 났으니 더 이상 얘기하고 싶지 않소. 두 사람 모두 당장 나가시오. 여봐라, 여기 두 손님들을 내보내고 소주 몇 병 가져와라. 분통이 터져 도저히 맨정신으로는 못 자겠다."

주유의 집을 물러나오며 공명은 머리만 긁적입니다.

"허어, 공연한 소리로 주유의 화만 돋우었도다. 실수로다, 실수로다! 마이 미스테이크!"

하지만 공명의 입가에는 자꾸 미소가 번집니다. 그 미소를 본 노숙이 묻습니다.

"선생, 그 시에서 '이교'란 정말 교공의 두 딸들을 지칭하는 거요?"

"아니요. 사실 이교란 '두 개의 구름다리'란 뜻이지요."

"허어, 공명 선생 참 대단한 머리요. 대단해, 대단해!"

노숙의 입가에도 알지 못할 미소가 번집니다.

다음 날, 손권의 주재하에 전쟁 찬반에 대한 논쟁이 시작되었습니다.

"자아, 지금부터 국무회의를 시작하겠습니다. 조조의 백만 대군에게 항복할 것인지 아니면 맞서 싸울 것인지 오늘 결론을 냅시다."

먼저 동오의 문관을 대표하는 지식인 장소가 발언권을 얻습니다.

"예부터 하늘의 뜻에 순종하는 자는 흥하고, 거슬리는 자는 망한다고 하였소(順天者興 逆天者亡). 우리의 약한 병력으로 조조의 대군에 맞서는 것은 계란으로 바위를 치는 격입니다. 투항합시다. 저기 강하에서 온 공명은 우리와 조조를 싸우게 만들려는 불손한 의도를 가지고 있소. 그의 꾀에 넘어가서는 안 되오."

그러자 강동의 노장 황개가 벌떡 일어나 발언합니다.

"허어, 분하도다! 손견 장군이 창업의 기초를 다질 때부터 우린 그를 따르며 수백 번의 전투를 치르며 이 땅을 일궈 왔소. 그런데 싸우지도 않고 이 땅을 내준다고요? 참 기가 차고 맥이 차고 말문이 맥히오. 여기 계시는 공명 선생은 고마운 분이오. 황실의 종친 유비와 우리가 힘을 합하면 간사한 역적 조조를 백 번이라도 물리칠 수 있소. 입만 살아 있는 모사꾼들은 그렇게 목숨들이 아깝소? 부끄러운 줄 아시오!"

말을 마치자 문신들의 고함소리가 여기저기에서 터집니다.

"황개, 말을 함부로 하지 마시오. 전쟁에서 졌을 때를 생각해보시오. 조조의 대학살이 두렵지도 않소?"

"무엇이 두렵단 말인가, 비겁한 겁쟁이들!"

"겁쟁이리니? 우리 목숨이 두려운 게 아니요. 백성들의 안위가 걱정될 뿐이오."

이때 주유가 자리를 박차고 일어섭니다.

"다 조용히들 하시오. 시끄럽게 떠들며 싸우는 꼴이라니⋯⋯. 내가 의견을 말하리다. 조조가 승상의 지위에 있으나 실은 흉측한 도적놈이요. 그 '나쁜 역적'이 쳐들어왔으면 당연히 싸워야지요. 조조가 비록 100만 대군이라 하나 그건 허울뿐이고, 우리가 이길 조건이 네 가지나 있소. 잘 들어보시오. 첫째, 지금 조조는 허도를 비워 두고 군사를 모두 동원하여 남쪽으로 밀고 내려왔는데, 북쪽의 마등(馬騰)과 한수(韓遂)가 비어 있는 허도를 노리고 있소. 둘째, 저들은 기마민족이라서 수전엔 약하오. 그러나 우리는 수전에 익숙하오. 셋째, 지금은 겨울철이라 저들 기마병들이 타고 다니는 말을 먹일 풀이 없소. 넷째, 북쪽의 군사들은 우리 남쪽의 풍토와 물이 맞지 않아 병에 걸린 자들이 속출하고 있소. 내게 5만의 군사만 주시면 당장 적벽강을 건너 가 조조의 군사들을 깨트리고 역적 조조를 사로잡아 오겠소."

"주~유! 주~유!"

무신들이 연호하기 시작합니다.

"주~유! 주~유! 과연 남자답다. 싸우자! 싸우자!"

이때 듣고만 있던 손권이 자리를 박차고 일어섰습니다.

"난 결심했소. 조조와 맞서 싸우겠소. 자 모두 똑똑히 보시오."

손권은 칼을 뽑아 탁자를 내리칩니다. 탁자는 '우지끈' 하는 요란한 소리와 함께 두 동강이 나고…, 다시 단호한 어조로 선언합니다.

"누구든지 전쟁에 반대하는 자들은 이 탁자처럼 목이 잘릴 것이요. 오늘부터 주유를 대도독으로 임명하오. 주유는 나와서 이 검과 인장을 받으시오. 누구든 도독의 명을 어기면 이 칼로 베시오."

"알겠습니다, 주공! 목숨을 바쳐 기어코 조조를 물리치겠습니다."

순간 장내는 숙연한 분위기가 흐릅니다.

"전쟁에는 군량과 물자를 조달하는 병참이 매우 중요하오. 칼과 창을 들고 전장에서 직접 싸우는 것 못지않게 중요하다 생각하오. 이 병참을 장소가 맡아주시오."

"주공, 저는 방금까지 투항을 주장했던 사람입니다. 처벌 대상인 제가 어찌 그런 중책을 맡겠습니까?"

"장소, 그대만큼 국내 사정을 잘 아는 사람이 없소. 이제 전쟁으로 의견이 통일되었으니 병참업무에 힘쓰시오."

"신 장소, 온 힘을 다하여 소임을 완수하겠습니다."

다음 날 주유는 적진을 살피기 위해 배를 타고 강으로 나갑니다.

"전함을 띄워라. 내가 직접 배를 타고 나가 적의 전투 실력을 시험해보겠다."

"대도독 장군이 직접 나가는 건 너무 위험하지 않습니까?"

"적의 실력을 모르면서 어떻게 전투에 이긴단 말이냐? 우선 30척으로 시비를 걸자. 그러면 적들이 얼마나 장강의 물길에 밝고 수전에 능숙한지 알 수 있다."

주유가 지휘하는 전투함 30척이 조조의 8천 척 배가 정박해 있는 곳으로 접근합니다. 그러자 조조의 진영에서는 한바탕 소동이 일어나죠.

"비상, 비상! 적이다! 적의 배가 나타났다. 출동하라!"

수군 대도독 채모의 동생 채훈(蔡勳)이 지휘하는 조조군의 전함 100여 척이 방어에 나섭니다.

"적들은 30척에 불과하다. 모두 침몰시켜라."

채훈의 전투함이 다가오자 주유의 대장선이 급히 방향을 돌려 달아나기 시작합니다.

"적이 도망친다. 놓치지 마라!"

"야, 이 쪼잔한 놈들아! 여기까지 왔으면 맞짱을 떠야지 왜 싸워 보지도 않고 꽁무니를 빼는 거냐?"

"그래? 이 북방의 맥주병들아, 그렇게 원한다면 맛을 보여 주마."

갑자기 배의 방향을 돌린 주유군의 전함에서 화살이 쏟아집니다. 느릿한 100여 척의 조조군 전함 사이를 주유군 30여 척의 쾌속선이 종횡무진 누비며 공격을 퍼붓습니다.

"저 배가 적장이 타고 있는 선박이다. 집중 공격하라!"

주유군의 부도독 감녕(甘寧)이 활을 겨냥하여 당기자 채훈의 가슴에 명중합니다.

"적장이 죽었다. 총공격하라!"

사기가 오른 주유군의 공세에 절반가량의 배를 잃은 조조의 전함은 바쁘게 도망을 칩니다.

"뱃머리를 돌려라. 일단 후퇴한다! 어윽, 그런데 왜 이렇게 뱃멀미가 나는 거야?"

여기서도 '어윽!', 저기서도 '어윽!' 흔들리는 배 안에서 조조의 군사들은 뱃멀미에 시달립니다.

첫 번째 전투에서 대패하고 장수마저 잃은 수군 대도독 채모가 조조 앞에 무릎을 꿇고 부복합니다.

"승상, 면목 없습니다……. 대패하였습니다."

"채모, 첫 전투에서 지다니, 네 체모(體貌)가 말이 아니구나. 동정호(洞庭湖)에서 집중 훈련을 시켰는데도 아직 실력이 부족하단 말이냐?"

"동정호는 고여 있는 물이지만 장강은 사납게 흐르는 물입니다. 물길 사정이 다릅니다. 빠른 시간 내에 장강의 물살에 적응하는 훈련을 시키겠습니다."

"그래 채모, 다시 한 번 너를 믿는다. 부족한 점을 찾아 훈련을 시켜라."

채모가 물러나고 망연자실 앉아 있는 조조에게 모사 장간(蔣幹)이 찾아왔습니다.

"승상, 싸우지 않고 전투에서 이길 계책이 있습니다."

"싸우지 않고 이긴다고? 그런 계책이 있다면 말해 보아라."

"동오의 대도독 주유는 저와 동문수학한 사이입니다. 당시 공부로는 제가 짱이었고, 주먹으로는 주유가 짱이었죠. 저는 매일 주유와 어울릴 정도로 친한 사이였습니다. 제가 가서 그를 설득하여 투항시켜 보겠습니다."

"주유가 그렇게 쉽사리 투항할까?"

"저만 믿어 주십시오. 제 달변의 세치 혀로 꼭 주유를 투항시키겠습니다."

"그렇게만 된다면 너는 일등 공신이다. 밑져야 본전이니 가서 한번 설득시켜 봐라. 가서 병력이 얼마인지, 또 군사들 사기는 어떤지 잘 살피고 와라."

이렇게 되어 장간이 세객을 자처하고 주유의 진영으로 향합니다.

"대도독, 친구분이 찾아왔습니다."

"친구? 전쟁 중에 친구가 찾아오다니? 이름이 뭐라더냐?"

"대도독과 동문수학하던 장간이라 합니다."

"장간? 그 친구가 갑자기 나를 찾아와? 음! 음⋯그래?⋯음, 노숙을 잠깐 불러라."

그리고 노숙과 뭔가를 속삭이며 밀담을 나눕니다. 잠시 후 손님을 모셔 오라 합니다.

"장간! 이거 얼마 만이냐? 반갑다, 반가워!"

"주유! 오랜만이다. 크게 출세했구나, 반갑다!"

"자, 안으로 들어가자. 여봐라, 오랜만에 친구가 찾아왔으니 장수들을 모두 들라 해라. 오늘 오랜만에 회포를 풀어보겠다."

장수들이 장막 안으로 모여들자 주유가 장간을 소개합니다.

"자, 여기 나와 세상에서 가장 친한 친구가 왔다. 오늘은 모처럼 전쟁 근심을 잊고 한잔하자. 소백산맥이 폭탄주보다 한수 위라고 들었다. 소백산맥을 준비해 와라."

"소백산맥이 무엇인가?"

"소주+백세주+산사춘+맥주를 한 병씩 잘 섞어 놓은 걸 말하네. 그 맛이 아주 기가 막히네. 자, 여러 장수들! 오늘 모처럼 귀한 손님이 왔으니 '노털카찡떼오'로 한잔합시다."

"'노털카찡떼오'는 또 뭔가?"

"잔을 잡으면

'노'아서도 안 되고

'털'어서도 안 되고

'카' 소리 내서도 안 되고

'찡'그려서도 안 되고

'떼'서도 안 되고

'오'래 들고 있어도 안 되네.

어기면 벌주 한 잔을 더 받게 되지."

"야~, 그거 좋군! 주유, 그럼 이왕이면 '노털카찡떼오콜사물'로 하세."

"장간, 아니 그건 또 뭔가?"

"술을 마신 후 '콜'라, '사'이다, '물'을 마셔도 벌주를 준다는 얘기지."

"야~, 장간! 자네는 역시 머리가 좋아. 천재야, 천재!"

"대도독, 저는 여지껏 대도독이 제일 잘생긴 줄 알았는데, 오늘 보니 친구분이 훨씬 잘 생겼군요."

"감녕, 자네는 역시 안목이 높아. 어떻게 그렇게도 잘생긴 사람을 척 척 알아보나? 자, 우리 모두 건배!"

"건배!"

"아니 자네 감녕, 방금 술잔을 입에 떼며 '카~' 소리 냈지? 자, 벌주 한 잔 받게. 그리고 장간, 자넨 술을 너무 모범적으로 마시는군. '노털카 찡떼오콜사물'에 한 가지도 위반하지 않았으니 벌주 대신 '상주'를 받게. 상으로 한 잔 더 하란 얘기지."

"좋지. 내 원샷으로 한 잔 더 하지. 우리 모두 건강을 위하여!"

"위하여!"

장수들은 장간과 어울려 거나하게 술을 마셔 댑니다.

"여기 잔이 너무 작다. 냉면 그릇을 가져와라. 자자, 지금부터는 냉면 그릇으로 잔을 돌린다. 건배, 위하여!"

"위하여!"

"야~, 장간! 기분 좋다. 내 사무실에 노래방 기계가 있으니 우리 단둘이 한 잔만 더하자."

"주유, 너 많이 취했다. 비틀거리는구나."

"아니야. 나 지금 정신 말짱해. 안 취했어."

두 사람은 어깨동무를 하고 고성방가를 하며 주유의 사무실에 들어서죠.

주유가 혀 꼬부라진 소리로 말합니다.

"노래방, 노래방 기계를 켜야지⋯⋯."

그러더니 그대로 침상에 거꾸려져 코를 골기 시작합니다.

"허! 저 친구 나보다 술에 더 취했군!"

장간 역시 주유 옆 침상에 널브러져 잠이 들죠.

'드르렁 드르렁' 한참 코를 골다 목이 마른 장간이 잠을 깼습니다.

"어, 목말라! 주전자가 어디 있나?"

주전자를 찾아 한참 물을 들이켠 장간이 방 안을 둘러보니 책상 위에 서류와 죽간(대나무로 엮어 만든 책)이 산더미처럼 쌓여 있습니다. 주유는 아직도 만취 상태로, 세상모르고 코를 골며 자고 있습니다.

'주유가 자고 있으니 이 서류를 좀 훔쳐보자.'

장간은 서류를 뒤지기 시작합니다. 인사발령 통지서, 각종 보급품 지급 현황, 작전 지시 사항, 훈련 계획표 등 온갖 비밀 서류 및 지시 공문이 가득한 가운데 문득 이상한 서류 한 장을 발견합니다.

'이건 뭐지? 편지 같은데……?'

슬며시 펴서 읽던 장간이 숨을 멈춥니다.

'이…이건, 수군 대도독 채모의 편지가 아닌가?'

대도독!

이제 제 누이동생 채 부인과 조카 유종의 원수를 갚을 날이 얼마 남지 않았습니다.

조조는 저를 신임하고 있습니다. 이제 조조가 방심하고 잠든 틈을 타 그의 목을 베어 대도독께 투항하겠습니다.

지금 우리 수군의 주력 부대는 유표를 모시던 형주의 군사들입니다.

부도독 장윤과 수군 모두 함께 투항하겠습니다.

이번 거사에는 부도독 장윤의 노력이 큽니다.

대도독, 부디 건강하시고 거사일을 기다리십시오.

— 채모 배상

'이…이럴 수가……! 조 승상은 채모를 믿고 수군 대도독을 맡겼는데, 이자는 옛 형주성이 함락당할 때의 원한을 잊지 않고 있구나.'

채모의 편지를 슬그머니 옷소매에 감춘 장간이 막사를 빠져나갑니다.

'주유, 미안하네. 잘 주무시게. 난 먼저 돌아가겠네.'

이직도 술이 덜 깨어 세상모르고 자고 있는 주유를 뒤로하고 장간은 사라집니다. 아직 동트기 전 어슴푸레한 막사를 벗어나는 장간의 뒷모습을 누군가 지켜보고 있습니다. 그는 장간이 술 취해 자고 있는 걸로 착각했던 주유입니다.

"장간, 잘 가게. 배웅은 못 하네."

본진으로 돌아간 장간이 조조를 찾아 결과를 보고합니다.

"승상, 다녀왔습니다."

"장간, 수고 많았다. 그래 주유에게 투항은 권해 보았나?"

"승상, 투항을 권하진 못했지만 엄청난 사실을 발견했습니다."

"무슨 일인데 그러나?"

"승상, 이 편지를 한번 읽어 보십시오."

장간에게서 편지를 받아 읽는 조조의 손이 부들부들 떨리며 눈꼬리가 위로 치켜 올라가기 시작합니다.

"이…이런, 괘씸한 놈!"

"허저를 들라 하라."

조조의 경호대장 허저가 불려 옵니다.

"지금 당장 군사들을 이끌고 가서 채모와 장윤을 포박해 오라."

"옙, 알겠습니다!"

조조의 명령이면 물불을 가리지 않는 허저가 잠시 후 채모와 장윤을 포박해 옵니다.

"승상, 왜 이러십니까?"

"네 이놈, 채모! 너는 네 주인 유종을 배신하고 나에게 투항해 오더니 그것이 거짓 투항이었구나. 내 너를 항상 의심하고 있었다. 괘씸한 놈!"

"승상, 잠자다 날벼락입니다. 무슨 일입니까?"

"몰라서 묻느냐? 자, 이 편지를 보아라. 네놈이 이러고도 나를 속이려 드느냐?"

"승상, 이건 모함입니다. 승상, 억울합니다!"

"닥쳐라! 가증스러운 놈. 여봐라, 당장 저 두 놈을 끌고 나가 목을 베라.”

“승상, 승상! 억울합니다!”

채모와 장윤이 끌려 나간 후 모사 정욱이 들어옵니다.

“방금 채모와 장윤이 끌려 나가던데 무슨 일입니까?”

“정욱, 한 번 주인을 배신한 놈이 두 번 세 번 못 하겠느냐? 이 편지를 봐라.”

“승상, 이상합니다. 이 편지는 가짜입니다. 이런 중요한 편지를 외부 사람이 볼 수 있도록 탁자 위에 올려놓은 게 이상합니다. 속지 마십시오.”

“뭐라고?…가짜? 그렇구나. 이건 주유의 계략이다. 여봐라, 채모와 장윤을 다시 불러와라.”

‘예’ 하고 허저가 나가더니 쟁반 위에 두 사람의 머리를 얹어 들고 들어옵니다.

“승상, 두 사람을 데려왔습니다.”

“늦었구나, 속았어……! 내가 계략에 넘어갔어. 수전에 능통한 두 사람을 잃었으니 이제 누구에게 수군을 맡긴단 말인가!”

그날 저녁, 군신들과 저녁식사를 하는 자리에서 모개(毛玠)와 우금(于禁)을 부릅니다.

“모개! 너를 수군 대도독에, 우금! 너를 부도독에 임명한다.”

“승상, 저희는 수전에는 서툽니다.”

“이가 없으면 잇몸으로 사는 법, 달리 마땅한 사람이 없으니 너희 둘이 수군을 이끌어라. 그리고 장간, 너는 주유에게 다녀오느라 수고 많았다. 내가 좋은 술을 하사하니 한잔 마셔라.”

“예, 승상! 감사합니다.”

"원샷하라!"

조조의 하사주를 쭉 들이켜던 장간이 갑자기 가슴을 움켜쥐며 피를 토합니다.

"승상, 술에 쥐약이 들어 있습니다."

"쥐새끼 같은 놈. 너에겐 쥐약이 어울린다. 주유와 술만 떡이 되도록 마셨으니 내가 속풀이 술을 준 것이다. 나를 원망하지 말고 네 친구 주유를 원망하여라."

조조는 40만이나 되는 수군을 이끌던 전문가를 처형하고, 수전이 뭔지도 모르는 사람에게 임무를 맡겼습니다.

주유는 막사에 앉아 깊은 생각에 잠겨 있습니다.

'공명은 당대에 가장 뛰어난 지략가다. 지금은 제갈공명이 우리를 돕지만 언젠가는 우리와 일전을 치를 날이 올 것이다. 우리 손아귀에 있을 때 그를 제거하는 게 상책이다. 그러려면 뭔가 핑곗거리를 만들어야 한다.'

이렇게 결심을 굳힌 주유는 곧 작전회의를 소집합니다.

"우리가 가장 우려하던 수전의 명장 채모가 제거되었소. 허나 내 절친인 장간이 처벌된 것을 생각하면 가슴 아픈 일이오. 모두 고인을 위한 묵념을 올립시다."

묵념이 끝나고 주유가 공명을 부릅니다.

"공명 선생, 선생에게 부탁이 있습니다. 수전을 치르려면 많은 화살이 필요한데, 우리에겐 그 화살이 턱없이 부족합니다. 선생께서 만들어 주실 수 있겠는지요?"

"누구의 명인데 제가 거절하겠습니까? 하명하시지요."

"예, 열흘의 기일을 드릴 테니 화살 10만 개만 만들어 주십시오."

"열흘에 10개요?"

"아니요. 10만 개요."

"공장에 자동생산 장치는 되어 있겠지요?"

"선생, 지금은 서기 180년대 고대사회입니다. 자동생산 장치는 1800년 후에나 가능하겠지요."

"그래요? 호오…, 화살보다는 간편하게 '사드'를 배치하면 될 텐데 굳이 활이 필요할까요?"

"선생, 지금은 활이 최종병기입니다. 사드가 도대체 무슨 말입니까?"

"아, 조크 조크……, 필요한 화살을 만들어야죠. 근데 이렇게 급한 시기에 열흘이나 낭비할 시간이 있습니까? 제가 사흘 만에 만들어 오지요."

"선생, 10개가 아니고 10만 개라니까요."

"허허, 나 청력 정상이라니까요."

"선생, 군사 일을 논하는 데 농담은 금물입니다. 군령장을 쓰시겠습니까?"

"써야지요."

공명은 사흘 안에 화살 10만 개를 만들겠다.

어길 시엔 주유가 멋대로 만든 법에 의해 참수당한다.

"그런데 내가 화살을 만들어 오면 대도독께선 어쩌시려고?"

"그땐 제가 공명 선생을 업고 영내를 한 바퀴 돌겠습니다."

"좋습니다. 심히 불공평하지만 일단 약속은 하지요."

이런 대화를 곁에서 듣고 있던 노숙의 마음이 타들어갑니다. 작전회의가 끝나자 노숙이 공명을 찾아옵니다.

"공명 선생, 이건 대도독 주유가 선생을 해치기 위한 술책입니다. 거기에 넘어가면 어떡합니까? 지금이라도 취소하십시오."

"노숙, 한 번 남자 입에서 뱉은 말인데 어떻게 취소합니까? 우리 그냥 저기 가서 탁배기나 한잔합시다."

"선생, 지금부터 일꾼들을 총동원해도 시간이 부족한데 탁배기라니요?"

"허허, 우선 마시고 봅시다."

그 다음 날도 노숙이 걱정스러운 얼굴로 공명을 찾아왔는데, 공명은 역시 태평입니다.

"노숙, 오늘은 우리 '맞고'나 한번 칠까요?"

"선생, 고스톱이라니요. 10만 개의 기한이 내일입니다. 주유가 선생을 해치려 한다니까요."

"허허…, 그럴 리가요."

"노숙, 내일은 우리 뱃놀이나 나갑시다. 탁배기 몇 병 싣고 안주는 흑산 홍어로 준비하시죠."

"뱃놀이요? 지금 실성하신 건 아니죠?"

"제가 실성할 리 있습니까? 일단 강바람을 쐬고 홍탁 한잔 걸치고 돌아와서 그때부터 화살을 만듭시다."

"도대체 이해를 못 하겠군요. 그럼 홍어와 탁배기만 준비하면 됩니까?"

"아니요. 몇 가지 더 있습니다. 배 20척과 군사 600명도 동원해 주시죠."

"그걸 무엇에 쓰시게요?"

"그 배를 마른 풀로 꽉 채워 주시고, 겉은 푸른 포장으로 둘러주십시오. 그리고 군사들은 30명씩 배에 태우고 꽹과리, 북, 징 등 사물놀이 준비를 하라 이르십시오. 바다에서 한번 신명나게 놀아봅시다."

"그러시죠. 이제 곧 공명 선생께서 수궁을 다스리게 되겠군요. 제가 해마다 강에 나가 제사는 지내드리겠습니다. 그리고 요즘 흑산 홍어가 품절이라 칠레산 홍어로 준비할 테니 그리 아십시오."

다음 날, 노숙이 공명을 향해 볼멘소리를 합니다.

"공명 선생, 꼭 이렇게 새벽에 배를 띄울 필요가 있습니까? 더구나 지금은 안개가 끼어 시야가 흐릿한데요."

"노숙, 일찍 뱃놀이를 끝내고 돌아옵시다. 주문한 탁배기와 홍어는 준비하셨지요?"

"다 준비했습니다."

"자, 그럼 노숙! 지금부터 한판 놀아봅시다. 제가 특별히 사물놀이의 대가 김덕수 선생을 초청했습니다."

"모두 닻을 내리고 뱃머리는 동쪽으로 향해 일렬로 세우라. 군사들은 김덕수 선생님의 지휘하에 사물놀이를 시작한다!"

꽝…꽝…징…징…….

20척의 배에서 600명의 군사들이 요란하게 징과 꽹과리, 그리고 장구와 북을 두드려 대니 조조의 진영이 발칵 뒤집혔습니다.

"승상, 적의 기습입니다."

"음, 몇 척이나 되느냐?"

"안개가 자욱하여 파악이 되지 않으나 북과 징소리가 요란합니다."

"이건 필시 우리 배를 유인해 내려는 계략이다. 배를 출항시키지 말고 무기로 대응하라. 소리 나는 곳을 향해 미사일을 쏘아라."

"승상, 지금은 활이 최첨단무기입니다."

"그럼 60밀리미터 직사포나 곡사포도 없단 말이냐?"

"없습니다."

"그럼 최첨단 무기인 활을 퍼부어라."

조조의 진영에서 공명이 이끄는 배를 향해 새카맣게 화살이 날아듭니다.

"공명 선생, 적의 공격이 시작되었습니다. 빨리 배를 돌려 도주해야 합니다."

"노숙, 걱정 마시오. 지금 안개 때문에 한치 앞도 보이지 않습니다. 조조는 의심이 많은 사람이라 함부로 추적하지 않을 것입니다."

"공명 선생, 이제야 알 듯합니다. 조조에게서 화살을 얻어올 생각이군요."

"그렇습니다. 잠시 후 배의 머리를 서쪽으로 돌려 활을 받아야지요."

잠시 후 조조 진영의 공격이 시작됩니다.

"쏴라! 쏘고 또 쏘아라! 『삼국지』 작가 나관중의 뻥(?)에 맞추려면 10만 개를 쏘아야 한다."

"승상 9만 개만 쏘면 안 될까요?"

"안 된다. 그럼 제갈공명이 죽게 되어 소설 『삼국지』는 끝장난다. 10만 개를 채워라. 쏘고 쏘고, 또 쏘아라!"

활을 한참 쏘는데 점차 동이 트면서 안개가 걷히기 시작합니다. 시야에 배가 드러나자 군사들이 일제히 합창을 시작합니다.

"조조야, 조조야, 고맙다! 화살을 가져다 요긴하게 쓸게. 조조야, 안녕."

조조가 이 광경을 보고 발을 동동 구릅니다.

"속았다! 적의 속임수에 넘어가 아까운 화살만 낭비했구나. 그리고…, 내 나이가 저희들보다 실존장인데 '조조야, 조조야' 하고 반말이냐? 예절도 모르는 나쁜 놈들!"

"조조야, 고마우니 우리도 답례품을 줄게. 주먹 감자나 먹어라. 옜다, 많이 먹어!"

고슴도치처럼 화살이 빼꼭히 박힌 배를 보며 주유가 벌린 입을 다물지 못합니다.

"배 한 척당 약 5천 개의 화살이 꽂혀 있군요. 자세히 헤아려 봅시다."

"공명 선생 99,999개입니다. 약속보다 한 개가 부족하군요. 허나 반올림하면 10만 개이니 약속은 지킨 걸로 하겠습니다."

"천만에요. 저기 병사 한 명이 화살 두 개를 들고 뛰어오고 있군요. 그럼 100,001개이니 제가 이겼습니다. 약속대로 업고 병영을 한 바퀴 도시죠."

"선생, 제가 요즘 허리 디스크라서 무거운 건 들지 말라는 의사의 권고가 있었습니다."

"허어, 대도독! 쩨쩨하게 왜 그러십니까? 빨리 시작하시죠."

"할 수 없군요. 업히시죠. 그런데 왜 이렇게 체중이 많이 나가십니까? 허걱! 절반만 돌면 안 될까요? 헉…헉……."

그리고 다음 날이 되었습니다.

"대도독, 어제는 저를 업고 다니느라 많이 힘드셨죠?"

"공명 선생, 솔직히 제가 졌습니다. 선생은 저보다 지혜가 10배 이상 뛰어난 분입니다. 이제 이 우둔한 주유를 깨우쳐 주십시오. 규모가 작은 저희 오나라가 조조의 대군을 물리칠 방법을 가르쳐 주시기 바랍니다."

"이 시대 최고의 지략가인 대도독께서도 생각하는 바가 있겠지요."

"저도 막연하지만 한 가지 생각해 둔 작전이 있긴 합니다."

"대도독, 우리 서로의 생각을 손바닥에 써서 동시에 펴볼까요?"

"공명 선생, 좋은 생각입니다."

두 사람은 서로 돌아앉아 손바닥에 글자를 씁니다.

"자! 동시에 펴봅시다. 하나 둘 셋!"

"어? 공명 선생은 '화(火)' 자를 쓰셨군요. 저는 좀 다른 글자입니다."

"어? 대도독께서는 'Fire'라고 썼군요."

"글자는 다르지만 뜻은 같군요."

"맞습니다. 대도독의 생각처럼 오나라의 적은 군사력으로 조조의 100만 대군과 8천 척의 전함을 이기는 방법은 화공밖에 없습니다. 그러나 화공으로 이기기 위해서는 몇 가지 조건이 필요합니다."

"공명 선생, 그 조건이 무엇인지 깨우쳐 주십시오."

"첫 번째, 8천 척의 전함이 장강으로 흩어져 진격해 오면 화공을 쓸 수 없습니다. 배들이 한곳에 모여 있을 때 기습적으로 화공을 퍼부어야 합니다. 두 번째, 기습작전이 성공하기 위해서는 빠른 쾌속선 몇 척에 기름과 염초, 유황을 싣고 적의 배 가까이 접근해야 합니다. 즉, 사람의 힘으로 불을 투척할 만큼 매우 가깝게 접근해야 화공은 성공할 수 있습니다."

"그렇군요. 지금은 대포가 없는 고대사회이니 불을 던져서 공격할 수밖에 없군요."

"맞습니다. 그러나 정말 중요한 조건이 한 가지 더 있는데, 그 세 번째 조건은 다음에 알려 드리지요."

"공명 선생, 전 궁금한 건 참지 못합니다. 지금 알려 주시죠."

"대도독께서도 뛰어난 지략가이니 곰곰 생각해 보면 알 수 있을 겁니다. 이런 세 가지 문제점이 해결되지 않으면 화공은 성공하기 어렵습니다."

"공명 선생, 잘 알겠습니다."

한편 그 시간, 강 건너 막사에서 조조는 발을 동동 구르며 분통을 터트리고 있습니다.

"생각할수록 화가 치미는구나. 주유와 공명에게 화살 10만 개를 사기당하다니……. 그렇다면 좋다. 머리에는 머리로 대응해야 한다. 나도 작전을 써보자. 채모의 동생 채중(蔡仲)과 채화(蔡和)를 불러와라."

채중과 채화가 곧 대령합니다.

"채중과 채화, 너희 형제들에겐 미안하다. 내가 실수로 너희 형 채모를 죽게 했으나 그 가족들은 1급 원호대상자로 지정하여 돌보고 있다. 그런데 너희는 지금 계급이 무엇이냐?"

"부장입니다. 해군 중령급이죠."

"그렇구나. 너희는 내가 지시하는 작전만 성공시키면 2계급을 올려 장군으로 승진시키고, 별도로 황금 1만 냥을 하사하겠다."

"무슨 작전입니까?"

"너희들은 주유에게 거짓 투항하라. 주유의 신임을 얻은 후 그곳의 중요 정보를 캐내어 나에게 보내라. 그러다 기회가 되면 주유의 목을 베라."

"승상, 잘 알겠습니다. 만에 하나 저희가 실패하면 처자식을 부탁드립니다."

"자식들은 모르겠고 처만 책임지마."

"예?"

"조크 조크, 당연히 처자식을 내가 돌봐주겠다. 그러나 실패해서는 안 된다."

며칠 후, 채중과 채화 두 형제가 군사 100명을 이끌고 주유에게 투항합니다.

"채중과 채화가 투항해 와? 이리 불러오너라."

채중과 채화가 주유 앞에 나옵니다.

"너희들이 투항하는 이유가 무엇이냐?"

"예, 저희 형님 채모가 조조에게 억울하게 죽었습니다. 저희는 기어코 형님의 원수를 갚겠습니다."

"그래, 잘 알았다. 그런데 너희의 가족들은 지금 어디에 있느냐?"

"형주에 있습니다."

"형주? 형주라······. 그래, 수고들 많았다. 투항을 환영한다. 너희를 참군도위로 임명할 테니 충성을 다하도록 하여라."

"대도독, 감사합니다! 지금부터 충성을 다 바치겠습니다."

주유는 아는지 모르는지 거짓 투항한 두 사람을 받아들이고, 밤이 깊도록 잠을 이루지 못하고 막사에 앉아 있습니다. 이때 노장 황개가 주유를 찾아옵니다. 황개는 오나라 건국 초부터 활동해 온 노장 중 노장이죠.

"대도독, 아직 주무시지 않는군요."

"예, 전쟁 걱정 때문에 도저히 잠을 이룰 수 없습니다. 그런데 황 장군은 올해 연세가 어떻게 되십니까?"

"올해로 꼭 60입니다. 선왕을 따라 산하를 누비던 젊은 시절이 엊그제 같은데 벌써 회갑이 됐군요. 그런데 대도독, 지금 나라가 누란의 위기에 빠져 있는데 제가 도울 만한 일이 없을까요?"

"장군께서 꼭 하실 일이 있지만 너무 어려운 일입니다."

"대도독, 무엇이든 말씀만 하십시오. 나는 이제 세상을 살 만큼 살았습니다. 나라를 위해서라면 제 목숨인들 아깝겠습니까?"

"장군, 너무 힘든 사명입니다."

"대도독, '미션 임파서블'이란 저에겐 없습니다. 뭐든 말씀하십시오."

두 사람의 대화는 밤이 깊도록 이어집니다.

며칠 후 확대간부회의가 열렸습니다. 확대간부회의란, 장수들부터 하급 간부들까지 모인 일종의 작전회의입니다.

"각 장수들은 들으시오. 지금부터 모든 부대는 3개월 치의 식량을 지급받아 장기전에 대비하시오."

대도독 주유의 지시를 듣던 황개가 대뜸 말을 가로챕니다.

"대도독, 공격은 하지 않고 언제까지 수비만 하고 있을 겁니까?"

"황 장군, 조조는 대군입니다. 우린 공격보다는 수비에 치중해야 합니다."

"수비에만 치중하다니요? 우린 여지껏 전투다운 전투 한 번 못 해 보고 병사들의 사기만 떨어지고 있습니다. 즉각 적을 공격합시다!"

"황 장군, 그렇게 성급하게 굴면 이길 수 없습니다."

"대도독, 전쟁에 자신 없으면 차라리 그 자리를 내려놓으시죠. 아니면 창을 거꾸로 쥐고 조조에게 가서 엎드려 항복하시든가……."

"황 장군, 말이 너무 심합니다. 나를 무시하는 겁니까?"

"주유, 대도독 자리는 당신에겐 과분한 자리야."

"황개, 말을 삼가라!"

"주유, 어린놈이 어디에다 대고 반말이냐? 내가 선왕과 산하를 누비며 피를 뿌릴 때 너는 태어나지도 않았다."

"황개, 군대는 계급이다. 어디에서 말을 함부로 하느냐?"

"군대는 '짬밥'이다. 너야말로 어른에게 말을 함부로 해도 되는 거냐? 너처럼 입만 살아서 나불거리는 놈 때문에 나라가 이 지경이 된 것이다.

당장 대도독 자리에서 내려와라."

"여봐라, 당장 저 건방진 놈 황개의 목을 베라!"

"그래? 목을 벨 테면 베라. 누가 겁먹을 줄 아느냐?"

"무엇들 하느냐? 저 늙은이를 끌어내어 당장 참수하라!"

이때 두 사람의 싸움을 지켜보던 여러 장수들이 일제히 무릎을 꿇습니다.

"대도독, 참수만은 안 됩니다. 황개는 국가 원로장수입니다. 부디 용서해 주십시오."

"용서할 수 없소. 일벌백계로 처벌할 테니 말리지들 마시오."

"대도독, 안 됩니다. 적을 눈앞에 두고 우리 장수를 먼저 죽여서는 안 됩니다. 차라리 저희들 모두를 처벌해 주십시오."

"이런 모욕을 당하고 절대 참을 수 없소!"

"대도독, 그 심정 이해는 합니다만 황 장군의 목숨만은 살려 주십시오."

"여러 장수들이 말리니 참수는 하지 않겠다. 대신 곤장 100대를 쳐라."

"오냐, 실컷 쳐봐라. 비명 한 번이라도 지르면 내가 황개가 아니다!"

이렇게 되어 황개는 부하 장수들 앞에서 엉덩이를 까고 형틀에 묶여 매질을 당합니다.

"때리는 데 사정을 두면 네놈들부터 목을 베겠다. 사정없이 쳐라!"

"한 대요."

퍽!

"으…으……."

"두 대요."

펙.

"으…으……!"

…….

"50대요."

이를 악물고 매를 맞던 황개가 주유를 부릅니다.

"으~으, 대도독 잠깐 할 말이 있다."

"뭐냐? 이제 와서 잘못이라도 빌겠다는 거냐? 지금이라도 빌면 나머지 매는 감해주겠다."

"빌다니? 천만의 말씀이다. 그러나 비명은 좀 질러야겠다."

"비명을 지르면 황개가 아니라고 하지 않았나?"

"그래, 지금부터 난 청개다 청개!"

"51대요."

펙!

"으~아~아~악! 청개 죽네. 아이고, 아파라…….."

"52대요."

펙!

"옴마야, 아이고 아퍼라. 이놈들아, 살살 좀 쳐라!"

…….

"마지막 100대요."

펙!

"아…아…아악, 깨꼴락!"

"대도독, 황 장군의 엉덩이 살 껍질이 모두 찢어지고 다리가 부러졌습니다."

"저 건방진 황개를 침실로 끌고 가서 눕혀라. 아니, 볼기가 몹시 아플 테니 엎어두어라."

황개가 기절했다 깨어났다를 몇 번 반복하고 있을 때, 부하 장수 감택이 찾아옵니다.

"황 장군, 분합니다. 나이 어린 주유가 장군께 감히 이럴 수가 있습니까?"

"감택, 지금부터 내 말을 잘 들어라."

감택과 황개가 뭔가를 수군거리며 의논한 다음 날, 조조의 진영에 감택이 나타났습니다.

"조 승상, 주유 진영에서 감택이라는 장수가 투항해왔습니다."

"주유 진영의 장수가 투항을 해? 이리 데려오너라."

감택이 곧 조아리며 들어옵니다.

"감택, 너는 무슨 이유로 투항하는 거냐?"

"주유의 횡포를 더 이상 참지 못해 투항했습니다. 제가 모시는 황개 장군은 주유에게 대들었다는 이유로 곤장을 맞고 다리가 부러졌습니다. 여기 황개 장군의 편지를 가져왔습니다. 기회를 보아 주유의 목을 베고 승상께 투항하겠답니다."

"이봐 감택, 너는 천하의 이 조조를 우습게 보는구나. 내가 그런 어설픈 연극에 넘어갈 줄 알았더냐? 가소로운 놈들……. 여봐라, 이놈을 당장 옥에 가두어라. 날이 밝는 대로 참수하겠다."

"승상, 정말입니다. 황개 장군이 몸만 추스르면 정말로 승상께 투항해올 것입니다."

"듣기 싫다! 나를 바지저고리로 아느냐? 당장 끌고 가라!"

감택이 끌려 나가고 조조 혼자 사색에 잠겨 있는데, 모사 정욱이 들어옵니다.

"승상, 우리가 오나라에 첩자로 심어 놓은 채중과 채화에게서 밀서가
왔습니다."

"그래? 어서 읽어 보아라."

　승상!

　오늘 주유 주재하에 군사작전회의에서 큰 이변이 발생했습니다.

　주유는 각 장수들에게 3개월 치 식량을 준비하여 장기전에 대비하
라 지시하였고, 노장 황개가 반발하였습니다.

　두 사람이 크게 다투었고, 화가 난 주유가 황개를 참수하라 군령을
내렸습니다. 다른 여러 장수들이 말리자, 참수하는 대신 곤장 100대
를 때렸습니다. 황개는 엉덩이 살갗이 모두 벗겨지고 다리가 부러지
는 중상을 입었습니다.

　지금 모든 장수들이 주유를 원망하며 심하게 동요하고 있습니다.

　승상께서 참고하시기 바랍니다.

"호오~~, 그게 사실이었구나. 이봐 정욱, 아까 투항한 감택을 참수
하지 말고 내일 풀어줘라. 그리고 다시 내게 데려와라."

곧 감택이 이끌려 조조 앞에 옵니다.

"감 장군, 미안하오. 내가 오해했소. 이왕 나에게 투항했으니 나를 확
실히 도와주시오."

"승상, 어떻게 하면 됩니까?"

"감 장군이 투항한 사실을 오나라에선 아직 모를 테니 다시 돌아가시
오. 그곳에서 황개 장군과 함께 군량을 싣고 오시오."

"알겠습니다, 승상!"

한편 그 시간, 공명과 노숙이 마주 앉아 있습니다.

"공명 선생, 황개가 참수당할 뻔할 때 모든 사람들이 주유에게 용서를 빌었는데 선생만은 조용히 계시더군요. 좀 섭섭합니다."

"자경(노숙의 자) 선생, 진정 몰라서 그렇게 말씀하시는 건 아니지요?"

"그럼 주유와 황개 사이에 어떤 모사라도 있다는 말씀인가요?"

"그렇지요. 자경, 적의 뼈를 부러트리기 위해서는 먼저 내 살을 찢어야 합니다. 이를 '고육지계(苦肉之計)'라고 하지요. 황개는 고육지계를 자처한 것입니다. 조조의 8천 척 배를 이기는 방법은 화공인데, 화공을 쓰기 위해서는 누군가 적선 가까이 다가가서 불이 붙은 염초와 유황과 기름을 던져야 합니다. 그러자면 그 사람은 조조에게 거짓 투항해야 하는데, 의심 많고 눈치 빠른 조조가 믿어 주겠습니까? 조조의 믿음을 사기 위해서는 먼저 이쪽 장수의 살을 찢는 아픔을 견디어 내야지요."

"공명 선생, 이제야 알겠습니다. 바로 황개의 고육지계로군요."

"그렇죠. 그러나 이런 사실을 조조에게 정확히 알려 줄 사람이 있어야 합니다. 엊그제 채모의 동생 채중과 채화가 투항해 왔죠? 그런데 그들에게서 이상한 점을 발견치 못했나요?"

"이상한 점이라니요?"

"그들의 가족은 조조가 점령하고 있는 형주성에 있습니다. 과연 채중, 채화가 가족들을 버리면서 자신들만 살기 위해 투항할까요? 거짓 투항입니다. 주유 대도독은 처음부터 이들의 거짓 투항을 알고 있었죠. 조조의 첩자를 역이용한 겁니다. 이걸 '반간계(反間計)'라고 하지요."

"공명 선생, 선생은 역시 천재이며 지략가입니다. 어떻게 그렇게 주유의 전략을 손바닥 들여다보듯 알고 계십니까?"

"과찬이십니다. 그런데 화공을 쓰기 위해서는 또 한 가지 해결해야 할 문제점이 있습니다. 그 문제점은 다음에 차츰 가르쳐 주겠습니다."

조조의 진영에는 '서서'라는 사람이 있습니다. 서서는 원래 유비에게 발탁되어 조조의 침략에 맞서 싸우던 참모입니다. 그러나 조조가 그의 지략을 탐내어 서서 어머니의 가짜 편지로 그를 투항시킵니다. 그 일로 아들에게 실망한 서서의 어머니는 시름시름 앓다 세상을 떠났음을 기억하실 겁니다. 어머니가 죽자 효심 깊은 서서는 슬피 울며 결심합니다. '난 조조를 위해서는 평생 어떤 지략도 펴지 않겠다.' 그 서서가 어느 날 친구 방통을 조조에게 소개합니다.

"승상, 오늘 제가 아주 귀한 손님을 모시고 왔습니다. 수경 선생님께 함께 글을 배우던 방통이라는 사람입니다. 제갈공명과 저, 그리고 방통은 어린 시절 함께 자라며 같이 공부하였습니다. 저희 스승 수경 선생님께서는 늘 말씀하셨죠. '누구든지 봉추와 와룡 둘 중 하나만 얻으면 천하를 통일할 수 있다.' 그 봉추가 바로 이 사람 방통이며, 와룡이 제갈공명입니다."

"아! 이분이 바로 그 봉추인가? 봉추 선생, 말씀은 많이 들었습니다. 어서 오십시오. 환영합니다."

"서서, 자네와 봉추의 재주를 비교하면 어떤가?"

"봉추가 저보다 열 배 위입니다."

"그럼 봉추와 공명의 재주를 비교하면 어떤가?"

"두 사람의 재주가 거의 비슷합니다."

"공명과 견줄 정도면 대단한 분이군요. 방통 선생, 오늘부터 이 조조를 도와주시길 바랍니다."

"예, 승상. 제가 재주는 미약하지만 힘껏 돕겠습니다."

"감사합니다. 유비에게 공명이 있다면 내겐 방통이 있군요."

조조는 모처럼 뛰어난 지략가를 얻어 마음이 흐뭇합니다.

조조와 인사를 마치고 나오면서 방통은 서서에게 넌지시 충고를 합니다.

"서서, 우리 서성거리지 말고 우선 앉아서(?) 얘기하세. 서서, 자넨 빨리 이곳을 벗어나 허도로 돌아가게."

"방통, 무슨 이유 때문인가?"

"멀지 않아 주유와 큰 전쟁을 치르게 될 것이며, 이곳은 불바다가 될 것이네. 그렇게 되면 자네도 생명을 부지하기 힘드네."

"그렇지만 내가 무슨 수로 이곳을 벗어날 수 있겠는가?"

"서서, 지금부터 내가 일러 준 대로 이곳저곳 소문을 내고 다니게."

이튿날부터 진중엔 이상한 소문이 퍼지기 시작합니다. "북방 서량에서 힘을 기른 마등(馬騰)과 한수(韓遂)가 허도를 치기 위해 준비하고 있다." 유언비어란 번져 나갈수록 점점 확대되기 마련입니다. "마등과 한수가 벌써 허도 가까이 진격해 들어왔다." 카더라. 이 소문을 들은 조조의 마음이 불안해지기 시작합니다.

"내가 허도를 비운 사이 마등과 한수가 허도를 공격한다는 소문이 있소. 어떻게 대비해야 할지 의견을 말씀해 보시오."

여러 문무대신들 사이에서 서서가 나섭니다.

"제가 허도로 돌아가 마등과 한수의 침략에 대비하겠습니다."

"오! 서서, 그대가 허도를 지켜 준다면 안심이오. 빨리 허도로 돌아가 마등과 한수의 침략에 대비하시오."

이렇게 되어 서서는 조조의 진영을 떠나 허도로 돌아갑니다.

"나는 이제 살았다. 방통, 좋은 계책을 알려 주어 고맙다."

서서가 떠난 후, 조조는 방통과 여러 장수들을 데리고 전함을 시찰합니다. 방통은 어마어마한 전함의 규모에 벌어진 입을 다물지 못합니다.

'대단하다. 조조의 수군 규모가 실로 엄청나구나!'

"승상, 그런데 군영을 살펴보니 뱃멀미하는 군사들이 많군요."

"예, 방통 선생. 저들이 대부분 북방 기마병 출신이라 배에 잘 적응하지 못합니다."

"승상, 제게 아주 좋은 생각이 있습니다."

"말씀해 주시지요."

"배와 배를 30척 단위로 단단히 묶으십시오. 그리고 그 배와 배 사이를 넓은 널빤지로 연결하면 배가 흔들리지 않아 병사들이 뱃멀미를 하지 않게 되고, 또 말을 타고도 배 사이를 왕래할 수 있으니 얼마나 좋습니까?"

"방통 선생, 굿굿굿, 아이디어요. 그 생각을 내가 미처 못 했군요."

그날부터 조조는 대장장이들을 총동원하여 말뚝과 쇠사슬을 만들어 배와 배 사이를 연결하기 시작합니다.

"만세, 만세! 우리 승상 최고다."

뱃멀미에 시달리던 병사들도 모두 기뻐합니다.

"다행히 군사들의 뱃멀미가 멈췄군요. 그런데 저도 승상께 부탁이 있습니다."

"방통 선생, 뭐든 말씀만 하십시오."

"제 가족들이 지금 동오에서 살고 있습니다. 제가 빨리 가서 가족들을 데리고 오겠습니다."

"방통 선생, 당연히 모셔 와야죠. 여기 통행증이 있습니다."

이렇게 되어 방통도 조조의 진영을 힘들이지 않고 빠져나옵니다. 사실 이것은 공명의 부탁을 받은 방통의 연환계(連環計)였습니다.

제갈공명, 동남풍을 부르다

조조는 가장 큰 배에 대장기를 꽂고 술과 음식을 준비한 후 모든 장수들을 불러 모았습니다.

"자, 여러분! 이제 천하통일이 눈앞에 다가왔습니다. 오늘 우리 모두 즐겁게 마시고 취해 봅시다."

이때 모사 정욱이 끼어듭니다.

"승상, 배를 이렇게 묶어 두면 적의 화공에 당하지 않을까요?"

"정욱아, 네가 병서를 읽지 않았구나. 그건 네가 병법을 모르는 무지의 소치다. 지금 바람이 어느 방향으로 부느냐?"

"적을 향해 북서풍이 불고 있습니다."

"바로 그거다. 주유가 만약 우리 배에 불을 지르면 저희 배가 먼저 탈 터인데 무엇이 걱정이냐?"

"승상, 과연 영명하십니다."

"자아, 쓸데없는 걱정 말고 샴페인부터 터트려라! 하후돈, 우리가 초년에 얼마나 고생이 많았냐!"

"예, 승상. 초년엔 초근목피로 끼니를 때워 가며 전쟁을 했지요."

"그랬지. 내가 의로운 군사를 일으킨 이래 흉악한 무리들은 모두 내 발아래 무릎을 꿇었다. 여포를 사로잡고 원소와 원술을 무찔렀으며, 도겸도 내 칼 앞에 이슬이 되어 사라졌다. 그런데 세상사를 분간 못 하는 어린아이 동오의 손권이 아직 남아 있구나. 이제 며칠 후면 손권도 내 발아래 엎드려 살려 달라 애걸복걸할 것이다. 이른바 천하통일을 눈앞에 두고 있구나. 대업을 완수하면 나는 고향으로 돌아가 시나 읊조리며 조용히 살 것이다. 너희에겐 많은 땅과 금은, 그리고 노예들을 줄 테니 어여쁜 처첩을 거느리고 노후를 편안하게 지내라."

"승상, 감사합니다."

"자아, 마시자. 브라보, 위하여, 건배!"

술이 거나하게 취하자 흥이 도도해진 조조가 시를 읊기 시작합니다.

〈단가행(短歌行)〉

대주당가(對酒當歌)

인생기하(人生幾何)

비여조로(譬如朝露)

거일고다(去日苦多)

개당이강(慨當以慷)

우사난망(憂思難忘)

하이해우(何以解憂)

유유두강(唯有杜康)

　　…중략…

월명성희(月明星稀)

오작남비(烏鵲南飛)

요수삼잡(繞樹三匝)

무지가의(無枝可依)

산불염고(山不厭高)

수불염심(水不厭深)

주공토포(周公吐哺)

천하귀심(天下歸心)

〈짧은 노래를 하노라〉

술잔을 앞에 두고 노래하노니

우리 인생 살아야 얼마나 사나

비유컨대 인생은 아침이슬 같고

지난날 돌아보니 고생이 많았구나

하염없이 슬퍼하고 탄식하여도

마음속 근심은 떨쳐 내기 어렵네

무엇으로 이 시름 풀 수 있을까

오로지 술이 있을 뿐이로다.

　　　…중략…

달은 밝고 별 드문데

까막까치 남쪽으로 나네

나무 둘레 세 바퀴 돌아도

앉을 만한 가지가 없네

산은 높기를 마다 않고

바다는 깊기를 싫다 않네

주공처럼 인재 대하면

천하의 인심 돌아오리

모두 흥에 겨운 장수들이 조조의 시를 따라 합창합니다. 이에 기분이 도도해진 조조가 샴페인을 또 터트립니다. 이때 유복(劉馥)이라는 장수가 술에 취해 조조에게 묻습니다.

"승상, 흥이 도도하신데 왜 재수 없게 까마귀를 언급하십니까? 좀 불길하지 않습니까?"

유복이 말을 마치자 조조가 대로합니다.

"유복, 이 건방지고 무식한 놈! 내가 말하는 까마귀란 남쪽으로 도망친 유비와 손권을 말하는 것이다. 네가 감히 내 흥을 깨다니!"

조조는 들고 있던 창으로 유복의 가슴을 찌릅니다.

'으윽…, 조조 이놈……!'

유복은 단숨에 절명하고 축제의 흥은 깨지고 말았죠. 여러 장수들이 흩어지며 수군거립니다.

"승상이 전쟁에 이긴 듯 미리 샴페인을 터트리는구나. 경솔한 짓이다."

이튿날 술이 깬 조조는 유복을 찔러 죽인 실수를 후회합니다.

'전쟁을 시작도 하기 전에 부하를 죽이다니…, 내가 큰 실수를 했구나.'

조조는 적벽대전을 위해 장수들에게 임무를 부여합니다.

"우금을 수군 대도독에 임명한다. 전쟁을 총지휘하라. 장합은 선두에서 선단을 이끌어라. 문빙(文聘)이 좌측에서 대도독을 보좌하고, 여통(餘通)은 우측에서 보좌한다. 여건(呂虔)은 선단의 맨 후미에서 수군의 뒤를 받쳐라. 서황(徐晃)과 악진(樂進)은 기동타격대다. 빠른 배를 타고 다니며 각각 좌우측에서 취약한 수군을 지원하라. 하후연은 예비대를 장악하여 병력이 더 필요한 곳엔 즉시 지원해 줘라. 동시에 구조대 임무를 병행 수행하며 물에 빠진 병사들을 건져 올려라. 조홍(曹洪)과 하후돈은 상륙부대를 지휘하라. 귀신 잡는 해병대를 능가하는 솜씨로 적진에 상륙해야 한다. 허저와 장료는 나를 보좌하라. 경호 임무를 수행하다 내가 특별 명령을 내리면 즉시 수행해야 한다."

"옙, 알겠습니다! 소장들을 믿어 주십시오. 저희가 최선을 다해 오나라 군사들을 쳐부수고 손권을 무릎 꿇리겠습니다."

"기수들은 깃발을 높이 세워라. 모든 장졸들은 북소리와 징소리에 귀를 기울여야 한다. 북소리에 맞춰 푸른 기를 흔들면 배를 전진시키고, 징소리에 맞춰 하얀 기를 흔들면 배를 후퇴시켜라. 선단이 전진할 땐 학의 날개처럼 대형을 이룬다(학익진(鶴翼陣)). 상륙할 때를 대비하여 말을 배에 태우고, 말들이 물길에 놀라지 않도록 눈에 수건을 씌워 가려야 한다. 적선이 보이면 모든 함선이 경쟁적으로 대들어 침몰시켜라. 공을 세우는 자에겐 큰 상을 내리겠다. 특히 우리 선박끼리 충돌하여 침몰하는 자체 사고를 예방해야 한다. 적선이 도주하면 끝까지 추격하여 침몰시켜라. 함부로 후퇴하거나 적선을 보고도 주저하는 자는 군법에 따라 참할 것이다. 12척의 배로 쪽바리 배 300여 척을 침몰시킨 이순신 장군의 위대한 정신을 항상 마음에 새기고 싸워야 한다."

주유는 이른 아침, 전함 수백 척의 훈련 모습을 산 위에서 내려다봅니다. 전투함이 지휘관의 깃발에 맞추어 전진과 후퇴를 거듭하며 훈련에 열중하고 있는데, 그때 거센 북서풍의 바람이 불며 장군기의 깃발이 부러져 주유의 머리에 맞죠.

"으윽!"

머리에 피를 흘리며 주유가 쓰러지자 놀란 장수들이 그를 업고 장막으로 뛰기 시작합니다.

"대도독이 혼절하셨소. 크게 다치지나 않았는지 걱정이구려."

"글쎄요. 머리에서 피는 흘리는데 좀 더 두고 봐야 알 듯합니다."

주유는 며칠 동안 자리를 보전하고 일어나지 않습니다.

"대도독의 상태는 좀 어떠신지요?"

"삼 일이 지났지만 자리를 보전하고 누워 꼼짝을 하지 않습니다."

"그래요? 내가 보기엔 찰과상 정도인 거 같던데 이상하군요."

대도독의 병세가 걱정된 노숙이 공명을 찾아갑니다.

"공명 선생, 대도독의 병세가 심상치 않습니다. 전쟁이 목전에 이르렀는데 최고 사령관이 누워있으니 큰일이군요."

"노숙 선생, 제가 대도독의 병을 고쳐 볼까요?"

"아니 공명 선생은 의술도 아십니까?"

"의술, 병법, 천문, 지리, 기문 둔갑술, 용병술 등 통하지 않는 것이 없지요."

"대단하시군요, 공명 선생!"

주유의 병상을 방문한 공명은 몇 마디 위로의 말을 건넨 후 처방전을 내놓습니다.

"대도독, 제가 도독의 병을 치료할 처방전을 써왔는데 읽어 보시겠습니까?"

"내 병을 고칠 처방전이라니요? 한번 보여 주시죠."

공명이 내민 처방전을 읽던 주유의 눈이 커지며 갑자기 자리를 박차고 일어납니다.

"공명 선생, 전쟁 중에 농담은 금물입니다."

"대도독, 농담이라니요? 저는 평생 농담을 즐기지 않습니다."

두 사람의 대화를 듣고 있던 노숙이 궁금증을 참지 못하고 처방전을 주유에게서 빼앗아 읽어봅니다.

조조를 이기려면 화공을 써야 한다.
화공을 쓸 모든 것을 갖추었는데,
동남풍이 없구나.
내가 그 동남풍을 불러보리.

"공명 선생, 아무리 선생이 귀신같은 재주를 가졌어도 바람의 방향을
바꾼단 말이요?"

"제가 지난번 조조를 이기기 위해서는 세 가지 조건을 갖추어야 된다
고 했죠? 그 세 번째 조건이 동남풍입니다. 저는 젊은 시절 도인을 만나
둔갑술을 배웠습니다. 능히 비구름을 부르고 바람의 방향을 바꿀 수 있
습니다. 남병산(南屛山) 꼭대기에 3층짜리 제단을 쌓고 군사 120명을 배
치하세요. 제가 사흘 밤낮 기도를 올려 동남풍을 불러오겠습니다. 대도
독은 만반의 전투 준비를 하고 있다 동남풍이 불기 시작하면 총공격을
시작하십시오. 공격 방법은 이렇습니다. 먼저 내일 밤 감택을 조조에게
보내 황개의 서신을 전달하게 하십시오. 서신에는 군량과 무기를 싣고
군사 200을 20척의 배에 싣고 투항한다고 하십시오. 그리고 실제로는
20척의 배에 생선 기름, 염초, 유황 등 불을 지를 수 있는 인화물질을 싣
고 적의 선박 가까이에 다가가 일제히 화력을 투척해야 합니다. 조조는
아무 의심 없이 배의 접근을 허락할 것입니다. 적의 선박은 30척 단위로
묶여 있어 기동이 불가능합니다. 동남풍에 속도가 붙은 불은 순식간에
적함 8천 척을 태우고 적의 본진으로 옮겨 붙을 것입니다. 이때를 맞추
어 총공격을 개시한다면 적벽전은 대승으로 마무리할 수 있습니다."

"공명 선생, 정말 귀신같은 계책이요. 모든 전쟁 준비는 내가 할 테니 선생은 사흘 후 꼭 동남풍을 불러주시오."

제갈공명은 남병산에 제단을 쌓고 기도를 드립니다. 천지신명 혼자 힘으론 약하다고 생각하고 예수님, 부처님, 성모마리아, 마호메트 등 모든 신들에게 지성을 다하여 기도를 하죠. 바로 그때, 기도의 응답인지 갑자기 낯선 한줄기의 바람이 불어옵니다.

뿌~~~~우~~~~우~~~~웅!

그것은 긴장한 병사의 바지 사이에서 불어오는 작은 바람이었습니다.

공명이 부드럽게 타이릅니다.

"부정 타는 일체의 짓을 말라. 너희 병사들은 앞으로 하품도, 트림도, 쥐 소리도 내서는 안 된다. 기도에 방해가 되기 때문이다."

이렇게 공명이 열심히 기도를 올리고 있을 때, 모든 전쟁 준비를 끝낸 주유는 초조하게 바람의 방향이 바뀌기만을 기다리고 있습니다.

"노숙, 이 겨울에 정말 동남풍이 불겠소? 우리가 지금 속고 있는 건 아니요?"

"대도독, 공명의 재주는 실로 예측하기 힘듭니다. 조금만 기다려 보시지요."

바로 이때 병사들이 외칩니다.

"대도독, 저 깃발을 보십시오. 깃발의 방향이 북쪽으로 바뀌었습니다."

"오…오, 노숙! 정말 동남풍이 불고 있소. 저 깃발을 보시오."

"동남풍이다! 동남풍이 분다. 정말 동남풍이 불어온다."

"제갈공명의 재주는 정말 귀신도 난측이다. 이 사람을 살려두면 나중에 크게 후환거리가 되리라. 서성(徐盛), 너는 즉시 기마병 200을 이끌고 남병산으로 가라. 그곳에서 공명을 잡아 묻지도 따지지도 말고 목을 베라."

"옙! 즉시 가서 공명을 베겠습니다."

서성이 군사를 이끌고 남병산으로 향합니다.

"군사들아, 공명이 어디에 있느냐?"

서성이 남병산에 도착하여 제단 옆에 서 있는 군사에게 공명의 행방을 묻습니다.

"선생은 바람이 불기시작하자 저 나루터로 가서 배를 타던디요."

"혼자서 갔느냐?"

"이니유, 조자룡이라는 장수가 마중 나와서 함께 가던디유. 그 장군 원체 잘생겼던디유."

"빨리 공명을 쫓자."

서성이 나루터에 도착하자 저 멀리 강 한가운데서 공명과 자룡이 탄 배가 보입니다.

"배를 대라. 빨리 쫓아가자."

"서성, 우리 공명 선생을 해치러 왔느냐? 그러나 너는 내 적수가 되지 못한다. 오늘은 가벼운 내 활 솜씨나 보아라."

화살은 곧 서성의 투구 끝에 명중합니다.

"에구머니, 옴마야!"

기겁한 서성이 넋을 잃고 멀리 사라져 가는 공명의 배를 바라봅니다.

한편, 유비는 동남풍이 불기 시작하자 강변에 나와 초조하게 공명의 귀환을 기다립니다.

"동남풍이 불기 시작하면 자룡을 보내라 해서 보냈는데, 군사께서 왜 안 오실까?"

"저기 배가 들어오고 있습니다. 자룡 장군의 깃발이 펄럭입니다."

제갈공명은 조자룡의 호위를 받으며 무사히 유비의 품으로 돌아왔죠.

"군사, 고생이 많으셨소."

"주공께서도 마음고생 많으셨습니다."

"군사, 이 장비도 군사가 무척 보고 싶었소."

장비가 또 제갈공명을 껴안고 볼을 비벼 댑니다.

"켁켁, 숨 맥혀……. 장…장군, 왜 또 이러시오? 좀 놓으시오. 앗 따가워! 볼은 비비지 마시오."

"장비야, 그만해라. 자, 모두 안으로 들어갑시다."

"군사, 군사의 재주는 실로 귀신도 난측이요. 어떻게 동남풍을 부른 거요?"

"주공, 간단합니다. 겨울에는 북쪽에서부터 차가운 바람이 형성되어 남쪽으로 밀려 내려오는데, 이것이 이른바 북서풍이지요. 그런데 도중에 한 번씩 차가운 바람과 따뜻한 바람의 위치가 바뀔 때가 있습니다. 그럴 때면 바람의 방향도 동남풍으로 바뀌는 거죠. 저는 오랜 관측 끝에 이런 이치를 알고 있었습니다. 그 날짜를 제가 정확히 예측한 거죠. 자, 그 얘기는 나중에 또 하기로 하고…, 지금부터가 중요합니다. 장수들은 들으시오. 조조는 대패하여 도망할 것입니다. 우린 지금부터 패주하는 조조를 잡아야 합니다. 지금부터 여러 장수들에게 임무를 줄 테니 차질 없이 시행하시오. 먼저 조자룡, 그대는 3천 군마를 이끌고 오림(烏林)에 매복하라. 오늘 밤 4경 무렵에 조조가 그곳을 지날 것이다."

"군사, 오림(烏林)에는 남군으로 빠지는 길과 형주로 빠지는 두 갈래 길이 있습니다. 어느 길에 매복할까요?"

"조조는 형주 쪽으로 도주한다. 형주에서 군마를 수습한 뒤 허도로 돌아가려 할 것이다. 형주 쪽 길을 지키라."

"군사, 잘 알겠습니다."

"다음 장비, 익덕은 군사 3천을 이끌고 강을 건너 이릉 뒷길을 끊고 호로곡에 매복하라. 내일 비가 그치면 조조는 그곳에서 솥을 걸고 밥을 지어 먹을 것이다. 연기가 오르면 조조를 들이쳐라."

"알겠습니다, 군사!"

"다음은 미방과 미축, 그대들은 각각 배들을 모아 타고 돌면서 조조의 패잔병들이 버리고 간 병기와 양곡을 수습하라."

"옙, 군사!"

"자, 주공! 이제부터 우리는 높은 산에 올라가 주유와 조조의 싸움을 구경이나 합시다."

"군사, 좋습니다. 올라가시지요."

이때 제갈공명 뒤에서 누군가 볼멘소리를 합니다.

"어허, 쪽팔려라. 군사, 나는 눈에 보이지 않소? 내게는 왜 임무를 주지 않는 거요?"

관우가 아무리 기다려도 공명이 자기에겐 임무를 주기는커녕 거들떠보지도 않자 그 붉은 얼굴이 더 시뻘겋게 달아오른 겁니다.

"내가 형님을 모신 이래 크고 작은 전투에서 한 번도 빠진 적이 없소. 그런데 오늘은 아무 임무를 주지 않으니 쪽팔리기가 이루 말할 수 없소."

"관 공, 관우 장군은 오늘은 푹 쉬시지요."

"날더러 쉬라고요? 그건 무슨 말씀이요?"

"관 공은 일전에 조조에게 투항하여 은혜를 입은 바 있습니다. 그러니 인정 많은 관 장군은 조조를 잡아도 베지 못하고 놓아 줄 것입니다.

"군사, 나는 당시 안량, 문추를 베어 조조에게 받은 은혜를 다 갚았소. 내가 만약 조조를 잡고도 놓아 준다면 대신 내 목을 바치겠소."

"관 장군, 그렇다면 군령장을 쓰시겠소?"

"내 군령장을 쓰리다!"

"좋습니다. 그럼 관 장군은 화룡도(華容道)에 가서 매복을 하시오. 화룡도는 두 갈래 길이 있소. 운장께서는 왼쪽 좁은 길에 가서 불을 피우시오."

"군사, 조조가 연기를 보면 매복을 눈치채고 다른 길로 도주할 텐데요?"

"그것이 바로 허허실실(虛虛實實) 병법이요. '복병이 없는 듯 보이는 곳에 실제로 복병이 없고, 복병이 있는 듯 보이는 곳에 실제로 복병이 있다.' 조조는 연기를 보면 제 꾀에 넘어가 오히려 연기 피우는 곳으로 갈 것이오."

"군사, 만약 조조가 연기 피우는 곳을 피해 다른 길로 가면 어쩔 셈이요?"

"그럼 나도 목을 내놓겠다는 군령장을 쓰지요."

관우와 제갈공명은 맞군령장을 씁니다.

불타는 적벽

주유는 동남풍이 불자 대대적인 총공격을 시작합니다.

"장병들아, 보아라. 동남풍이 분다. 지금부터 일제히 조조군을 공격한다. 먼저 채중과 채화, 두 형제를 포박하여 끌고 와라."

"대도독, 우리 형제에게 왜 이러십니까?"

"채중 그리고 채화, 너희가 거짓 투항한 사실은 이미 알고 있었다. 내 너희를 베어 오늘 전투의 승리를 위한 재물로 삼으려 한다. 잘 가거라!"

채중과 채화를 베어 제를 올린 후 황개를 불러 지시합니다.

"황 장군은 속히 20척의 쾌속선에 유황과 양초 그리고 생선 기름을 가득 싣고 조조 진영 깊숙이 침투하여 불을 지르시오. 불이 붙는 것을 신호로 우린 총공격을 시작하겠소."

"대도독, 알겠습니다. 이 노장이 적선에 불을 질러 모두 태워 없애겠습니다."

유황과 염초를 가득 실은 황개의 배가 조조 진영으로 접근하자, 조조가 크게 기뻐하며 웃습니다.

"하하하하하하! 정욱아, 저거 봐라. 황개가 드디어 군량을 싣고 투항해 오고 있다. 이제 전쟁은 끝났다. 손권과 주유도 오늘로서 끝장이다."

"승상, 그런데 이상합니다. 바람이 몹시 음산합니다. 바람에서 온기가 느껴집니다……. 아악~, 승상!"

"왜 그러느냐, 정욱?"

"저…저 깃발을 보십시오. 저 깃발이 북쪽을 향해 나부끼고 있습니다. 동남풍이 불고 있습니다."

"뭐…뭐라고? 동남풍이 불어?"

"예, 그리고 황개의 배도 이상합니다. 군량 실은 배라면 배가 깊숙이 잠겨서 올 텐데 저 배는 가볍게 둥실 떠서 빠르게 다가오고 있습니다."

"음, 그렇군. 뭔가 이상하다. 여봐라, 문빙! 네가 가서 빨리 저 배들을 저지하라. 우리 진영에 들어오지 못하게 막아라!"

"옙!"

대답을 마친 문빙이 배를 몰고 급히 나갑니다.

"그 배는 어디에서 오는 배냐? 멈추어라. 우리 승상의 명 없이는 들어올 수 없다. 당장 멈춰라!"

이때 어디선가 화살 한 대가 '피르르르' 날아오더니 문빙의 심장을 꿰뚫고, 문빙은 물에 떨어져 낙수하고 맙니다.

"이놈 조조야! 여기 노장 황개가 왔다. 노장은 결코 죽지 않는다. 다만…, 눈이 좀 침침하고 무릎이 약간 시릴 뿐이다."

황개의 배는 드디어 적선에 다가갑니다.

"적선에 근접했다. 조조의 함선에 불을 질러라. 불붙은 화염병을 던져라!"

황개가 던진 불덩이가 적선을 때리자, 화염이 치솟으며 불이 붙기 시작합니다.

펑! 후루루루룩…….

"불이야! 불이야!"

"오매오매, 뜨거워라!"

"적벽강에 불이야!"

"이놈들, 두 번째 불 받아라!"

두 번을 불로 치니, '펑! 펑! 후두두둑.' 세상이 뒤집히는 듯 불길이 치솟습니다.

"아악! 불이다, 불이야!"

"으아! 뜨거워, 사람 살려!"

"세 번째 불 받아라!"

펑! 펑! 펑!

세 번을 불로 치니 화염이 하늘 높이 솟구치며 수만 전선에 불이 옮겨 붙기 시작합니다. 가련한 백만 대군들은 날지도, 뛰지도, 옴짝달싹 못하고 모조리 불에 타 죽습니다.

"오매! 오갈 데가 없다. 아이고, 뜨거워라!"

잠깐! 여기에서 적벽대전은 어떤 문장가가 글을 써도 판소리 가사만큼 재미있게 표현하지 못할 겁니다. 그래서 〈적벽가〉 판소리 가사를 조금만 표절하겠습니다. 조상님들이 만든 명문장 〈적벽가〉를 훼손하는 불경을 용서하시기 바랍니다.

"빨리 불을 꺼라! 아악~, 숨 막혀! 물로 뛰어내려라!"

우왕좌왕하는 군사들은 서로 밀치고 나뒹굴다 서로 밟혀 죽는 자들이 부지기수입니다. 불길을 피해 물로 뛰어든 군사들이 마치 국수를 풀어놓은 듯 허우적거리며 물속으로 가라앉습니다.

"어푸! 어푸! 난 수영을 못해. 사람 살려, 꼬르르륵……."

수만 전선에 불이 옮겨 붙자 일등 명장도 쓸데가 없고, 날랜 장수들도 모두 무용지물입니다. 조조도 치솟는 불길에 정신은 절반이 달아나 허둥대며 도망치기 시작합니다.

"허저, 장료, 서황! 모두 나를 호위해라. 어서 도망치자. 아악, 뜨거워!"

"승상을 보호해라! 빨리 이 불길을 벗어나야 한다."

"승상! 배에서 벗어났습니다. 이제 빨리 말을 타십시오. 곧 적병이 추격해 올 테니 빨리 이곳을 벗어나야 합니다."

조조가 정신 못 차리고 도망치기 시작하자 뒤따라온 황개가 호통을 치며 추격하기 시작합니다.

"조조 이놈! 도망 말고 거기 서라. 내 칼을 받아라! 저 붉은 홍포 입은 놈이 조조다. 조조를 베는 자에겐 일만 금의 상을 내리겠다. 조조를 죽여라!"

선봉대장 황개의 호통소릴 듣더니 조조가 기겁하여 홍포를 훌쩍 벗어 던져 버리고는 졸병 투구를 뺏어 쓰더니, 다른 군사를 가리키며 제 이름을 제가 부르며 욕설을 퍼붓습니다.

"간사한 조조가 저기 도망간다. 이놈 조조야, 도망 말고 빨리 죽어라!"

황개가 조조의 뒤를 바짝 쫓습니다.

"저 수염 긴 놈이 조조다!"

조조가 이 말을 듣더니 기겁하여 긴 수염을 걷어잡아 '와드득 와드득' 쥐어뜯으며 정신없이 도망을 칩니다.

"장료, 장료! 네가 저 미치광이 같이 무서운 황개를 막아라."

"옙, 승상!"

장료가 급히 말을 돌려 활을 쏘니, 뒤쫓던 황개의 팔에 화살이 꽂힙니다. 황개가 '아악!' 비명을 지르며 거꾸러지자, 뒤에서 따라오던 한당이 급히 부축하여 본진으로 돌아갑니다.

"장군, 수고하셨소. 빨리 돌아가서 다친 팔을 치료합시다."

"분하다! 거의 다 잡은 조조를 놓쳤구나."

조조가 발바닥에 진땀이 나도록 도망가는데, 산새만 푸드득 날아가도 오나라가 숨겨 둔 복병인가 의심하고, 낙엽만 버썩 떨어져도 추적해 오는 병사들인가 의심을 하며, 엎어지고 자빠지며 비틀비틀 오림산 험한 골짜기로 도망을 칩니다.

조조가 가다가 목을 움쑥움쑥 움츠리니 옆에서 보고 있던 정욱이 쳐다보며 한마디 합니다.

"아, 여보시오 승상님! 승상님 살이 쩌서 몸무게가 엄청난데, 말 허리 늘어지겠소이다. 어째서 목은 그리 움츠리시오?"

"야야 정욱아, 말 마라 말 말어. 내 귓전에 화살 날아다니는 소리가 윙윙거리고 눈앞에선 칼날이 번뜻번뜻허는구나!"

정욱이 차분히 가라앉은 목소리로 말합니다.

"이제는 아무것도 없으니 목을 길게 늘여 사방을 두루두루 살펴보십시오."

"정욱아, 정말로 조용허냐?"

조조가 막 목을 늘여 사면을 살피려 하는데, 하필 그때 말 굽통 머리에서 메추리 한 마리가 푸드득 날아가니, 조조 대경실색하며 깜짝 놀랍니다.

"아이고, 여봐라 정욱아! 내 목 달아났다. 목 있나 좀 보아라."

"승상님, 목이 없으면 말은 어떻게 하시오? 그 조그마한 메추리를 보고 놀라시니 큰 독수리 보았으면 바지에 똥 쌀 뻔하셨소."

"정욱아, 그게 메추리더냐? 허허, 그놈 비록 조그마한 놈이지마는 털 뜯어서 갖은 양념 발라 보글보글 끓여 놓으면 술안주로는 쌈박허니 좋으니라마는……."

"그 우환 중에도 입맛은 안 변했소 그려……."

조조가 목을 늘여 사면을 살펴보더니, 적벽강에서 잃은 군사들을 생각하며 서럽게 울기 시작합니다.

"다 잃었구나, 다 잃었어! 그 많던 백만 군사를 한순간에 잃었어. 어찌 이럴 수가 있단 말이냐……. 엉엉엉엉, 흑흑흑흑!"

조조는 웃음으로 망했다는 말이 있습니다. 한참을 서럽게 울던 조조가 울음을 그치고 뭔가 생각하더니 느닷없이 웃음을 터트립니다.

"하하하하, 히히히, 헤헤헤!"

조조 웃음소리를 듣고 정욱이 질색합니다.

"아, 여보시오 승상님! 근근이 살아서 도망치는 다급한 판에 슬픈 신세 생각하지 않고 어째서 또 그리 웃습니까?"

"야야 말 마라, 말 말어. 내 웃는 게 다름이 아니니라. 주유는 슬기는 좀 있으되 꾀가 없고, 공명은 꾀는 좀 있으되 슬기가 없음을 생각해서 웃었다. 여기에 복병 숨기기가 얼마나 좋은 장소냐? 그런데도 어리친 강아지 새끼 한 마리 보이지 않으니 내가 웃을 수밖에!"

조조의 이 시건방진 말이 떨어지자마자 오림산 골짜기 양편에서 방포소리가 '쾅' 울리며 한 장수가 말을 달려 뛰어나옵니다. 얼굴이 백옥처럼 희고 눈은 불꽃처럼 번쩍이며, 기린의 허리에 곰의 팔, 녹색 갑옷에 8척이 넘는 장창을 비껴들고 큰 소리로 호령하며 나오는데…….

"네 이놈, 조조야! 상산 땅에서 태어난 명장 조자룡을 아느냐 모르느냐? 조조는 도망치지 말고 내 장창 받아라!"

우레 같은 소리를 벽력같이 지르며 말을 타고 달려들어 동에 번쩍 서에 번쩍 창을 휘두르니, 장졸들의 머리가 가을바람에 낙엽 지듯 떨어져 사방으로 나뒹굽니다. 여기서 번쩍하는가 하더니, 어느새 저쪽에서 땡그렁 베고, 저기에서 번쩍하면 또 어느새 여기 와서 땡그렁 베고…….

좌우로 펄펄펄펄 날아다니며, 날쌘 독수리가 꿩 채듯 횡행행행 창을 휘두르니 피 흘려 강을 이루고, 주검이 산처럼 쌓여 갑니다.

서황과 장합, 두 장수가 양쪽에서 겨우겨우 자룡을 방어하고, 조조는 호로곡으로 도망을 칩니다.

"나 살려라, 나 살려라!"

조자룡을 피해 겨우겨우 도망하여 호로곡으로 들어간 조조가 신세 한탄을 하며 또 웁니다.

"바람은 우르르르 지축을 흔들고 궂은비는 억수같이 퍼붓는데, 갑옷 젖고 창칼까지 모두 잃었으니 이젠 어디로 가야 산단 말이냐…….

식량이 없으니 나무껍질을 벗겨 먹으며 허기를 면하고, 젖은 옷은 모닥불을 피워 말리며 쭈그리고 앉아 슬피 웁니다.

"오나라를 치려다 백만 군사 몰사시키고 풍파에 곤한 신세 초죽음이 되었으니, 이젠 무슨 면목으로 고향으로 돌아갈꼬? 애틋하고 분하구나, 애틋하고 분해! 흑흑흑흑……."

조조가 이렇듯이 슬프게 울다가 또 갑자기 맴생이(염소) 웃음을 터트립니다.

"매…헤헤헤헤, 헤헤헤헤……."

듣고 있던 정욱이 기겁을 하며 대비를 합니다.

"얘들아, 승상님이 또 웃으셨다. 이러면 꼭 복병이 나타나니 빨리 대비해라!"

조조가 이 말을 듣고 갑자기 화를 벌컥 내며 소리칩니다.

"야, 이놈들아! 내가 웃으면 복병이 꼭꼭 나타난단 말이냐? 말이 괘씸하구나."

그런데 이 말이 끝나기도 전에 좌우 산곡에서 복병이 일어나니, 정욱이 기가 막혀 포기하듯 빈정거립니다.

"여보시오 승상님, 죽어도 원이나 없게 즐기시는 웃음이나 실컷 더 웃어 보시오."

조조 웃음은 쑥 들어가고 미처 정신 못 차릴 적, 장비의 거동을 살펴볼까요?

표독한 저 장수, 이름하여 익덕 장비! 시커먼 얼굴에 고리눈 번쩍거리고 돼지털 뻣뻣 수염 휘날리며 붉은 말에 채찍질 가하여 장팔사모를 비켜들고 불같은 성깔에 맹호같이 달려드는데…….

"어따! 이놈 조조야, 네가 나는 재주가 있어도 이곳을 빠져나가겠느냐? 일찌감치 목을 길게 빼고 내 창 받아라!"

우레 같은 소리를 벽력같이 뒤지르며 조조에게 달려드니, 날던 새도 떨어지고 땅이 툭툭 꺼지는 듯, 조조가 기겁하여 아래턱만 까불거리며 겨우겨우 말합니다.

"여봐라 정욱아, 전일에 관 공 말이 '내 아우 장비는 전장에 뛰어들면 장수들 머리를 풀같이 베어 옵니다.' 하던데, 오늘 보니 사실이구나. 저 무서운 장비에게서 내가 어이 살아남으리! 날 살려라, 날 살려라…….."

허저, 장료, 서황 등 세 장수가 한꺼번에 달려들어 겨우겨우 장비를 방어하니 조조는 갑옷조차 벗어 던지고 군사 속에 뒤섞여 이리 비틀 저리 비틀 겨우겨우 도망칩니다. 한 곳을 당도하니 앞에 두 갈래 길이 나와 조조가 부하 장수들에게 묻습니다.

"이 길로 가면 어디로 통하며, 저 길로 가면 어디가 나오느냐?"

장수들이 대답하죠.

"두 길 모두 남군으로 통합니다. 큰 길로 가면 길은 평탄하지만 20리가 더 멀고, 좁은 길로 가면 화룡도(華容道)로 통하는데 길이 험악하니 큰 길로 가시죠."

"좁은 길로 가자!"

조조가 조급한 마음에 좁은 길을 선택하자 정욱이 의견을 냅니다.

"승상, 좁은 길 쪽엔 불빛이 보이니 복병이 있을 가능성이 있습니다. 큰 길로 가시지요."

조조가 듣고 화를 벌컥 내더니 한소리 합니다.

"네 이놈! 네가 병법도 모르면서 장수라고 뽐내고 다니느냐? 병법서를 자세히 읽어봐라. '실즉허(實卽虛)하고 허즉실(虛卽實)'이라 쓰여 있다. 즉, 복병이 있는 듯한 곳엔 복병이 없고, 복병이 없는 듯한 곳에 복병이 있다. 꾀 많은 공명이 큰 길에 복병을 숨겨 두고 좁은 길엔 헛불을 놓아 나를 못 가게 유인하지만, 천하의 조조가 공명 따위의 잔꾀에 빠질 성싶으냐? 잔말 말고 좁은 길로 가자!"

조조는 정욱과 장수들의 의견을 묵살하고 기어코 화룡도로 들어갑니다. 이때 사람도 지치고 말도 지치고, 부상까지 당한 장졸들은 막대기에 몸을 의지해 비틀거리며 걷습니다. 허저, 장료, 서황 등 장수들은 뒤를 살펴 방어하고 가는데, 정욱이 갑자기 울음을 터트립니다.

"아이고 아이고, 내 꼴이야……! 거지 신세가 웬 말이냐? 우리 승상, 평소에도 이쁜 여자만 보면 환장하고 주색잡기에 골몰하더니 백만 군사 모두 잃고 빈손만 남았네. 어찌할꼬, 어찌할꼬……!"

이렇게 서럽게 우니 또 다른 병사가 따라서 웁니다.

"적벽에선 불에 데고 쫓기다가 발목 부러지고, 계곡마다 복병을 만나 겨우겨우 살았는데, 또다시 복병을 만나면 무슨 수로 살아날까……? 아이고, 아이고, 아이고!"

병사들의 울음소리를 듣더니 조조가 버럭 화를 냅니다.

"네 이놈들! 사람이 죽고 사는 것은 하늘이 정하는 것이다. 그런데 너희는 왜 우느냐? 또다시 우는 놈이 있으면 목을 베겠다."

겁주고 윽박질러 패배한 장졸들을 간신히 달래 행군을 계속합니다.

"이놈들아, 울지 말고 어서 갈 길을 가자!"

100여 리를 행군한 후, 지친 기색이 보이는 군사들을 쉬게 하고는 조조가 또 실없는 소리를 하기 시작합니다.

"모두 잘 들어라. 내가 이번 싸움에 패배를 좀 하기는 했지만 세상에 영웅이라 알려진 관우, 장비 그놈들도 알고 보면 보잘것없는 놈들이다. 소싯적에 관우와 씨름을 했는데 내가 두 번이나 관우를 번쩍 들어 땅에 패대기를 쳤으며, 장비는 내 돌려차기에 맞아서 지금도 얼굴이 저렇게 퍼런 멍이 들었느니라."

정욱이 듣고는 하도 기가 막혀 말을 막습니다.

"그런 실없는 소리 그만하시고 어서 갈 길을 갑시다."

"알겠다. 어서 허도로 돌아가자. 전군, 모두 기운을 내라. 행군 시작이다!"

조조는 마상에서 채를 들어 호령하며 행군 길을 재촉하더니, 또다시 웃음을 터트립니다.

"하하하하하, 헤헤헤헤!"

조조가 허리를 젖히고 웃어 대니 곁에 있던 정욱이 또 기가 막히죠.

"얘들아, 승상님이 또 웃으셨다. 적벽에서 한 번 웃어 백만 군사 몰사하고, 오림에서 두 번 웃어 죽을 봉변당하고, 이 병 속 같은 데서 또 웃어 놨으니 우린 이제 씨도 없이 다 죽는구나. 빨리 무장해라!"

조조가 이 말에 벌컥 화를 냅니다.

"야, 이놈들아! 너희는 내가 웃으면 트집 잡지만 말고 생각을 좀 해 봐라. 주유, 공명이 이곳에 복병 말고 병든 군사 열 명만 묻어 두었더라도 우리가 살아나갈 수가 있겠느냐? 하하하하……."

웃음이 끝나기도 전에 화용도 산상에서 방포소리가 '쿵!' 하고 울리더니 산골짜기가 뒤끓기 시작합니다. 조조와 장졸들은 반쯤은 혼이 나가 부들부들 떨며 서 있는데, 칼과 도끼를 든 500명의 군사가 양편으로 갈라서며 그 사이로 한 장수가 나옵니다. '대원수 관 공 삼군사령관'이라 뚜렷이 새겨져 있죠. 붉은 얼굴에 누에 같은 눈썹 찡그리며 삼각수염에 봉이 눈 부릅뜨고, 청룡도 비껴들고 적토마 달려오며 우레 같은 소리를 벽력같이 내지릅니다.

"네 이놈, 조조야! 짧은 목 길게 빼어 청룡도 받아라!"

조조가 기가 막혀 정욱을 찾습니다.

"여봐라! 정욱아, 오는 장수가 누구냐?"

정욱이도 혼을 잃고 얼떨결에 대답합니다.

"호통소리 장비 같고, 날랜 모양 자룡 같소!"

"자세히 좀 살펴봐라."

정욱이 정신 차려 살펴보고 다시 말합니다.

"기색은 홍색이요, 위풍이 당당하니 관우가 분명허오."

"운장 관우라면 도망치고 싶어도 갈 수 없고, 탈출하고 싶어도 방법이 없구나. 이젠 막다른 골목에 몰렸으니 아무렇게나 한 번 싸워 볼 수밖에 다른 도리가 없다. 너희들도 힘껏 한 번 싸워 봐라!"

정욱이 조조의 말을 가로막습니다.

"관운장은 단기필마로 5관문을 돌파하며 여섯 장수 목을 벤 영웅인데, 그 검술을 어떻게 당해 내리까? 만일 대들었다가는 우리 모두 몰살 당할 테니 승상께서 나가서 빌어나 보시오."

"아니다. 정욱아, 내가 신통한 꾀를 하나 생각했다."

"무슨 꾀를 생각했소?"

"나를 죽었다고 홑이불 덮어 놓고 너희들 모두 발 뻗고 앉아 울어라. 그러면 관 공이 송장이라고 피할 것이니, 홑이불 뒤집어쓰고 살살 기다 가 한달음에 도망치자."

정욱이 기가 막혀합니다.

"아, 여보시오 승상님! 산 승상 잡으려고 양쪽 나라 장수들의 공 다툼 이 치열한데, 죽은 승상 목 베기가 무어 그리 어렵겠소? 청룡도 그 잘 드 는 칼로 누운 승상 목 싹 도려가면, 그 목에서 다시 새싹이 돋아나겠소? 괜히 옅은 꾀 내지 말고 어서 들어가 한번 빌어나 보시오."

"알겠다. 내가 살기 위해 무슨 짓인들 못 하겠느냐? 군졸들 중에서 가 장 불쌍하게 생긴 놈 둘만 데려와라."

"불쌍하게 생긴 군졸은 어디에 쓰시게요?"

"내게 다 생각이 있다. 빨리 데려와라."

조조가 도리 없이 관우의 말 아래로 빌러 들어가는데, 큰 키를 줄이 면서 간교한 웃 음소리로 '히히 헤헤' 웃어가면서 간사한 목소리로 말합 니다.

"장군님, 뵈온 지 오랜만입니다. 그동안 별 탈 없이 잘 지내셨습니 까?"

관 공이 마상에서 몸을 굽혀 대답하죠.

"나는 명을 받고 조 승상, 너를 잡으려고 이곳에서 기다린 지 오래 다."

"소생 조조는 전쟁터에 나왔다가 적벽에서 크게 패하고 화룡도 험한 길로 황망하게 도망하다가 천만다행으로 장군님을 만났으니, 어찌 반갑지 않겠습니까? 유별나게 정이 많으신 장군님을 만났으니 옛정을 생각하여 살려 주십시오."

관 공이 크게 꾸짖으며 호통을 칩니다.

"이놈 네 말이 간사한 말이로다! 지난날의 인연으로 몇 마디 말은 나누지만 필경은 죽일 것이니 섭섭케 생각지 말아라. 넌 조상 대대로 한나라의 녹을 먹은 신하건대, 신하의 도리를 모르고 천자를 핍박하니, 그 죄가 매우 크다. 널 세상 사람들은 난세의 간웅(亂世之奸雄)이요, 치세의 능신(治世之能臣)이라 칭하니, 너를 미워하지 않는 사람이 누가 있겠느냐? 좋은 길 다 버리고 화룡도로 들어올 때는 네 운명이 그뿐이니 잔말 말고 칼 받아라!"

조조가 다시 빌며 말하지요.

"장군님, 살려 주시오. 장군께서 하비에서 대패하여 토산에 올라 자결을 결심했지요? 그러나 나는 장군을 아끼는 마음에서 친구 장료를 보내 투항을 권장했습니다. 장군께선 투항하셨고, 난 장군을 사모하는 마음에서 3일에 한 번씩 연회를 베풀었고…, 5일에 한 번씩 큰 잔치를 베풀었소. 그때 나의 부하 장수들은 그걸 얼마나 부러워했는지 아실 겁니다. 말 수레엔 금은보화와 각종 보물을 바리바리 실어 보내 드렸으며, 미인 열 명을 고르고 골라 장군님께 보내 드렸습니다. 그래도 장군께서 만족하는 기색이 없자 저는 또 적토마를 선물했지요. 아, 마침 적토마를 타고 계시군요. '안녕? 적토야, 날 알아보겠지?' 전 그것도 모자라서 한수정후라는 벼슬까지 내려 드렸습니다. 그러나 장군께서는 유비의 소식을 듣자마자 무정하게도 나를 버리고 떠나셨지요. 파릉교에서의 이

별을 잊지 않으셨겠지요? 그때 저는 먼 길 떠나시는 장군님을 위해 금포를 한 벌 선사했지요. 장군께서는 말에서 내리지도 않고 청룡도를 길게 내밀어 그 옷을 받으셨습니다. 장군께선 5관을 통과하시며 내 아까운 부하 장수 여섯 사람의 목을 벴으나 난 한 마디 원망도 하지 않았습니다. 그 잔잔한 정을 잊지 않으셨다면 살려 주십시오. 장군께선 왜 옛정을 벌써 잊으시고 저를 원수 대하듯 하십니까?"

천하의 영웅을 자처하는 승상 조조가 관운장 말 아래 엎드려 처절하게 빌고 있습니다.

"네 이놈, 조조야! 내 그때 운수불길하여 일시 너에게 투항한 건 사실이다. 그러나 난 그때 금은보화는 손도 대지 않고 모두 밀봉해 두었고, 미인 열 명은 손목 한 번 잡아본 사실이 없다. 후세 사람들은 그것을 '미개봉 반납(?)'이라 생각하고 안타까워할 것이다. 그리고 그때 무슨 일이 있었느냐? 원소의 부하 안량, 문추가 너희나라 쟁쟁한 장수들을 씨 없이 죽일 때, 내가 싸움을 자청하고 나섰다. 넌 그때 술을 부어 내게 올렸었지. 난 그 술을 마시지 않고 싸움터에 나가 안량, 문추 두 장수의 머리를 베어 왔다. 내가 돌아왔을 땐 그 술이 식지도 않았지. 그 싸움으로 사기가 오른 네 군졸들이 백마전투에서 대승하지 않았느냐? 그렇게 너의 은혜를 다 갚았다. 잔말 말고 칼 받아라, 야합!"

칼을 번쩍 빼어 들고 조조 앞으로 바싹 달려드니 조조가 질겁하여 옷깃으로 가리면서 칼을 막으려고 방색을 하니, 관 공이 웃으며 한마디 합니다.

"네가 바가지를 쓰고 벼락은 피할망정 네 옷깃으로 내 청룡도를 피한단 말이냐?"

"아이고 장군님, 제발 안전거리 유지합시다. 가까이 오지 마십시오."

"너와 나는 정이 많다고 하면서 어찌 가까이 서지는 말라는고?"

"글쎄요, 장군님은 유정(有情)하오나 청룡도는 무정(無情)하여 옛정을 베일까 염려로소이다."

관 공이 청룡도를 높이 들어 '휘익' 휘두르며 목은 베지 않고 땅을 콱 찍어 놓으니, 조조는 정신이 아찔하여 군사들을 돌아보며 다급하게 소리칩니다.

"아이고, 여봐라 군사들아! 청룡도가 잘 든다더니 과연 헛소문이 아니었구나. 아프지도 않게 잘도 도려 가신다. 내 목 있나 좀 봐라!"

관 공이 웃으며 말을 받아칩니다.

"목 없으면 죽었으니, 죽은 조조도 말을 허느냐?"

"예, 제가 원래 정신이 좋아 말은 겨우 하지만, 혼은 벌써 피란한 지 오래로소이다."

관 공은 본시 조조의 은혜를 태산같이 입었는지라 그가 애달프게 비는 말에 마음이 조금씩 움직이는데, 곁에 있던 주창이 관우에게 묻죠.

"장군님은 어찌하여 첫 칼에 벨 조조를 여태까지 살려 두십니까? 옛일을 모르십니까? 과거 항우는 홍문의 잔치에서 다 잡은 유방을 무심코 놓아주었는데, 그것이 항우의 큰 실수였죠. 도망친 유방은 서촉에서 힘을 기른 후 항우를 공격하였고, 항우는 결국 처참하게 자결하였으니, 지금 조조를 살려 주면 우리가 그 꼴을 당하고 말 겁니다. 호랑이를 놓아주어 후일 화를 당하느니 제가 지금 조조의 목을 베겠습니다."

주창이 번개처럼 달려들어 조조 멱살을 꽉 잡습니다.

"난세의 간웅 조조야, 내 손에 달린 목숨 어디로 피하겠느냐?"

주창이 냅다 잡아 흔들어 놓으니 조조가 벌벌 떱니다.

"아이고, 여보시오 주 별감, 이다음에 만나거든 술 많이 받아드릴 테니 제발 날 좀 놔주시오."

관 공이 보더니 이내 말립니다.

"아서라, 아서라! 그리 말라. 어디 차마 보겠느냐? 목불인견(目不忍見)이로구나!"

이때 정욱이 앞으로 나와 관우의 말 앞에 무릎을 꿇고 처절하게 빌기 시작합니다.

"비나이다 비나이다, 장군님께 비나이다! 살려 주십시오. 우리 승상, 제발 살려 주십시오."

"허어…, 조조를 살려 주면 내 목을 내놓겠다고 군령장을 썼는데 어찌할꼬?"

이 말을 들은 조조가 다시 얼굴에 비굴한 미소를 지으며 더욱 애걸합니다.

"유 황숙께서는 장군님과 의형제를 맺으신 후 오른팔로 믿고 계신데, 천하의 무지렁이 이 조조 한 몸 안 잡아가더라도 군율 시행 않을 겁니다. 장군님 칼에 죽기는 원통하니 통촉하여 주십시오."

조조는 관우의 마음이 움직인 것을 알아채고 함께 데리고 나온 불쌍하게 보이는 두 군졸들에게 눈짓하며 속삭입니다.

"관 공께서 마음이 움직이기 시작했다. 이놈들아, 너희도 빨리 슬피 울어라."

그러더니 얼른 다시 관우에게 사정합니다.

"관 공, 인정을 베풀어 한 번 살려 주시오. 여기 이 병사를 보십시오. 아직 장가도 못 간 불쌍한 청춘입니다. 가엾게 여겨 살려 주시오."

"승상님, 저 장가갔는데요? 애도 둘이나 있어요."

"쉿! 조용해라. …관 공, 여기 이 병사는 집안에 먹을 게 없어서 이렇게 비쩍 말랐습니다. 긍휼히 여기십시오."

"승상님, 지 아부지가 중소기업 사장인디요. 저 다이어트해서 살 뺀 건디유."

"쉿! 너도 조용해라. …관 공, 제발 이 불쌍한 병사들과 저를 살려 주 시오. 엉엉엉엉! 이놈들아, 너희도 빨리 울어라."

"예? 아이고, 엉엉엉엉!"

"허어, 눈 뜨고는 차마 못 보겠구나. 승상, 지나가시오. 내 과거의 정 을 생각하여 보내 주겠소. 장료, 모든 군졸들을 데리고 지나가시게."

관우는 다 잡은 조조를 놓아주고 맙니다.

한편, 유비와 제갈공명은 대승을 거둔 장수들을 위로하며 전리품을 점검하고 있습니다. 빼앗은 말과 곡식 그리고 무기가 산더미처럼 쌓여 있으며, 장비와 자룡 그리고 미방·미축 형제 등은 무용담을 자랑하고 있습니다.

"공명 선생, 군사께서는 어떻게 그렇게 조조의 움직임을 손바닥 보듯 훤히 알고 계셨는지요? 정말 존경합니다."

"자 여러 장군들, 수고 많으셨습니다. 그런데 관 장군이 아직 도착하 지 않으셨군요."

"아 공명 선생, 저기 작은형이 오고 있습니다."

"정말 관 장군께서 오시는군요. 관 장군, 수고 많으셨소. 그런데 왜 그렇게 시무룩하신지요? 아하! 마중 나간 사람이 없어 화가 나셨군요. 여봐라 마속(馬謖), 오늘의 가장 큰 일등 공신 관우 장군 마중을 소홀히 하였는가?"

"예, 이 마속이 미처 챙기지 못해 송구합니다."

"자아 관 장군, 오늘의 가장 큰 공신입니다. 그런데 조조의 머리는 어디에 있습니까?"

"군사, 조조를 잡지 못했습니다."

"예? 그럼 제 예측이 틀렸단 말입니까?"

"아닙니다. 군사의 예측은 정확했습니다. 조조는 큰 길을 버리고 화룡도의 작은 길로 들어왔습니다."

"그럼 조조군를 호위하는 장수들을 당해 내지 못하신 겁니까?"

"아닙니다. 몇몇 호위 장수들이 있었지만 그들은 제 적수가 되지 못합니다. 조조를 잡았으나 하도 간곡히 비는 바람에 그만 놓아주고 말았습니다."

"뭐라고? 조조를 잡고도 놓아주었다고? 전쟁이 장난인 줄 아느냐? 여봐라, 저자를 끌어내 당장 목을 베라!"

"아니 공명 선생, 우리 작은형 목을 베다니요?"

"조조를 잡고도 놓아줄 경우에는 스스로 목을 내놓겠다고 분명히 군령장을 썼소이다."

이때 장비가 칼을 빼어 들어 공명의 목에 겨눕니다.

"군사, 어림없는 소리 마시오. 내 형님에게 손끝 하나라도 대면 공명 선생의 목이 먼저 달아날 것이요."

이때 옆에서 보고만 있던 유비가 호통을 칩니다.

"장비 네 이놈, 무엄하다. 당장 칼을 버려라!"

"예? 큰형님, 군사께서 지금 작은형을 죽이려 하는데요?"

"관우는 지엄한 군법에 따라 죽어 마땅하다. 군사, 관우의 목을 베시오."

그리고 유비가 제갈공명 앞에 무릎을 꿇습니다.

"군사, 우리 삼형제는 도원에서 의형제를 맺으며 결의하였습니다.

'한날한시에 태어나지는 않았지만 한날한시에 죽는다.' 관우가 군법을 어긴 것은 잘못 가르친 저의 죄가 더 큽니다. 제가 먼저 죽음으로 그 죄를 사죄하겠습니다."

말을 마친 유비가 칼을 뽑아 자기 목을 그으려 합니다.

"큰형님!"

"형님!"

"주공, 안 됩니다. 참으십시오!"

관우와 장비가 한꺼번에 달려들어 유비의 칼을 빼앗습니다.

"형님, 죄를 지은 저 한 사람의 죽음으로 충분합니다."

"아닙니다. 차라리 막내인 제가 먼저 죽겠습니다."

"아니다. 큰형인 내가 먼저 갈 터이니 너희는 천천히 뒤따라오너라."

이때 공명이 백우선을 높이 들어 선언합니다.

"알겠소. 관우의 죄는 크지만 용서하겠소. 내가 어제 천문을 살피니 조조는 아직 죽을 운명이 아니었소. 이번에 만약 관 장군께서 조조를 죽였다면 일곱 조조가 나왔을 것입니다. 그래서 일부러 관 장군을 화룡도로 보낸 것이니, 잘못을 따지면 내 잘못이 제일 큽니다. 우울한 얘기는 접어두고 우리 모두 잔치를 벌여 축배를 듭시다."

"오예~, 역시 공명 선생 최고!"

"허어, 장 장군! 칭찬은 않더라도 앞으로 칼은 겨누지 마시오. 그리고 제발 껴안고 그 따가운 수염을 비비지도 마시오."

"예, 군사. 명심하겠습니다!"

"자, 갑시다! 축하연을 미리 다 준비해 두었습니다."

적벽대전은 이렇게 해피엔딩으로 끝이 났습니다.

형주 쟁탈전의 시작

"자, 축배를 듭시다. 이번 적벽대전에서 피 흘려 싸운 것은 오나라 군사지만 그 전쟁을 승리로 이끈 사람은 우리 군사 제갈공명입니다. 제갈공명의 동남풍은 과연 '신의 한수'였습니다."

공명에 대한 연호가 쏟아집니다.

"공~명!"

"공~명!"

"공명 선생, 앞으로 나와서 소감 한 말씀 해 주시죠."

"예, 유 황숙께서 저를 이토록 칭찬해 주시니 몸 둘 바를 모르겠군요. 만약 이번 전쟁에서 오나라가 패했다면 조조는 다음 목표로 우리를 공격했을 것입니다. 허지만 다행히 우린 오나라 손권과 조조를 싸움 붙이는 데 성공했습니다. 그래서 우리 머리 위에 떨어지는 불똥은 모면했죠. 그러나 현재 우리가 얻은 것이라고는 아무것도 없습니다. …지금 조조는 적벽에서 대군을 잃고 형주에는 최소한의 수비군만 남겨 두고 허도로 돌아갔습니다. 형주는 형주성, 양양성 그리고 남군성 세 곳이 트라이앵글을 이루며 방어막을 구축하고 있습니다. 이곳 형주를 21세기 한국에서는 '호북성(湖北城)'이라고 발음하며, 중국어로는 '후베이성'이라 하지요. 형주는 전략적으로 매우 중요한 지역입니다. 물산이 풍부하고 인구가 많으며, 특히 남쪽에 위치한 우리가 북방 조조의 침략을 막을 만한 군사적 거점입니다. 대한민국과 비교하자면 충청권 지역이라 할 수 있지요. 사통오달의 교통 요충지이므로 이곳을 바탕으로 중원을 도모하여 천하통일을 이루어야 합니다. 조조가 군마를 회복하기 전에 우린 형주를 얻어야 합니다. 자, 형주성을 공략하기 위해 우리 건배합시다!"

"건배!"

"형~주!"

"형~주!"

"형주를 정복하자, 건배!"

한편 이 시간, 오나라에서도 승전 축하연이 벌어지고 있습니다. 전쟁 영웅 주유에 대한 연호로 잔치는 시작됩니다.

"주~유!"

"주~유!"

"와~, 주유 만세!"

"주유는 나와서 소감 한 말씀 하시오."

"여러분, 감사합니다. 우린 15만의 작은 병력으로 조조의 100만 대군을 격파했습니다. 우리가 이번 전쟁에서 이긴 것은 여기 계시는 주군 손권과 문무대신 모두가 한마음 한뜻으로 싸웠기 때문입니다. 다행히 우린 영토를 보전했지만 얻은 것은 아무것도 없습니다. 쉽게 말해서 전리품은 없는 거죠. 조조는 허도로 퇴각하면서 형주에 최소한의 경비 병력만 남겨 두었습니다. 우린 이 기회에 형주를 뺏어야 합니다. 우리 모두힘을 합쳐 형주를 함락시킵시다!"

"와~, 옳소! 형주를 뺏읍시다."

"형~주!"

"형~주!"

자, 유비 진영의 전략가 제갈공명과 손권 진영의 전략가 주유가 형주를 얻겠다는 생각을 동시에 하는군요. 이른바 '형주 쟁탈전의 서막'이 오르는 것입니다.

며칠 후, 노숙이 심각한 얼굴로 주유에게 상황 보고를 합니다.

"대도독, 유비의 움직임이 아무래도 이상합니다. 유비는 지금 유강구(油江口)에 1만여 명의 군사를 몰고 와 공성훈련(攻城訓練)을 하고 있습니다."

"노숙, 그게 사실입니까? 유비가 공성훈련을 하고 있다고요?"

"그렇습니다. 장비의 지휘하에 수백 개의 사다리를 동원해 매일 성벽을 기어오르는 훈련을 하고 있습니다."

"제갈공명도 함께 있습니까?"

"그렇습니다. 유비 곁에 제갈공명이 그림자처럼 따라다니며 훈련을 감독하고 있습니다."

"유강구는 형주 남군성(南郡城)의 전초기지 아닙니까? 그렇다면 유비가 남군성을 치려는 속셈입니다. 적벽에서 피는 우리가 흘렸는데, 이득은 자기들이 보겠다? 어림도 없는 소리……. 내 당장 유비를 만나 담판을 지어야겠습니다."

다음 날 주유와 노숙이 유강구에 있는 유비를 찾아갑니다.

"유 황숙, 오나라 대도독 주유가 오고 있습니다."

"공명 선생, 염려 마십시오. 주유가 찾아오면 공명이 일러 주신 대로 말하겠습니다. 저도 이제 제법 연기가 많이 늘었습니다."

주유와 노숙은 유비가 있는 유강구에 도착합니다.

"아, 주랑(주유의 애칭)께서 무슨 일로 오셨습니까? 적벽대전의 영웅께서 몸소 찾아주시어 영광입니다. 모처럼 오셨는데 바람이나 쏘이며 조금 걸으실까요?"

이렇게 유비, 주유, 제갈공명, 노숙 네 사람이 강바람을 쐬며 걷고 있는데 장비가 질풍처럼 말을 달려와 앞을 가로막습니다.

"형님! 보고 드립니다. 지금 공성훈련 준비가 끝났습니다. 형님께서 참관하시겠습니까?"

"그래, 장비야. 수고 많다. 오늘 모처럼 대도독께서도 오셨으니 함께 훈련하는 모습이나 보자."

"옛썰! 그럼 지금부터 훈련을 실시하겠습니다. 모든 병사들은 잘 들어라. 훈련 중 땀 한 방울을 흘리면 전쟁에서는 피 한 방울을 아끼게 된다! 훈련은 실전처럼! 실전은 훈련처럼!"

장비의 지휘하에 훈련이 시작됩니다.

"먼저 투석기(投石器), 발사!"

투석기란, 오늘날 대포와 같은 무기로 커다란 돌을 날려 적의 성벽을 부수는 기구입니다.

"충차(衝車), 돌격!"

충차란, 거대한 통나무 앞에 쇠를 씌워 적의 성문에 충격을 가해 문을 부수는 무기입니다.

"사다리차 돌격, 앞으로!"

"와~! 와~!"

"성벽을 기어올라라!"

"쇠뇌와 연뇌(連弩)를 쏘아라!"

'쇠뇌'는 활보다 위력이 훨씬 강한 무기이며, '연뇌'는 한꺼번에 10발의 쇠뇌가 발사되는 무기입니다.

"다음은 드론을 띄우고 헬기를 지원 요청하라!"

"장군, 드론과 헬기는 아직 발명되지 않았습니다."

"아참, 그렇구나. 전군 진격, 총공격이다! 돌격 앞으로!"

"와~! 와~!"

"와~! 와~!"

"드디어 성을 함락시켰다!"

"와~! 와~!"

"만세! 만세!"

훈련을 마친 장비는 이마에 땀을 흘리며 유비 앞에 말을 타고 달려와 결과 보고를 합니다.

"충성! 형님, 꼭 1시간 만에 적의 성을 함락시켰습니다, 충성!"

"장비야, 수고 많았다. 이마에 땀부터 닦도록 해라."

"자, 주 도독 어떻습니까?"

"아! 대단한 정예부대군요."

유비 군대의 훈련을 지켜보는 주유의 심사가 편치 못합니다.

"유 황숙, 단도직입적으로 묻겠습니다. 이곳에서 형주의 남군성을 노리는 게 아닙니까?"

"천만에요. 저는 그저 동맹국으로서 주 도독을 도우려는 것뿐입니다."

"유 황숙, 남군성 공략은 제 혼자 힘으로도 충분합니다. 황숙께서는 구경만 하십시오."

"주 도독께서 수전에는 천하에 으뜸이지요. 그러나 남군성엔 맹장인 조인(曹仁)이 지키고 있습니다. 조인은 조조의 사촌동생이며 백전노장입니다. 그런 조인을 상대로 뭍에서의 싸움은 쉽지 않을 겁니다. 대도독께서 선공을 하시면 제가 뒤에서 받치며 후공을 하겠습니다."

"유 황숙, 제가 수전에만 능하고 지상전엔 부족한 장수라고요? 대단히 기분 나쁘게 들리는군요. 좋습니다. 제가 30일 안에 남군성을 점령하지 못한다면 유 황숙께서 남군성을 점령해도 좋습니다."

"허어…, 대도독께서 그리 말씀하시니 이번 전쟁도 충분히 승산이 있으시군요."

"저는 수전과 지상전 모두 자신 있습니다. 유 황숙께서는 보고만 계십시오."

주유가 큰소리치고 돌아가자 유비와 공명은 소리 내서 웃습니다.

"공명 선생, 주유가 드디어 공명 선생의 계책에 말려들었군요."

그러나 노숙은 주유를 보자 크게 우려를 나타냅니다.

"아니 주 도독, 어쩌다 유비와 그런 약속을 하셨습니까? 우리가 남군성을 함락시키지 못하면 유비군이 점령해도 좋다니요? 너무 경솔한 약속입니다."

"노숙, 아무 걱정 마시오. 만에 하나 천에 하나 그런 일은 없을 테니까요. 남군 땅은 이제 곧 우리 오나라 땅이 될 것입니다."

남군성! 남군성은 형주 방어의 전초기지입니다. 즉 형주성·양양성·남군성 이렇게 세 개의 성이 서로 의지하며 트라이앵글 방어선을 구축하고 있죠.

몇 달 전, 조조는 적벽에서 패배하여 도주하면서 남군성 수비를 사촌 동생인 조인에게 맡기며 당부를 합니다.

"조인아, 남군성은 형주 방어의 핵심이다. 이곳을 주유와 유비가 끊임없이 도발해 올 것이다. 만약 이곳 남군성에 위급한 상황이 발생하면 이 비단 주머니를 열어 보아라. 성을 방어할 비책이 담겨 있다."

"예, 형님! 염려 마십시오. 이곳은 제가 목숨 바쳐 사수하겠습니다.

그런데 그냥 말로 일러 주시지 굳이 비단 주머니를 주십니까?"

"어허 조인아, 그래야 이 글을 읽는 독자들이 궁금해할 거 아니냐?"

"아, 그렇군요. 형님, 명심하겠습니다."

이렇게 남군성은 조조가 그 방어를 신신 당부한 중요한 군사적 요충지입니다. 그 남군성을 조조의 예상대로 오나라 주유가 침공합니다.

주유는 정예병 5만을 이끌고 강을 건너 남군성 앞에 진을 치고 총공격을 시작합니다.

"장병들은 들어라. 적벽대전의 잔당들이 버티는 남군성을 단숨에 함락시키자. 일찍이 이순신 장군께서 말씀하시기를 '죽기를 각오하고 싸우는 자 살 것이요, 살기를 원하는 자 죽는다.'고 말씀하셨다. 우리 모두 죽기를 각오하고 저 남군성을 쓸어버리자. 전군 돌격!"

이를 성벽에서 내려다보던 조인은 명령합니다.

"정봉(丁奉)이 이끄는 선발대 5천 명이 진군해 들어오고 있다. 우금, 네가 나가서 적의 예봉을 꺾어라."

"알겠습니다!"

우금이 성문을 열고 나가 방어에 나섭니다.

"여기 천하장사 우금이 있다. 정봉은 내 칼을 받아라. 으라차차 봉고차!"

"우금, 내가 보기엔 넌 멧돼지에 불과하다. 내 칼도 받아봐라. 으라차차 레커차!"

그러나 적벽대전의 승리로 사기가 오른 오나라 군사들을 이기지 못하고 우금의 군사들은 추풍낙엽처럼 쓰러집니다.

"어서 징을 쳐서 우금을 철수시켜라!"

댕, 댕, 댕……!

"장군, 살아 돌아온 군사는 2,30기에 불과합니다."

"큰일이구나. 지금부터는 성문을 굳게 닫고 방어에만 치중하자. 적의 어떤 도발에도 나가 싸워서는 안 된다."

조인의 군대가 방어에만 나서자 주유군은 성문 앞에서 온갖 욕설을 퍼부으며 싸움을 걸어옵니다.

"야, 이 북방의 머저리들아! 나와 싸우자! 그렇게 겁이 나냐? 에라이, 겁쟁이들아!"

"차라리 치마나 입고 돌아다녀라!"

"여기 소시지 보이지? 이렇게 잘라 버려라."

이를 내려다보는 남군성의 병사들은 부들부들 치를 떱니다.

"장군, 저건 너무합니다. 제게 500군사만 주시면 성문을 열고 나가 저 놈들을 모조리 짓밟아 버리겠습니다."

"아니다. 저 작전에 말려들어가서는 안 된다. 우린 수비에만 치중한다."

연일 퍼부어 대는 욕설에도 반응이 없자, 드디어 주유의 총공세가 시작되었습니다.

"자아, 지금부터 공격이다. 저 성을 함락시키자. 전군 진격!"

"와~!"

"한 치도 물러서지 말라. 돌격, 앞으로!"

"투석기 발사!"

"발사! 발사!"

"남쪽 성벽이 무너졌다. 사다리차 앞으로, 앞으로! 성벽을 기어올라라!"

"충차로 성문을 부수자!"

"밀자! 영차, 영차, 영차!"

쾅!

"성문이 거의 부서졌다!"

"맨 먼저 입성하는 자는 후한 상을 내리겠다. 성벽을 향해 화살을 퍼부어라. 공격, 공격!"

"와!"

연일 계속되는 주유군의 맹공 앞에 패배를 거듭하던 조인은 드디어 그 방어의 한계점에 오고 말았습니다.

"자, 장수들은 모두 모이시오. 더 이상 버티기 힘듭니다. 이제 어찌하면 좋을지 의견들을 말해보시오."

"성을 버리고 도주합시다. 도저히 버텨 내지 못하겠습니다."

"안 됩니다. 이 남군성이 무너지면 형주 전체가 무너집니다. 우린 끝까지 싸워야 합니다."

"도주합시다!"

"싸웁시다!"

각 장수들의 의견이 분분하며 고성이 오갑니다.

"장군, 더 이상 버티다가는 우리 모두 전멸하고 말 것입니다. 성을 버리고 일단 양양성으로 도주합시다. 그곳에서 군사를 지원받아 다시 남군성을 회복합시다."

"방어하자!"

"도주하자!"

이렇게 의논이 분분한 가운데 한 장수가 의견을 말합니다.

"장군, 일전에 조 승상께서 주신 비단 주머니가 있지 않습니까? 그 비단 주머니를 열어 보시지요."

"아, 그렇지! 그게 있구나. 조 승상께서 주고 가신 묘책이 담긴 비단 주머니를 열어 보자."

조인은 비단 주머니를 열어 보고는 아주 만족해합니다.

"그렇다, 바로 이거다!"

그 다음 날도 이른 아침부터 주유가 이끄는 오나라군의 총공격이 시작됩니다.

"자, 군사들이여 힘을 내라. 조금만 더 공격하면 성은 함락된다!"

"와~! 공격, 공격!"

그렇게 긴 하루가 지나고 해가 저물자 주유는 잠시 군사를 물립니다.

"잠시 휴식이다. 충분히 휴식을 취한 후 내일 새벽 다시 공격한다."

주유도 지친 몸을 잠시 쉬고 있는데, 높은 망루에서 남군성 안의 동태를 살피던 부하가 주유에게 급한 보고를 합니다.

"도…도둑, 도둑!"

"도둑이 아니고 도독이다. 그래 무슨 일이냐?"

"지금 남군성 안의 움직임이 아무래도 이상합니다. 조인이 성을 버리고 달아나는 것 같습니다."

"뭐라고? 자세히 보고해라."

"지금 북쪽 문을 열고 병사들이 줄지어 빠져나가고 있습니다."

"그게 정말이냐? 조인이 드디어 성을 버리고 패주하는구나. 이 기회를 놓쳐서는 안 된다. 전군 비상! 모두 무장하라. 지금 성 안으로 치고 들어간다!"

이때 노숙이 주유를 말립니다.

"대도독, 날이 밝은 후 진입해도 늦지 않습니다. 조금만 진군을 늦추시죠."

"아니오. 저들을 놓쳐서는 안 되오. 지금 성 안으로 진입하여 북문을 통해 달아나는 조인의 잔당들을 전멸시켜야 하오. 전군 돌격! 성 안으로 진입하라!"

주유는 몸소 군을 이끌고 남군성 안으로 진입합니다.

"드디어 우리가 남군성을 점령했다!"

"대도독, 그런데 뭔가 이상합니다. 너무 조용합니다. 뭔가 함정에 빠진 듯한 느낌입니다."

"그렇구나. 뭔가 이상하다. 일단 이 성에서 빠져나가자. 질서 있는 퇴진이 중요하다. 후미부터 천천히 성을 빠져나가라."

그런데 바로 이때, 주변에서 함성이 들리며 매복해 있던 조인의 군사들이 소나기 같은 활을 퍼부어 댑니다.

"주유, 너는 이제 독안에 든 쥐다. 주유를 절대 놓치지 말라. 활을 퍼부어라!"

"적의 매복입니다!"

"적군은 몇 명이나 되느냐?"

"어두워서 모르겠습니다. 엄청나게 많은 숫자입니다."

소나기처럼 날아오던 화살 한 대가 주유의 가슴에 적중하고 맙니다.

"아…악!"

"대도독이 활에 맞았다! 빨리 대도독을 구하라!"

"대도독, 대도독!"

"대도독…, 대도독!"

"전군 후퇴!"

주유군은 많은 희생자를 내고 남군성을 빠져나갑니다.

"만세! 주유가 활에 맞았다. 우리가 이겼다. 조 승상의 비단 주머니가 효력을 발휘했다."

"만세, 만세!"

한편, 활을 맞고 후퇴한 주유의 막사에는 무거운 정적이 감돌고 있습니다.

"의사 선생, 대도독의 병세는 좀 어떻습니까?"

"화살촉에 독이 묻어 있습니다. 생명에는 지장이 없으니 잠시 후 정신이 드실 겁니다. 그러나 지금부터가 중요합니다. 대도독은 무리해서는 안 되며, 차분한 휴식이 필요합니다."

"노숙, 내가 왜 이렇게 누워 있지요?"

"대도독께서 적의 화살에 맞았습니다. 다행히 봉합 수술은 잘 끝났지만 지금부터 무리해서는 안 된답니다. 특히 지나치게 화를 내거나 흥분하연 아물던 금창(金瘡)도 다시 터진다고 하니, 차분한 휴식이 필요합니다."

"아, 그렇다고 남군성 점령을 눈앞에 두고 이렇게 누워만 있으란 말인가요?"

"…당분간 무조건 휴식하십시오."

며칠이 지나 주유도 회복되는 듯 다시 공격에 돌입합니다.

"노숙 선생, 한 며칠 푸욱 쉬었더니 이젠 몸이 거뜬합니다. 오늘 다시 남군성을 공격합시다. 전군, 남군성을 향해 돌격!"

"와! 돌격!"

성 위에서 화살을 퍼붓던 조인이 주유를 내려다보고 깔깔거리며 소리칩니다.

"주유, 이 쥐새끼 같은 놈! 너도 오늘로서 세상 끝장이다. 다만 한 가지 요구를 들어준다면 너를 살려 주겠다."

"조인, 한 가지 요구라니? 무슨 말이냐?"

"주유, 네 마누라 소교를 우리 조조 승상께 바쳐라. 그럼 너를 죽이지는 않겠다."

"뭐?…뭐라고? 네 이놈! 당장 이리 내려와라. 내 너를 결코 용서치 않겠다. 으아~!"

주유가 갑자기 입에서 피를 토하더니 말에서 굴러떨어집니다.

"대도독의 상처가 재발했다. 빨리 모셔라!"

"쉿! 연극이다. 그러나 당황한 체하며 빨리 군을 퇴각시켜라."

"알겠습니다. 대도독…대도독, 정신 차리십시오. 대도독…, 전군 후퇴!"

"하하하, 주유의 금창이 다시 터졌다. 저놈들의 동태를 잘 감시하라."

그 이튿날입니다.

"장군, 아무래도 주유군의 동태가 심상치 않습니다. 주유 영내에서 아침부터 군사들이 한참 통곡을 하더니, 지금은 떼를 지어 배를 타고 철수하고 있습니다."

"그게 사실이냐? 주유가 죽었다. 주유의 등창이 터져 죽었어! 전군 비상! 총출동하라! 주유의 영채를 급습한다."

조인은 말을 몰아 주유의 영채를 급습합니다.

"장군, 영내가 텅 비어 있습니다. 아마 대부분이 배를 타고 도주한 것 같습니다."

"맞다. 적들이 도주한다. 아직 배를 타지 못했을 것이다. 빨리 강변으로 쫓아가서 적을 몰살시켜라. 돌격!"

"와!"

조인의 군사들이 강변 쪽으로 밀려가는데, 흰 말을 탄 장수와 한 떼의 군마가 앞을 가로막습니다.

"조인 이놈, 여기 주유가 멀쩡하게 살아 있다. 넌 오늘 죽었어. 조인을 죽여라. 공격, 공격!"

"주유가 살아 있다. 속임수에 걸렸다. 적의 매복이다. 퇴각한다. 전군, 퇴각!"

"도망치는 패잔병들을 한 놈도 놓치지 마라. 공격! 공격!"

매복하고 있던 주유의 대군에 밀린 조인은 대부분의 군사들을 잃고 정신없이 도망합니다.

한편 그 시간, 유비와 제갈공명은 소식을 듣고 재빠르게 작전을 펼칩니다.

"주공, 지금 남군성은 텅 비어 있습니다. 이때 우리가 빨리 접수해야 합니다."

사태를 관망하던 유비의 군사들은 비어 있는 남군성으로 밀고 들어갑니다.

"와아~! 남군성을 점령하자. 동서남북 각 문으로 들어가 중요 거점을 선점하라!"

"공명 선생, 정말 대단한 작전이군요. 우린 피 한 방을 안 흘리고 남군성을 빼앗았으니 말입니다."

"주공, 거기에서 그치는 게 아닙니다."

그러더니 마속에게 명합니다.

"마속, 빨리 조인의 인장(印章, 일종의 관인)을 찾아와라."

"예, 여기 인장이 있습니다."

"마속, 양양을 지키는 하후돈 장군에게 가짜 편지를 쓰고 인장을 찍어라."

"어떻게 쓸까요?"

존경하는 하후돈 장군님!
이곳 남군성이 위험합니다.
빨리 군사를 이끌고 와서 도와주십시오.

마속이 편지를 쓰고 조인의 인장을 찍자, 공명은 장비를 부릅니다.
"익덕 장 장군, 장군은 하후돈이 군사를 이끌고 양양성을 빠져나오면 즉시 비어 있는 성을 점령하십시오."
"옛설! 잘 알겠습니다."
"그리고 마속, 형주성에도 같은 편지를 써라. 그리고 관우 장군, 관 장군 역시 형주성이 비면 즉시 접수하십시오."
"옙! 군사, 잘 알겠습니다."
자, 이렇게 되어 유비와 공명은 힘들이지 않고 남군, 양양, 형주 세 개의 성을 정복했습니다.
한편 그 시간, 조인을 대파시킨 주유는 의기양양하게 남군성을 접수하러 옵니다.
"대도독, 저 성 위에 이상한 깃발이 꽂혀 있는데요?"
"무슨 깃발이냐?"
"앗! 자세히 보니 조자룡의 깃발입니다."
이때 성벽 위에서 자룡이 주유를 내려다보며 묻습니다.
"주 도독, 어딜 그리 바쁘게 쏘다니시오?"
"자룡, 그대가 왜 성 안에 있는 거냐?"
"허어, 대도독도 건망증이 심하시군요. 30일 내에 남군성을 점령하지 못하면 우리 주군께서 점령해도 좋다고 약속하지 않았소? 중인을 서 줄 노숙 선생도 거기 함께 있군요. 오늘이 30일 하고도 딱 1분이 더 지났군요. 에그 아까워라! 1분만 빨리 오시지……. 이젠 주 도독께서는 딴 곳으로 가 보시죠."

"대도독, 대도독! 더 큰일입니다. 양양성과 형주성도 모조리 유비와 공명에게 빼앗겼다 합니다."

"뭐? 뭐라고? 공명, 네 이 촌놈이 나를 속이다니……. 공명, 내 너를 용서하지 않겠다. 으악!"

주유가 또 갑자기 피를 토하며 말에서 굴러떨어집니다.

"도독께서 혼절했다. 이번엔 연극이 아닌 것 같다. 빨리 모셔라!"

"공명, 내 뒤통수를 치다니……. 으아!"

이번엔 진짜로 금창이 터져 주유가 혼절했습니다.

"대도독, 정신이 좀 드십니까?"

"노숙, 내가 또 잠시 혼절했군요. 이제 몸은 괜찮습니다. 아무튼 유비와 제갈공명에게 형주·양양·남군성을 빼앗긴 것은 참을 수 없습니다. 지금 당장 손권에게 군사를 지원받아 유비를 칩시다."

"대도독, 우린 유비와 동맹을 맺고 조조에게 대항하고 있습니다. 그런데 동맹국인 우리끼리 싸운다면 조조가 기뻐 날뛸 것입니다. 유비와 싸울 게 아니라 제가 가서 좋은 말로 설득하여 형주를 반환받도록 하겠습니다. 대도독께서는 우선 건강부터 회복하시기 바랍니다."

이렇게 되어 노숙은 다시 담판을 지으려 유비를 찾아갑니다.

"공명 선생, 지금 노숙이 형주 반환문제로 이리로 오고 있습니다. 어떻게 대처할까요?"

"유 황숙, 지금 바로 유기 공자를 부르십시오."

"유기 공자는 병이 들어 많이 아픕니다. 아버지 유표가 죽고 조조에게 형주를 빼앗긴 후 매일 술만 마시다가 일종의 화병이 난 거죠."

"앰뷸런스를 보내서라도 모셔 오십시오."

"알겠습니다, 공명 선생."

며칠 후 노숙이 씩씩거리며 유비를 찾아왔습니다.

"유 황숙, 형주 세 개 성을 지금 바로 우리 오나라에 반환하여 주십시오. 황숙께서 형주·남군·양양성을 차지한 건 순전히 사기극인 거 아시죠? 또 형법 제227조에 해당하는 '허위 공문서 작성' 및 '동 행사죄'인 것도 알고 계시겠죠?"

이때 공명이 노숙의 말을 가로막습니다.

"노숙, 그대는 학식이 높고 도덕적으로 흠결이 없는 군자로 알았더니, 오늘 보니 그게 아니군요. 도덕심이 완전 노숙자 수준이군요."

"공명, 그건 무슨 말씀이오?"

"형주가 왜 오나라 땅이요? 형주는 원래 유표가 일구어 놓은 땅이며, 황제께서도 정식으로 그것을 인정하였소. 그런데 그 유표가 병들어 죽었으니 그 아들인 유기가 상속 받음이 원칙 아니요? 잘 모르시겠으면 민법 제997조를 잘 읽어 보시오. 상속에 대해 상세히 나와 있소. 우리 유황숙께서는 단지 형주에서 유기 공자를 보좌하고 있을 뿐이요. 못 믿겠으면 직접 유기 공자에게 물어봅시다. 여봐라, 유기 공자를 모셔 와라."

잠시 후 유기 공자가 들것에 실려 들어옵니다.

"노…숙…, 내가 지금 많이 아픕니다. 그래서 유 황숙께서 저를 돌봐 주고 계시지요. 그런데 뭐 듣자 하니 형주를 반환하라구요? 기가 차고, …맥이 차고, …노숙자가 깡통을 차듯 말문이 막히는군요. 노숙 선생도 집을 갖고 계시지요?"

"물론 있습니다. 조그만 단독주택 한 채를 갖고 있습니다."

"노숙 선생 집을 이웃 불량배가 자기 집이라고 우긴다면 그것이 이치에 맞는 일입니까?"

"이치에 맞지 않지요……."

"그런 발상은 …동네 양아치들이나 하는 나쁜 짓이지요."

"그렇군요…, 아…알겠습니다."

"그럼 꿈 깨시고 돌아가시죠. 저는 몸이 아파 쉬어야겠소이다."

"그…그러시죠. 할 말 없군요."

"자, 노숙 선생, 모처럼 오셨으니 삼겹살에 소주나 한잔하러 갑시다."

"삼겹살이고 소주고 모두 사양하겠소. 그러나 유기 공자가 죽고 나면 형주 반환문제는 그때 가서 다시 의논합시다. 난 이만 가 보겠소."

"예, 살펴 가시기 바랍니다."

노숙은 또 제갈공명에게 완패당하고 쪼르륵 쪼르륵 고픈 배를 움켜쥐고 돌아갑니다. 노숙이 돌아간 후, 유비는 공명과 함께 또 다음 문제를 의논합니다.

"공명 선생 달변에 말 한마디 못 하고 밥까지 쫄쫄 굶고 갔으니 노숙이 화가 많이 났을 겁니다. 그건 그렇고, 우린 앞으로 어떻게 해야 할까요?"

"우선 여기 걸린 지도를 보시죠. 제가 브리핑을 시작하겠습니다. 우리가 지금 형주성, 양양성, 남군성을 차지했지만 형주를 완전히 정복하기 위해서는 앞으로 네 개의 성을 더 차지해야 합니다. 영릉성(零陵城), 계양성(桂陽城), 무릉성(武陵城), 장사성(長沙城) 이렇게 네 개의 성을 더 얻어야 형주 정복은 완결되는 거죠."

"그럼 가장 가까운 영릉성부터 치러 갈까요?"

"영릉성 정복은 장비 장군이 선봉을 맡으십시오."

영릉성의 태수는 유도(劉度)입니다. 그는 오늘도 부하들을 모아 놓고 유도(柔道) 기술에 대해 썰을 풀고 있습니다.

"내가 86 LA올림픽선수 선발전에서 95킬로그램급 '하형주'와 맞붙은 거야. 일방적으로 내가 우세했는데, 갑자기 내 유도복 바지가 흘러내리는 바람에 '한판'으로 아깝게 지고 말았어. 하형주가 결국 LA올림픽에서 금메달을 땄는데, 지금도 유도복 바지만 생각하면 아쉬워. 결국 나는 유도 코치로 전환했고, 그때 길러 낸 선수가 '김미정'이야."

이렇게 한참 태수 유도가 썰을 풀고 있는데, 경계병이 숨넘어가는 보고를 합니다.

"태…태수님, 지금 정체 모를 군마가 새까맣게 몰려왔습니다."

"뭐? 뭐라고? 적이 쳐들어와? 선봉에 선 장수가 누구더냐?"

"수염은 호랑이 수염에 고리눈 부릅뜨고 사모장창을 비켜들고는 '연인 장비가 여기 있다!' 하고 소리 지르는데, 소리가 엄청 큽니다."

"장비라면 백만 대군 속에서 적장의 목 베기를 주머니 속 물건 꺼내듯 한다는 무서운 장수인데 어찌할꼬?"

"태수님이 일단 나가서 유도 한판으로 제압하시죠?"

"이놈들아, 내 유도복 바지를 아직도 손질 못 했다! 누가 나가서 장비를 상대하겠느냐?"

"형도영(邢道榮)을 내보내시죠. 형도영이 평소 유도와 합기도를 연마해 동네에서는 당할 사람이 없습니다."

"좋다. 형도영, 네가 나가서 장비와 유도 한판승을 해 봐라."

"태수님, 나관중 소설 어디를 읽어 봐도 장비가 유도시합을 했다는 말은 없는데요?"

"그건 나관중 얘기고, 이 글은 현대판 『삼국지』가 아니냐? 유도로 싸워 봐라."

"알겠습니다!"

이렇게 되어 장비와 형도영이 영릉성의 운명을 걸고 유도시합에 들어갔습니다.

"형도영, 유도 기술을 다 아느냐? 내가 한수 가르쳐 주마. 손기술로는 업어치기가 있고, 허리기술로는 허리띄기가 있다. 발기술로는 발목받치기·허벅다리걸기 등이 있는데, 오늘은 가볍게 허벅다리걸기 기술만 보여 주마."

'야합!' 기합소리와 함께 형도영은 바닥에 내리꽂히고 말았습니다. 영릉태수 유도는 결국 성문을 활짝 열고 유비에게 투항합니다.

유비는 유도를 내려다보고 껄껄 웃으며 명합니다.

"유도, 그대가 이곳 태수를 계속 맡아 주시오."

"예, 유 황숙! 명심하겠습니다."

이렇게 영릉성은 가볍게 접수하였고, 다음은 계양성입니다.

"자아, 이번에는 계양성을 치러 가는데, 누가 선봉을 서겠습니까?"

"저요! 저 자룡이 선봉에 서겠습니다."

"저요! 저 장비가 선봉에 서겠습니다."

조자룡과 장비가 동시에 손을 들었습니다.

"두 분이 서로 선봉장을 다투시니 이번엔 조자룡 장군에게 기회를 주겠습니다."

선봉을 자룡에게 맡기자 장비는 계속 툴툴거리고, 자룡은 3천 군마를 이끌고 계양을 치러 떠났습니다.

계양태수는 조범(趙範)입니다.

"조자룡은 아두를 품에 안고 조조의 백만 대군을 휘젓고 다닌 무서운 장수라는데, 차라리 항복하는 게 낫겠다."

상황 판단이 빠른 조범은 태수 인장을 들고 자룡을 찾아가 항복을 선언합니다. 계양성에 무혈 입성한 조자룡과 조범은 폭탄주를 앞에 두고 마주 앉았습니다.

"형님, 우린 둘다 조(趙)씨로서 같은 집안 아닙니까? 의형제를 맺어 제가 자룡 장군을 형님으로 모시겠습니다."

"거 좋지! 난 항상 유·관·장 세 분이 의형제를 맺어 생사고락을 함께 하는 것이 부러웠는데, 나도 이제 아우가 생겼군. 좋네! 자, 폭탄주 한잔씩 말아서 러브 샷으로 하세."

두 사람이 한참 기분 좋게 술을 마시고 있는데, 어떤 여인이 상큼상큼 걸어 들어옵니다.

"허걱!"

이때 조자룡의 귀에 이런 음악이 들리는 듯했습니다.

한 번 보고 두 번 보고
자꾸만 보고 싶네
그 누구의 애인인가
정말로 궁금하네
모두 사랑하네~
나도 사랑하네~.

"아…아우, 저 여인이 누구신가?"

"예, 제 형수님입니다."

"뭐? 형수님?"

"예, 제 형님은 3년 전에 돌아가시고 형수님은 돌싱(?)이 되셨습니다. 혼자 외롭게 사시는 게 딱하여 제가 재혼을 권했더니 다음과 같은 세 가지 조건을 내걸었습니다."

　첫째, 세상에 이름을 날리는 영웅일 것
　둘째, 문무를 겸비한 사람일 것
　셋째, 형님과 같은 조(趙)씨일 것

"이 세 가지 조건을 갖춘 사람이 아니면 결혼하지 않겠답니다. 그런데 이 조건을 자룡 형님이 모두 갖추셨으니 천생연분 아닙니까?(나관중의 원작 소설엔 조자룡이 다짜고짜 조범의 뺨을 때리며 거절했다고 나옵니다. "네 형수님이면 나에게도 형수님이다. 불경스럽지 않느냐?" 이렇게 묘사되어 있죠. 그러나 이 상황을 재미있게 재구성해 보겠습니다.) 자룡 형님, 제 형수님을 소개합니다. 그리고 형수님, 여기 조자룡 장군을 보셨으니 소감 한 말씀 해 보시죠?"

"부끄럽게…, 소감을 다 물으시고…, 그냥…그냥……."

"형수님, 그냥이라니요? 속 시원히 말씀을 하세요."

"그냥…(그걸 꼭 말해야겠냐? 저 넓은 품에 지금 당장 확 안겨 버리고 싶다, 왜?) 그냥…부끄럽기만 합니다."

"자, 너무 부끄러워 마시고 이 조자룡 술을 한잔 받으시죠."

"어…어머, 여자가 어떻게 술을 마십니까? 저는 술을 입에 대지도 못합니다. 제가 그냥 폭탄주 한잔 말아 올릴 테니 드시죠."

조범의 형수가 술을 따르는데, 잔이 그만 넘치고 마는군요.

"어머! 이 아까운 술! 벌컥 벌컥 벌컥……."

"아니 술은 입에도 못 댄다고 하시더니……."

"그…글쎄요, 넘치는 술이 아까워서 저도 모르게 그만……."

"형수님께서는 하루 일과를 어떻게 보내고 계신지요?"

"예, 저는 그냥 하루하루를 명상과 묵상, 그리고 교양을 쌓으며 소일하고 있습니다."

이때 형수님의 핸드백에서 휴대폰이 울립니다.

"여보세요? 어? 엉? 궁전나이트 김 부장? 그런데 이 시간에 웬일이야? 뭐? 그때 내 친구들하고 마신 양주 값 계산이 안 됐다고? 뭐? 암튼 지금 귀한 손님 계시니까…응, 다음에 통화하자. 아휴, 죄송해요. 저는 급한 전화인 줄 알고 그만……."

"괜찮습니다. 너무 신경 쓰지 마십시오. 그리고 여기 폭탄주 원샷으로 한 잔만 더 하시죠."

"형수님, 잠깐 나가 계시지요. 제가 형님과 얘기를 더 나누겠습니다."

조범의 형수가 문을 나서자 자룡이 벌떡 일어나더니 조범의 귀싸대기를 한 대 올립니다.

철썩!

"네 이놈!"

"아이고, 아퍼! 아니 형님, 갑자기 왜 이러십니까?"

"불경스럽지 않느냐? 우린 의형제를 맺었으니 네 형수님이면 나에게도 형수님이다. 저분과는 이루어질 수 없는 사랑이다."

이렇게 된 거죠.

아무튼 이런저런 우여곡절 끝에 계양성은 정복되었고, 다음은 무릉성 차례입니다.

관우와 황충의 용호상박

무릉성은 장비가 5천의 군마를 이끌고 공략에 나섰습니다. 태수 금선 (金旋)도 군사를 이끌고 성문을 열고 나와 장비를 맞으러 갑니다.

"태수님, 우리 그냥 항복합시다. 장비는 일당천의 무서운 장수입니다. 우리 실력으로는 그를 이기지 못합니다."

"공지(鞏志), 싸우기도 전에 재수 없는 소리를 하다니, 이놈 공지인지 꽁지인지 목을 베라!"

"태수님, 적과 싸우기도 전에 우리 편 장수부터 베는 건 옳지 않습니다. 참으시죠."

"꽁지, 살려는 준다만 꼴 보기 싫다. 내 눈앞에서 얼씬거리지 마라!"

잠시 후, 넓은 들판에서 장비 군사를 가로막은 금선이 장비를 보고 호통을 칩니다.

"장비, 난 무릉태수 금선이다. 죽고 싶지 않으면 군사를 물려라!"

"뭐? 무능태수? 이놈아, 네가 무능한 걸 알면 더 노력을 해야지 어디서 입을 나불대느냐?"

"무식한 장비는 내 칼을 받아라, 야합!"

"금선, 칼은 그렇게 쓰는 게 아니다, 야합!"

호기 있게 대들었으나 도저히 장비의 상대가 되지 않는 금선이 말 머리를 돌려 달아납니다. 무릉성에 도착한 장수들은 성문을 열도록 다그칩니다.

"태수님이 오셨다. 빨리빨리 성문을 열어라!"

그런데 이때 성문은 열리지 않고 성루에서 한 대의 화살이 날아와 금선의 얼굴에 적중합니다. 그건 바로 금선에게 투항하기를 건의하다 죽을 뻔한 공지의 화살입니다.

"꽁지, 네가 나를 배신하다니……!"

"무능한 놈! 난 꽁지가 아니고 공지다. 몇 번을 말해야 알겠느냐?"

이렇게 되어 무릉성은 간단하게 장비에게 함락되고 맙니다.

"황숙, 이제 네 개의 성 중 장사성만 남았습니다. 장사성 태수는 한현(韓玄)이라는 자인데, 성질이 포악하고 사나워 별로 인심을 얻지 못한 자입니다. 그러나 장사성엔 백전노장 황충(黃忠)이라는 장수가 있지요. 만만히 볼 상대가 아닙니다. 우리 측에선 관운장이라야 상대가 될 겁니다. 장비와 조자룡 모두 공을 세웠으니, 이번엔 관운장을 보내겠습니다."

"군사, 그렇게 하시지요."

온몸이 근질거리던 관우는 유비의 부름을 받고 뛸 듯이 기뻐합니다.

"형님, 이번에 이 관우가 저 장사성을 3일 안에 우려 빼겠습니다."

"관우야, 너무 자만해서는 안 된다. 장사성엔 황충이라는 노장이 있는데, 천하무적을 자랑하는 맹장이다."

"형님, 황충이 그렇게 무서운 장수인가요? 좀 궁금해지는군요."

"그렇다. 황충은 여지껏 싸움에서 패한 적이 없는 장수다. 군사 5천을 줄 테니 가서 성을 함락시켜라."

"형님, 전 정예병 500이면 충분합니다. 500명으로 닷새 안에 장사성을 함락시키겠습니다."

관우가 군사 500을 이끌고 장사성 앞에 진을 치자 성문이 열리며 흰 수염의 장수가 뛰어나옵니다.

"그대가 관운장인가? 아직 어린애로구나. 난 평생을 전쟁터에서 싸웠지만 단 한 번도 패한 적이 없다."

"호오, 황 장군! 혹시 지공선사 아니시오?"

"지공선사가 뭔가?"

지공선사란, 나이가 많아 지하철을 공짜로 타는 사람을 의미합니다.

'지'하철을

'공'짜로 타시는

'선'생님들 또는

'사'장님들.

즉, 65세 이상 되시는 어르신들을 '지공선사'라 호칭합니다.

"장군께선 지하철 공짜로 타실 나이가 아닌가요?"

"이 황충이 지하철 공짜로 타려면 아직도 2년이나 남았다."

"그럼 지금 국민연금 탈 나이인데, 집에서 손주들과 놀지 무엇 하러 싸움터엔 나오셨소? 이 관우는 노인과 여자는 죽이지 않소. 내가 참한 할망구나 한 분 소개시켜 줄 터이니 그냥 들어가시오."

"할망구엔 관심 없다. 그냥 싸움이나 한판 붙어보자. 나는 평생을 누구에게도 져본 적이 없다."

"좋소, 노인 솜씨 한번 봅시다. 아싸라비야 콜롬비야!"

"그래, 한번 보여 주마. 아싸라비야 볼리비야!"

"받아라, 칼!"

"받았다, 창!"

"으라차차 봉고차!"

"으라차차 레커차!"

두 장수는 100여 합을 싸우지만 승부가 나지 않습니다.

101합째…….

관우의 청룡언월도를 피하던 황충이 그만 말에서 미끄러지며 땅바닥에 나뒹굴고 맙니다.

"운장, 내가 졌다. 어서 목을 베라."

"황 장군, 나는 노인과 여자는 죽이지 않는다고 했지 않소? 이번엔 황장군 말 때문에 미끄러진 것이니 가서 말을 바꿔 타고 나오시오. 나도 잠시 쉬면서 참한 할망구가 있는지 알아보고 오겠소."

등을 보이며 돌아서는 관우를 바라보며 황충이 중얼거립니다.

"과연 영웅답다. 운장은 영웅이야!"

황충이 성 안으로 들어오자, 태수 한현이 손수 이마의 땀을 닦아 줍니다.

"황 장군, 오늘 수고 많으셨소. 장군 같은 분이 어찌 저런 중고 말을 타고 다니시오? 내일은 내 명마를 내줄 테니 타고 나가 싸우시오. 그리고 장군은 백발백중의 활 솜씨가 있는데 왜 활을 안 쓰는 거요? 내일은 활을 써서 관우를 거꾸러뜨리시오."

다음 날 또다시 관우와 황충의 싸움이 시작되었습니다. 장사 성문 앞에서 관운장과 노장 황충의 2차 대결이 시작되었습니다. 양측 군사들이 서로 대치하여 마주 보는 가운데 두 장수가 맞짱을 뜨기 위해 호흡을 가다듬고 있습니다. 양쪽에선 서로 자기편 장수를 응원하는 함성과 북소리가 울려 퍼집니다.

둥! 둥! 둥!

"와! 와!"

먼저 관운장의 적토마가 황충을 향해 치닫습니다.

"황충은 내 청룡언월도를 받아라, 야합!"

"관우는 내 황룡언월도를 받아라, 이협!"

"황룡언월도는 또 뭐냐?"

"내 성이 황씨라서 주변 사람들이 붙여 준 내 칼 이름이다!"

"늙은이가 말이 많구나, 야합!"

서로 칼과 칼을 겨루기를 100여 합, 이때 황충이 갑자기 말 머리를 돌려 달아납니다.

"황충, 서라! 비겁하게 어딜 도망가느냐?"

이때 황충이 갑자기 몸을 돌리며 활시위를 당깁니다. '휙!' 소리에 관우가 몸을 움츠렸으나 화살은 날아오지 않습니다.

'운장이 어제 나를 살려 줬는데 내가 그를 죽일 순 없다. 그래서 빈 활을 쏜 것이다.'

두 번째 활을 당겨 쏘는데, 관우의 투구 끝에 명중합니다.

휙!

턱!

"허억!"

"운장, 내 솜씨가 어떠냐? 어제 나를 살려 준 대가로 투구를 쏜 것이다. 이젠 쌤쌤이다. 관우, 오늘은 서로 지쳤으니 내일 싸우자."

관우와 황충은 서로 말을 돌려 자기편 진영으로 돌아갑니다.

황충이 성문 안으로 들어서자 태수 한현이 다짜고짜 고함을 지르죠.

"저 역적 놈을 당장 포박하라!"

"태수, 갑자기 왜 이러십니까?"

"황충, 몰라서 묻느냐? 너는 지금 관우와 짜고 나를 놀리는 것이다. 어제는 관우가 너를 살려 주었고, 오늘은 네가 관우를 살려 줬다. 둘이

서 짜고 싸우는 척하다가 나를 사로잡아 유비에게 넘기려는 수작이다. 여봐라, 저 늙은이를 끌어내어 당장 목을 베라.”

황충은 묶인 채로 처형장에 끌려 나와 목을 길게 늘어뜨리고 처형을 기다립니다.

‘아아, 평생을 무사로서 한 점 부끄럼 없이 살았거늘, 주인을 잘못 만나 이렇게 비참하게 최후를 마감하는구나.’

이때 위연(魏延)이라는 장수가 나서서 태수를 가로막습니다.

“태수, 관우를 상대할 장수는 황충밖에 없습니다. 지금 황충을 죽이시면 관우를 어떻게 상대하려고 그러십니까?”

“위연, 닥쳐라! 너도 황충과 한통속이냐? 불복하면 네 목도 함께 베겠다.”

“무어라고? 내 목도 함께 베겠다고? 목숨을 걸고 적과 싸운 대가가 겨우 이것이냐?”

위연이 갑자기 칼을 빼어 들더니 전광석화처럼 한현에게 뛰어듭니다.

“야합! 장수들을 무시하는 한현, 지옥으로 가거라.”

“으윽! 위연, 이게 무슨 짓이냐……?”

순식간에 태수 한현의 목에 위연의 칼이 스쳐 지나가고, 누구 하나 말릴 틈 없이 태수 한현은 숨을 거둡니다. 이 모습을 지켜보던 황충이 부르짖죠.

“위연, 위연! 이게 무슨 짓이냐? 우리의 주공을 시해하다니? 이러고도 네가 무사냐?”

“황 장군님, 한현은 혹독하고 인정머리 없는 놈입니다. 이런 놈을 믿고 따를 수 없습니다. 우린 유비에게 투항하겠습니다. 황 장군도 함께 투항하시죠.”

"난 싫다. 투항하고 싶으면 너희들이나 실컷 해라. 아아, 하늘 보기가 부끄럽도다!"

황충은 한현의 시체를 붙잡고 통곡하고, 위연을 비롯한 나머지 장수들은 모두 유비에게 투항합니다.

"유 황숙, 제가 한현 태수를 죽였습니다. 여기 태수의 인장을 가지고 왔으니 저희의 투항을 받아 주십시오."

"그래, 위연 장군! 수고 많았소."

유비가 위연에게서 인장을 받아 들려는 순간, 제갈공명이 가로막습니다.

"주공, 안 됩니다. 저놈을 받아 줘서는 안 됩니다. 여봐라, 위연 저놈을 포박해서 당장 목을 쳐라!"

"공명 선생, 위연은 투항해 왔는데 왜 죽이려 하십니까?"

"유 황숙, 위연은 주인을 시해한 자입니다. 한 번 주인을 배신한 자는 두 번 세 번 배신하는 법입니다. 일찌감치 그 싹을 잘라야 합니다."

"공명 선생, 지금 위연을 처벌한다면 앞으로 누가 우리에게 투항해 오겠습니까? 살려 줍시다."

"주공, 잘 알겠습니다. 살려 주겠습니다. 위연, 잘 들어라. 너는 다시는 주인을 배신하는 파렴치한 행위를 해서는 안 된다, 알겠느냐? 너를 중군의 부장으로 임명한다."

"예, 잘 알겠습니다. 유 황숙께 충성을 다 바치겠습니다."

공명은 위연을 용서한 후 유비에게 일러 줍니다.

"저 위연의 관상을 보면 뒷골이 튀어나온 반역의 상입니다. 주공께서는 항상 저자를 조심하시기 바랍니다."

"군사, 명심하겠습니다."

자, 이렇게 장사성을 점령했는데, 노장 황충은 어떻게 되었을까요?

"관운장, 이번 장사성 함락에 큰 공을 세우셨습니다. 그런데 황충 장군은 지금 어디에 있는지요?"

"황충은 섬기던 주인 한현의 죽음을 슬퍼하며 단식하고 있습니다. 굶어 죽겠다고 결심한 듯합니다."

"유 황숙, 황충에게 가 봅시다."

유비와 제갈공명이 황충을 찾아갔으나 황충은 얼굴을 검은 천으로 덮고 누워 있습니다.

"부끄럽도다. 하늘을 볼 면목이 없도다."

그는 이 말만 되풀이하고 있습니다.

유비가 황충을 일으켜 세우며 간절한 목소리로 호소하죠.

"황 장군, 지금 세상이 너무 어지럽습니다. 한고조 유방 황제께서 나라를 세우셨지만 지금은 역적 조조가 득세하여 한 황실이 위협을 받고 있습니다. 이런 어려운 일을 바로잡고자 이 유비가 칼을 들고 나선 것입니다. 황 장군이 도와주십시오."

간곡한 유비의 청에 황충도 마음이 움직입니다.

"유 황숙, 잘 알겠습니다. 나라가 그 정도까지 절단난 줄 몰랐습니다. 저도 칼을 들고 국가를 위하는 일에 동참하겠습니다."

이렇게 되어 유비는 맹장 중의 맹장 황충을 얻게 됩니다. 이후 황충은 유비의 '5호 대장군'이 되어 75세까지 전장을 누비며 많은 공을 세우게 됩니다. 황충을 얻고 만족한 미소를 지으며 돌아서는 유비와 공명, 그리고 관우의 뒷모습을 보며 황충이 한마디 중얼거립니다.

"관우, 참한 할망구 소개해 준다더니 이젠 한 마디 말도 없구나……."

유비는 목적했던 네 개의 성을 모두 점령하고 민심을 안정시키기 위해 활동하기 시작합니다. 새로 군마를 보충해 훈련에 열중하는데 뜻밖의 일이 발생합니다.

"주공께 보고 드립니다. 유기 공자께서 돌아가셨습니다."

"뭐라고? 유기 공자가 죽었다고?"

아버지 유표로부터 형주를 물려받지 못하고 결국 조조에게 형주를 빼앗긴 유기 공자. 강하로 쫓겨난 뒤 매일 술만 마시며 화를 달래다 그만 병이 들어 죽고 만 것입니다.

"주공, 유기 공자가 죽었으니 오나라가 형주를 반환하라며 또 우리를 압박해 올 것입니다."

"공명, 우리가 만약 거절한다면?"

"주유는 틀림없이 대군을 이끌고 우리를 치러 올 것입니다. 우리는 아직 군사력이 오나라에 비해 약세일 뿐 아니라, 우리가 오나라와 싸운다면 두 나라 모두 조조에게 멸망하고 맙니다. 지금 우리 형편은 형주를 오나라에게 뺏겨서도 안 되고, 또 손유동맹을 깨서도 안 됩니다."

"그럼 어떻게 해야 합니까?"

"이 일을 매듭짓기 위해 노숙이 올 것입니다. 그럼 모든 것을 저에게 미루십시오."

"공명 선생, 잘 알겠습니다."

공명의 예측대로 형주를 반환받기 위해서 노숙이 다시 유비를 찾아옵니다.

노숙은 유기의 조문을 마친 후 유비, 공명과 마주 앉았습니다.

"유 황숙, 우리 오나라의 병권을 쥐고 있는 대도독 주유가 형주성 가까이 군사를 집결시키고 있습니다. 육군과 수군을 합하여 약 12만 명 정도의 대군입니다."

"그 이유가 무엇입니까?"

"여차하면 유 황숙과 전쟁을 하겠다는 뜻이지요."

"주유 대도독이 나와 전쟁을 할 뜻을 비치고 있다구요? 이유가 무엇입니까?"

"유 황숙, 전 유 황숙과 전쟁하는 걸 찬성치는 않습니다. 제가 이곳으로 출발하기 전 대도독 주유에게 간곡히 부탁하고 왔습니다."

"무슨 부탁을 하고 오셨는지요?"

"제가 유 황숙과 협상하여 형주 반환문제는 꼭 평화적으로 해결하고 온다고 했지요. 저는 유 황숙과 우리 주군 손권의 동맹이 깨지는 걸 바라지 않습니다."

"노숙 선생의 뜻이 전쟁을 피하자는 입장이라면 아무 문제가 없지 않습니까?"

"유 황숙, 주유 대도독은 저와 입장이 다릅니다. 대화로 안 통하면 무력으로 형주를 점령하겠다는 것이 주유의 확고한 생각입니다. 우리끼리 싸우는 것이 조조에게 어부지리를 안겨 주는 이치를 모르진 않습니다. 그러나 주유는 성격이 급하고 고집이 세서 반드시 유 황숙과 일전을 벌이고 말 것입니다."

곁에서 듣던 제갈량이 개탄하며 항의합니다.

"노숙 선생, 정말 너무하시는군요. 한고조 유방이 나라를 세운 이래 모든 영토는 한나라 황실의 소유입니다. 우리 유 황숙께서는 현재 천자의 숙부 되는 사람이며, 황실의 종친임을 잘 아실 겁니다. 이 형주도 원래 유씨 종친, 즉 유표의 땅이었습니다. 이제 유표는 죽고, 그 아들마저 죽었으니 이곳을 우리 유 황숙이 다스리는 것은 하늘의 뜻 아닙니까? 그런데 동오에서 왜 자꾸 형주를 내놓으라는 겁니까?"

"공명 선생, 정말 형주를 못 내주겠다는 뜻입니까? 유 황숙과 선생의 뜻이 정 그렇다면 저는 모든 결정을 주유에게 맡기고 손을 떼겠습니다. 양국 사이에 피비린내 나는 전쟁이 발발해도 저는 전혀 책임이 없습니다."

이때 유비가 탁상을 발로 차며 일어섭니다.

"좋습니다. 오나라와 나 유비가 맞짱 한번 떠봅시다. 조금도 겁나지 않습니다. 지난 적벽 싸움에서 우리 공명 선생의 공을 벌써 잊으셨습니까? 전쟁 물자가 부족하다 하여 화살 10만 개를 만들어 주었고, 방통을 시켜 조조의 선박을 묶어 두는 연환계를 사용하였습니다. 그리고 결정적으로 제갈공명의 동남풍이 없었다면 지금 동오는 조조의 발아래 떨어져 흔적도 없이 사라졌을 것입니다. 자, 지금부터 전쟁을 시작합시다. 나에겐 관우, 장비, 조자룡 등 맹장들이 수두룩하며, 천하제일의 지략가 공명 선생이 여기 있습니다. 백 번을 싸워도 나는 주유에게 패하지 않습니다."

은근히 겁을 먹고 저자세로 나오리라는 예상을 깨고 유비가 강경하게 나오자 노숙도 당황함을 감추지 못합니다. 이때 공명이 다시 유비를 만류합니다.

"주공, 좀 참으시죠. 노숙 선생이 저희 때문에 입장 곤란할 때가 많았습니다. 그래서 이번엔 노숙 선생 입장을 봐서라도 양국이 전쟁을 해서는 안 됩니다. 노숙 선생, 제게 싸우지 않고 형주 반환문제를 해결할 방법이 있습니다."

"어떤 방법입니까?"

"저희들이 형주가 오나라 땅임을 인정하는 문서를 작성해드리겠습니다. 그럼 오나라는 그 땅을 잠시 저희에게 빌려 주십시오. 그러면 저희가 서촉 땅을 취한 후 형주를 반드시 오나라에 돌려드리겠습니다. 양국 간의 신뢰를 담보하기 위해서 이 모든 것을 문서로 작성하지요. 유황숙과 제가 연명으로 수결하겠으니, 노숙 선생도 보증인으로 함께 수결하십시오."

"좋습니다. 형주를 오나라 땅으로 인정한다면 저도 그 문서에 인감도장을 분명히 눌러 드리겠습니다."

이렇게 되어 양국의 MOU(양해각서)가 체결되었습니다.

각 서

형주는 오나라의 영토임을 인정한다.

그러나 그 영토를 잠시 유비에게 빌려 준다.

유비는 서촉을 얻으면 즉시 형주를 오나라에 반환한다.

− 이상 −

유 비(인감도장 쿡!)

제갈공명(인감도장 쿡!)

보증인 노숙(인감도장 쿡!)

노숙은 양해각서를 들고 의기양양하게 돌아왔지만, 이 문서를 받아 본 주유가 길길이 날뛰기 시작합니다.

"노숙, 그대가 또 속았소. 왜 바보처럼 이런 문서를 작성하였소?"

"왜 속았단 말씀이오?"

"말이 땅을 빌린다는 것이지 실상은 영원히 집어삼키겠다는 뜻이오. 또 서촉을 취하면 돌려준다는데, 언제 서촉을 취한단 말이요? 10년 후? 100년 후? 여기에 노숙이 보증까지 서고 왔으니 일을 다 망쳤소. 아, 분하다! 또 공명에게 속다니……."

　자, 펄펄 날뛰는 주유와 그래도 잘했다고 입이 한발이나 튀어나온 노숙. 그런데 노숙에게 화를 내며 펄펄 뛰던 주유가 갑자기 무릎을 치며 묘수를 생각해 냅니다.

　"내게 유비를 제거할 묘책이 있소."

주유의 미인계

"묘책이라니요?"

"내가 유비의 사생활을 잠깐 설명해 드리겠소. 유비에게는 미 부인과 감 부인 두 사람이 있었죠. 미 부인은 아두(유선)의 생모로, 장판파 싸움에서 다리에 창을 맞고 부상하여 아들을 조자룡에게 부탁하고 우물에 뛰어들어 자결하였지요. 그 후 감 부인 혼자 유비를 받들며 살고 있소. 그러나 감 부인도 병이 들어 죽었다 하오. 유비는 48세에 홀아비가 되었으니 한없는 슬픔에 빠져 있겠지요. 따라서 유비가 상처한 기회를 이용할 좋은 계략이 떠올랐습니다."

"대도독, 무슨 계략입니까?"

"유비를 재혼시키는 겁니다. 유비에게 좋은 신붓감을 소개시켜 주고 그 신부를 만나러 오면 그를 즉시 잡아 죽이는 거죠. 유비만 없애면 관우, 장비도 힘을 못 쓸 테고…, 형주를 다시 뺏을 수 있습니다."

"대도독, 유비가 쉽사리 그런 계략에 걸려들까요?"

"미끼로 쓸 신붓감이 훌륭하다면 유비도 넘어갈 것입니다."

"형주에도 쓸 만한 여자들이 도처에 널려 있을 텐데 굳이 오나라에까지 와서 재혼하려 할까요?"

"그 신붓감이 우리 주군 손권의 누이동생 손상향(孫尙香)이라면 어떻겠소?"

"대도독, 지금 제정신이오? 손상향은 이제 겨우 18세입니다. 유비와 는 무려 30년 차이가 나는데 상향이 응할 리가 있겠습니까? 또 상향의 어머니 오국태(吳國太) 부인이 가만있겠습니까? 오국태님은 외동딸 상 향을 자기 목숨보다 더 아끼는 사람입니다. 아마 혼사의 '혼' 자도 못 꺼 낼 겁니다."

"노숙, 정말 결혼을 시키자는 게 아니오. 쉽게 말해서 위장결혼이지 요. 오국태 부인이나 상향에게는 알릴 필요도 없소. 유비가 오나라에 발 을 딛는 순간 죽이면 되니까요."

"허~어……. 좀 엉뚱한 발상이긴 하지만, 일단 주공인 손권과 의논 이나 해 보시죠."

이렇게 되어 주유는 손권을 만나 위장결혼에 대한 계략을 설파했고, 손권도 반신반의하면서 승낙합니다.

"내 동생을 미끼로 쓴다는 게 좀 꺼림칙하지만…, 국가를 위한 일이 고 위장결혼이라니 한번 시도나 해 보시지요. 그렇지만 유비가 쉽게 속 아 넘어올지 모르겠네요."

"그러나 어머니(오국태 부인)나 상향이가 알면 펄펄 뛸 테니 두 사람 에게는 절대 비밀로 붙여야 합니다."

"염려 마십시오, 주공! 이번 일을 꼭 성사시켜 유비를 죽이고 형주 땅 을 찾아오겠습니다."

이렇게 되어 여범(呂範)을 사신으로 보내게 됩니다.

"유 황숙, 부인을 잃으셨다니 참으로 하늘이 무너지는 슬픔입니다. 저희 오나라 손권께서도 크게 슬퍼하고 계십니다. 그런데 유 황숙…, 황 숙께서 홀로되셨다는 말을 듣고 저희 주공께서 훌륭한 규숫감을 소개해 드리겠답니다. 오나라에 아주 참한 색싯감이 있습니다."

"말씀은 감사합니다만 제가 아직 재혼할 처지가 못 됩니다. 아들 유선이 너무 어려 새엄마에게 적응하기 힘들 것입니다."

"유 황숙, 색시가 손권의 친누이동생입니다."

"손권의 누이동생이라고요? 허긴…, 아들 유선이 더 나이 들기 전에 일찌감치 새엄마에게 적응하는 게 좋을지도 모르죠. 그래도…, 마누라 죽자마자 바로 새장가를 든다면 주변 사람들이 곱게 보지 않을 겁니다."

"유 황숙, 색시가 나이 어린 18세 처녀입니다."

"시…십팔 세요?"

"허긴, 내 인생 내가 사는데 주변 여론이 뭐가 중요합니까? 그러나 이건 무척 중요한 사안이니 내 참모들과 의논 후 말씀드리겠습니다."

유비는 제갈공명과 관우, 장비, 조자룡을 불러 재혼문제에 대하여 의견을 묻습니다.

먼저 장비가 발끈하며 대답합니다.

"형님, 거 너무 하시는 거 아닙니까? 형수님이 가신 지 며칠이나 됐다고 재혼입니까? 전 반대입니다."

"관우야, 네 의견은 어떠냐?"

"글쎄요, 전 좀 생각해 보아야겠는데요? 하비의 전투에서 패한 후 제가 형수님 두 분을 모시고 여섯 장수의 목을 베며 5관문을 돌파한 게 엊그제 같습니다. 그렇게 극진히 모시던 형수님이라서 선뜻 찬성하기가 어렵습니다."

"그렇다면 자룡, 네 의견은 어떠냐?"

"당연히 재혼하셔야죠. 형님의 가정이 안정돼야 천하통일도 이룰 수 있는 게 아닙니까? 저는 재혼 찬성입니다."

"그럼 공명 선생 의견은 어떻습니까?"

"주공, 이 혼사에는 무서운 음모가 도사리고 있습니다. 주공께서 혼사를 승낙하고 오나라에 가신다면 그들은 즉시 주공을 해치려 할 겁니다."

"공명 선생, 말씀을 들으니 큰일 날 뻔했군요. 어쩐지 재혼 조건이 너무 좋다고 생각했는데, 그게 함정이었군요."

"주공, 그러나 이 혼사를 승낙하십시오."

"예? 음모가 도사린 위장결혼이라면서 승낙하라니요?"

"염려 말고 응하십시오. 먼저 주공과 손상향은 궁합이 매우 잘 맞습니다. 상향은 보통 여자들과는 다릅니다. 상향을 궁요희(弓腰姬), 즉 '허리에 활을 찬 여자'라고 부릅니다. 검도가 8단이며 태권도, 유도, 쿵푸, 합기도 등 못하는 무술이 없지요. 요즘은 킥복싱에 이종격투기까지 배운다는 소문이 있습니다. 매일 눈만 뜨면 무술을 단련하여 웬만한 장수 열 명과 겨루어도 지지 않습니다. 그리고 그 용모는 경국지색에 버금가는 미모를 지녔다고 합니다."

"꿀꺽……! 그…그럼 무척 절세미인이군요."

"그렇습니다. 천하에 그 미모를 견줄 사람이 없는 여인입니다. 그리고 상향은 평소 말하기를 '천하 영웅호걸이 아니면 결코 결혼하지 않겠다.'고 호언장담하고 있습니다. 또 이 혼사가 이루어진다면 손유동맹은 더 확실해집니다. 세력이 약한 우리가 저 북쪽의 조조를 막아 내기 위해서는 손권의 손을 단단히 잡고 있어야 합니다. 그러기 위해서는 양국의 혼사만큼 좋은 방법이 없죠. 저들이 주공을 해치려는 음모는 제가 모두 해결해 드리겠습니다. 염려 마시고 승낙하십시오."

"공명 선생, 잘 알겠습니다. 오나라의 청혼을 즉시 승낙하겠습니다."

입이 귀에 걸린 유비가 오나라 사신을 불러 혼인을 맺겠다고 승낙합니다.

사신의 보고를 받은 주유는 뛸 듯이 기뻐합니다.

"걸려들었다, 걸려들었어! 이제 유비는 꼼짝없이 죽은 목숨이다. 빨리 날을 잡아 유비를 초청하라. 그리고 여몽은 도부수 500명을 대기시켜 유비가 들어오면 즉각 살해하라!"

드디어 오나라 손권의 누이동생 손상향과 혼인을 치르기 위해 유비는 떠날 채비를 합니다. 유비는 먼저 장비를 부릅니다.

"장비야, 너 혹시……."

"형님, 뭘 그리 뜸들이시오? 뭐든 말씀해 보시오."

"호…혹시… 비아그라 갖고 있는 거 있으면 좀 다오."

"형님, 비아그라는 의사 처방이 있어야 하는데, 제가 병원에 가서 의사 선생님께 처방전을 써달라고 부탁했더니 의사가 제 뻣뻣한 수염을 몇 번 만져 보더군요. 그러더니 고개를 절레절레 흔들며 '그 체격에 비아그라 먹고 여자 죽일 일 있습니까?' 하면서 처방전은 안 써주던데요? 비아그라는 못 구했습니다. 형님이 직접 처방전을 받으러 가 보시죠."

"쩝…, 그렇구나. 비아그라는 그만두어라."

"형님, 아쉬운 대로 개소주를 준비했습니다. 개소주가 남자에겐 최고 아닙니까?"

"고맙다, 장비야. 역시 너밖에 없구나."

"그리고 '솜'도 준비했수다."

"솜이라니? 그건 또 왜?"

"아이고, 형님! 코피 쏟아지면 막으셔야죠."

"어…어험……!"

이튿날 유비는 조자룡과 500군사들의 호위를 받으며 오나라로 떠납니다.

"조 장군, 잠깐 나 좀 보시죠."

공명이 자룡을 부릅니다.

"주공이 가는 혼삿길이 순탄치 못할 것입니다. 비단 주머니 세 개를 줄 테니 위급할 때마다 한 개씩 열어 보시오. 문제를 해결할 비책이 담겨 있습니다. 빨강·파랑·하양 주머니 순으로 열어 보시되, 빨강 주머니는 출발 즉시 열어 보도록 하십시오."

"공명 선생, 잘 알겠습니다."

배가 오나라를 향해 가던 도중 조자룡이 빨강 비단 주머니를 열어 봅니다.

오나라 수도인 건강(建康)에 도착하기 이전에 미리 가까운 항구에 배를 정박시키고 군사 500명을 모두 풀어 혼수품을 사도록 하십시오. 돈을 아끼지 말고 물건을 싹쓸이하시고, 되도록 떠들썩하게 물건을 사들이세요.

비단 주머니 내용을 확인한 조자룡은 수도 건강과 가장 가까운 항구에 배를 정박시킨 후 군사들에게 돈을 나누어 줍니다.

"너희들은 지금부터 쇼핑을 시작한다. 비단이며 과일, 옷 등 혼수용품을 사들이되 아주 시끄럽고 떠들썩하게 장을 보도록 해라. 기분 좋은 날이니 막걸리를 한잔씩 마셔도 좋다."

신바람이 난 군사들이 장바닥을 휘젓고 다닙니다.

"저기 저 빨강 비단 몽땅 싸 주시오."

"무슨 좋은 일이라도 있으신가요?"

"좋은 일 있다 마다! 우리 황숙 유비님과 오나라 손상향 공주가 결혼하는데 이보다 더 좋은 일이 어디 있겠수?"

"손상향 공주님이 우리 유비님께 시집온답니다. 여기 패물과 노리개 모두 포장해 주슈."

"아 글쎄 남자 하면 유비, 여자 하면 손상향 아니겠수? 천생연분이지, 천생연분이야."

"그런데 이번 혼사는 우리 유비님이 손해 보는 혼사야."

"유비님이 손해라니?"

"아 글쎄 우리 유비님이야말로 인물 좋지, 인품 좋지, 황제의 숙부뻘 되니 가문 좋지! 우리 유비님이 밑지는 장사라니까."

"말도 안 되는 소리. 이건 송상향이 밑지는 장사지."

"손상향이 왜 밑져?"

"공주님은 나이가 낭랑 18세잖아. 그 꽃다운 나이에 30세 연상인 늙은 유비님께 시집가는 건 큰 손해지."

"유비가 손해야!"

"아니야, 상향 공주가 손해라니까!"

"너, 나랑 한번 붙자는 얘기냐?"

"그래 좋다. 맞짱 한번 뜨자!"

이렇게 떠들며 며칠간을 군사 500명이 휘젓고 다니자 그 소문이 손권의 어머니 오국태의 귀에까지 들어가고 말았습니다.

"태 부인, 따님의 혼사를 축하드립니다."

"예? 누구 혼사를 축하해요?"

"아이고, 시치미 떼시긴…… . 지금 온 수도엔 소문이 다 퍼졌는데 뭘 그렇게 숨기십니까?"

"무슨 잠자다가 봉창 두드리는 소리입니까?"

여러 사람들이 모두 같은 말을 하자 오국태도 뭔가 일의 심각성을 깨닫습니다.

"내 딸이 시집을 가? 어미인 나도 모르는 혼사가 있어? 이런 나쁜 놈들…… 당장 손권을 불러와라."

오국태는 화가 머리끝까지 올랐습니다.

"권아, 상향이가 시집을 간다니? 어미도 모르는데 그건 무슨 소리냐?"

"어머니, 그게 아니고 이건 유비를 잡기 위한 계략입니다."

"뭐? 계략? 그건 또 무슨 소리냐?"

"예, 상향이를 미끼로 유비에게 거짓 청혼을 해서 유비가 들어오면 즉시 죽이려는 계책입니다."

"뭐? 내 딸이 미끼라고? 내 딸이 지렁이냐, 미끼로 쓰게?"

"아이고, 어머님 죄송합니다."

"그래, 이 계책은 누가 낸 것이냐?"

"주유의 계책입니다."

"뭐라? 한 나라의 대도독이란 자가 겨우 이따위 계책밖에 못 낸단 말이냐? 당장 주유를 불러와라, 나쁜 놈!"

주유가 오국태에게 불려 와 부복합니다.

"주유, 마님께 불려 왔습니다."

"공근아(公瑾, 주유의 자), 나는 너를 항상 친아들처럼 생각하고 있었다. 죽은 내 아들 손책과 너는 가장 친한 벗이 아니더냐? 그런데 네가 어미인 내 의견도 묻지 않고 상향이를 시집보낸다고?"

"정말 결혼시키는 게 아니고, …상향 아가씨를 미끼로 유비를 잡기 위한 계략입니다."

"닥쳐라 이놈! 대도독이란 자가 부끄럽지도 않느냐? 어디 감히 내 딸을 미끼로 쓴단 말이냐! 그럼 내 딸이 지렁이이고, 나는 지렁이 어미란 말이냐? 그래 한번 밟아 봐라. 꿈틀대나 안 대나 봐야 할 거 아니냐!"

"죄송하고, 또 송구합니다……."

"죄송하다니……. 내 딸이 시집간다는 소문이 온 나라에 퍼졌다는데, …이제 내 딸은 시집도 가기 전에 돌싱이 되겠구나, 나쁜 놈들!"

오국태에게 심한 꾸지람을 당한 손권과 주유는 난감한 마음으로 머리를 맞대고 의논을 시작합니다.

"대도독, 어머니께 심한 질책만 당했구려. 이를 어쩌면 좋겠소?"

"주공, 이미 엎질러진 물입니다. 이번 혼사 문제는 전적으로 태 부인 마님의 결정에 맡기도록 하시지요."

"그럽시다. 일단 어머니께 유비를 만나 보시라고 말씀드리겠소."

손권의 말을 들은 태 부인은 아들에게 조용히 타이릅니다.

"권아, 아직은 네가 주유의 도움 없이는 이 나라를 지탱하기 힘들다. 따라서 주유를 너무 질책하진 마라. 그렇다고 지금 유비와 동맹을 깰 수도 없다. 유비와 등을 돌리는 순간 조조에게 침략당하기 때문이다. 그래서…, 내가 일단 유비를 만나 보겠다. 사람만 좋다면 혼사를 시킬 수도 있지……. 그러나 국가 간 동맹이 아무리 중요해도 내 딸의 인생을 망쳐 가면서까지 혼사를 시킬 수는 없다."

"알겠습니다, 어머니. 주유와 다시 상의하겠습니다."

손권은 다시 주유를 만나 논의합니다.

"대도독, 어머니는 일단 유비를 만나 보자고 말씀하십니다."

"주공, 됐습니다. 눈이 높은 태 부인께서 유비가 맘에 찰 리 없습니다. 그래서 이렇게 하겠습니다. 감로사(甘露寺)에 자리를 마련해 두고 태 부인과 유비를 상견례 시키십시오. 그리고 그곳에 도부수 500명을 숨겨 둔 후 태 부인마님께서 마음에 들지 않으시다면 유비를 죽이는 겁니다."

"좋습니다. 계획대로 합시다."

이튿날 손권은 어머니를 만납니다.

"어머니, 감로사에 상견례 자리를 마련했습니다. 유비를 한번 만나 보시죠."

"좋다, 한번 만나 보자."

태 부인은 유비를 만나서 그의 인품을 직접 보기로 하고 딸 상향을 부릅니다.

"상향아, 너도 이제 이 어미 품을 떠나 시집갈 나이가 되었구나."

"어머니, 소문대로 정말 저를 그 늙은이에게 시집보내실 겁니까?"

"너도 이미 알고 있었느냐?"

"온 나라에 소문이 다 퍼졌습니다. 왜 제가 모르고 있겠습니까?"

"유비는 황실의 종친이다. 고귀한 신분이지. 우리 동오를 조조로부터 지키기 위해서는 유비와의 군사동맹을 깨서는 안 된다. 강동 81주의 안전을 위해서도 필요한 혼인이다."

"어머니, 어머니는 세상에서 가장 인자한 어머니인 동시에 세상에서 가장 매정한 어머니군요!"

"아니다, 상향아……. 나라의 안위가 중요하다고는 하지만 그것보다 더 중요한 것은 결혼 당사자인 네 마음이다. 유비가 네 마음에 들지 않는다면 억지로 시집보낼 생각은 없단다. 내가 이 피리를 줄 테니 감로사에서 상견례하는 날 장막 뒤에 숨어서 유비를 살펴보아라. 만약 신랑 감이 마음에 들지 않는다면 그 피리를 불어라. 그러면 혼사는 없던 일로 하겠다."

"어머니, 잘 알겠습니다."

이튿날 유비는 감로사에서 태 부인을 만나게 됩니다.

유비는 먼저 오국태에게 코가 땅에 닿도록 허리를 굽혀 예의를 갖추어 깍듯한 인사를 올립니다.

"소장 유비, 태 부인을 뵙습니다."

"유 황숙, 어서 오시오. 유 황숙, 단도직입적으로 묻겠소. 지금 유황숙의 개인 재산은 얼마나 되시오?"

"평생 천하통일의 염원을 안고 살아온 제가 무슨 변변한 재산인들 있겠습니까? 단지 말죽거리(서울 서초구 및 강남구 일대)에 땅 100만 평과 금송아지 스무 마리가 있을 뿐입니다."

"마…말죽거리에 무려 100만 평? 그럼 그 금송아지 크기는 얼마나 되는지요?"

"예, 황소와 그 실물 크기가 같습니다."

"어…어머, 잘 알겠습니다. 집안의 선조들은 대게 무슨 일을 하셨는지요?"

"제 조상들은 대대로 정승 판서를 줄줄이 지내셨고, 대제학을 다섯 명이나 배출한 가문입니다."

"호오! 대단한 가문이군요. 학교는 어디까지 다니셨는지요?"

"예, 저는 중학교를 두 군데 졸업하고, 고등학교를 세 군데나 졸업했습니다. 그리고 스무 살 땐 서울대학교 옆에서 자취를 한 적도 있고, 그후 미국 하버드대학 앞을 무수히 지나다닌 적이 있습니다."

"호오! 학벌도 대단하군요. 그럼 유비님의 취미는 무엇이요?"

"예, 저는 평소 집안 청소와 세탁기 돌리기, 그리고 음식 만들기와 설거지 등이 유일한 취미입니다. 집밥 선생으로 유명한 백종원 씨가 저와 절친한 친구입니다."

"그럼 지금 유비님이 갖고 계시는 정치철학은 무엇이요?"

"태 부인, 저는 한 왕조를 부활시킬 막중한 임무를 가지고 있습니다. 북녘의 역적 조조에게 핍박을 받고 있는 천자를 저는 하루도 잊은 적이 없습니다. 저는 매일 밤 허도로 달려가 천자를 구하는 꿈을 꿉니다. 저는 역적 조조를 몰아내기 위해 여기 계시는 손권과 동맹을 더욱 공고히 하도록 노력하겠습니다."

"하오, 하오! 합격이오. 대단한 식견과 포부를 가졌구려. 과연 유 황숙은 남자 중 남자이며, 스타 중 스타요. 내 사윗감으로 전혀 손색이 없소."

어머니인 태 부인의 이런 말을 들으며 손권의 마음은 점점 타들어갑니다.

'이게 아닌데? 이게 무슨 시추에이션이냐? 어머니가 싫다는 표정을 지어야 저 구렁이 같은 유비를 없앨 수 있는데!'

그때 태 부인이 유비 뒤에 시립해 서 있는 조자룡을 보고 묻습니다.

"유 황숙 뒤에 서 있는 경호실장도 이리 와서 술 한잔하시오."

"저는 경호 중에는 술을 마시지 않습니다. 더구나 지금은 제 주군을 해치려고 도부수들이 감로사 곳곳에 배치되어 있습니다."

"아니 신성하게 선보는 자리에 도부수를 배치하다니? 권아, 어찌된 일이냐?"

"저…, 그…그게……."

"권아, 일국의 제후가 그렇게 비겁하고 옹졸해서야 쓰겠느냐? 당장 도부수들을 해산시켜라."

"예, 어머니…알겠습니다. 여봐라, 여몽! 무엇 하느냐, 당장 도부수들을 해산시켜라!"

"예, 잘…알겠습니다…….."

"무엄하다! 빨리 해산시키지 않고 무엇들 하느냐!"

장막 뒤에서 이를 지켜보던 상향도 어머니 오국태에게 오케이 사인을 보냅니다.

이렇게 되어 48세 유비와 낭랑 18세 상향의 혼사가 이루어지게 되었습니다.

유비와 손상향은 결혼식을 마치고 드디어 첫날밤을 맞게 되었죠.

"어허, 부인 왜 그렇게 떨고 계시오? 소문에 의하면 부인은 검도, 태권도, 쿵푸, 유도, 합기도는 물론 킥복싱에 이종격투기까지 연마했다고 들었소만 오늘은 떨고 계시군요."

"예, 이런 일은 처음이라서 부끄러워서요…….."

"자, 긴장을 풀고 이리 가까이 오시오."

유비가 막 상향의 손목을 잡으려 합니다.

"어머어머, 어디에다 손을 대요? 아~~~뵤!"

니킥, 퍽!

쫘당!

"아이쿠! 갈비뼈 부러지겠소."

"어머어머, 미안해요. 저도 모르게 그만……. 다치진 않았나요?"

"꽤…괜찮소. 자자, 우리 긴장을 풀 겸 와인이나 한잔씩 합시다."

"예, 그러시지요."

"자, 한잔 받으시오. 원샷으로 쭉 한잔씩 마십시다."

"원샷!"

"원샷!"

"술을 한잔 들고 보니 얼굴이 붉어져 더 예뻐 보이는군요. 우리…뽀뽀나 한번……."

"어머…어머, 이게 무슨 짓이에요? 아~~뵤!"

이번엔 턱주가리 돌리기, 퍽!

꽈당!

"아이쿠! 콧뼈 부러지겠소. 이…이런, 코피가 납니다."

"어머…어머, 어쩌면 좋아. 저도 모르게 또 그만……. 코피를 닦으셔야죠."

"예, 이런 일을 예상하고 내 동생 장비가 준 솜이 있습니다. 걱정 마십시오."

'허어, 장비가 이런 뜻으로 솜을 준 게 아닌데……. 자아, 코피도 멈췄으니 다시 시도해야지.'

"상향 씨, 아니 부인, 이리 오시오. 옷고름을 풀어야 잠자리에 들게 아닙니까?"

"어…어머, 어디에다 또 손을…, 아~~뵤!"

이번엔 두 발 모아 날라 차기, 퍽!

꽈당!

"아이코, 허리야!"

"상향 씨, 우린 결혼했으니 부부입니다. 첫날밤부터 이렇게 두들겨 패면 저도 생각이 있습니다."

"무슨 생각인데요?"

"예, 우선 이만기 선수의 특기인 호미걸이(안다리걸기), 얍!"

"어멋! 무슨 짓이에요?"

"다음은 업어치기 한판, 얍!"

"어…어멋!"

"그리고 조르면서 누르기 한판!"

"어…어머…어머, 숨 막혀……. 미성년자가 이 글을 읽으면 어쩌려고 이러세요?"

이렇게 요란한 첫날밤을 지낸 유비 부부는 다음 날부터 신혼살림에 들어갔습니다.

손권을 보자 유비가 반갑게 인사합니다.

"여어, 처남! 아니 형님, 하하하! 잘 주무셨습니까?"

'뭐…뭐…뭐, 형님…? 아이구, 참 미치고 환장할 일이구나!'

"형님, 표정이 왜 그러십니까? 어디 편찮으신 데라도?"

"아니요, 괜찮습니다. 아픈 데 없어요, 끄~~응."

화가 머리끝까지 오른 손권이 주유를 부릅니다.

"대도독, 그대의 계책이 실패하고, 나는 여동생만 빼앗겼으니 이제 어찌할 거요?"

"주공, 참 면목 없습니다. 일이 이렇게까지 꼬일 줄 몰랐습니다. 허지 만 제게 한 가지 방안이 있긴 합니다."

"그 방안이란 게 뭐요?"

"유비는 원래 탁현 누상촌에서 돗자리를 짜서 생계를 유지하던 사람 입니다. 쉽게 말하자면 어려선 가난하게 살던 사람입니다. 그래서 지금 부터 온갖 호화판 생활을 즐기게 하여 아예 형주로 돌아가지 못하게 만 드는 겁니다. 매일 맛있는 음식과 좋은 환경에 묻혀 살다 보면 형주로 돌아갈 마음이 없어질 겁니다."

"그것도 좋은 생각이요. 그렇게 해 봅시다."

유비는 주유의 예측대로 그날부터 온갖 산해진미와 고급술에 빠집니다.

씹고, 뜯고, 맛보고, 즐기고…….

씹고, 뜯고, 맛보고, 즐기고…….

"야하, 이렇게 편하고 좋은 세상이 있었구나……!"

유비는 그날부터 매일 산해진미와 진수성찬에 온갖 고급술로 하루하루를 보냅니다.

"어허, 오늘도 만한전석(滿漢全席)으로 차리셨구려. MBC 드라마 〈대장금〉에 소개된 요리라서 내가 특히 좋아하지."

"서방님, 많이 드시와요. 여기 100년산 나폴레옹 코냑도 반주로 드시구요."

"고맙소, 부인. 부인도 어젯밤 수고 많았으니 영양 보충을 하시구려."

"아이 부끄럽게……."

"여보게 주방장, 이 만한전석 하루 식사비가 얼마나 되는가?"

"예, 특별 할인 가격으로 한 끼 3천만 원에 모시고 있습니다. 술값은 별도로 계산하여 1병당 100만 원입니다."

"음식값은 좀 비싼 편이군. 그런데 이런 음식을 하루 다섯 끼씩 꼭 먹어야 하는가?"

"예, 그것도 여섯 끼씩 대접하라는 걸 한 끼 줄인 겁니다. 가격 걱정 말고 맘껏 드십시오."

"알겠네. 거기 나폴레옹 코냑 한잔 따라주고 가게."

유비가 돌아다니면 사람들이 사방에서 수군대기 시작합니다.

"저기 똥배 불쑥 나온 저 사람 누구야?"

"쉿! 저분이 바로 상향 공주님 새신랑 유비라는 사람이라네."

"야~, 저 엄청난 배 좀 봐. 뚱뚱이 스모선수보다 똥배가 두 배는 튀어나왔어. 얼굴에 개기름 반들거리는 거 봐, 장난 아니네!"

유비는 매일 기름진 음식에 고급술, 그리고 꽃다운 신부의 잠자리 서비스까지……. 세상 근심 걱정 다 잊고 오늘도 술이 덜 깬 부스스한 얼굴로 사우나탕에 갑니다.

"주공!"

"누구시오?"

"저 조자룡입니다."

"조자룡? 어디서 많이 뵌 듯한 분인데…, 뉘시오? 어디 시골에서 온 듯하군요. 그런데 무슨 일이시오?"

"주공, 정신 차리십시오. 빨리 형주로 돌아가셔야지 언제까지 이러고 계실 겁니까?"

"날더러 정신 차리라니? 내가 지금 물에 빠졌소? 그리고 그 골치 아픈 형주 얘기는 꺼내지도 마시오. 젊은이, 그러지 말고 요 앞 약국에서 술 깨는 약하고 소화제 좀 사다 주시오. 끄~윽, 어제 먹은 게 소화가 안 돼서……."

"유 황숙, 제발 정신 차리세요!"

"허어, 약 사다 주기 싫으면 그만 가 보시오. 나는 사우나 후 골프와 점심 약속이 있어서 가 보겠소, 끄~윽!"

자룡은 혼자 애를 태우다가 갑자기 무릎을 칩니다. 그렇지 공명 선생이 이럴 때를 대비해서 비단 주머니를 주셨지. 자룡은 파란색 비단 주머니를 열어 봅니다.

자룡!

유 황숙께 뛰어들어가서 조조가 30만 대군을 이끌고 형주로 출병 했다고 급히 알리시오.

비단 주머니를 읽어 본 자룡이 사우나탕으로 뛰어듭니다.

"주공, 큰일 났습니다. 지금 조조가 30만 대군을 이끌고 형주로 출병 했습니다."

"뭐라고 조조가? 내가 형주를 비우니 조조가 그 틈을 노렸구나. 빨리 형주로 돌아가자. 형주에서 데려온 호위병 500명은 어찌 됐느냐?"

"주공께서 명하여 모두 형주로 돌려보냈습니다."

"잘했다. 그건 내가 손권의 의심을 받지 않기 위해 일부러 돌려보낸 거다."

"주공, 그런데 그 불쑥한 똥배는 어떻게 된 겁니까?"

"내가 손권과 주유를 속이기 위해 일부러 배에 방석을 넣고 다닌 거라네. 그래야 나에 대한 경계심을 풀지. 자, 빨리 가세!"

"상향 공주님은 어떻게 하실 겁니까?"

"글쎄, 본인의 의사를 물어봐야지."

유비는 급히 옷을 갈아입고 상향을 찾습니다.

"부인, 조조가 군사를 일으켰소. 빨리 형주로 가서 대비해야 합니다. 부인은 어떻게 하시겠소?"

"여자는 출가외인이며 여필종부입니다. 당연히 서방님을 따라 형주로 가야지요. 어머니께 작별인사를 하고 올게요."

"안 됩니다. 어머니가 아시면 보내지 않으실 거요. 그냥 가야 합니다. 여봐라, 자룡! 빨리 공주님을 모시고 선착장으로 가자."

"옙! 주공, 즉시 준비하겠습니다."

유비와 상향 공주, 그리고 호위무사 조자룡의 긴박한 '엑소더스'가 시작됩니다.

이들이 성을 빠져나간 사실이 즉시 손권에게 보고됩니다.

"유비와 공주님이 성을 빠져나갔습니다."

"무엇이? 상향이가 나라를 버리고 그 귀 큰 도적놈을 따라갔단 말이냐? 이런 괘씸한 것들……. 유비가 날마다 주지육림에 빠져 헤어 나오지 못한다는 말에 내가 속았구나. 여봐라, 진무(陳武)와 반장(潘璋)을 불러라!"

진무와 반장이 즉시 대령합니다.

"진무와 반장, 너희는 즉시 기마병 3천 명을 인솔하여 유비와 상향이를 추적해 두 사람을 추포해 오라."

진무와 반장 두 장수는 군마 3천을 이끌고 유비 일행을 추적하기 시작합니다. 이런 조치를 지켜보던 정보가 손권에게 진언을 드립니다.

"주공, 진무와 반장으로는 상향 공주님을 제압하지 못합니다. 기가 센 공주님 앞에서 찍소리 못할 우려가 있습니다."

"듣고 보니 그렇구나. 장흠(蔣欽)과 주태(周泰)를 불러라."

장흠과 주태는 손권의 명이라면 물불을 가리지 않는 무서운 장수들입니다.

"장흠, 주태, 너희는 기마병 3천을 이끌고 가서 유비와 상향의 목을 베어 오너라."

"상향은 주공의 누이동생인데, 목을 베라니요?"

"인정사정 볼 것 없다. 나라를 배신하고 도망쳤으니 살려 둬서는 안 된다. 여기 내 보검을 가지고 가거라."

"예썰! 저희가 묻지도 따지지도 않고 유비와 상향의 목을 베어 오겠습니다."

한편, 유비가 탈출했다는 보고를 받은 주유는 서성과 정봉에게 명하여 건강의 선착장을 봉쇄합니다.

"유비를 놓치지 마라!"

유비는 또다시 쫓기는 신세입니다.

"주공, 해변이 완전 봉쇄됐습니다. 그리고 지금쯤이면 손권이 보낸 추격병도 거의 도착할 시간입니다."

"아, 내 신세는 어찌 이리 기구할꼬! 또다시 바로에게 쫓기는 모세의 신세가 되었구나. 이럴 줄 알았다면 호위병 500명을 돌려보내지 말걸. 뒤에는 추격병, 앞에는 수비병…, 어찌하면 좋을꼬? 자룡아, 또다시 기적은 없겠느냐?"

"있습니다. 공명 선생이 주신 세 번째 비단 주머니가 있습니다."

"빨리 펼쳐라. 함께 읽어 보자."

유 황숙을 살릴 사람은 손상향 공주밖에 없습니다.

공주님께 눈물로 매달리십시오.

"그렇구나. 좀 창피하지만 마누라 치맛자락을 붙잡는 수밖에 없다."

"주공, 안약을 좀 드릴까요?"

"아니다. 내 별명이 원래 울보다. 안약 없이도 눈물 연기는 자신 있다."

유비는 어깨를 축 늘어뜨리고 상향에게 다가갑니다.

"부인, 그동안 너무 행복했소. 당신과의 결혼이 내 인생 최고의 선택이었소. 그러나 이제 이렇게 이별할 시간이군요. 당신과의 행복했던 추

억을 영원히 간직하겠소. 엉엉엉엉! 부인, 사랑하오. 엉엉엉엉……."

"아니 서방님, 갑자기 그건 무슨 말씀이신지요?"

"그대의 오빠가 나를 죽이기 위해 추격병을 보냈소. 이제 나는 그들과 처절히 맞서 싸우다 명예롭게 생을 마감하겠소. 부인, 다시 어머니께 돌아가시오. 엉엉엉엉!"

"뭐라고요? 누가 감히 서방님을 해친다고요? 어림 턱도 없는 소리……. 서방님은 아무 걱정 마십시오."

이때 진무와 반장은 앞에서, 서성과 정봉은 뒤에서 짓쳐들며 호통을 칩니다.

"유비! 이 귀 큰 도적놈아, 오늘은 꼼짝 못 하고 죽을 줄 알아라. 목을 길게 빼고 내 칼을 받아라!"

이때 상향 공주가 유비의 앞을 가로막고 나섭니다.

"동작 그만!"

"동작 그만!"

"내가 누구냐?"

"사…상향 공주님입니다."

"너희들이 모반을 꾀하느냐?"

"모…모반이라니요? 아…아닙니다."

"그럼 왜 나를 해치려 하느냐?"

"저희들이 감히 공주님을 해치려 할 리 있습니까? 다만 주공의 명을 받고 공주님을 모시러 온 것입니다."

"시끄럽다! 진무, 이리 가까이 와라. 넌 내 별명이 무언지 알고 있지?"

"옙! 궁요리(宮料理)입니다."

"궁요리라니? 내가 찌개백반이냐? 콧대 뼈가 진무르게 맞아봐야 알겠나? 퍽!"

"아이코…, 공주님 시정하겠습니다!"

"너! 진무 뒤에서 서성대는 놈."

"옙! 대장군 서성, 공주님께 불려 왔습니다."

"내 별명이 뭔가?"

"예, 궁요희(弓腰姬)입니다."

"궁요희, 뜻이 무엇인가?"

"옙! 허리에 활을 차고 있는 무서운 여자라는 뜻입니다."

"알고는 있구나. 내 허리에 차고 있는 활이 보이나?"

"보입니다!"

"자, 지금부터 진무·반장·서성·정봉은 군사를 몰고 내가 열을 세기 전에 내 눈앞에서 사라진다, 알겠나?"

"알겠습니다!"

"동작이 늦으면 이 활로 궁뎅이를 쏘겠다. 실시!"

"실시! 전 부대 뛰어~갓!"

"하나~, 두울~, 세엣~, 네엣……."

진무·반장·서성·정봉은 군사를 몰고 상향 공주가 미처 아홉도 세기 전에 꽁무니가 빠지게 도망을 하고 말았습니다.

"쨔식들 꺄불고 있어! 서방님, 이제 아무 걱정 마십시오. 모두 쫓아버렸습니다."

"부인, 고맙소. 정말 감사하오!"

"서방님, 알겠으니 그만 치맛자락은 놓으시죠."

"주공, 진무와 반장은 마음이 약한 자들이라서 공주님께 굴복했지만 손권은 더 센 장수들을 보낼 겁니다. 그리고 주유도 서성, 정봉이 약하다는 사실을 알고 직접 추격해 올 겁니다. 빨리 피하셔야 합니다."

"자룡, 네 말이 맞다. 이 자리를 빨리 피하자. 수로로 이동은 불가능할 듯하다. 우리에겐 배가 없고 주유의 순시함이 나루터를 봉쇄하고 있기 때문이다. 육로로 이동한다."

자룡의 예측대로 유비 일행이 10리 정도 더 나가자 뒤에서 대부대가 추격해 옵니다.

"주공, 큰일 났습니다! 주유의 깃발이 보입니다. 어림잡아 1만 정도의 군사를 몰고 오는 듯합니다."

"유비, 섰거라! 여기 오나라 제후 손권께서 주신 보검이 있다. 누구든 불복하는 자는 이 보검으로 목을 베라 명하셨다."

주유와 합류한 장흠과 주태가 손권이 하사한 보검을 빼어 들고 추적해 들어옵니다.

"주공, 저들에게는 공주님의 명도 통하지 않습니다. 제가 죽기를 각오하고 막아보겠습니다."

"안 된다. 적의 숫자가 너무 많다. 공명 선생의 네 번째 비단 주머니는 없느냐?"

"없습니다!"

"유비! 이 귀 큰 도적놈아, 너는 나 주유의 손에서 결코 벗어날 수 없다. 오나라에서 그렇게 잘해 줬건만 배신하고 도망하다니, 각오해라! 전군 진격! 유비를 잡아라! 반항하면 죽여도 좋다!"

"와아~!"

1만의 군사들이 일제히 유비 일행을 덮쳐 옵니다. 절체절명의 순간, 갑자기 좌우측 숲에서 함성이 울리며 한 떼의 군마들이 나타납니다.

"주유는 내 청룡언월도를 받아라! 운장 관우가 왔다. 우리 형님 머리카락 한 올도 건드리지 마라."

"와~! 와~!"

"여기 익덕 장비도 있다. 주태, 장흠은 내 장팔사모를 받아라!"

"와~와!"

"주공, 주공! 원군이 왔습니다. 운장과 익덕 장군입니다."

"아우들이 왔구나. 관우야, 장비야!"

"유 황숙, 여기 노장 황충도 왔습니다. 주유야, 노장은 죽지 않는다. 요즘 노장은 이도 시리지 않는다. 니들이 임플란트를 아느냐? 전군 돌격, 주유를 잡아라!"

"대도독, 저…저…군사들이 어디에서 솟아났을까요?"

"공명의 계책이다. 물러나지 말고 싸워라. 물러나는 자는 참수한다!"

"대도독, 중과부적입니다. 적은 어림잡아 5만이 넘습니다. 그리고 관우, 장비, 황충이 지나가는 곳엔 바람에 흩날리는 낙엽처럼 군사들이 쓰러집니다!"

"후퇴, 후퇴! 전군 퇴각하라! 분하다, 원통하다!"

퇴각하는 주유의 등 뒤에서 병사들이 합창합니다.

"주유야, 우리 공명 선생이 작곡한 노래나 들어 봐라!"

　　　주유가 묘책으로 천하를 구하려다

　　　손 부인도 넘기고 병사도 잃었구나

　　　하~하~하~하~

　　　주유가 묘책으로 천하를 구하려다

　　　손 부인도 넘기고 병사도 잃었구나

　　　하~하~하~하~

"으윽······!"

그 함창을 듣는 순간, 주유가 피를 토하며 말에서 굴러떨어집니다.

'아~아, 분하구나! 원통하구나······. 저 너구리 유비에게 공주님을 빼앗기고 공명에게 조롱까지 당하다니···, 이런 모욕과 수치를 어찌 내가 견뎌 낼꼬!'

"대도독을 부축하라. 또 금창이 터져 상처가 재발했다."

주유는 대패하여 도주하고, 유비는 아리따운 신부와 함께 형주성에 귀환했습니다.

"유 황숙, 수고 많으셨습니다. 그리고 손 부인 축하합니다. 어서 오십시오."

"공명 군사, 내가 없는 동안 형주를 지키느라 수고 많으셨소. 그리고 선생 덕분에 이렇게 아리따운 규수를 모셔 왔소."

"주공, 진심으로 축하합니다. 이번 혼사를 계기로 손유동맹이 더욱 견고해지길 원합니다."

"형님, 보고 싶었습니다."

"관우야, 장비야! 보고 싶었다."

"형님, 제가 비아그라도 겨우겨우 몇 알 구해 두었습니다."

"쉿! 장비야, 조용히 해라."

가도멸괵

한편 다시 금창이 터져 병석에 누워 있는 주유의 진영에 노숙이 찾아옵니다.

"대도독, 몸은 좀 어떠신지요? 많이 수척해졌습니다."

"노숙, 이번에 벌써 세 번째 상처가 재발했군요. 공명의 계략에 또 넘어가다니, 분하고 화가 치밀어 참을 길이 없습니다."

"대도독, 우선 마음을 추스르세요. 성질 급하게 화부터 내면 안 됩니다."

"노숙, 나는 저 형주 땅을 빼앗기 전에는 결코 눈을 감을 수 없소."

"대도독, 유비와 공명은 서촉 땅을 취하면 형주를 돌려준다고 약속했습니다. 조금만 참고 기다리면 형주를 되찾을 때가 올 것입니다."

"노숙, 노숙은 너무 순진해서 탈이요. 그들이 어느 세월에 서촉을 취한단 말이요? 10년? 20년, 아니면 100년 후? 그들의 계속되는 거짓말에 속아서는 안 됩니다."

이렇게 화를 내던 주유가 갑자기 무릎을 칩니다.

"그런데 가만, 노숙! 내가 형주를 찾을 진짜 묘수가 떠올랐습니다."

"대도독, 묘수라니요?"

"이번엔 틀림없이 형주를 되찾을 기막힌 계책입니다."

"우리가 먼저 서촉을 치는 겁니다. 서촉을 정복한 후 형주 땅과 맞바

꾸자고 유비에게 제의하는 겁니다."

"대도독, 서촉은 지금 명군 유장이 다스리고 있습니다. 유장을 꺾으려면 최소한 5년 이상 군량미를 비축하고 군사를 모아야 합니다."

"노숙, 실제로 우리가 서촉을 치자는 게 아닙니다."

"그럼 무엇입니까?"

"우리가 서촉을 정벌하려면 형주를 통과해야 합니다. 유비에게 길과 군량미를 빌려 달라고 요구하는 것이지요."

"길을 빌린다고요?"

"그렇죠, 이 계책을 가도멸괵(假途滅虢)이라 하지요."

"가도멸괵?"

"춘추시대 진나라는 우나라를 삼키기 위해 사기를 쳤습니다. 즉, 우나라를 삼키기 위해 길을 빌려 달라 했죠. 괵국을 친다는 핑계였습니다. 우나라는 아무 의심 없이 진나라에게 길을 내주었습니다. 진나라는 괵국을 정복하고 돌아오는 길에 잽싸게 우나라를 공격했습니다. 멍청한 우나라는 손 한번 써보지 못하고 바로 망하고 말았죠. 이를 '가도멸괵'이라 합니다."

"대도독께서는 그 계책을 쓰자는 말씀이군요."

"그렇습니다. 임진왜란 때는 쥐새끼 도요토미 히데요시가 명나라를 치겠다고 사기를 치고 조선에 길을 빌려 달라고 했지요? 이를 정명가도(征明假道)라고 합니다. 그 묘책을 씁시다. 우리가 서촉을 친다고 사기치고 형주를 통과하는 거죠. 형주에서 길을 열어 주면 번개처럼 유비의 뒤통수를 치는 겁니다. 쉽게 말해서 갑자기 군사를 돌려 형주를 공격하여 정복하는 겁니다."

"그럼 이번 작전을 '뒤통수치기 작전'이라 불러야겠군요. 좋습니다.

저도 동의합니다."

"그럼 노숙 선생께서 유비에게 가서 길을 빌려 달라고 요구하십시오."

"알겠습니다. 제가 쾌속선 페리 호를 타고 금방 다녀오겠습니다."

이렇게 되어 노숙은 유비를 방문, 두 사람이 마주 앉게 되었습니다.

노숙과 마주 앉은 유비는 먼저 주유의 안부부터 묻습니다.

"노숙 선생, 요즘 대도독 주유는 건강하신지 궁금하군요."

"유 황숙, 아무 걱정 마십시오. 우리 대도독은 여전히 튼튼하십니다. 늘 잘 먹고 잘 주무시고 계시며, 헬스도 열심히 하는데 역기 180킬로그램 정도는 쉽게 번쩍번쩍 들더군요."

"대단하시군요."

"그뿐 아니라 마라톤 풀코스 42.195킬로미터를 하루도 거르지 않고 뛰고 계십니다. 그렇게 에너지가 넘치는 대도독께서 한 가지 혁명적 발상을 하셨습니다."

"혁명적 발상이라니요?"

"유 황숙께서 서촉 정벌을 미루고 계시자 우리 대도독께서 직접 서촉 정벌에 나서기로 했습니다."

"대도독이 서촉을 치겠다고요? 서촉은 유장이 통치하는 곳으로, 비록 땅은 척박하지만 그리 만만히 볼 상대가 아닌데요?"

"유장은 좀 나약한 사람입니다. 우리가 예고 없이 들이치면 충분히 승산이 있습니다. 그런데 …, 몇 가지 애로사항이 있습니다."

"애로점이 뭔지 말씀하시지요."

"서촉을 치려면 반드시 형주를 지나가야 되는데, …길을 좀 빌려 주시죠. 그리고 저흰 군사 숫자에 비해 군량이 부족하니 유 황숙께서 조금만 빌려 주시기 바랍니다."

"길과 군량을 빌려 달라고요?"

"예!"

"잘 알겠습니다. 공명과 의논 후 대답해 드릴 테니 오늘은 객관에서 푹 쉬고 계십시오."

노숙이 객관으로 물러가자 유비는 공명과 머리를 맞대고 계책을 의논합니다.

"공명 군사, 지금 주유가 서촉을 치겠다며 우리에게 길과 식량을 요구하고 있습니다."

"주유가 서촉을 치겠다고요? 그래서 우리에게 길과 군량을 빌려 달라구요?"

"그렇습니다, 공명 선생. 주유가 노숙을 시켜 요구하는 사항입니다."

"유 황숙께서는 어떻게 생각하시는지요?"

"유장은 저와 종친입니다. 저에겐 아우뻘인 유장과 전쟁을 하겠다는데, 주유를 돕는 것이 그다지 달갑지 않습니다. 그리고…, 공명 선생이 맨 처음 저를 만났을 때 '천하3분지계'를 논하였지요. 저에게 꼭 서촉 땅을 취하여 조조, 손권, 유비 세 사람이 천하를 3등분 하라고 말씀하신 걸 지금도 기억합니다. 그런데 주유가 먼저 서촉을 집어삼킨다면 저는 그야말로 '닭 쫓던 개 지붕 쳐다보는 신세'지요. 길을 빌려 주지 않겠습니다."

"유 황숙, 안심하고 길을 빌려 주십시오."

"공명 선생, 그럼 서촉을 포기하란 말씀인가요?"

"아닙니다. 지금 주유는 묘책을 쓰고 있는 것입니다. 길을 빌려 주면 군사를 형주성 안에 주둔시킨 후 바로 우리를 공격할 속셈입니다."

"그렇다면 더 더욱 길을 내줘서는 안 되겠군요. 지금 보니 주유는 저쪽바리 사기꾼 '도요토미 히데요시' 같은 놈이군요. 쪽바리 쥐새끼 도요토미가 명나라를 친다고 조선에게 길을 빌려달라고 사기 친 놈 아닙니까?"

"바로 보셨습니다. 그 작전을 '가도멸괵'이라고 합니다. 주공께서 길을 빌려 주면 주유가 갑자기 돌아서서 형주를 공격하겠다는 속셈입니다."

"내가 방심한 틈을 노려 갑자기 돌아서며 내 뒤통수를 치자는 속셈이군요. 허어, 어쩐지 요즘 뒤통수가 자꾸 시큰거린다더니…, 이유가 있었구려. 그런데 공격당할 게 뻔한데, 승낙하라고요?"

"예, 걱정 마시고 승낙하십시오."

"알겠습니다. 공명 선생만 믿고 길을 빌려 주겠습니다."

이튿날 유비는 노숙을 불러 주유의 요청을 승낙합니다.

"노숙 선생, 길을 빌려드리겠습니다. 서촉을 정벌하시면 저희가 형주를 내어드릴 테니 맞바꾸도록 합시다."

"좋습니다. 우리 대도독 주유가 원하는 게 바로 그겁니다. 유 황숙께서 아주 쿨하게 판단하시는군요. 역시 시대의 영웅답습니다."

노숙은 침이 마르도록 유비를 치켜세운 후 주유에게 돌아가 결과 보고를 합니다.

"대도독, 일이 성사되었습니다. 유비가 길을 빌려 주겠답니다. 다만 군량은 우리가 요구하는 양의 절반만 준다는군요."

"잘 되었습니다. 이제 형주는 우리 것입니다. 즉시 전쟁 준비를 합시다."

"전쟁을 하려면 주군인 손권의 허락이 있어야지요."

"하하, 염려 마십시오. 어제 여몽, 정보, 황개, 서성, 정봉, 감녕 등이 주군께 몰려가 요청했더니 승낙하셨습니다."

"무장들이 떼로 몰려가 요청했다구요?"

'어린 군주라고 얕보고 협박을 했구나, 몹쓸 놈들……'

"좋습니다. 군사를 일으킵시다."

이렇게 하여 주유는 전쟁을 시작합니다.

"자아, 지금부터 작전 지시를 하달한다. 작전명은 '유비 뒤통수치기' 작전이다. 감녕이 선봉을 선다. 중군은 내가 지휘하며, 좌군과 우군은 각각 서성과 정봉이 이끈다. 후군과 군량 및 보급품은 여몽이 맡으라. 우리가 형주에 도착하면 성문을 열어 줄 것이다. 성문이 열리는 즉시 공격을 시작하며 반드시 유비의 목을 베고, 공명을 사로잡아라."

작전 지시를 마친 주유가 비틀거리는 걸음으로 말에 오르려 합니다.

"대도독, 건강이 아직 회복되지 않아 말을 타는 건 무리입니다. 마차에 오르십시오."

"마차에 누워서 전쟁을 지휘하는 장수도 있더냐? 말을 타야 한다."

비틀거리며 말에서 자꾸 미끄러지는 모습을 보고 부도독 여몽이 말 아래 엎드립니다.

"대도독, 제 등을 밟고 타십시오."

"고맙다, 여몽. 전군 출발! 형주로 향한다."

주유의 5만 군사가 형주에 도착하자 미방·미축 형제가 마중 나가 주유를 맞이합니다.

"대도독, 어서 오십시오. 먼 길 행군에 수고 많으셨습니다."

"유 황숙께서는 어째서 마중 나오지 않으셨소?"

"예, 주공께서는 군사들을 먹일 음식을 준비한 후 기다리고 계십니다. 성 밖에는 브라스밴드 500명이 양쪽으로 열을 지어 음악을 연주하며 기다리고 있습니다."

"알겠소, 고맙소이다. 미방·미축 두 형제께서는 우리가 도착했음을 알려 주시오."

"예, 저희가 차질 없이 준비하겠습니다."

"자아, 전군 행군을 계속한다. 이제 형주성에 거의 도착했으니 성을 공략한 후 오늘 밤은 마음껏 먹고 마시고 즐겨 보자. 형주 여자들은 예쁘다고 소문이 나 있다. 오늘 모든 장수들은 형주의 아낙들을 품어 보아라. 하하하하!"

"대도독의 현명한 지략에 오늘 출병한 장수들은 모두 새신랑이 되겠군요. 하지만 순진한 우리 장군들은 형주 아낙들과 손만 붙잡고 잠을 잘 것입니다. 하하하하!"

"아무튼 감사합니다. 하하하하!"

"오늘이 여러분 최고의 날이 될 것이다. 출발!"

오나라 장수들은 형주를 벌써 정복이나 한 듯 들떠 있군요. 그런데 형주성 10리 밖까지 전진하였으나 사람은커녕 어리친 강아지 새끼 한 마리 보이지 않습니다.

"뭔가 이상하다……?"

주유가 형주성에 이르렀으나 브라스 밴드는커녕 성문은 굳게 닫혀 있고 백기만 꽂혀 있습니다.

"왜 성문을 닫아 놓았느냐? 오나라 군사가 서촉을 치기 위해 이곳에 도착했다. 오늘 밤 이곳에서 야영할 계획이니 성문을 열어라!"

이때 성 위에서 조자룡이 내려다보며 주유에게 소리칩니다.

"대도독, 또 어딜 그렇게 쏘다니시오?"

"자룡, 성문을 열어라! 너희 주공 유 황숙과의 약속이다. 오늘 우리 군사들이 형주성 안에서 하룻밤을 묵고 내일 서측으로 출발하겠다."

"아니 대도독, 잠을 자려면 찜질방이나 호텔에서 주무시지 왜 엉뚱한 곳을 찾아오셨소?"

"자룡, 빨리 성문을 열어라!"

"공근(公瑾, 주유의 자), 아직 분위기 파악이 안 되시오? 화살 몇 대를 맞아야 정신이 들겠소?"

"대도독, 아무래도 분위기가 이상합니다. 우리가 오히려 계책에 빠진 게 아닐까요?"

"글쎄……. 좀 이상하구나, 뭔가 이상해. 즉시 이곳을 벗어나자."

이때 갑자기 성 위에서 화살이 비 오듯 쏟아집니다.

"저 양심 불량한 주유를 오늘 하늘나라로 모셔라. 쏴라! 활을 날려라!"

"와~와!"

"대도독, 적의 역습입니다."

이때 좌편에서 함성이 울리며 군사들이 몰려나옵니다.

"여기 운장 관우가 있다. 주유는 목을 길게 빼고 내 청룡언월도를 받아라!"

동시에 우편에선 장비와 군사들이 몰려나옵니다.

"주유, 또 만났구나. 이번엔 놓치지 않는다. 장팔사모를 받아라!"

이때 뒤에서도 함성이 울리며 황개와 위연이 이끄는 군사가 뛰어나옵니다.

"주유, 이 노장과 또 만나는구나. 그만 말에서 내려 항복해라!"

"대도독, 사방이 완전 적에게 둘러싸였습니다!"

"이러다 전멸하겠다. 퇴로를 열어라! 전군 퇴각하라. 후퇴, 후퇴!"

주유는 간신히 퇴로를 열어 죽을힘을 다해 도주합니다.

"분하다, 억울하다!"

"대도독, 더 이상 적이 추격해 오지 않습니다. 여기에서 흩어진 군사를 수습해야 합니다."

"빨리 패잔병을 수습하자. 그리고 즉시 회군한다."

이때 인근 야산에서 한 떼의 군마가 일어나더니 공명이 백우선을 높이 들고 나타납니다.

"공근, 거리가 멀어서 부득이 마이크로 얘기하겠소. 아, 아, 마이크 시험 중……. (『삼국지』 원본에는 공명이 주유에게 편지를 보냈다고 함.) 대도독, 대도독은 어찌 그리 얕은꾀를 내시오? 그 술책에 이 공명이 속을 성싶소? 양국의 화친을 생각하여 더 이상 공격하진 않겠소. 공근은 돌아가서 헛된 꿈을 버리고 건강이나 잘 챙기도록 하시오. 그리고 우리 유 황숙과 손권은 사돈 간인데 사돈끼리 화목하게 지내야죠. 우리 유 황숙과 손 부인의 중신애비께서 어찌 그런 쉬운 이치를 모르시오. 한 가지만 더 일러드리겠소. 공근이 왜 매번 나에게 지는 줄 아시오? 그건 공근의 성질이 급하기 때문이오. 지금부터라도 그 불같은 성질을 죽이고 차분히 세상을 살도록 하시오."

"아~악, 분하다! 공명, 공명! 하늘은 어이하여 주유를 낳으시고 또 공명을 낳으셨는가!"

주유는 또다시 피를 토하며 말에서 굴러떨어집니다.

"대도독, 대도독! 정신 차리십시오."

네 번째 금창이 터진 주유는 눈을 뜬 채 숨을 거두고 맙니다.

"대도독이 죽었다! 대도독께서 돌아가셨다. 눈도 감지 못한 채 숨을 거두셨다!"

이때 주유의 나이 36세, 세기의 명장 주유는 아리따운 아내 소교만을 남겨 둔 채 그렇게 허무하게 세상을 뜨고 맙니다.

주유가 죽었다는 소식을 접한 손권은 땅을 치며 통곡합니다.

"공근, 공근! 그대가 죽다니……. 으아아! 내 공명을 절대 용서치 않으리라. 공근, 공근! 흑흑……. 오나라의 큰 별이 떨어졌구나!"

주유의 장례식장엔 깊은 슬픔과 정적이 감돌았습니다.

"대도독은 제갈공명에게 당한 것이다."

"그렇다, 공명을 용서할 수 없다. 공명과는 한 하늘 아래에서 공존할 수 없다. 복수하자! 그를 죽여 대도독의 영혼을 위로하자."

군부의 모든 장수들이 분기탱천하여 공명을 규탄하고 있습니다. 바로 이때 뜻밖의 돌발 사태가 발생합니다.

"공명 선생께서 대도독 조문을 오셨습니다."

공명이 하인 한 사람만 데리고 장례식장에 나타난 것입니다.

"뭐…뭐라고? 공명이 감히 이곳에 나타났다고? 간이 아예 배 밖으로 나왔구나. 단칼에 베어 버리자."

장수들이 일제히 칼을 뽑아 듭니다.

"죽이자!"

"죽이자!"

바로 이때 신임 대도독 노숙이 오른손을 들어 장수들을 제지합니다.

"조문객을 죽일 수는 없소. 모두 칼을 거두시오."

여러 장수들은 신임 대도독의 명이라서 공명을 해치지는 못하고 칼을 뽑아 든 채 공명을 노려보며 영정 앞에 2열로 도열하고 섰습니다.

"염라대왕의 배포라도 이 가운데로는 지나가지 못할 것이다."

칼을 빼어 든 장수들이 양쪽으로 도열하고 공명을 노려봅니다. 그러나 공명은 이런 장수들의 심정을 아는지 모르는지 성큼성큼 주유의 영정 앞으로 걸어 들어갑니다. 주유의 영정 앞에 절을 올린 후 무릎 꿇고 앉은 공명이 흐느끼기 시작합니다.

"공근, 하늘이 무너진 슬픔이오. 어찌 이리 허무하게 가셨소. 무엇이 급하여 그리 빨리 떠나셨소! 하늘이여, 하늘이여! 어찌 이리도 급하게 영웅을 데려가셨나이까! 무정한 하늘이여, 흐흐흑흑……. 그대가 없으니 이제 나는 누구와 천하를 도모하리까? 누구와 천하대세를 의논하리까? 슬프도다 슬프도다, 살을 에는 슬픔이로다! 그대는 적벽의 영웅이요, 그대는 나라를 구한 영웅이요……. 그런데 어찌 이리 떠난단 말이요. 으흐흑 흑흑……. 하늘이여, 하늘이여…, 차라리 이 공명을 데려가시고 공근을 살려 보내 주소서. 엉엉엉엉!"

공명이 하도 슬피 울자 칼을 들고 공명을 노리던 장수들도 일제히 칼을 버리고 따라서 울기 시작합니다.

"엉~엉~엉~엉!"

장례식장은 온통 통곡의 바다가 되고 맙니다.

"엉~엉~엉~엉!"

"공명 선생, 이제 그만 슬퍼하시고 일어나시죠."

노숙이 공명을 부축하며 일으켜 세웁니다.

"자경(子敬, 노숙의 자), 정말 슬픕니다. 너무 허무합니다, 자경!"

"공명 선생, 선생의 마음을 알았으니 그만 형주로 돌아가시지요."

"예, 슬픔을 안고 갑니다. 모두들 강녕하십시오."

공명이 통통 부은 눈으로 인사를 마치자 장수들도 흘러내리는 눈물을 훔치며 공명을 배웅합니다.

지략가 방통

공명이 선착장을 향해 걷고 있는데, 누군가 뒤에서 박수를 칩니다.

짝, 짝, 짝, 짝······.

"브라보, 브라보! 공명, 연기가 대단하구나. 일류 배우 뺨치는 연기야!"

짝, 짝, 짝, 짝!

"누구냐? 이런 슬픈 날 누가 그런 망발을 하느냐?"

"공명, 무척이나 슬프겠다. 아예 주유의 영정 앞에서 까무러치지 그랬냐?"

"자···자넨, 방통······. 방통이 여기 웬일인가?"

"공명, 그대가 하도 슬피 울어 오나라 장수들의 죽일 듯한 감정은 눈 녹듯 녹았겠구만. 브라보!"

"허어! 나는 진정으로 슬퍼한 거라네."

"공명, 적벽대전에서 내가 조조의 배들을 30척씩 묶는 연환계를 잊지는 않았겠지?"

"방통, 그걸 내가 왜 잊나? 참으로 자네 공이 컸었지."

"우리 어디 가서 술이나 한잔하세."

공명과 방통은 선술집에 들어가 탁배기를 두고 마주 앉았습니다.

"주인장, 여기 풋고추 내오고, 콩나물 좀 무쳐 오세요. 탁배기엔 풋고

추와 콩나물 안주가 제격이야."

두 사람은 술잔을 기울이며 천하대세를 논합니다.

"방통, 우린 함께 동문수학한 친구 아닌가? 나를 따라 유비 현덕에게
가세. 우리 유 황숙께서는 황실의 종친이며, 이 시대의 진정한 영웅이
네. 지금 한창 인재를 구하고 있으니 자네를 크게 중용할 것이네."

"알겠네. 때가 되면 한번 찾아가겠네. 오늘은 술이 과했으니 다음에
또 만나세."

공명과 헤어진 방통은 노숙을 찾아갑니다.

"대도독, 취임을 축하합니다. 주유의 뒤를 이어 대도독에 취임했으니
무척 바쁘시겠군요."

"방통 선생 아니십니까? 그렇지 않아도 제가 한참 찾고 있었습니다.
이 시대에 공명과 짝을 이룰 천재가 저를 찾아 주시니 감사합니다. 제가
주군께 선생님을 천거해 드리겠습니다. 우리 주군을 도와 큰 역할을 부
탁드립니다."

"글쎄요, 손권이 저 같이 못생긴 사람을 발탁하려 할까요? 여하튼 오
나라 제후 손권을 한번 만나 봅시다."

이튿날, 손권 앞에 나간 노숙은 방통을 소개합니다.

"주공, 사람을 천거하려 모셔 왔습니다. 방통 선생은 이 시대의 천재
입니다."

손권이 방통을 한참 쳐다보더니 말문을 엽니다.

"방똥이라 하셨나요?"

"방똥이 아니고 방통입니다."

"아, 방통이군요. 방송국 코미디 프로에 나가시면 이주일 씨와 쌍벽
을 이룰 텐데 왜 저를 찾아오셨는지?"

"예? 이주일 씨라니요?"

"못생겨서 출세한 사람이 이주일 아닙니까? 그런데 오늘 선생을 보니 이주일도 이젠 선생에게 코미디 황제 자리를 내줘야 할 거 같군요. 제 말을 '일단 한번 믿어보시라니깐요!'"

"저는 오후(오나라 제후)와 함께 일해 보려 왔는데…, 저를 코미디로 천거하시다니요?"

"아, 그랬군요. 마침 저도 사람을 한 명 채용하려던 참입니다. 이번에 화장실을 수세식으로 교체했는데, 그곳 청소를 담당해 주시죠. 그리고 하루 한 번씩 제 구두를 닦아 주시면 시간당 1만 원씩 계산해 드리겠습니다."

손권의 심드렁한 소리에 노숙이 질색을 합니다.

"주공, 방통은 천하제일의 인재입니다. 그런 분에게 화장실 청소라니요?"

"노숙, 내가 좀 피곤해서 쉬어야 되겠습니다."

손권은 방통의 못생긴 외모를 보더니 고개를 절레절레 흔들며 내실로 들어가 버립니다.

'아아, 손권이 인재를 못 알아보는구나! 사람을 외모로 평가하다니……'

"방통 선생, 정말 송구합니다. 지금 오후께서 주유의 장례 때문에 심신이 피곤하여 실언한 듯합니다. 며칠 후 오후의 피곤이 풀리면 다시 뵙도록 합시다."

"자경, 미안하다니요? 화장실 청소하고 시급 1만 원이면 후하게 주는 겁니다. 다른 곳에서는 7천 원밖에 안 줘요. 역시 저를 알아주는 사람은 손권밖에 없군요."

"방통 선생, 무어라 할 말이 없습니다."

"자자, 일단 화장실로 안내해 주시죠."

"정말 청소를 하시게요?"

"아뇨. 제가 지금 응까가 급한데, 오후에게 선물도 없이 빈손으로 왔으니 '선물'은 남기고 가야죠. 화장실에 화장지는 비치되어 있겠죠?"

손권에게 실망한 방통은 요란한 소리와 함께 어마어마한 양의 똥을 싸지릅니다. 보통 이런 똥을 '핵똥'이라 부르는데, 엄청난 폭발음으로 내실 침대에 누워 있던 손권이 깜짝 놀라 침대에서 굴러떨어졌죠. 다음 2탄으로 내지르는 똥을 '화생방 똥'이라 부르는데, 화장실 밖에 서 있던 노숙이 그 냄새를 3초 이상 흡입한 후 심한 구토 증세와 호흡 곤란을 일으키더니 1분 이상 지속적으로 냄새에 노출되어 환각 증세까지 일으켰습니다.

그러나 시원하게 일을 본 방통은 이런 사정을 아는지 모르는지 뒤도 돌아보지 않고 유비를 찾아갑니다. 이때 마침 공명은 지방에 출타 중이라서 방통이 직접 유비를 만납니다.

"유 황숙께서 인재를 구하신다는 말을 듣고 찾아왔습니다."

"존함이 어찌 되시는지?"

"방통입니다."

"방통……?"

'방통이라면 많이 들어본 이름인데, 생김새가 괴상하구나. 다리는 짧고, 들창코에 쥐 수염, 얼굴은 시커먼스에 눈썹은 짙고…, 그래도 인재라고 소문이 나 있던데……. 어찌한다? 그렇지, 우선 이 사람의 실력을 테스트해 보자.'

"저어 방통 선생, 하필 저희도 요소요소에 사람이 모두 고용된 상태입니다. 저기, 뇌양현(未陽縣)이라는 곳에 현령 자리가 한 자리 비어 있는데, 부임하시겠습니까?"

"현령? 아, 쉽게 말해서 '시골 군수' 뇌양현령이라…, 일단 한번 가 보겠습니다."

이렇게 되어 세기의 천재 방통은 시골 군수급 인사발령 통지서를 받아 들고 깊은 산골마을 뇌양을 찾아갑니다. 정기노선 버스도 없으니 터벅터벅 걸어가는 수밖에…….

방통이 뇌양현령으로 부임 후 세 달이 지나자 문제가 발생합니다.

"유 황숙, 뇌양에서 문제가 발생했습니다."

"무슨 문제인가?"

"현령으로 부임한 방통이 공무는 전혀 돌보지 않고 매일 술만 마신다 합니다."

"현령이 공무를 돌보지 않는다고?"

"그렇습니다. 민원은 산더미처럼 쌓이는데, 현령은 등청도 하지 않고 매일 술독에 빠져 산다고 합니다."

"때가 어느 때인데 술을 마신단 말이냐? 장비를 불러와라."

잠시 후 고리눈을 번뜩이며 장비가 불려 옵니다.

"형님, 부르셨습니까?"

"장비야, 너 지금 뇌양현에 가서 현령을 감찰하고 오너라. 그자가 공무는 팽개치고 술만 마신다고 하는구나. 감찰은 하되, 현령에게 폭력을 사용하거나 구타를 해서는 안 된다."

"형님, 때려도 될 일을 왜 말로 합니까? 걱정 마세요."

장비가 형님의 하명을 받고 타박수염 휘날리며 뇌양현에 도착하니, 방통은 여전히 관저에 앉아 혼술(혼자서 마시는 술)에 빠져 있습니다.

"감찰 나오셨다고? 우선 이리 와서 술부터 한잔하슈. 장비 장군 이름은 많이 들었수다."

"수…술을? 꿀꺽! 아…아니요. 난 원래 술 싫어하오, 꿀꺽!"

"장군이 술 좋아하는 건 삼척동자도 아는데 뭘 그리 사양하시오? 그런데 감찰은 왜 하시게?"

"공무를 팽개치고 술만 마셔 민원이 산더미처럼 쌓여 있다고 하오. 언제 처리하려고 하시오?"

"그까짓 민원 하루면 처리할 수 있는데 무얼 그리 서두르시오? 여봐라! 내일 민원인들을 모두 현청으로 불러 모아라. 공무를 시작하겠다."

이튿날, 감찰관 장비의 입회하에 산더미처럼 민원서류를 쌓아두고 일을 처결하기 시작합니다. 민원인들은 길게 줄을 서서 차례를 기다립니다.

"모두 몇 건이냐?"

"총 300건입니다."

"알겠다. 순서대로 불러라."

"자아, 지금부터 현령 나으리께서 민원 처리를 시작합니다. 부르는 순서대로 나오세요. 민원 1호!"

"뭐? 빌려간 돈 1만 냥을 못 갚으면 가슴살을 베기로 약속했다고? 그럼 당연히 베어야지. 그러나 계약서엔 피를 본다는 말은 없으니 피를 한 방울도 흘리지 말고 베어라."

"현령 나으리, 그건 불가능한데요?"

"그럼 베지 말거라."

"다음, 민원 99호!"

"뭐? 저 아이가 서로 너희의 아들이라고? 그럼 반으로 갈라 둘이서 나

뭐 갖도록 해라. 뭐? 네가 포기한다고? 그런데 어찌 그리 슬피 우느냐? 슬피 우는 여인, 이 아이는 네 아들이다. 네가 데려가라. 그리고 저 뺑덕 어미처럼 생긴 여자가 사기꾼이니 매우 쳐서 내보내라."

"다음, 민원 222호!"

"뭐? 이혼을 해야겠다고? 이유가 뭐냐? 결혼 선물로 준 반지, 핸드백 이 모두 짝퉁이라고? 심지어 머리까지 하이모 가발을 쓴 가짜라고? 여 자는 이리 가까이 와 봐라."

여자는 현령에게 가까이 다가갑니다. 현령은 잠시 그 여인의 얼굴을 자세히 들여다보죠.

"음…, 눈코 모두 가짜네. 심지어 턱까지 깎았구나. 어느 성형외과에 서 했느냐? 압구정 K성형외과에서 했다고? 얼굴 보톡스는 한 달에 몇 번 씩 맞느냐? 가짜끼리 천생연분이네. 이혼하지 말고 그냥 살아라. 기각 이다. 다음!"

"마지막 민원 300호입니다."

"남편이 길에만 나가면 젊은 여자들을 흘끔흘끔 쳐다본다고? 심지어 운전 중에도 쳐다봐 사고 날 뻔한 일도 있다고? 조물주가 남자를 만들 때 예쁜 여자는 쳐다보도록 만든 건데, 난들 어떻게 하냐? 아! 막상 잠자 리에서는 힘을 못 쓴다고? 알겠다. 저 남편에게 비아그라 몇 알 줘서 내 보내라."

"나으리, 300건의 송사가 모두 끝났습니다."

방통의 민원처리를 지켜보던 장비가 벌린 입을 다물지 못합니다.

"밥통 선생, 아…아니 방통 선생, 대단하오, 대단해! 어쩌면 일을 그렇 게도 정확하고 빨리 처리한단 말이오? 선생은 대단한 천재요! 내 유 황 숙께 이 놀라운 사실을 보고하리다."

"장 장군님, 가실 때 가시더라도 술은 한잔하고 가서야죠."

"꿀꺽! 그…그러시죠. 오늘은 제가 사겠습니다. 냉면 그릇에 폭탄주를 말아 딱 한 잔씩만 합시다."

장비는 방통이 대단한 업무처리 능력을 가졌음을 유비에게 보고합니다. 때마침 출장에서 돌아온 제갈공명도 방통을 크게 쓰도록 천거합니다. 유비는 방통에게 파격적으로 부군사의 벼슬을 내립니다.

"방통 선생, 이 유비가 선생을 잘못보고 시골 현령으로 보냈으니……. 넓은 마음으로 해량해 주시기 바랍니다."

"유 황숙, 별 말씀을 다 하십니다. 사실 저는 여기 오기 전에 오나라 손권을 찾아갔지요. 그런데 제 용모를 보고 실망했는지 시급 1만 원에 화장실 청소를 해 달라고 부탁하더군요."

"저런저런, 손권이 선생께 큰 결례를 범했군요. 그래서 무어라고 대답하셨나요?"

"제가 미처 뭐라 대답하기도 전에 고개를 절레절레 흔들며 내실로 들어가더군요. 그래서 전 오후에게 특별한 선물을 남겨 드리고 왔습니다."

"선물이라니요? 요즘 김영란법이 무척 까다로운데 무슨 선물을 하셨는지요?"

"잘 손질된 수세식 화장실에 가서 제 뱃속에 3일간 묵혀 둔 어마어마한 양의 똥을 내질렀지요. 처음 싼 똥을 '핵똥'이라 하는데, 그걸(?) 내지를 때 나는 엄청난 폭발음이 옆 칸은 물론 화장실 밖에까지 전달되었는데, 침실에 누워 꾸벅꾸벅 졸던 손권도 깜짝 놀라 침대에서 떨어져 허리를 다쳐 물리치료를 받고 있습니다. 허허! 두 번째 싼 똥을 '화생방전 똥'이라 하는데, 밖에서 저를 기다리던 노숙이 3초 동안 이 냄새를 흡입하고는 심한 구토 증세와 호흡 곤란을 일으켰습니다. 나중엔 환각 증세를 일으켜 응급실로 실려 가는 걸 보고 왔습니다."

"방통 선생께서 큰일(?)을 하고 오셨군요. 저는 선생을 부군사로 발탁하겠습니다."

전격적으로 부군사에 발탁된 방통은 유비에게 서촉 정복의 필요성을 역설합니다.

"유 황숙, 이곳 형주는 너무 좁습니다. 또한 손권의 오나라와 조조의 허도 사이에 샌드위치처럼 끼어 있어 국경을 수비하기도 어렵습니다."

"그럼 저는 앞으로 어떻게 해야 될까요?"

"유 황숙께서는 서촉*을 정벌해야 합니다. 손권, 조조와 세력 균형을 이루어야 하지요. 이것을 밸런스 오브 파워(Balance of Power), 세력균형 정책이라 합니다."

"잘 알겠습니다. 공명도 저에게 '천하3분지계'를 논하며 같은 얘기를 했습니다."

"이 방통이 제갈공명과 함께 지혜를 모아 서촉을 정복하도록 계책을 마련해 드리겠습니다."

서촉은 중국의 서남쪽에 위치하며, 지형과 산세가 험악한 천연의 요새입니다. 당시 유장이라는 사람이 다스리고 있었는데, 유장은 온화한 성품이기는 하지만 너무 나약하고 우유부단한 사람입니다. 이 서촉에 변고가 발생합니다. 즉, 한중에 자리 잡은 장로(張魯)가 마초(馬超)와 손 잡고 서촉을 침공할 기미가 감지된 것입니다.

유장이 긴급 국무회의를 소집합니다.

---

* 여기에서 말하는 서촉(西蜀)은 당시 '익주(益州)'라고 불렸으며, 요즘 중국의 사천성(쓰촨성)을 일컫습니다.

"서량의 마초가 조조에게 땅을 빼앗기고 한중의 장로에게 투항하였소. 이에 힘을 얻은 장로가 마초를 앞세우고 우리 서촉을 침범한다는 정보가 감지되었소. 어떻게 대처했으면 좋겠습니까?"

이때 신하 중 장송(張松)이 나서서 의견을 제시합니다.

"조조에게 조공을 바친 후 장로의 침공을 막아달라고 부탁해 봅시다."

"그거 좋은 의견이요. 그러나 만약 조조가 우릴 돕지 않겠다고 하면 그때는 어찌하죠?"

"만약 조조에게 거절당하면 유비에게 도움을 청해야죠."

이때 다른 신하 황권(黃權)이 반대하고 나섭니다.

"저는 장송의 의견에 반대입니다. 국방을 타국에 의지하는 건 매우 위험한 발상입니다. 우리 힘으로도 자주국방이 가능합니다. 우리 서촉은 지형과 산세가 험하니 모든 성문을 닫아걸고 수비에만 치중하면 국가를 지켜 낼 수 있습니다."

"여보시오, 황권! 그걸 말이라고 하시오? 싸우지 않고 나라를 지킨다고요? 그런 어리석은 발상이 어디 있소?"

이때 군주 유장이 선언합니다.

"난 결심했소. 조조에게 도움을 청합시다. 장송이 사신으로 가서 조조에게 원군을 청해 보시오."

이렇게 되어 장송은 천릿길 허도를 향해 길을 떠납니다. 길 떠나는 장송의 품에는 '서촉 41주 지도'가 들어 있었죠.

'조조가 만약 우리를 돕겠다고 하면 이 서촉 지도를 바치겠다.'

조조를 찾아 떠나는 장송! 유장의 신하로서 용모가 매우 누추했습니다. 짱구머리에 납작코, 뻐드렁니에 키는 다섯 자도 못 되고, 목소리는

종을 깨뜨리는 듯한 탁한 소리를 냈죠. 그러나 민첩하고 두뇌 회전이 빠른 사람입니다.

'우리 군주 유장은 큰 인물이 못 된다. 틈만 나면 여자들을 불러 앉혀 놓고 미인도나 그리고 있고, 국방정책엔 뚜렷한 소신이 없어 갈팡질팡 갈지 자 행보를 하고 있다. 그런 소심한 성격으로는 서촉 익주를 지켜 내지 못할 것은 불 보듯 뻔하다. 다른 영웅을 불러들여 차라리 나라를 내어 주는 게 현명하다. 조조를 만나 봐서 영웅의 기상이 보이면 그에게 나라를 맡기자. 그러나 그렇지 않다면 유비에게 익주를 내주는 게 좋을 것이다.'

서촉 사신 장송

　장송이 도착했다는 보고를 받은 조조는 잠깐 골똘히 생각에 잠깁니다.
'서촉에서 사신이 찾아왔다고? 나에게 조공을 바치겠다고? 음…, 갑
자기 조공을 바친다? 유장은 평소 나를 깔보던 사람이다. 천자와 종친인
유씨라고 몹시도 으스댔지. 그런 그가 다급하게 사신을 보냈다면? 그렇
다! 나라가 위기에 처했다는 뜻이지. 틀림없이 한중의 장로에게 침략을
받고 있다. 그렇다면, 두 나라 간 싸움에 내가 말려들 필요가 없지. 적벽
대전에서 패배한 손실 때문에 군량을 비축하고 군사를 모으기 위해 나
는 당분간 전쟁을 않기로 방침을 세웠으니, 그렇다! 서촉과 한중 양국이
싸우는 걸 지켜보는 게 상책이다.'

　조조는 이렇게 방침을 정합니다.

　"여봐라, 내 명을 잘 들어라. 서촉의 사신은 당분간 바빠서 만나지 못
한다고 전해라."

　조조의 이런 뜻을 모르는 장송은 매일 조조와의 면담을 초조하게 기
다립니다.

　"벌써 닷새가 지났는데 아직 소식이 없구나. 일국의 사신을 이렇게
소홀히 대하다니…, 무례하기 짝이 없구나!"

　엿새째 되던 날, 승상부에서 들어오라는 연락을 받습니다. 장송은 기
쁨을 감추지 못하고 부리나케 승상부로 달려갑니다. 장송이 승상부에

도착하자 청지기로 보이는 하인이 장송의 행색을 위아래로 훑어보더니 심드렁하게 묻습니다.

"무엇 하러 오셨소?"

"예, 저는 서촉의 사신인데 승상과 면담하러 왔습니다."

"기래요? 승상부로 들어가시려거든 성의 표시를 좀 하슈."

"성의 표시라니요?"

"떡값 얘기 못 들어 봤소? 떡값 좀 챙겨 달라는 얘기지. 크아, 퉤!"

"아…알겠소. 여…여기 은 10냥입니다."

"은 10냥? 이 양반이 나를 거지로 아나?"

"예? 아…알겠소. 은 100냥 받으시오."

"흐음, 들어가 보슈!"

'하인들까지 삥을 뜯다니…, 승상부의 기강이 엉망이구나! 실망이 크다.'

장송이 승상부에 들어서자 조조는 의자에 비스듬히 누워 코를 골며 자고 있습니다.

'일국의 사신을 대하는 태도가 저게 뭐냐!'

"흠흠! 승상, 서촉의 사신 장송이 인사드립니다."

"응? 강송?"

"강송이 아니고 장송입니다."

"장송?"

"당신 키가 몇이오?"

"1미터 50입니다만 왜 물으시는지?"

"5척 단신이구만. 당신은 서커스단에나 가 보시지 이곳엔 무엇 하러 왔소?"

"서커스단이라니요?"

"서커스단에서 난쟁이들과 공굴리기 묘기를 보이면 인기가 짱일 텐데……."

"예? 난쟁이라니요?"

"요즘 서커스 프로그램 중에서 난쟁이 공굴리는 묘기가 인기 최고인 걸 모르시나?"

"제가 비록 키는 작지만 난쟁이는 아닙니다."

"도긴개긴이오. 그건 그렇고, 내일 우리 군사 3만 명이 훈련을 하는데 참관이나 해 보시오. 그럼 나는 피곤해서 이만 쉬어야겠소."

"예? 예…, 알겠습니다. 내일 뵙겠습니다."

승상부를 나오며 장송이 혼잣말로 중얼거립니다.

"조조가 영웅이라더니…, 오늘 보니 필부에 지나지 않구나. 저런 사람을 믿고 천릿길을 달려온 내가 불쌍하구나!"

이튿날, 조조가 참관한 가운데 3만 명의 군사들이 훈련을 시작합니다. 먼저 열병식을 시작으로 부대 분열, 총검술, 태권도 격파 시범, 헬기 낙하훈련, 공수 특전단의 고공낙하, 공성과 방어훈련 등 여러 가지 훈련이 진행되는 가운데 조조가 장송에게 거만스럽게 묻습니다.

"서촉에는 이런 용맹스러운 군대가 있소?"

"저희 주군 유장께서는 인의로 세상을 다스리기 때문에 이런 군대가 필요 없습니다."

"유장이 인의로 세상을 다스린다고? 그럼 나는 인의가 없다는 소리인가? 거참 불쾌하구만……. 헌데 그 나약한 유장이 병법을 알기는 하오? 나는 병법에 통달했을 뿐 아니라 『신조조병법』이라는 책까지 만들어 활용하고 있소."

"그렇게 병법에 뛰어나신 분이 적벽에서는 왜 패하셨소? 듣자 하니 패전하여 호로곡으로 개 쫓기듯 쫓겨 도망쳤다는 얘기를 들었소만……. 쫓길 때 붉은 홍포도 벗어 던지고 긴 수염까지 와드득 와드득 잡아 뜯으며 도망했다던데, 버린 홍포는 찾으셨수?"

"뭐?…뭐라고? 이놈이 말 다했느냐?"

"아직 할 말이 많소. 승상께서는 여자만 보면 사족을 못 쓴다면서요? 특히 유부녀를 좋아한다는 소문을 들었소만……."

"이…이놈이…, 이 건방진 놈을 끌어내 당장 목을 베라!"

두 사람의 아슬아슬한 대화를 듣고 있던 모사 정욱이 기겁하며 승상을 제지합니다.

"승상, 일국의 사신인데 목을 베라뇨? 죽여서는 안 됩니다."

"그렇다면 이놈을 매우 쳐라. 건방진 놈!"

"마음껏 때려 보시오. 내가 비록 체구는 작지만 이런 폭력에 겁먹을 사람이 아니요."

장송은 조조에게 실컷 두들겨 맞고 절룩거리며 허도에서 쫓겨납니다.

'조조, 두고 보자! 외교사절을 때리는 무식하고 나쁜 놈! 내 이 원한은 결코 잊지 않겠다.'

장송은 이를 부득부득 갈며 발길을 형주의 유비에게 돌립니다.

"유 황숙을 찾아가자. 유비는 우리 서촉의 어려움을 결코 외면하지 않을 것이다."

이때 제갈공명은 이런 모든 정황을 세작(스파이)을 통해 파악하고 있었죠. 고대사회의 첩보전은 현대사회 못지않게 활발하게 이루어지고 있었습니다. 공명은 허도뿐 아니라 오나라 및 한중 땅까지 세작들을 심어두고 국제정세를 살피고 있습니다.

"주공, 서촉을 얻을 기회가 왔습니다. 며칠 후 서촉의 사신 장송이 도착할 것입니다."

"공명 선생, 잘 알고 있습니다. 제가 문무대신들에게 어떻게 처신해야 할지 단단히 일러두었습니다."

장송은 땀을 뻘뻘 흘리며 형주 땅에 접어듭니다.

"자아, 여기서부터 유비가 다스리는 형주다. 그늘에서 잠시 쉬어 가자."

장송 일행이 그늘에 앉아 쉬고 있는데, 한 떼의 군마들이 뿌연 먼지를 일으키며 다가옵니다.

"장송 대인, 어서 오십시오. 더운 날씨에 수고 많으셨습니다. 유 황숙을 모시고 있는 방통, 인사 올립니다."

"방통 선생? 존함은 익히 들었습니다. 뵙게 되어 반갑군요."

"예, 저희는 장송 대인을 마중하려 국경에서 기다리고 있었습니다. 함께 나온 장수들을 소개해드리죠. 이 수염 긴 장수가 운장 관우이며, 이분은 호랑이 수염 익덕 장비, 여기 잘생긴 장수는 자룡 조운입니다."

"아니 세 분은 모두 천하를 주름잡는 영웅호걸인데 저 때문에 여기까지……?"

"예, 이 관우가 장송 대인의 말고삐를 잡아드리죠. 갑시다!"

"아…아니 천하의 '관성대제 영웅'께서 제 말고삐를 잡으시다니요? 천부당만부당한 말씀입니다."

"아닙니다. 이건 기본 예의입니다. 마음 편히 잡수세요."

"이 장비와 자룡은 앞뒤에서 호위를 하겠습니다. 마음 푹 놓으십시오."

일행이 형주 성문 앞에 이르자 양쪽으로 길게 늘어선 브라스밴드가 음악을 연주하기 시작합니다.

쿵따라따따 삐약삐약!

쿵따라따따 삐약삐약!

쿵쿵 창창!

브라스밴드는 어림잡아 1천여 명이 되는 듯합니다.

"오늘 대인을 환영하기 위해 초중고등학교 및 각 대학 브라스밴드는 물론 군악대와 취타대까지 모두 마중 나왔습니다."

"허어! 제가 세상에 태어나서 이렇게 큰 규모의 브라스밴드는 처음 봅니다. 음악도 아름답지만 저 여군들의 짧은 치마는 무척 매력적이군요."

브라스밴드 음악에 맞추어 이번엔 남녀 군인들 의장대가 묘기를 선보입니다. 이때 성문 밖까지 마중 나온 유비가 '포권의 예'로서 깊게 허리를 숙입니다.

"현덕 유비가 장송 대인을 뵙습니다."

"유 황숙, 보잘것없는 저를 극진히 환대하시는군요."

"대인, 대인은 귀한 국빈입니다. 어서 안으로 들어가시죠. 성의껏 환영연을 준비했습니다."

장송이 성 안으로 들어서자 궁중음악이 울려 퍼지며 아름다운 무희들이 춤을 춥니다.

"대인, 앉으시죠. 최고급 요리에 좋은 술을 준비했습니다. 마음껏 드시죠."

음악과 춤추는 여인들, 그리고 술과 최고급 요리……. 장송은 흐드러진 분위기에 맘껏 마시고 대취합니다. 그러자 유비가 취한 장송을 침실까지 부축해 갑니다.

"자아, 대인! 제가 이불을 펴 드리겠습니다. 그리고 여기 머리맡에 꿀물도 따라두겠습니다."

"유 황숙, 너무 황송합니다. 황숙께서 손수 제 시중을 들다니요!"

"염려 놓으시고 편히 주무십시오."

이튿날, 날이 밝자 방통이 세숫물을 떠오고, 자룡은 수건을 받쳐 들고 기다립니다.

장송을 접대하는 연회는 매일 계속됩니다.

"자아, 오늘도 한잔씩 합시다. 장송 대인의 건강을 위하여!"

"위하여!"

이때 유비의 하인이 들어와 곤란한 표정을 지으며 유비에게 말을 건넵니다.

"유 황숙, 손 부인께서 화가 많이 나셨습니다. 내실로 잠깐 들어오시랍니다."

그러자 유비가 하인에게 화를 벌컥 냅니다.

"여기 귀한 손님 접대하고 있는 게 보이지 않느냐? 바빠서 못 간다고 일러라!"

당황한 장송이 황송해하며 말을 합니다.

"유 황숙, 저 때문에 가정불화 생기겠습니다. 연속 3일간 안 들어가셨는데 마님께서 화가 날만도 합니다. 어서 들어가 보시지요."

"아니요. 제가 쬐끔 엄처시하에 있긴 하지만 장송 대인을 접대하는 게 훨씬 중요한 일이죠. 전혀 신경 쓰지 마십시오. 마누라 화났을 땐 제가 몇 대 얻어맞으면 됩니다. 허허허!"

극진한 유비의 접대에 장송은 마음을 빼앗기고 맙니다.

'유비는 진정 의인이다. 이 사람에게 우리의 국방을 의탁해도 되겠구

나.'

이튿날, 장송은 품속에 두었던 서촉 41주의 지도를 펼쳐 보입니다.

"유 황숙, 이 서촉 41주의 지도를 바치겠습니다. 이 지도에는 우리 군사의 주둔지와 규모까지 상세히 기록되어 있습니다."

"아니 장송 대인, 이렇게 귀하고 중요한 지도를 제가 어찌 받을 수 있습니까?"

"유 황숙은 진정한 영웅입니다. 이 지도를 받아 두십시오. 그런데 지금 한중의 장로가 서촉을 노리고 있습니다. 유 황숙께서 군사를 몰고 와서 장로를 물리쳐 주십시오."

"지도는 감사히 받겠습니다. 그리고 서촉의 유장은 저와는 친척지간입니다. 부르면 당연히 달려가서 도와드려야지요."

"지금 서촉을 다스리는 유장은 우유부단하고 게으를 뿐 아니라 술과 미인을 좋아하는 나약한 사람입니다. 유 황숙께서 한중의 장로를 물리친 후 그 여세를 몰아 아예 유장까지 몰아내십시오. 지금 서촉의 백성들은 강력하고 현명한 판단력을 가진 지도자를 원하고 있습니다."

"장송 대인, 제가 한중의 장로는 물리쳐 주겠습니다. 그러나 유장은 저와 종친입니다. 어찌 종친을 몰아내는 불의한 짓을 하겠습니까? 유장이 더 훌륭한 군주가 되도록 힘써 도와만 드리겠습니다."

"역시 유 황숙께서는 이 시대의 진정한 영웅이군요. 저는 안심하고 서촉으로 돌아가겠습니다."

장송은 서촉으로 돌아가 유장에게 결과 보고를 하게 됩니다.

"주공, 조조는 불의한 자로서 이 시대의 간웅입니다. 그러나 유비는 인의군자이며 이 시대의 영웅입니다. 지금 유비가 5만 군사를 일으켜 서촉으로 들어오고 있습니다."

"장송, 먼 길 다녀오느라 수고 많았소. 어서 유비를 맞을 준비를 합시다."

이때 황권이 나서며 극력 반대합니다.

"주공, 유비를 우리 땅에 들여서는 결코 안 됩니다. 한중의 장로를 '얼굴에 난 종기'에 비유한다면 유비는 '간에 발생한 악성 종양'입니다. 종기를 치료하기 위하여 암세포를 불러들여서는 안 됩니다. 유비가 서촉으로 들어오면 반드시 이곳을 집어삼키고 말 겁니다."

이 말을 듣던 장송이 비웃음 가득한 얼굴로 대적합니다.

"황권, 그걸 말이라고 지껄이는 거요? 유비는 정의로운 사람이며, 더구나 우리 주공과는 종친입니다. 유비의 도움 없이 장로의 침략을 어찌 막는단 말이요? 그대가 군사를 끌고 나가 장로와 싸워 보겠소? 그런 탁상공론은 꺼내지도 마시오. 만약 유비가 딴마음을 품었다면 제갈공명을 선두로 관우, 장비, 조자룡을 데리고 올 것이요. 그러나 유비는 그들을 모두 형주에 남겨 둔 채 방통과 황충, 그리고 위연만을 데리고 오고 있소. 공연한 의심 마시오!"

두 사람의 다툼을 듣고 있던 유장이 선언합니다.

"조용히들 해라! 난 결심했다. 유비를 가맹관에 주둔시킬 것이며, 내가 손수 마중 나가겠다."

"주공! 안 됩니다. 유비를 어찌 믿고 직접 마중한단 말입니까? 그러다 주공을 해치기라도 하면 어쩌려고요?"

"황권, 동맹국의 군주를 믿어야지. 비켜라! 내 앞을 가로막지 말라."

"주공, 안 됩니다. 차라리 저를 죽이고 가십시오. 절대 안 됩니다."

"이 사람이 말귀를 못 알아듣는구만. 문신들은 이래서 탈이야."

퍽!

"비켜라!"

그러자 황권은 유장의 옷자락을 입으로 물며 붙잡습니다.

"주공, 안 됩니다. 가지 마십시오."

"아니 이자가 옷자락을 입으로 물어 옷에 이빨 자국을 내다니, 에잇!"

유장이 힘껏 옷자락을 당기자 황권은 앞으로 거꾸러지면서 앞니 두
개가 부러집니다.

"에구, 이빨 자국도 부족해서 피까지 묻히는구나."

이 모양을 지켜보던 신하 왕루(王累)가 울면서 또 유장을 말립니다.

"주공, 황권의 말을 들으십시오. 유비를 불러들이는 것은 호랑이를
방 안으로 불러들이는 것보다 더 위험한 일입니다."

"왕루, 왜 너까지 나서서 소란을 피우느냐?"

그러자 왕루가 밧줄로 몸을 묶고 거꾸로 매달려 다시 간청합니다.

"주공, 만약 주공께서 기어이 유비를 맞이하러 가신다면 저는 이 성
벽에서 떨어져 죽겠습니다."

"오냐, 용기 있으면 죽어봐라. 문신들이라는 게 입만 살아가지고
는…, 쯧쯧!"

그러자 왕루가 몸을 묶고 있던 밧줄을 끊어 성벽 아래로 추락합니다.

"아아아악!"

쿵!

"저런 고집 센 사람……. 모질게도 제 목숨을 끊고 마는구나. 장례는
다녀와서 치러 주겠다. 어서 가자!"

평소 우유부단하기로 이름난 유장이지만 이날만큼은 과감하게 신하
들의 만류를 뿌리치고 유비에게 갑니다.

한중의 장로

그럼 여기에서 한중의 장로가 누구인지 살펴볼까요?

한중은 사방이 험한 산으로 둘러싸여 있는 고립된 지역입니다. 한중에서 중원으로 나가는 길목 역시 매우 좁고 위험한 길이죠. 또 중원에서 서촉으로 들어가려면 한중 땅을 지나쳐야 하죠. 한나라 말기 황제는 무능하여 여색이나 밝히고, 실권은 거시기(?) 없는 환관들이 움켜쥐고 국정을 농단함은 이미 설명 드렸죠?

"히히히히, 황제 폐하는 우리 고자들만 믿고 매일 향기로운 술이나 드시고 이쁜 후궁들과 운우지락을 즐기시기 바랍니다. 나라는 저희 고자들이 모두 말아먹어야겠습니다."

이렇게 되니 자연히 백성들의 삶은 어렵고 고단할 수밖에 없었죠.

"국정을 거시기(?)도 없는 환관들이 모두 주무르고 곡식을 수탈당하고 땅마저 빼앗기고 보니 우린 살길이 막막하구나. 이럴 때 나라를 구할 현명한 지도자가 나타나면 좋으련만……."

그러자 갑자기 도사 한 사람이 등장하죠. 장릉이라는 사람입니다.

"오냐 오냐, 못난 중생들아 아무 걱정 마라. 내가 너희들을 구해 주마."

수고하고 짐 진 자들아 모두 내게로 오라

내가 그 짐을 모두 빼앗으리니…….

"중생들은 귀를 후비고 내 말을 잘 들어라. 난 노자와 묵자를 제일 존경한다. 사람이 '놀고먹는 것'만큼 중요한 게 또 있겠느냐? 노자는 내 스승이며, 그분에게서 나는 영원히 죽지 않고 사는 법을 배웠다. 나는 인간들의 어떤 병이라도 치료할 수 있으며, 여러 신선들이 모두 나의 벗이다. 너희도 나만 따른다면 결코 병에 걸리지 않고, 또 영생도 누릴 수 있다."

이렇게 사기를 치기 시작하자 수많은 중생들이 구름 떼처럼 모여들었죠.

"정말 저희도 죽지 않고 영원히 살 수 있습니까? 저희를 제자로 받아 주십시오. 그런데 수업료가 엄청나게 비싸겠군요?"

"어리석은 중생들아, 나는 대한민국 사립대학처럼 비싼 등록금을 받지 않는다. 다만 쌀 다섯 말만 바치면 내 제자가 될 수 있다. 이를 '오두미교(五斗米敎)'라고 부른다. 알겠느냐?"

"예, 교주님 잘 알겠습니다. 여기 임금님표 이천쌀 다섯 말을 가져왔습니다. 저를 제자로 받아 주십시오."

"저는 간척지에서 재배한 아키바레 다섯 말을 가져왔습니다."

"오냐 오냐! 여긴 십일조도 필요 없고, 감사헌금도 필요 없다. 오직 쌀 다섯 말이면 충분하니 큰 부담 갖지 말라."

이렇게 되어 사이비 종교 지도자 장릉을 따르는 신도들이 구름 떼처럼 모여들었습니다. 그런데 영생을 누린다는 장릉은 50세도 되기 전에 죽고 맙니다.

"제자들은 잘 들어라. 난 죽는 게 아니고 옥황상제가 급한 일로 불러서 잠시 다니러 간다. 오두미교는 내 아들 장형(張衡)이 이끌 것이니, 너희는 오늘부터 장형의 말을 잘 믿도록 하여라."

그러나 장릉의 아들 장형 역시 50을 넘기지 못하고 죽고 말죠.

"제자들아, 슬퍼 마라. 난 죽는 게 아니다. 나 역시 아버지처럼 옥황상제를 긴급히 면담하고 곧 돌아오겠다. 오두미교는 민법 제997조의 규정에 의해 내 아들 장로가 상속받는다, 깨꼴락!"

이렇게 되어 오두미교의 3대 교주 장로는 한중 땅을 장악하여 교주 겸 제후가 됩니다. 그러고는 스스로를 '한녕왕(漢寧王)'이라 칭하죠. 한녕왕으로 자리 잡은 장로에게 서량 제일의 무사 마초가 귀순해 오고, 힘을 얻은 장로는 슬슬 서촉을 넘보기 시작한 것이죠.

"우리 한중은 산세가 험하고 땅이 너무 비좁다. 반면 서촉은 땅이 넓고 유장은 무능하니 우리가 쳐서 정복하자."

"교주님, 잘 생각하셨습니다. 익주(서촉)는 서쪽 외진 지역이라 조조도 별 관심을 두지 않고 있습니다. 마초를 앞세워 공략해 우리가 정복합시다."

이 소식을 들은 유장은 간담이 서늘해져서 자주국방을 팽개치고 유비의 힘을 빌려 나라를 지키기 위해 그를 불러들이는 것이죠.

"여봐라! 유비를 마중 나가자. 어서 출발하자!"

유장은 500군사의 호위를 받으며 가맹관에 주둔한 유비를 맞으러 갑니다.

유비는 형주를 떠나올 때 제갈공명과 관우, 장비, 조자룡을 모두 형주에 남겨 두고 부군사 방통과 위연만을 데리고 왔습니다. 그럼, 왜 유비는 방통과 위연만을 데리고 왔을까요? 그건 유장에게 의심을 사지 않기 위한 포석입니다. 서촉에서 군사 지원을 요청하자 유비는 장송이 넘겨

준 서측 41주의 지도를 품속에 감추고 형주를 출발합니다.

"공명과 관우, 장비, 자룡은 이곳에 남아 형주를 지키시오. 만약 우리 모두가 떼로 몰려간다면 유장은 의심할 것이요. 황충과 위연이 5만 군사를 이끌고, 방통이 군사 역할을 맡아 이들을 지휘하시오."

이렇게 주력부대를 데려오지 않은 유비를 유장은 믿게 된 것이죠. 유비의 깊은 속마음은 도대체 뭘까요? 유비가 마음속에 어떤 생각을 품었든 아랑곳 하지 않고 유장은 가맹관까지 친히 마중을 나갑니다. 유장이 온다는 보고를 받은 부군사 방통이 지략을 제시합니다.

"유 황숙, 지금 유장이 500군사만을 거느리고 이곳으로 오고 있습니다. 이 기회에 그를 단칼에 제거하고 서측을 차지합시다."

방통의 계책에 한참 생각하던 유비가 대답합니다.

"군사, 그렇게 할 수 없습니다. 서측 정벌을 누구보다 원하는 건 접니다. 그러나 지금은 명분이 없습니다. 더구나 유장은 저와 종친입니다. 종친이 곤경에 처해 있어 형인 나에게 도움을 청하는데, 아우의 곤궁한 처지를 이용하여 나라를 뺏는다면 세상 사람들이 나를 뭐라 평가하겠습니까? 사람들은 나를 이디아민이나 히틀러, 스탈린, 카다피, 네로 이런 자들보다도 훨씬 나쁜 놈으로 평가할 것입니다. 나 유비의 트레이드마크는 인의입니다. 그런데 유비가 인의를 저버리고 서측을 친다면 백성들이 나를 올바른 지도자로 인정하겠습니까?"

유비의 말을 듣던 방통 역시 난색을 표합니다.

'종친이라 안 되고, 인의에 벗어나서 안 되고……. 그럼 천하통일은 언제 하누? 쩝!'

"유 황숙, 잘 알겠습니다. 오늘 유장을 위해 환영만찬 준비를 하겠습니다."

방통은 환영만찬을 준비하는 한편, 대장군 위연을 부릅니다.

"위연 장군, 홍문의 모임(홍문연(鴻門宴))을 아는가?"

"예, 잘 알고 있습니다. 400년 전 항우와 유방이 천하를 놓고 패권을 다툴 때 항우는 '홍문'에 연회를 열고 유방을 초청했지요. 당시 항우의 참모 '범증'은 유방을 죽이기 위해 항장(항우의 동생)을 시켜 칼춤을 추게 했습니다. 항장이 한창 칼춤을 추다 막 유방을 베려는데 갑자기 항백(항우의 숙부)도 칼을 빼어 들고 함께 칼춤을 추며 유방을 보호했습니다. 유방은 아슬아슬하게 목숨을 건지고 도망쳤지요. 이때 모사 범증이 발을 동동 구르며 절규합니다. '항우를 이기고 천하를 뺏을 자는 저 유방뿐인데, 그를 죽이지 못하고 놓쳤으니 이제 우린 장차 저 유방에게 모두 잡혀 죽을 것이다.' 이 예언이 적중하여 유방은 천하를 통일하고, 항우는 유방에게 처참한 죽음을 당한 일화입니다."

"그렇다. 그것이 바로 역사를 뒤바꾼 홍문의 잔치 홍문연이다. 오늘 우리도 비슷한 일을 해야 한다. 우리 주군과 유장 사이에 잠시 후 환영 파티가 열린다. 술잔이 몇 잔 돌고 나면 위연, 그대가 나와서 칼춤을 춰라. 그리고 적당한 기회를 보아 유장을 단칼에 베어라."

"군사, 잘 알겠습니다. 그러나 이 암살 계획을 유 황숙께서 승낙하셨는지요?"

"유 황숙은 유장의 암살을 절대 반대하신다. 그러나 내가 책임질 테니 유장을 죽여라."

"군사, 알겠습니다. 제가 꼭 유장을 처치하겠습니다!"

이런 무서운 음모를 모른 채 유장과 유비가 성문 앞에서 만났습니다. 유장은 유비에게 깊숙이 허리를 굽혀 예를 올립니다.

"유비 형님, 아우 유장이 인사 올립니다."

"유장 아우, 반갑네. 장로가 국경을 넘본다는 말을 들었네. 그러나 지금부터는 이 형만 믿고 아무 걱정하지 말게. 이제부터는 아우 것이 내 것이고 내 것은 그냥 내 것 아닌가?"

"예? 그건 놀부가 흥부에게 한 멘트 아닙니까?"

"아, 조크 조크! 농담 한번 해 본 걸세."

"형님, 아무튼 반갑고 고맙습니다. 우리 할아버지 한고조(유방)께서 나라를 세운 지 어언 400년, 이제 유씨 성을 가진 제후는 유비 형님과 저 둘만 남았군요. 제가 어려울 때 형님께서 이렇게 달려와 주니 천군만마를 얻은 듯 든든합니다."

"유장 아우, 당연히 형이 아우를 도와야지. 근심 걱정 뚝 꺼버리게. 내가 아우를 환영하기 위해 연회를 준비했네. 들어가서 한잔하세."

"그러시지요, 형님. 어서 들어가서 회포를 풉시다."

두 정상은 손을 맞잡고 연회장을 향해 들어갑니다.

유비와 유장, 두 정상이 마주 앉고 여러 장수들이 배석한 가운데 잔치가 시작되었습니다. 유비가 먼저 잔을 높이 들고 건배사를 시작합니다.

"자아, 잔을 높이 드시오. 이 첫잔은 저 멀리 계시는 천자를 위해 듭시다. 천자의 건강을 위하여!"

"위하여!"

"두 번째 잔은 서촉을 다스리고 계시는 유장을 위하여 듭시다. 유장을 위하여!"

"위하여!"

"그럼 세 번째 건배사는 제가 하겠습니다. 이게 뭐여?"

"그건 술이 아니여!"

"그럼 뭐여?"

"그건 정이여!"

"정 때문에!"

"정 때문에!"

벌컥벌컥······.

분위기가 한창 무르익자 위연이 칼을 빼들고 무대 중앙으로 뛰어나 갑니다.

"유 황숙, 모두 흥이 도도한데 제가 이 흥을 더욱 돋워 칼춤을 한번 추 겠습니다."

"칼춤? 거 좋지, 한번 춰봐라."

위연이 칼춤을 추기 시작합니다.

휙휙, 다리 찢고 칼 내지르기!

휙휙, 껑충 뛰며 칼 내지르기!

휙휙, 공중제비 돌고 칼 내지르기!

휙휙, 빙글빙글 돌며 칼 휘두르기!

위연이 지랄발광으로 칼을 휘두르며 서서히 유장 앞으로 다가갑니 다. 막 유장을 베려는 순간 한 사람이 나섭니다.

"칼춤은 짝이 있어야 제맛이지······!"

갑자기 유장의 부하 장수 장임(張任)이 칼을 휘두르며 위연을 가로막 습니다.

"난 눈 뜬 장님이 아니다!"

휙휙!

그러자 위연의 부하 유봉(劉封)이 또 칼춤을 추며 뛰어듭니다.

"거~ 좋지! 칼춤은 역시 짝이 있어야 해."

휙휙!

그러자 장임의 부하 장수들 어중이떠중이 모두가 칼을 빼들고 뛰어나와 춤을 춥니다.

"칼춤은 여럿이 추면 더 좋지!"

휙휙!

우당탕 우당탕, 아수라장!

우당탕 우당탕, 난장판!

이때 유비가 자리를 박차고 일어섭니다.

"무엇들 하는 거냐? 당장 칼춤을 멈춰라! 이곳은 홍문연이 아니다. 그리고 나는 초패왕(항우)도 아니다. 모두 자리로 돌아가라!"

유비의 호통 한마디에 모든 장수들이 칼을 거두고 자리에 돌아가 앉습니다.

"아우, 너무 소란스럽게 해서 미안하네!"

"형님, 미안하다니요? 분위기 좋은데요……!"

이렇게 되어 유장을 암살하려던 방통의 계획은 실패하고 맙니다.

상향, 유비 곁을 떠나다

이때 급보가 전해집니다.

"주공, 주공! 지금 장로가 익주를 치기 위해 출정했다 합니다. 대군을 몰고 오고 있으니 빨리 원군을 보내라는 급한 전갈입니다."

"알겠다. 이 유비가 나가 맞서 싸우겠다."

유비가 5만 군사를 이끌고 장로를 막기 위해 출정합니다. 그런데 이때 오나라 손권의 움직임이 심상치 않습니다.

"주공, 유비가 군사를 이끌고 서촉으로 떠났습니다. 지금 형주는 비어 있습니다. 이 기회에 형주를 들이칩시다."

한참 공론이 진행 중일 때 오국태 부인이 장막 뒤에서 손권을 부르죠.

"권아, 형주를 공격하다니 제정신이냐? 그곳엔 하나밖에 없는 네 여동생이 살고 있다. 네가 그곳을 침략하면 그 애를 죽일 텐데, 전쟁이라니? 절대 안 된다! 난 그 애 없인 살 수 없다."

"어머니, 제 생각이 짧았습니다. 형주 공격은 보류하겠습니다."

꾸지람을 들은 손권이 다시 중신들을 불러 의논합니다.

"자아, 여러 중신들! 내 여동생 상향이 형주에 있는 한 전쟁은 어렵겠습니다. 어떻게 하면 좋을까요?"

이때 장소가 나서서 의견을 제시합니다.

"주공, 저에게 좋은 생각이 있습니다. 저희 오나라 특공대에 주선(周宣)이라는 장수가 있습니다. 그는 여의도 63빌딩을 맨손으로 기어오르며, 3만 피트 상공에서도 스카이다이빙을 하는 놀라운 재주를 가지고 있죠. 그를 귀신도 모르게 공주님이 계시는 궁으로 침투시켜 태 부인이 위독하다는 가짜 편지를 보여 주고 모셔 오는 겁니다."

"그렇지, 효심 깊은 상향이는 울며불며 즉시 따라나설 거야."

"주공, 공주님이 오실 때 유비의 아들 유선도 함께 데려오도록 해야 합니다."

"유선을 납치하자는 얘기지요? 좋은 생각이요. 즉시 주선 특공대장을 형주로 보냅시다. 만약의 사태에 대비하여 군사 500명을 국경에 대비시키도록 하시오."

"즉시 조치하겠습니다."

며칠 후 캄캄한 밤중, 성문은 굳게 닫혀 있는데 그 성벽 아래 새까만 복장에 두건을 쓴 남자 셋이 나타납니다.

"너흰 여기에서 기다려라. 내가 성벽을 타고 올라가 공주님 방으로 침투하겠다."

"장군, 앞도 잘 보이지 않을 정도로 어두운데, 이 미끄러운 성벽을 맨손으로 올라갈 수 있겠습니까?"

"아무 걱정 마라. 나는 미국 L.A의 요새미트공원 암벽도 맨손으로 기어오른 사람이다. 이런 성벽 정도야 식은 죽 먹기보다 쉽다."

"무사히 침투하여 상향 공주님을 꼭 모시고 나오십시오. 저흰 이곳에 숨어 있겠습니다."

잠시 후, 사내는 성벽을 기어오르기 시작합니다. 그는 다름 아닌 오나라의 스파이더맨 주선 특공대장이었죠. 가볍게 성벽을 타 넘은 주선은 지붕과 지붕 사이를 고양이처럼 살금살금 뛰어넘어 상향이 거처하는 궁으로 침투합니다. 오나라에서부터 상향을 따라와 지키던 시녀들이 주선을 발견하고 칼을 뽑아 듭니다. 이 시녀들은 모두 일당백의 무사들입니다.

"누구냐? 넌 누군데 손 부인의 궁에 들어왔느냐?"

"쉿! 전 오나라 오국태 부인의 특명을 받고 공주님을 뵈러 왔습니다. 저를 공주님께 안내해 주십시오."

"뭐? 어머니의 특명을 받은 사람이라고? 빨리 이리 데려오너라. 공주님, 오국태 마님의 서신을 가져왔습니다."

"어머니의 편지? 어머니께 무슨 일이라도 있나요?"

"태 부인께서는 지금 위독하십니다. 원인 모를 병이 들어 사경을 헤매고 계시는데, 계속 공주님 이름을 부르며 공주님만 찾고 계십니다."

"어머니가? 흑흑흑! 어머니가 아프시다니……. 당장 어머니께 가야겠소."

"공주님, 어머니께서는 아드님인 유선 공자도 꼭 보고 싶다 하십니다."

"어머니가 유선이를? 내 친아들도 아닌데?"

"그래도 어머니께서는 꼭 보고 싶어 하십니다."

"알겠소. 그럼 내가 즉시 공명에게 허락을 얻을 테니 떠나도록 합시다."

"공주님, 공명에게 알려서는 안 됩니다. 공명은 유비의 허락을 얻어야 한다며 보내 주지 않을 겁니다."

"저희가 공주님께 수차례 편지를 보냈지만 제갈공명 선에서 모두 차단되어 전달되지 않았습니다."

"그랬군요. 생각보다 나쁜 사람들이군요. 어서 서둘러 떠납시다."

이렇게 되어 상향은 유선을 데리고 궁을 빠져나갑니다.

"Stop! 정지! 어딜 그리 급히 가십니까?"

수문장이 손 부인 일행을 막아섭니다.

"야, 쫄따구! 넌 내가 누군 줄 모르고 묻는 게냐?"

"앗! 손 부인마님이시군요. 어딜 가십니까?"

"궁이 하도 답답하여 잠시 바람을 쐬러 나간다."

"안 됩니다. 통행증 없이는 나갈 수 없습니다."

"뭐? 통행증? 이게 죽고 싶어 환장을 했나, 영부인에게 통행증이라니? 너 그 자리에서 대가리 박아!"

"마…마님, 전 그냥 FM대로 해 본 소리입니다. 그…그냥 다녀오시죠."

"짜샤, 요즘 쫄다구들은 겁이 없어요. 내 얼른 다녀오마."

이렇게 궁을 빠져나온 상향은 국경을 향해 마차를 몰고 달려갑니다.

"이랴 이랴, 이럇! 빨리 가자. 어서 달려라."

유비의 외동아들까지 데리고 오나라로 돌아가는 손상향……. 손 부인이 성을 빠져나가자 '쫄따구'라고 불린 수문장은 뭔가 꺼림칙하다는 생각이 자꾸 듭니다.

'이상한데? 통행증도 없이 저리 급하게 성을 나가다니……. 뭔가 이상해! 이러다가 내 목이 달아나는 건 아닐까?'

수문장이 목을 쓰다듬으며 한창 고민을 하는데, 순찰을 도는 조자룡이 지나갑니다.

"장군, 급히 보고 드릴 게 있습니다."

"드리게!"

"손 부인마님이 급하게 성을 빠져나갔습니다. 유선 공자님도 함께 갔는데, 지금 상당히 멀리 갔을 겁니다."

"뭐라고? 손 부인께서 유선 공자님을 데리고 성을 빠져나갔다고? 동행하는 다른 사람은 없더냐?"

"손 부인을 호위하는 열두 명의 시녀들과 그리고 낯선 남자가 하나 있었습니다."

"큰일 났다! 손 부인이 오나라로 도망쳤구나. 내가 바로 추적할 테니 넌 즉시 이 사실을 공명 군사에게 알려라."

이때 성을 나선 손 부인은 주선의 호위를 받으며 4두 마차를 타고 국경으로 달려갑니다.

"이랴 이랴, 더 빨리 달려라! 이랴 이랴, 더 빨리!"

"손 부인, 저기 국경이 보입니다. 저 곳만 넘어가면 안심입니다. 저기 벌써 500명의 호위군사들이 나와 있군요."

"조금만 더 빨리 달려라. 이랴 이랴!"

이때 뒤에서 단기 필마의 장수가 추적해 옵니다.

"손 부인, 손 부인마님! 거기 서십시오. 조자룡이 왔습니다. 멈추시오!"

"자룡의 추적입니다. 빨리 국경을 넘읍시다."

막 국경을 넘으려는 순간 조자룡이 마차를 추월하여 막아섭니다.

"손 부인마님, 어딜 그리 급히 가십니까?"

"조 장군, 왜 함부로 내 앞을 막는 거냐? 나는 네 주군의 아내다. 당장 길을 비켜라."

"손 부인마님, 그렇게는 못 합니다. 당장 마차를 돌리십시오. 그리고 유선 공자님은 왜 데리고 가는지요?"

"유선 공자는 내 아들이다. 아들을 어미가 데려가는 게 뭐가 잘못이냐?"

"유선 공자는 주군의 하나밖에 없는 아들입니다. 절대 데려갈 수 없습니다."

"말로는 안 되겠구나. 저 건방진 놈을 잡아라. 내 시녀들은 모두 일당백의 무사들이다. 오늘 무술의 달인들 솜씨를 보여 주겠다."

"마님, 저 조자룡이 수많은 전장을 누벼 보았지만 여자들과 싸워 보기는 처음이군요. 자아, 제가 오른손 엄지와 중지 두 손가락만 사용해서 상대해 주겠습니다. 차근차근 덤벼 보세요."

"아~뵤! 시녀 1호 공격이다."

딱!

"어맛! 어딜 때려요?"

"아 미안, 아가씨 얼굴이 너무 커서 그만……."

"어…머멋? 기분 나빠! 얼굴 크단 소린 첨 들어봐요."

"다음!"

"아~뵤, 시녀 2호 공격이다!"

딱!

"어맛! 나는 왜 군밤을 때려요?"

"아, 미안! 아가씨는 키가 너무 작아서 그만……."

"다음!"

"아~뵤, 시녀 3호 공격이다!"

퍽!

"어맛! 왜 나는 방댕이를 차요? 손가락만 쓴다고 했잖아요."

"아, 미안! 아가씨 뒤태가 하도 고와서 나도 모르게 그만 미안……."

"자, 다음!"

"아~뵤, 아~뵤!"

시녀 12명이 모두 자룡에게 덤볐지만 싸움 상대가 안 되죠. 시녀들은 모두 머리, 어깨, 무릎, 팔, 다리, 방뎅이 등을 얼싸안고 널브러지자 자룡은 유선을 빼앗아 품에 안습니다.

12세 된 유선이 자룡의 품에 안겨 속삭입니다.

"장군, 장군 품이 어딘지 익숙하고 따뜻하네요."

"유선 공자님, 제가 장판파 싸움에서도 공자님을 안고 적진을 돌파했는데 오늘 또다시 품에 안게 되네요. 그런데 오늘은 좀 무겁군요."

조자룡이 유선을 안고 손 부인과 실랑이를 하고 있는데, 500의 군사들이 주변을 에워쌉니다.

"자룡! 네가 아무리 무술이 뛰어나도 500군사를 당하겠느냐? 어서 무릎을 꿇어라!"

"500군사? 나는 아두(유선)를 품에 안고도 100만 대군을 헤치고 나온 사람이다. 너희 500명 정도는 조금도 두렵지 않다. 모두 한꺼번에 덤벼라!"

500군사들에게 포위당한 자룡이 한 손엔 아두를 안고, 다른 한 손으론 칼을 휘두르며 군사들을 상대합니다.

"야합! 비켜라. 내 앞을 가로막는 자는 죽음뿐이다."

"절대로 물러서지 마라! 천하의 조자룡도 한 손으로 우리 500군사를 당해 내지 못할 것이다."

'휴우! 아두가 이젠 커서 무겁긴 하구나.'

조자룡이 땀을 뻘뻘 흘리며 군사들 사이를 이리저리 누비고 있을 때, 갑자기 등 뒤에서 고함과 함께 한 떼의 군마가 들이닥칩니다.

"어떤 놈들이 내 아우 자룡에게 겁을 주느냐? 그리고 함부로 국경을 넘어오다니? 오늘 니들 다 죽었어!"

공명의 지시를 받은 장비가 3천 군마를 이끌고 추적해 온 것입니다.

이때 한 장수가 뛰어나와 장비의 앞을 가로막습니다.

"멈춰라! 나는 오나라 특공대장 주선이다. 나는 63빌딩을 맨손으로 기어오르며 3만 피트 상공에서 스카이다이빙을 하는 사람이다."

"뭐?…주선? 이노마야, 그럼 어디서 맞선이나 '주선'하고 다니지 이곳엔 뭐 하러 왔느냐? 오늘은 내가 특별히 옥황상제 면담을 '주선'해 주지!"

주선이 호기 있게 덤볐지만 장비의 적수는 못 되죠?

"으랏차차, 야합!"

장비의 장팔사모가 번뜩이는 순간 목이 허공으로 솟구치더니 주선은 3만 피트 상공 하늘나라로 직행하고 맙니다. 한가롭게 졸고 계시던 옥황상제가 깜짝 놀라 묻습니다.

"넌 누구냐? 여기가 어딘 줄 알고 갑자기 뛰어들어왔느냐?"

"예, 전 오나라 특공대장 주선입니다."

"어찌 예고도 없이 갑자기 찾아왔느냐?"

"장비라는 험한 장수가 갑자기 장팔사모를 휘둘러…, 저도 모르게 3만 피트 상공으로 뛰어올라온 것입니다."

"그래? 그러기에 실력도 없으면서 왜 장비에게 대들었느냐? 여하튼 갑자기 왔으니 이곳 절차를 알려 주마. 저기 아래 있는 염라학교에 먼저 입학하라. 내 염라학교 교장에게 편지를 한 장 써 주겠다. 어서 가 보아라. 저 염라학교에 가면 장비 때문에 입학한 학생(?)들이 어마어마하게 많을 것이다. 서로 사이좋게 지내라."

하늘 위 옥황상제께서 이렇게 귀찮은 일을 처리하고 계실 때, 땅에서는 장비와 상향이 실랑이를 벌이고 있습니다.

"자, 형수님! 여기 장비도 왔수다. 어서 형주로 돌아가시지요."

"난 못 간다. 어머니가 위독하시니 가 봐야 한다. 내 앞길을 막으면 자결하겠다."

손 부인은 칼을 뽑아 자기 목에 대고 곧 그을 태세입니다.

"장 장군님, 주공의 아내를 죽게 할 순 없습니다. 보내 주시죠."

'그렇지. 형님도 안 계시는데 형수님이 자결하시면 큰일 난다.'

"형수님, 알겠습니다. 오나라에 다녀오십시오. 그러나 태 부인의 문병을 마치시면 반드시 돌아와야 합니다. 유선 공자님은 저희가 모시고 가겠습니다. 잘 다녀오십시오. 그리고 너희들 500군사들은 양국 화친을 위해 살려 주겠다. 손 부인마님을 잘 모시고 가거라."

그러나 이날의 이별은 손 부인과 유비의 영원한 이별이 되지요. 손 부인은 마음속으로 다짐합니다.

'다시는 형주로 돌아오지 않겠다.'

손상향이 오나라로 돌아간 사건은 외교상 큰 전환점이 됩니다. 손유(손권+유비)동맹이 깨지는 계기가 된 겁니다. 사실 두 사람의 결혼은 처음부터 문제가 있었죠. 상향은 유비와 결혼 후 몇 년간 형주에서의 생활을 회상해 봅니다.

'사는 게 내가 생각했던 것보다 호화롭지 못해. 엄마 품을 떠나 보니 너무 그립고…, 또 마음 터놓고 얘기할 친구 하나 없어. 무엇보다 이런 말 꺼내기는 약간 부끄럽지만 남자는 파워(?)가 있어야 한다던데, 우리 신랑 유비 씨는 그 힘(?)이 부족해.'

오나라로 돌아간 상향은 오라비 손권을 보자 대성통곡하며 그간의 어려웠던 삶을 털어놓습니다.

"오빠, 흑흑! 난 다시 유비에게 가지 않겠어요. 유비는 나만 홀로 버려두고 서쪽으로 가 버렸어요. 매일 전쟁터만 찾아다니는 그 사람, 이젠 꼴도 보기 싫어요."

"상향아, 미안하다. 모든 게 다 이 오빠의 잘못이다."

손 부인이 떠났다는 소식을 듣고 유비는 또다시 커다란 슬픔에 잠깁니다.

"아아, 혹자는 나를 보고 여복이 많다고 했지만 나처럼 여복 없는 사람이 또 있을까?"

유비는 흐느껴 울고 울고, 또 웁니다. 이 모습을 보던 방통이 유비를 위로합니다.

"주공, 그만 슬퍼하시지요. 손 부인께서 다시 오시겠지요."

"방통, 손 부인은 다시 돌아오지 않을 겁니다. 그녀는 꿈속에서 살고, 나는 전쟁 속에서 살고 있으니…, 서로 마음이 맞지 않는 겁니다."

"주공, 모든 슬픔은 잊고 서쪽 정벌에 힘을 쓰시지요."

"…그래야지요. 그러나 오늘은 술에 취해 만사를 잊고 싶소."

다시 돌싱(?)이 된 유비, 술에 취해 깊은 잠에 빠져듭니다.

유비의 서촉 정벌

"주공, 술이 좀 깨십니까?"

"방통 군사, 떠나간 아내 때문에 내가 과음했군요."

"주공, 큰 문제가 발생했습니다."

"무슨 문제입니까?"

"유장이 약속한 군량미를 보내지 않고 있습니다. 우리에게 10만 석의 양곡을 보내기로 했는데, 겨우 3만 석만 보내왔습니다. 그나마도 돌이 섞인 최하등품 양곡입니다."

"이유가 뭘까요?"

"우리가 한중의 장로를 물리치자 급한 불은 껐다고 생각하는 거죠."

"위협이 사라지자 우리 존재가 귀찮아진 겁니다. 그래서 군량미를 주지 않고 자진 철수하기를 바라는 거죠. 그리고 더 놀라운 사실은 유 황숙께 가장 호의적이던 장송을 참수하였습니다."

"예? 촉에서 사신으로 왔던 그 키 작은 장송을 죽였단 말입니까?"

"그렇습니다. 서촉에 유 황숙을 불러들여 화근을 만들었다는 이유로 장송뿐 아니라 그 일가족 모두를 참수하였습니다."

"이럴 수가? 유장! 유장, 이 나쁜 놈이⋯⋯. 나와 종친 유씨라고 곱게 보았거늘 이제 와서 나에게 이럴 수가 있단 말인가? 유장, 그 가증스러운 자를 용서할 수 없소. 당장 서촉을 뒤집어엎고 정벌합시다!"

"유 황숙, 잘 생각하셨습니다."

"방통 군사, 서촉을 치려면 어찌하면 좋겠소?"

"일단 형주로 철군하는 척하다가 기습적으로 부수관(涪水關)을 점령해야 합니다. 부수관을 점령한 다음 낙성(雒城)을 들이치는 겁니다. 낙성만 점령하면 서촉의 수도 성도 정벌은 식은 죽 먹기입니다."

"방통 군사, 좋습니다. 유장이 배은망덕하게 나오니 나도 서촉을 칠 명분이 생겼습니다. 군사의 계책대로 합시다."

이튿날, 유비는 서촉의 유장에게 서신을 보냅니다.

유장 아우!

난 형주로 돌아가겠네.

조금 더 서촉을 지켜 주고 싶지만 형주 국경에도 문제가 생겼네.

이곳 가맹관은 야무지고 똑똑한 장수를 보내 지키도록 하게.

그럼 이만…….

— 유비 현덕 배상

이 서신을 받아본 유장이 기뻐합니다.

"잘됐다! 유비가 자진해서 철수하는구나. 이제부터 두발 쭈욱 뻗고 자도 되겠구나. 한중의 장로는 유비가 물리쳤고, 그 유비는 제풀에 물러가고……. 잔치를 베풀고 무희들은 춤을 추어라. 자아, 한잔씩 하자!"

유장은 눈앞의 근심이 사라지자 또다시 술과 여자로 일과를 시작합니다.

그런데 유비가 가맹관을 떠난 지 닷새 후, 예상 밖의 일이 터집니다.

"주공, 주공! 크…큰일 났습니다. 유비가 갑자기 부수관을 들이쳐 점령했습니다."

'뭐…뭐…뭐…뭐라고? 부수관을 점령당해? 그곳을 지키던 양회와 고패는 어찌 됐느냐?"

"양회와 고패 모두 목이 달아났습니다. 그리고 가맹관도 유비의 부하 맹장들이 지키고 있어 그곳을 접수하러 갔던 장수들이 모두 쫓겨 왔습니다."

"유비에게 속았구나. 크게 당했어!"

유비에게 가맹관과 부수관을 모두 뺏겼다는 소식을 들은 촉나라는 벌집을 쑤신 듯 소동이 벌어졌습니다.

"큰일이다. 공연히 군량미 10만 석을 아끼다 호랑이를 건드려 놓았구나. 이제 어찌하면 좋겠느냐?"

"유비는 부수관을 발판으로 낙성을 치려 할 겁니다. 여기에 대비해야 합니다."

"낙성은 어찌 대비해야 하겠느냐?"

이때 장임이란 장수가 일어나 대답합니다.

"부수관에서 낙성으로 오는 길은 두 갈래 길이 있습니다. 한쪽 길은 남쪽으로 나 있는 작은 길이며, 다른 한쪽 길은 북쪽으로 나 있는 큰 길입니다. 병법에 능한 유비는 틀림없이 남쪽의 소로를 타고 들어올 것입니다. 제가 그곳에 매복하고 있다 유비가 지나가거든 기습하여 유비를 죽이겠습니다."

"장임, 그거 좋은 계책이다. 군사 5천을 줄 테니 남쪽 길에 매복하라."

장임의 예측대로 유비는 방통과 함께 낙성을 칠 계획을 의논 중입니다.

"유 황숙, 낙성으로 가는 길은 두 갈래인데 주공께서는 북쪽의 큰 길로 진군하십시오. 저는 남쪽 작은 길로 진군하여 남쪽과 북쪽에서 동시에 들이치면 손쉽게 낙성을 얻을 수 있습니다.”

“방통 군사, 남쪽 길은 무척 험하고 길도 좁습니다. 내가 험로로 갈 테니 군사는 북쪽 큰 길로 가시지요.”

“아닙니다. 제가 신하된 도리로서 험한 길을 택해야지요.”

“알겠습니다. 방통 선생께서 5천의 군마를 인솔하여 남쪽으로 진군하시오. 나는 나머지 주력부대를 이끌고 북쪽 대로를 타고 진군하겠소. 도착과 동시에 양쪽에서 들이칩시다. 자, 출발!”

군사를 양편으로 나누어 막 출발하려는데 방통을 태운 말이 갑자기 ‘히히힝’ 하며 앞발을 들고 날뛰는 바람에 방통이 낙마하고 맙니다.

“아이쿠 허리야! 저…저놈 말이 갑자기 왜 그러느냐?”

놀란 유비가 방통을 부축합니다.

“군사, 어디 다친 데는 없소?”

“괜찮습니다. 염려 마세요.”

“방통 선생, 그기에 평소 다이어트를 좀 하시지…… 선생의 말은 무척 사나워 보이니 내 말을 타고 가시오.”

“제가 어찌 주공의 말을…….”

“염려 말고 타고 가십시오. 저의 이 백마는 전장에서 길들여진 말이라 함부로 날뛰지 않을 겁니다.”

“감사합니다. 그럼 제가 감히 주군의 말을 타고 가겠습니다.”

그런데 여러분, 지금 유비와 방통이 바꾸어 탄 ‘적로’라는 말을 기억하시겠지요? 유비가 장무에게서 빼앗은 흰 말을 타고 다니자 이적이라는 사람이 말의 관상을 보고 “이 말은 주인을 해치는 적로라는 말입니다. 타지 마십시오.”라고 충고했던 말 기억하시죠? 그러나 적로는 오히려 유비가 채모에게 쫓길 때 강으로 뛰어들어 목숨을 구해 준 말입니다.

그 적로를 이제 방통이 타게 된 것입니다.

"자, 전군 낙성을 향해 출발!"

남쪽 험한 산골에 접어들자 길을 인도하는 군사에게 방통이 묻습니다.

"이 봉우리 이름이 무엇이냐?"

"예, 낙봉파(落鳳坡)라고 합니다."

"낙봉파? 낙봉파란 '봉황이 추락하는 곳'이란 뜻이 아니냐?"

"그렇습니다. 산세가 하도 험악하여 나는 봉황도 추락한다는 뜻에서 낙봉파라 부릅니다."

'내 별호가 봉추(鳳雛), 즉 어린 봉황인데 이곳 지명이 낙봉파라니? 뭔가 불길하다.'

"전군, 일단 후퇴하라! 뒤로 물러난다!"

한편, 장임의 군사들이 방통 일행을 발견합니다.

"장군, 예측대로 적들이 낙봉파까지 들어왔습니다. 맨 앞에 백마를 탄 유비가 보입니다."

"저 백마 탄 장수…, 유비가 확실하냐?"

"멀어서 얼굴 식별은 어렵지만 저 백마는 유비의 말이 확실합니다."

"좋다. 내가 신호를 보내면 궁수들은 저 백마를 향해 집중적으로 활을 퍼부어라."

장임의 군사들은 숨죽여 때를 기다립니다.

"조금만…, 조금만 더 기다려라. 조금만…, 됐다! 적들의 후미까지 완전히 낙봉파에 접어들었다. 공격 신호를 보내라!"

쾅!

방포소리가 울려 퍼지자 매복하고 있던 장임의 군사들이 흰 말을 타고 있는 방통을 향해 일제히 활을 퍼붓습니다.

"쏘아라! 유비를 죽여라!"

"군사, 군사! 적의 매복입니다. 빨리 피하셔야 합니다."

"큰일이다! 전군 후퇴하라, 후퇴, 후퇴!"

그러나 때는 이미 늦었습니다. 방통을 향해 날아오던 화살이 갑옷을 뚫고 명중합니다.

"으윽!"

"군사께서 활에 맞았다. 군사를 보호하라!"

화살은 소나기처럼 방통을 향해 날아옵니다. 순식간에 수십 개의 화살을 맞은 방통은 적로와 함께 처참하게 쓰러져 전사하고 맙니다. 방통은 눈에 잘 띄는 적로를 탔으니, 먼 곳에서 봤을 때 유비로 착각한 거죠. 결국 적로는 유비를 두 번 살렸고, 반면 새 주인 방통을 죽게 만들었죠. 공명과 그 재주를 견줄 만한 천재 지략가로 불리던 방통은 이처럼 허무하게 인생을 마감하고 맙니다.

"유 황숙, 나는 먼저 갑니다. 부디 천하통일을 이루소서……!"

"군사께서 돌아가셨다. 빨리 이 골짜기를 빠져나가자. 후퇴 후퇴, 전군 후퇴!"

그러나 낙봉파 양쪽에서 비 오듯 날아오는 화살에 5천 명의 군사들은 거의 전멸하고 말았습니다. 간신히 골짜기를 빠져나온 위연이 겨우 100여 기를 추슬러 달아납니다.

"당했다, 당했어! 촉나라를 우습게 보다가 크게 당했구나. 어서 유 황숙께 이 사실을 알려야 한다."

북쪽 대로에서 군사를 몰고 오던 유비는 방통의 전사 소식을 듣고 아연실색하고 맙니다.

"군사가 죽었단 말이냐? 작전 실패로구나! 남쪽 소로에 복병을 예측하지 못한 것이 큰 실수다. 일단 회군한다. 모든 군마는 부수성으로 돌아가자! 그리고 빨리 이 사실을 공명 군사에게 알려라."

한편, 형주에 남아서 성을 지키던 공명은 밤하늘의 천문을 관측하다 크게 놀랍니다.

'대장성이 떨어졌다. 우리 측 장수 한 사람이 죽었구나. 저 대장성은 ……? 그렇다, 방통이 죽었구나. 큰일이다. 유 황숙께서 크게 고초를 당하고 계시는구나.'

공명의 예측대로 유비의 전령이 당도합니다.

"군사, 급한 전령이 당도하였습니다. 유 황숙께서 낙성을 치려다 크게 패했답니다. 군사께서는 병마를 이끌고 빨리 부수관으로 오라는 전갈입니다."

"알겠소. 일단 장수들을 불러 모으시오."

공명은 급하게 장수들을 부릅니다.

"자아, 서촉으로 원정 가신 주군께서 크게 곤경에 처해 있소. 우린 빨리 군사를 이끌고 가서 주군과 합류해야 합니다. 지금부터 작전 지시를 하겠소. 익덕 장 장군, 장군은 군사를 인솔하여 파주를 휩쓴 뒤 낙성으로 가시오. 서촉은 뛰어난 맹장들이 많습니다. 그들을 가볍게 보지 마시고 삼군을 엄히 단속하십시오. 특히 장군은 술을 조심하고 사졸들을 매질하지 마시오."

"알겠습니다! 이 장비가 서촉의 약졸들을 초개처럼 흩어버리겠습니다."

"자룡은 소강을 거슬러 올라가 낙성으로 가시오."

"옙!"

"장완(將琓)은 나를 따라 군사를 이끌고 서촉으로 간다."

"알겠습니다!"

"운장, 장군의 임무가 가장 막중합니다. 유 황숙과 내가 없는 형주를 장군이 지켜야 합니다. 만약 조조가 침공해 오면 어떻게 하시겠소?"

"이 관우가 목숨을 걸고 막아야지요. 걱정하지 마십시오."

"그럼 만약 조조와 손권이 동시에 쳐들어오면 그땐 어떻게 하시겠소?"

"그땐 군사를 둘로 나누어 막아야지요."

"관 장군, 안 됩니다. 그렇게 하면 형주를 잃습니다."

"그럼 어떻게 해야 합니까?"

"그땐 손권에게 화친을 청하십시오. 손권과 손을 잡고 조조를 함께 쳐야 합니다. '북거조조(北拒曹操) 동화손권(東和孫權)' 따라해 보시죠."

"북거조조(북쪽의 조조에게는 항거하고) 동화손권(동쪽의 손권과는 화친한다)! 명심하겠습니다."

"자아, 그럼 맡은 바 임무를 잘 숙지하고 모두 서촉으로 출발합시다."

공명의 명을 받은 장비는 삼군을 엄히 단속하여 군기를 바로 세우고 파주성에 이르렀습니다.

"이 파주를 지키는 장수는 누구냐?"

"엄안(嚴顔)이라는 장수인데, 올해 60세 노장으로 백전불패의 용장입니다."

"60세? 국민연금 탈 나이구나. 좋다! 그 노인에게 우리 군사들의 힘을 보여 주자. 전군 돌격! 해가 지기 전에 저 파주성을 함락하라. 돌격, 돌격!"

장비의 군사들은 맹공을 퍼부었으나 파주성은 끄떡도 하지 않습니다.

"저 장비는 힘만 세지 무식한 놈이다. 우리가 성을 굳게 지키면 성질 급한 저놈이 제풀에 스스로 꺾일 것이다."

연일 공격을 퍼부어도 엄안은 성문을 굳게 닫고 수비만 할 뿐 나오지 않습니다.

"어이, 엄안 영감! 이리 내려와 봐. 내가 그리도 무섭냐? 내가 왼손으로 상대해 줄게 딱 한판만 붙자, 응?"

"야, 이 무식한 장비! 구레나룻이나 깎고 다녀라. 시골에서 돼지나 때려잡지 전쟁터엔 뭐 하러 나왔냐? 네 수염이 꼭 네가 때려잡은 돼지털 같구나."

"야, 엄안! 정말 뒈질래? 이리 안 내려와?"

"에구 무시라⋯⋯. 화를 내니 그 고리눈이 더 커지는구나. 그러다 눈 찢어지겠다, 이 무식쟁이야."

"나 무식쟁이 아니거든! 나 이래 봬도 3개 국어 하는 사람이야. 이 씨⋯베리아에 핀 사꾸라 같은 넘아! 세상과 빠이빠이 하고 싶지 않으면 빨리 내려와."

"장비야, 별 생쇼를 다하는구나. 빨리 집에 가서 돼지나 때려잡아라."

장비가 종일 시비를 걸어도 성문은 열리지 않습니다.

"저 어만 영감 하나 때문에 어만 시간만 낭비하는구나. 무슨 좋은 수가 없을까?"

영채로 군사를 물린 장비는 밤이 깊어지자 영내 순시를 시작합니다.

"밤이 깊을수록 경계를 철저히 해야 한다. 적의 야습이 있을지 모르니까⋯⋯."

한참 순시를 돌고 있는데, 한 막사 안에서 병사들의 웃고 떠드는 소리가 들립니다.

"이놈들이 내일 전투를 위해 일찍 자야 할 텐데 잠은 안 자고 무엇들하는 거냐?"

장비가 슬그머니 막사 안을 들여다보니 병사들이 누군가의 흉을 보며 놀고 있습니다.

"아까 장군님 화나서 눈 부릅뜰 때 너 봤냐? 그 고리눈이 얼굴보다 더 커졌다니까."

"봤어, 봤어! 그 목소리는 또 어떻구? 완전 돼지 멱따는 소리야."

"야, 강우! 너 장군님 흉내 한번 내 봐. 눈 부릅뜨고 돼지 멱따는 소리 한번 질러 봐."

"그래, 알았어. 흉내 낼 테니 비슷한지 보라구! '야, 어만 늙은이! 이 씨…베리아에 핀 사꾸라 같은 넘아, 이리 빨리 내려오지 못해?' 어때 비슷하냐?"

"똑같다 똑같아, 하하하하!"

병사들 소리를 듣던 징비가 막사 안으로 뛰어들어갑니다.

"모두 동작 그만!"

"자…장군님이다! 크…큰일 났다! 장군님, 잘못했습니다. 제발 용서하십시오."

"그게 아니고 너! 내 흉내 낸 놈, 너 이리 와 봐."

"옙! 병장 강우, 장군님께 불려 왔습니다. 죄송합니다. 시정하겠습니다."

"그게 아니고 너, 어쩜 나하고 이렇게도 비슷하게 생겼냐? 고리눈에, 타박수염에, 돼지 멱따는…, 아…아니 굵고 우렁찬 목소리까지! 이거 DNA 검사라도 해 봐야 되는 거 아니냐? 너, 나 따라와라!"

"장군님, 잘못했습니다. 용서하십시오."

"아니야, 아니야. 벌주려고 그러는 게 아니고 상을 주려고 그래."

"예? 상을 주시다뇨?"

"나한테 좋은 생각이 있다. 나를 따라와라."

장비가 자기를 흉내 내며 놀린 병사에게 화를 내기는커녕 상을 주겠다니요? 장비가 무슨 생각을 하고 있을까요?

다음 날, 날이 밝았는데도 장비는 성을 공격하지 않습니다.

"이상하다? 저 멧돼지 같은 고리눈이 왜 이리 조용하지? 적의 동태를 잘 살펴라!"

"장군, 장비 군사들이 영채 주변 풀을 베고 있습니다."

"전쟁하러 온 놈들이 풀을 베다니? 으음…, 샛길을 찾으려는 수작이다. 더 자세히 살펴봐라."

해가 질 때까지 아무런 움직임이 없더니 밤이 되자 척후병이 다급한 보고를 합니다.

"장군, 엄안 장군! 적들이 움직이기 시작합니다. 영채 뒷문을 열고 줄줄이 어디론가 빠져나가고 있습니다."

"뭐라? 적들이 빠져나가? 그 고리눈이 성을 함락시키지 못하자 산길로 우회하여 빠져나가는 게 틀림없다. 그러나…, 그냥은 못 보내지. 전군은 나를 따라 지름길로 가서 매복한다. 장비와 정면 대결은 불리하니 대열의 후미를 공격한다. 후미가 무너지면 그 좁은 산길에서 적은 아수라장이 될 것이다. 그때를 놓치지 말고 적을 마구 짓밟아야 한다. 전군 출동!"

엄안은 병사들을 이끌고 지름길을 가로질러 장비군의 동태를 살피기 시작합니다.

"저기 선발대가 옵니다!"

"쉿! 선발대는 그냥 통과시킨다."

"저기, 본진이 오고 있습니다. 선두에 말을 탄 장수는 장비가 틀림없습니다. 고리눈에 타박수염…, 장비가 틀림없다. 대열이 완전히 통과하면 내 신호에 따라 총공격이다."

"장군, 후미까지 통과했습니다."

"바로 이때다. 전군, 총공격!"

"와!"

"장비군을 전멸시켜라, 공격!"

엄안군이 공격을 시작하자 예상대로 장비군의 대오가 무너지며 군사들이 뒤엉켜 도주하기 시작합니다.

"걸려들었다. 모조리 죽여라!"

"와~아!"

그런데 이때 엄안군의 후미에서 함성이 들리며 한 떼의 군마가 지쳐 들어 옵니다.

"엄안, 이 못된 늙은이! 오늘 잘 만났다. 연인 장비가 여기 있다. 엄안은 목을 길게 빼어 내 장팔사모를 받아라!"

"아…아니, 장비는 분명 지나갔는데? 어떻게 된 일이냐?"

"엄안, 이게 바로 공명 선생에게서 배운 '교병지계'라는 병법이다. 받아라, 야합!"

장비가 장팔사모를 휘두르자 엄안은 말에서 굴러떨어져 사로잡히고 말았습니다.

"성문을 열어라! 여기 너희들의 엄안 장군이 사로잡혔다."

성문이 열리고 장비는 군사들을 몰아 파주성을 점령하였습니다.

"엄안 장군! 할배는 손주들과 편히 놀고 계시지 전쟁터엔 뭐 하러 나

* 교병지계(驕兵之計) : 교만심을 키워 적을 격파하는 지략. 상대방이 우월감을 갖도록 만든 후 침몰시킨다.

오셨소?"

"장비, 패장을 욕보이지 말고 어서 죽여라!"

"에이 할배, 그러지 말고 우리 그냥 친구합시다. 국민연금 타실 할배를 내가 어찌 죽이겠소?"

"어허, 그놈 참 말이 많구나. 내가 나이가 몇인데 너하고 친구란 말이냐? 그만 놀리고 어서 죽여라!"

"에이, 그럼 내가 형님으로 모시면 되잖수, 형님! 내 밧줄도 풀어 드리리다."

"그만 놀리고 어서 죽이라니까!"

"형님, 나도 알고 보면 부드러운 남자예요. 형님 같은 분 못 죽여요."

"장비, 진정이냐?"

"에이, 형님! 그럼 진정이지 장난이겠수? 전 어쩐지 형님이 좋아졌어요."

"나를 시베리아에 핀 사꾸라 같은 놈이라고 욕하지 않았나?"

"형님, 그건 욕이 아니고 칭찬이죠. 그 추운 곳에 꽃이 피었으니 얼마나 아름다워요?"

"장비, 잘 알겠다. 패장으로서 부끄럽지만…, 나도 자넬 동생으로 생각하겠다."

"형님, 감사합니다. 제 절을 받으시고 기념으로 술 한잔씩 합시다."

"장비, 그런데 한 가지 궁금한 게 있네. 분명히 자네가 선두에 지나갔는데 어떻게 다시 내 등 뒤에서 나타난 건가?"

"아, 그게 궁금하셨군요. 여봐라, 강우를 데려와라."

잠시 후 장비와 똑같이 생긴 사람이 들어옵니다.

"바로 이 사람입니다. 강우야, 장군님께 인사드려라. 어때요? 저와 똑같죠?"

"그렇구만. 모습이 영락없이 똑같아. 그래서 내가 속았구만……."

"그럼 술은 우리 세 사람이 마셔야겠군."

"그런데 아우가 부수성까지 가려면 앞으로도 몇 개의 성을 더 통과해야 하는데, 어떻게 할 계획인가?"

"그냥 모조리 힘으로 밀어붙이고 가죠 뭐."

"그래서는 어느 세월에 부수성까지 가겠나? 내가 지금부터 길을 열어주겠네. 성을 지키는 장수들이 모두 내 부하들이야."

"형님, 감사합니다. 자아, 한잔 드시죠!"

장비를 무식한 장군으로만 알았는데 알고 보니 지략도 뛰어나고, 병법도 제법 알고, 가슴 따뜻한 호걸이었군요.

엄안의 예측대로 장비가 가는 길이 순탄치 않습니다. 낙성으로 향해 가는 요충지엔 모두 높다란 성이 있고, 문은 굳게 닫혀 있습니다. 이때 엄안이 선두로 나와 성문을 열어 줍니다.

"어~이! 나 엄안이다. 성문을 열어라."

"우리의 지휘관 엄안 장군이시다. 어서 성문을 열어라!"

쉽게 성문이 열리고, 장비는 피를 보지 않고 여러 관문을 통과하여 드디어 유비와 재회하게 되었습니다.

"형님, 장비가 왔습니다. 그동안 얼마나 고생이 많으셨습니까?"

"장비 아우야, 반갑다 반가워! 너 없인 저 낙성을 공략하기 힘들구나."

"형님, 이제 조금도 염려 마십시오. 제가 사흘 안에 저 낙성을 우려 빼겠습니다. 여기 파주성을 지키다 저에게 투항한 엄안 장군을 소개합니다."

"유 황숙, 오늘 엄안이 황숙을 뵙습니다."

"엄안 장군, 참으로 잘 오셨소. 우리 진영엔 엄안 장군과 연배가 비슷한 황충이 계십니다. 두 분이 잘 어울리실 겁니다. 많이 도와주시기 바랍니다."

실제로 노장 황충과 엄안은 한 팀이 되어 훗날 조조의 맹장 하후연을 꺾고 큰 공을 세우게 됩니다.

"자, 장비야! 지금부턴 다시 전열을 가다듬어 낙성을 들이치자."

낙성 근처에 영채를 세운 장비가 그 급한 성질대로 총공세를 퍼붓기 시작합니다.

"어이, 거기 장임! 성문을 열고 나와라. 딱 한판만 붙자. 이 장비 어르신이 한수 가르쳐 줄게."

"야, 거기 시끄럽게 떠드는 고리눈! 너 짝퉁이지? 진짜 장비 데려와! 난 짝퉁과는 안 싸운다."

"야! 이 눈 뜬 '장임'아, 짝퉁이라니? 그건 또 무슨 뚱딴지같은 소리냐?"

"장비 닮은 짝퉁 너, 이 사기꾼아! 네가 사기로 엄안 장군을 사로잡은 거 다 알거든. 진짜 장비 나오라고 해!"

"야! 장임, 내가 진짜거든! 못 믿겠으면 이리 내려와 봐. 이 어르신 잘생긴 얼굴 똑바로 보여 줄게."

"야, 짝퉁 장비! 아쉬우면 네가 올라와 봐, 이 무식한 사기꾼아."

"좋다, 장임. 넌 오늘 뒈졌어. 전군 공격! 총공격! 낙성을 함락시키고 저 '눈 뜬 장임'을 사로잡아라. 공격하라!"

장비는 그 급한 성질대로 낙성을 향해 총공세를 펼쳤지만 명장 장임이 지키는 성은 끄떡도 하지 않습니다.

"저누마 장임도 내게 겁을 먹었어. 성문을 열지 않고 수비만 할 작정이구나."

며칠 간 공격을 퍼부어도 성문 위에서 욕설만 퍼붓는 장임! 그런데 5일째 되던 날 갑자기 돌발 사태가 발생합니다. 장임이 수천 군사와 함께 성문을 열고 뛰어나온 겁니다.

"장비, 소원이면 한판 붙자. 이 장임의 칼을 받아라!"

"오예! 장임, 드디어 네가 성문을 열었구나. 어디 신나게 한판 놀아 보자. 장임, 내 장팔사모가 짝퉁인지 진짜인지 구별이 되느냐? 야합!"

"그건 돼지 잡을 때 쓰던 짝퉁 칼 아니냐? 이 장임의 진짜 칼을 받아 봐라, 야합!"

두 장수가 한창 어우러져 싸우다가 장임이 도망치기 시작합니다.

"장비, 짝퉁인 줄 알았더니 진짜구나. 내일 싸우자. 내가 갑자기 응까가 급해서……."

"장임! 거기 안 설래? 너 오늘 정말로 뒈졌어. 서면 안 죽일게, 서!"

"응까 마려운데 너 같으면 서겠냐? 어제 저녁 돼지고기 먹은 게 탈났나 봐. 장비, 네가 팔아먹은 불량 돼지고기야, 내일 보자."

"야, 장임! 너 내가 돼지고기 얘기하면 제일 싫어하는 거 알지. 거기 서!"

화가 머리끝까지 오른 장비는 단기필마로 장임을 추격하여 깊은 산속까지 들어가고 말았습니다.

'어? 장임이 갑자기 어디로 사라졌지? 군졸도 없이 나 혼자 너무 깊숙이 들어왔나?'

숲속이 고요하여 한참 두리번거리는데, 갑자기 양쪽 수풀 속에서 요란한 함성과 함께 복병들이 일어납니다.

"와아!"

"장비가 걸려들었다. 천하의 장비도 이젠 살아서 돌아가지 못할 것이다. 장비를 잡아라!"

"와아~! 장비를 죽여라!"

'이…이놈들의 매복에 걸리고 말았구나. 내가 홍분해서 너무 멀리 추적한 게 실수다.'

"장비, 그 고리눈 그만 번뜩이고 빨리 말에서 내려 항복해라."

"장임, 비겁한 놈! 어디 끝까지 싸워 보자."

"장비가 걸려들었다. 장비를 잡아라!"

절체절명의 위급한 순간, 이때 장비를 겹겹이 포위하고 있던 장졸들의 대오가 갑자기 무너지기 시작합니다.

"누가 감히 우리 장 장군을 겁주는 거냐? 여기 산상 조자룡이 왔다. 서촉의 약졸들을 모조리 쓸어버려라!"

언제 나타났는지 자룡이 한 떼의 군마를 이끌고 적의 후미를 공격하기 시작합니다. 마지막 순간이라 생각하며 위기에 몰려 있던 장비…….

"자룡! 하늘에서 내려왔나, 땅에서 솟았나? 지옥에서 부처님 만난다는 게 이런 거구나. 그리고 너 장임, 웅까는 싸고 왔느냐? 돼지고기가 뭐어쩌고 어째?"

장비가 휘두르는 장팔사모에 장임이 말에서 굴러떨어집니다.

"짜샤! 껍죽거리던 '눈 뜬 장임'을 이제 잡았구나. 장임을 사로잡았다. 만세, 만세!"

장비는 이제야 자룡에게 묻습니다.

"자룡, 어떻게 된 일인가?"

"공명 군사와 저는 오늘 도착했습니다. 장 장군께서 싸우시는 모습을 공명 군사께서 지켜보고 계시는데…, 장군께서 장임의 계략에 빠져 혼자 적병을 추적하시더군요. 전 즉시 공명 군사의 지시를 받고 그 뒤를 추적해 온 것입니다. 낙성은 이미 공명 군사가 점령하고 계실 겁니다. 빨리 낙성으로 가서 합류하시죠."

장비가 장임을 포로로 잡고 낙성으로 가니, 자룡의 예상대로 성루에는 유비의 깃발이 펄럭이고 있습니다.

"장 장군, 수고 많으셨습니다. 장군께선 저보다 며칠 빨리 낙성에 도착하셨군요. 더구나 장군께서 엄안 장군을 계략으로 사로잡았단 얘길 들었습니다. 이젠 장 장군도 병법에 통달하였다고 보여집니다."

"에이구, 공명 선생! 부끄럽게 왜 이러십니까? 모두 선생께 배운 실력이죠. 공명 선생은 어려운 손자병법도 쉽게 가르쳐 주시잖아요. 이 글을 읽고 있는 독자들에게 자랑 삼아 한번 외어볼까요?"

"그러시죠. 손자병법이 뭔지 궁금해하시는 분들도 많이 계실 겁니다. 한번 설명해 주시죠. 손자병법의 기본은 다 알고 계실 겁니다. '지피지기 백전백승(知彼知己 百戰百勝), 적을 알고 나를 알면 백번을 싸워 모두 이긴다.' 병법은 어려운 게 아니라고 하셨죠? 자연의 이치만 적절히 이해해도 이길 수 있더군요."

바람(風) : 군대가 움직일 때는 질풍처럼 빠르게 움직여 흔적이 없어야 하고

숲(林) : 멈출 때는 숲의 나무처럼 고요해야 하며

불(火) : 공격할 때는 성난 불길처럼 맹렬해야 한다.

산(山) : 수비할 때는 태산처럼 동요 없이 태연해야 하며

구름 : 숨을 때는 검은 구름이 하늘을 가리듯 적에게 눈에 띄지 않

게 하며

천둥, 번개 : 신속히 움직일 때는 번개처럼 빨라 적에게 피할 틈을
주지 말아야 한다.

"적의 정세 변화에 따라 마치 바람, 숲, 불, 산, 구름, 천둥, 번개처럼
다양하게 변화를 구사할 줄 알아야 승리한다고 가르쳐 주셨죠."

"대단한 실력이군요. 이젠 장 장군도 용장과 지장을 겸비하였습니
다. 더구나 엄안 장군의 마음까지 얻었으니, 덕장으로도 손색이 없군
요."

이처럼 유비군 측에선 자랑과 칭찬이 오가며 분위기를 띄우고 있
을 때, 서촉의 군주 유장은 비통한 심정으로 국무회의를 개최하고 있
습니다.

"유비가 낙성까지 점령하고 이젠 이곳 성도의 코앞까지 밀고 들어왔
소. 어찌하면 나라를 구하겠소?"

여러 대신들은 침통한 표정으로 누구 하나 입을 열지 못합니다.

"정말 이대로 유비에게 나라를 내줘야 한단 말이요? 의견들이 없소?"

이때 황권이 자리에서 일어납니다.

"주공, 애당초 제가 뭐라 했습니까? 한중의 장로는 얼굴에 난 피부병
에 불과하지만 유비는 간에 발생한 악성 종양이라 했지요? 그러나 주
공께서는 제 말을 듣지 않고 기어코 유비를 불러들였습니다. 주공께서
유비를 마중 나갈 때 제가 만류했지만 주공은 저를 어떻게 대하셨습니
까?"

"미…미안하오. 그때 축구공 차듯이 '퍽' 하고 황권의 옆구리를 내질
렀던 기억이 나오. 미안하외다."

"그뿐만이 아닙니다. 제가 다급하여 주공의 옷자락을 입으로 물었을 때, 주공께서 옷자락을 세게 당기는 바람에 제 앞니 두 대가 부러졌습니다. 더구나 왕루는 성벽에 거꾸로 매달려 주공을 만류하다……. 말을 듣지 않자 스스로 밧줄을 끊고 추락사하고 말았습니다. 충신들의 간언을 왜 듣지 않으셨는지요? 지금도 날만 궂으면 옆구리가 쑤시고, 앞니가 없어 음식도 제대로 먹지 못하고, 말을 해도 바람이 샙니다. 하지만 신하 된 자로서 그런 건 전혀 따지지 않겠습니다. 주공, 자국의 국방을 외세에 의존한 결과가 어떻다는 건 아셨겠지요? 이제 이 나라 촉을 구할 방법은 딱 한 가지밖에 없습니다."

"방법이 있기는 있소?"

"예, 딱 한 가지 방법이 있습니다. 한중의 장로에게 도움을 요청하는 겁니다."

"황권, 그게 말이 되는 소리요? 한중 장로의 침략을 막기 위해 유비를 불러들였는데, 그 유비를 막기 위해 다시 장로를 불러들인단 말이요?"

"그렇습니다. 주공, 나라를 송두리째 유비에게 뺏기지 않기 위해서는 그 방법밖에 없습니다. 그러기에 국제관계는 영원한 적도 없고, 영원한 친구도 없는 법입니다."

"아, 이게 무슨 꼴인가! 이리를 막기 위해 호랑이를 불러들였는데…, 그 호랑이를 몰아내기 위해 다시 이리 떼를 불러들이는구나. 어제의 적이 오늘의 친구가 되는구나! 헌데 한중의 장로가 우리의 도움 요청을 받아줄까요?"

"우리 서촉 41주 중 8개의 주를 바친다면 우리를 도와 줄 겁니다."

"국토의 5분의 1을 떼어 준단 말이요?"

"그렇습니다. 그래도 국토를 전부 잃는 것보다는 낫지요."

"알겠소. 그렇게라도 해 보시오. 아아! 자국의 영토를 타국의 힘으로 지키려다 이처럼 비참한 경우를 당하는구나……."

이렇게 되어 촉나라 사신 황권은 한중의 장로를 찾아가 무릎을 꿇습니다.

"촉의 사신이 무슨 일로 나를 찾아오셨소?"

"저희 주공 유장은 어리석게도 유비를 불러들여 풍전등화를 자초하였습니다. 만약 저희가 유비에게 나라를 빼앗긴다면, 유비는 다음 단계로 한중을 넘볼 것입니다. 순망치한(脣亡齒寒)이죠. 즉, 잇몸이 없으면 이가 시린 법, 명공께서 유비를 물리쳐 주십시오."

"이보시오, 황권! 세상에 짜배기는 없는 법!"

"짜배기가 뭡니까?"

"공짜배기를 줄인 말이오. 내가 유비를 막아 준다면 촉은 나에게 무엇을 주겠소?"

"서촉 41개 주 중 4개의 주를 떼어 한중에 바치겠습니다."

"4개의 주라? 으음…, 그걸론 부족하겠소. 10개의 주를 바친다면 생각해 보겠소만……."

"명공, 그건 너무 많습니다. 4개와 10개를 절충하여 8개의 주를 바치겠습니다."

"8개의 주라……. 으음, 좋소! 이것도 흥정이 필요하군. 여기에 계약서를 쓰고 공증을 합시다."

이렇게 서촉과 한중의 거래가 성사되었고, 한중의 장로는 즉시 국무회의를 열어 전쟁 준비를 합니다.

"서촉의 유장은 우리의 침략이 두려워 어리석게도 형주의 유비를 불러들였소. 그러나 그 유비가 유장을 돕는 척하다가 갑자기 창을 거꾸로

잡고 유장을 치려 하오. 촉에 침입한 유비를 누가 나가서 상대하겠소?"

이때 마초가 손을 들고 나섭니다.

"주공, 제가 가겠습니다. 제가 조조에게 서량* 땅을 잃고 주공에게 투항한 후 아무런 공이 없습니다. 이제 저에게 2만의 군사를 맡겨 주신다면 가맹관을 치고 들어가 유비를 몰아내겠습니다."

"좋소, 좋아! 마초, 그대라면 유비를 상대하고도 남을 것이요. 즉시 군사를 이끌고 나가서 유비를 치시오."

"주공, 잘 알겠습니다. 제가 꼭 유비를 없애고 주공께 은혜를 갚겠습니다."

마초, 서량 제일의 무장이며 자는 맹기(孟起)입니다. 부친 마등(馬騰)은 조조를 없애기 위해 조조와 맞섰지만 패하여 죽임을 당했습니다. 마초는 부친의 원수를 갚기 위해 한수와 연합해 조조에게 맹공을 퍼부었지요. 이때 조조는 마초의 무술 솜씨를 보고 투구를 집어던지며 "저 아이가 죽지 않으면 나는 죽어도 장사지낼 땅이 없겠다."라고 절규했다 합니다. 조조의 책사 가후는 마초와 한수 사이를 이간질했고, 결국 가후의 계책에 넘어간 마초는 조조에게 대패하고 맙니다. 갈 곳이 없는 마초는 결국 한중의 장로에게 투항하여 몸을 의탁하였고, 이번에 그 은혜를 갚기 위해 군사 2만을 이끌고 가맹관으로 치고 나오는 것입니다. 가맹관은 맹달(孟達)이라는 장수가 지키고 있는데, 마초의 상대가 되지 않죠.

"마초가 2만의 군사를 끌고 왔다. 우리 힘으론 마초를 막기엔 불가능하다. 빨리 낙성에 계시는 유 황숙께 도움을 청해야 한다."

"SOS! 유 황숙, 가맹관이 위험합니다. 빨리 원군을 보내 주십시오."

가맹관이 위험하다는 보고를 받은 유비는 공명을 불러 의논합니다.

* 서량은 현재 중국의 감숙성(甘肅省)

"공명 군사, 지금 마초가 가맹관을 공격 중입니다. 어찌하면 좋겠소?"

"마초는 서량 제일의 용장입니다. 그는 무예가 뛰어난 자라서 관우가 아니면 마초를 당해 내지 못합니다. 장비를 형주로 보내고 관 장군을 불러와야 합니다."

그런데 이 말을 들은 장비가 펄펄 뛰기 시작합니다.

"아니 공명 선생, 내가 마초를 못 이긴다고요? 선생, 섭해도 너무 섭합니다. 내가 마초에게 진다면 나 당장 『삼국지』 소설에서 빠지겠소. 내 얘기 없이 『삼국지』가 재미있는지 한번 볼까요?"

"알겠소. 내일은 장 장군이 나가서 마초를 상대해 보시오."

장비와 마초, 세기의 대결

유비와 장비가 가맹관 성문 앞에 다다르자 마초의 동생 마대(馬岱)가 가로막습니다.

"네가 마초냐?"

"나는 마초 동생 마대다."

"마초 동생? 그럼 망아지구나. 이 장비가 너 같은 망아지를 상대하기엔 너무 바쁜 몸이다. 넌 저리 가고 마초를 데려와라."

"마초 형님은 더 바쁘시다. 나랑 상대해 보자."

마대도 뛰어난 무술 솜씨를 가진 장수지만, 역시 장비의 적수는 못 되죠. 마대가 "야합!" 기합소리를 지르며 기세 좋게 덤벼듭니다.

"너 같은 놈에게까지 내 장팔사모를 쓰기엔 너무 과분하다. 마대자루로 한번 맞아 봐라."

장비가 마대자루로 한번 내려치자 말에서 굴러떨어져 깨구락지가 되고 맙니다.

"망아지가 말에서 떨어지니 깨구락지가 되는구나. 넌 죽일 가치도 없으니 네 형 마초를 데려와라."

"아…알겠소, 장 장군!"

마대는 얼른 형에게로 갑니다.

"마초 형님, 과연 장비는 소문대로 무서운 장수입니다."

"그래? 오랜만에 호적수를 만났구나. 내가 상대해 주지."

마초가 기세 좋게 나섭니다.

"장비, 여기 서량 제일의 마초가 왔다. 내려와라. 한판 겨뤄 보자."

"마초, 말대가리치고는 잘생겼군. 기다려라 이 장비 어르신이 한수 가르쳐 주마."

이렇게 되어 『삼국지』 최고의 맞짱 장비와 마초의 대결이 시작됩니다.

"장팔사모를 받아라, 야합!"

"머리 위로 막았다, 야합!"

"아싸라비야 콜롬비야!"

"아싸라비야 루마니아!"

"그거 앞에서 써먹은 표현이다. 다른 표현 없냐? 으라차자 현대차!"

"으라차차 기아차!"

"그거도 써먹은 표현이다. 아싸 가오리!"

"아싸 오징어!"

"아직도 표현이 부족하다."

따가닥 따가닥 따가닥!

양쪽에서 서로 마주 보고 달려오며 창 부딪치기!

창창!

다시 서로 말 머리 돌려 내달으며 창 부딪치기!

쨍그랑!

말 위에서 서로 미친 듯이 창 휘두르기!

창창창창!

서로 말을 평행으로 달리며 창 주고받기!

창창창창!

찌르기!

몸 비틀어 피하기!

휘익, 휘익!

말이 앞 발 번쩍 들어 좌로 도망치기!

그 말 뒤로 바짝 붙어 쫓으며 창 휘두르기!

따가닥 따가닥!

지랄발광 서로 창 휘두르며 주고받기!

쨍그랑, 쨍그랑!

"북을 더 세게 쳐라!"

둥, 둥, 둥, 둥!

"와아~! 자~알 한다, 장~비!"

"더 잘한다, 마~초!"

"청군 이겨라!"

"백군 이겨라!"

둥, 둥, 둥, 둥!

"와아~, 와아!"

양편에서 서로 북을 울려 사기를 북돋고, 함성을 질러 자기편 장수를 응원합니다. 이 싸움을 성 위에서 유비와 공명이 내려다보며 감탄을 연발합니다.

"공명 선생, 벌써 300합째 주고받습니다. 장비도 대단하지만 마초 역시 대단한 실력이군요."

"그렇군요. 대단한 빅 매치입니다. 이제 해가 기울어가는데 징을 쳐서 장비를 불러들이시죠."

"그럽시다. 장비가 지쳤을 겁니다. 여봐라, 징을 쳐라!"

댕, 댕, 댕!

한창 어울려 싸우던 장비는 징소리를 듣더니 마초에게 묻습니다.

"헉헉헉헉, 마초! 대단한 실력이다. 너같이 잘 싸우는 놈은 처음이다. 우리 신명나게 더 놀아 보자. 야간 전투도 가능하냐?"

"헉헉헉헉, 장비! 너 역시 대단하다. 우리 횃불을 켜놓고 300합만 더 놀아 보자."

"좋다. 아예 밤새 놀아 보자. 유비 형님, 잠시 기다리슈. 300합만 더 싸우고 들어갈게요."

"알겠다, 장비야! 조심해라. 장병들은 빨리 불을 밝혀라!"

횃불을 훤하게 밝혀 두고 주 장수는 또 싸우기 시작합니다.

"말코, 코 그만 벌름거리고 덤벼라!"

"고리눈, 눈 그만 깔아라!"

서로 창과 창을 주고받기를 다시 300합…….

"야합! 받아라, 총 600합째다!"

"야합! 받았다, 숫자 세지 마라!"

날이 밝자마자 장비와 마초의 대결은 또 시작되었습니다.

"고리눈, 나와라! 오늘도 한판 붙자."

"말대가리, 기다렸다. 오늘은 승부를 가리자!"

오늘도 두 장수가 가맹관 앞 벌판을 종횡무진 누비며 수백 합을 싸웠으나 승부가 나지 않습니다. 이렇게 싸우길 3일째 되던 날입니다.

"공명 선생, 저 마초를 보십시오. 장비와 싸워도 우열을 가릴 수 없으니 대단한 장수입니다. 저렇게 싸우다 누구 하나라도 다칠까 염려되는군요."

"황숙께서는 마초가 마음에 드셨군요."

"마음에 들다마다요. 저런 아까운 장수를 얻을 방법은 없을까요?"

"주공, 걱정 마십시오. 제가 작은 술수를 부려 마초를 얻어드리겠습니다."

해가 저물자 유비는 징을 쳐서 장비를 불러들입니다.

"장비야, 수고했다. 대단한 싸움이었다! 우선 땀부터 닦아라."

"예, 형님! 감사합니다. 그런데 저 마초라는 놈 싸울수록 정이 드는데요? 죽이기엔 아까운 장수입니다. 뭔가 정서가 통하는 녀석입니다."

"장비야, 잘 알겠다. 우리가 저 마초를 장로에게서 빼앗아오자. 오늘부터 당분간 마초가 시비를 걸어와도 싸우지 마라."

"알겠습니다. 저 마초를 투항시킬 수 있다면 제가 참고 기다리죠."

공명은 어떤 계책을 가지고 있을까요? 한중 장로의 작전 참모 중 양송(梁松)이라는 사람이 있습니다. 장로의 모사로서 재물 욕심이 많은 사람입니다. 이 양송에게 손님이 찾아옵니다.

"양송 대인, 유 황숙의 심부름으로 왔습니다. 대인께 긴히 할 말이 있습니다."

"전쟁 중에 할 말이라니요?"

"우선 유 황숙이 보낸 예물부터 받으시죠. 상자 안에 황금덩어리가 가득 들어 있습니다."

"금덩어리가 들어 있다고요?"

"예, 금덩어리 상자 20개를 가져왔습니다."

"2…20개?"

"예, 대인! 받아 두셨다가 어려울 때 쓰십시오."

"이…이건 김영란법 위반 아니요?"

"대인, 대인이야 특권층 아닙니까? 아무 염려 마십시오."

"나에게 이런 재물을 주는 이유가 뭐요?"

"마초가 이번 전쟁에서 이기면 일등 공신은 누가 됩니까?"

"그야 당연히 마초가 일등 공신이지요."

"그럼 대인보다 마초의 지위가 더 높아지겠군요. 그러나 마초는 양송 대인에게 별로 좋은 감정을 갖고 있지 않을 텐데요?"

"…그렇지요……. 지난번 주공께서 마초를 사위 삼으려 했을 때 내가 반대를 했거든."

"그럼 마초가 승리하도록 두고만 보실 겁니까?"

"두고만 본다? 음…, 그렇지. 마초가 나보다 지위가 높아지는 꼴은 두고 볼 수 없지. 알겠소. 금덩어리는 잘 보관하겠소. 내가 알아서 조치할 테니 돌아가시오."

이튿날, 모사 양송은 장로를 독대합니다.

"주군, 요즘 마초가 이상합니다."

"이상하다니요? 마초는 지금 가맹관에서 열심히 싸우고 있는데 뭐가 이상하단 말이요?"

"마초는 장비와 싸우는 척만 하고 있습니다. 일부러 승부를 내지 않고 있죠. 요 며칠 싸우는 척하더니 지금은 싸우지도 않고 뭔가 수작을 부리고 있습니다. 주공, 생각해 보십시오. 마초는 서량 땅을 잃고 일시 주공께 몸을 의탁했지만 여차하면 이곳을 뺏으려는 속셈을 가지고 있습니다. 그 마초가 갑자기 군을 돌려 주공을 치면 어떻게 하시겠습니까?"

"그렇다면 큰일이구나. 어찌하면 좋겠소?"

"마초에게 미션 임파서블을 명하십시오."

"미션 임파서블? 그게 뭐요?"

"예, '실행 불가능한 임무'라는 뜻입니다. 마초에게 한 달 안에 '첫째,

서천을 뺏어라. 둘째, 유장의 목을 가져와라. 셋째, 유비의 군사들을 모두 물리쳐라.' 이런 명을 한다면 마초가 불만을 품고 회군할 것입니다. 그가 돌아오면 성문을 굳게 닫은 후 활을 쏘아 죽여야 합니다."

"알겠소. 그렇게 합시다."

그런 음모가 진행 중인 줄도 모르고 마초는 오늘도 성문 앞에서 싸움을 겁니다.

"야, 고리눈 장비! 이 형에게 겁먹었냐? 나와라. 오늘도 300합만 겨뤄 보자. 빨리 내려와라, 이 겁쟁아! 형이 무섭다고 기죽지 마."

그런데 이때 마대가 뛰어와 급보를 전합니다.

"형님, 장로가 급히 사자를 보냈는데 황당무계한 명령을 하고 있습니다. 한 달 내에 서촉을 정복하여 유장을 목 베고, 유비의 군사까지 전멸시키라는 명입니다."

"뭐라고? 한 달 내에 세 가지 명을 완수하라고? 이건 무슨 강아지 풀뜯어 먹는 소리란 말이냐? 이건 도저히 실천 불가능한 명이다."

"이유는 모르겠지만 군령을 어길 수는 없습니다."

"뭔가 이상하다. 일단 회군하자!"

한창 신바람 나게 싸우던 마초가 맥이 빠져 한중으로 군을 돌려 돌아갑니다. 터덜터덜, 한중의 관문에 도착했는데 성문이 굳게 닫혀 있고 열어 주지 않습니다.

"성문을 열어라! 나는 장로님의 회군 명령을 받고 한중으로 돌아가는 마초다."

그런데 성을 지키던 장위라는 장수가 성 위에서 마초를 뾰쪼롬히 내려다보더니 소리칩니다.

"네 이놈 마초야, 네가 우리 장로님께 모반할 마음을 갖고 있는 게 다

들통났다. 어디서 허튼 수작이냐? 화살 맛이나 봐라. 저 역적 마초에게 뜨거운 화살을 안겨 줘라!"

장위의 말이 끝나자 성 위에서 화살이 비 오듯 쏟아집니다.

"저…저런! 목숨을 걸고 싸운 대가가 화살 소나기란 말이냐? 이게 도대체 어떻게 된 판이냐? 일단 도망치자. 후퇴, 후퇴!"

이제 마초는 오도가도 못 하는 딱한 신세가 되었습니다. 한중으로 돌아가지도 못하고, 다시 가맹관으로 가서 유비와 싸울 수도 없고……. 들판으로 쫓겨난 마초는 깊은 고민과 함께 회상에 잠깁니다.

'내 아버지 마등은 서량을 다스리는 태수였다. 아버지는 북방을 호령하는 천하제일의 맹주였지. 아버지는 역적 조조를 없애고 천자를 구하겠다고 군사를 일으켰으나 조조에게 대패하여 돌아가시고 말았어. 내가 아버지의 원수를 갚기 위해 다시 조조와 맞섰으나 나 역시 조조에게 대패하고, 사랑하는 아내와 자식들까지 모두 잃고 나 혼자 겨우겨우 도망쳐서 한중의 장로에게 몸을 의탁했지. 그 장로에게 은혜를 갚기 위해 늘 노심초사하고 있는데…, 장로가 유비와 한판 승부를 벌인다기에 내가 공을 세워 은혜를 갚을 기회로 생각하고 선봉을 자처하고 유비에게 덤벼들어 저 무시무시한 고리눈 장비를 만나 모처럼 신바람 나게 싸우는데, 장로가 느닷없는 변덕을 부려 회군 명령을 내리지 않았나! 군령을 어기지 못하고 돌아가는 나는 장로에게 고맙다는 말을 듣기는커녕 화살 비만 맞고 쫓겨났으니…, 억장이 무너지는구나! 내가 어쩌다 이렇게 오도가도 못 하는 거지 신세가 되었을꼬? 이젠 어디로 가야 하나! 그런데 장로님, 아니 장로 그놈, 그놈이 왜 갑자기 나를 적대시할까? 도무지 이해할 수 없도다. 아! 가련한 내 신세여, 슬프도다……!'

마초는 아직도 장로의 모사 양송이 제갈공명의 계책에 넘어가 자기를 모략한 사실을 까맣게 모릅니다. 마초가 이렇게 군막에 웅크리고 앉아 회상과 슬픔에 잠겨 있는데 이회(李恢)라는 손님이 찾아옵니다.

"장군님, 이회라는 손님이 찾아오셨습니다."

"뭐? 이회?"

'그는 나하고 동문수학하던 사이인데 뭐하러 나를 찾아왔을까? 이회가 유비 밑에서 일한다는 소문을 들었는데…….'

"이리 모셔 오너라. 이회, 오랜만이군. 그런데 갑자기 나를 찾아온 이유가 뭔가?"

"마초, 안색이 안 좋아 보이는군. 무슨 고민이라도 있는가? 이 허허벌판에 술 한 병도 없을 거 같아 내가 소주 몇 병과 안주로는 통닭과 족발을 가져왔네. 통닭은 양념 반 후라이 반이네. 우리 한잔씩 하세!"

"한잔 좋지~. 기분도 울적한데……."

두 사람은 소주잔을 기울이며 마주 앉았습니다.

"마초, 자네의 원수는 누구인가?"

"그야 말할 것도 없이 저 늙은 역적 조조지. 조조는 내 아비를 죽인 원수야. 한 하늘 아래 함께 살 수 없는 놈이야."

"그럼 그 조조가 가장 두려워하는 사람이 누구인지 아는가?"

"조조가 두려워하는 사람? 글쎄 그게 누구인가?"

"조조는 유비를 가장 두려워하네. 유비와 조조는 천적이야. 저 쩨바리 장로 따위는 비교도 안 되지. 또 자네 아버지 마등 태수가 조조를 칠 때 함께 힘을 모으자고 연판장에 서명한 사람이 바로 유비라네."

"유비가 정말 내 아버지와 연판장에 서명했단 말인가?"

"틀림없네. 우리 유 황숙은 지금도 그 연판장을 갖고 계시네. 지금 바로 황숙에게 가세. 유비도 자네를 기다리고 있네."

"어제까지 맞서 싸우던 나를 유비가 받아 줄까? 그리고…, 그 고리눈 장비는 나를 보면 또 싸우자고 덤벼들 텐데."

"그렇지 않네. 자네를 투항시키자고 천거한 사람이 바로 장비라네."

"그렇구만. 내가 우매하여 여지껏 저 째바리 장로 밑에서 죽을 고생만 했군 그래. 우리 당장 유비에게 가세."

"그래, 그래도 이 소주는 다 마시고 가야지. 자아, 한잔 쭈욱 들게!"

이렇게 되어 마초는 공명의 계책대로 유비에게 투항합니다.

"마초가 유 황숙께 인사 올립니다."

"맹기(孟起, 마초의 자), 어서 오게. 자네같이 용맹한 장수가 나에게 투항하니 난 천군만마를 얻은 기분일세."

이때 배석하고 있던 장비가 반색하며 마초의 손을 잡습니다.

"말대가리, 아…아니 마초, 웰컴 웰컴 환영하네! 오늘 우린 다시 한 번 자웅을 겨뤄 보세."

"고리눈, 아! 아니 장 장군님, 이젠 한편인데 또 싸우자고요?"

"그게 아니고 오늘은 폭탄으로 한번 겨뤄 보세. 내가 전장에서 수많은 사람과 맞짱을 떠봤지만 자네처럼 실력 좋은 호적수를 만나지 못했네. 그래서 오늘은 창으로 싸우지 말고 폭탄으로 싸워 보자는 얘기지. 어때 자신 있는가?"

"포…폭탄으로……? 아하, 폭탄주 말씀이군요? 좋습니다. 그런데 오늘도 300합을 겨뤄야 합니까?"

"아닐세, 과음은 몸에 해롭다네. 냉면 그릇으로 딱 세 잔씩이야."

이렇게 마초는 냉면 그릇으로 장비가 건네주는 폭탄주를 마신 후, 이튿날 유장을 치기 위해 성도로 출발합니다.

마초가 유비에게 투항한 사실을 까맣게 모르는 유장은 원군이 도착했다는 소식을 듣고 기뻐서 어쩔 줄 모릅니다.

"장로가 보낸 원군이 곧 도착한다. 성문을 열고 맞아들여라."

이때 황권이 나섭니다.

"주공, 장로가 우리와 임시 동맹을 맺었지만 아직 믿을 만한 사이는 아닙니다. 더구나 원군을 이끄는 장수는 마초라고 합니다. 마초는 서량 제일의 장수입니다. 그가 딴마음을 먹는다면 우리 장수들 중 그를 당해 낼 사람은 아무도 없습니다. 일단 성문을 굳게 닫고 들여보내지 마십시오."

"듣고 보니 일리가 있소. 그럼 일단 성문을 걸어 잠그고 마초의 동태를 살펴봅시다."

우둔하고 애매한 유장이지만 오늘만큼은 결단을 내리고 성문을 굳게 닫습니다. 이때 마초가 성 아래에 도착하죠.

"성문을 열어라! 나는 동맹군 사령관 마초다."

이때 성 위에서 유장이 마초를 내려다보며 한마디 합니다.

"마 장군, 오늘은 늦었으니 군사들과 함께 야영을 하시오. 내일 날이 밝으면 얘기합시다."

마초가 호방하게 웃습니다.

"하하하하, 유장! 당신은 서촉을 다스릴 인물이 못 됩니다. 우리 유 황 숙께 투항하시오. 대세를 위하여 '빅 텐트'를 칩시다. 난 더 이상 어바리 같은 장로의 부하가 아닙니다. 난 이 시대 최고의 영웅 유 황숙을 모시고 있죠. 당신도 시대의 흐름을 읽고 빨리 유 황숙님께 투항하시오."

이 말을 듣던 유장이 흠칫 놀랍니다.

"으아아! 이게 무슨 소리냐? 마초마저 유비에게 투항하다니……."

마음 약한 유장이 갑자기 몸을 부르르 떨더니 혼절하고 맙니다.

"주공께서 기절했다. 손발을 주무르고 의원을 불러라!"

"주공, 주공! 정신 차리십시오. 빨리 인공호흡이라도 해 봐라!"

"옙! 알겠습니다."

간신히 정신 차린 유장이 중신들과 의논을 합니다.

"아, 국방을 외세에 의존한 결과가 바로 이것이구나! 그기에 자주 국방의 힘을 길렀어야 했어. 이제 어찌해야 되겠느냐?"

많은 중신들이 투항을 주장하고 나섭니다.

"유비에게 투항합시다! 묻지도 따지지도 말고 투항합시다. 유비는 우리가 투항한다면 아무도 해치지 않을 것입니다."

그런데 이때 황권이 다시 자리를 박차고 일어섭니다.

"닥치시오! 싸워 보지도 않고 투항이라니…, 부끄러운 줄 아시오. 주공, 투항은 안 됩니다. 우린 끝까지 싸워야 합니다. 우리 서촉은 산세와 지형이 험하여 천연요새와 같은 곳입니다. 성문을 굳게 닫아걸고 수비에 치중한다면 유비를 막아 낼 수 있습니다."

"투항합시다!"

"싸웁시다!"

서촉의 존망은 그야말로 바람 앞의 등불이 되었고, 투항과 저항! 의견은 분분합니다.

"주공, 우리에겐 아직 성내에 3만의 군사가 있고, 식량과 말 먹이도 충분하여 모두 힘을 모아 저항하면 1년은 버틸 수 있습니다. 그러다 보면 유비도 비워 둔 형주가 걱정되어 돌아가고 말 것입니다."

황권의 진언을 듣고 유장은 기쁨을 나타냅니다.

"황권, 그대의 말을 듣고 보니 버텨 볼 만하겠군요. 힘을 합해 유비를 막아봅시다."

이 말이 떨어지자마자 보고가 들어옵니다.

"뽀…보고합니다. 수비대장 허정(許靖)이 군사들을 이끌고 유비에게 투항했습니다."

"뽀…보고합니다. 주변 장수들이 속속 유비에게 투항하고 있습니다."

"뭐라고? 장수들이 모조리 투항하고 있다고? 죽일 놈들, 비겁한 놈들……. 아! 황권, 이제 어쩌면 좋소? 이제 그만 유비에게 투항합시다. 저항하자는 사람은 황권, 그대와 나 둘뿐이군요."

유장은 통곡합니다.

"내 진즉 황권 그대의 말을 들을걸……. 그대만 유일하게 유비를 불러들이지 말자고 주장했지. 그런 당신의 옆구리를 발로 걷어차고 뛰어나가 유비를 맞아들였소. 그게 큰 화를 부른단 사실을 그땐 미처 깨닫지 못했소. 이 나라에 충신은 오직 그대뿐이었소. 후회한들 무슨 소용이요? 자, 나갑시다. 나가서 유비에게 투항합시다."

드디어 유장이 성문을 열고 나가 유비에게 투항합니다.

"형님, 이 나라를 형님께 바칩니다. 부디 성군이 되어 주십시오."

"유장 아우, 그동안 고생 많았네. 이젠 머리 아픈 국사는 모두 잊어버리고 조용히 세월을 보내게. 자네가 좋아하던 미인 그림도 마음껏 그리고, 좋아하던 술도 실컷 마시게."

유비는 유장의 투항을 받아들입니다. 그러고는 유장의 신하 가운데 끝까지 항전을 주장했던 황권을 불러 중책을 맡아 달라 부탁합니다.

"나는 유 황숙과 끝까지 싸우자고 주장한 사람입니다. 그만 놀리고 죽이세요!"

"황권, 그대같이 절개가 굳고 서촉의 사정을 잘 아는 사람이 나를 도와준다면 큰 힘이 될 것이요. 도와주시오."

"그럼 유 황숙께서 서촉의 신하와 백성 누구도 해치지 않는다고 약속하면 도와드리겠소."

"황권, 약속하겠소. 과거의 잘잘못은 묻지도 따지지도 않겠으며, 점령군으로서의 약탈과 횡포도 일체 금하겠소."

"그렇게만 약속한다면 견마지로(犬馬之勞)를 다하겠습니다."

유비는 드디어 서촉을 정복했습니다.

유비의 서촉 정벌! 이것은 역사의 한 획을 긋는 큰 사건입니다. 때는 서기 221년, 유비는 중국 땅 거의 3분의 1을 차지하게 된 것이죠. 제갈공명의 계획대로 유비는 천하3분지계를 달성한 것입니다. 빈털터리 유비, 누상촌이라는 시골에서 돗자리를 짜서 팔던 거지 수준의 유비. 도원에서 관우, 장비와 도원결의 후 몸을 일으켜 세상을 떠돈 지 어언 30년. 그는 이제 중국 땅 3분의 1을 지배하는 실력자로 성장한 것입니다. 유비가 서촉을 정복함으로써 중국은 위·촉·오 3국으로 재정립되며 본격적인 3국시대가 시작됩니다.

유비가 서촉에 입성하자 많은 백성들이 밀려 나와 유비를 환영합니다. 명실상부한 정권 교체가 이루어진 것입니다.

촉에 입성한 유비는 공명과 마주 앉았습니다.

"공명 군사, 드디어 나는 천하의 3분의 1을 얻었소. 빈손으로 몸을 일으켜 천하를 떠돈 지 어언 30년이 되었구려. 나와 도원결의한 관우와 장비, 또 자룡이 없었다면 이 험한 난세를 어찌 이겨 냈겠소? 그러나 공명 선생, 내가 천하를 3분하여 천하통일을 목전에 둔 건 모두 공명 군사의 덕분이요. 실로 감사의 마음 다 표현할 길이 없구려."

"유 황숙, 너무 과찬이십니다. 모든 게 유 황숙의 인품과 의지 덕분이지요. 저는 한 게 아무것도 없습니다."

"공명, 겸손하시군요. 정말 감사하고 또 감사하오. 이제부터 공명 선생과 내가 힘을 합하여 국가의 기틀을 만들어 봅시다."

〈2권에서 계속〉